国文学研究資料館影印叢書3

中世歌謡資料集

汲古書院

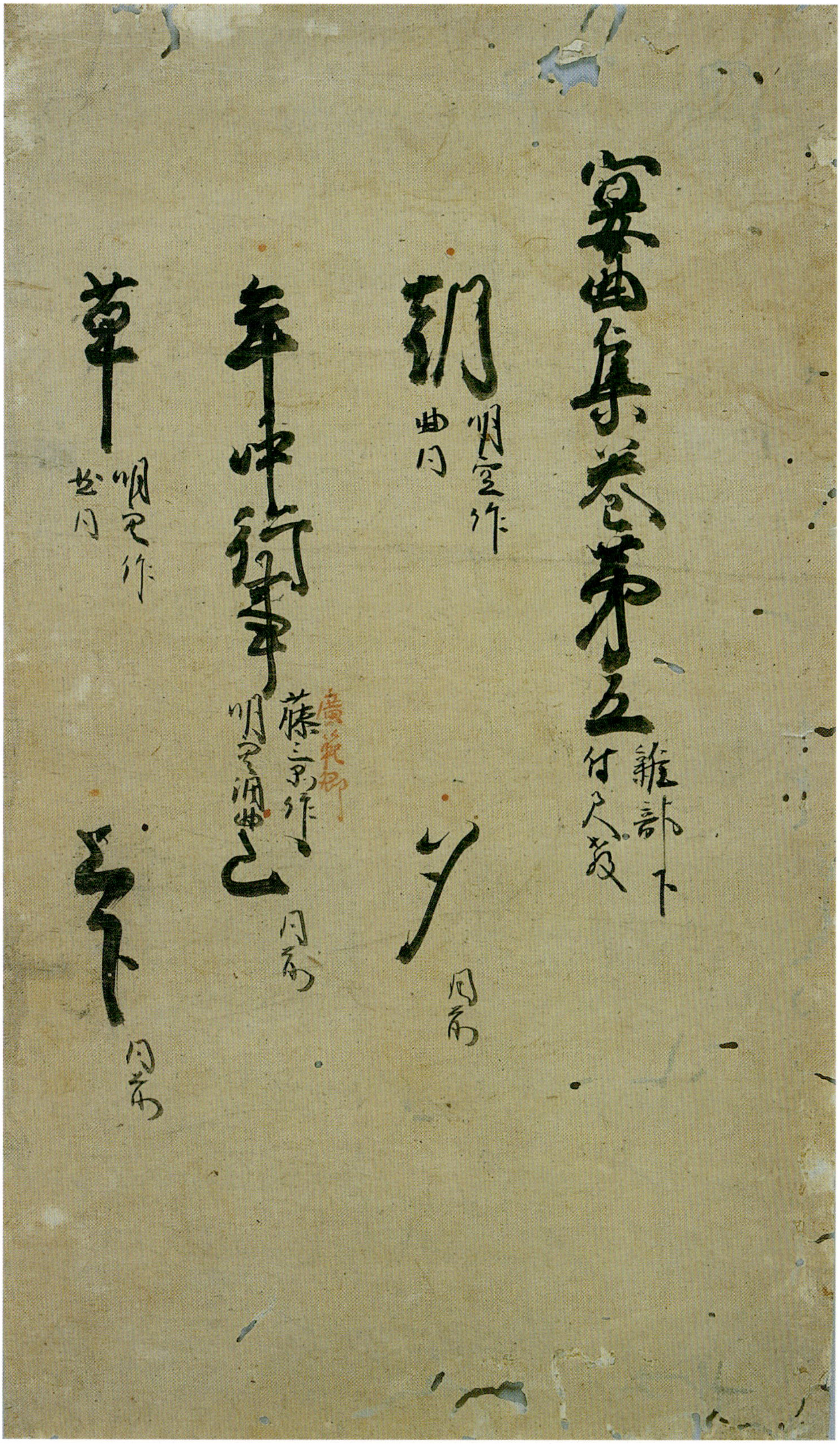
宴曲集巻第五 雑部下 付尺数
朝 明空作 曲同
夕 同前
年中行事 藤三郎作 廣範卿 明空調曲
山 同前
草 明空作 曲同
竹 同前

撰要目録巻断簡

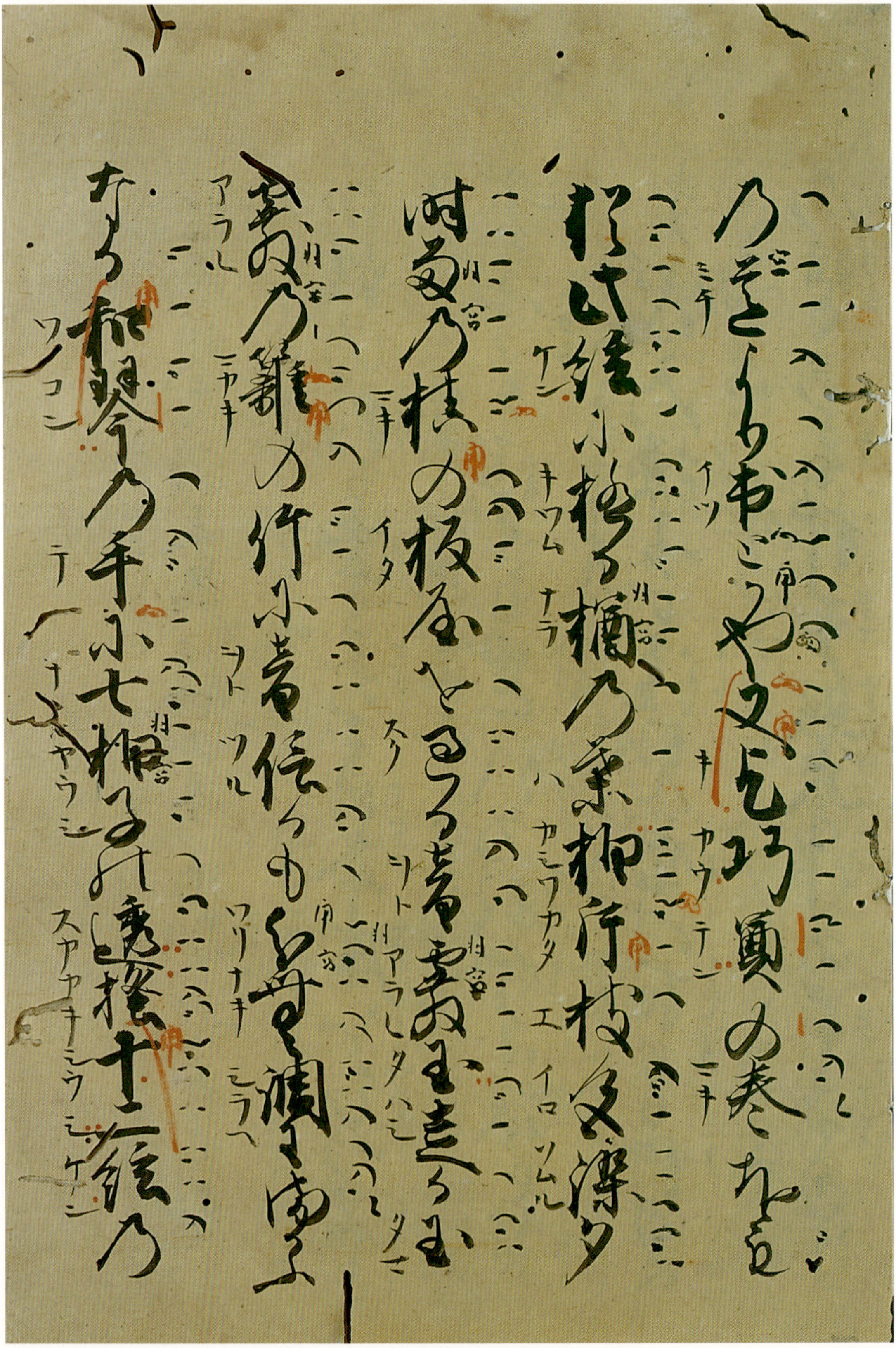

『玉林苑』下

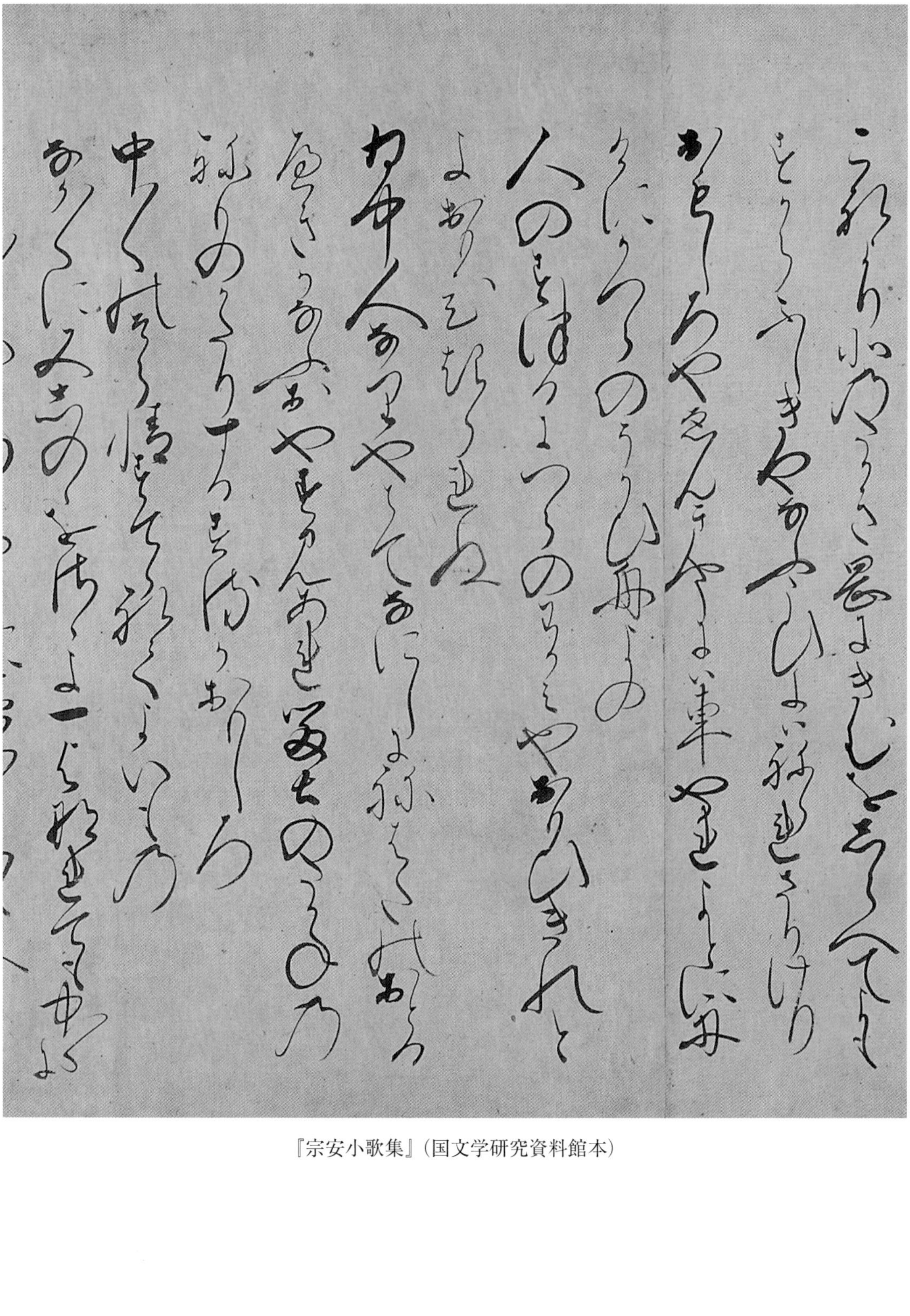

『宗安小歌集』(国文学研究資料館本)

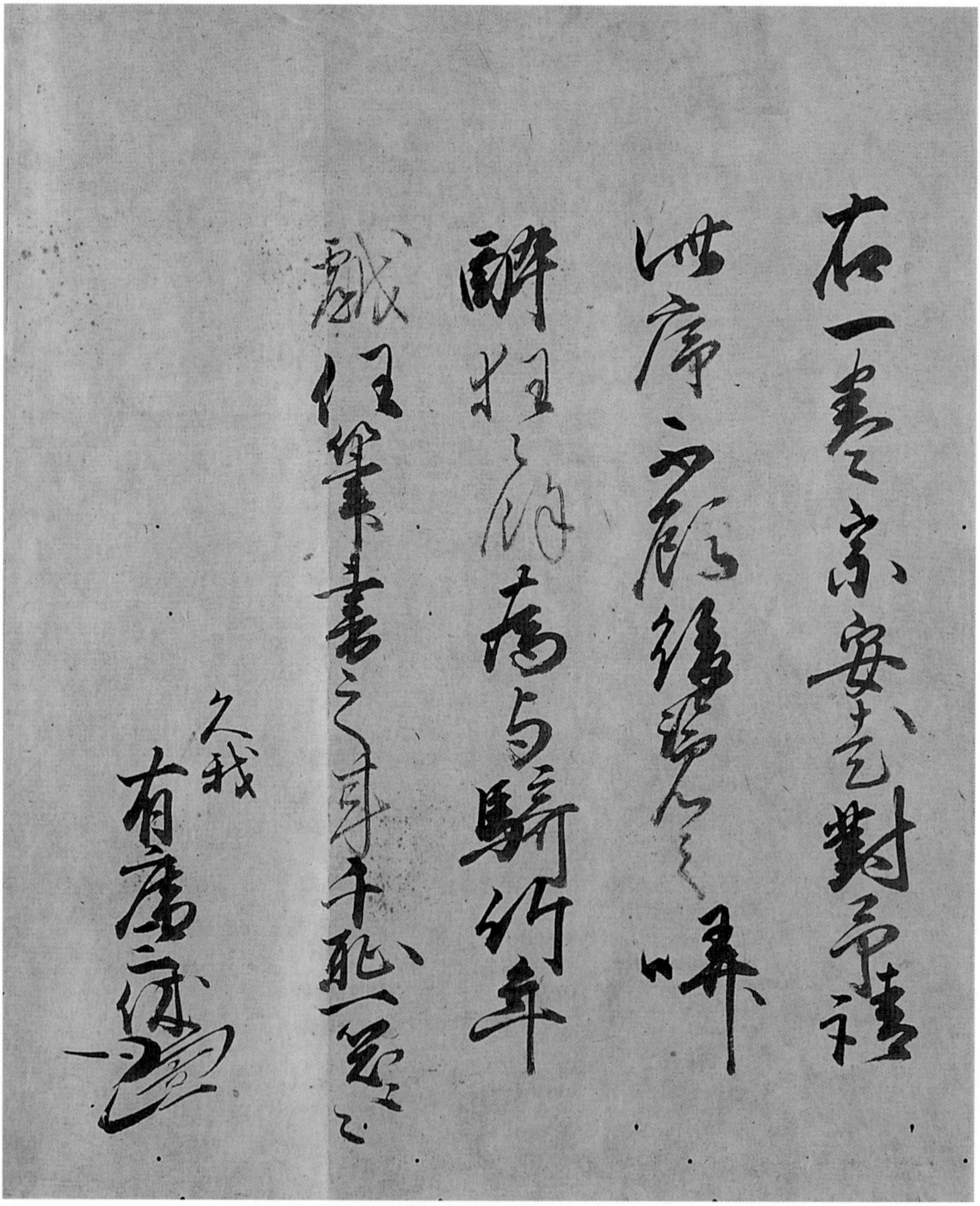

『宗安小歌集』(国文学研究資料館本)

序

「国文学研究資料館影印叢書」の第三回として、中世歌謡資料集を世に送る。

『宗安小歌集』は、笹野堅氏が所蔵本を昭和六年に初めて公開して知られるようになった。室町末期の小歌集である。同年にはコロタイプ版の影印、活字翻刻も公判されたが、その後原本の所在が不明になったため、古典全集類にこの作品が収録される場合には、この影印本が底本にされてきたのは周知のところである。ところが、戦中を挟んで半世紀以上行方不明であった笹野本が出現し、当館に収蔵されることとなった。

原本の書写状況から判断すると、従来指摘されてこなかった本文上の問題もあるようであり、前記コロタイプ版も現在では稀覯に属する状態になっているので、広く研究に資するために、今回の影印叢書に収めることとした。また、参考に供するために、その後出現した実践女子大学図書館蔵本を同館の厚意を得て、併載することとした。

中世歌謡研究の基礎を築いた外村久江氏が生涯にわたって収集された「早歌資料」が平成九年十月、外村南都子氏を通じて当館に寄贈された。大半が室町期書写の逸品で、ご遺志に沿って公開し、研究に供したい。

基本資料の調査・研究・公開に尽力された笹野・外村両先学の遺業に思いを致すと共に今回特にご高配

をいただいた、実践女子大学図書館、また、白百合女子大学教授外村南都子氏に深甚の謝意を表する。
汲古書院石坂叡志社長以下社員各位には今回も一通りではない御尽力をいただいた。感謝したい。

二〇〇五年三月

人間文化研究機構
国文学研究資料館長

松野陽一

目次

『玉林苑』下

（縮率七八％）

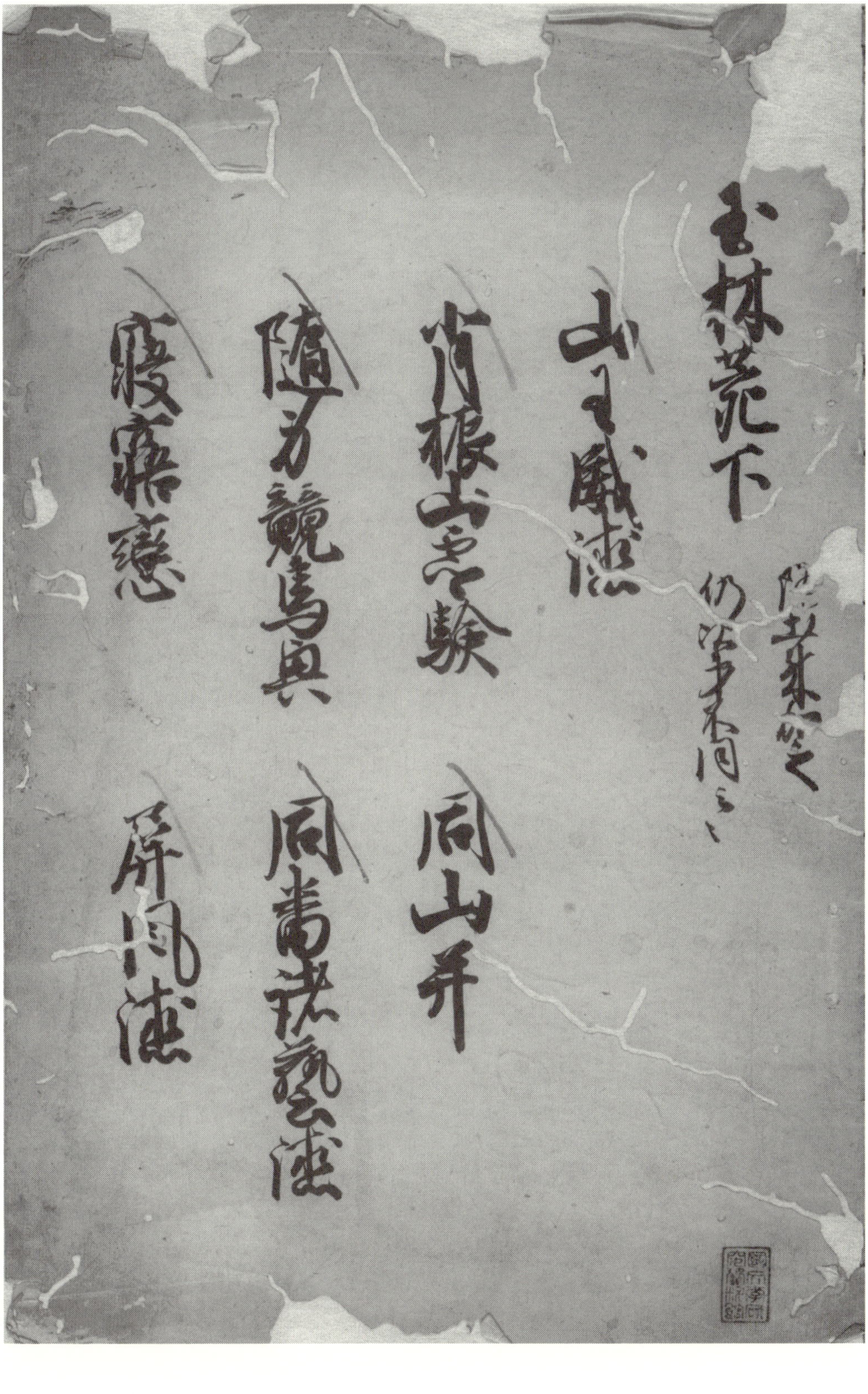
玉林苑下
山王風流
随身競馬興
同山并

琴曲
夜
餘波

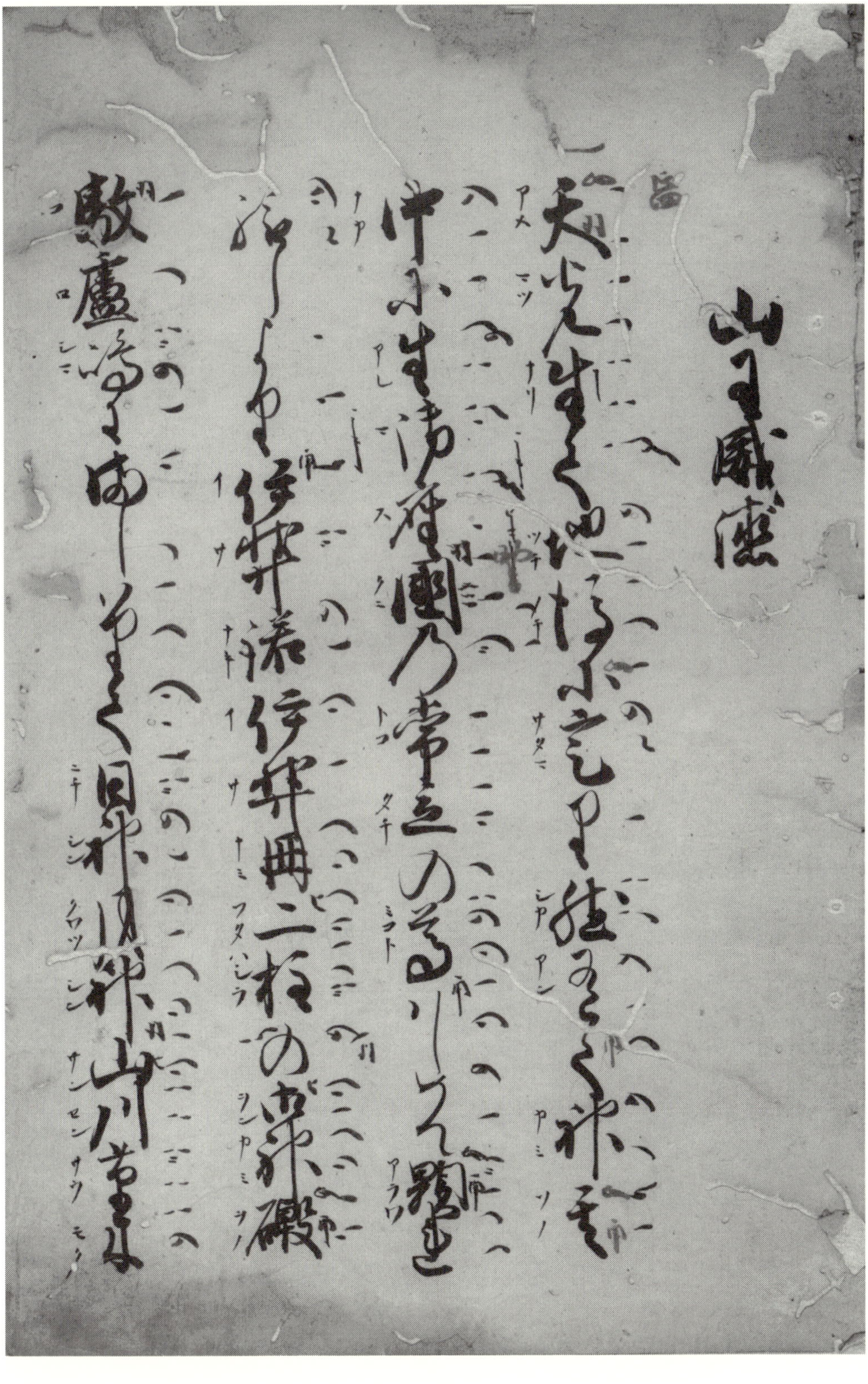

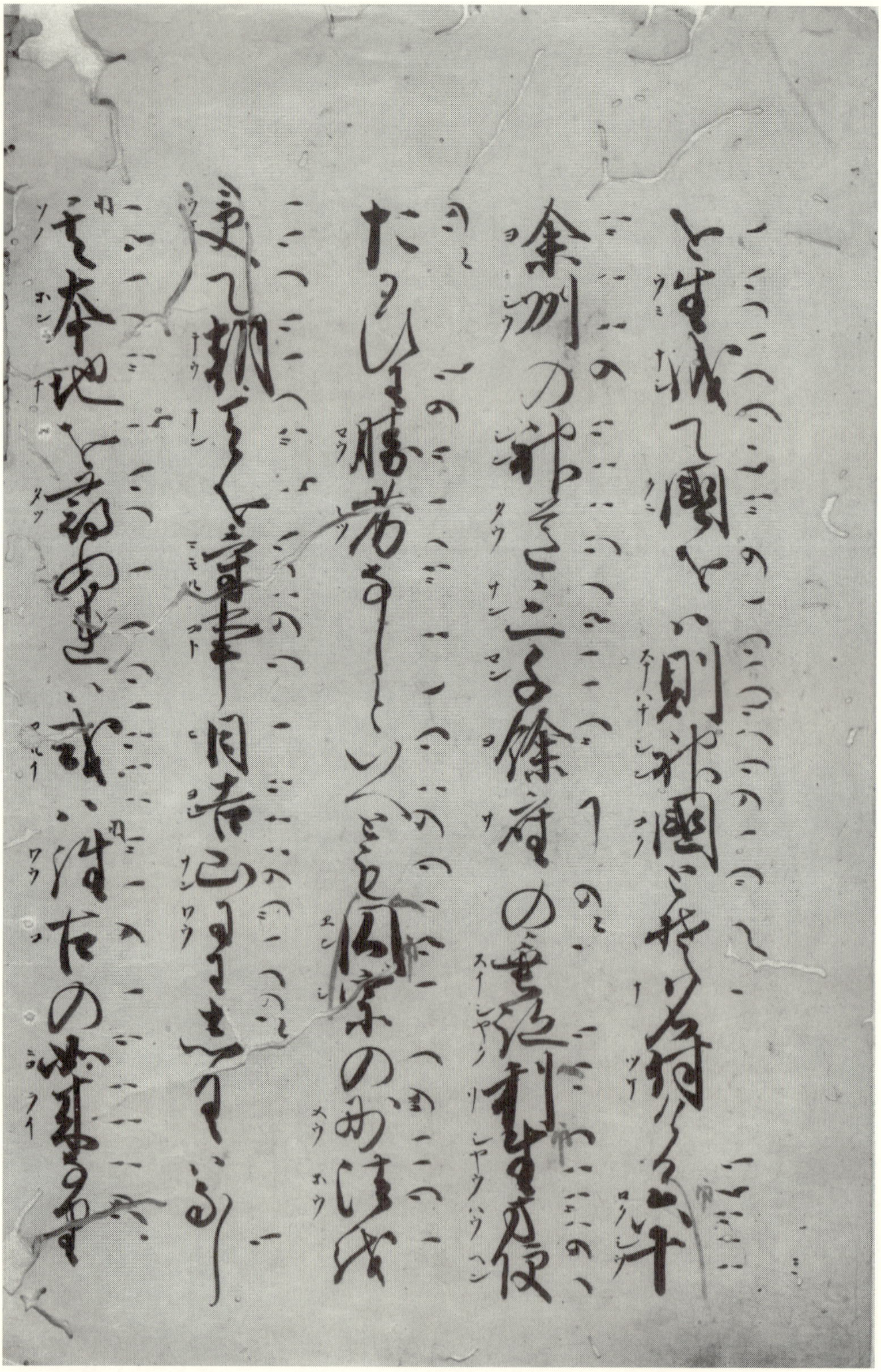
と生成て國といへは則神國に生を得たる六十
余州の神等三万余座の垂迹利生方便
たえし猛烈すといへとも円融の妙法清浄
更に擁護有事目前なりきまてるし
其本地と謂は達説は古の来暮す

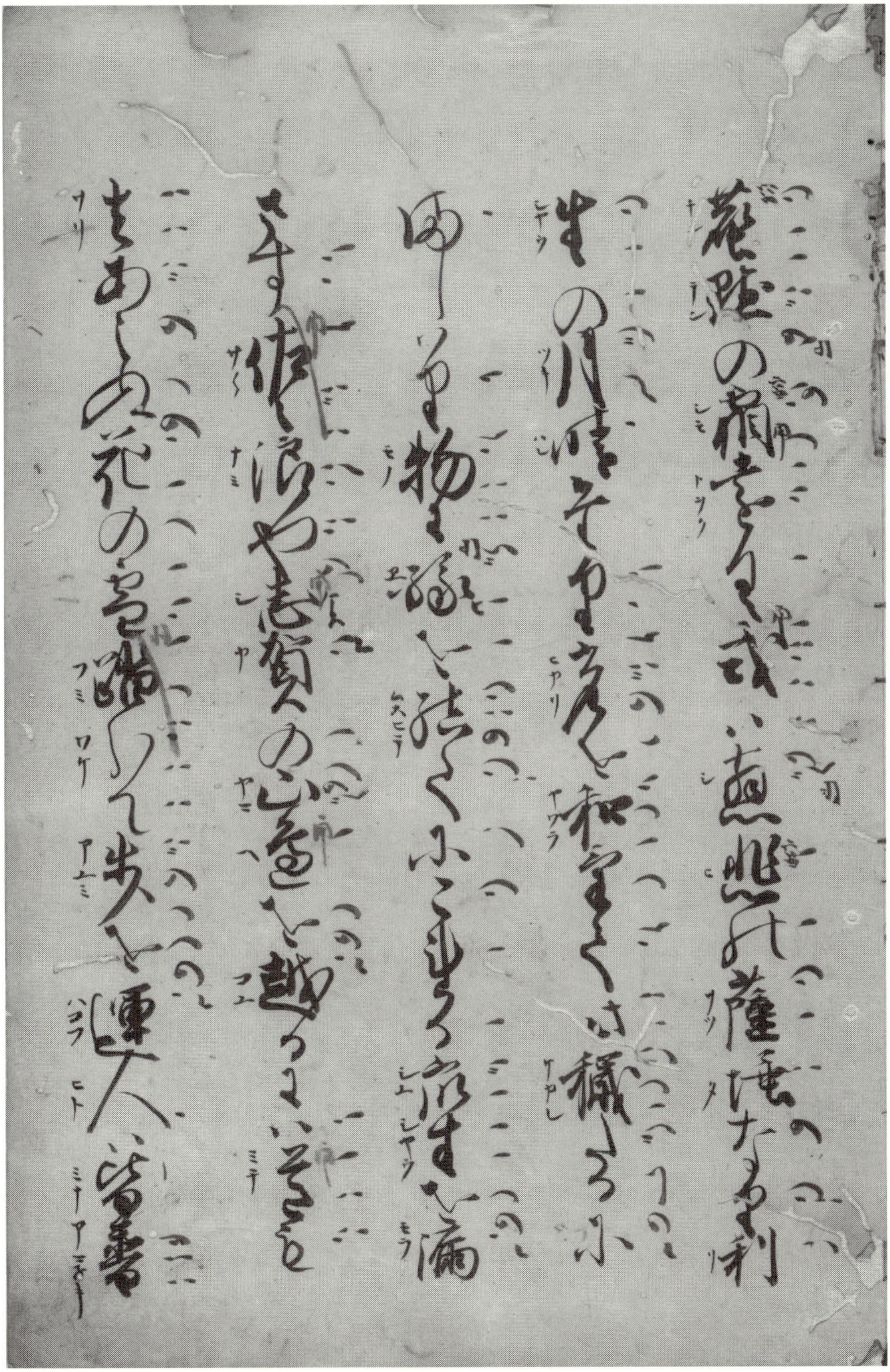

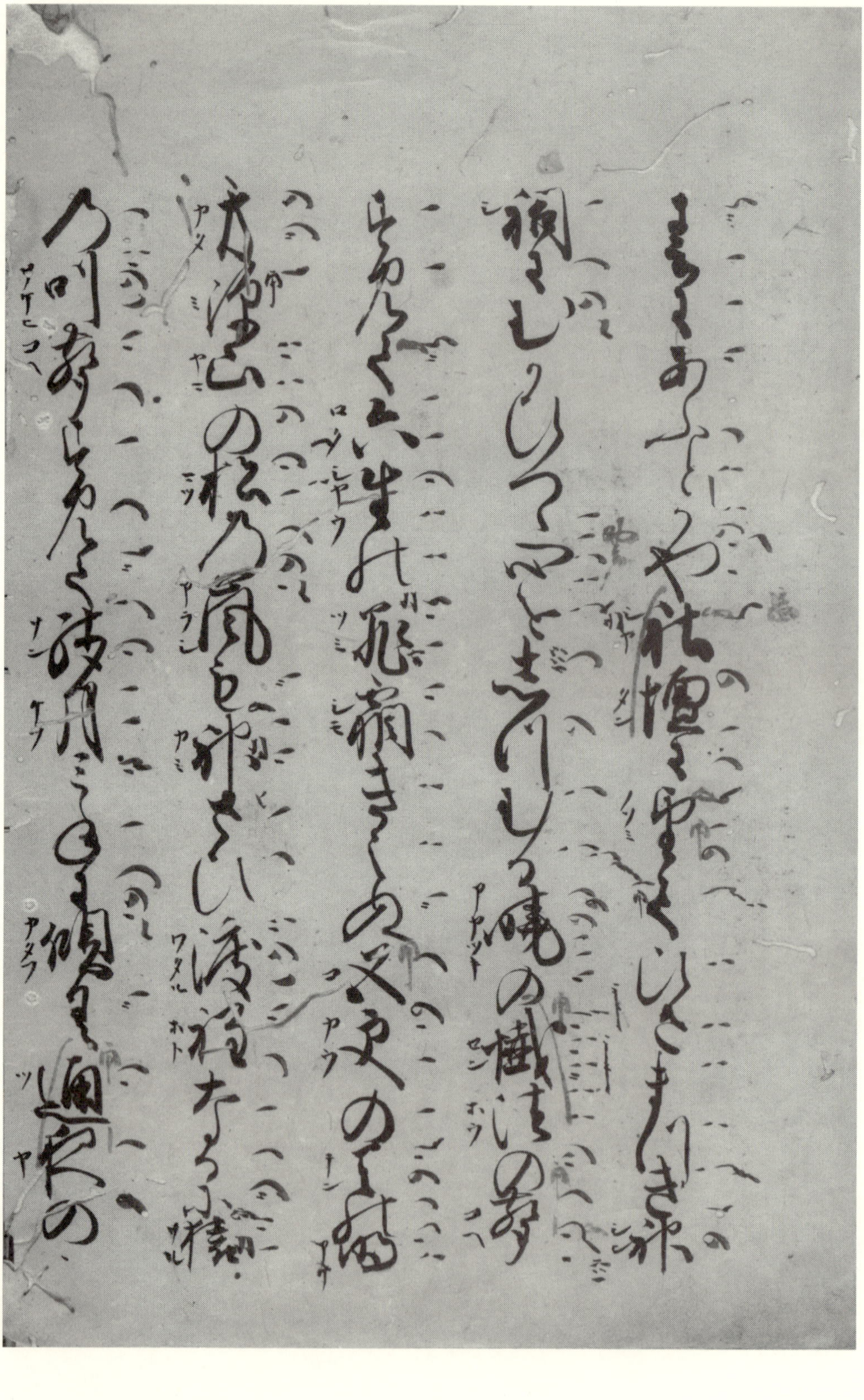

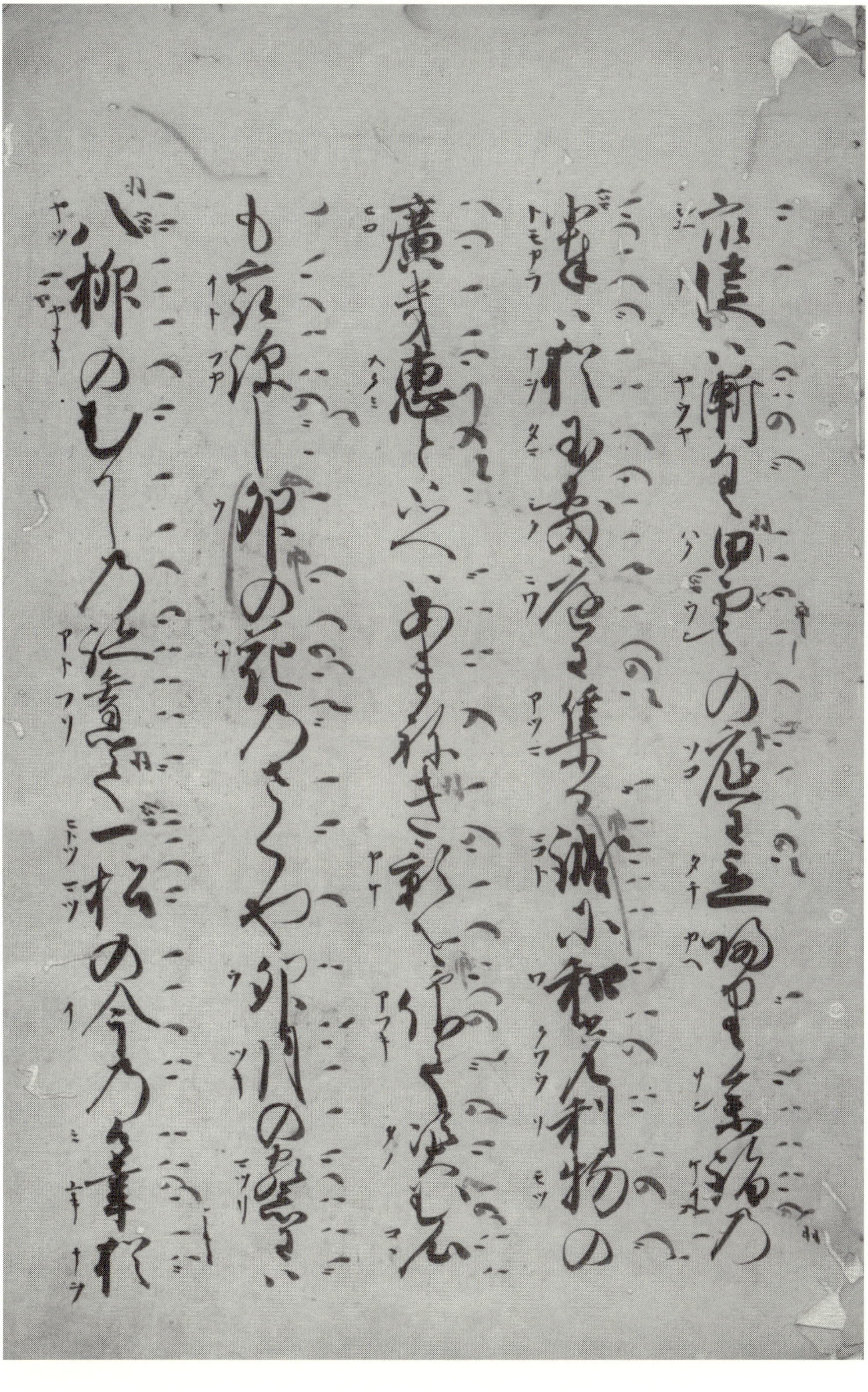

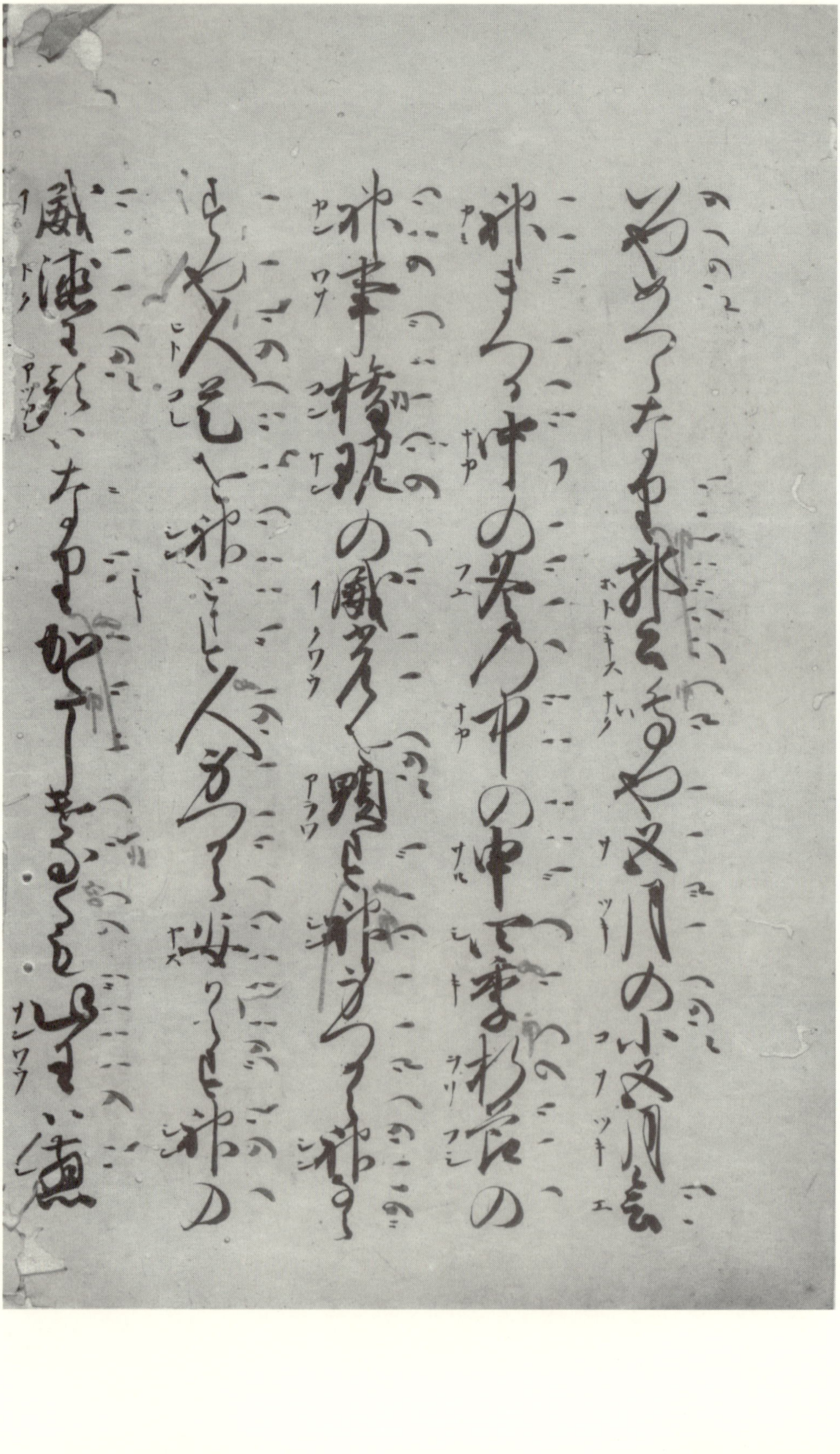

竟も有縦精魂の清味と受まいらす末代悪
世の凡夫乃世俗の事おもひ習ひ仏法の法を
まる事男兒の[illegible]を勝ぞやあ利生利
物の哀乃又目出副され躍て

箱根山霊験

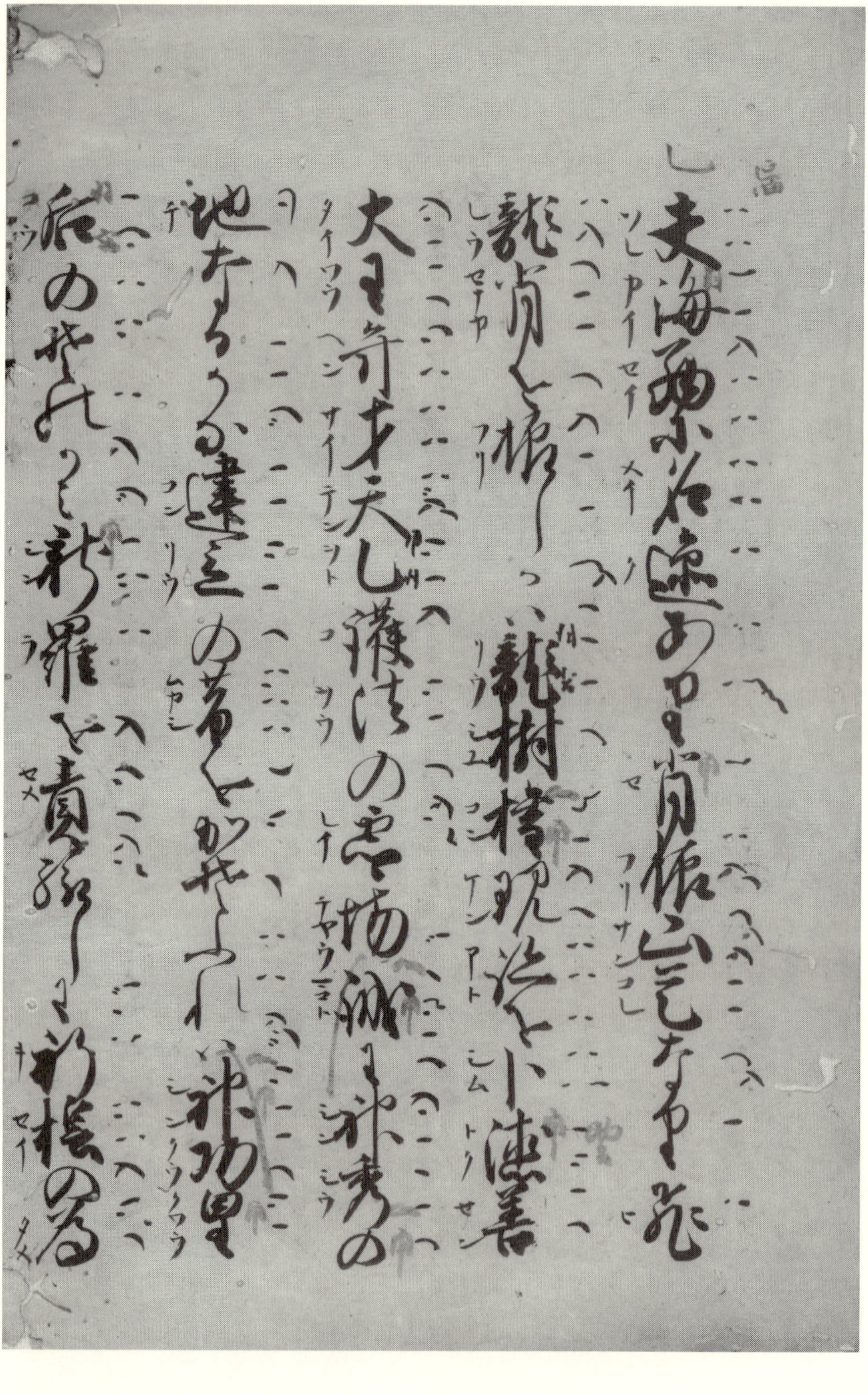

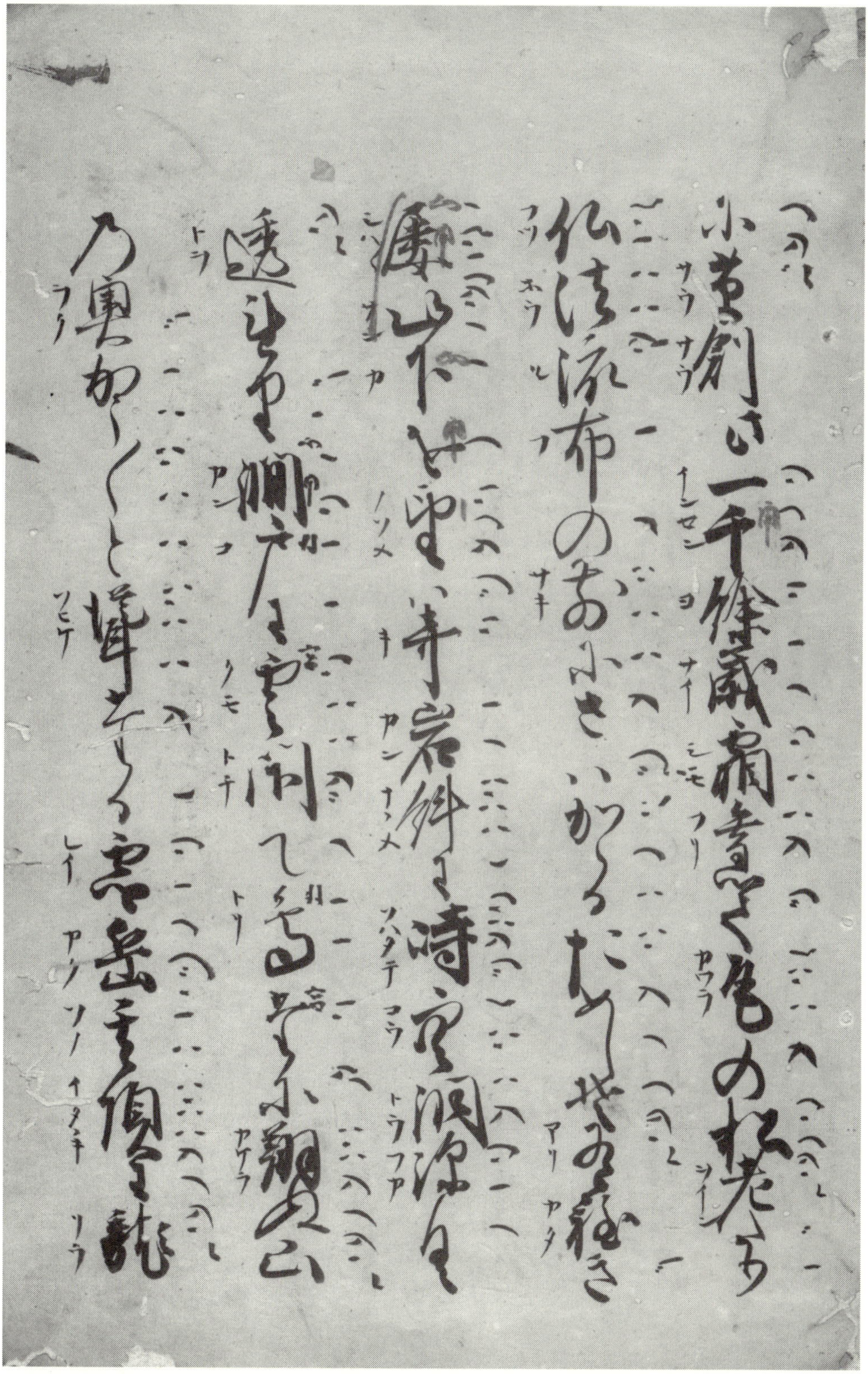

池の水底の石磨は金の沙と顕はる
龍宮大城に通ひける仏法所の門にや
遊の優婆塞と見えし庵と権[illegible]
し一刹菩提の為めにこそや胎金両部
の岩室波旬の類ともへそれ有籠の岩

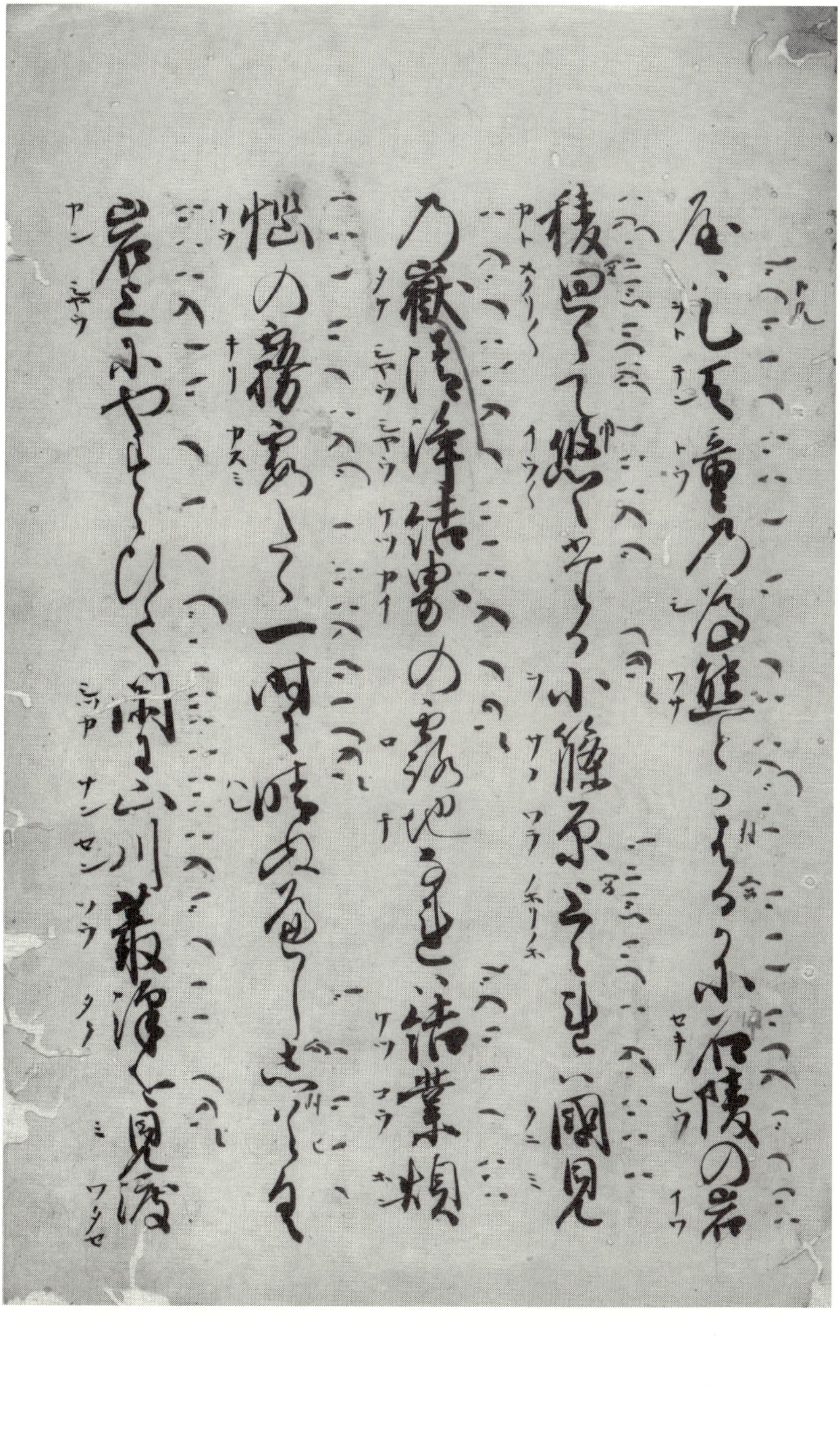

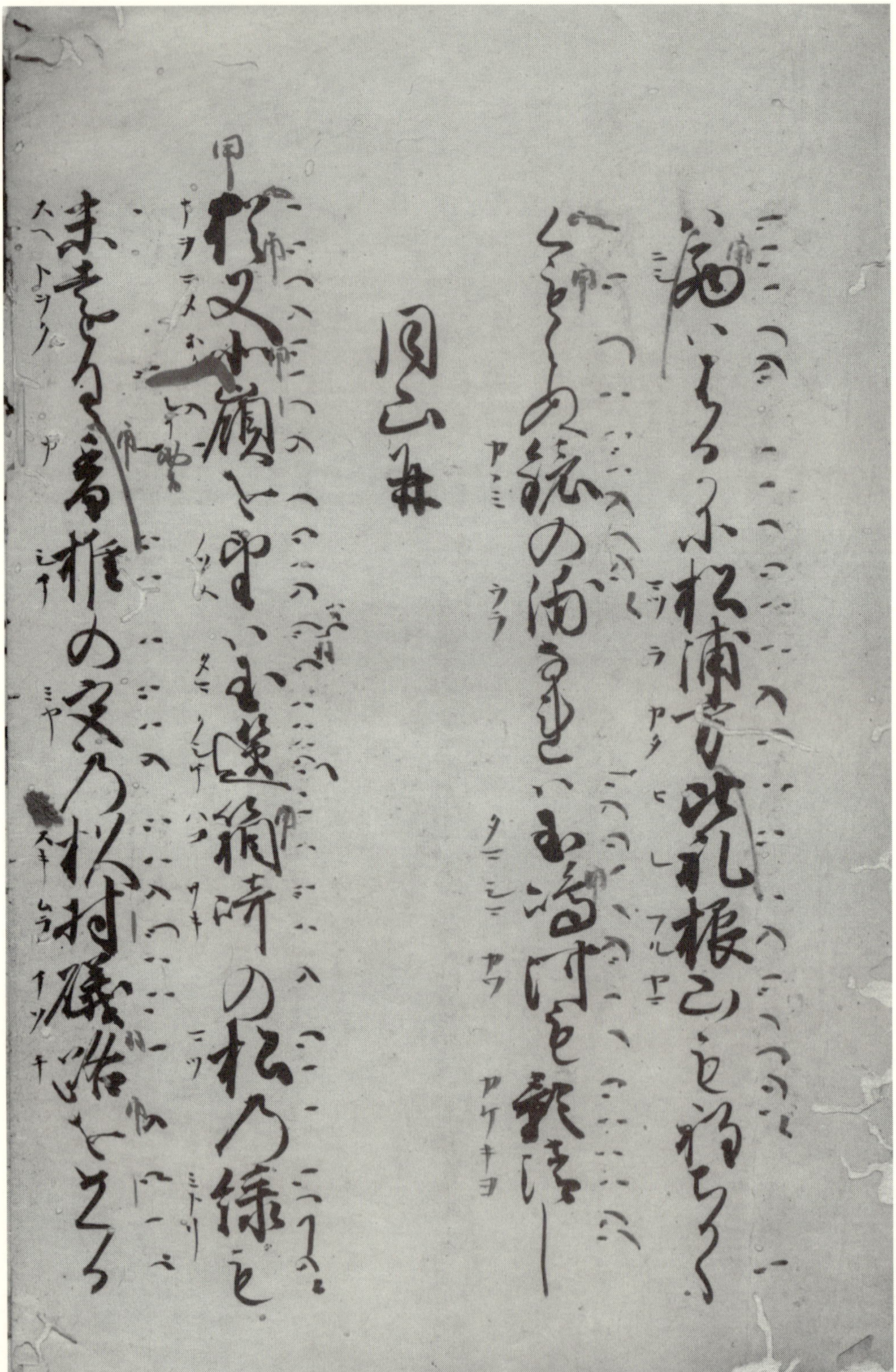

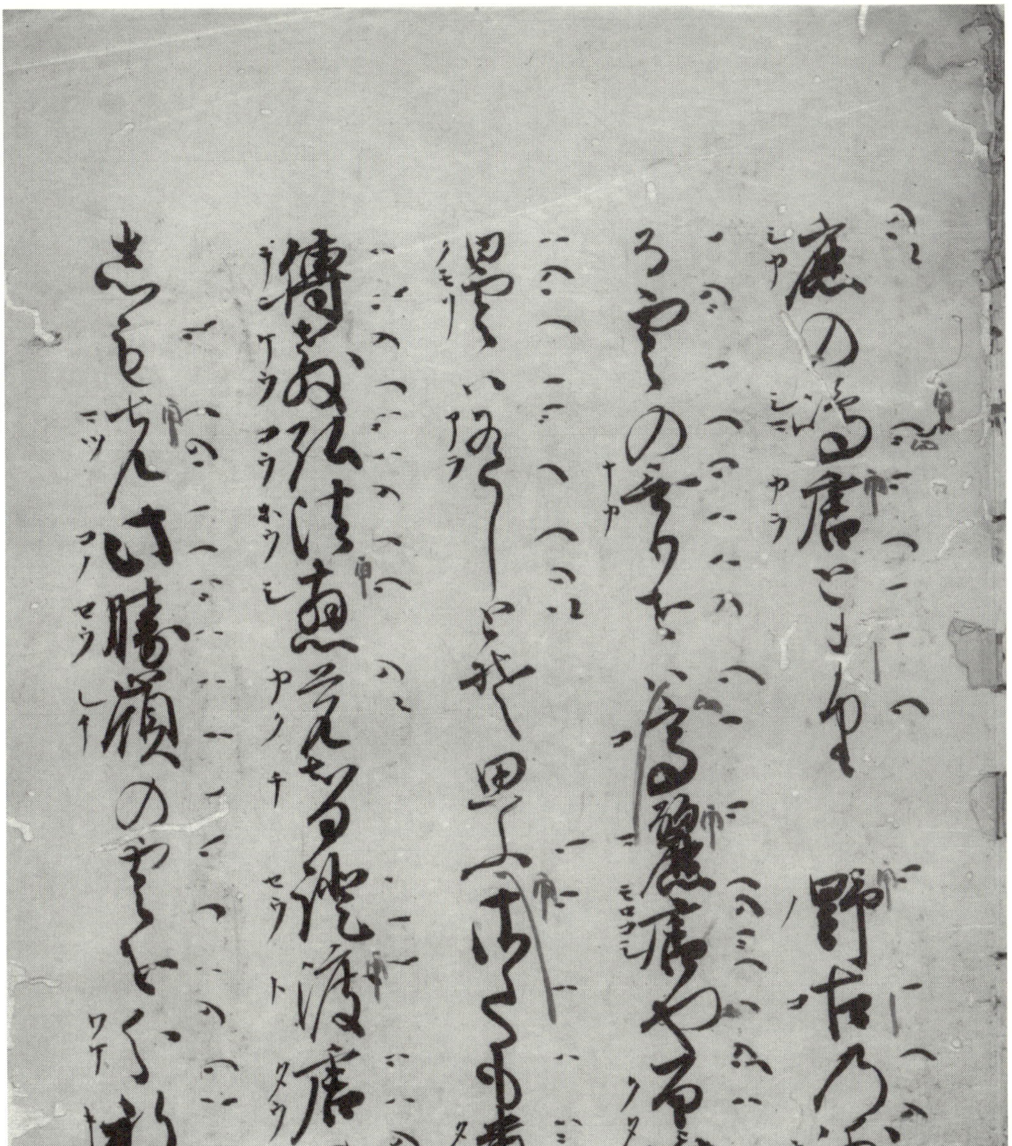

野寺の浦浪忽隔鹿の鳴声ときゝて
高麗唐や百済まてもろ声の哥を
思ふ事の貴の身にしは曇は荒しと我
傳教弘法慈覚も智證も渡唐の浪を凌
さても三つ此勝嶺のやまを分輪の湖を

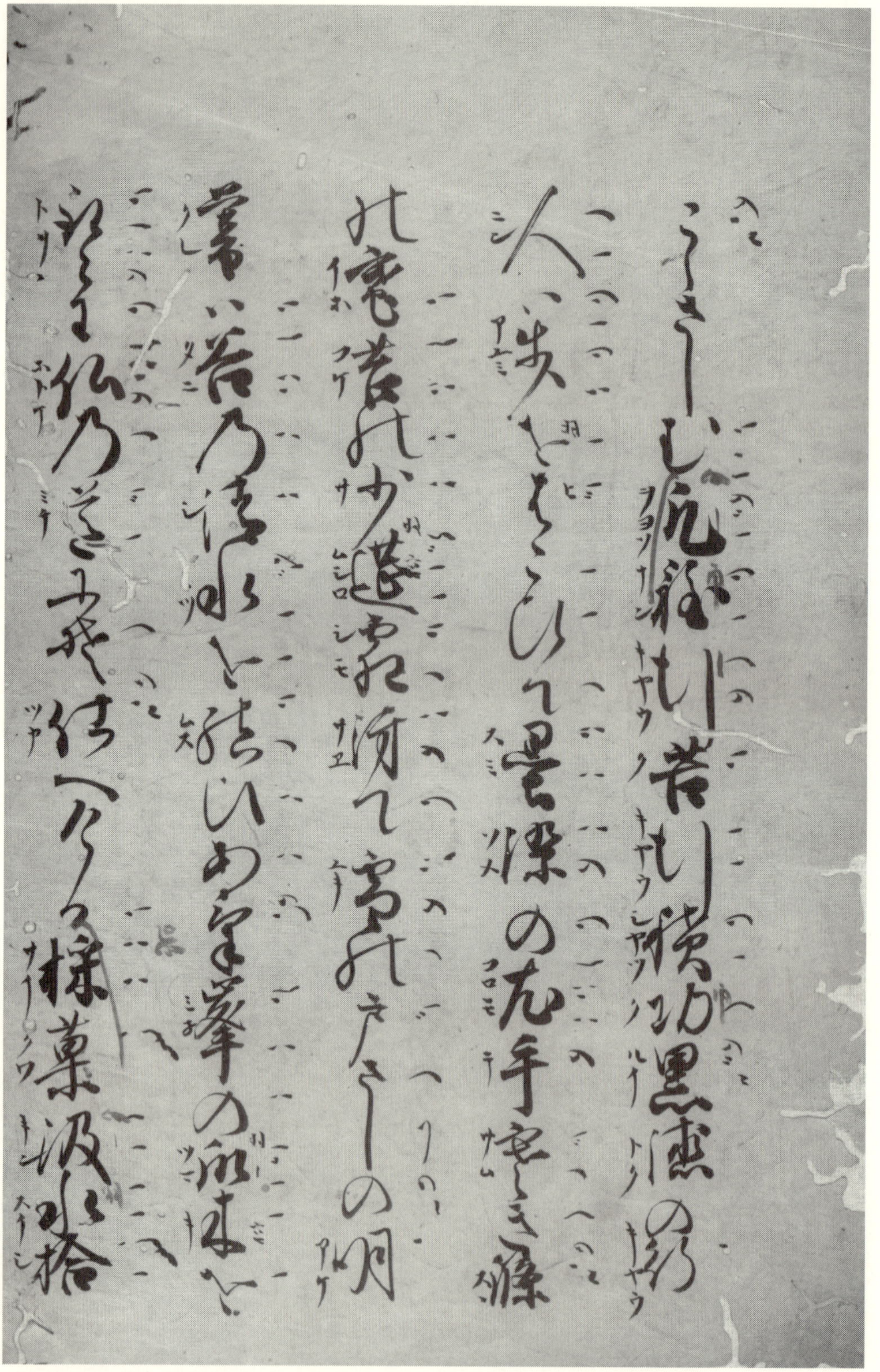

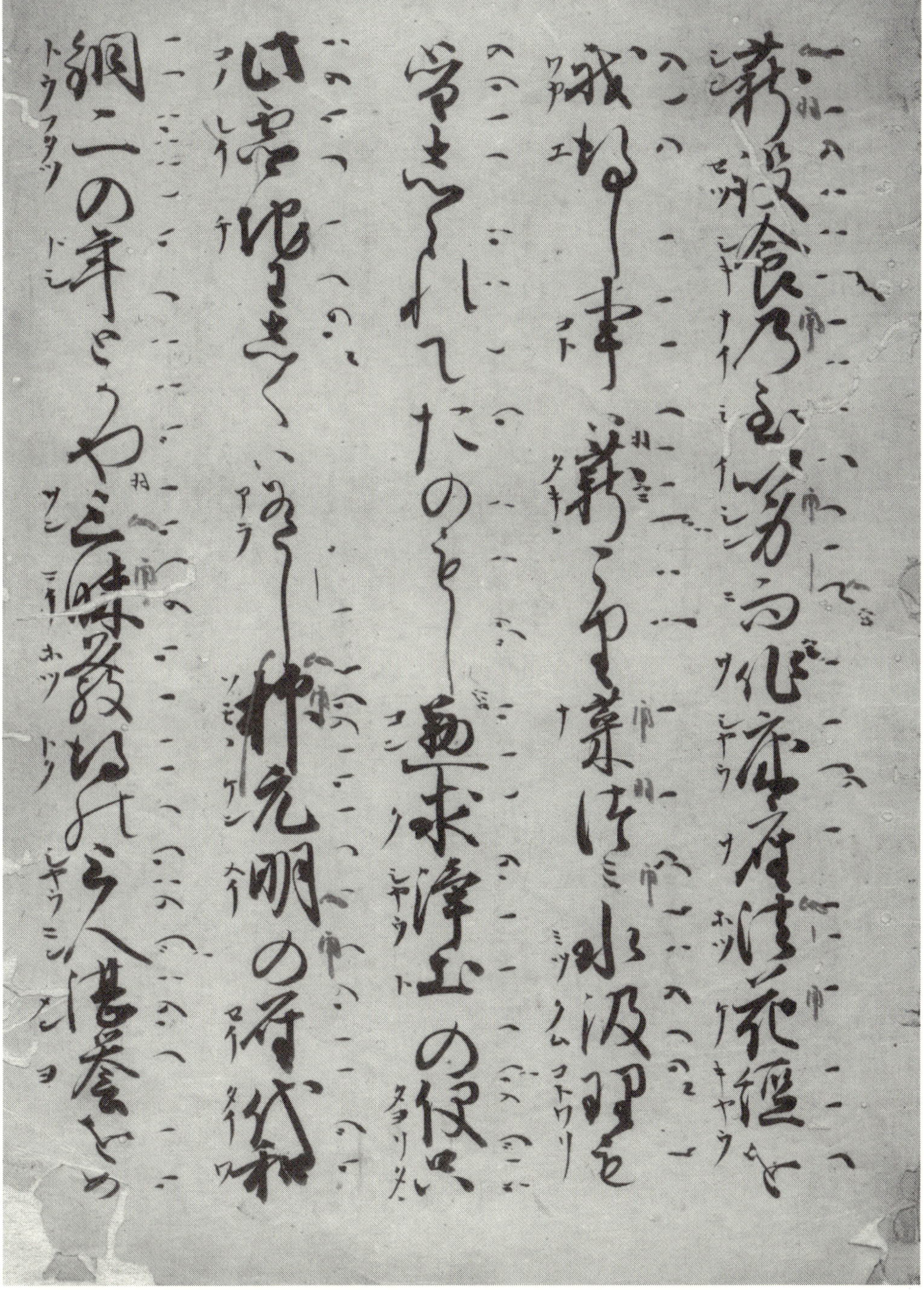

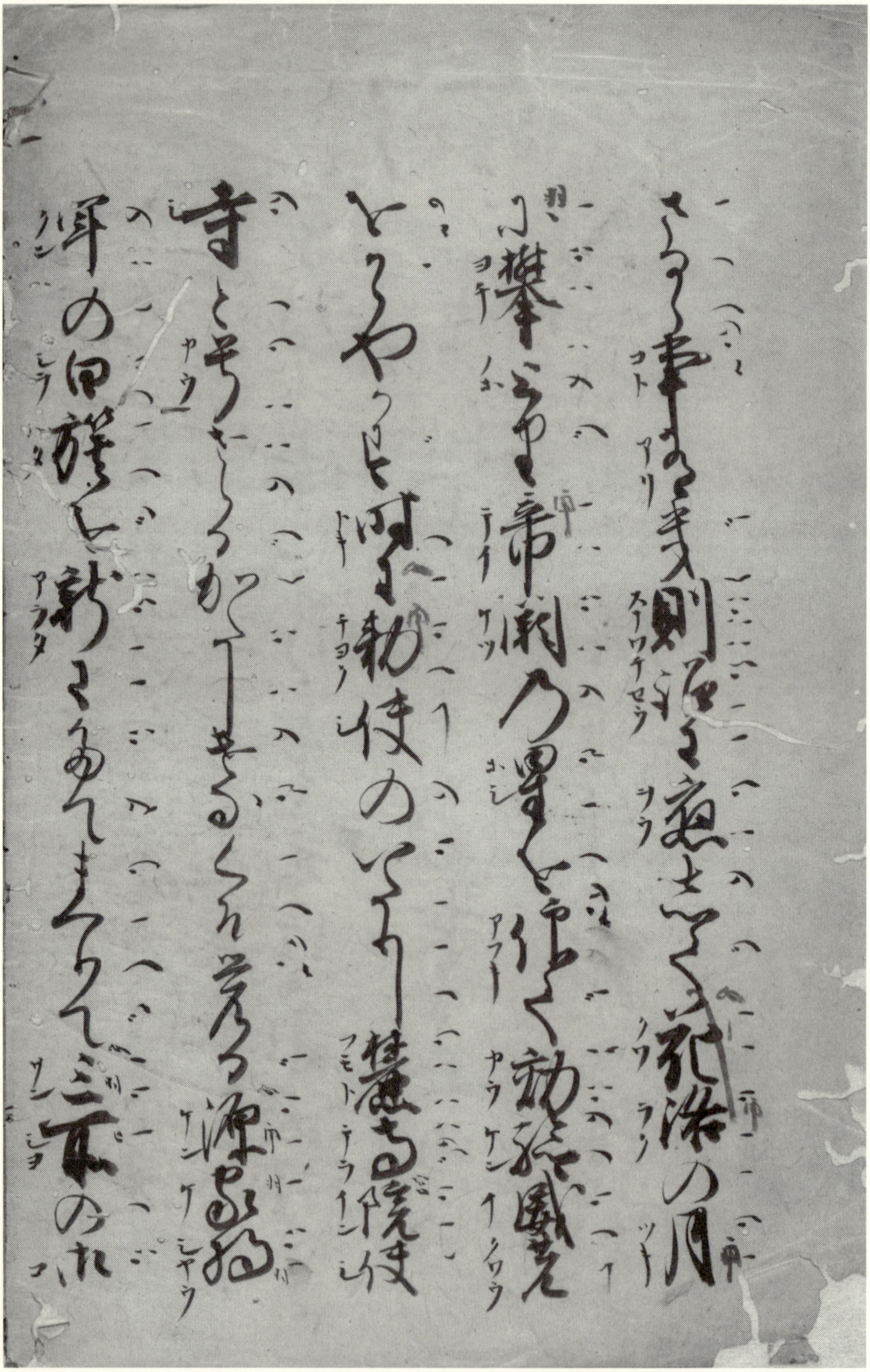

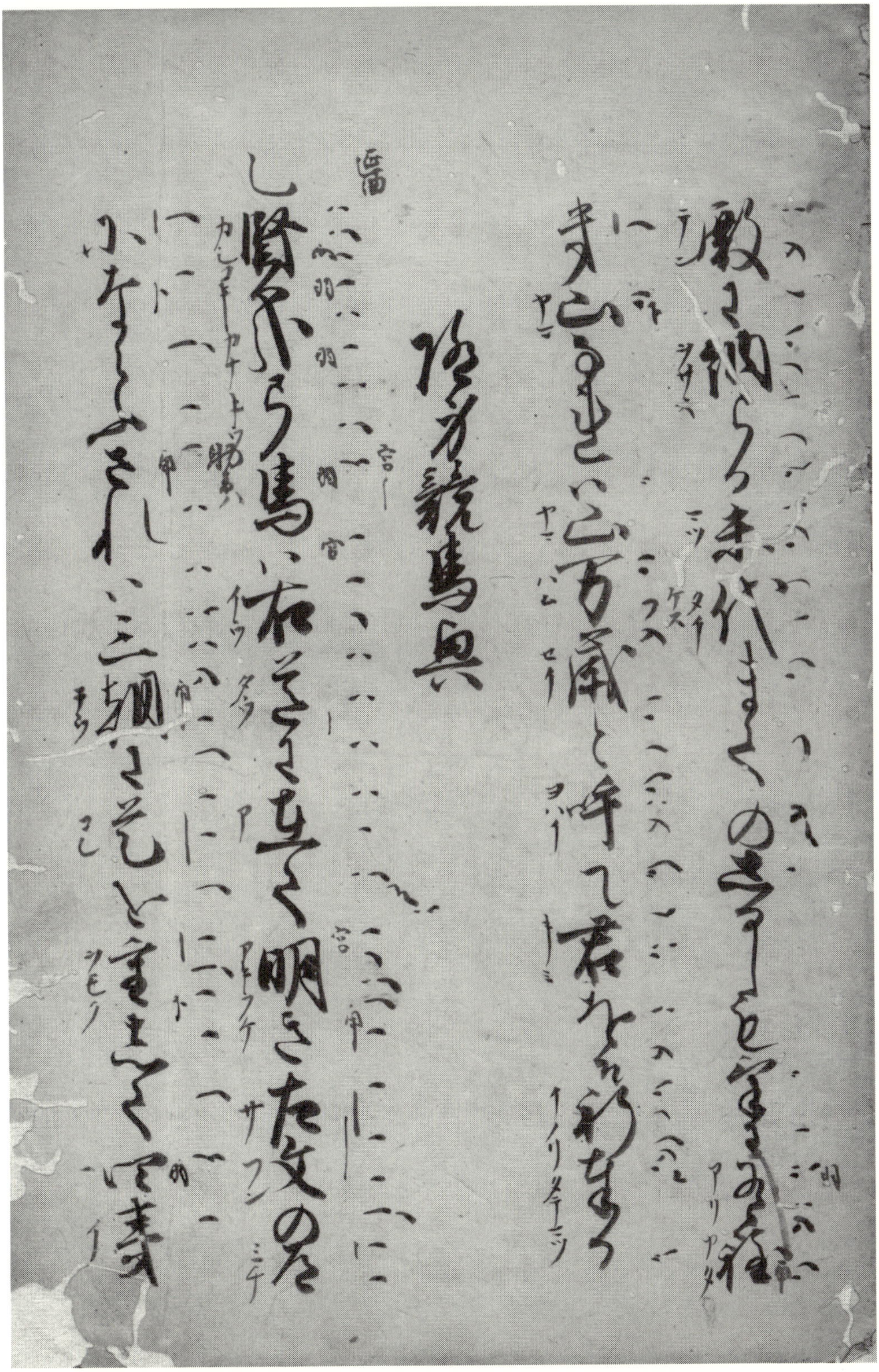

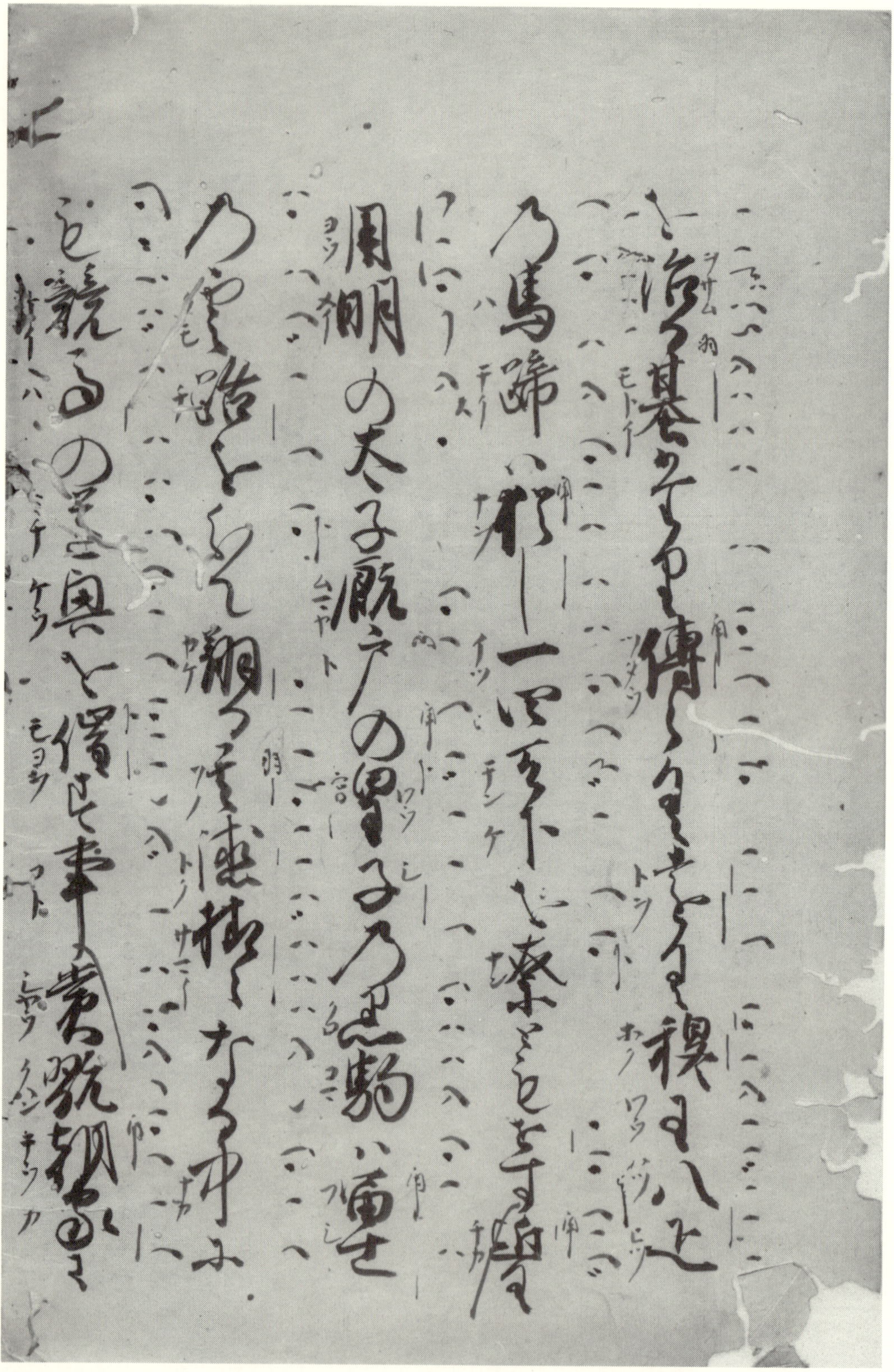

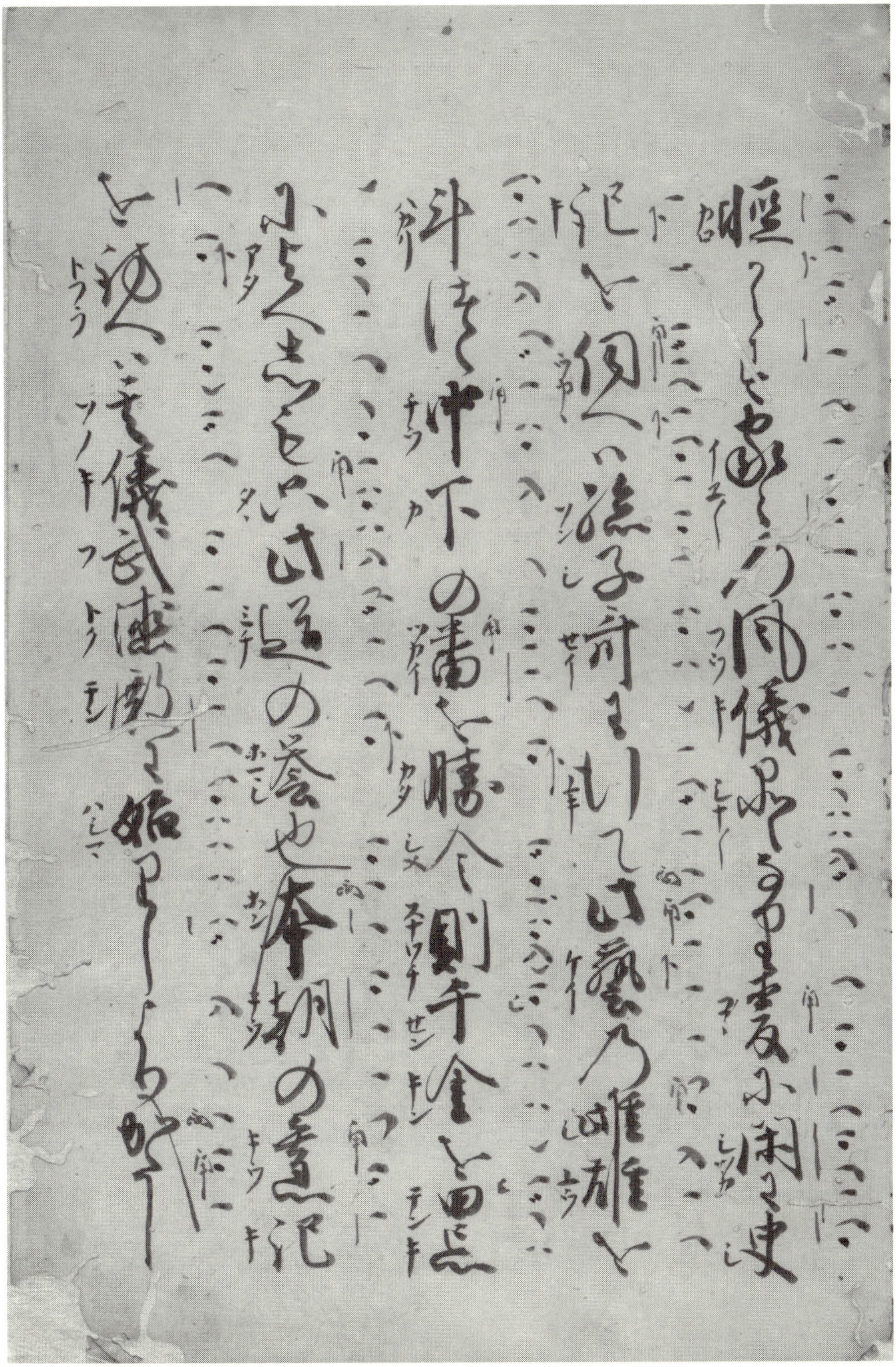

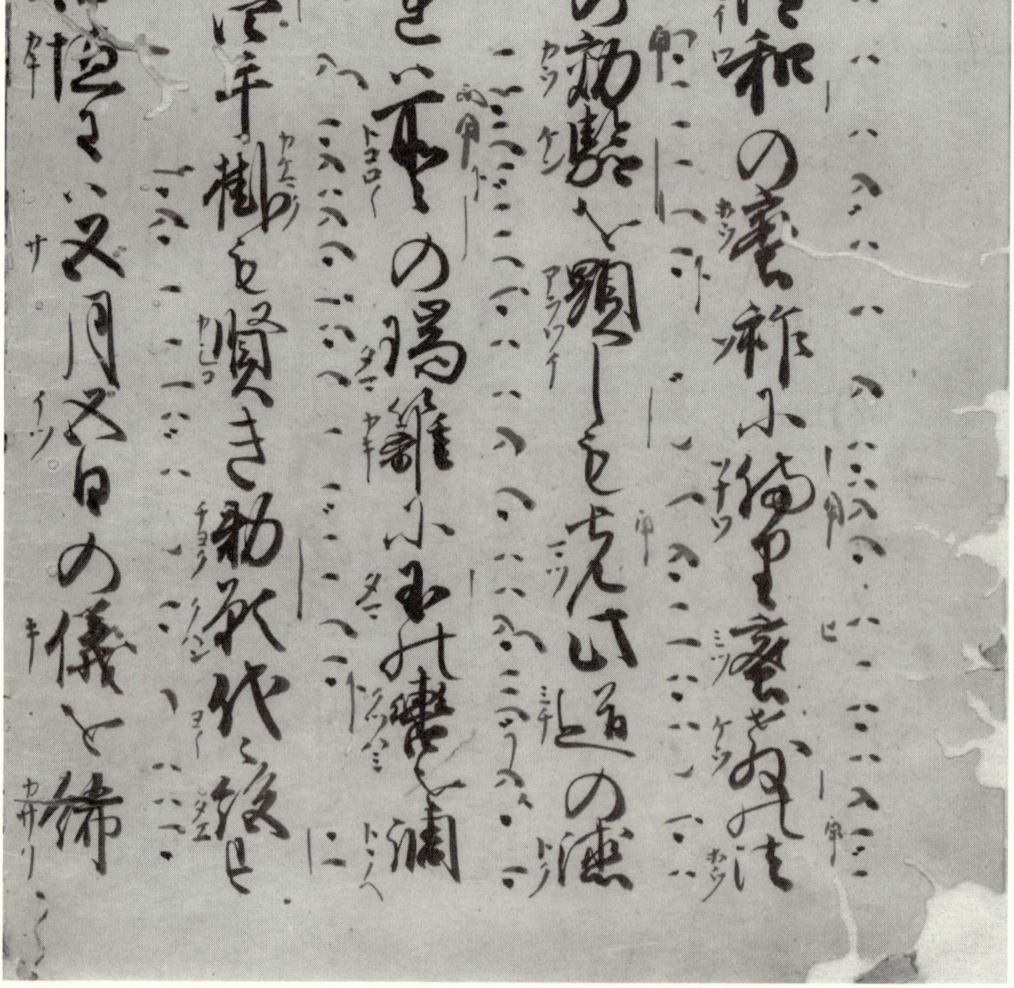

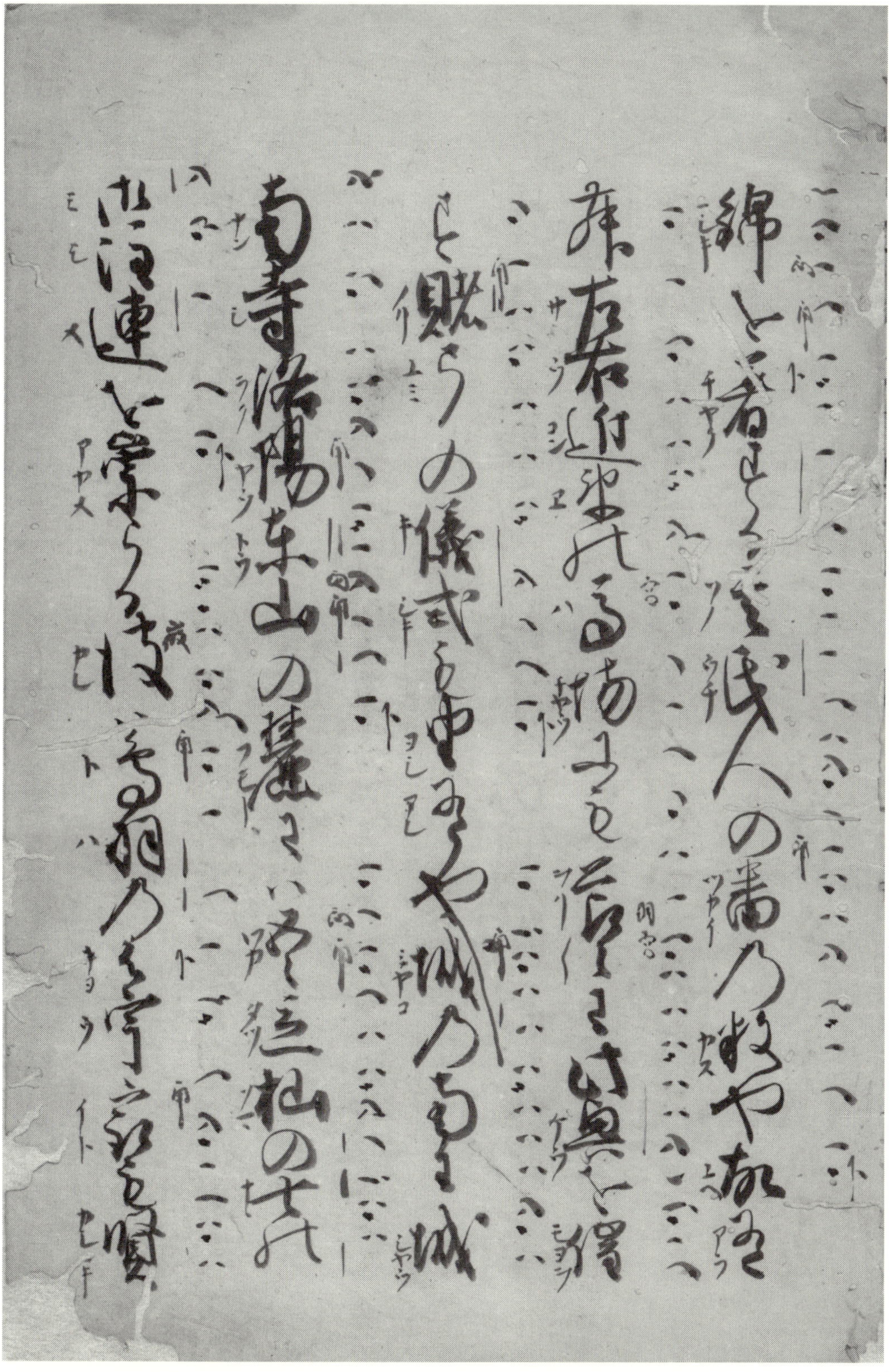

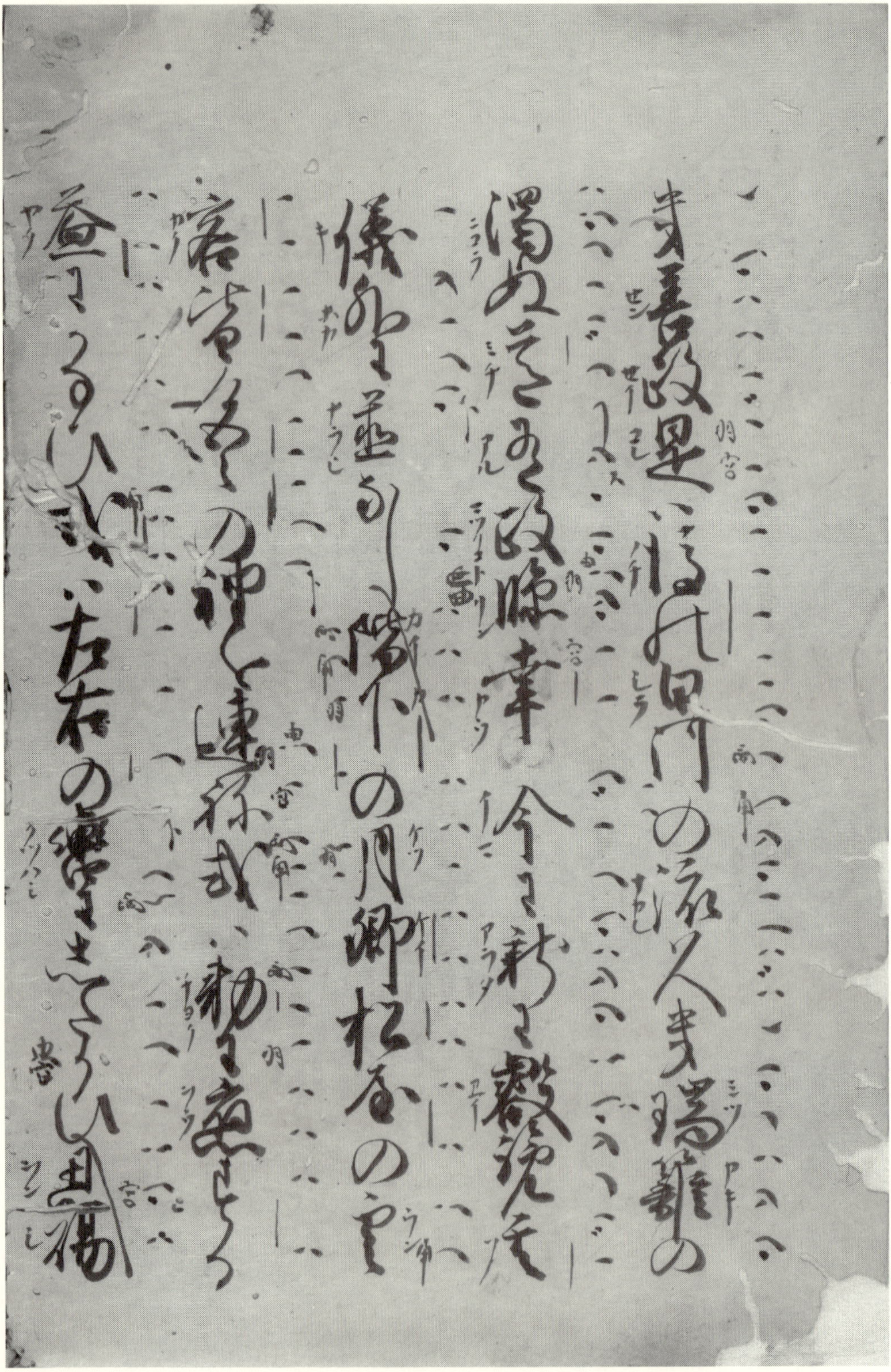

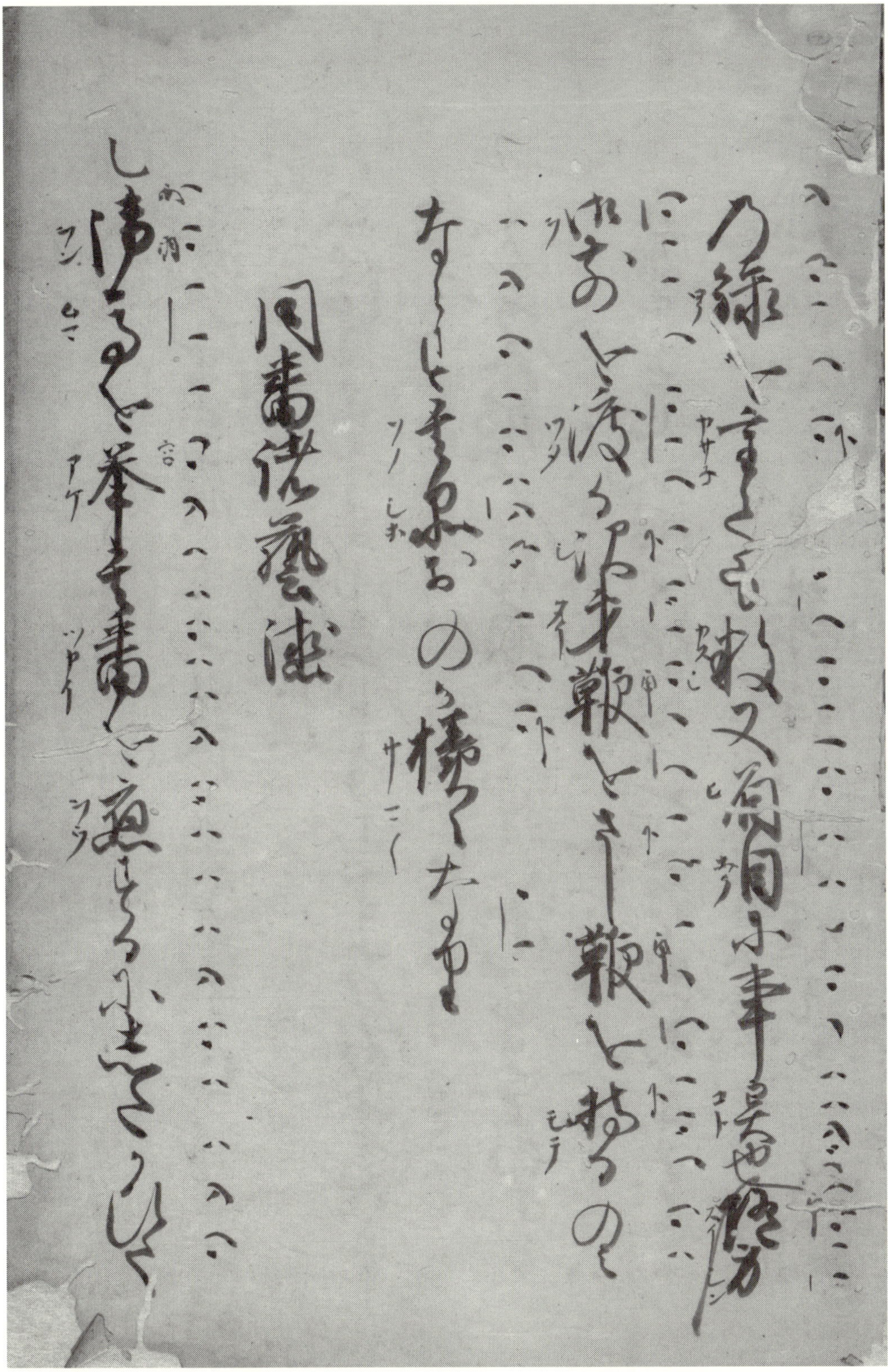

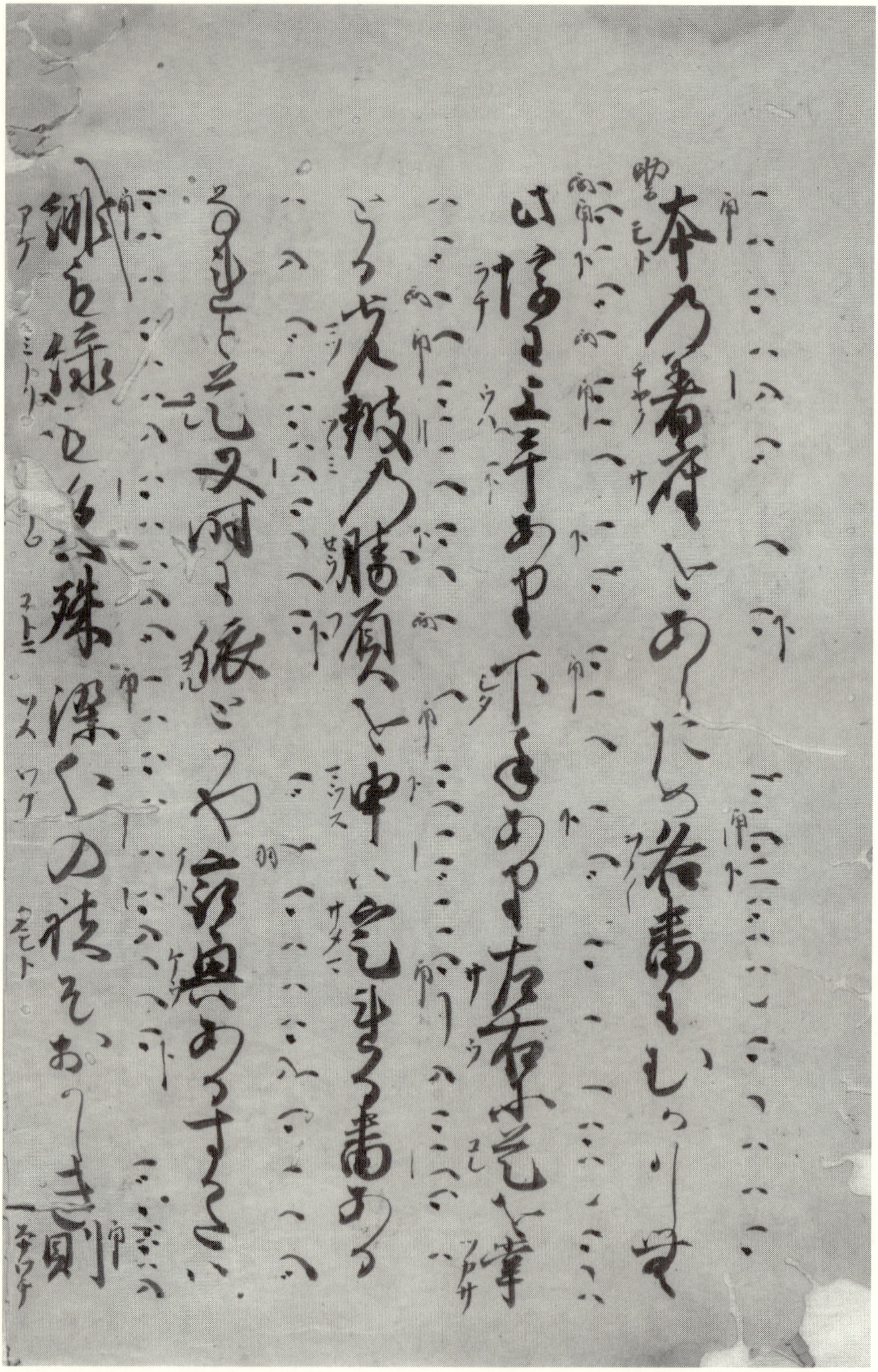

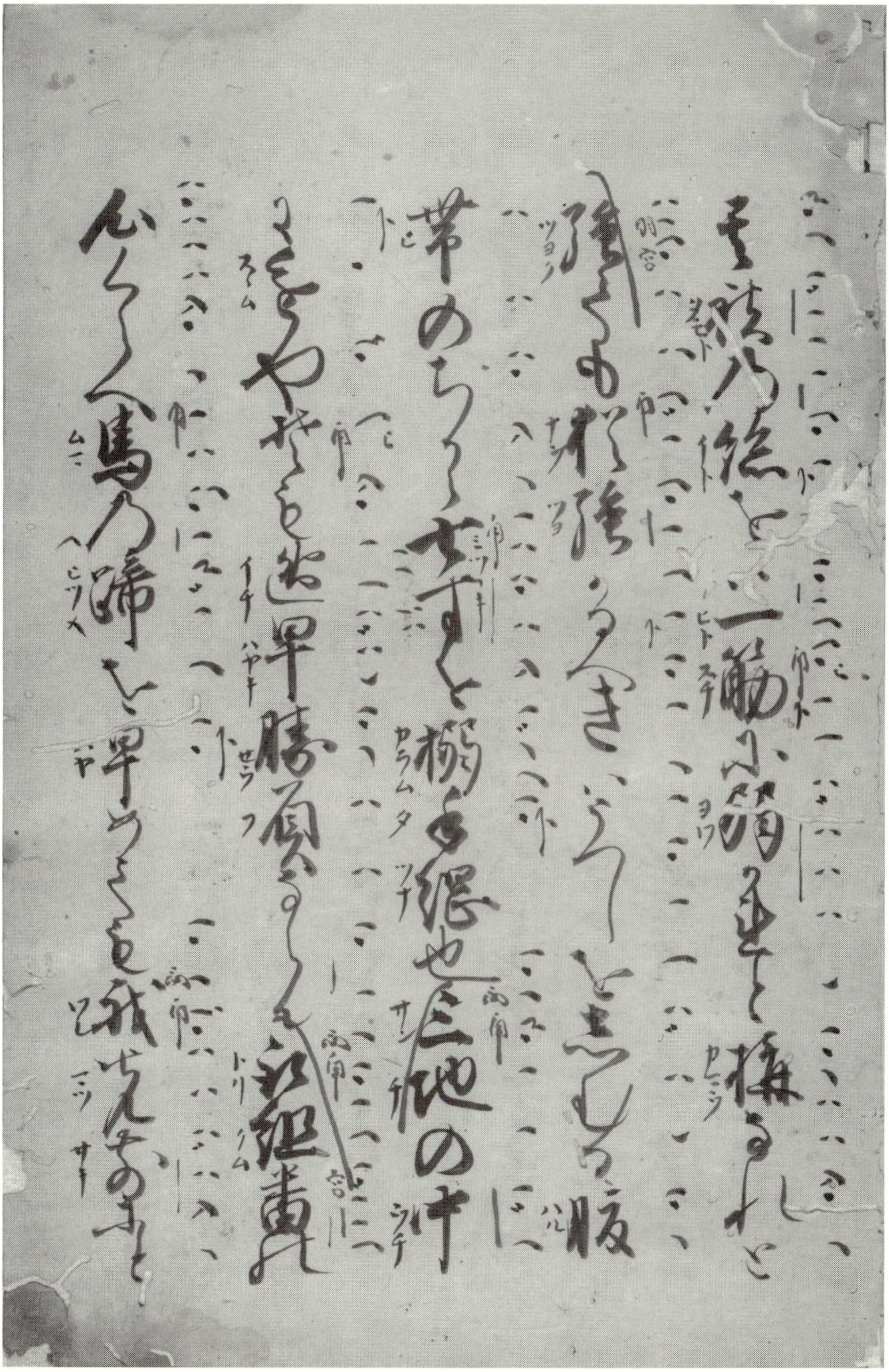

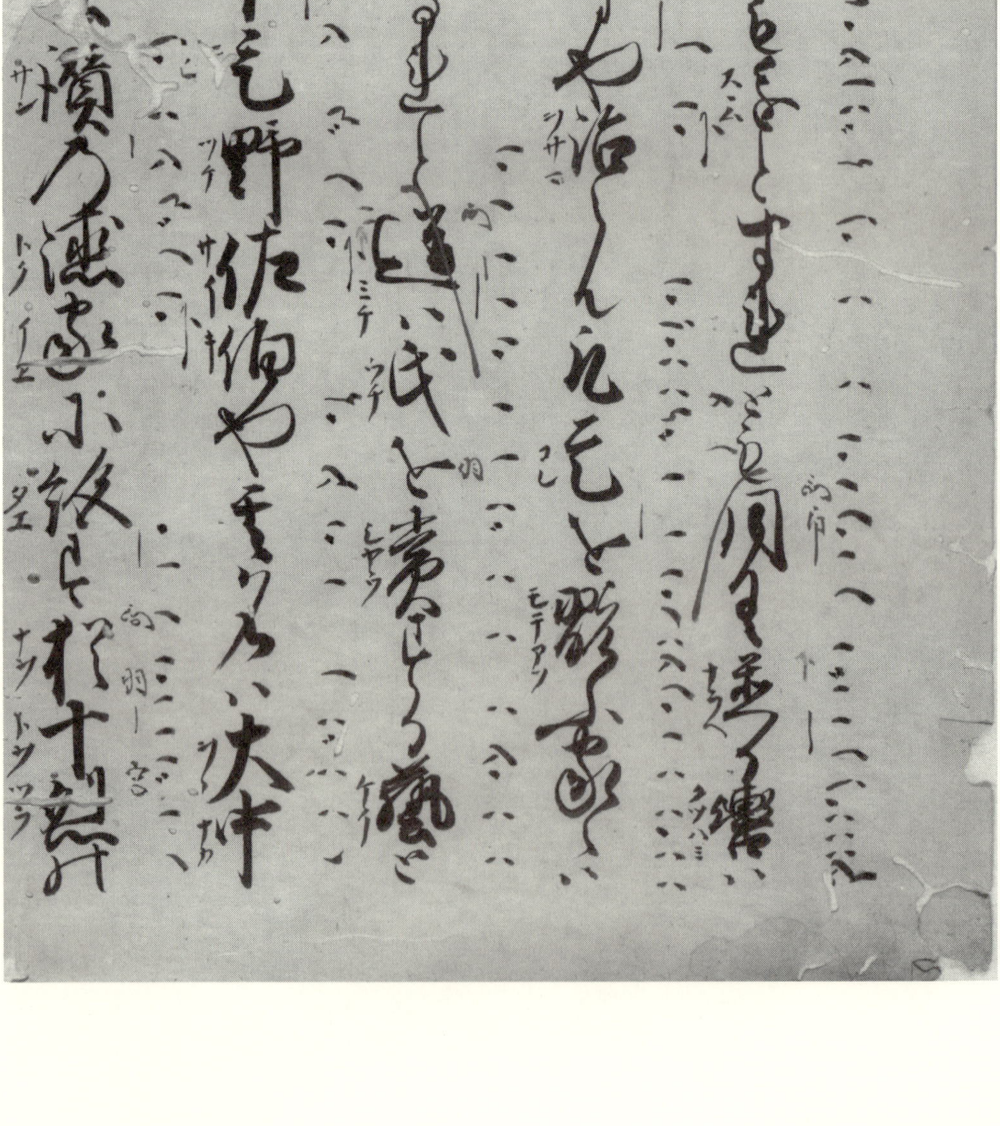

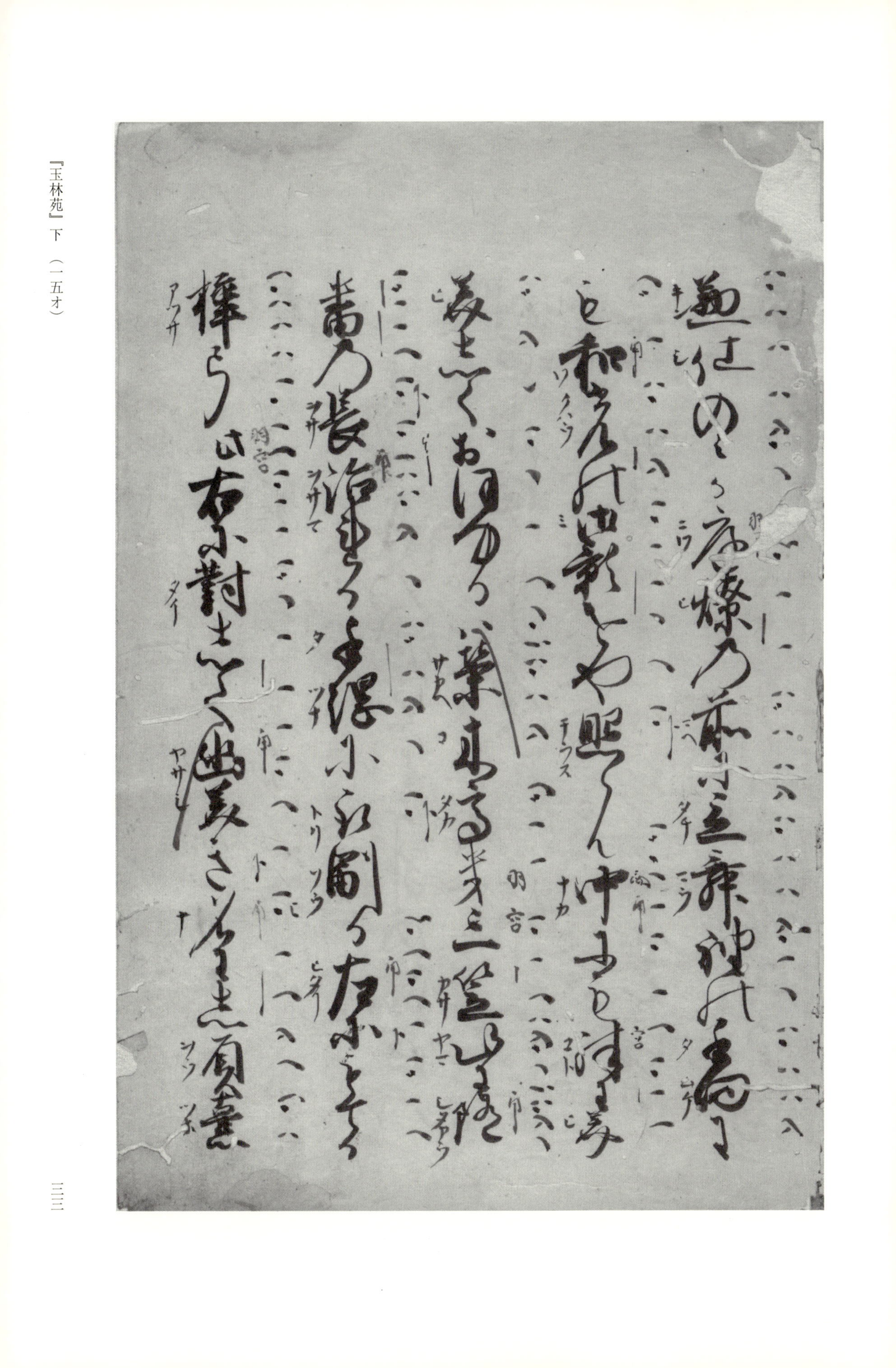

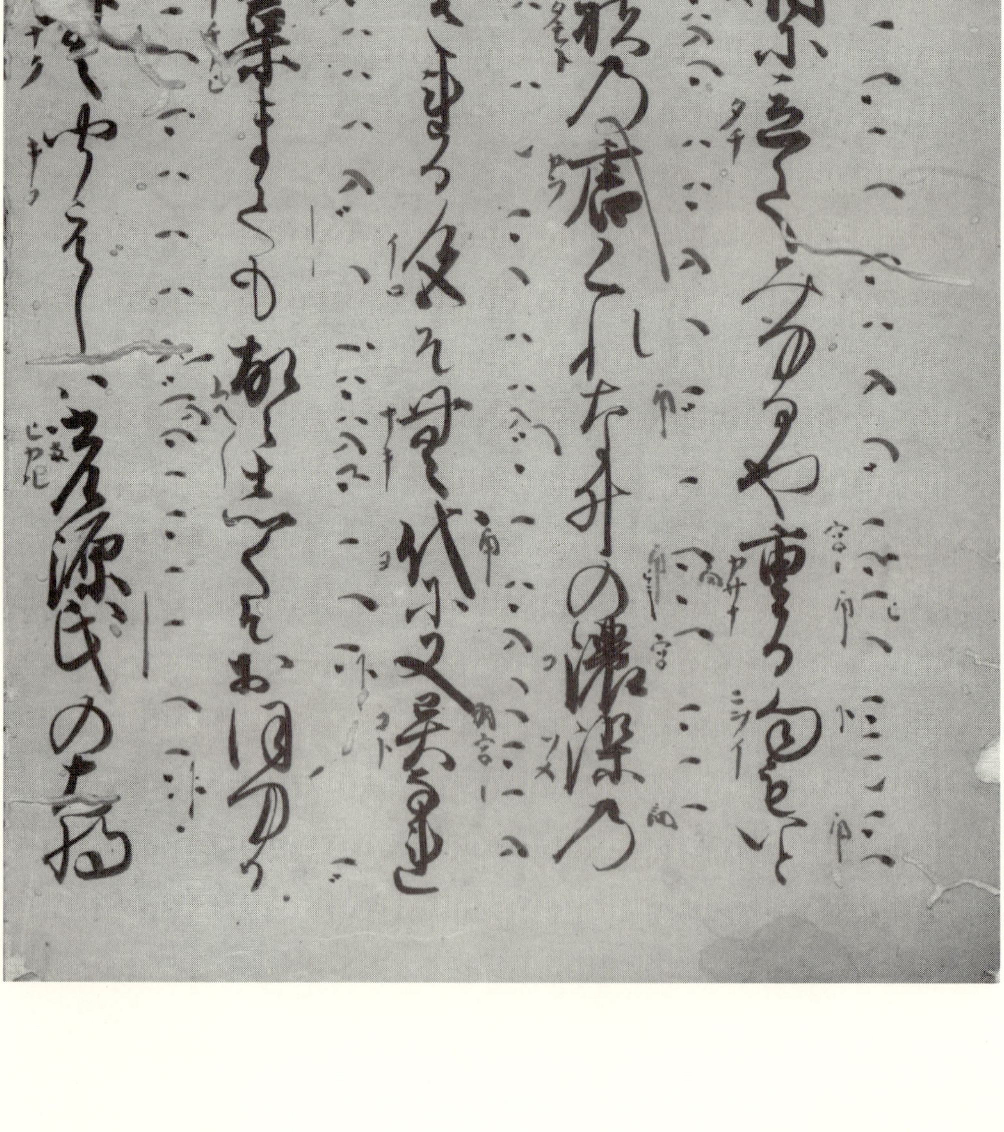

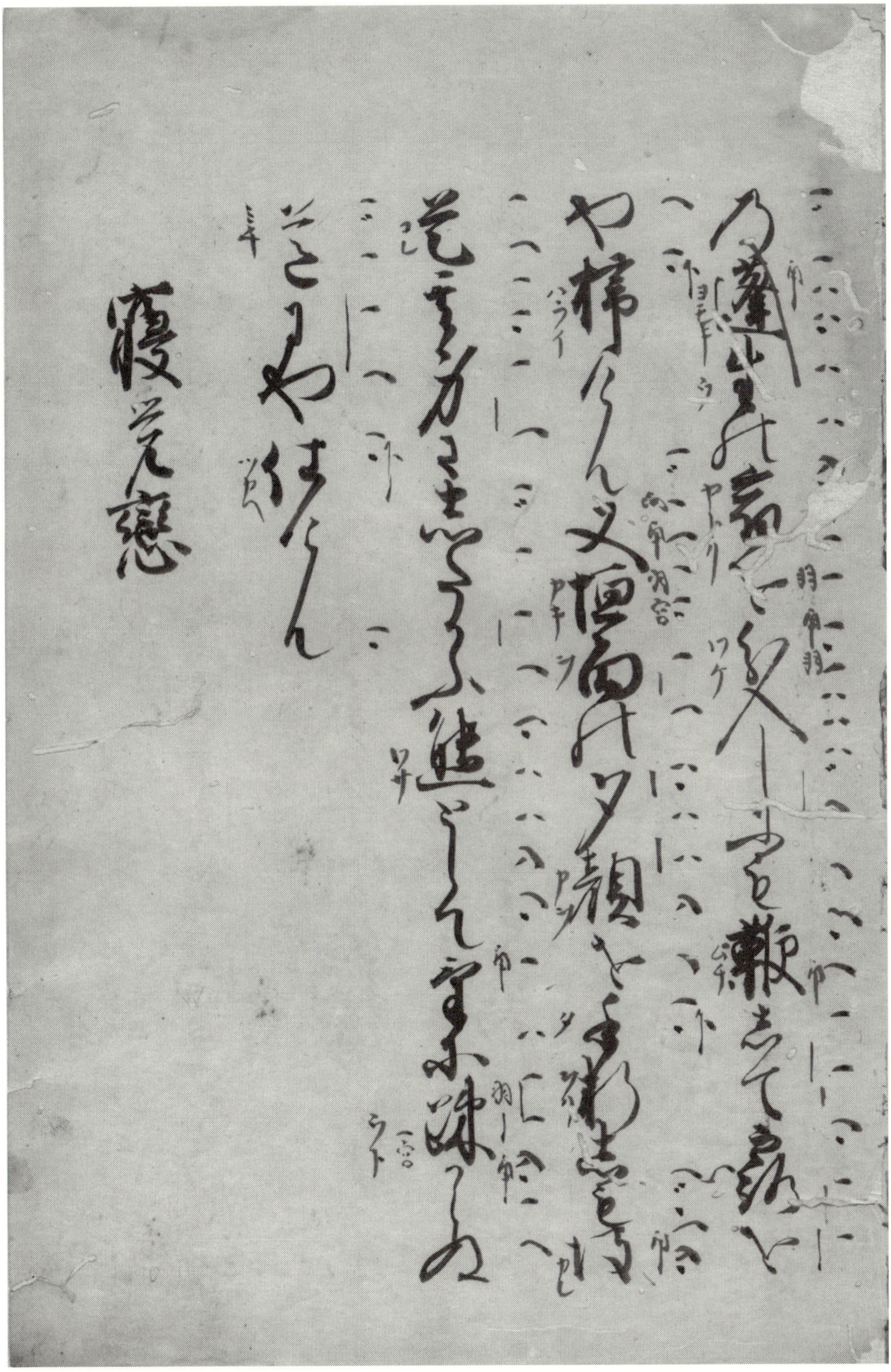

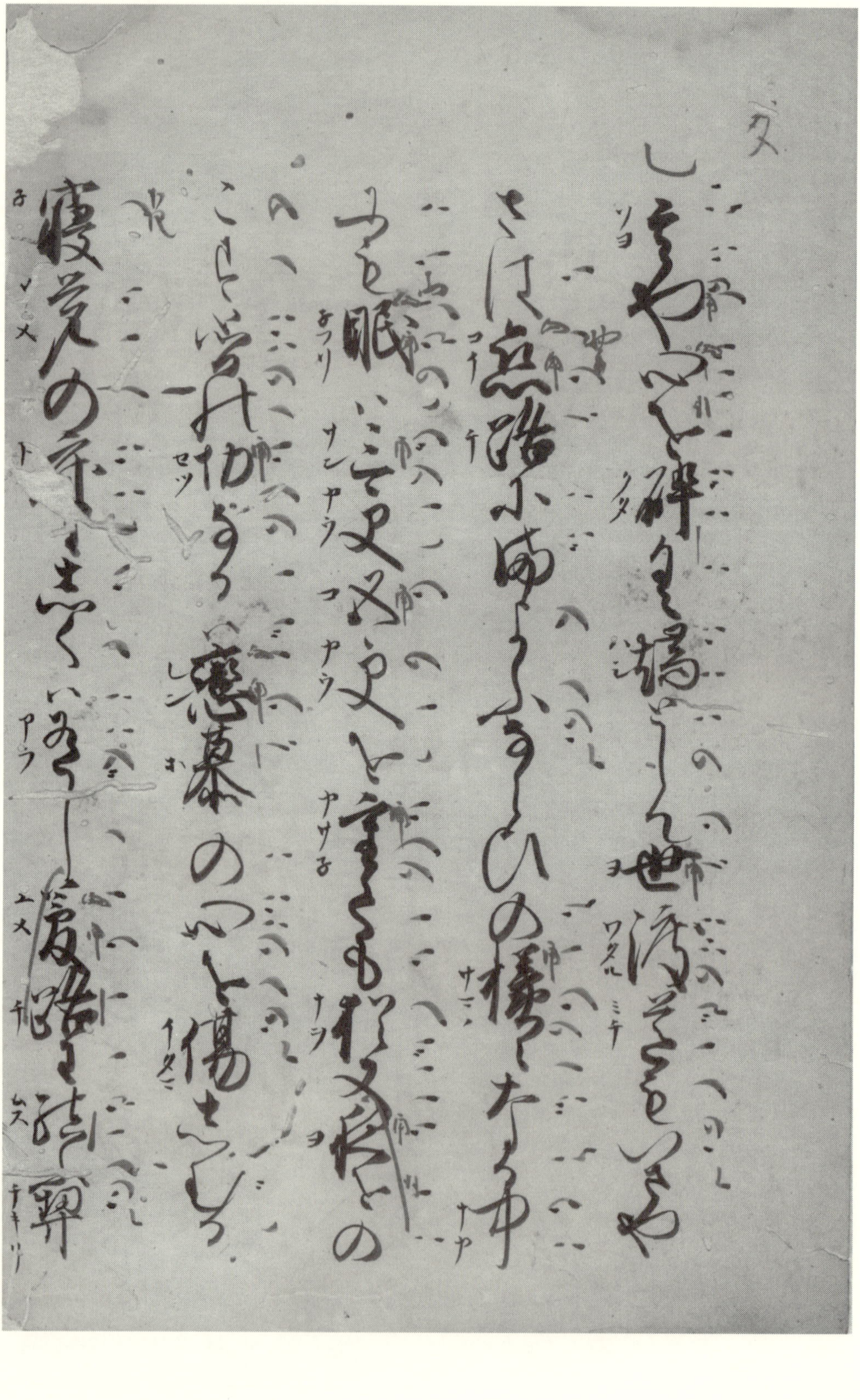

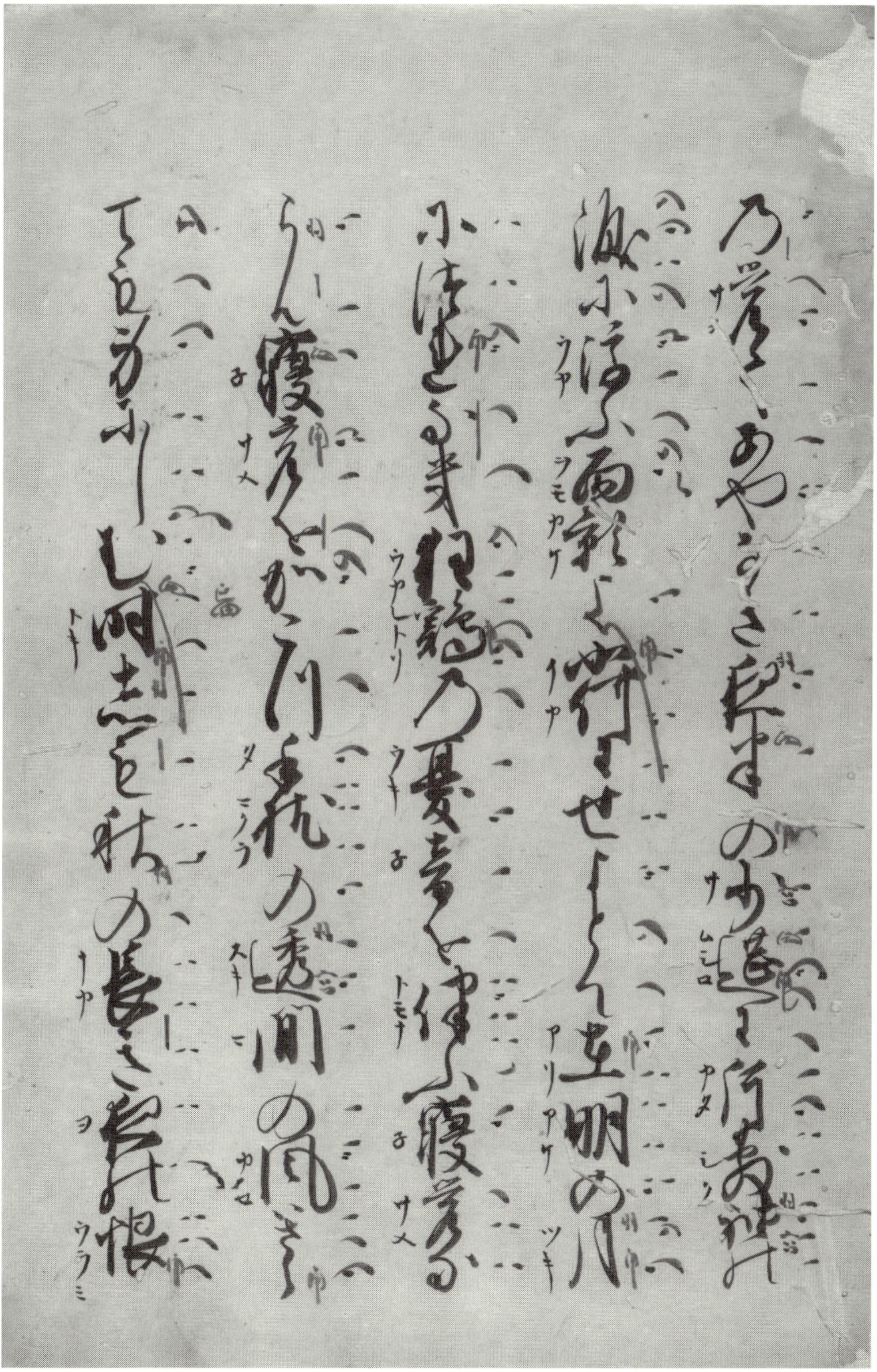

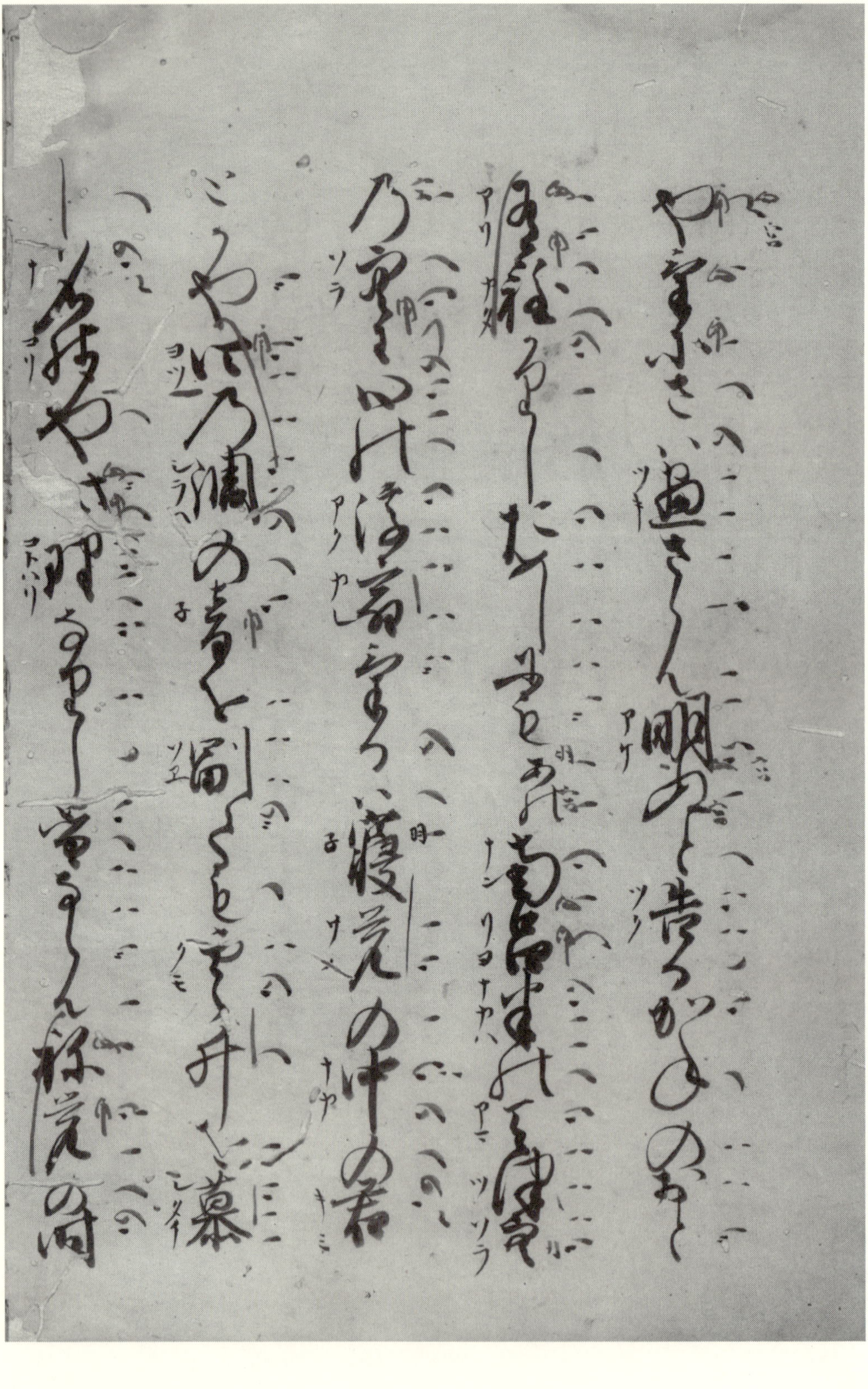

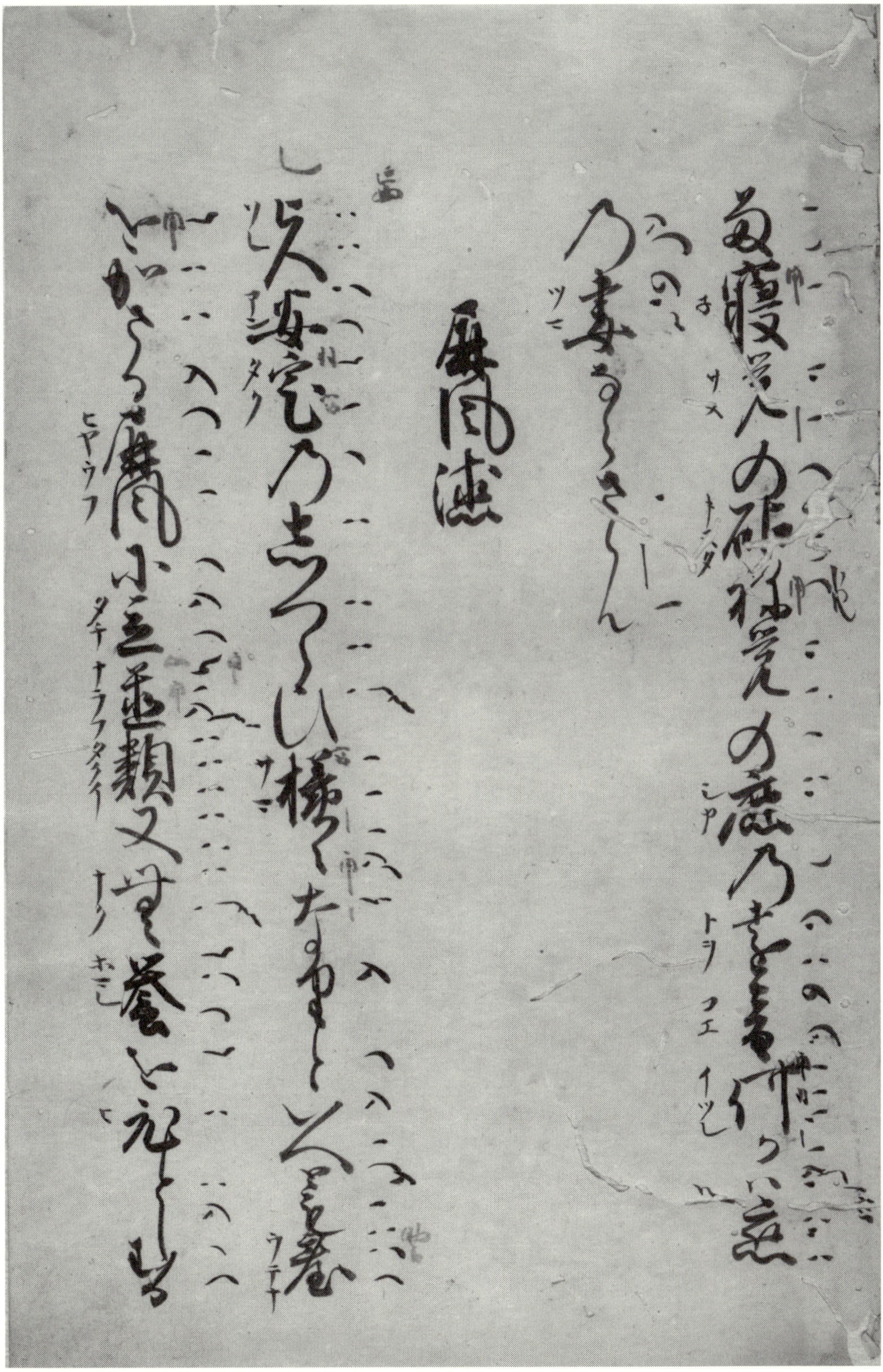

物るし八人の儀ハ又八人の舞と号し
六折とハ一度枝又十二月を象る絲
乃庸日本絵の屏風を楚けまゐと
善の乃ちつみと遥儀を成まゝらせし天人の
屏風をかまへ帯をかまへ天下を拝

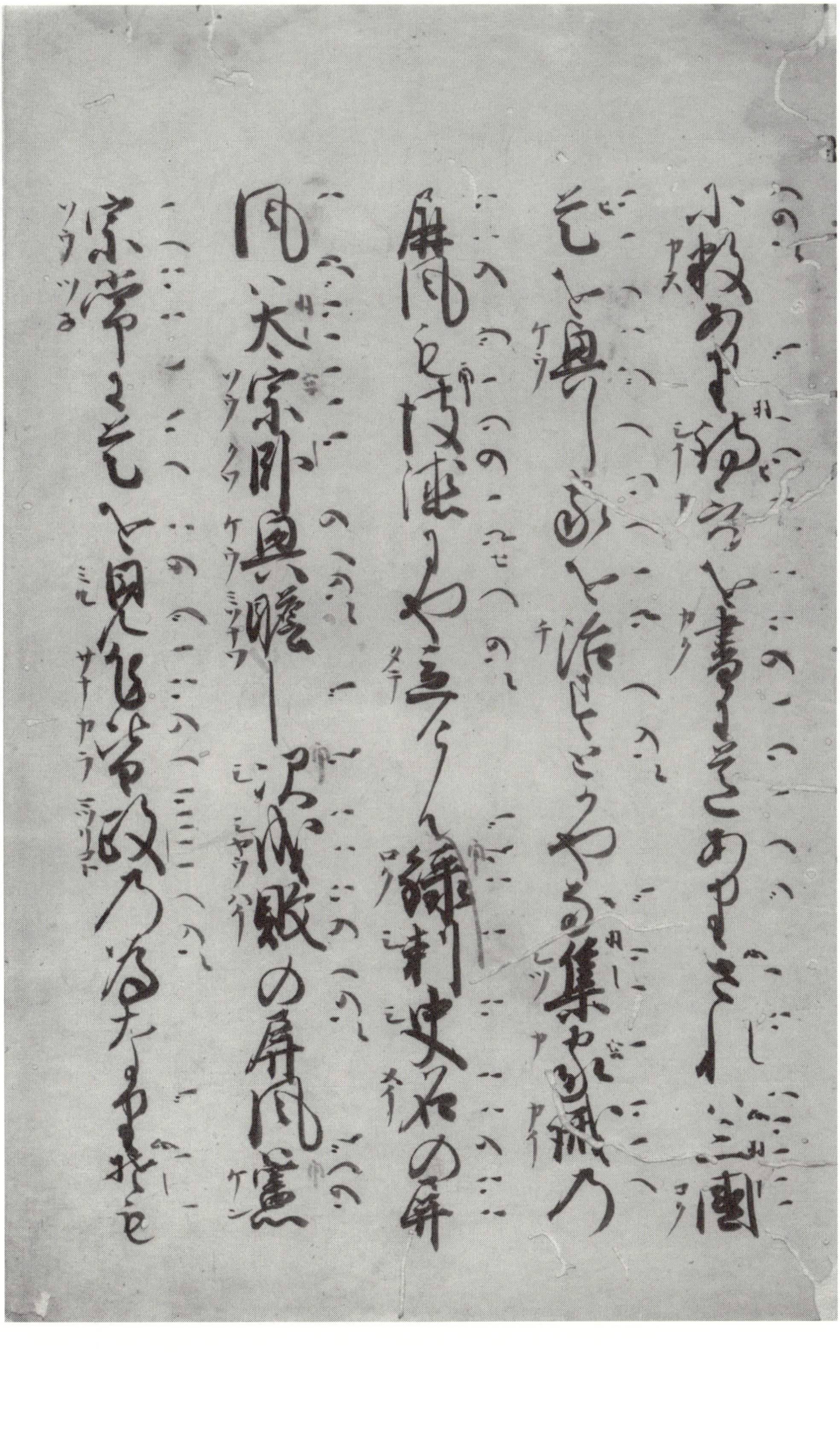

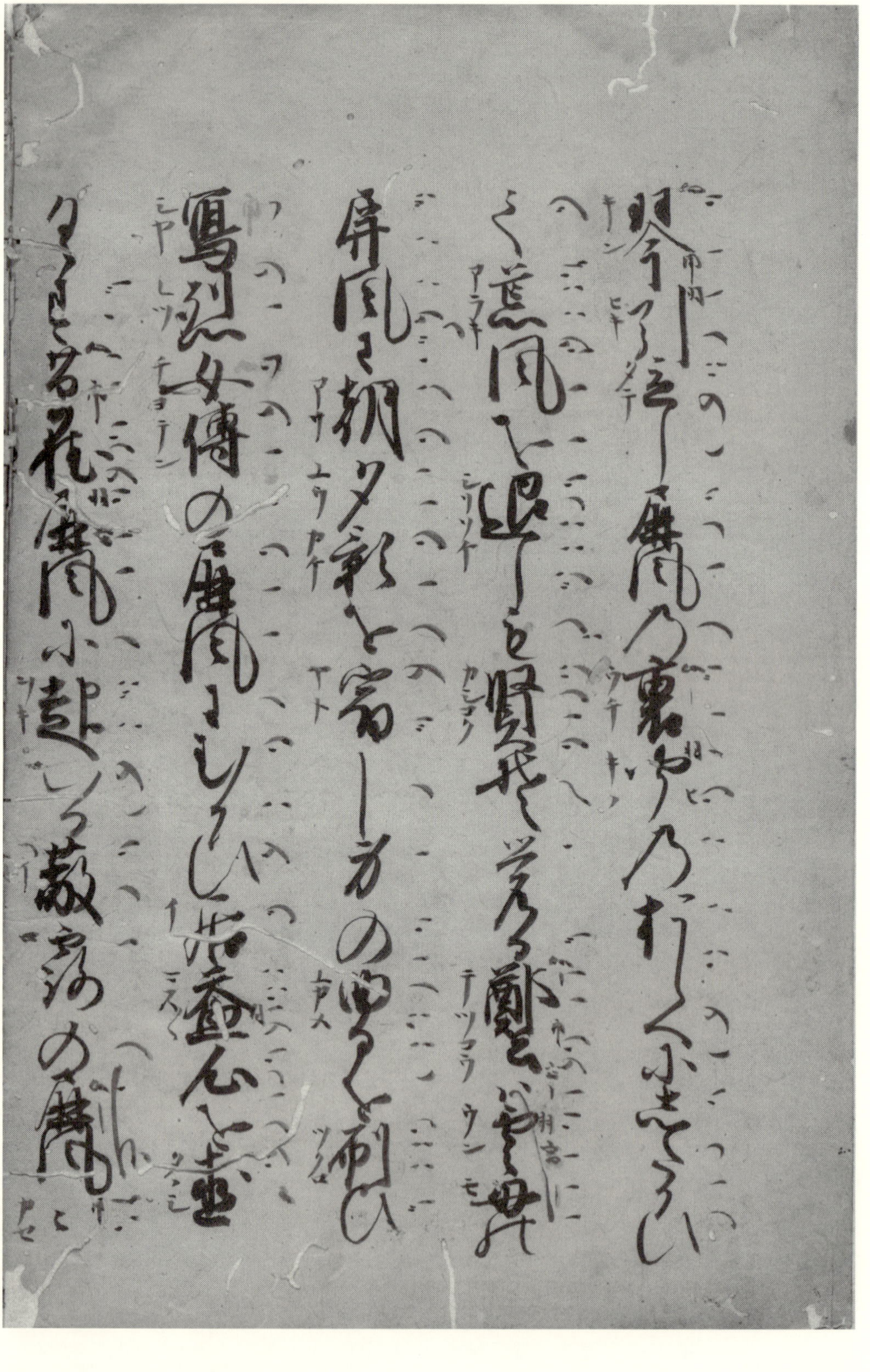

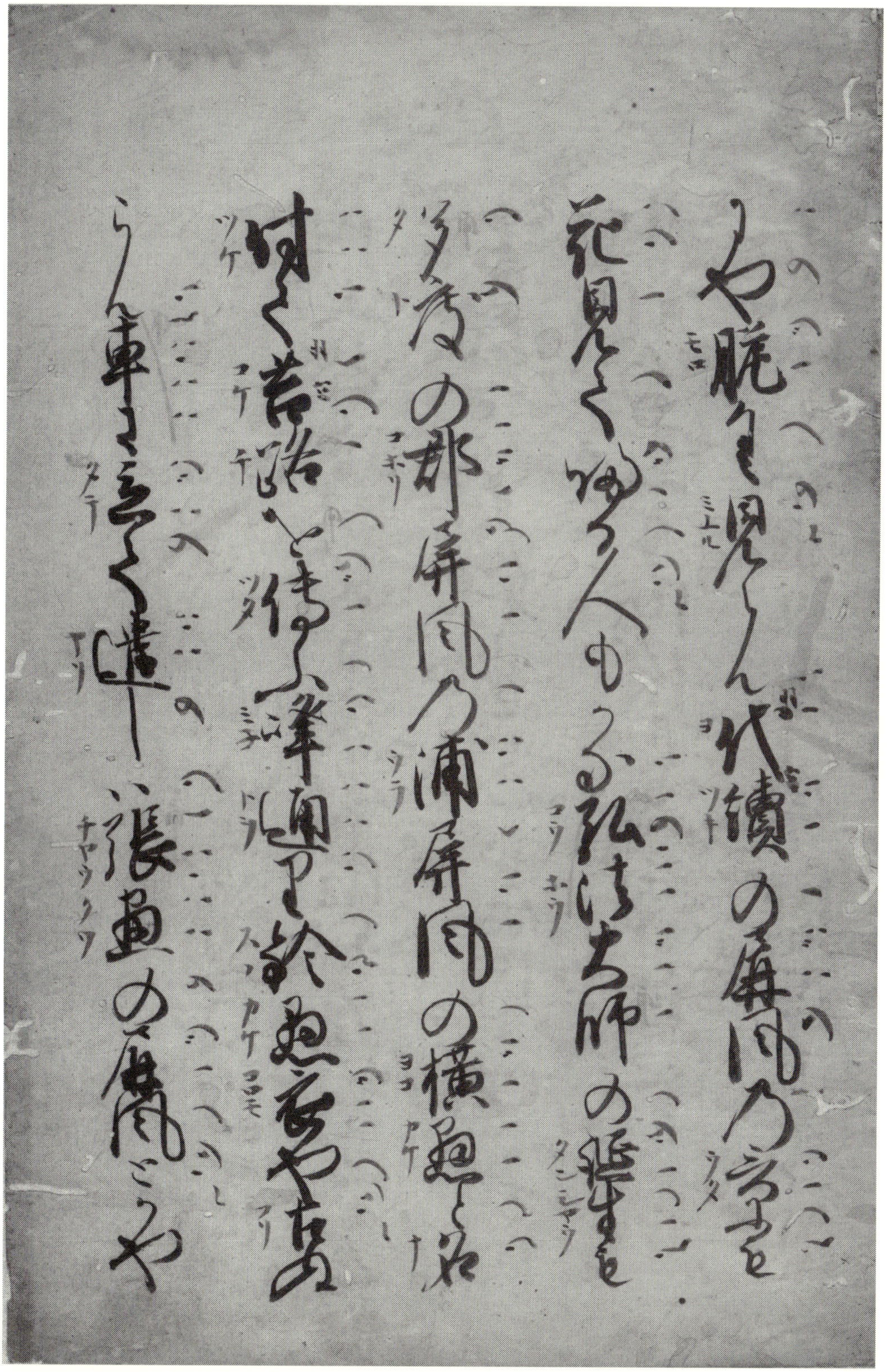

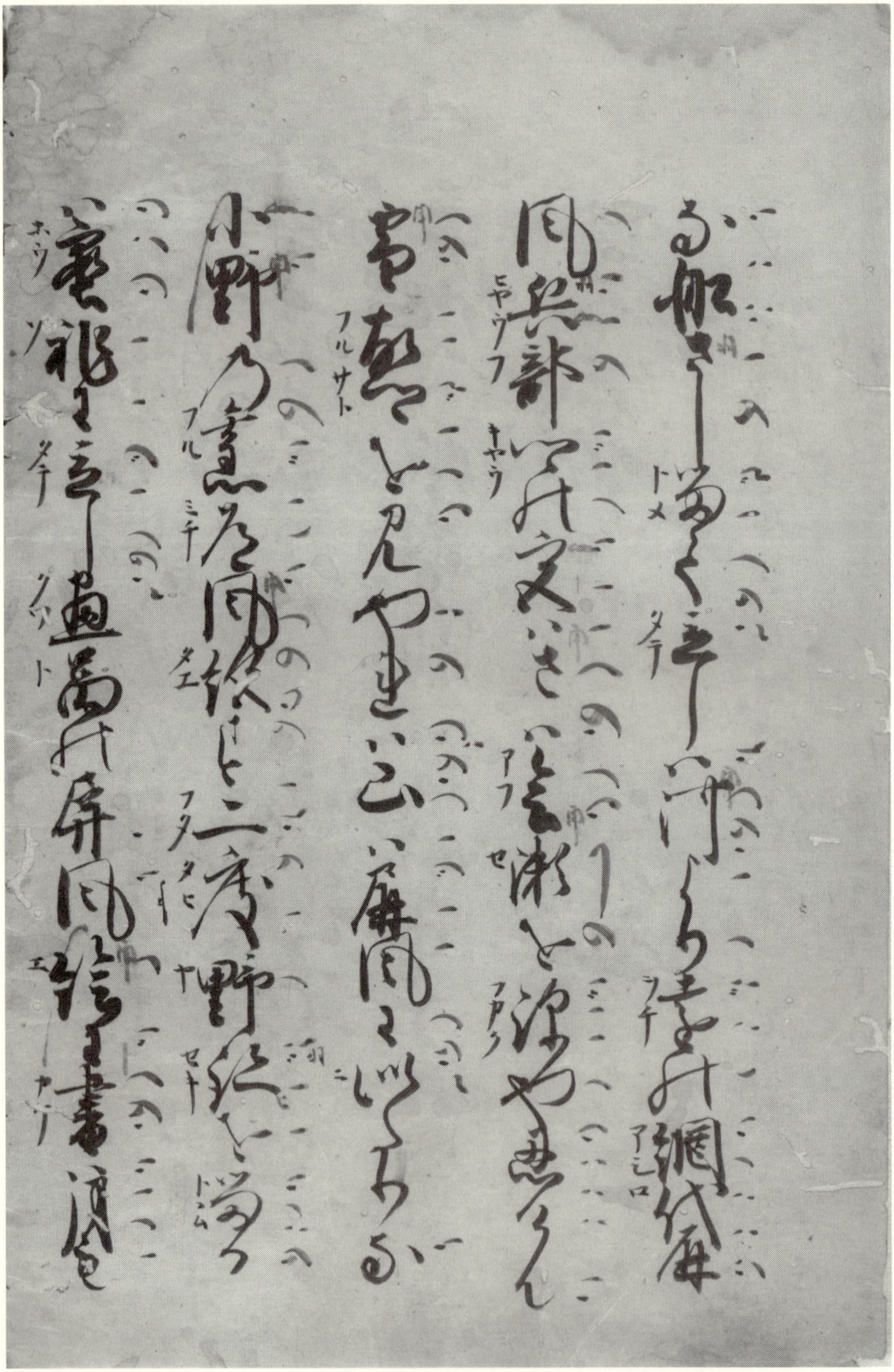

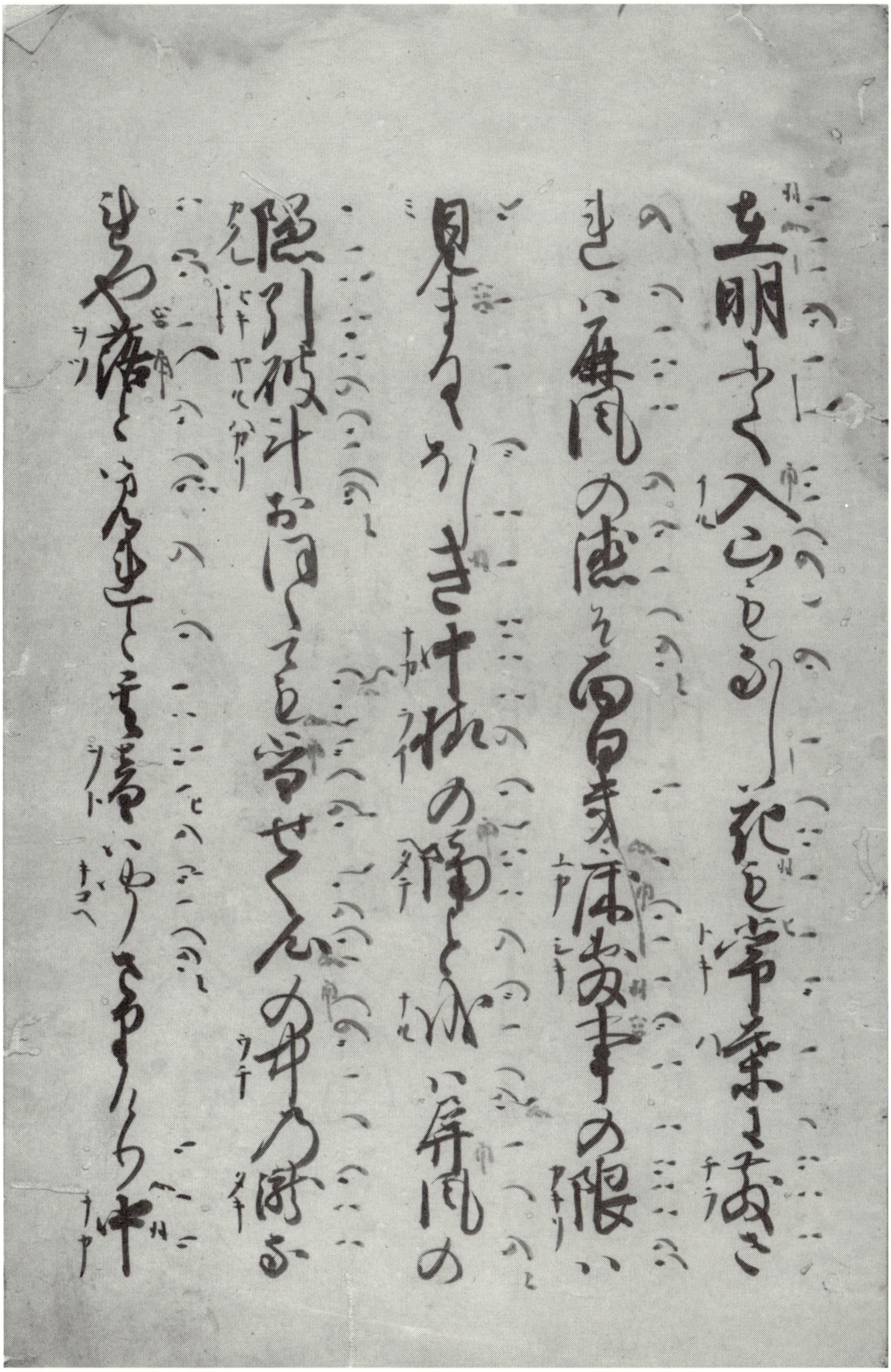

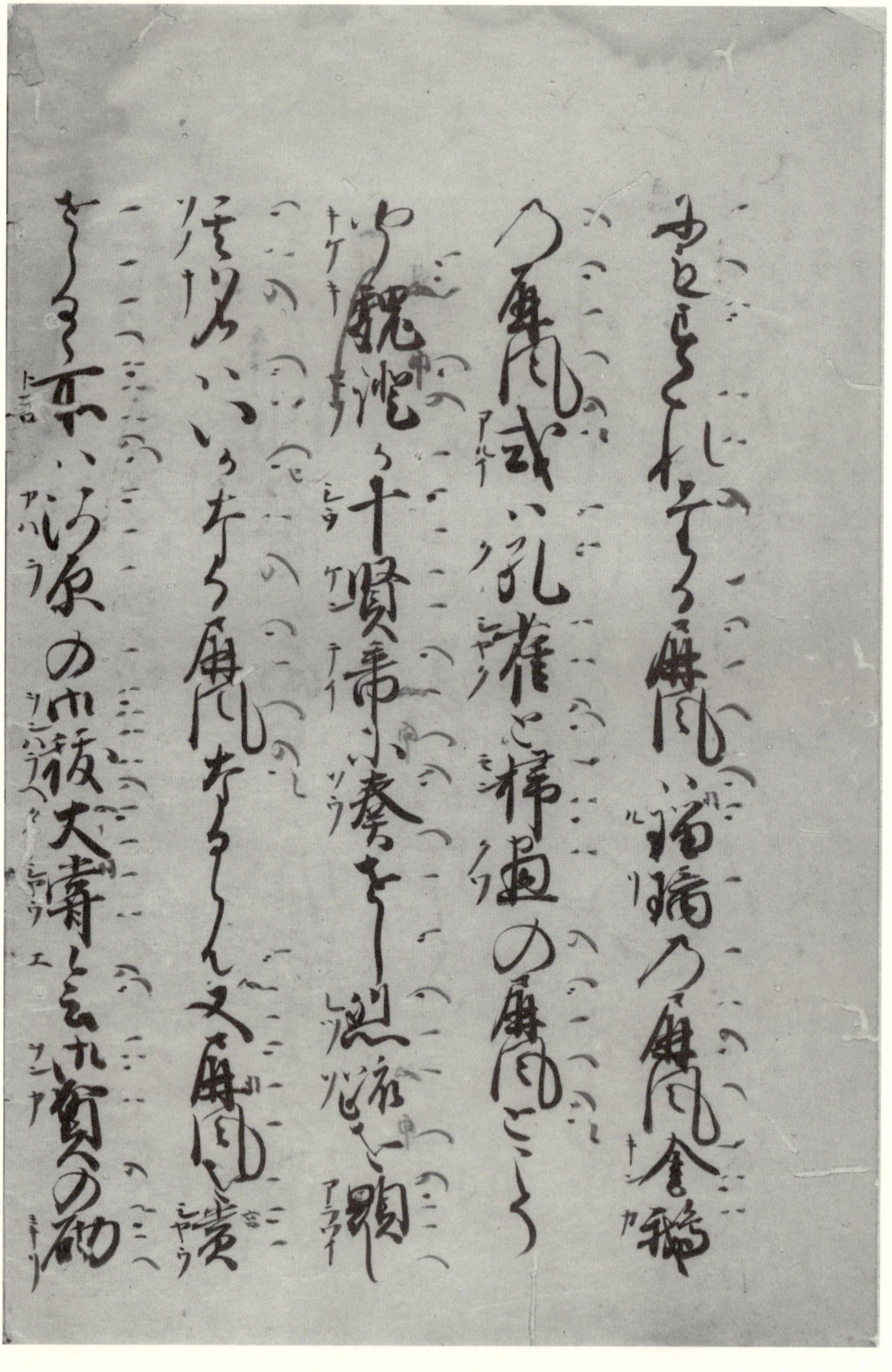

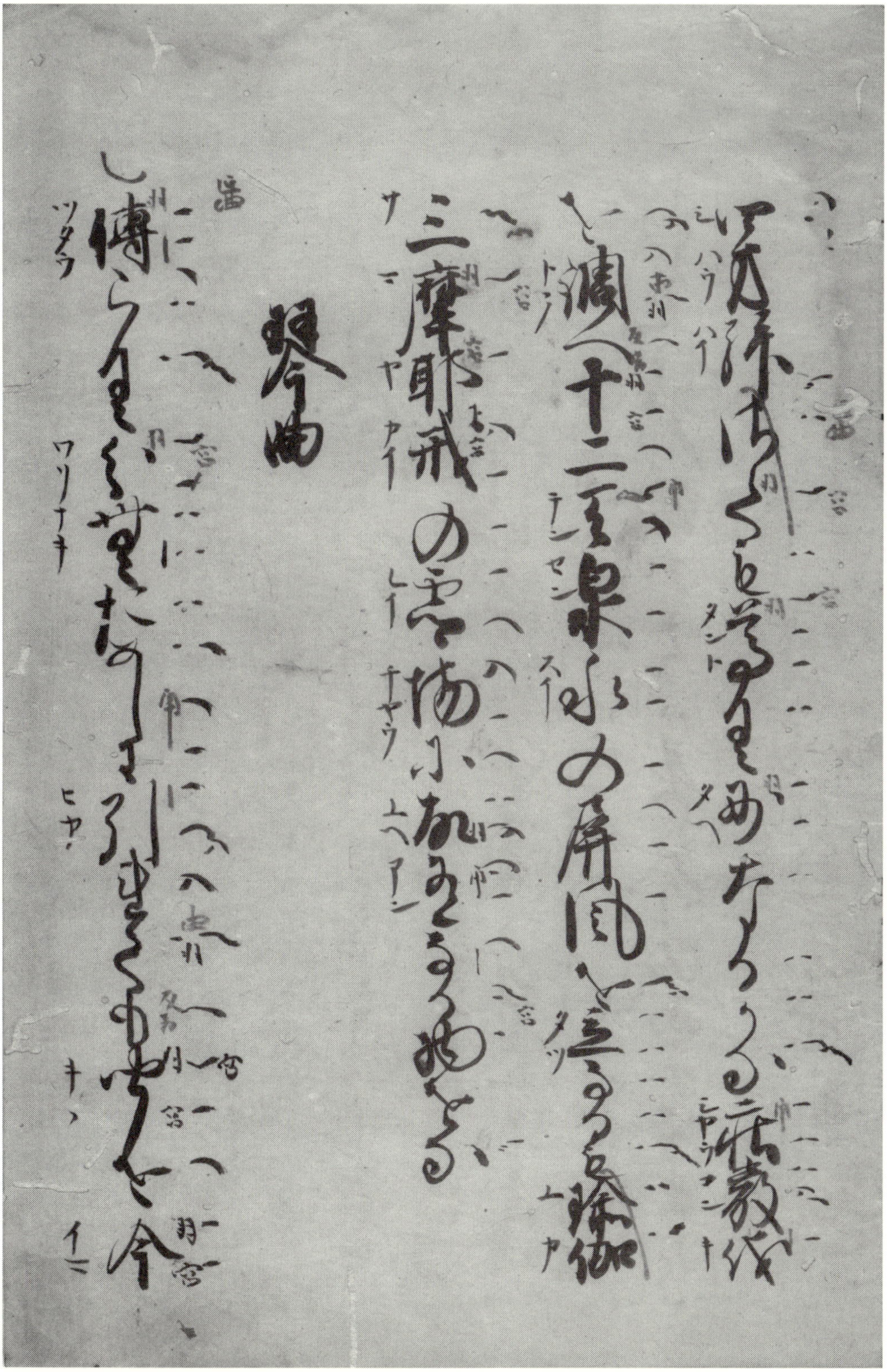

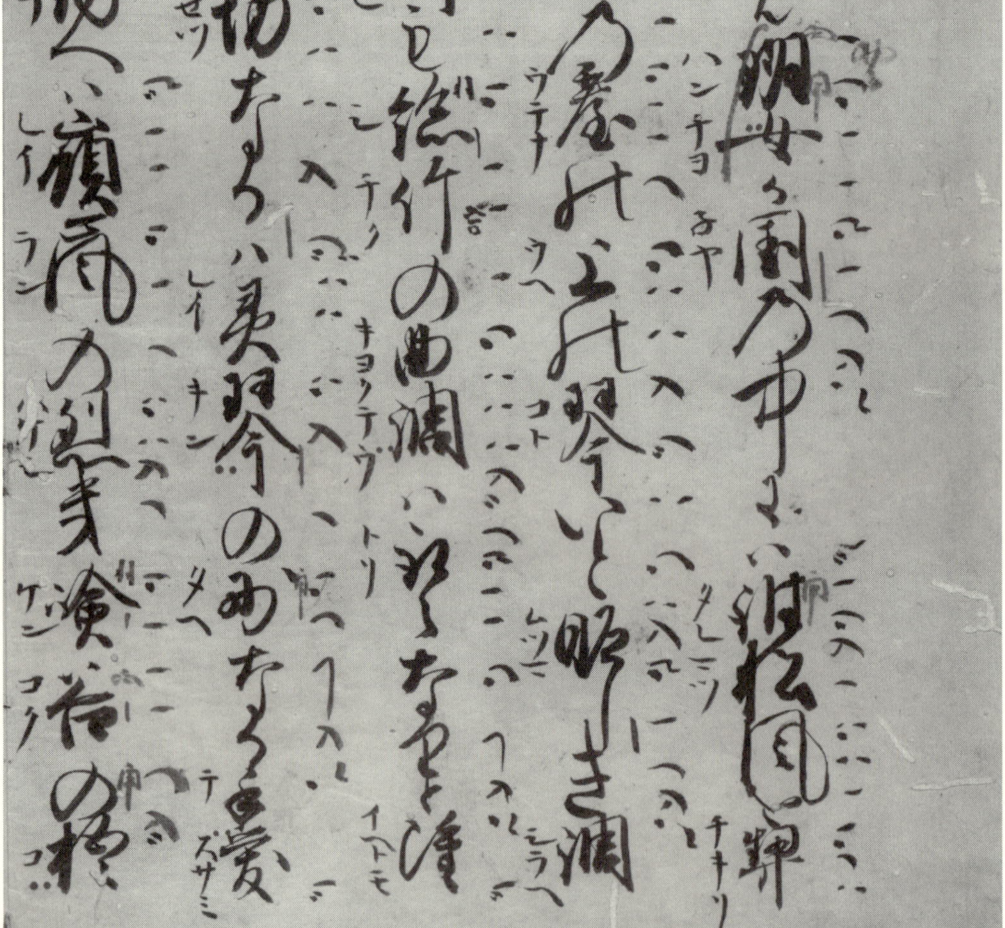

桐の霊木と[illegible]龍笛の[illegible]

則龍角の角は戴き龍舌[illegible]含[illegible]

風は嘯き或は[illegible]

に[illegible]文類[illegible]

も[illegible]春の[illegible]

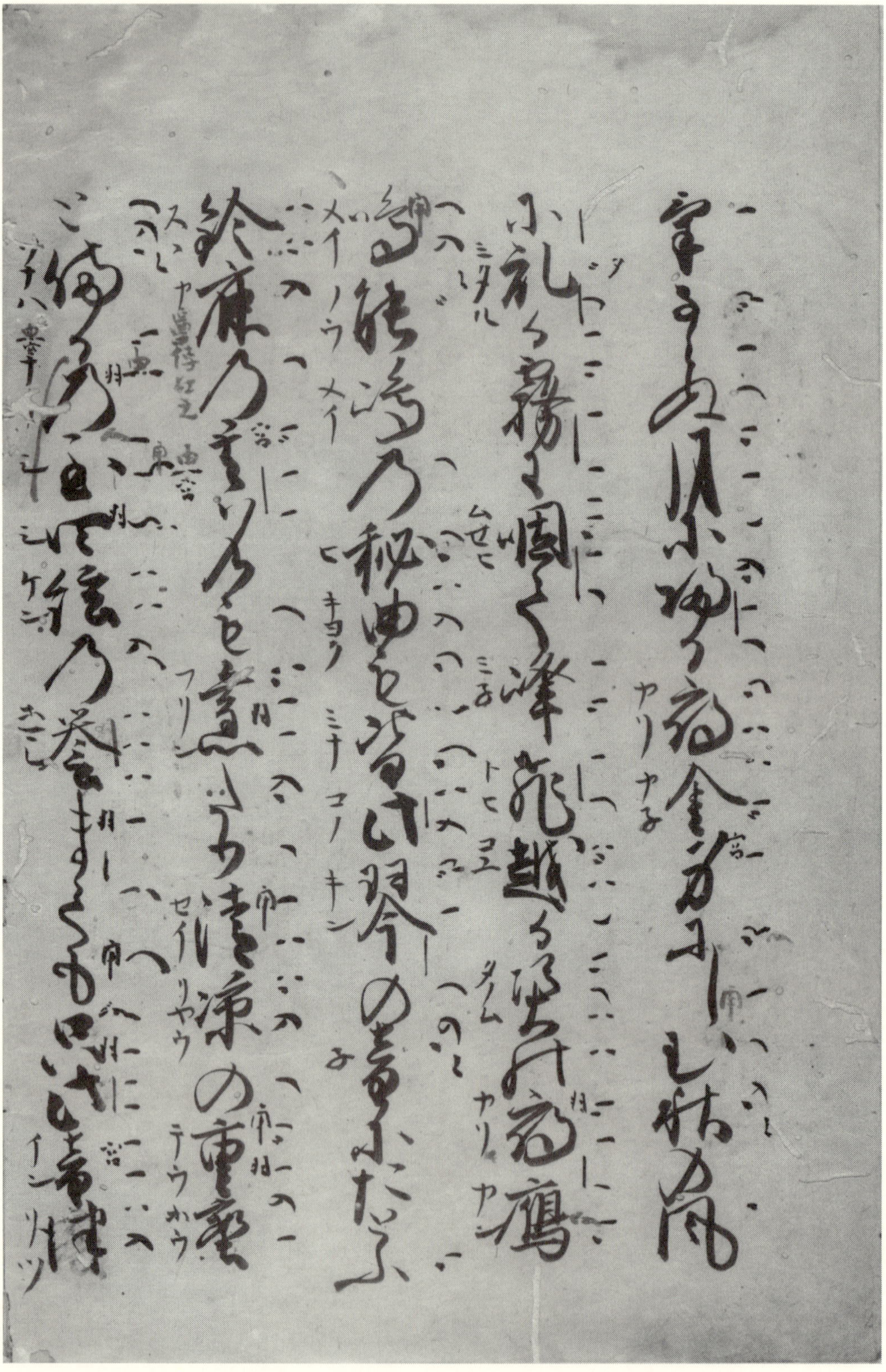

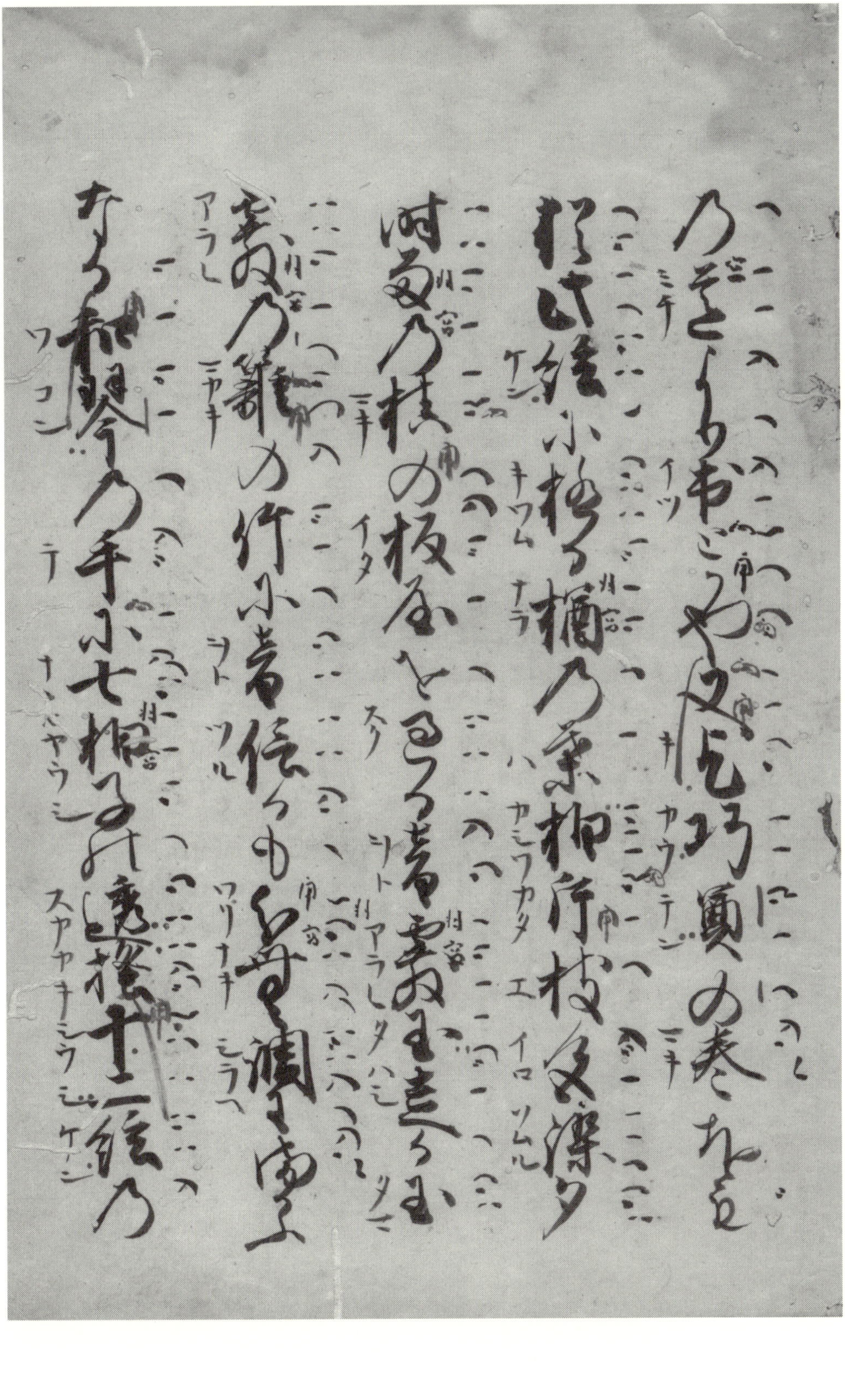

餘所の聲の音れ聴するもあかぬたゝ娘と
絃の数を事よす日本唐とわかち
みなゆうゝとも黒代の政令に縁と賢
君代乃撫る清見原の古吉野の宮
雲の音抑天照神の曇なき

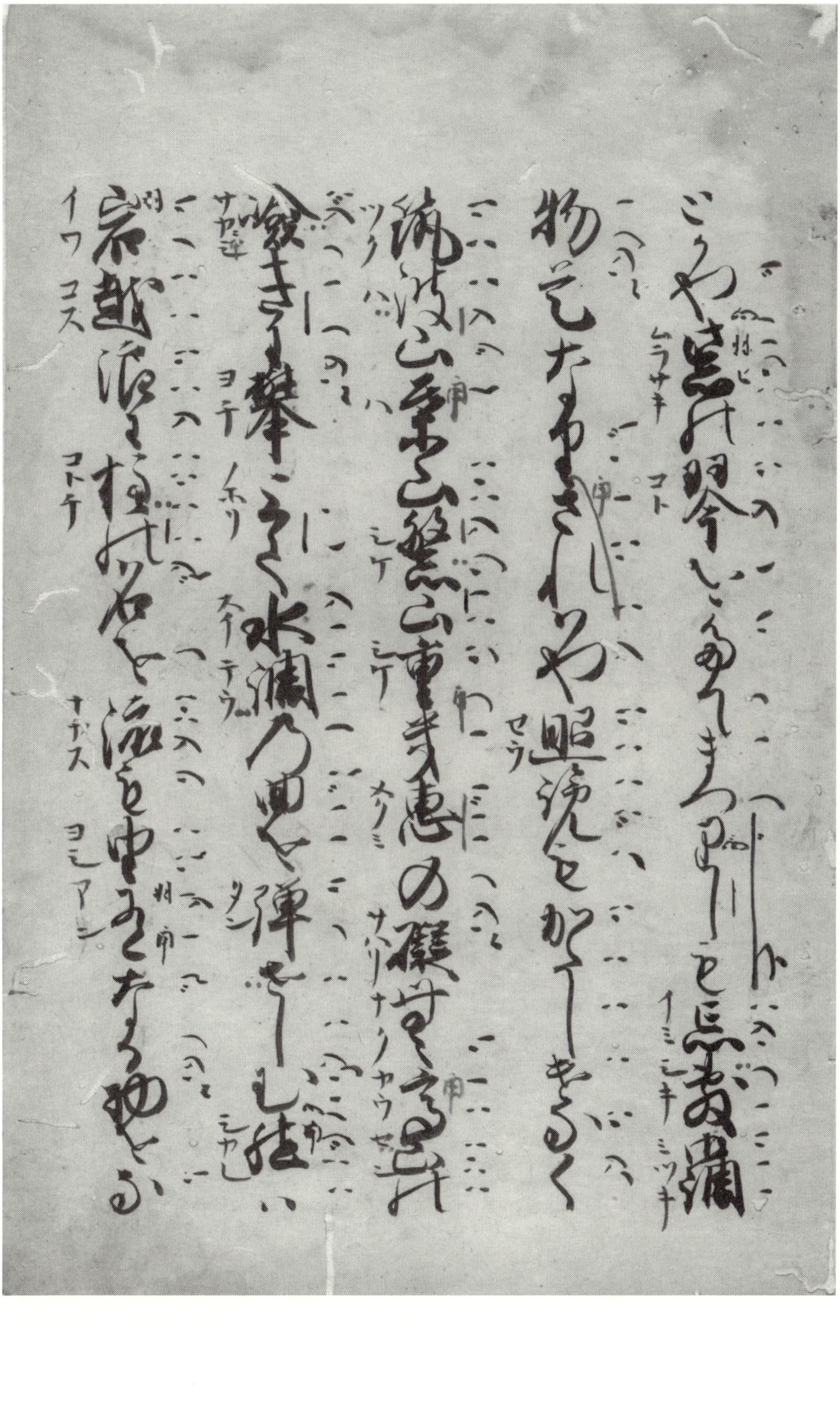

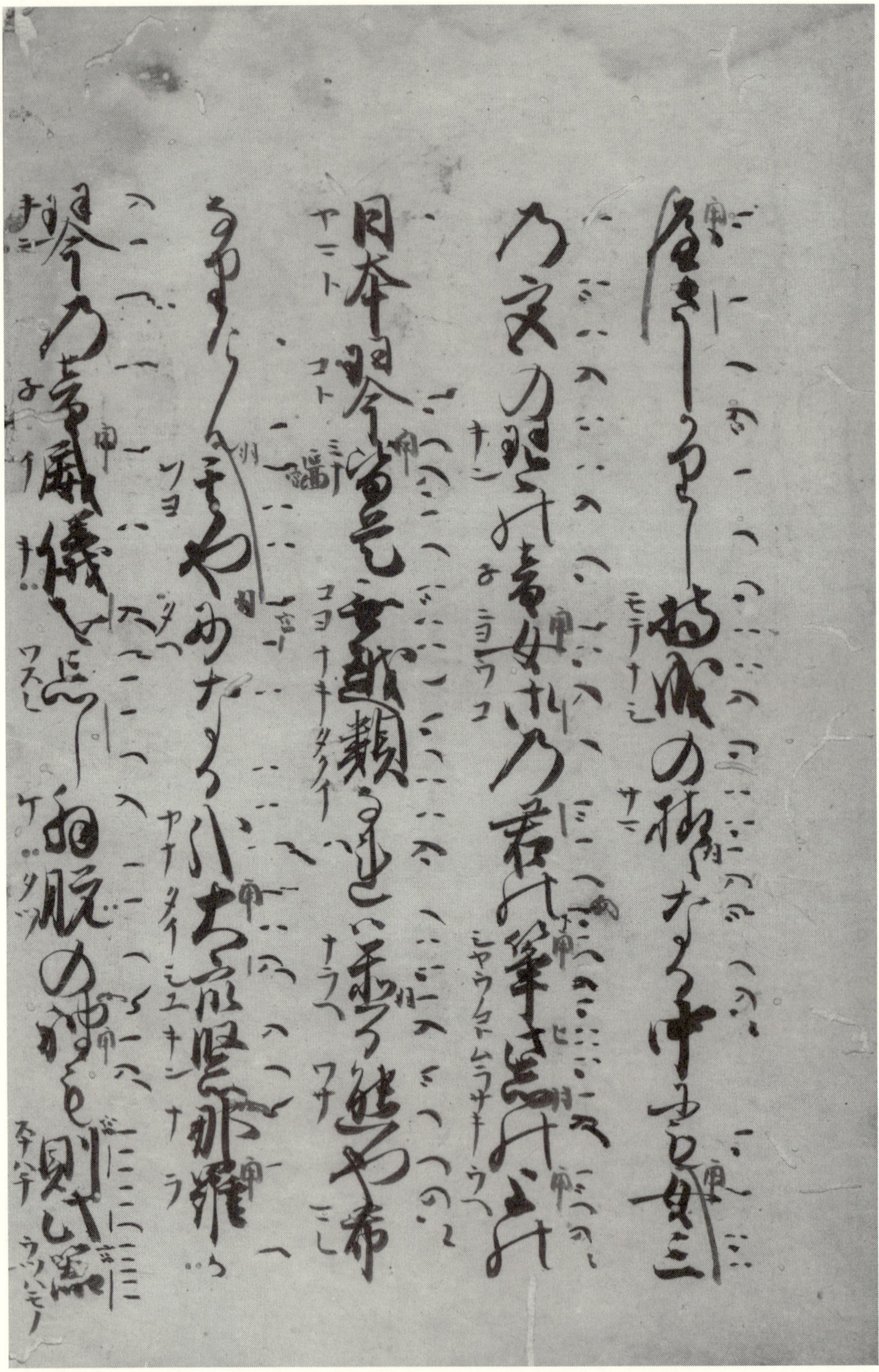

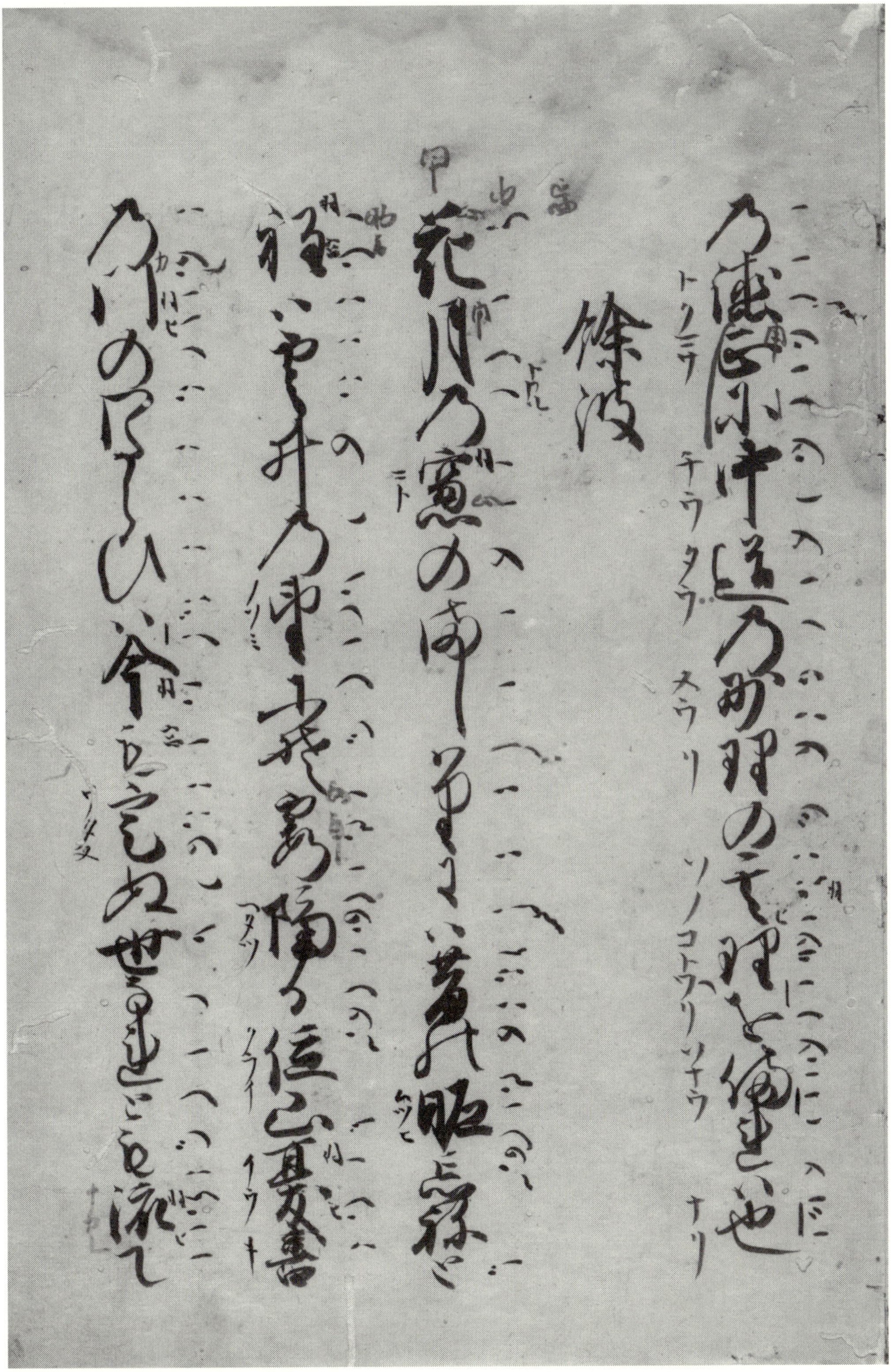

乃徳は中道乃那羅の理を修む也

餘波

花月乃窓の前には萬の眼を移し

詔は雲井乃御事飛鳥陽成位山甚善

乃代のならひは今もたえぬ世々を流て

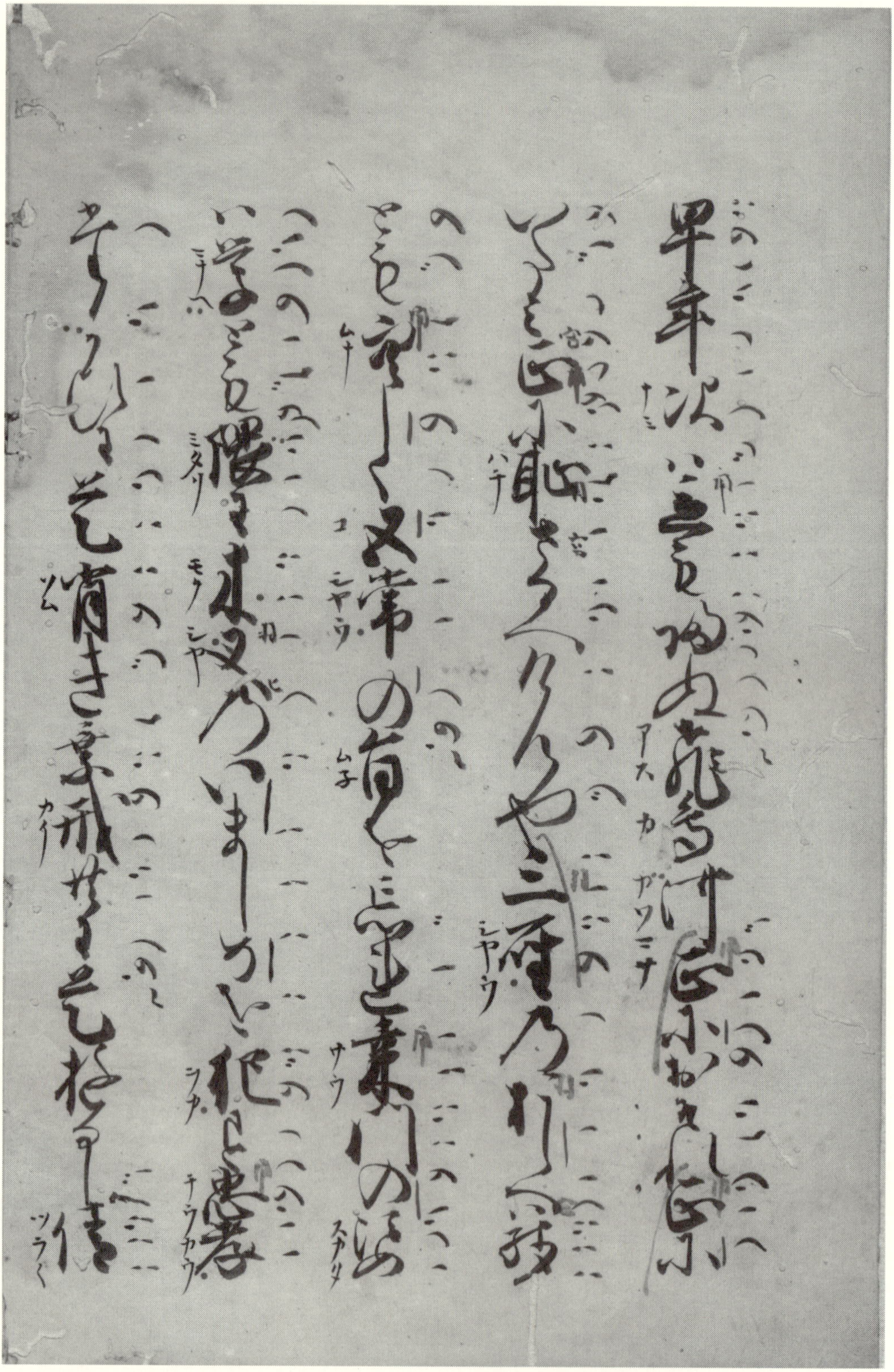

我等か澄極む常楽の台に薄氷踏見る事一
そふのなきあやうきは心すゝしかる憂
其さつのふかき東土の利生動つとかくし
きたりて留宿清涼寺の尊容は忉利の
晩見と今いまや中天まてしほ達と

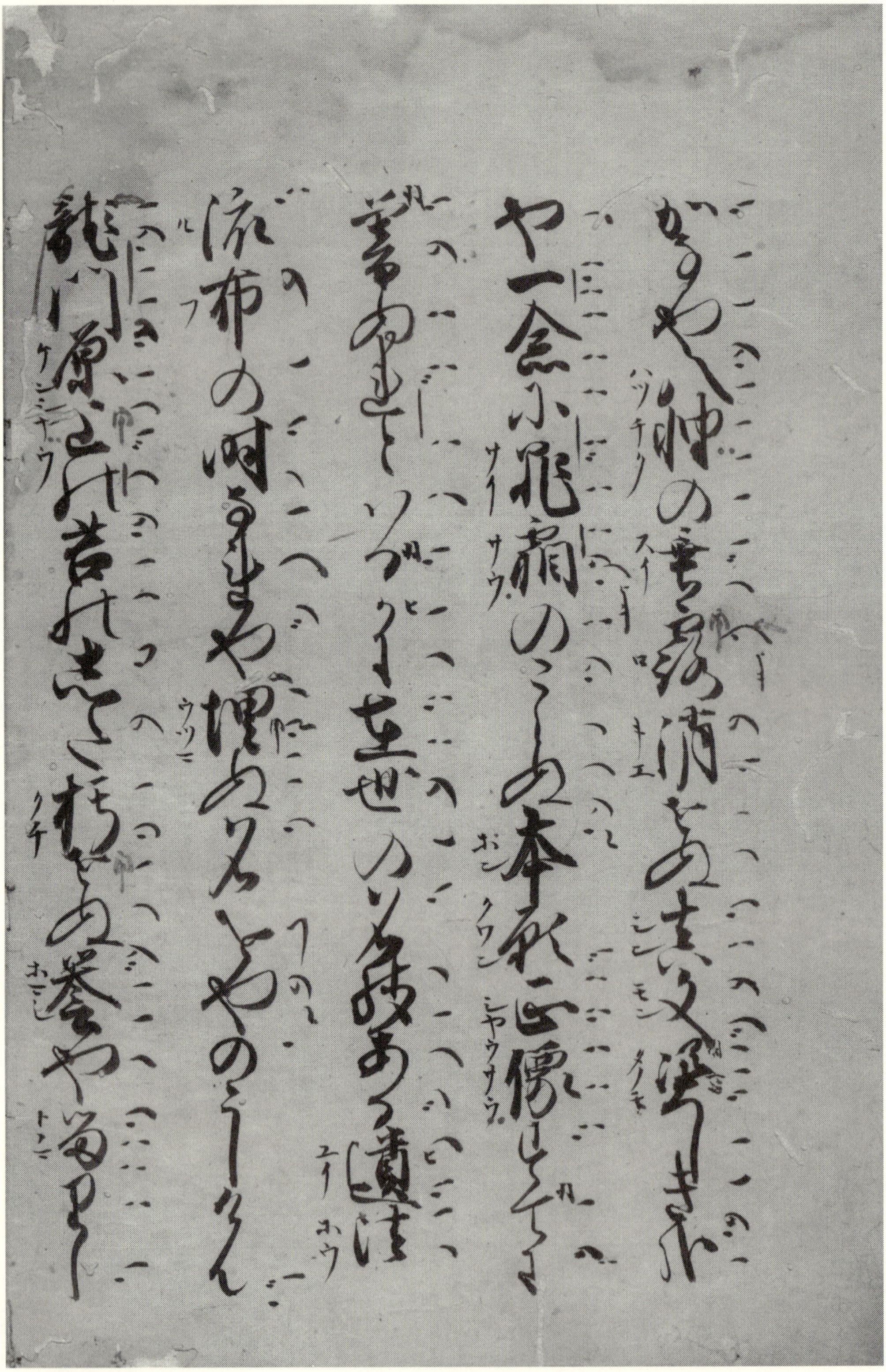

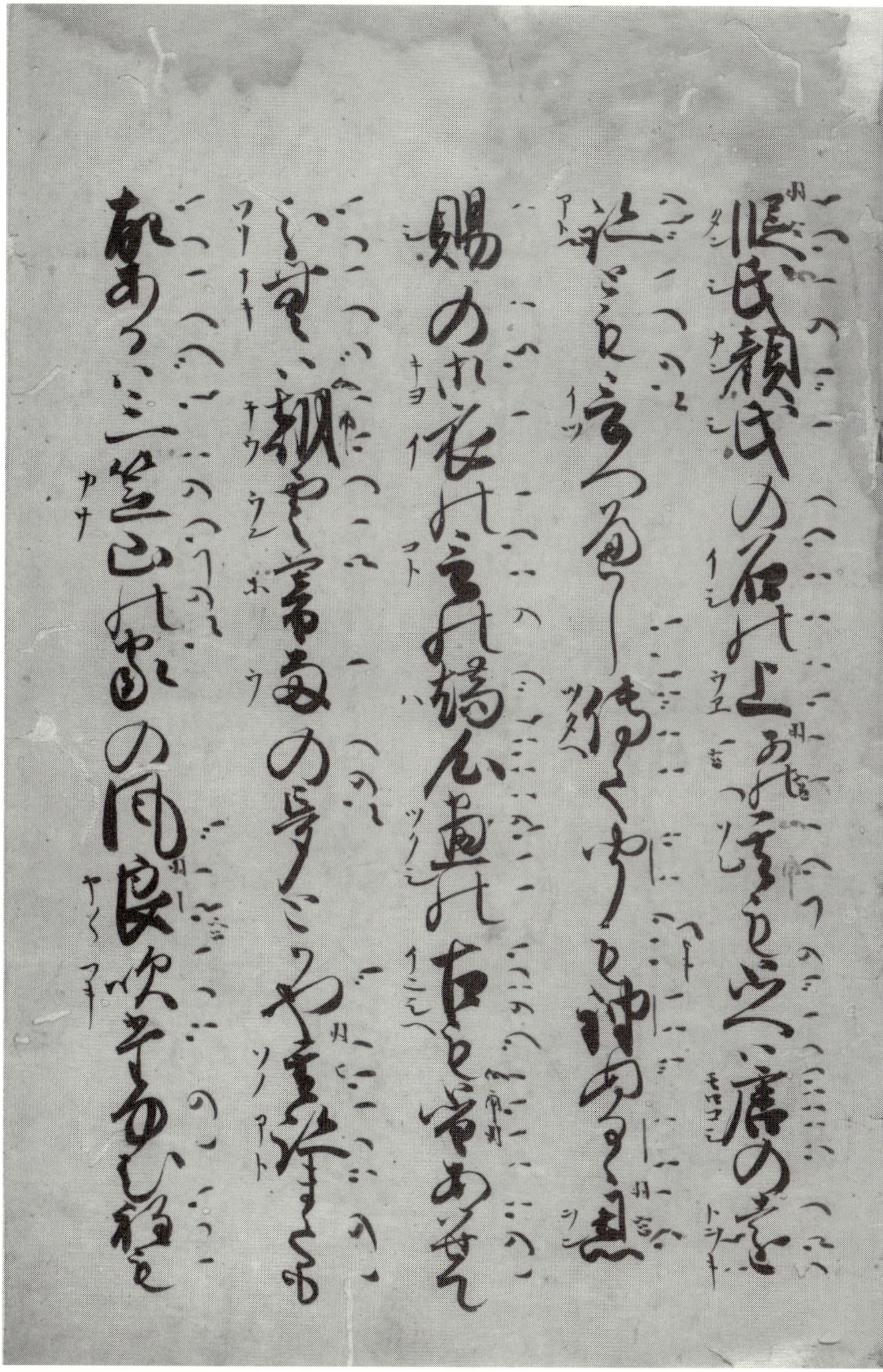

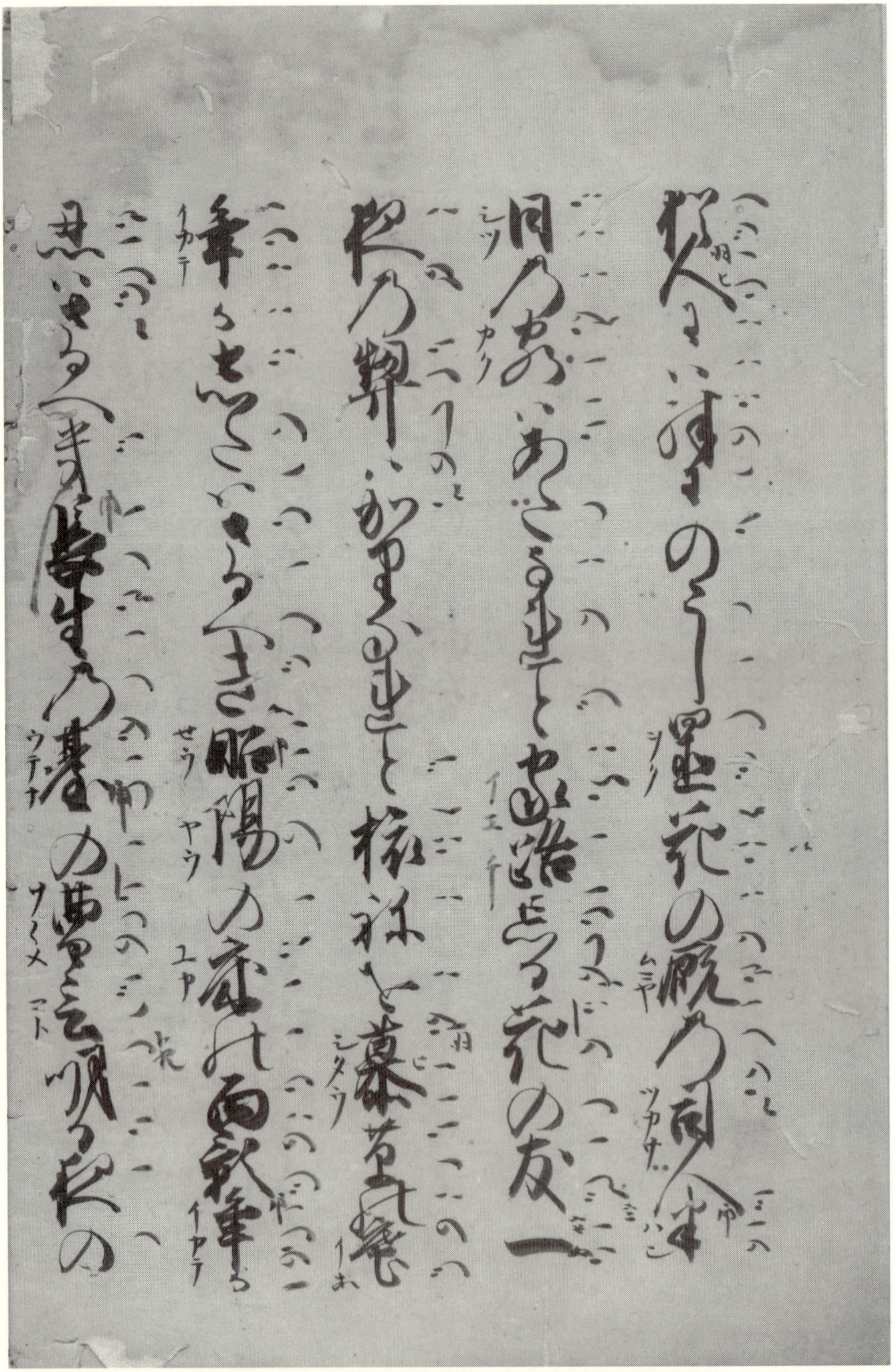

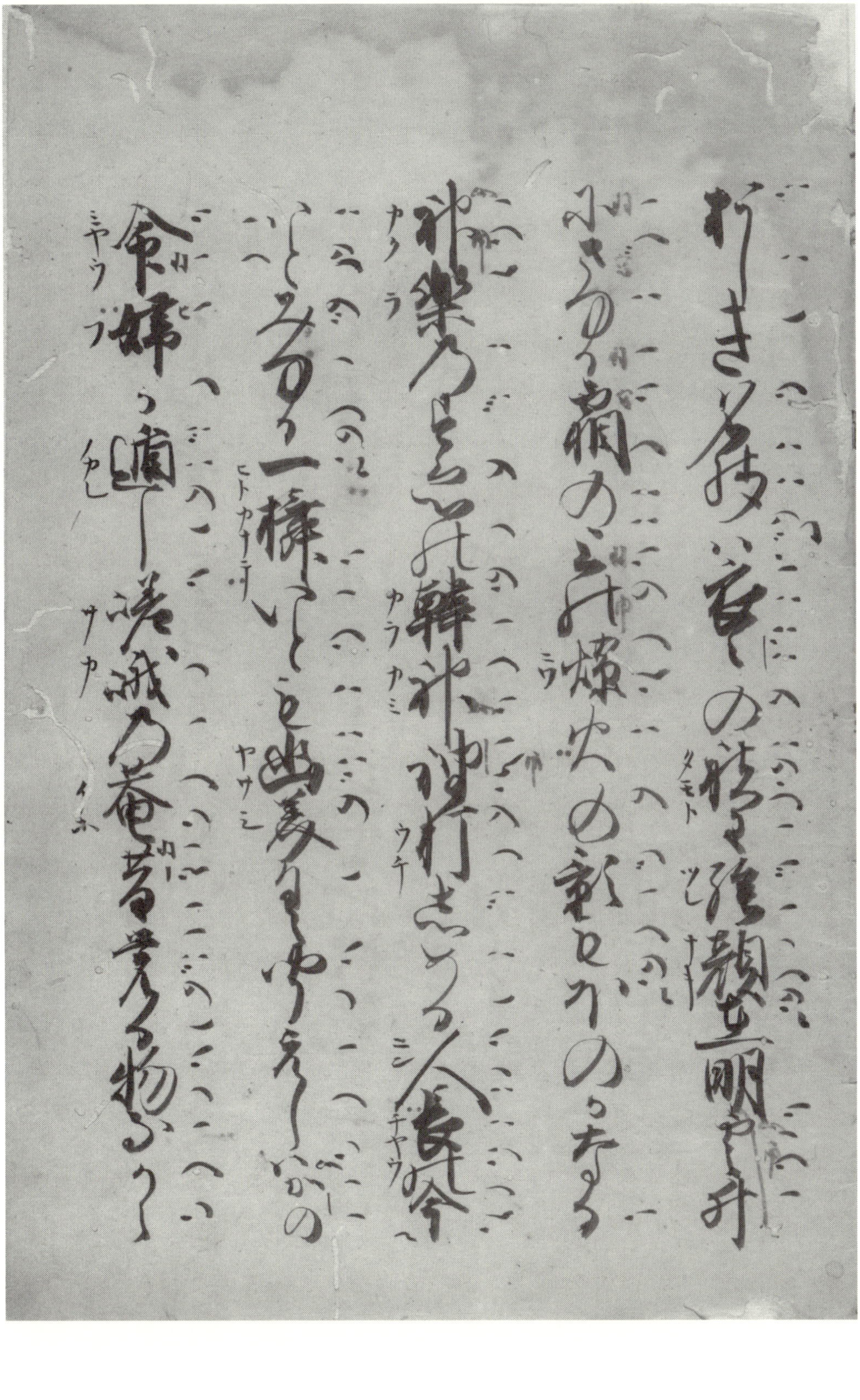

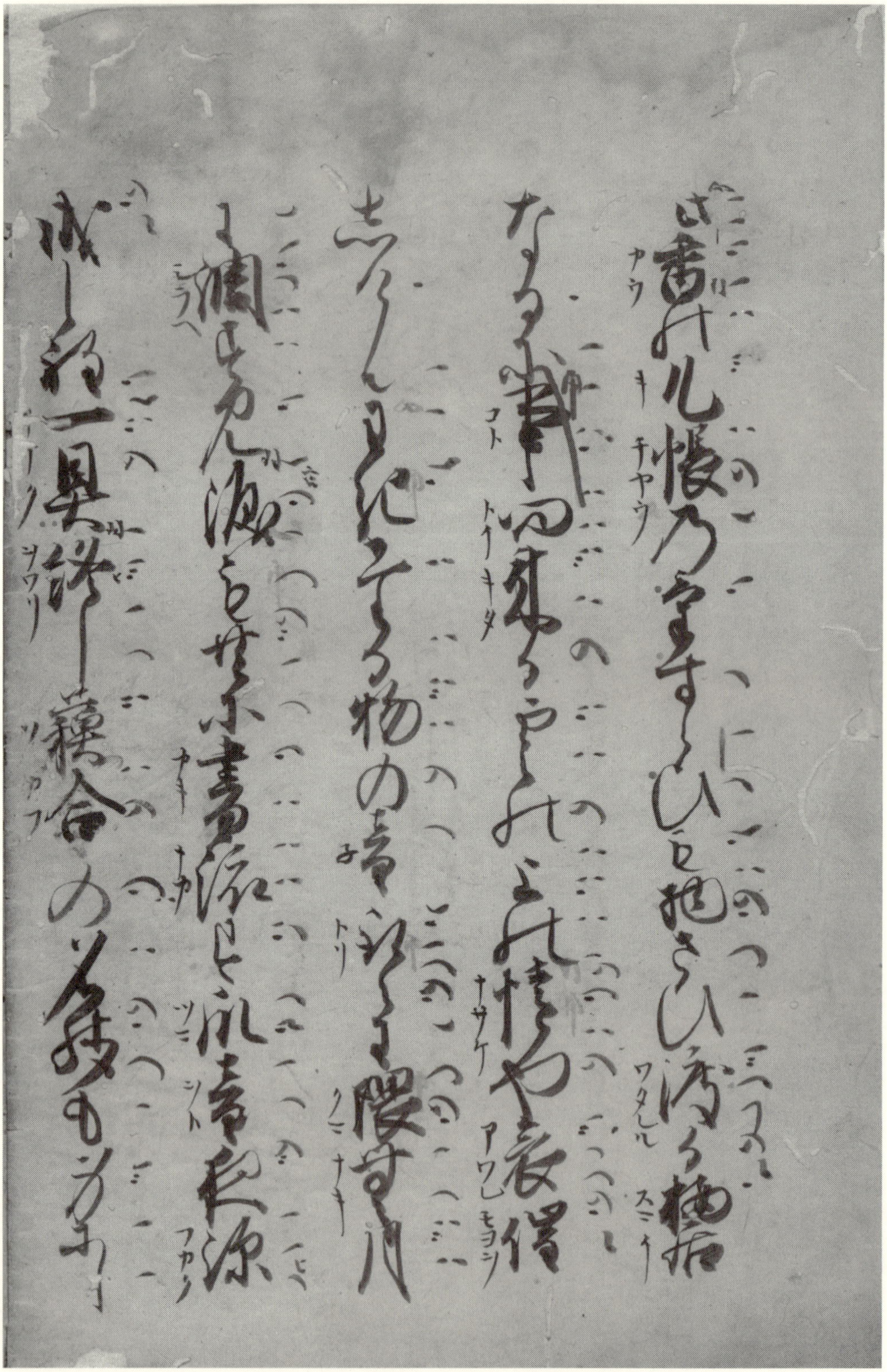

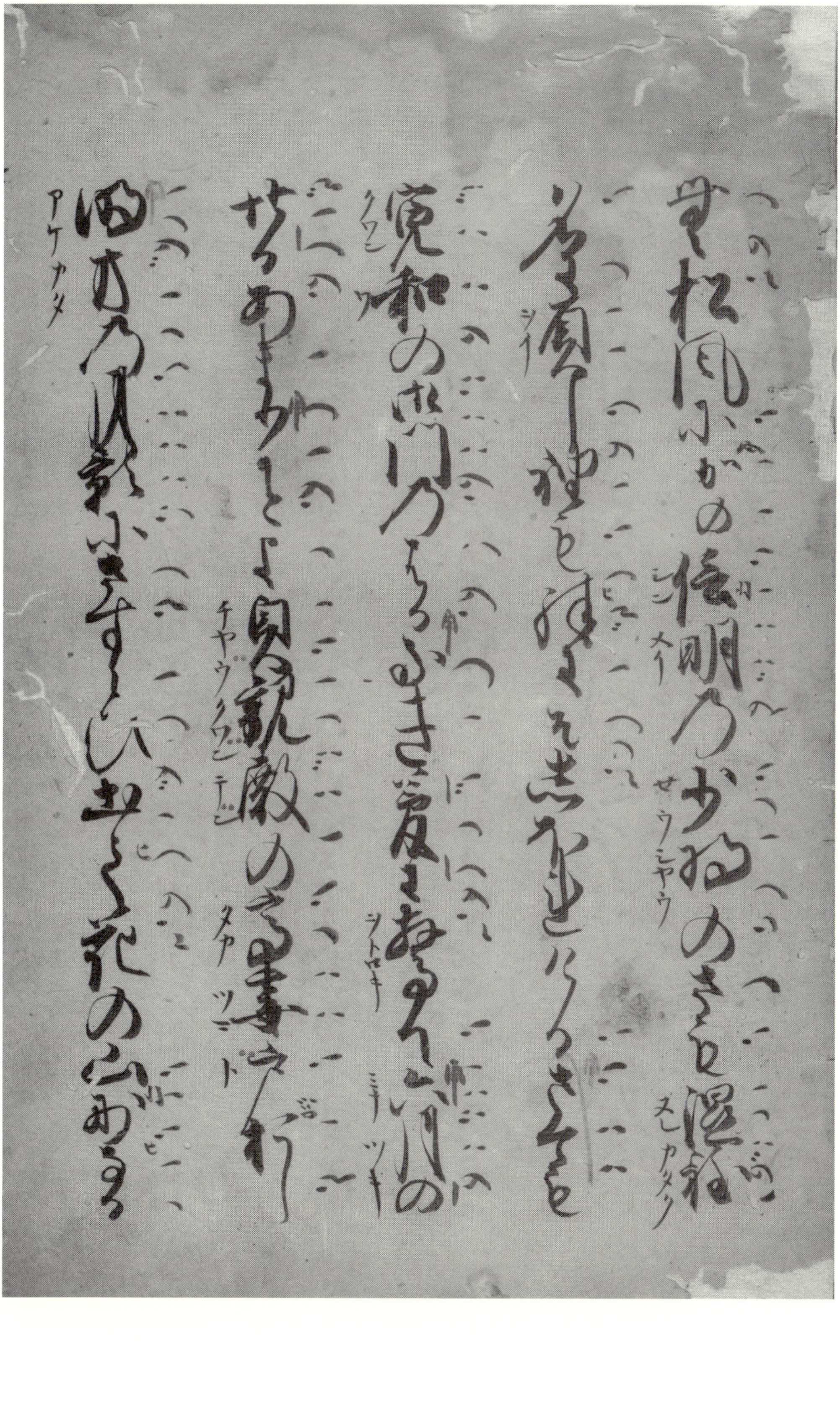

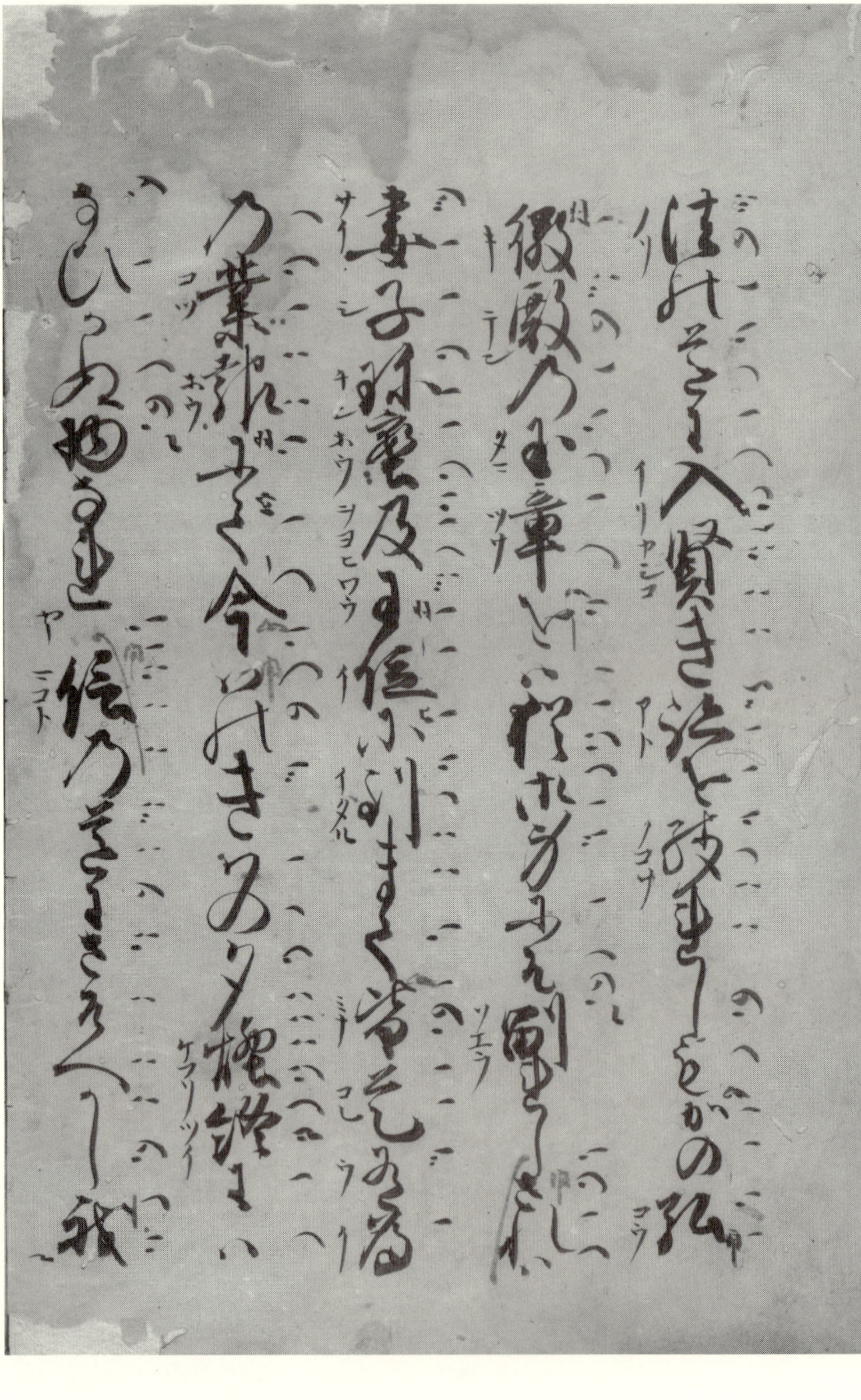

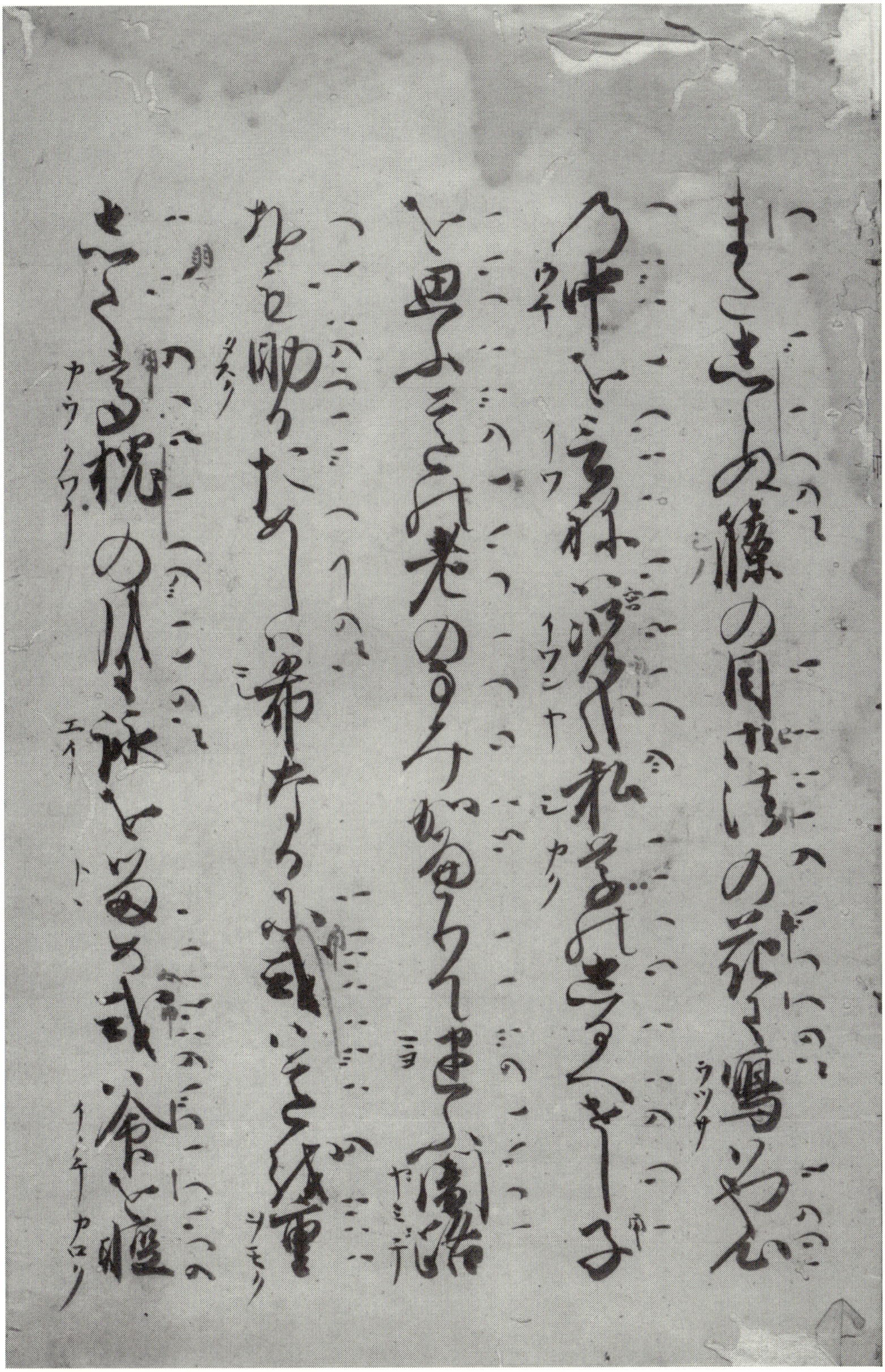

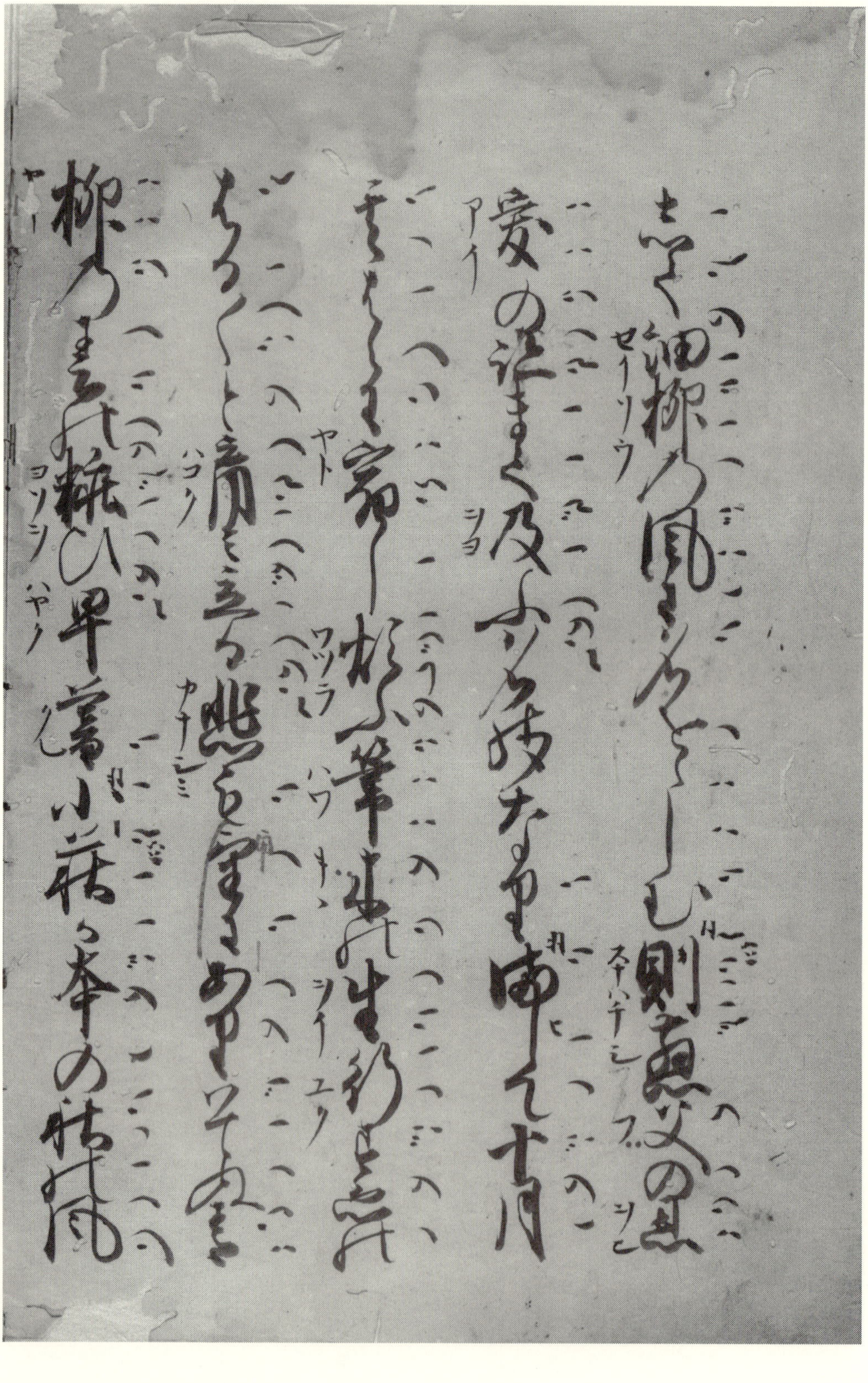

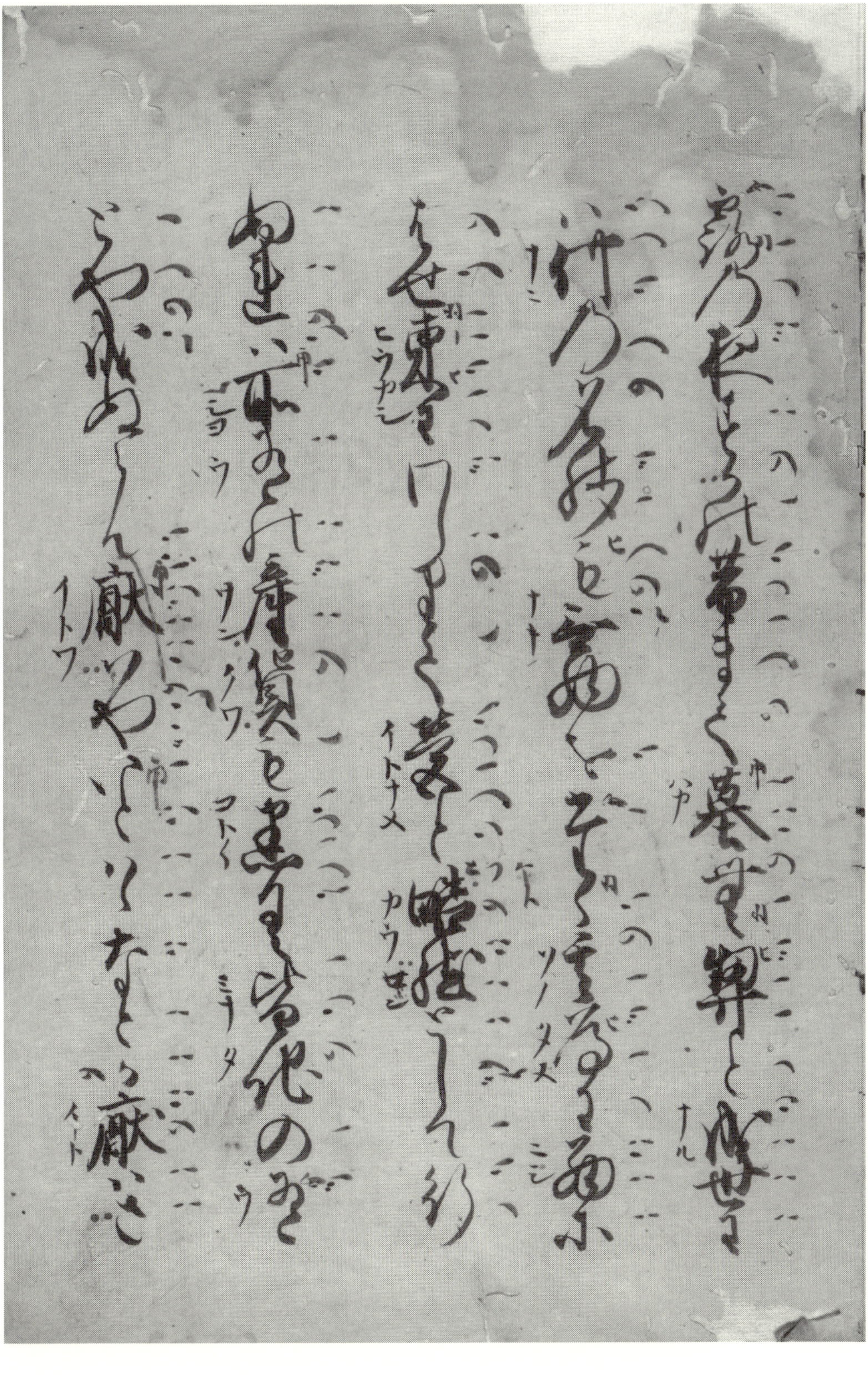

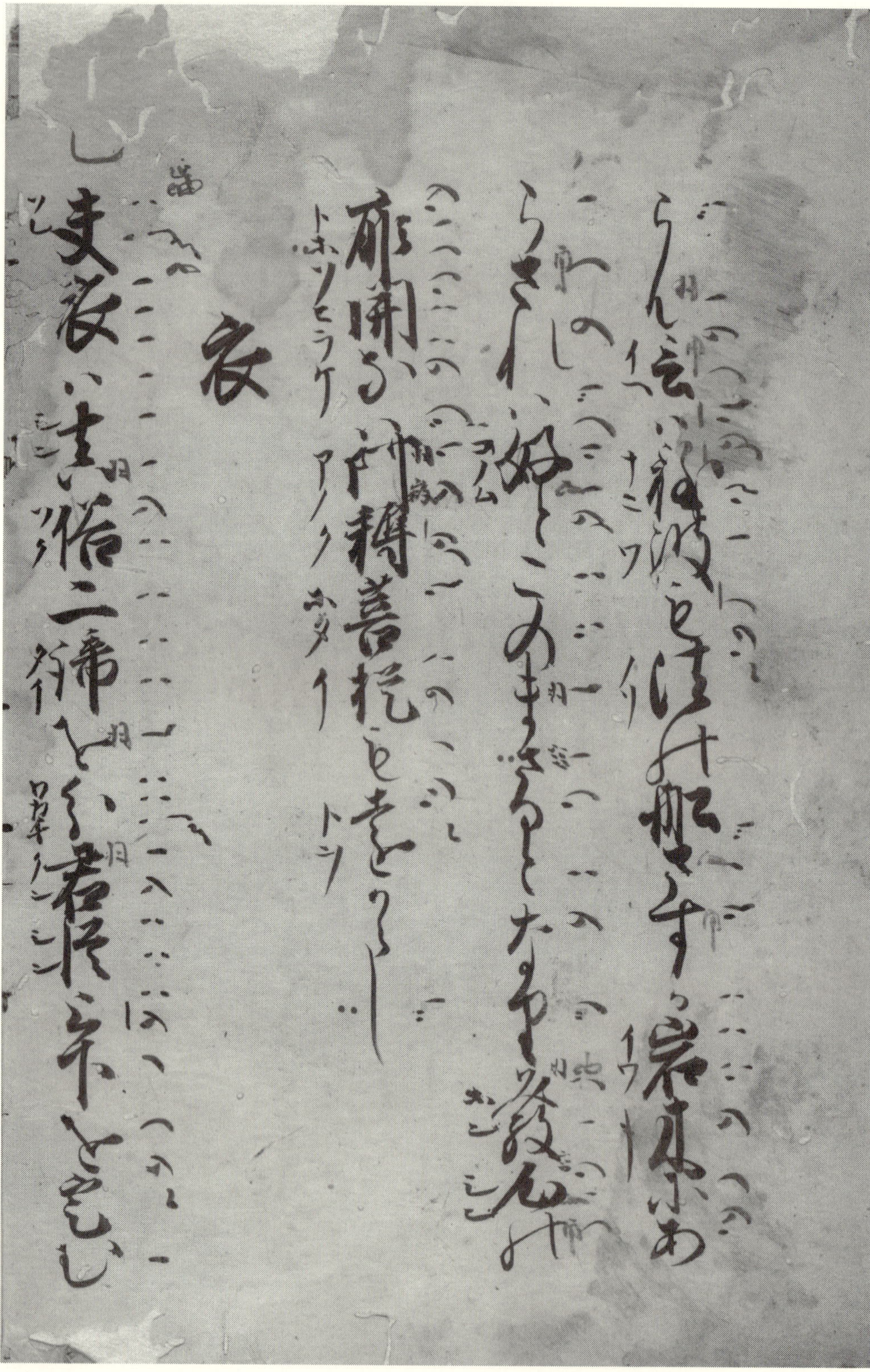

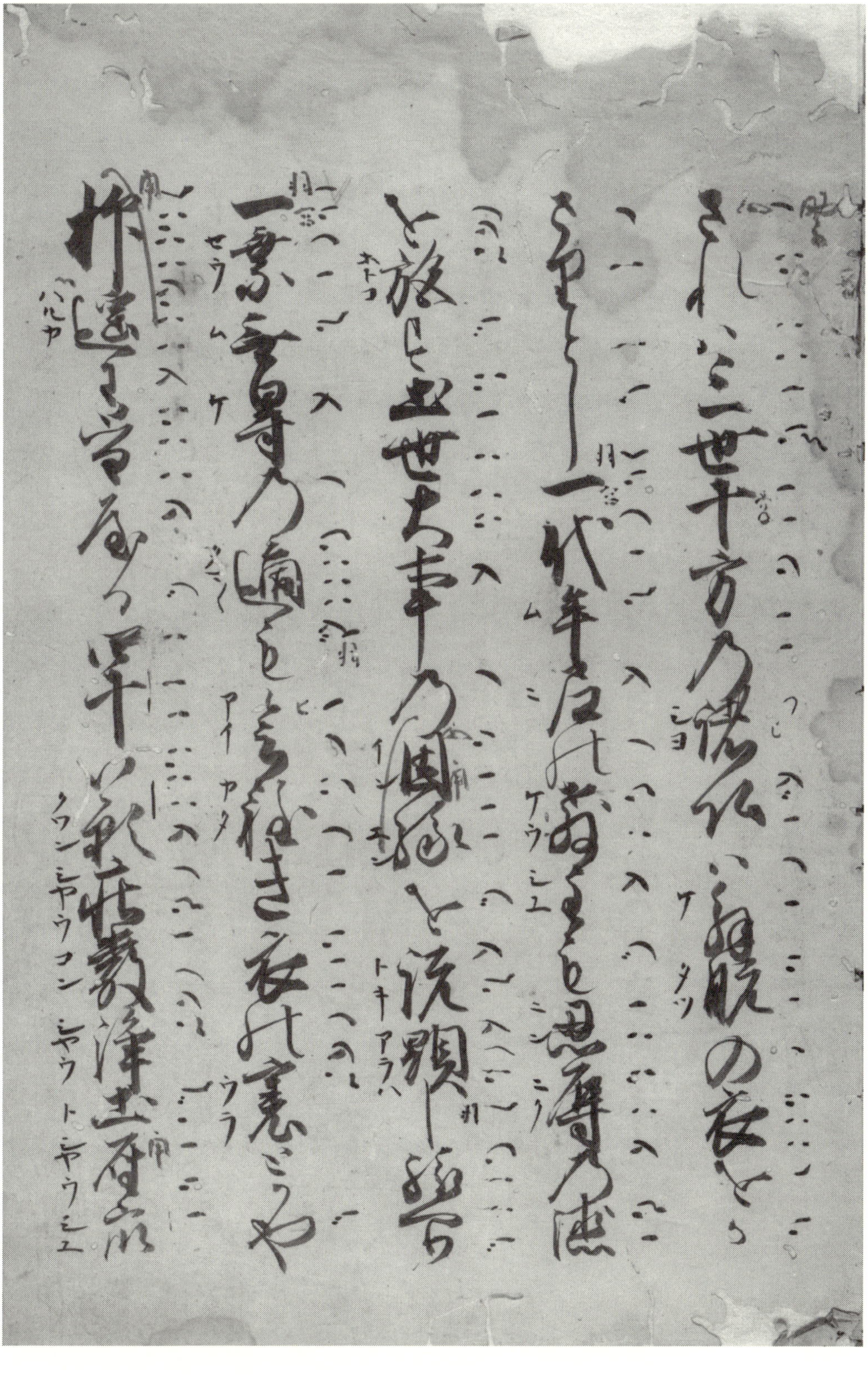

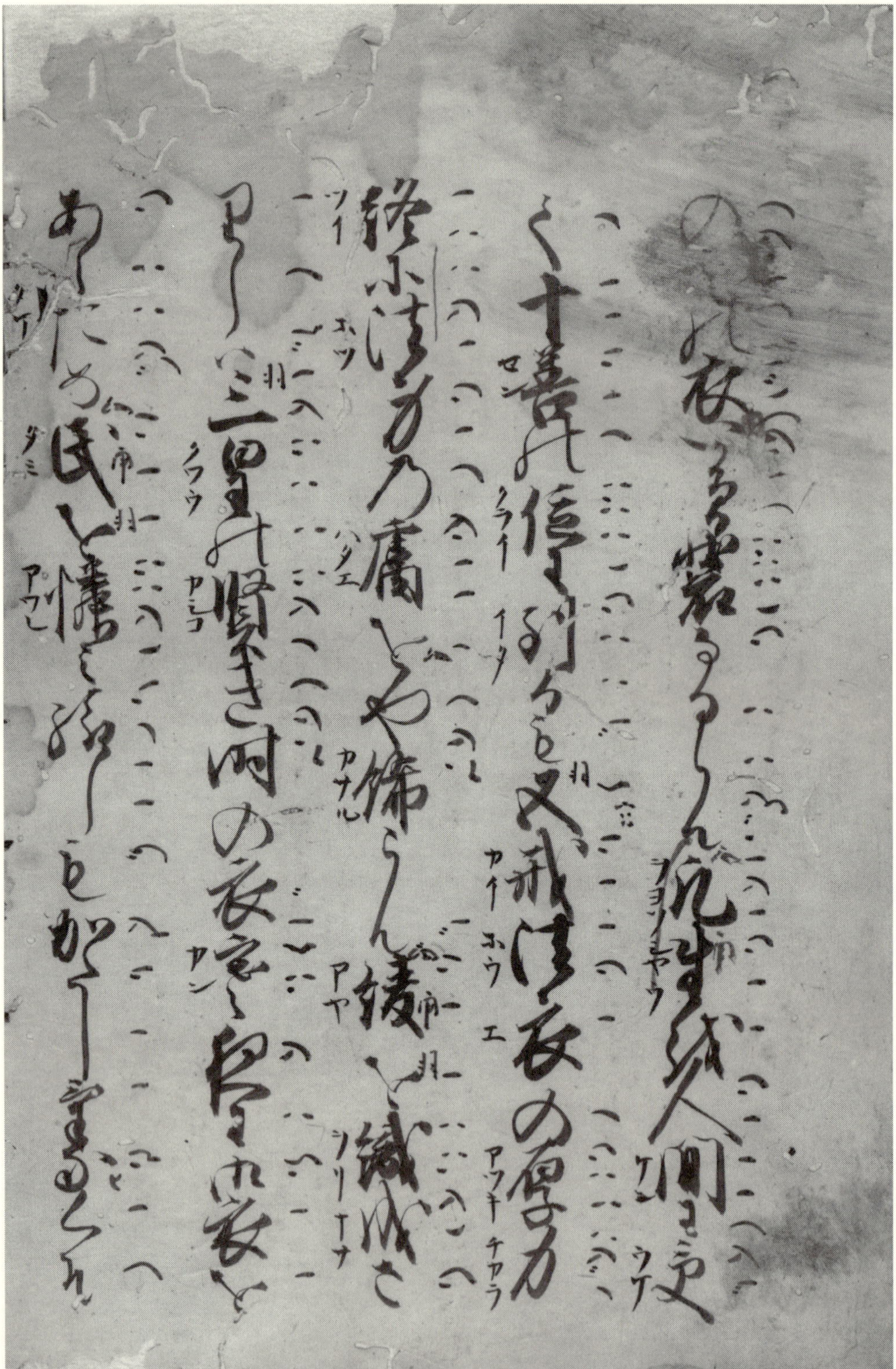

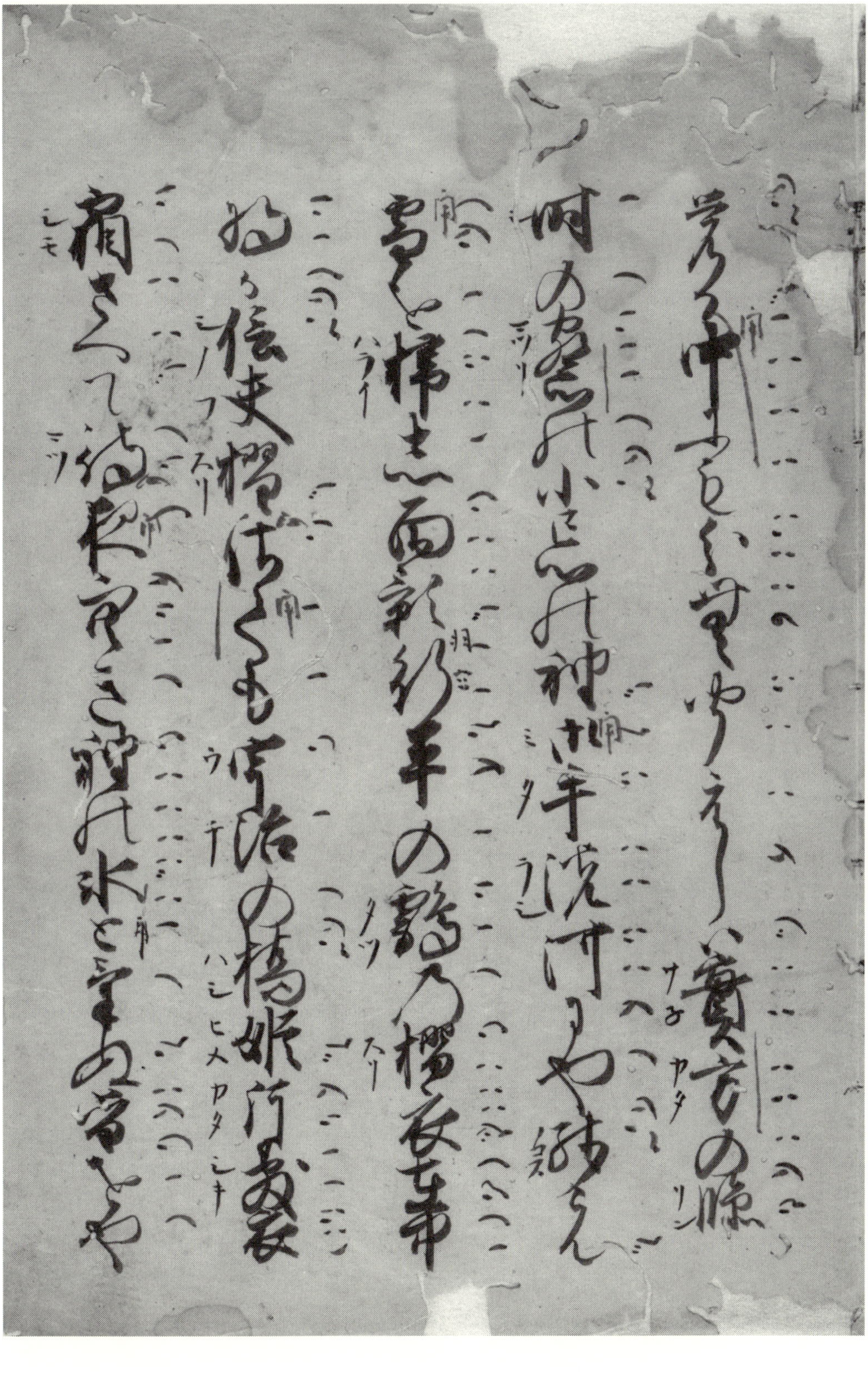

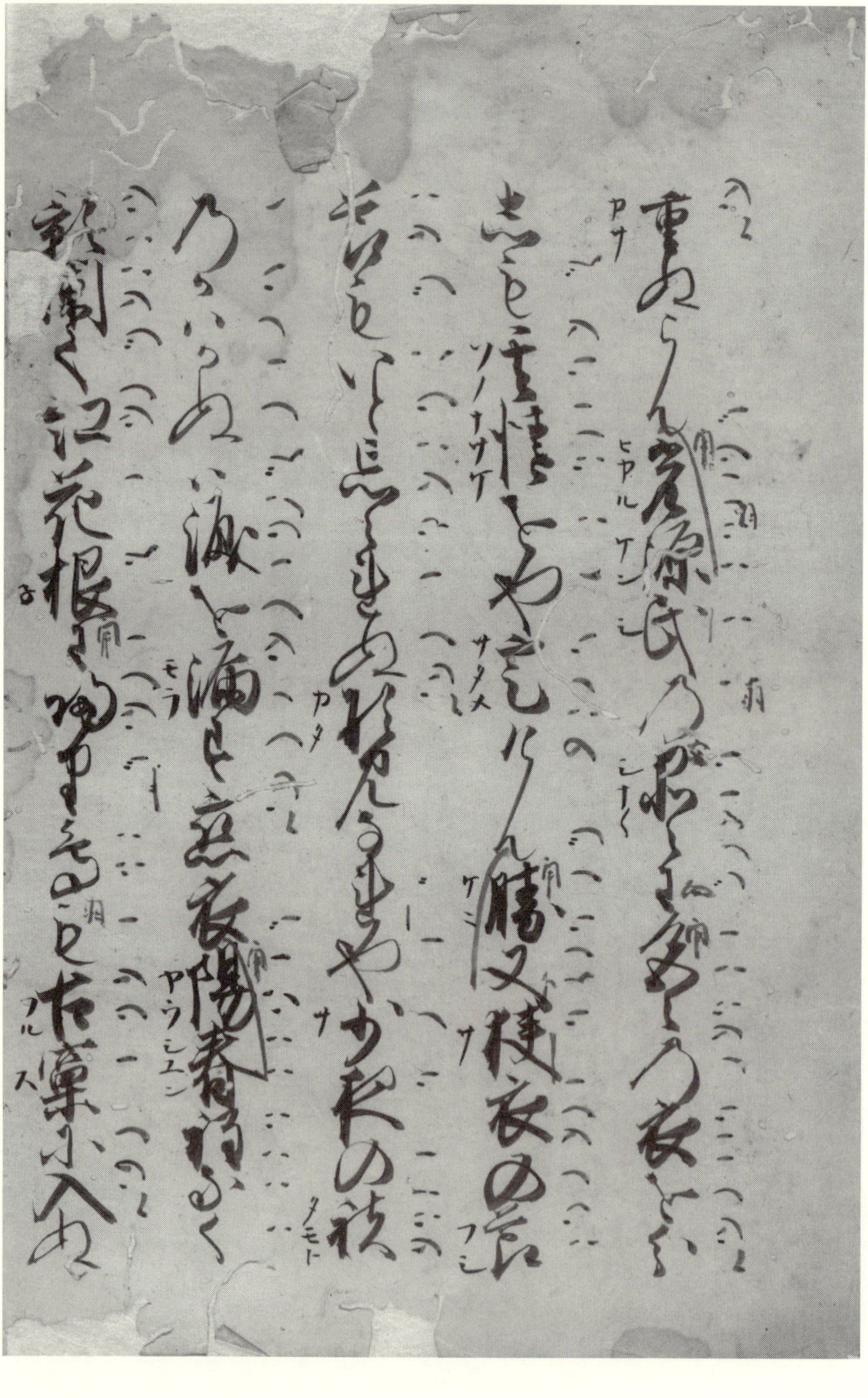

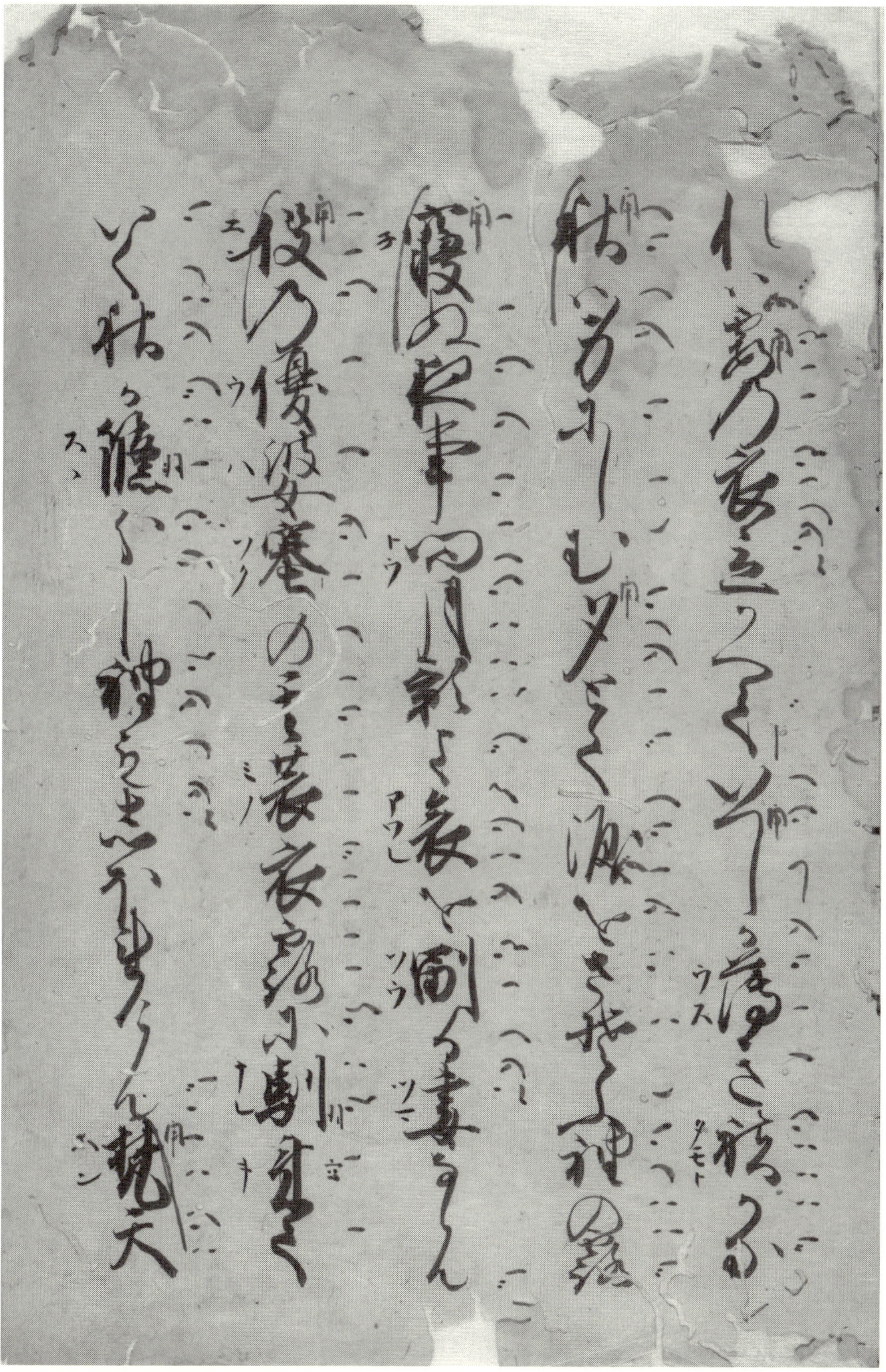

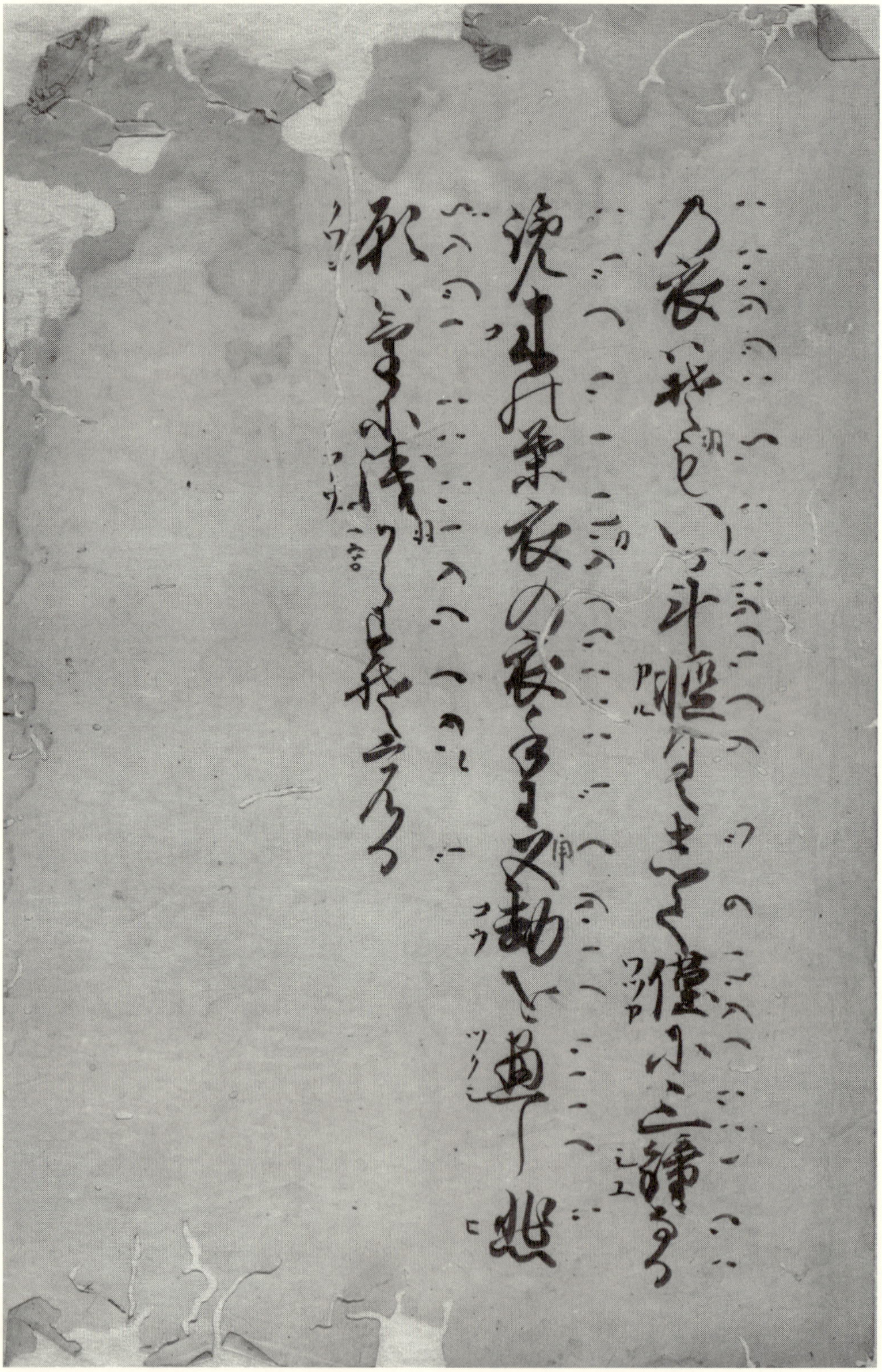

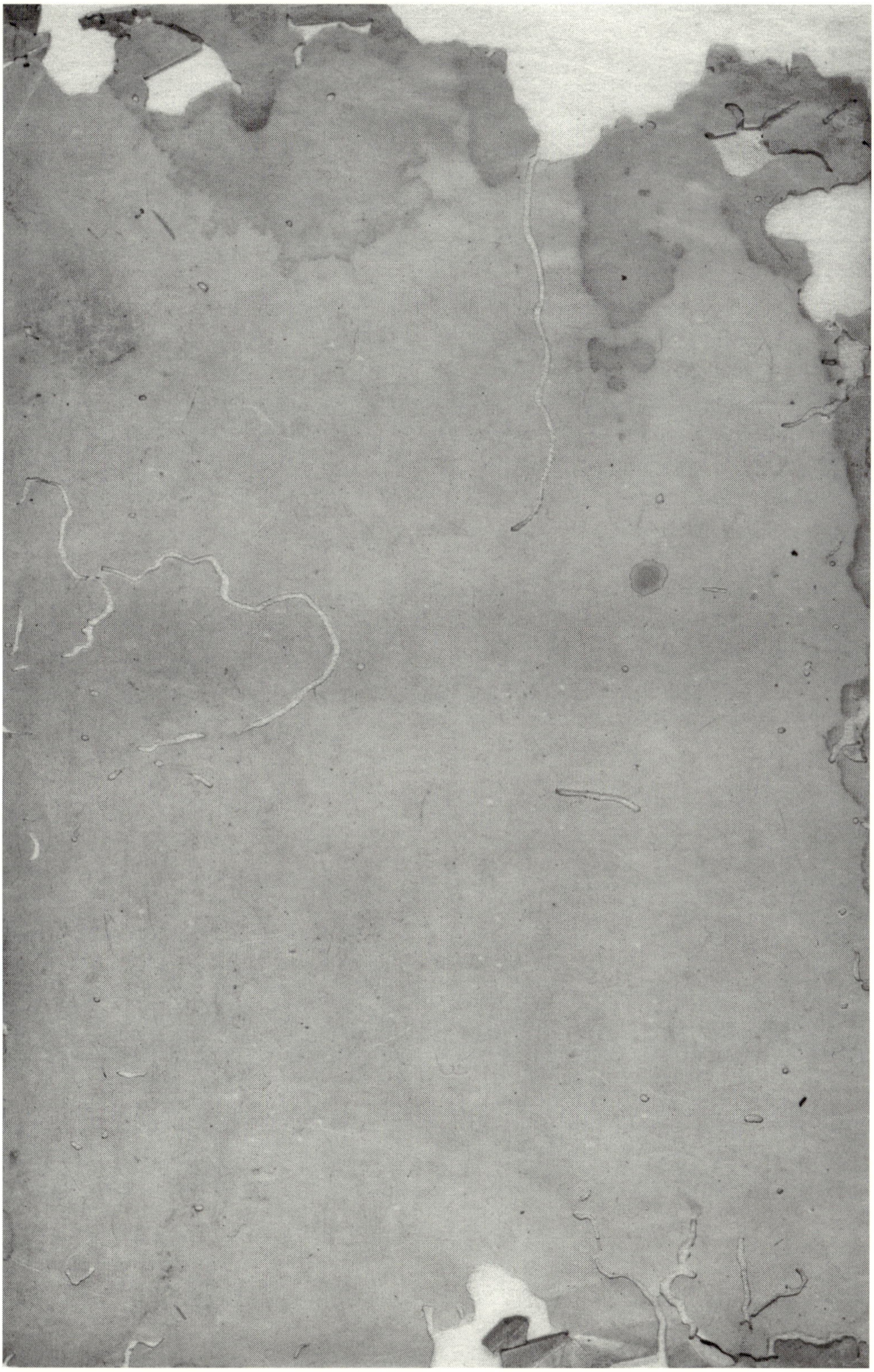

國文學研究資料館
114711
平成 9年 10月 30日

『拾菓集』下残簡

（縮率七八％）

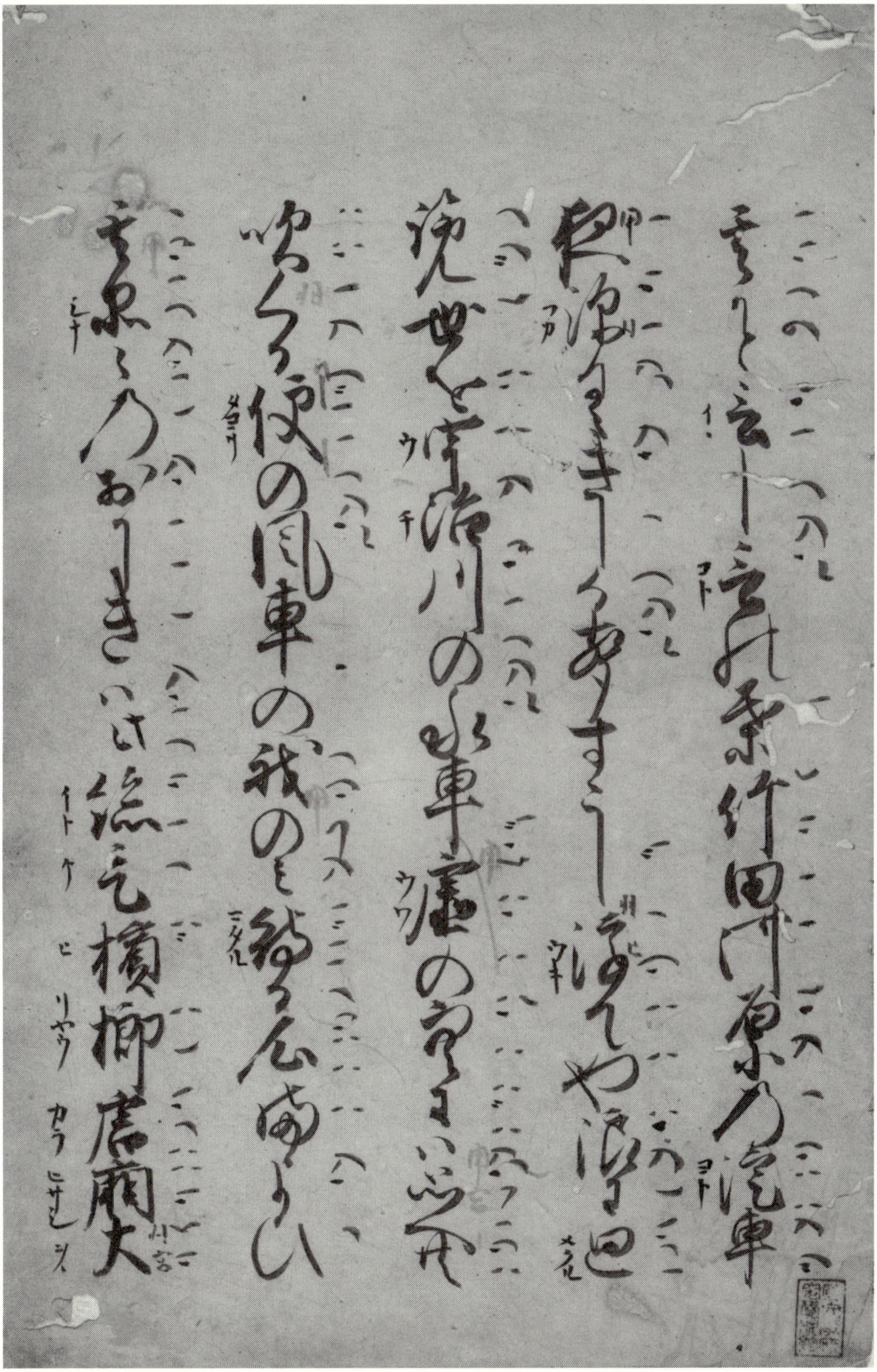

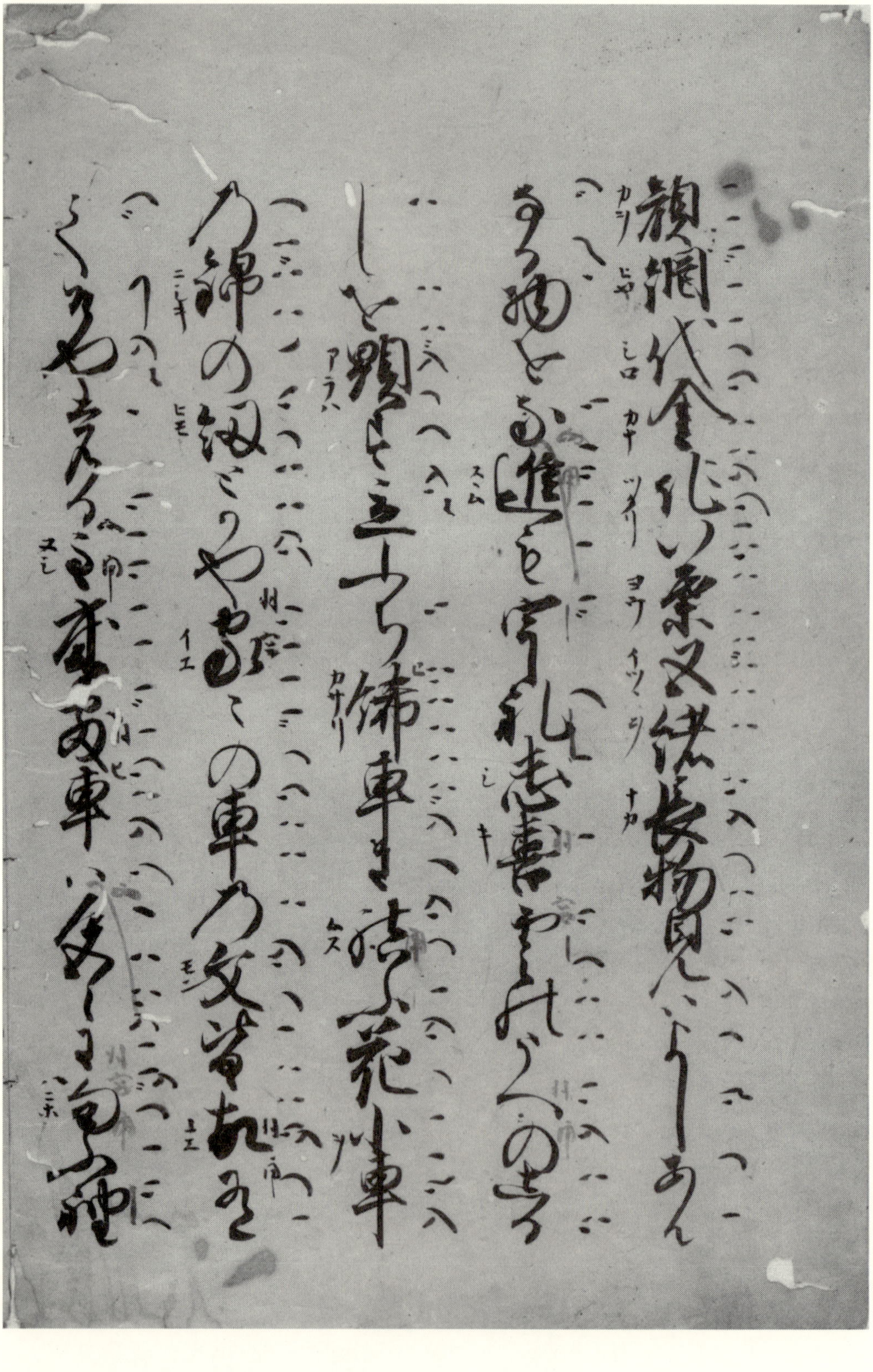

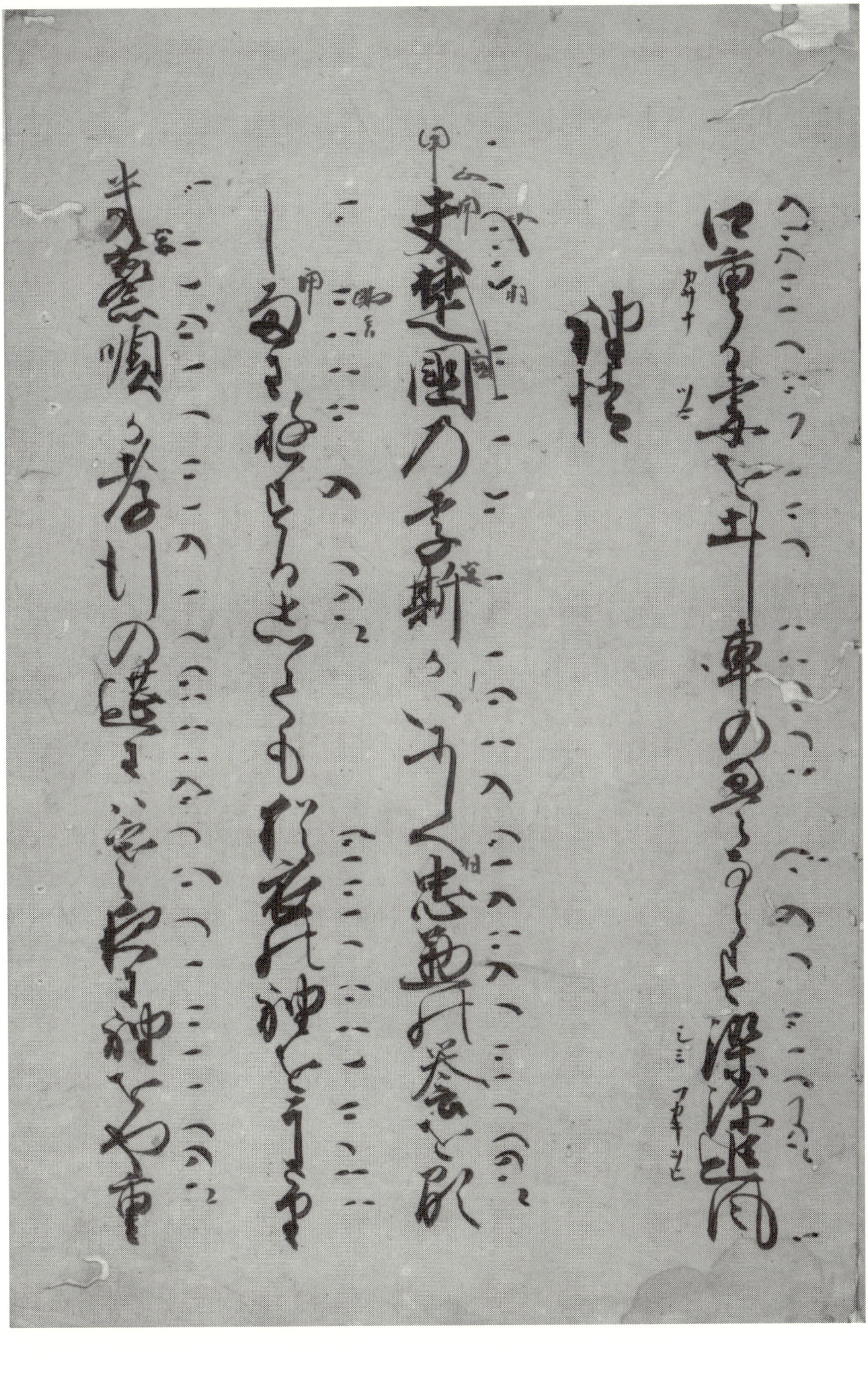

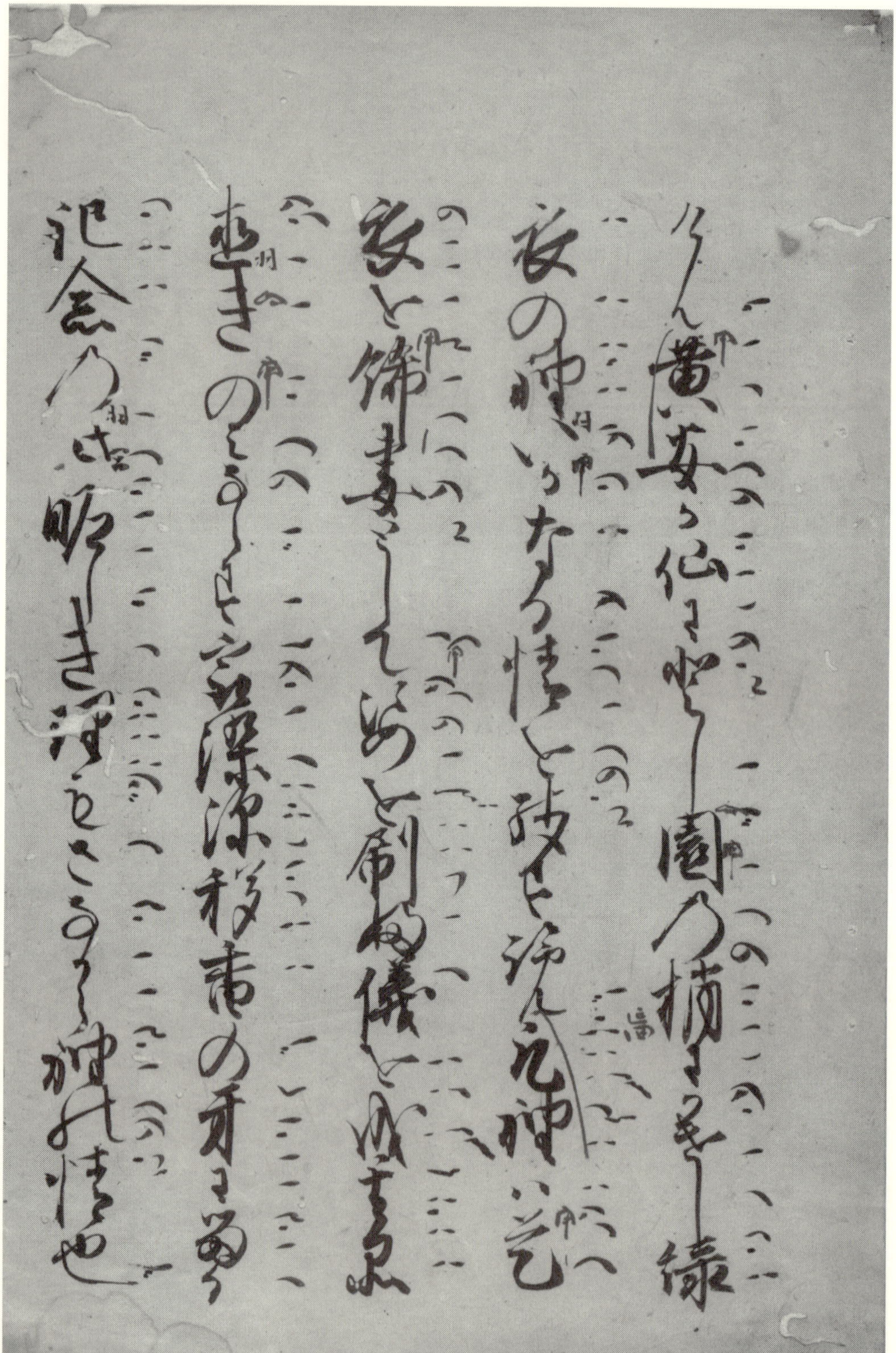

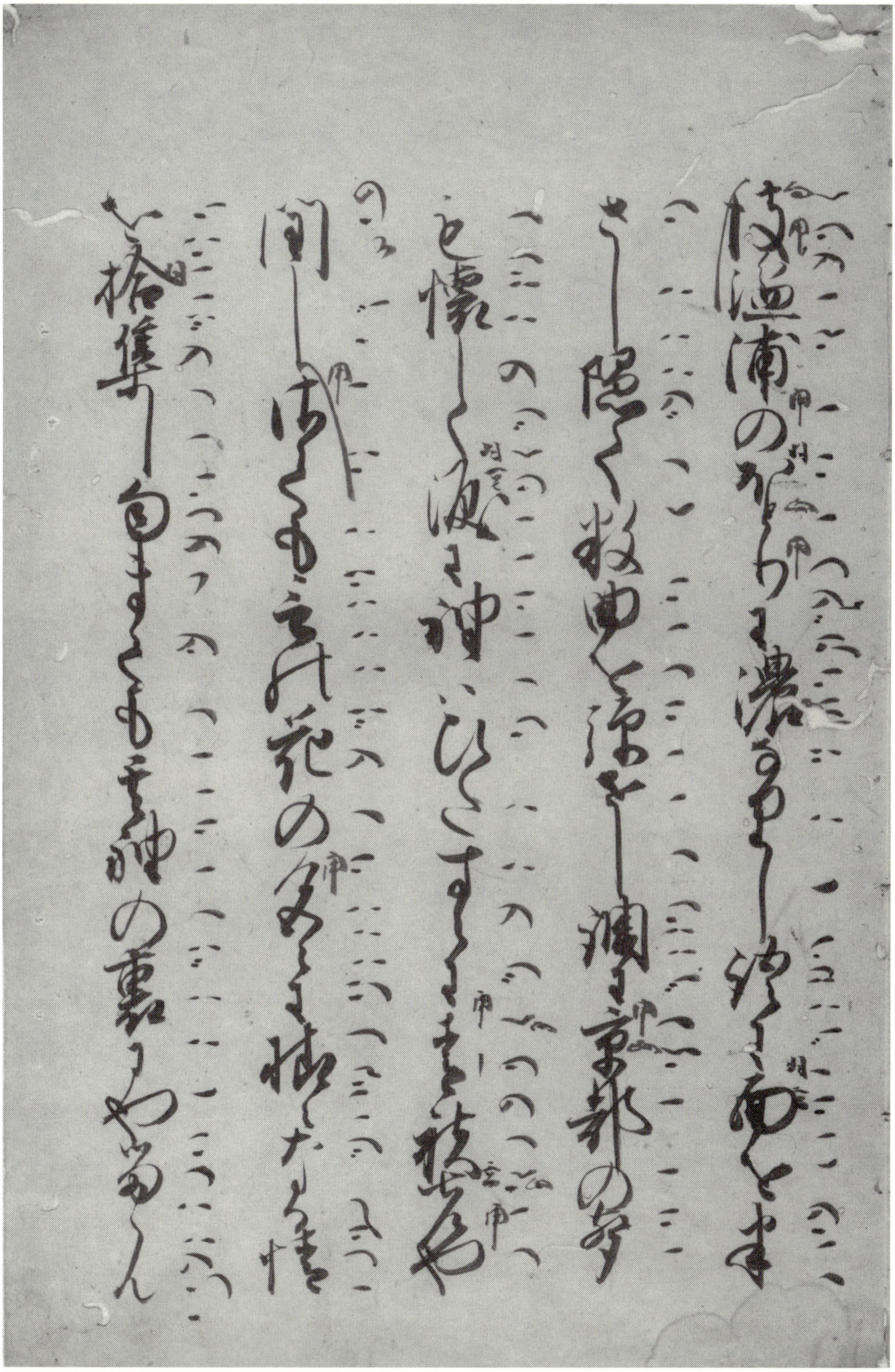

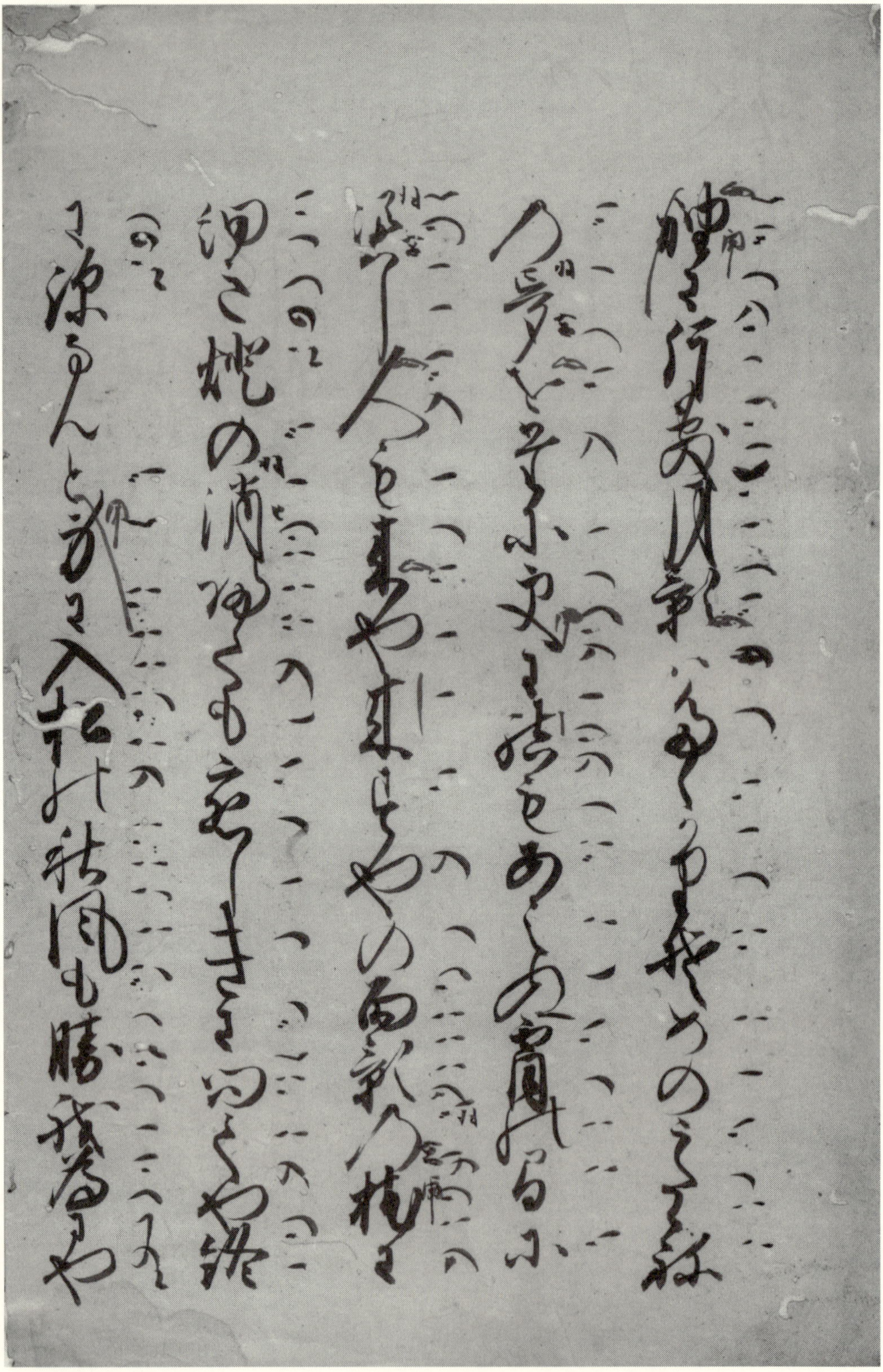

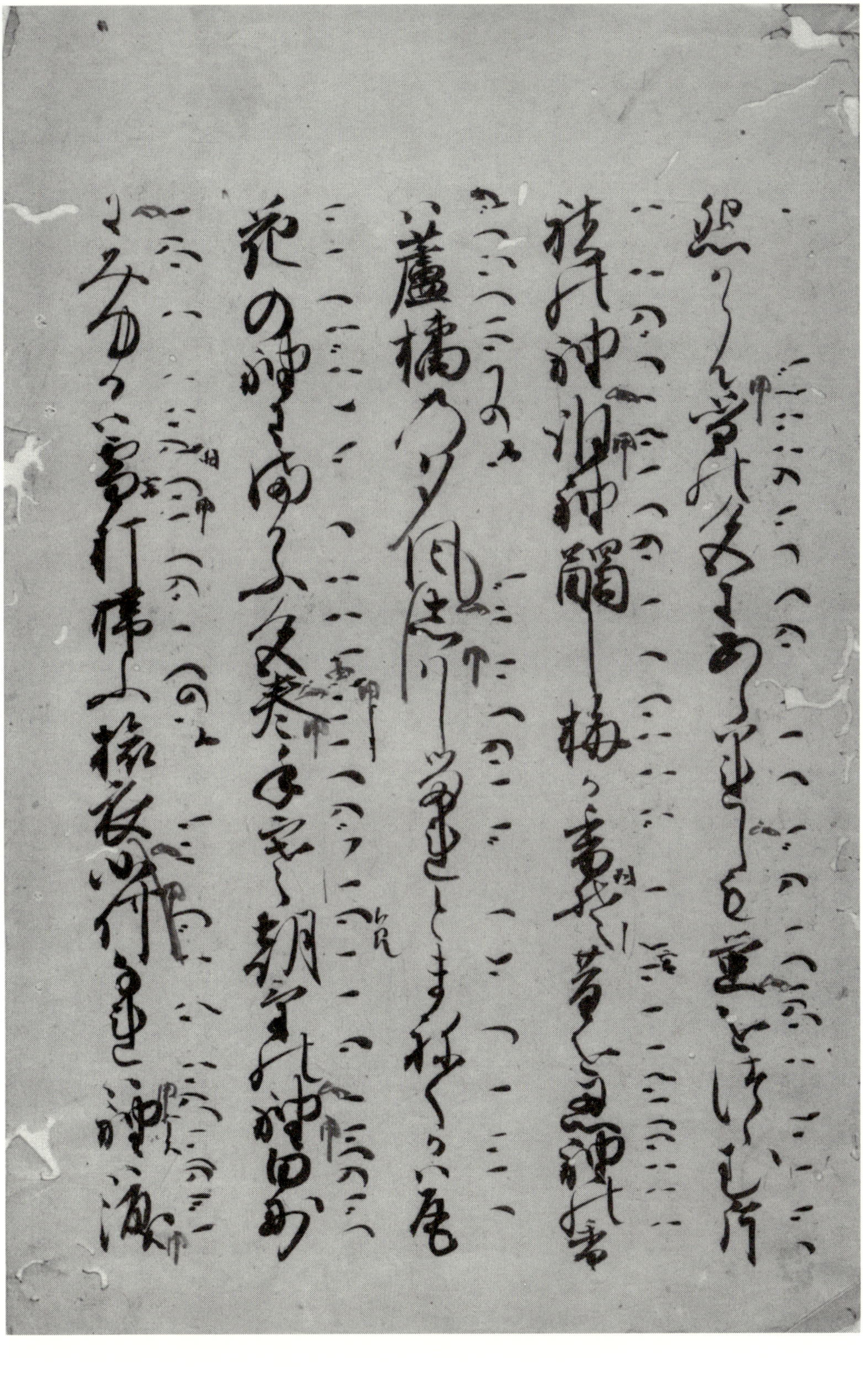

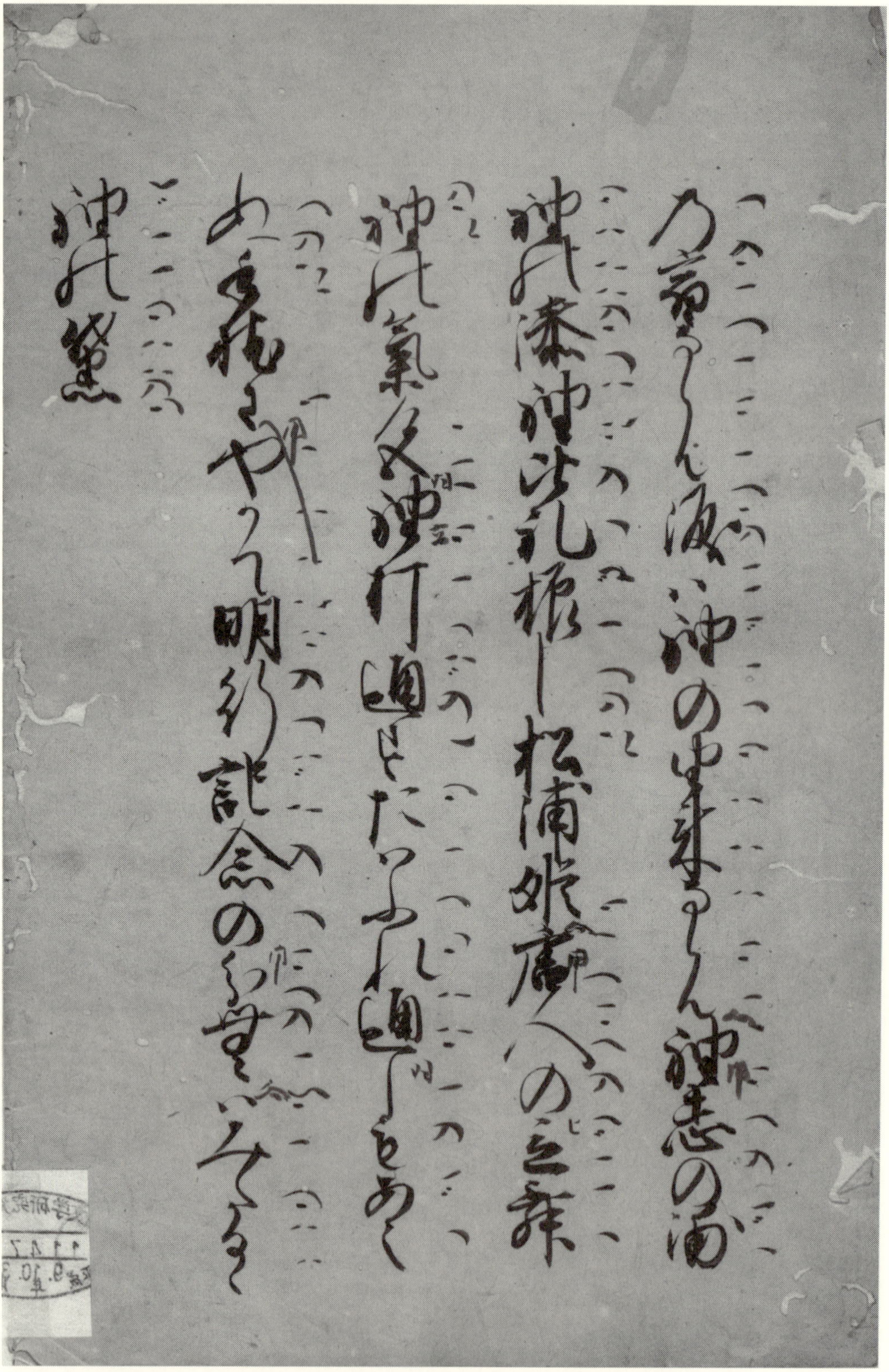

早歌断簡四種

（撰要目録巻断簡・宴曲抄断簡
宴曲抄断簡・撰要両曲巻断簡）

（縮率八四%、八三%、八三%、八五%）

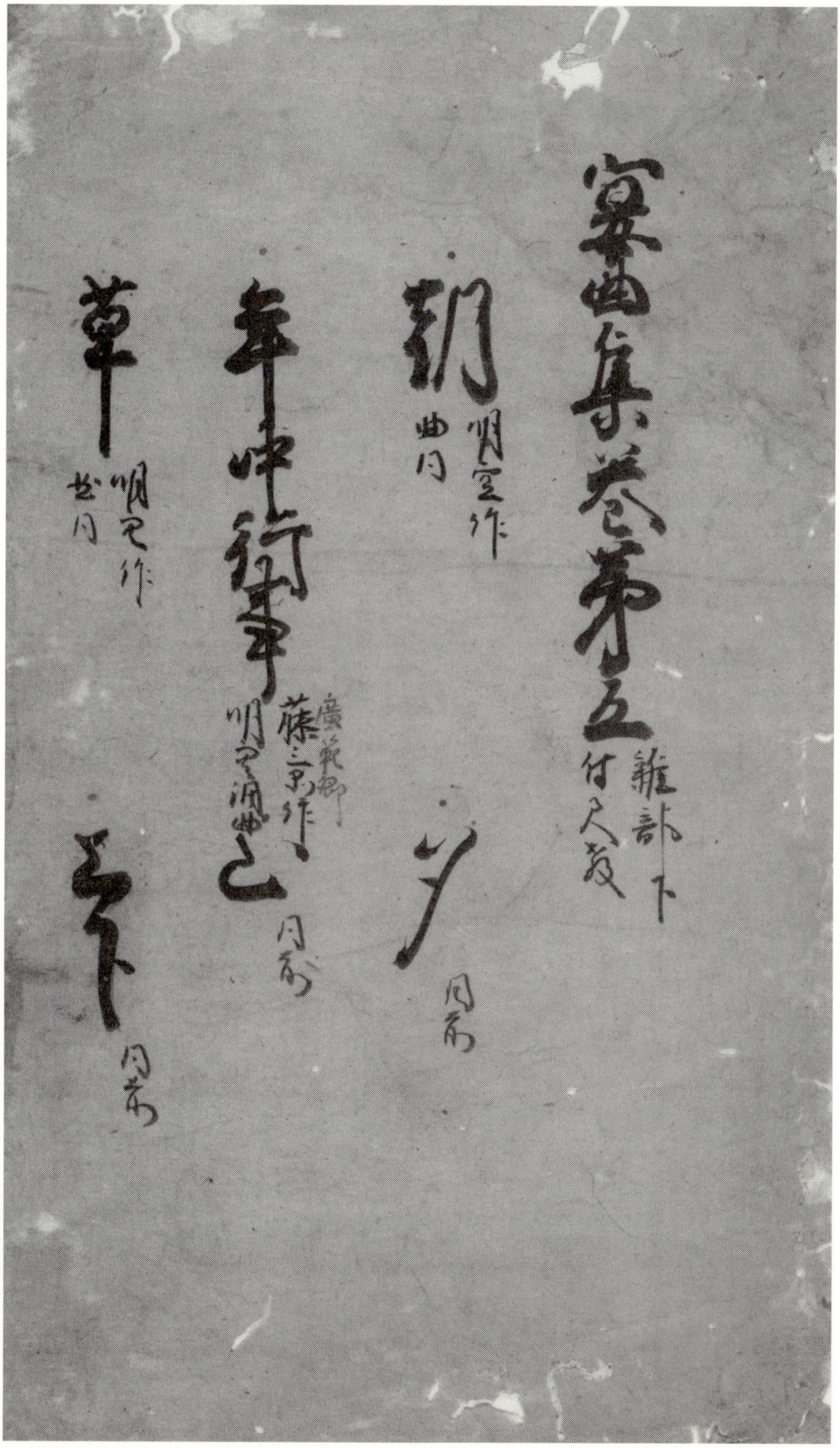
宴曲集巻第五
雑部下

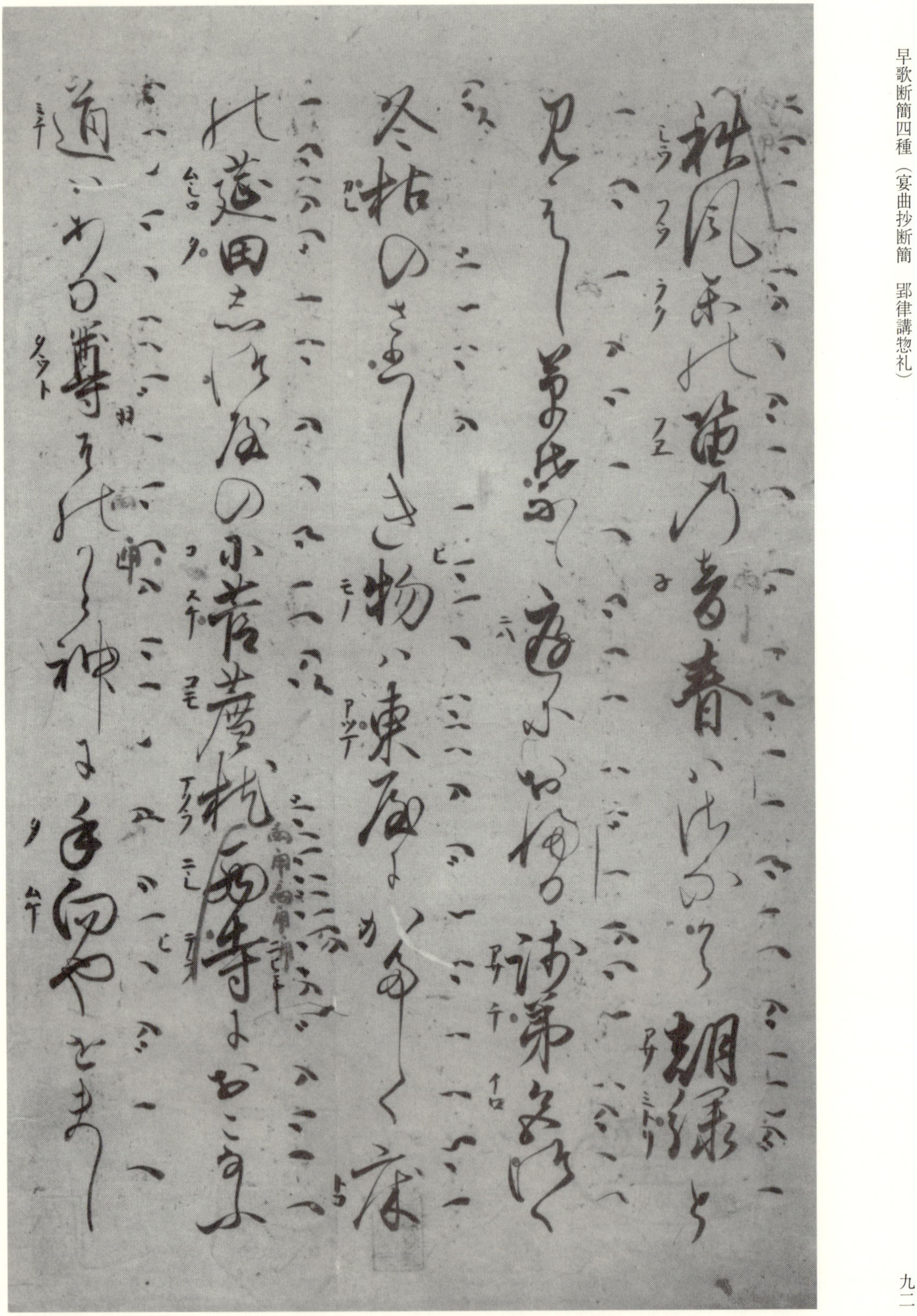

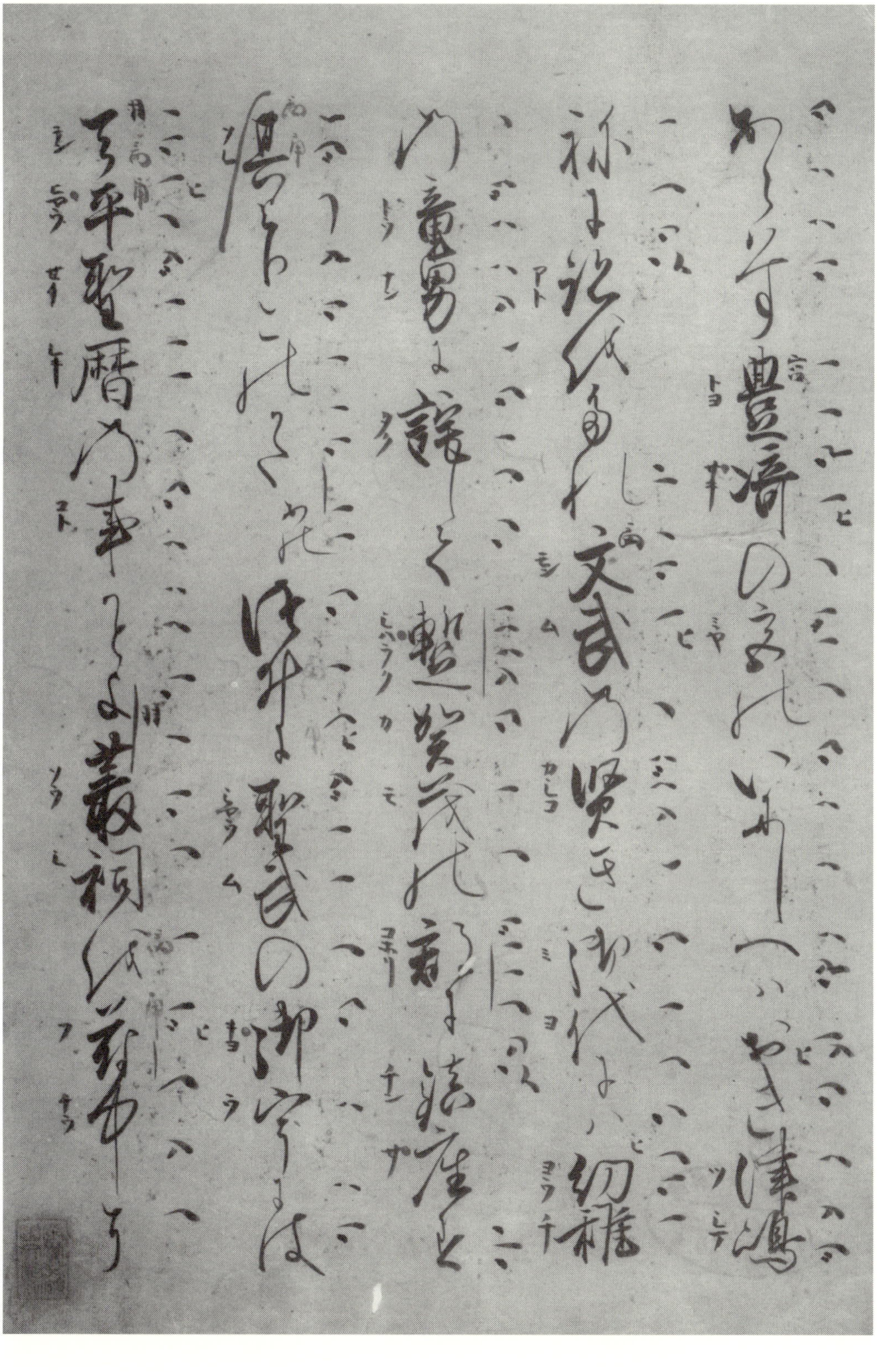

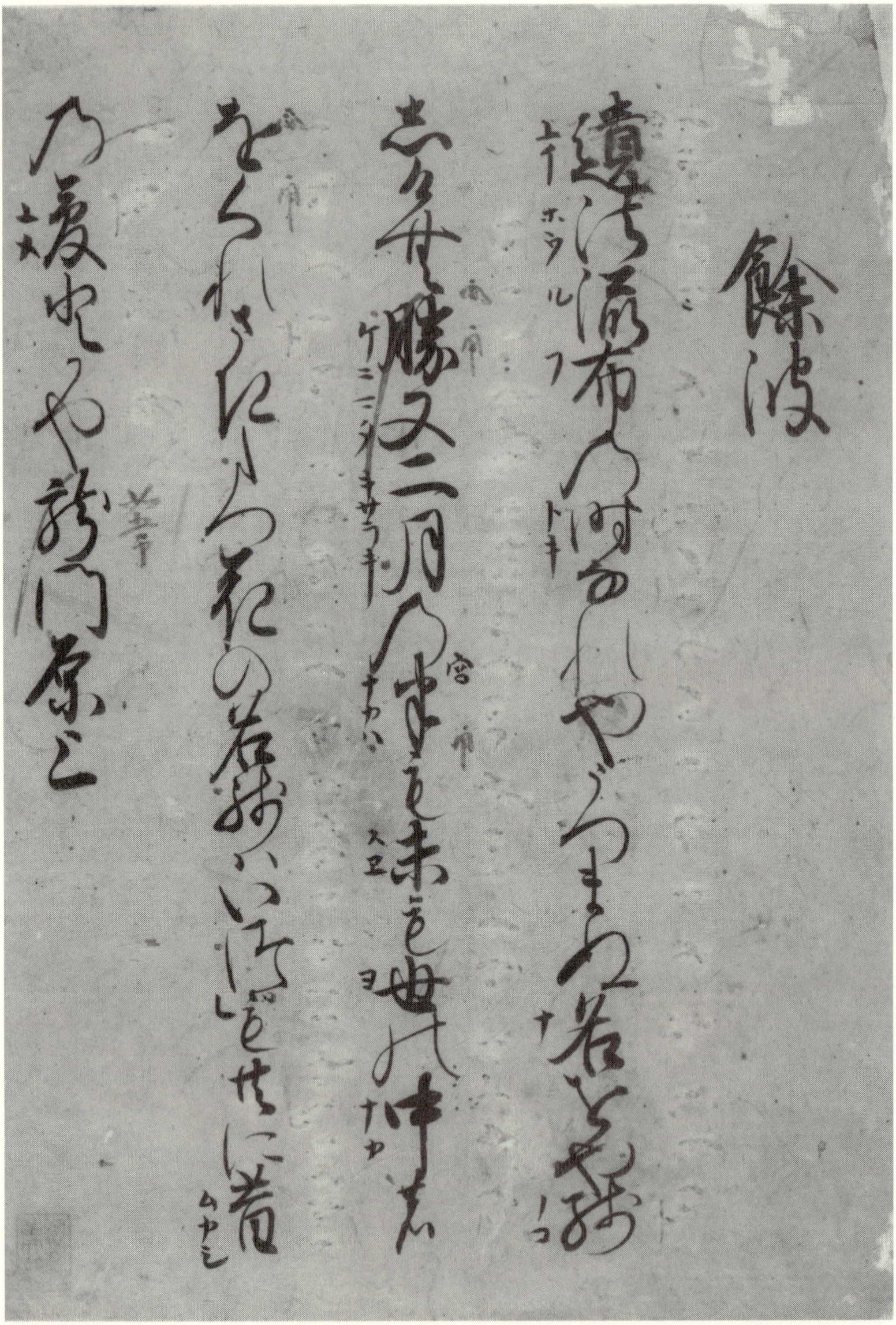
餘波

『早歌二曲本』

（縮率六七％）

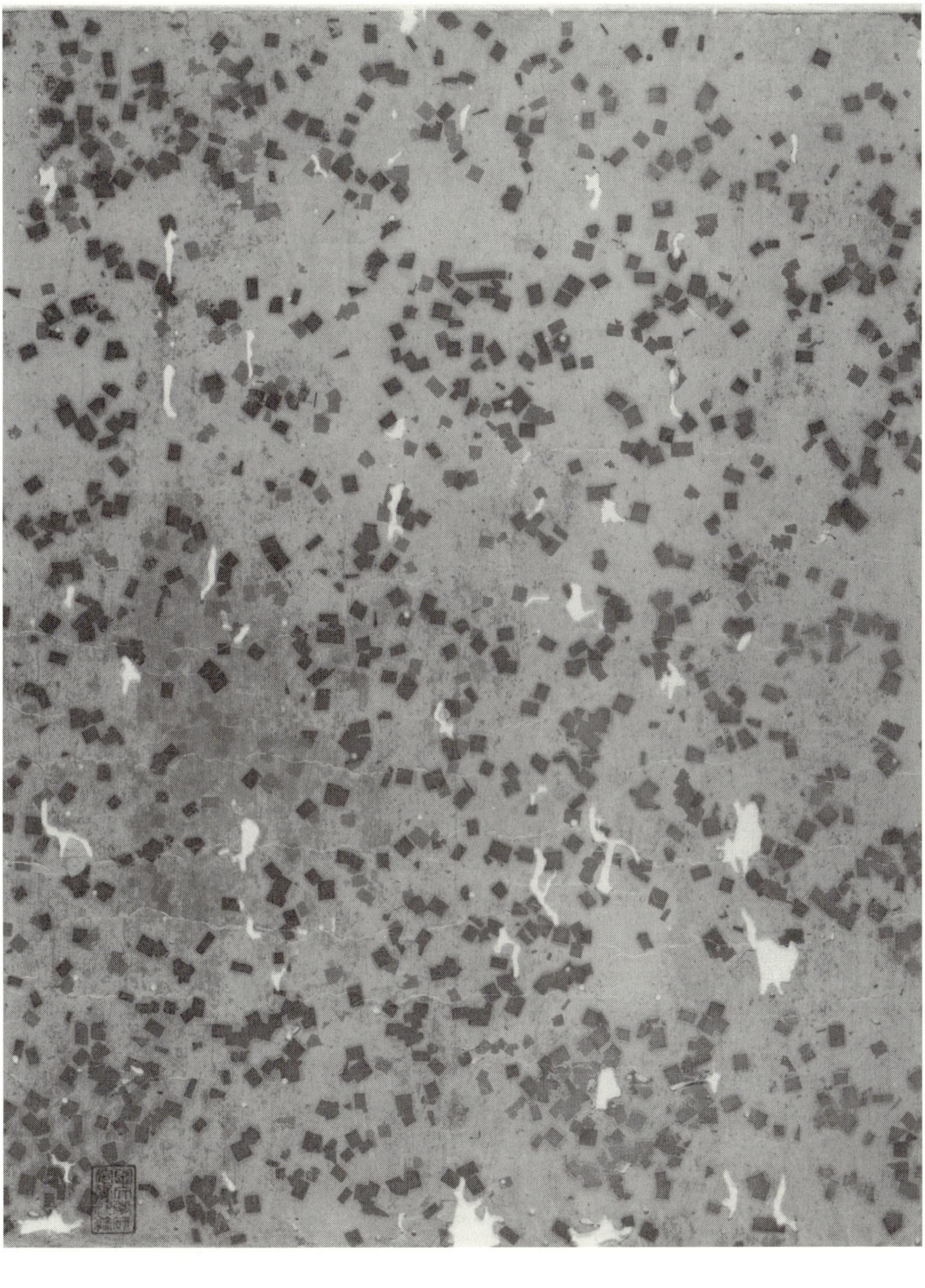

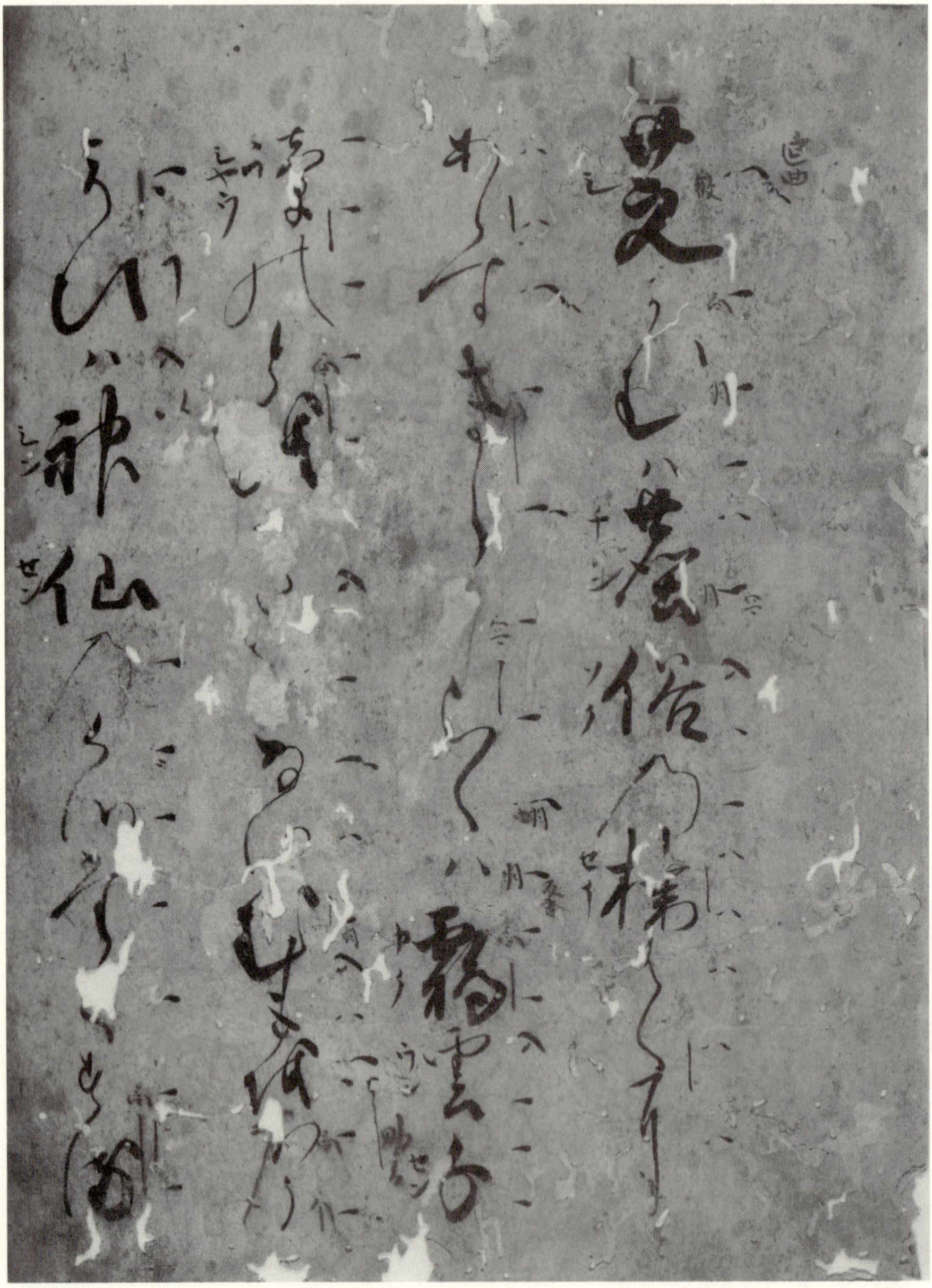

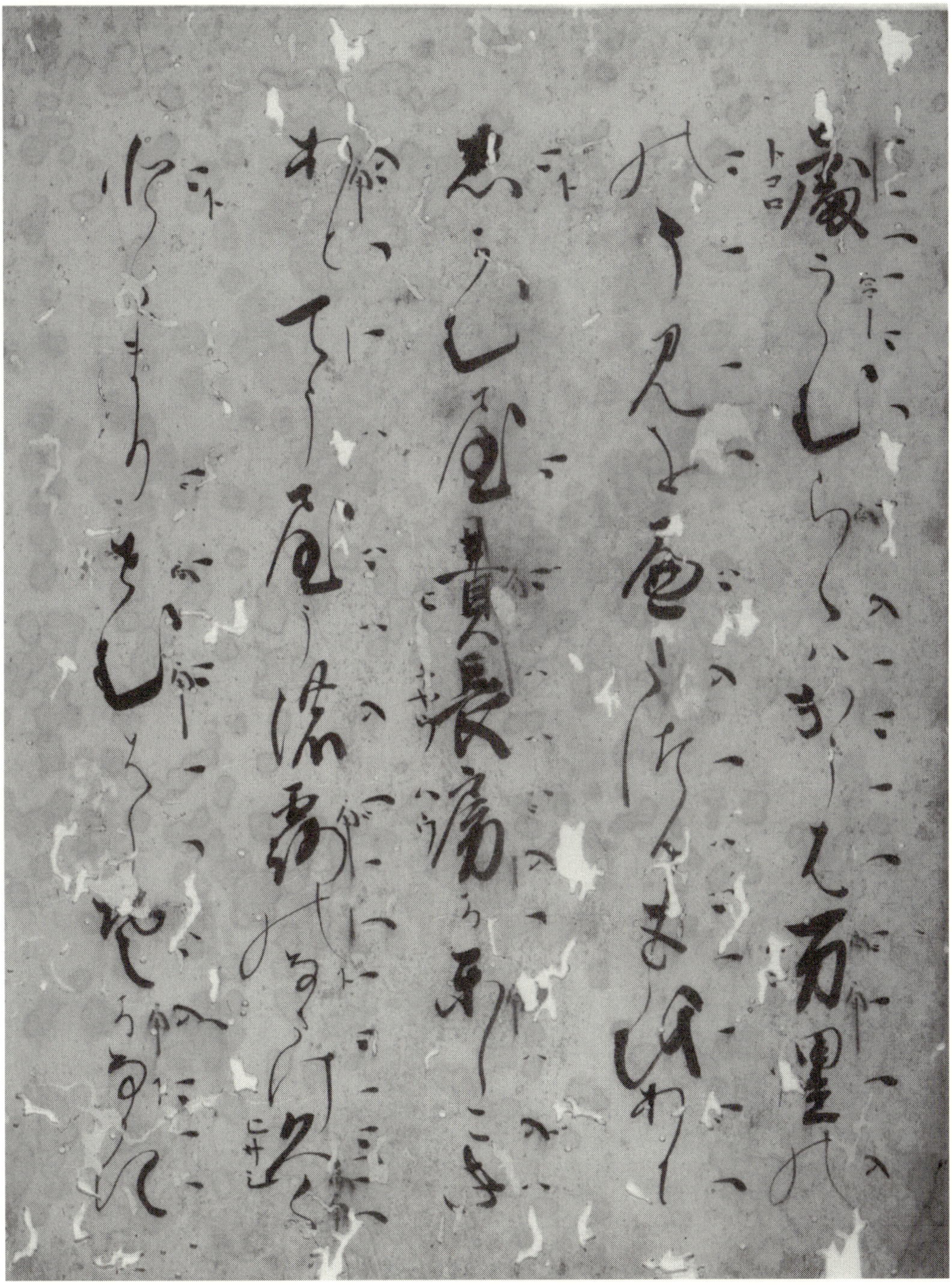

『早歌二曲本』（第一紙左）

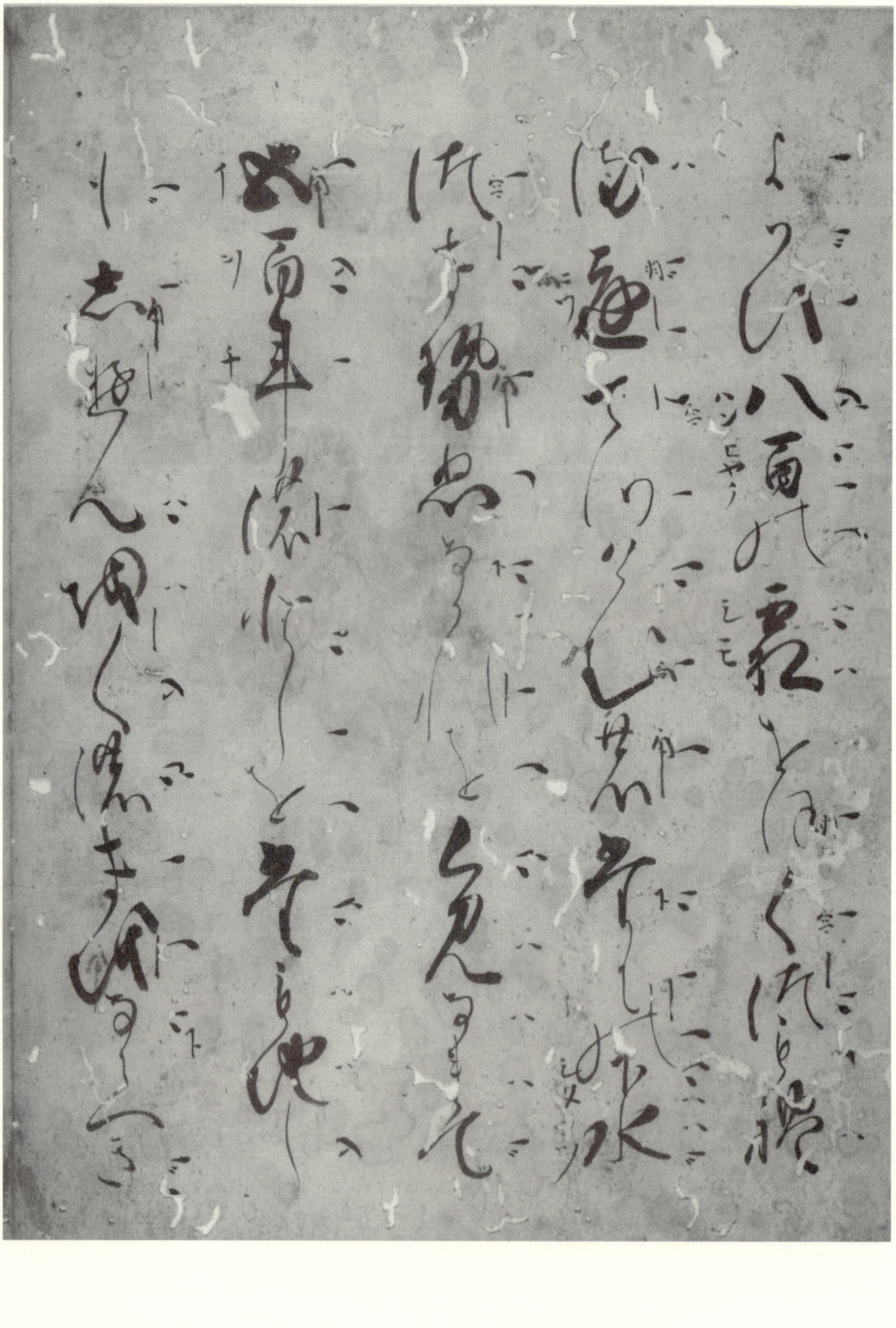

『早歌二曲本』（第二紙右）

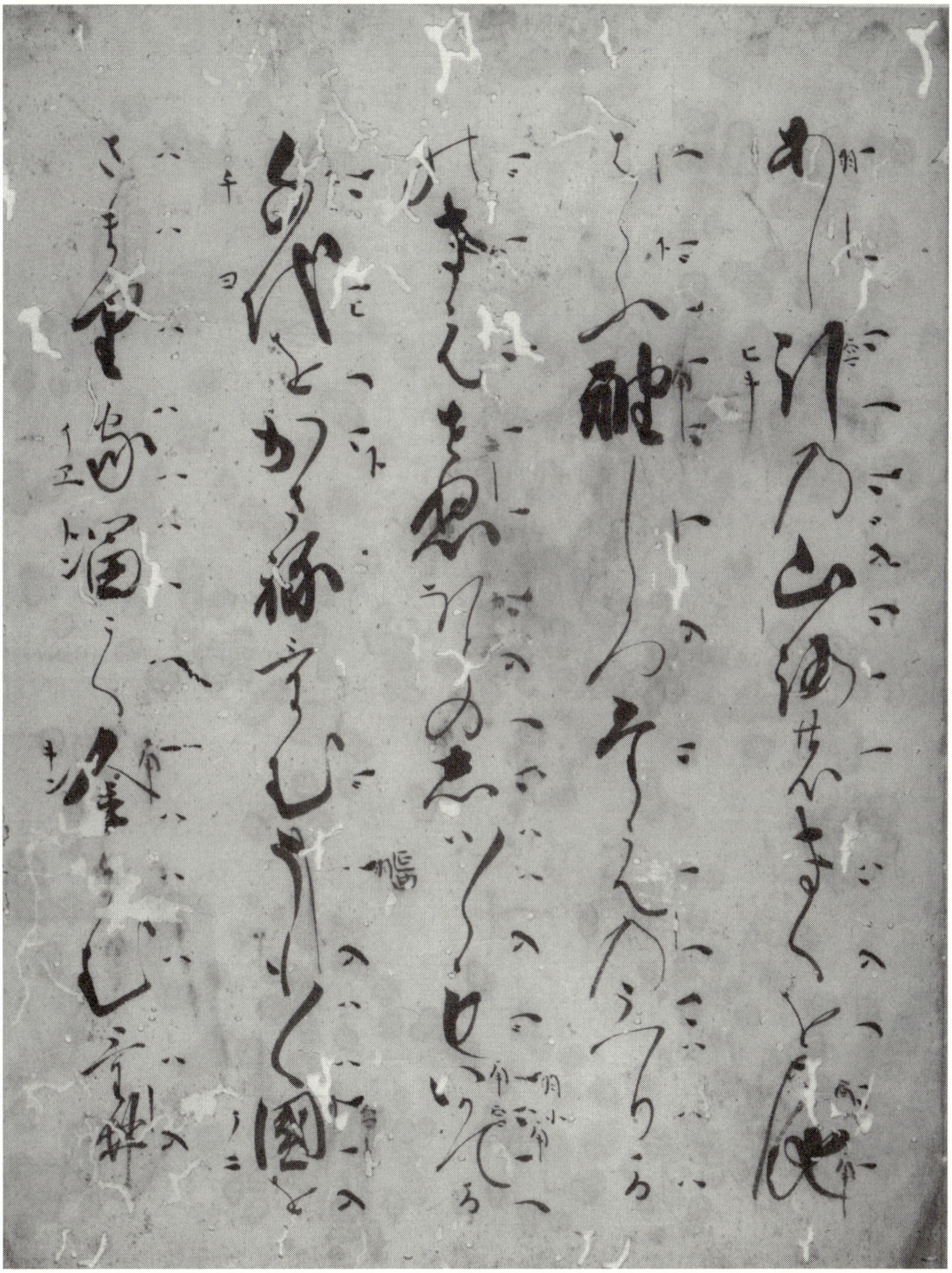

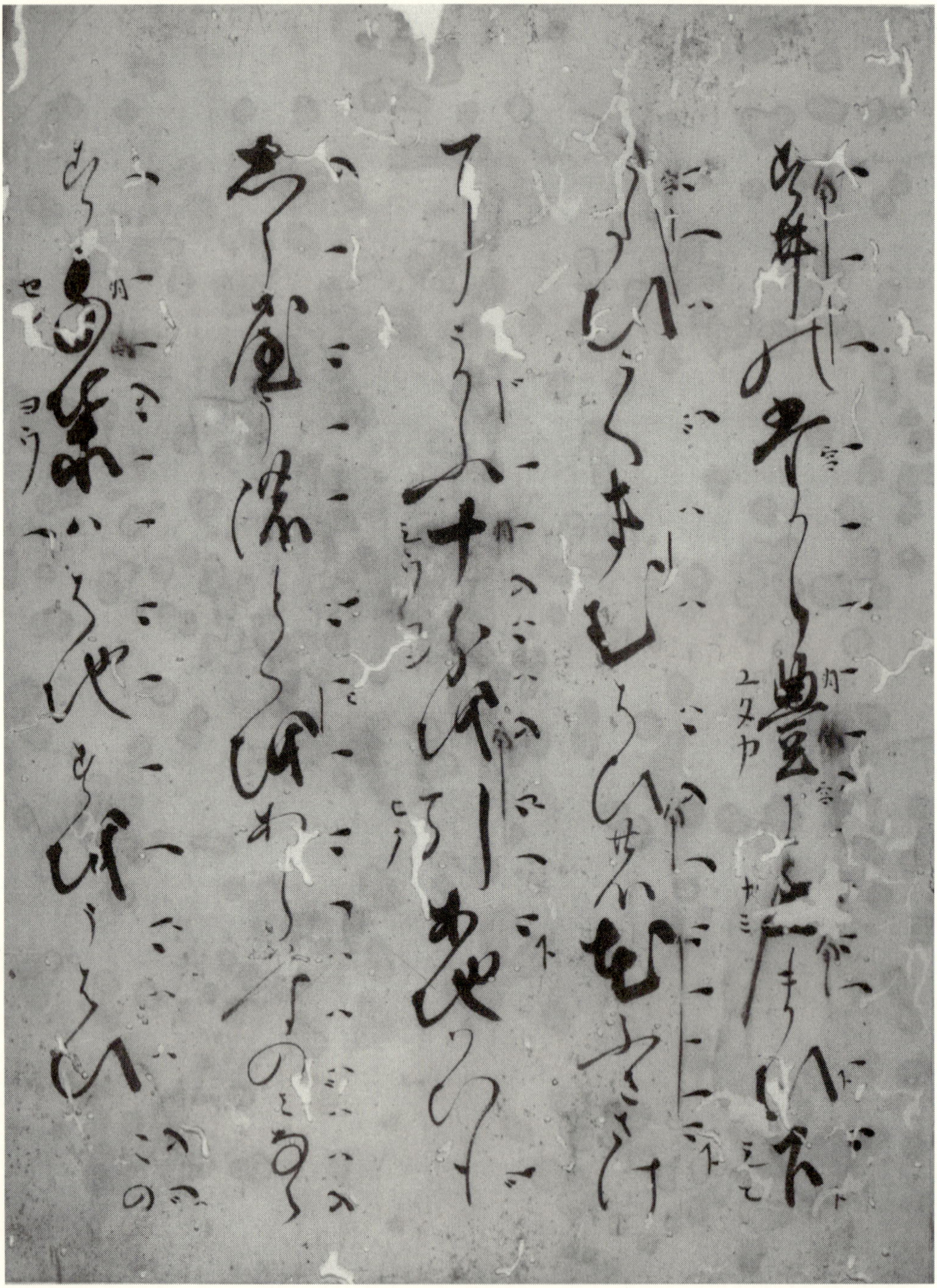

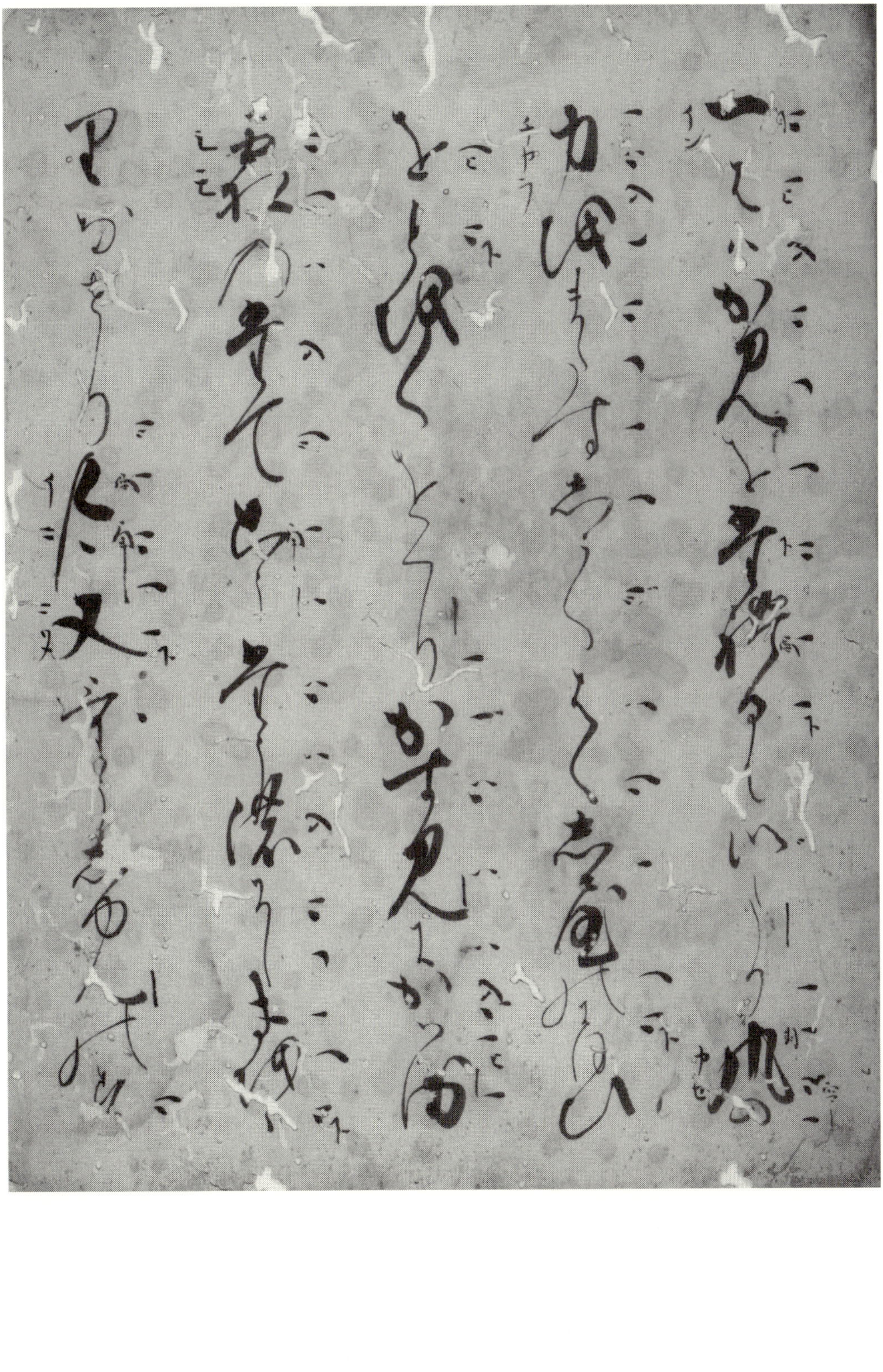

『早歌二曲本』（第三紙左）

『早歌二曲本』（第四紙右）

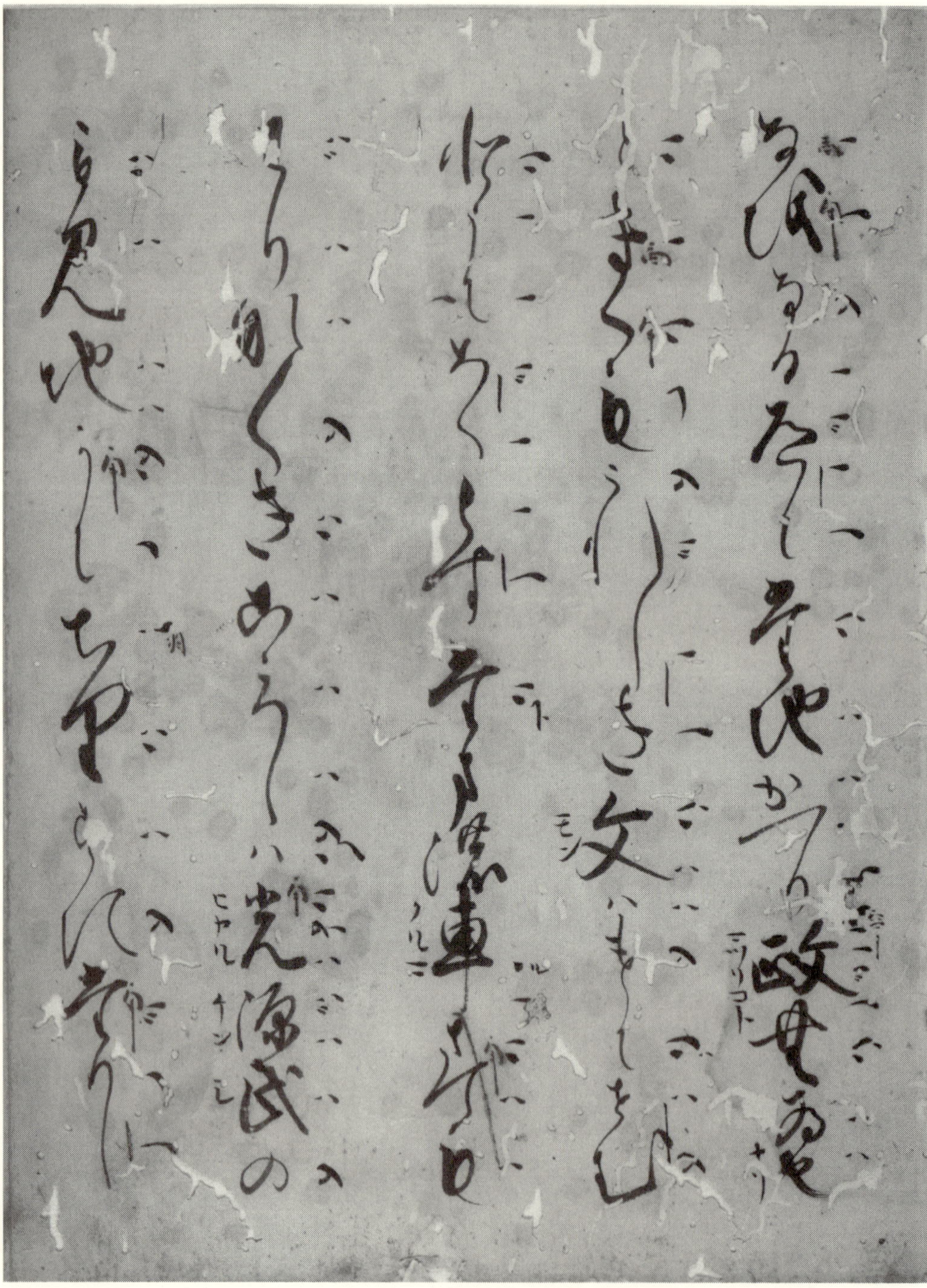

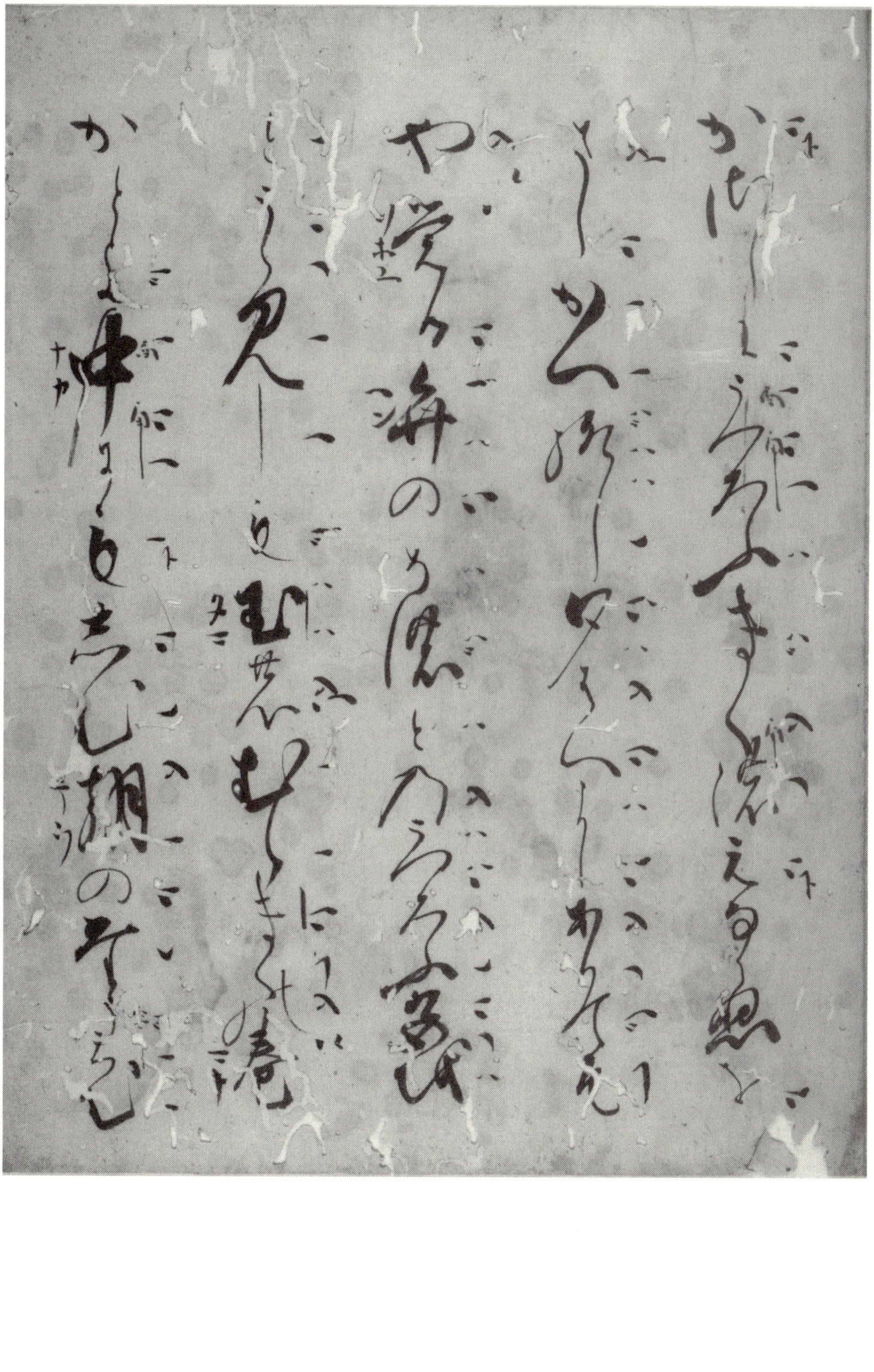

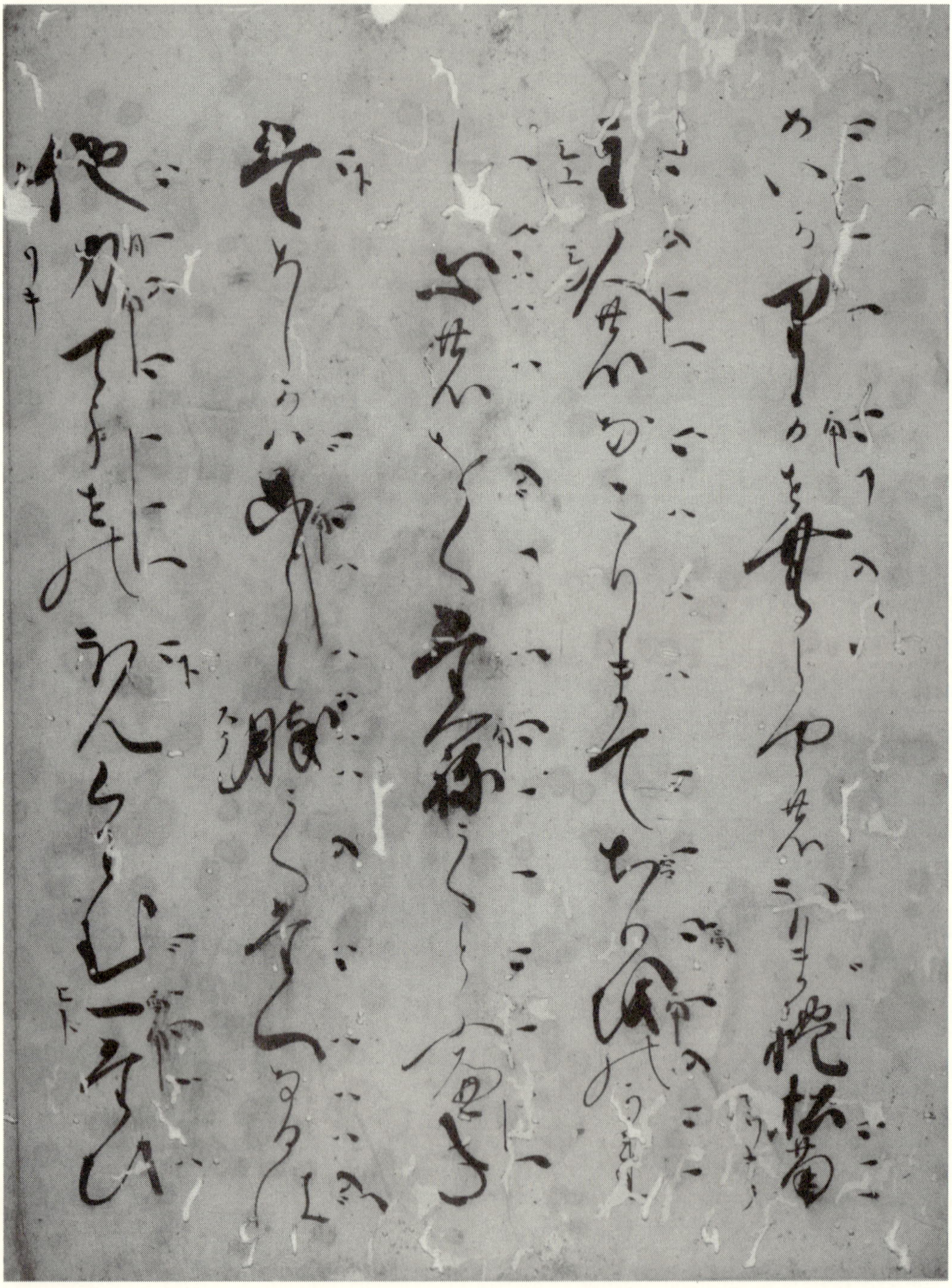

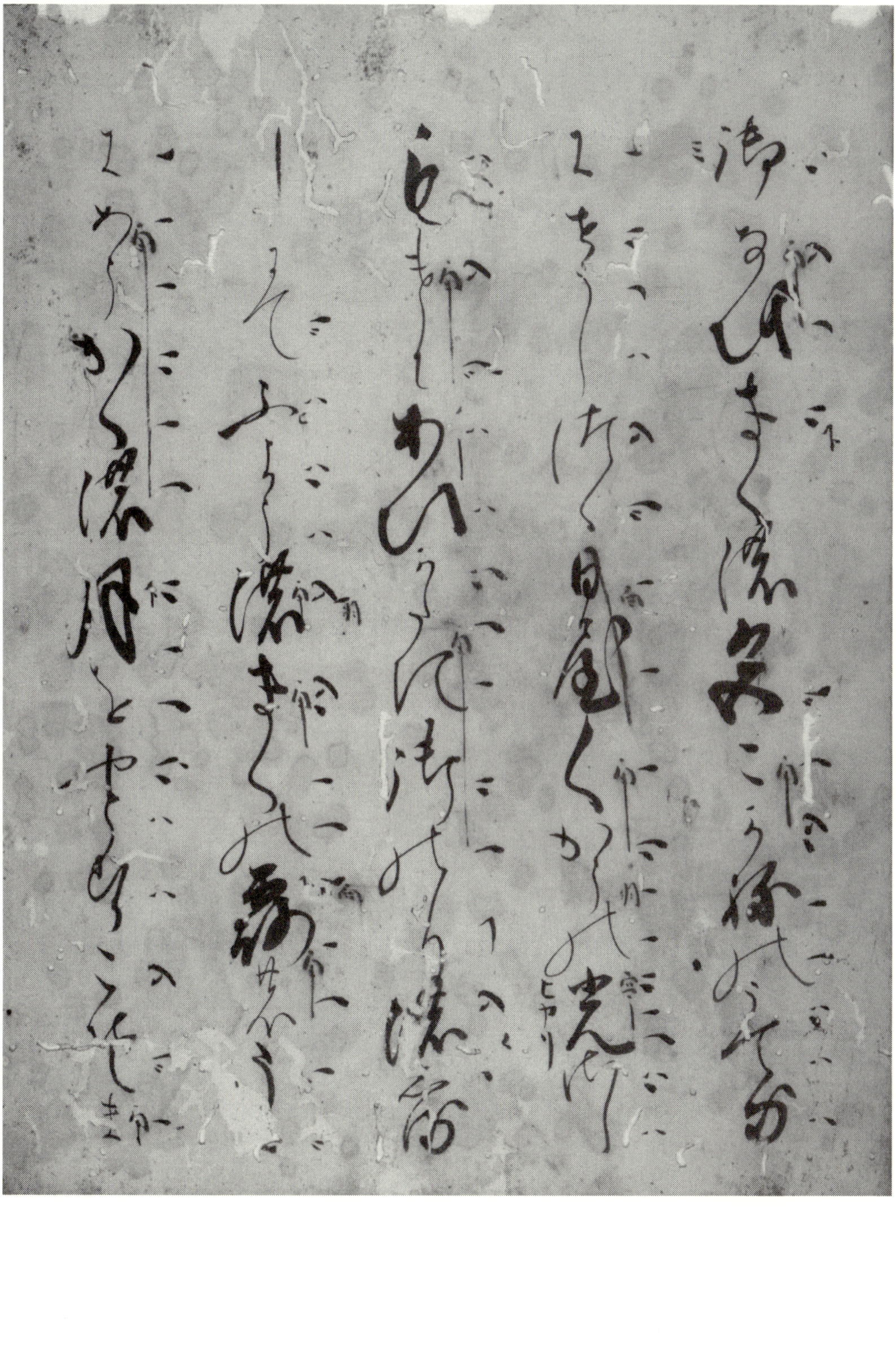

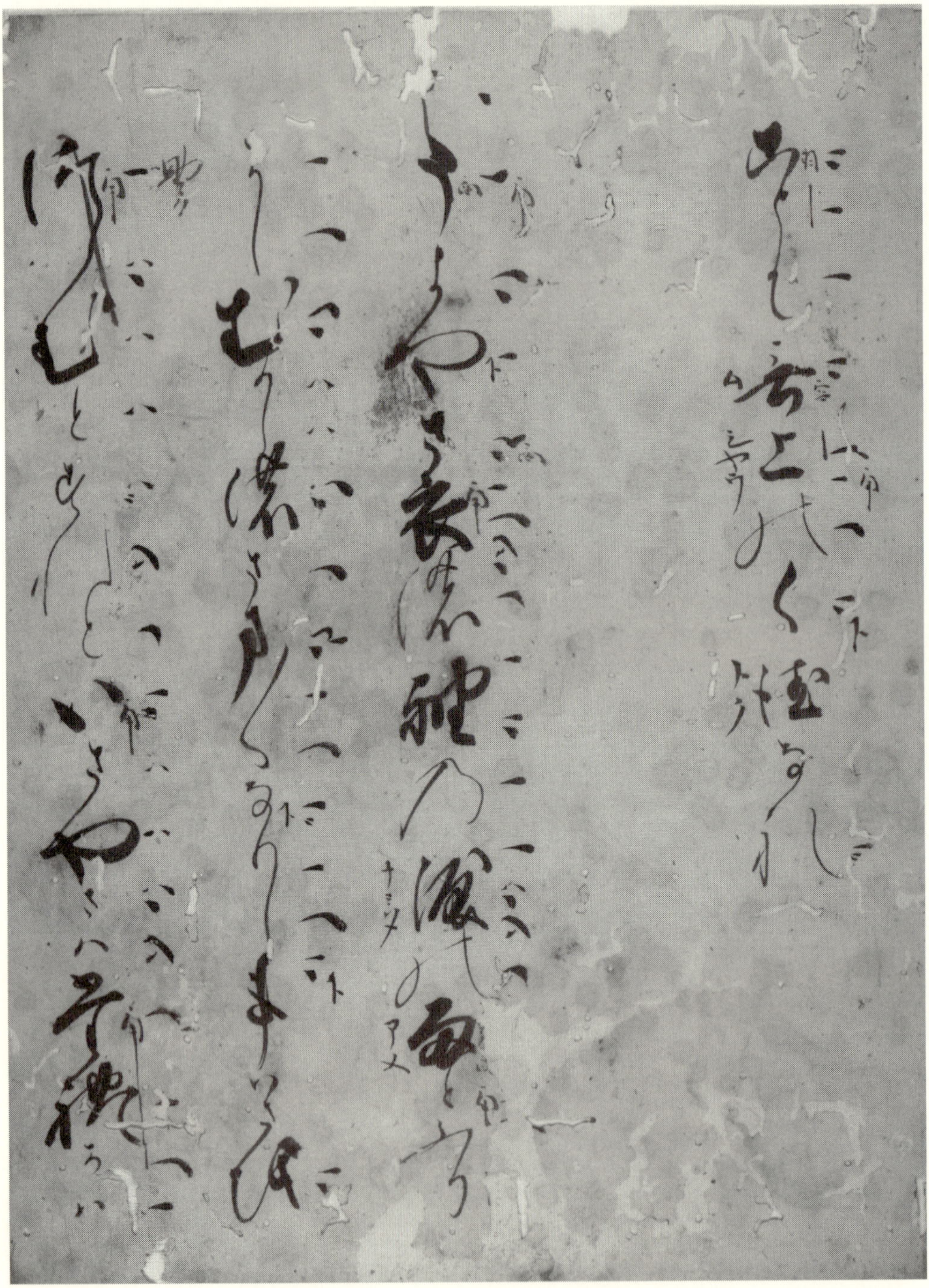

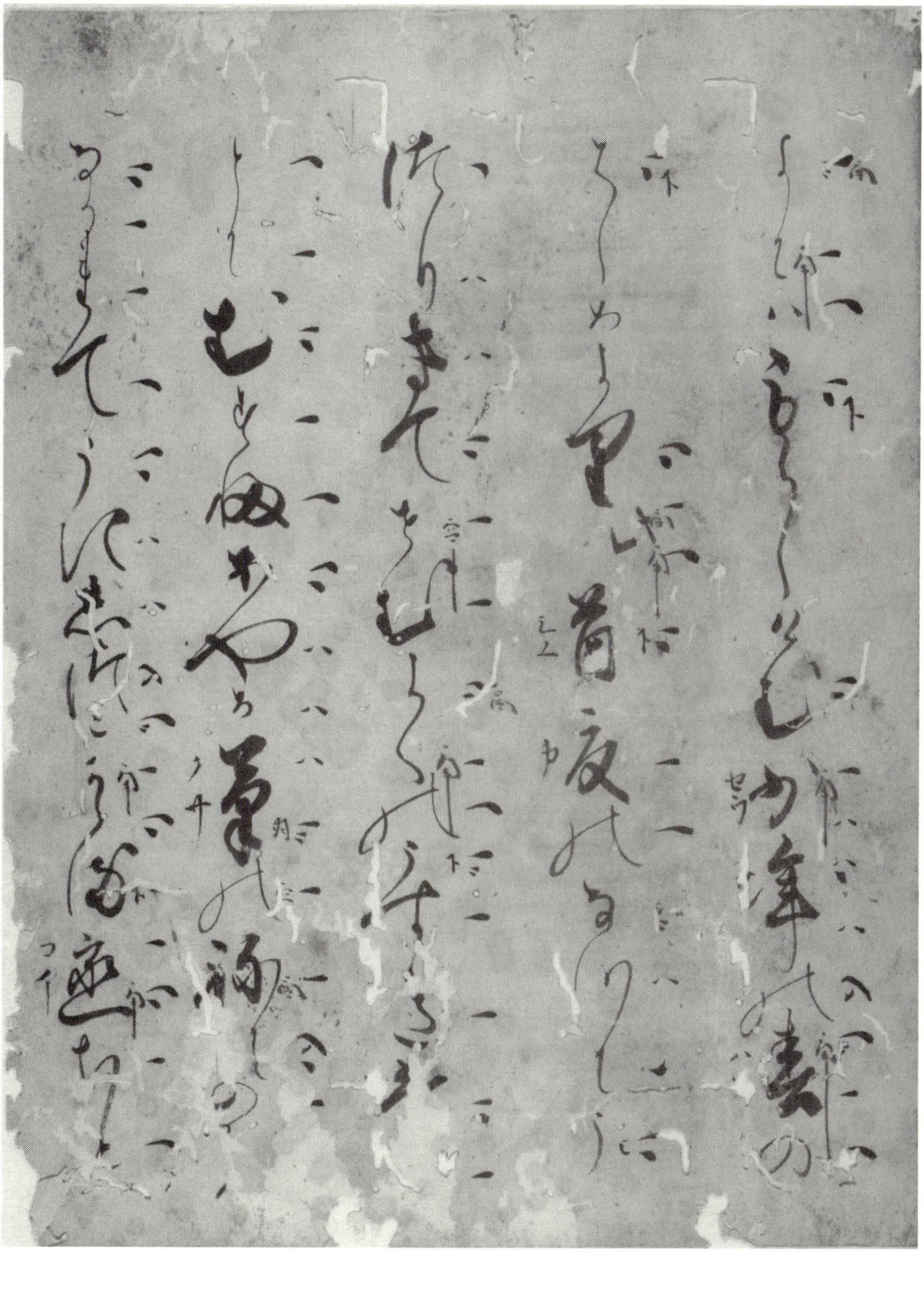

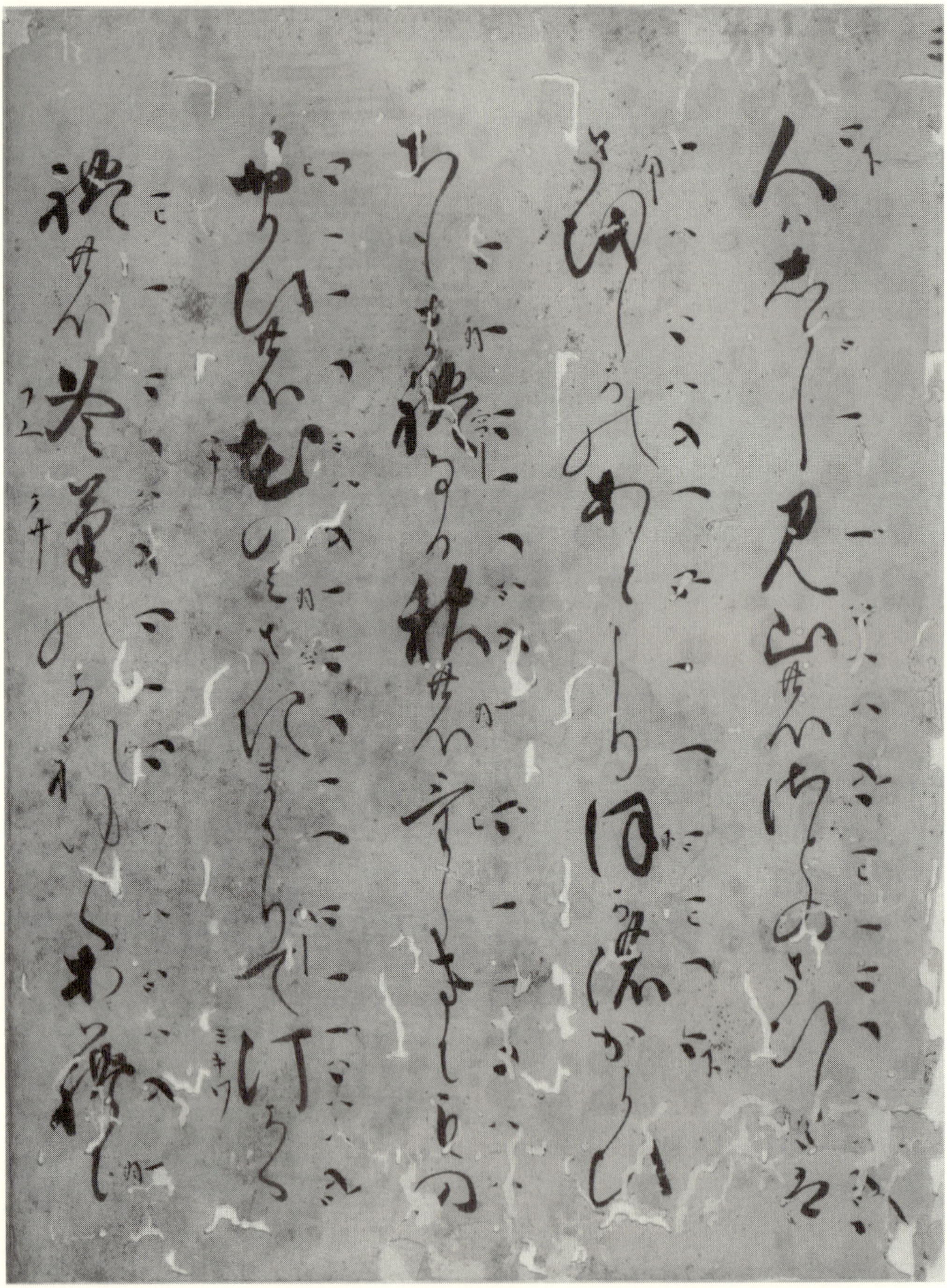

『早歌二曲本』（第七紙右）

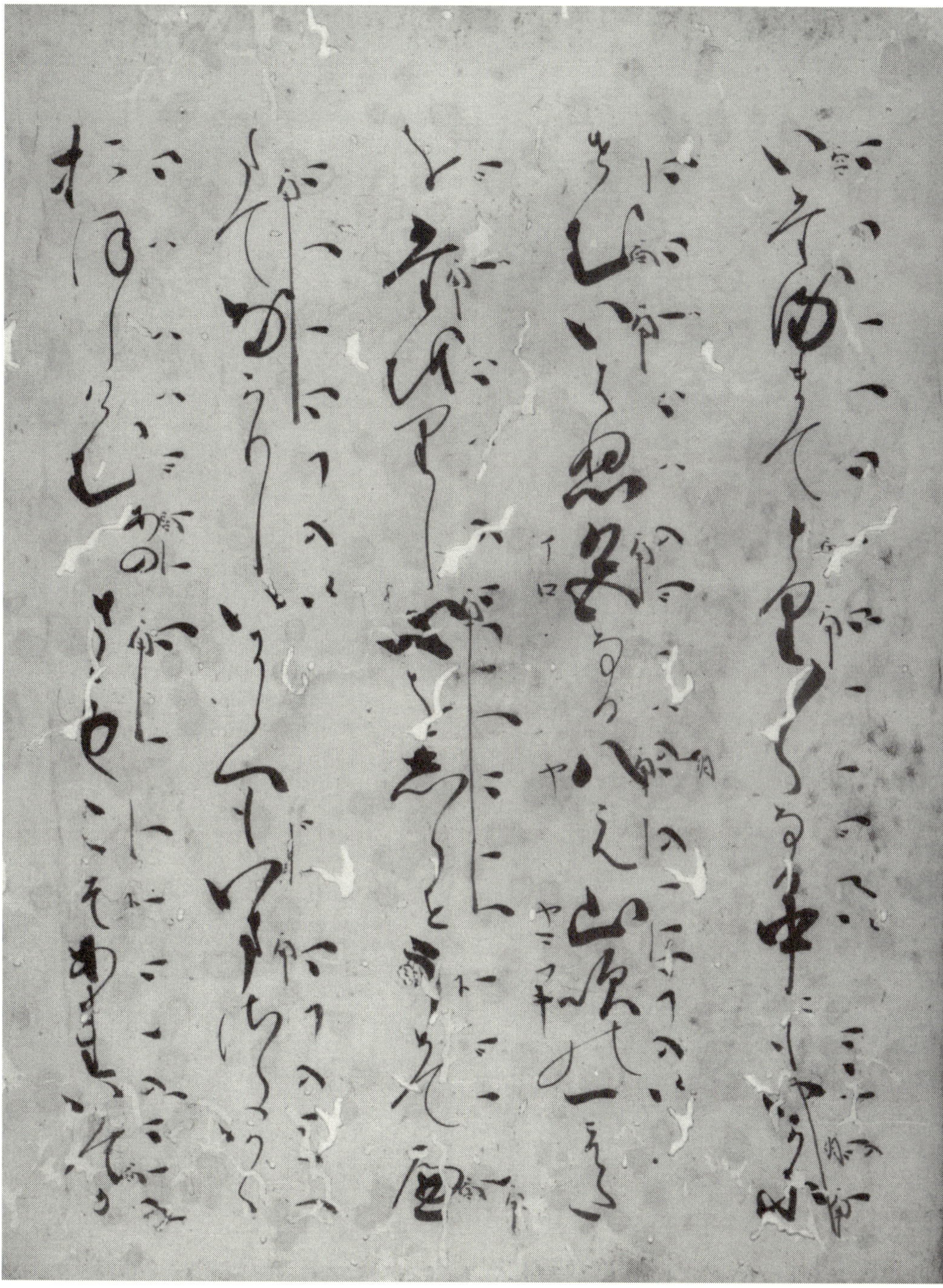

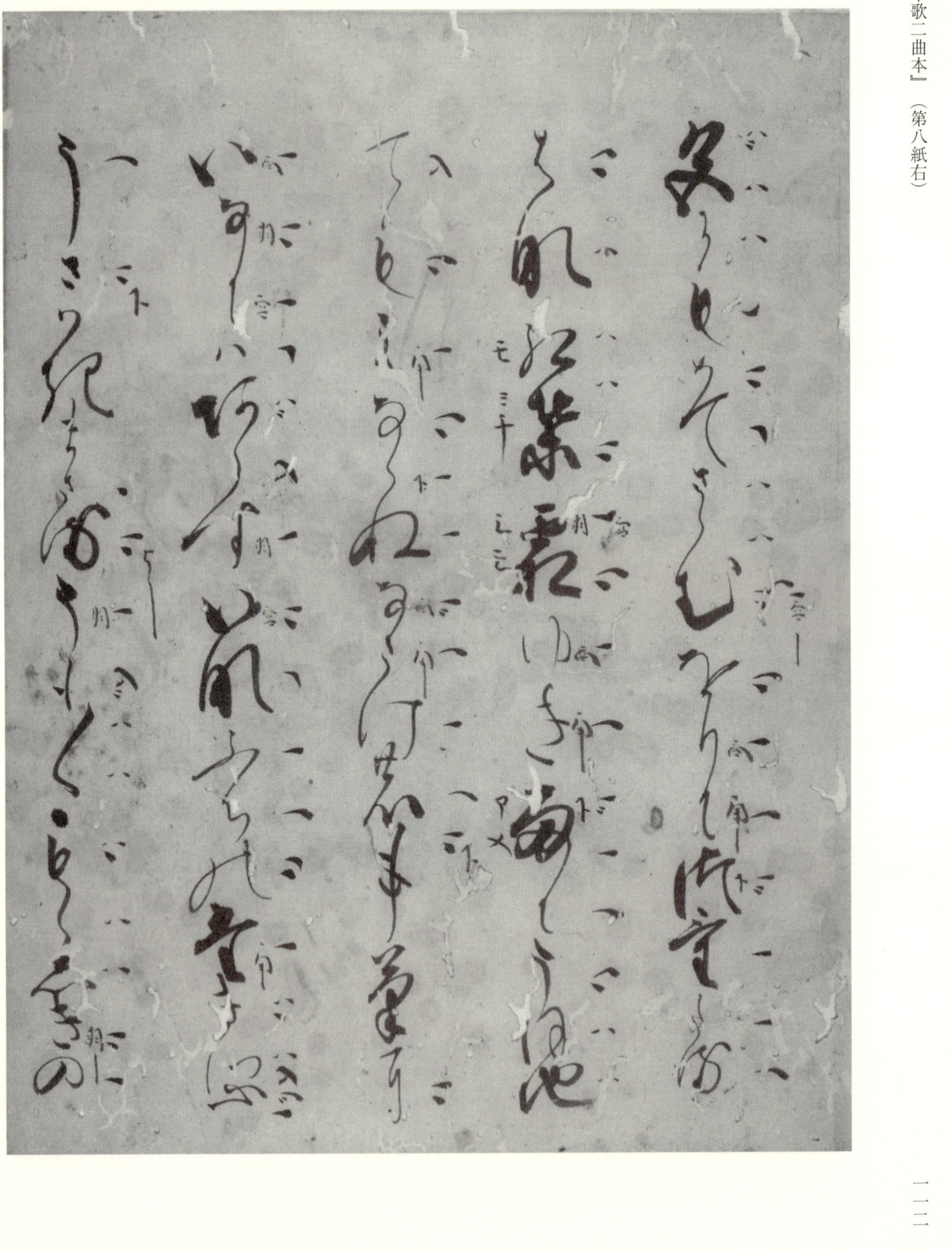

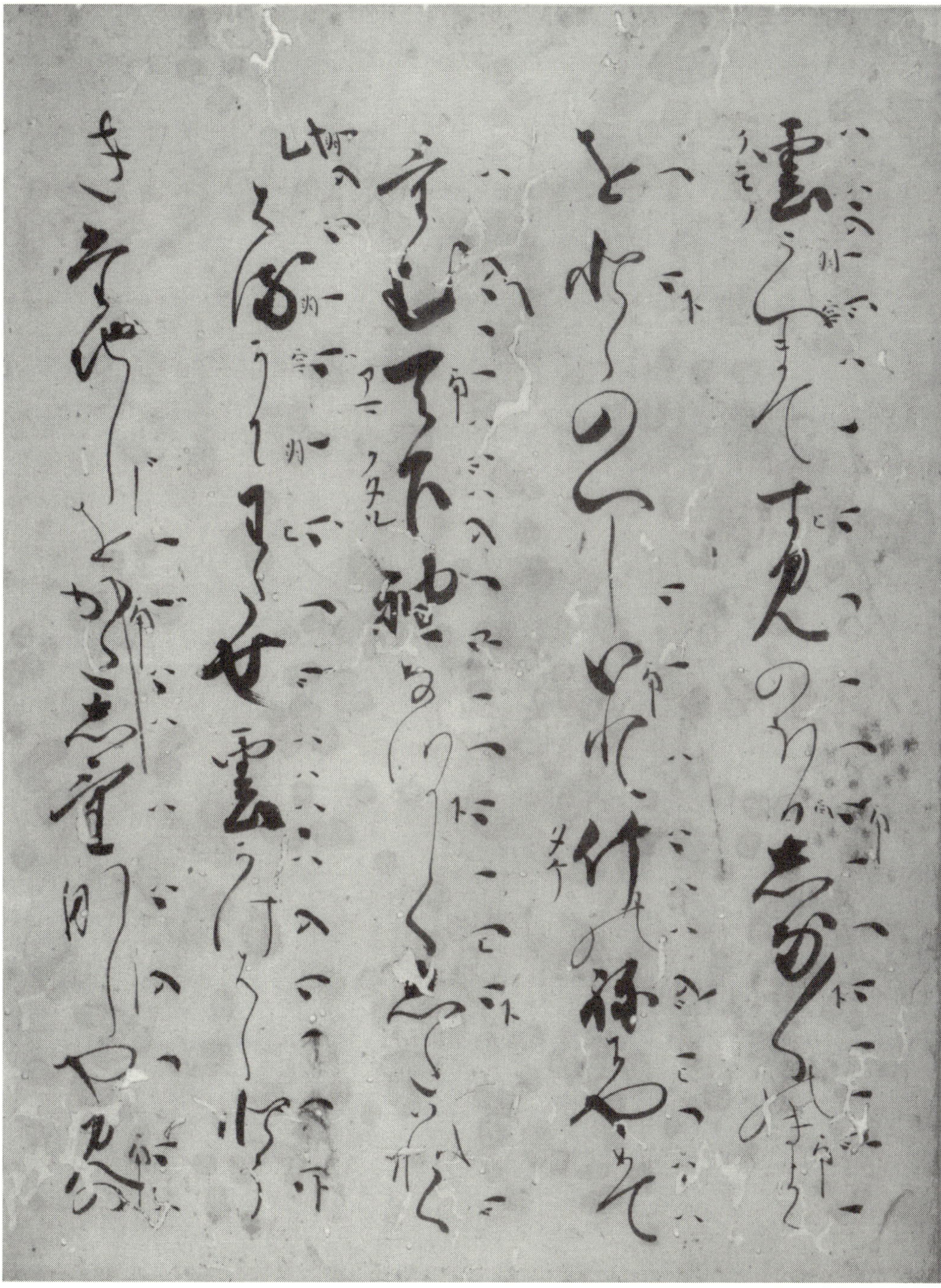

『早歌二曲本』（第八紙左）

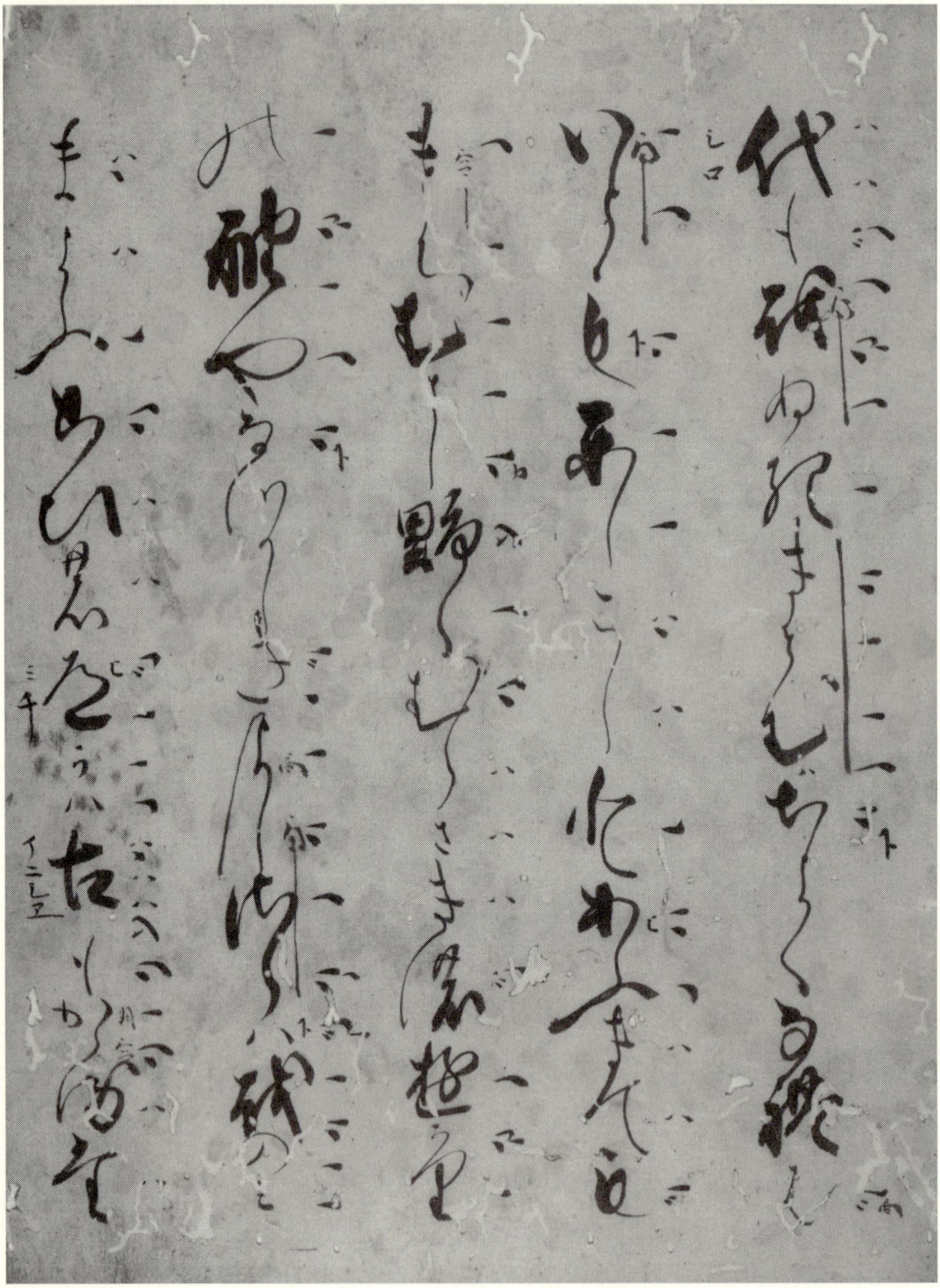

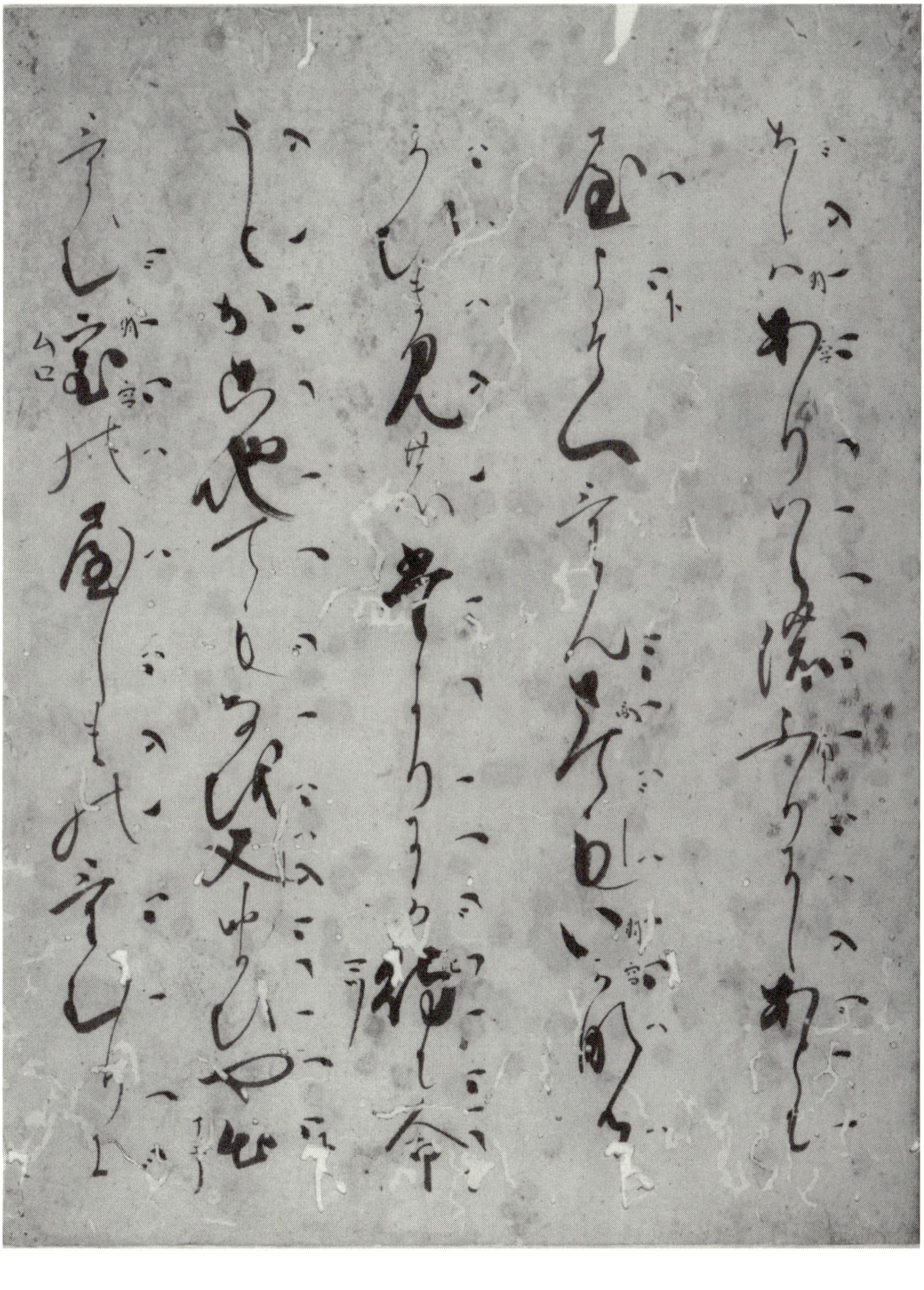

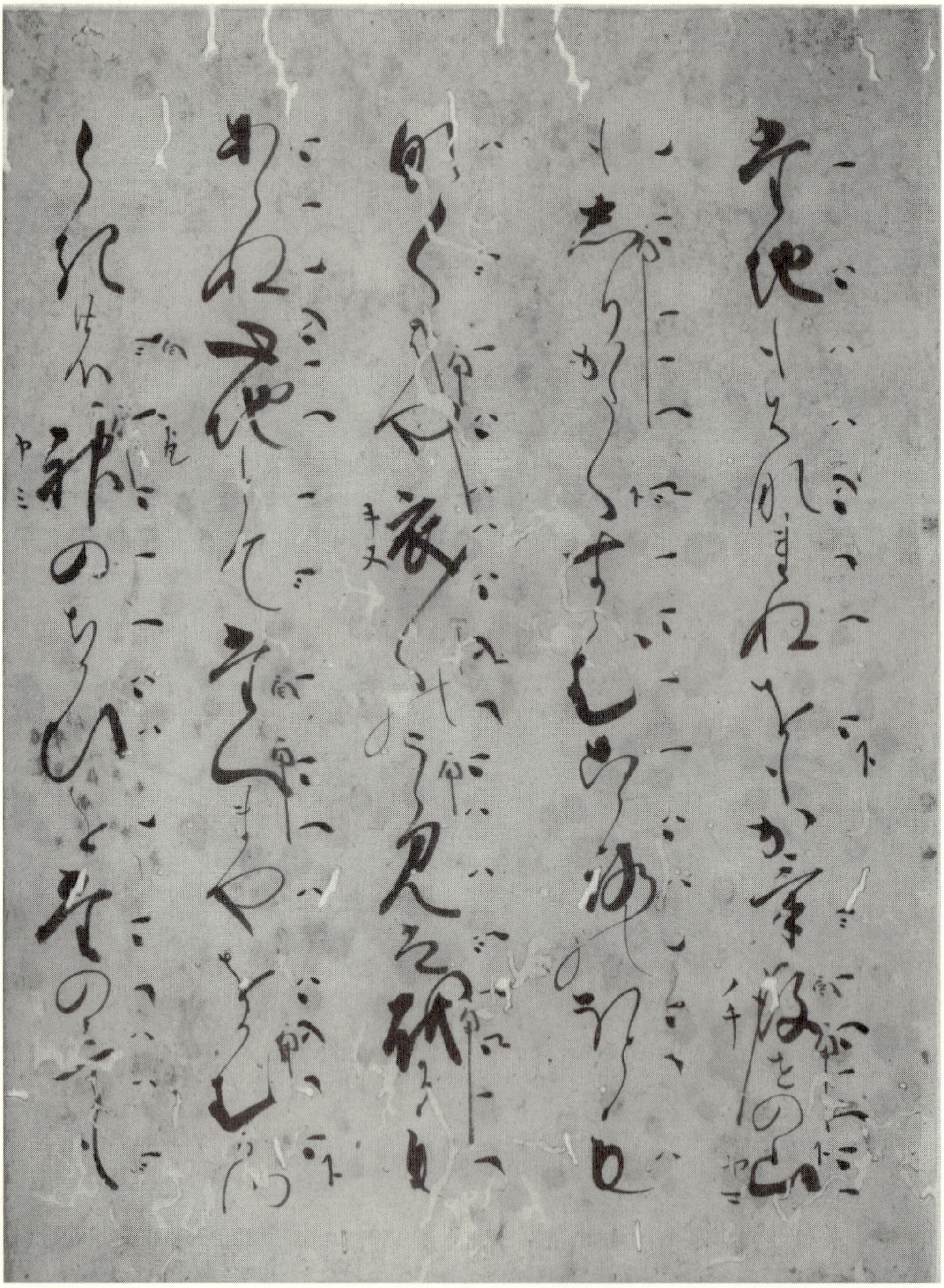

『早歌二曲本』（第一〇紙右）

『早歌二曲本』（第一〇紙左）

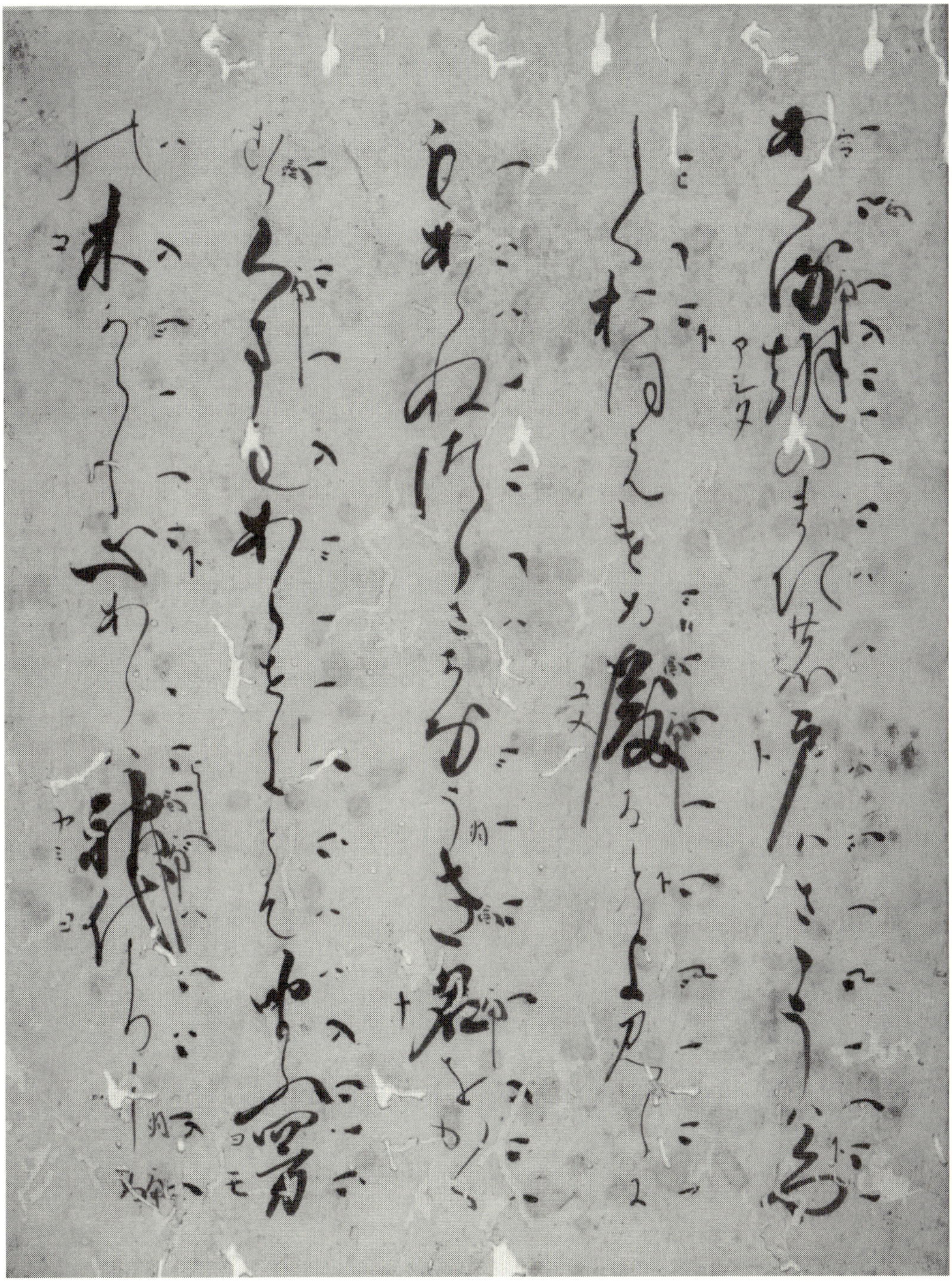

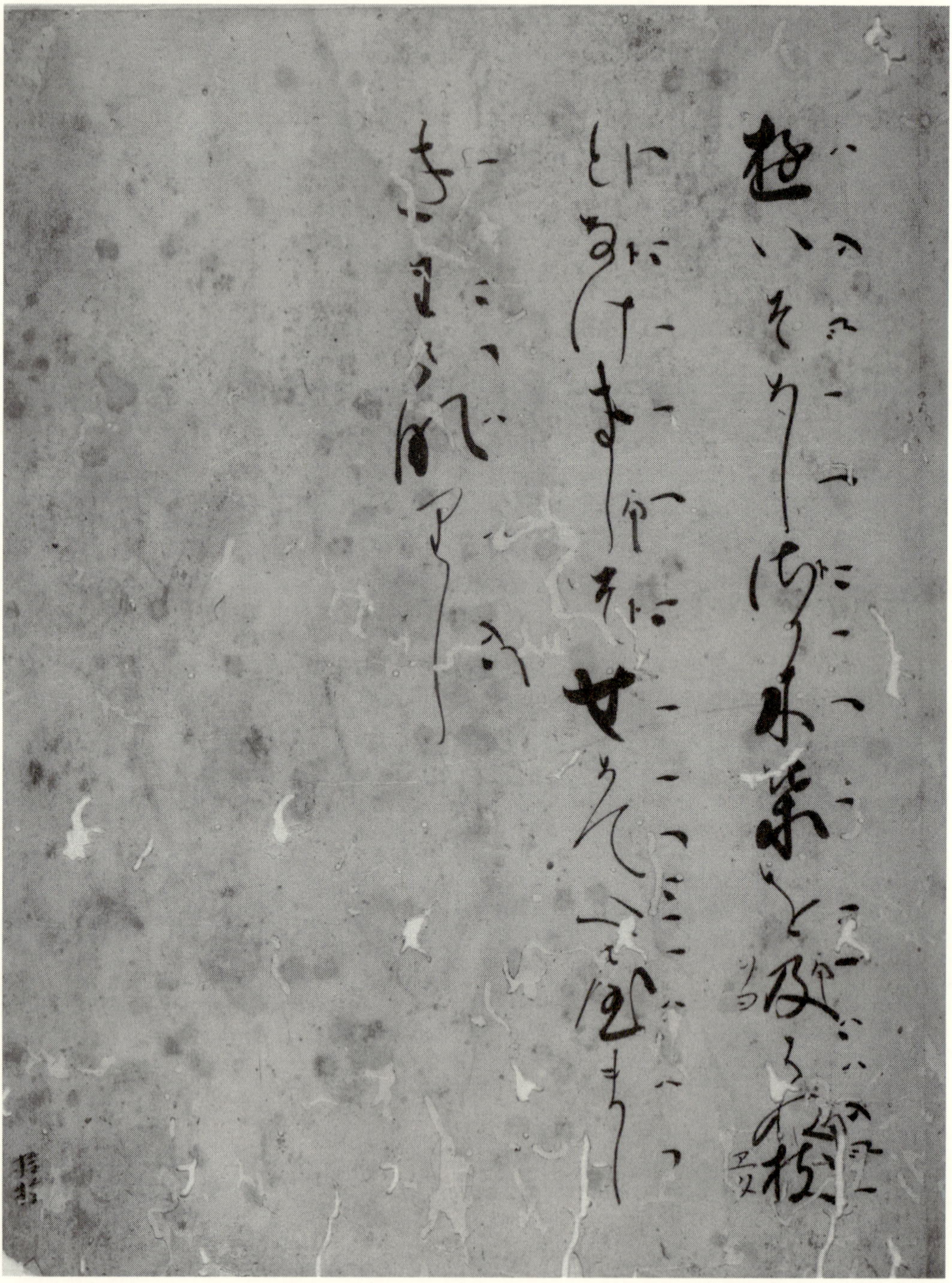

鳥養宗晰節付謡本『忠教』

（縮率五八%）

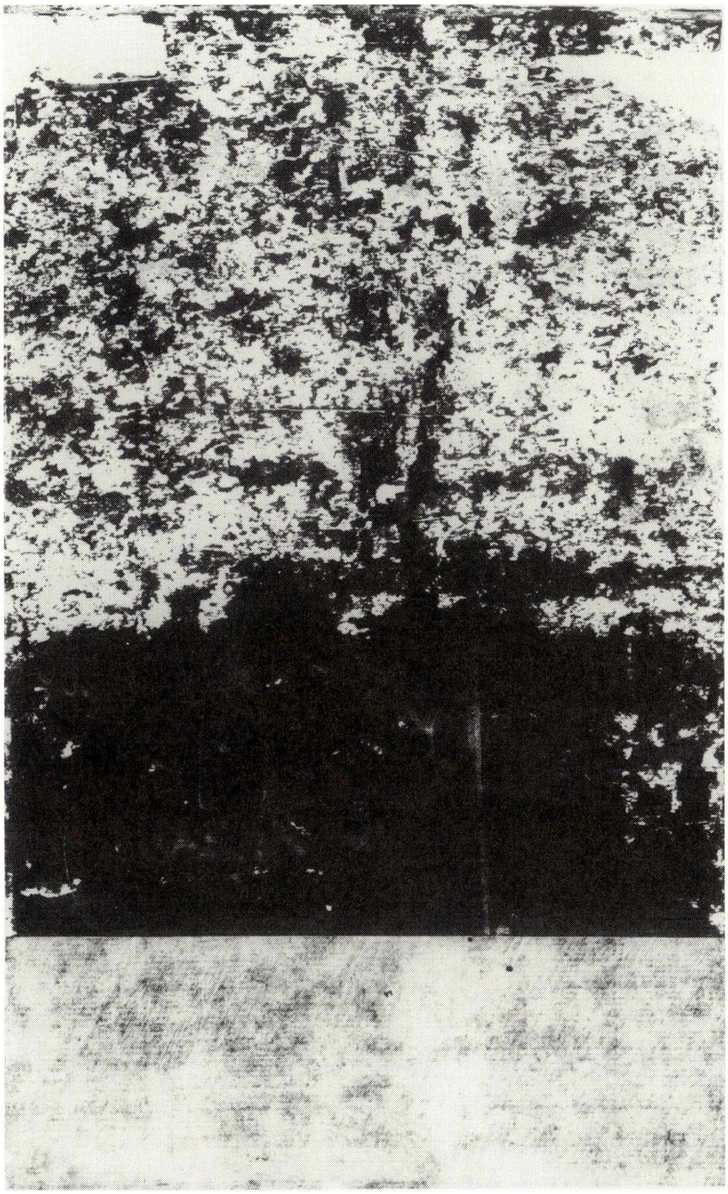

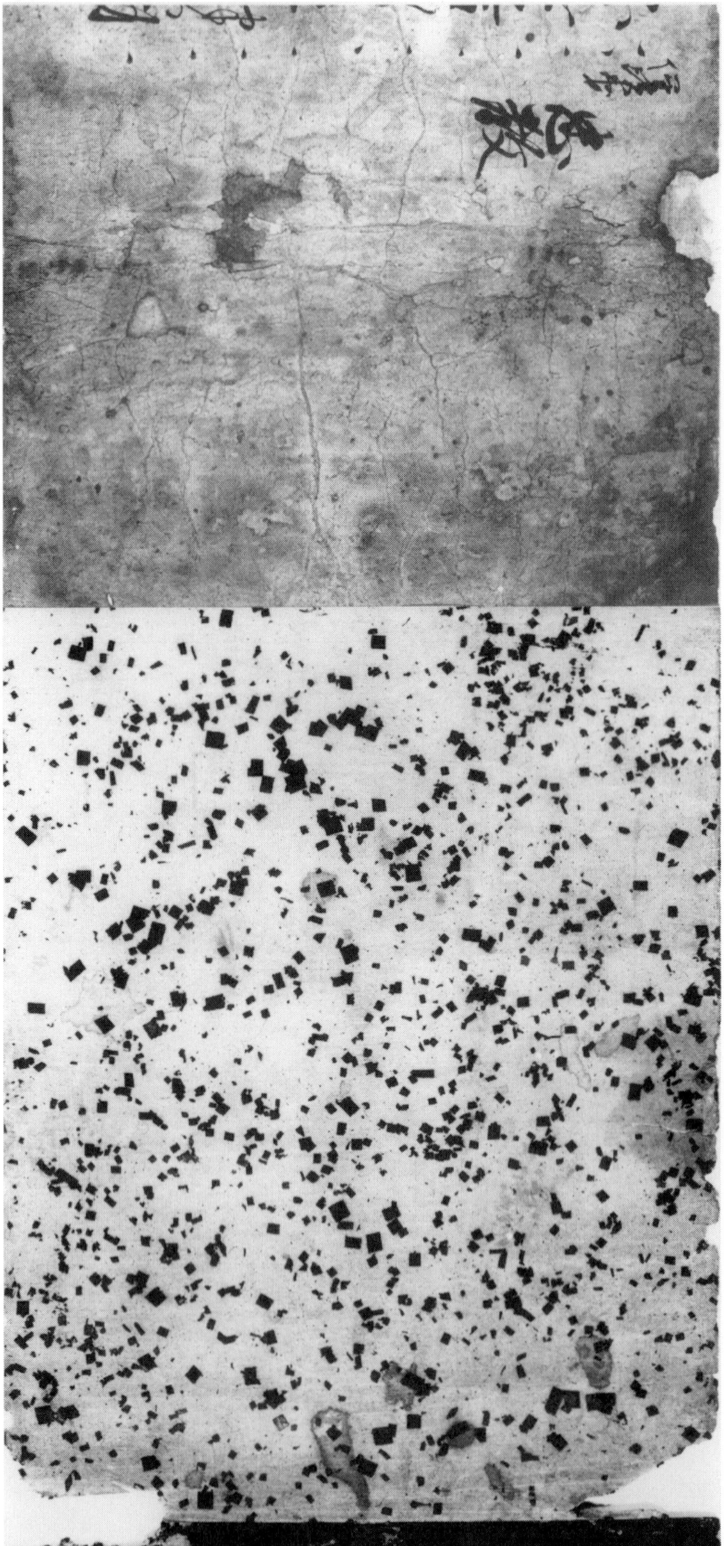

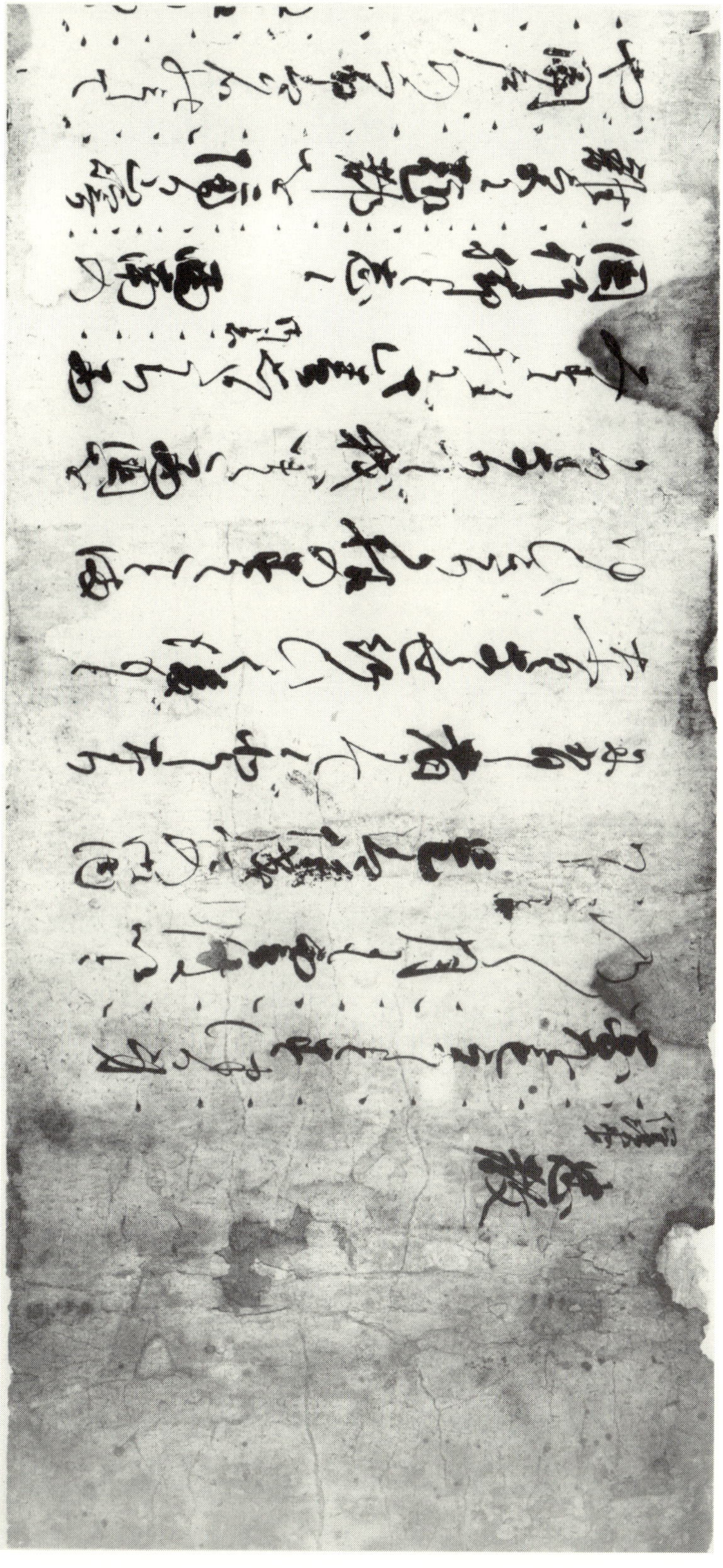

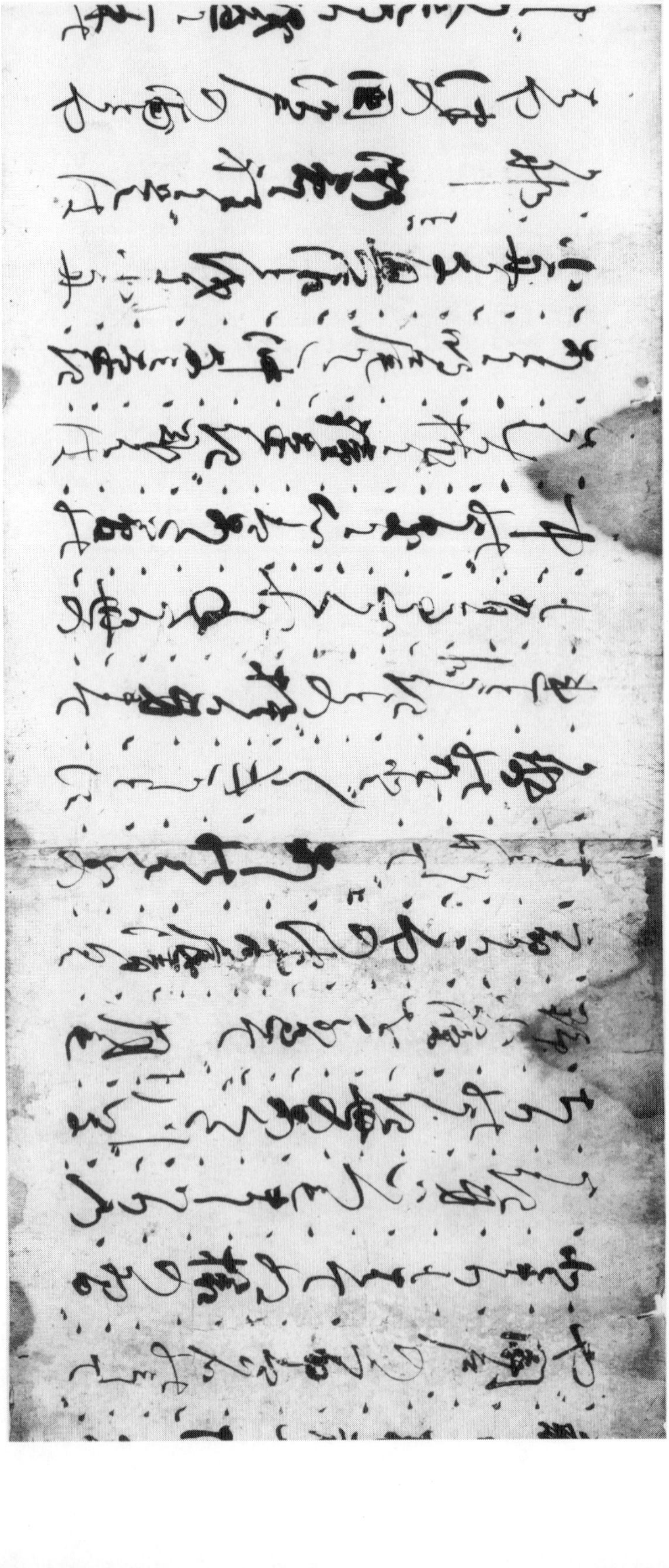

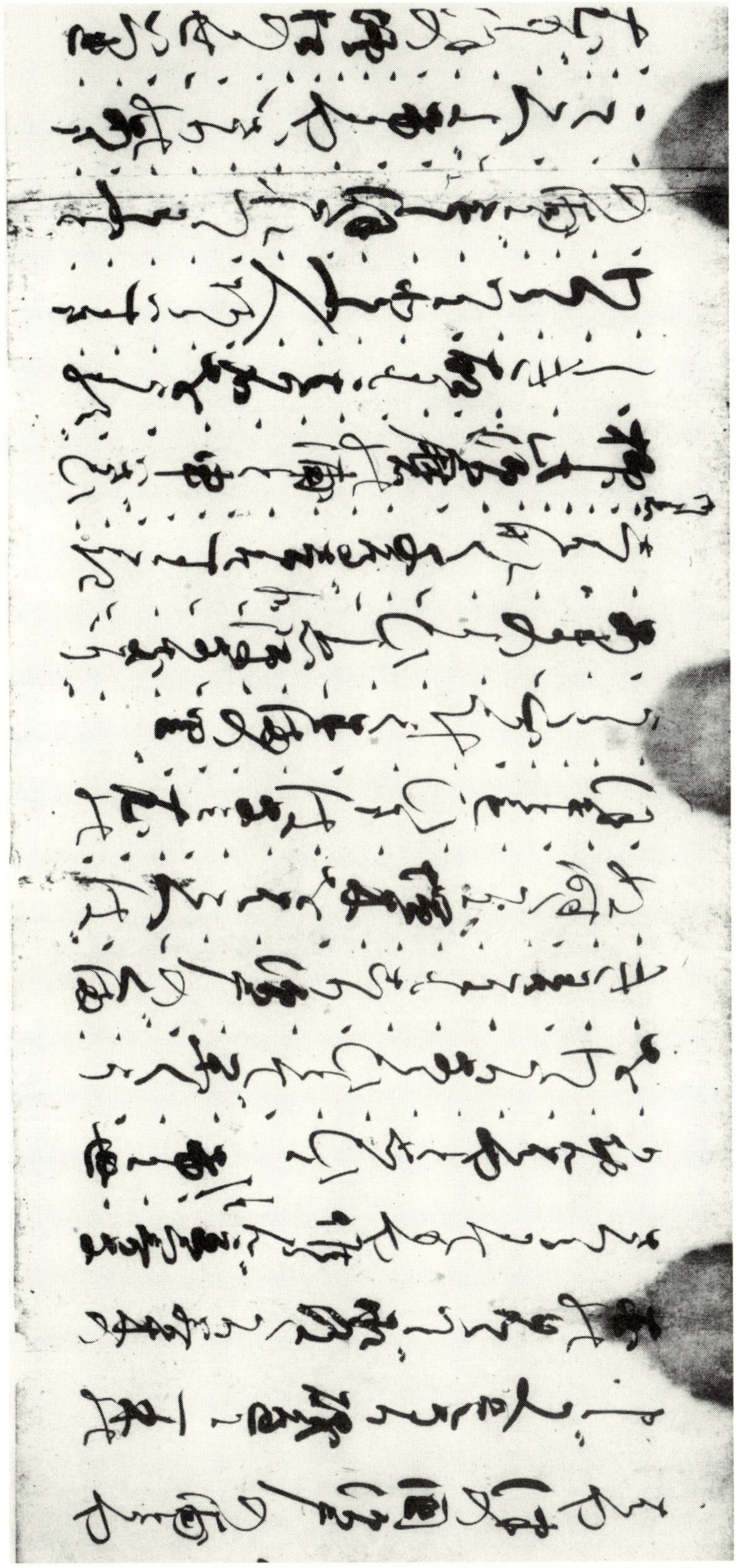

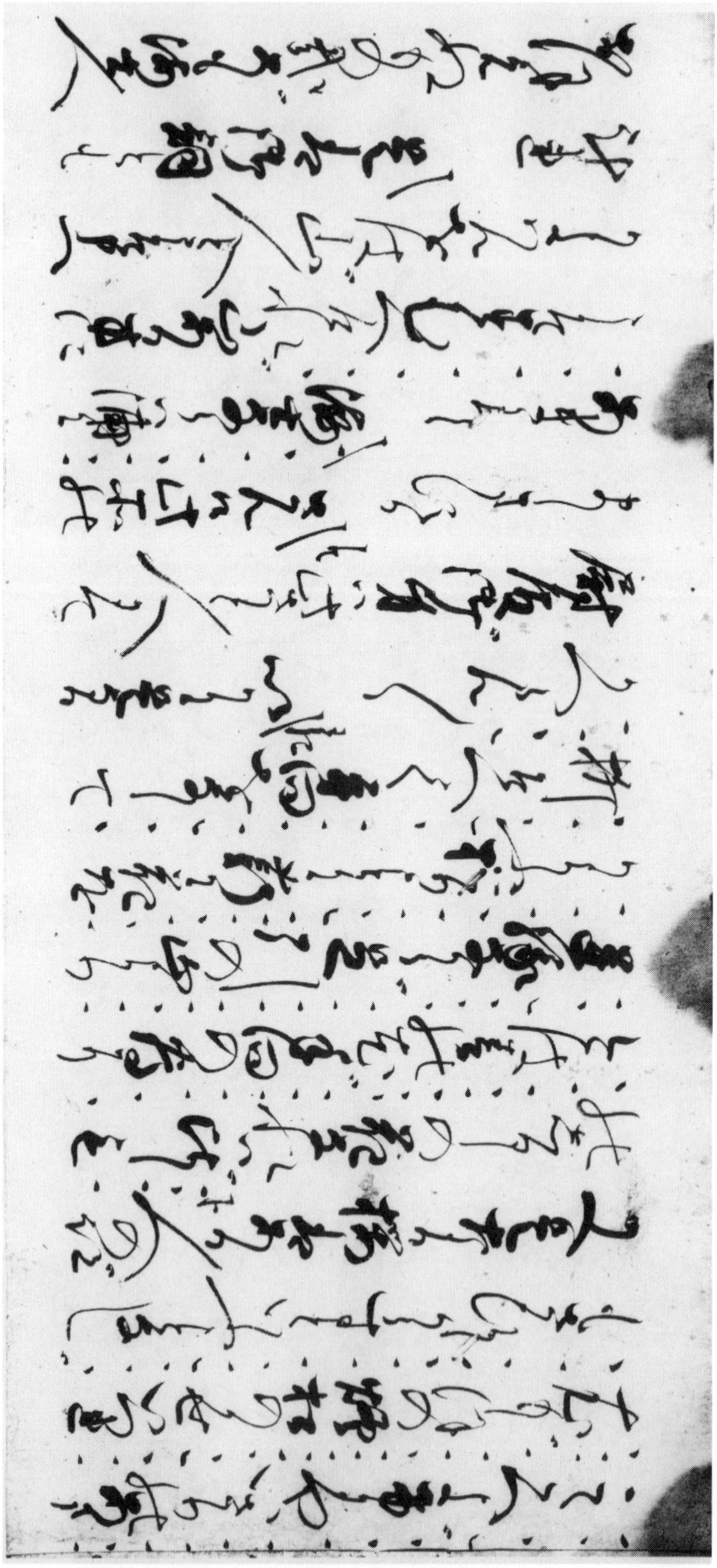

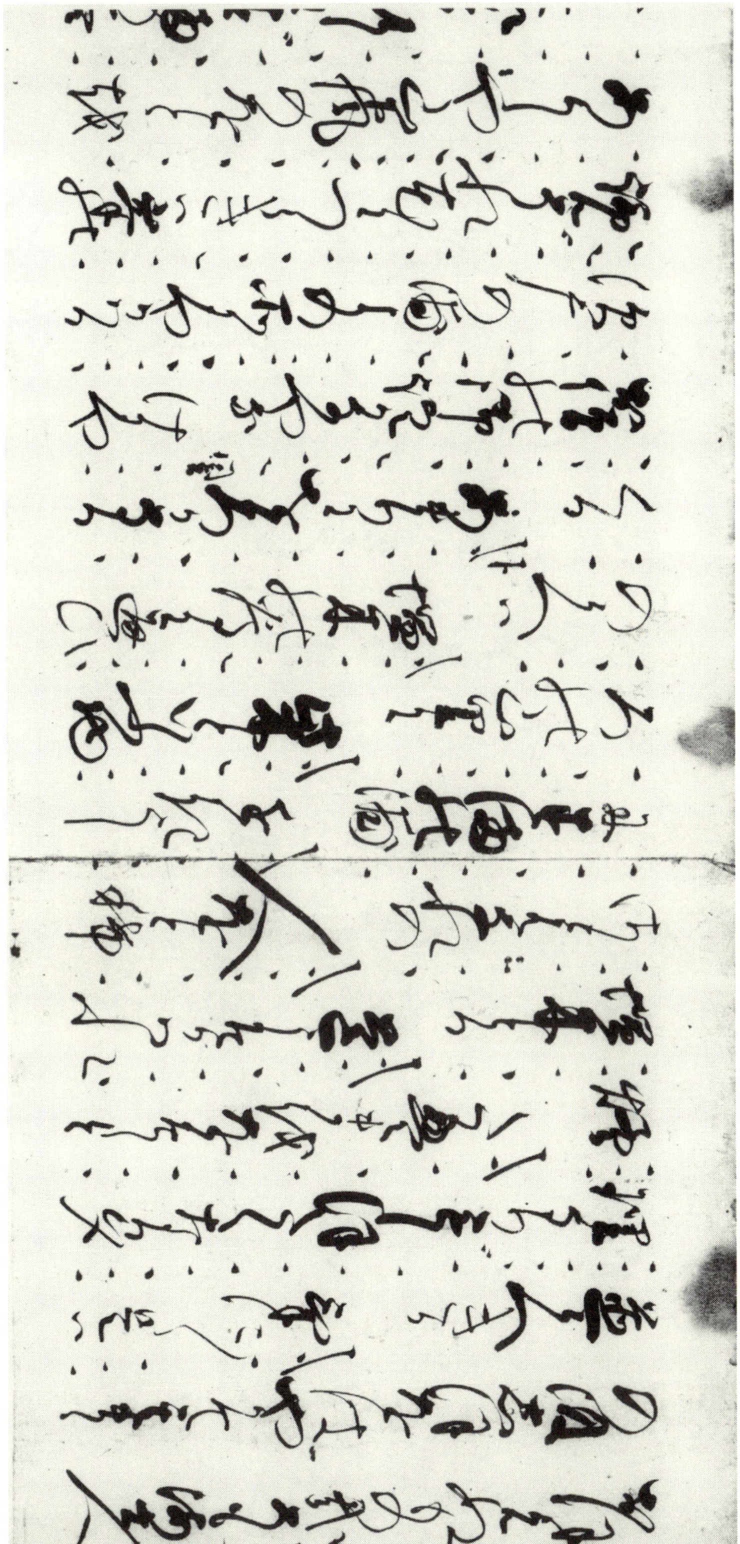

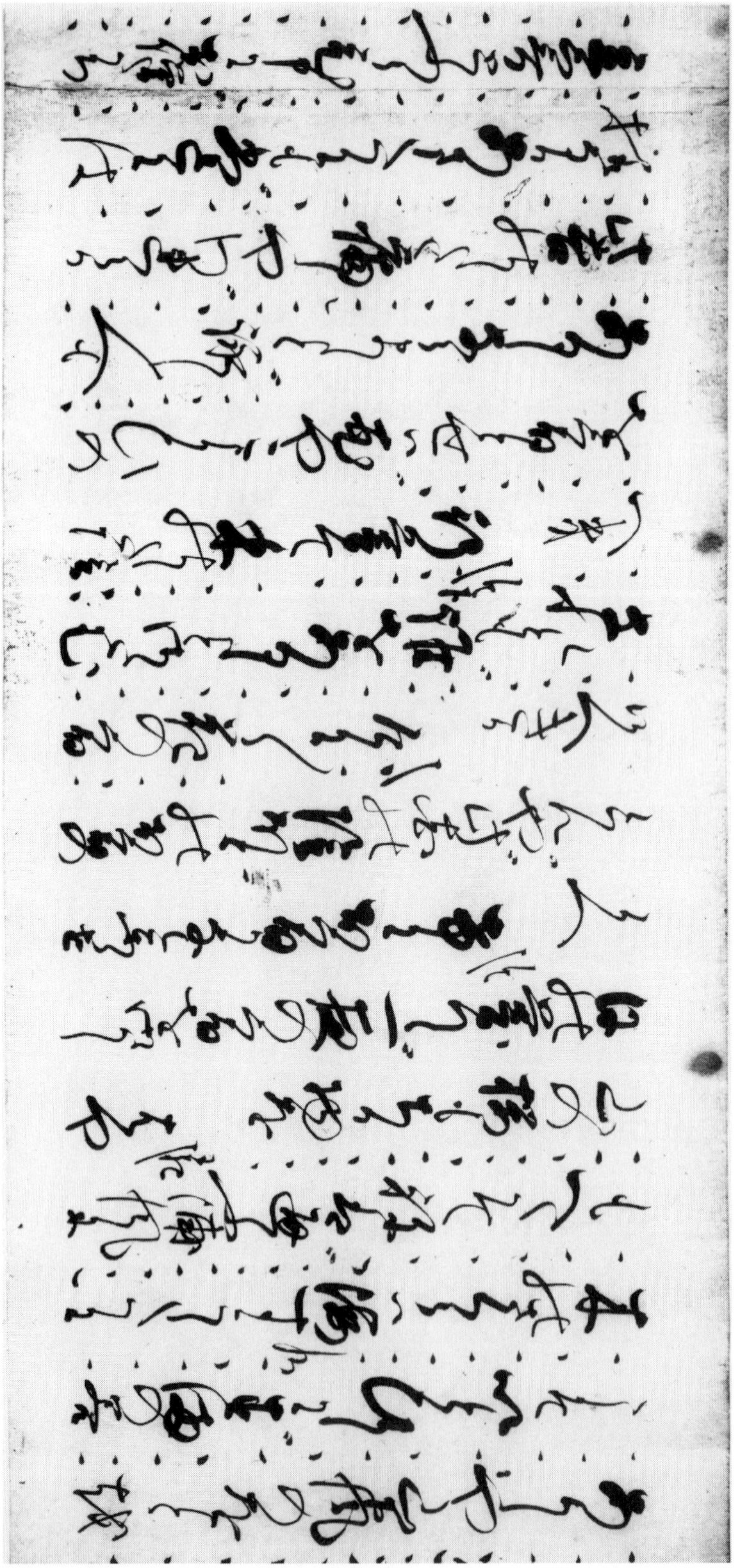

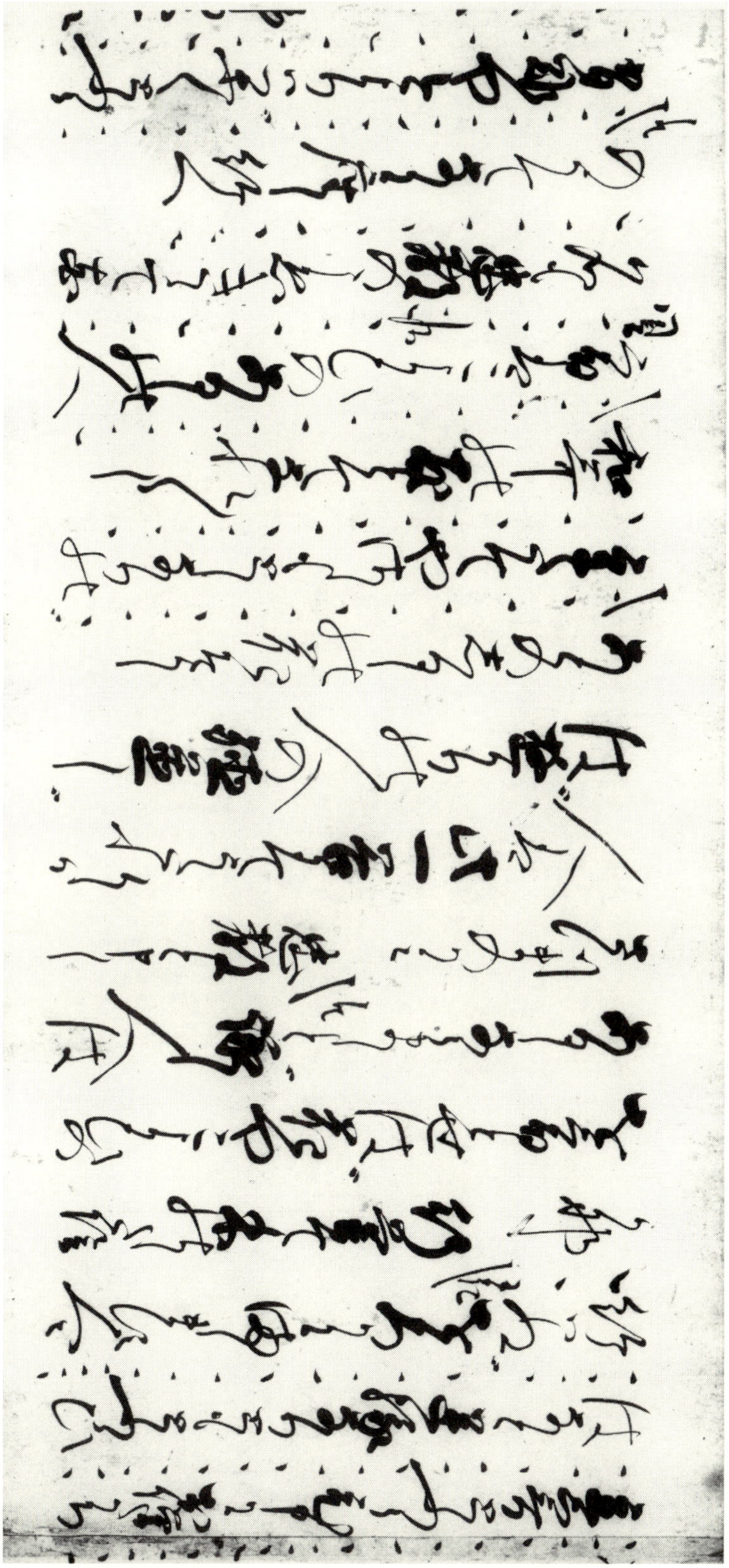

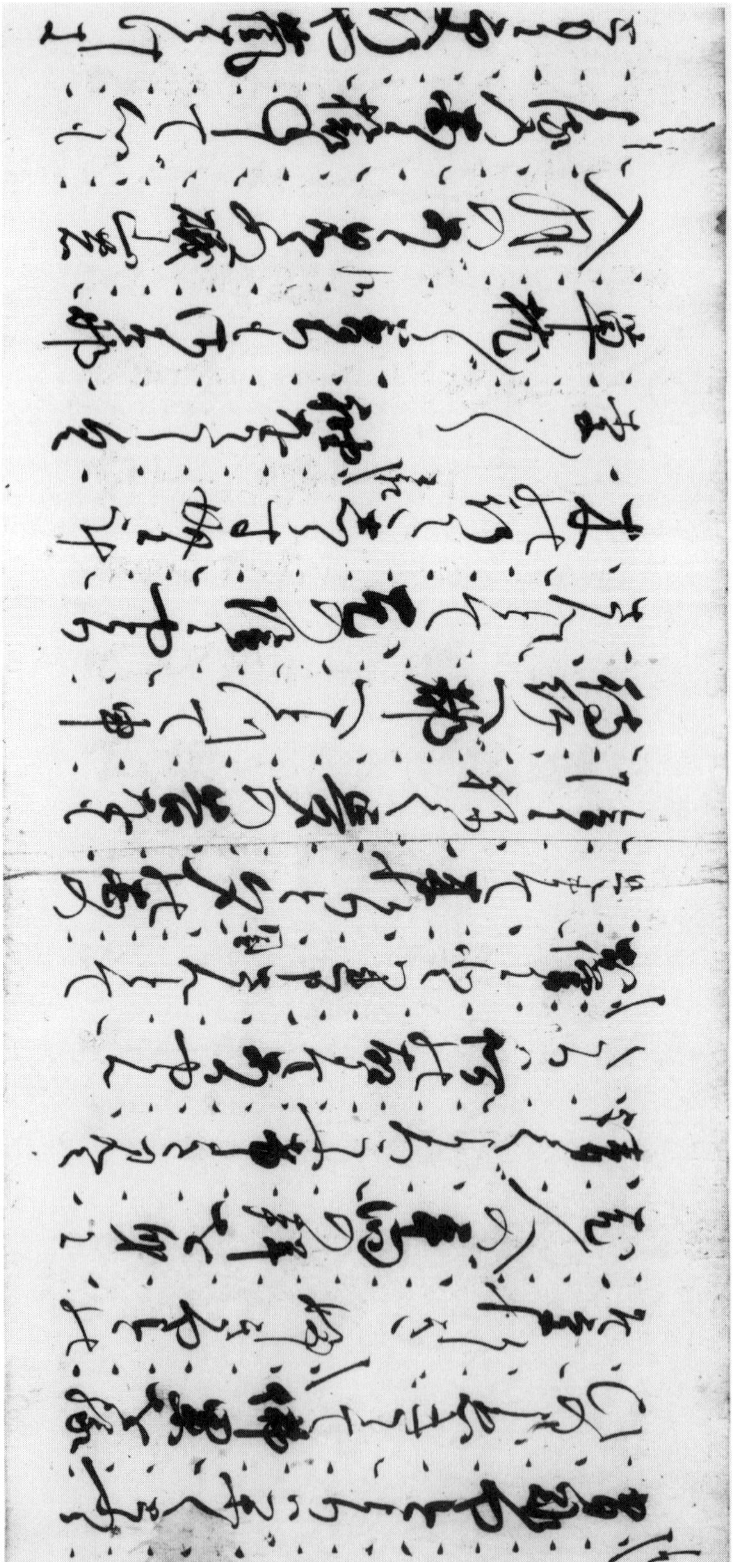

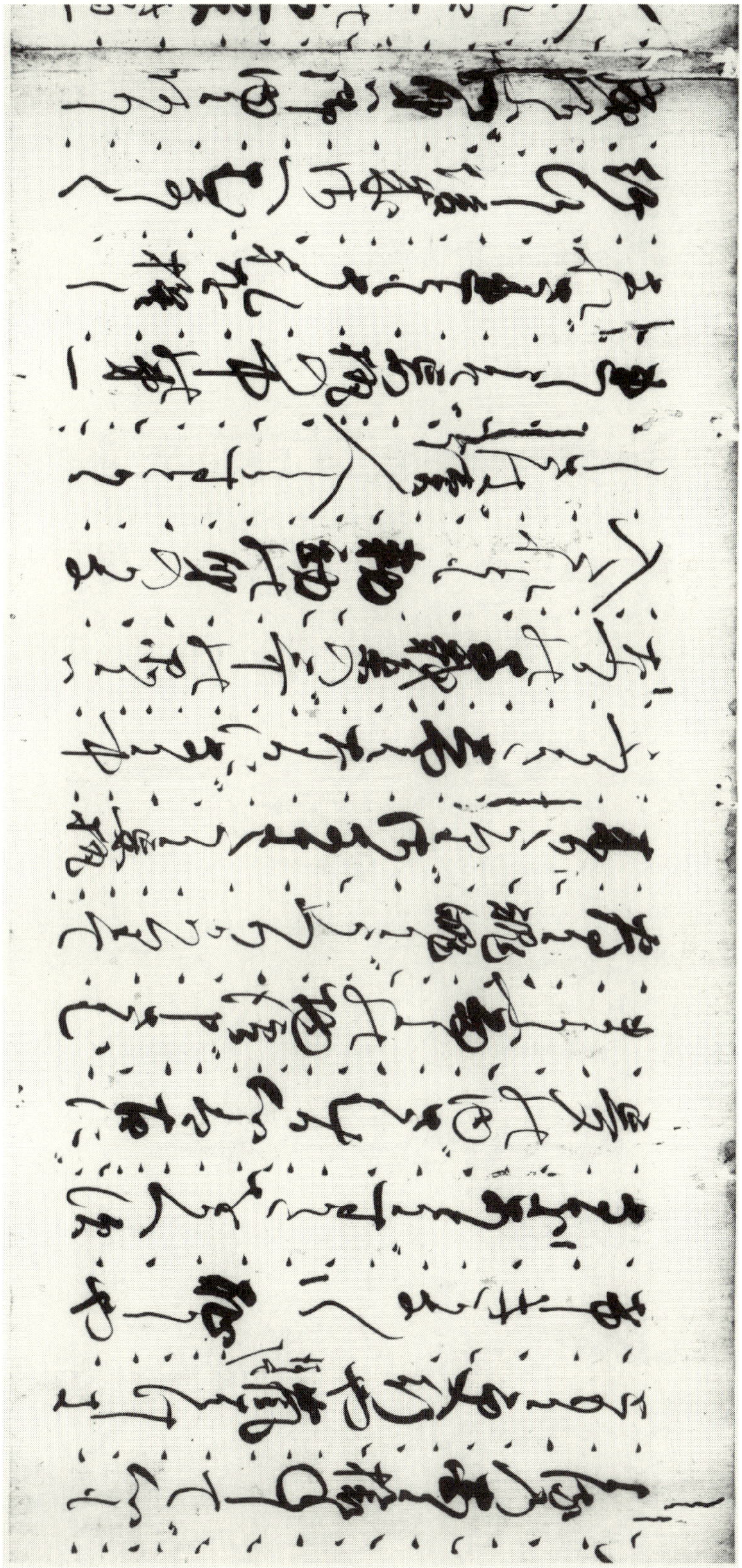

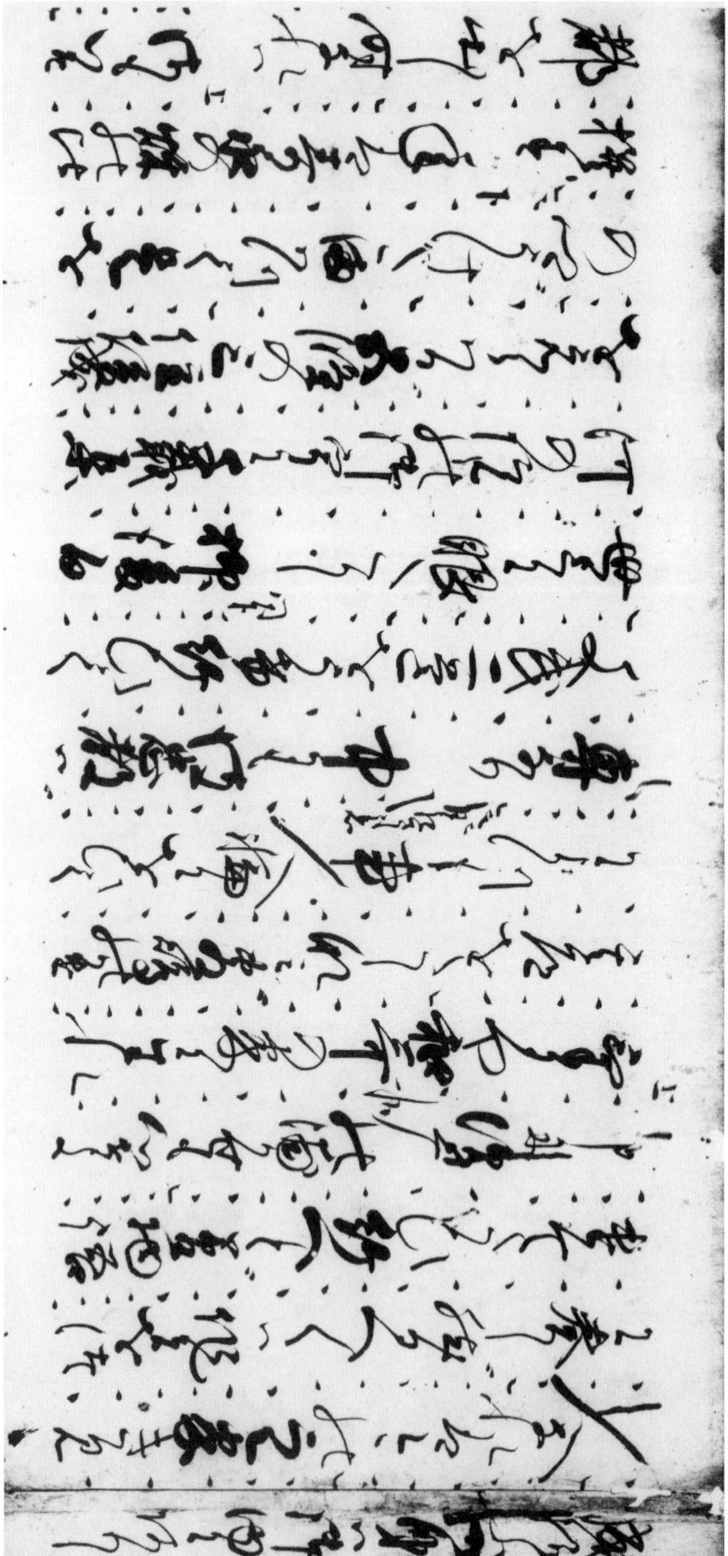

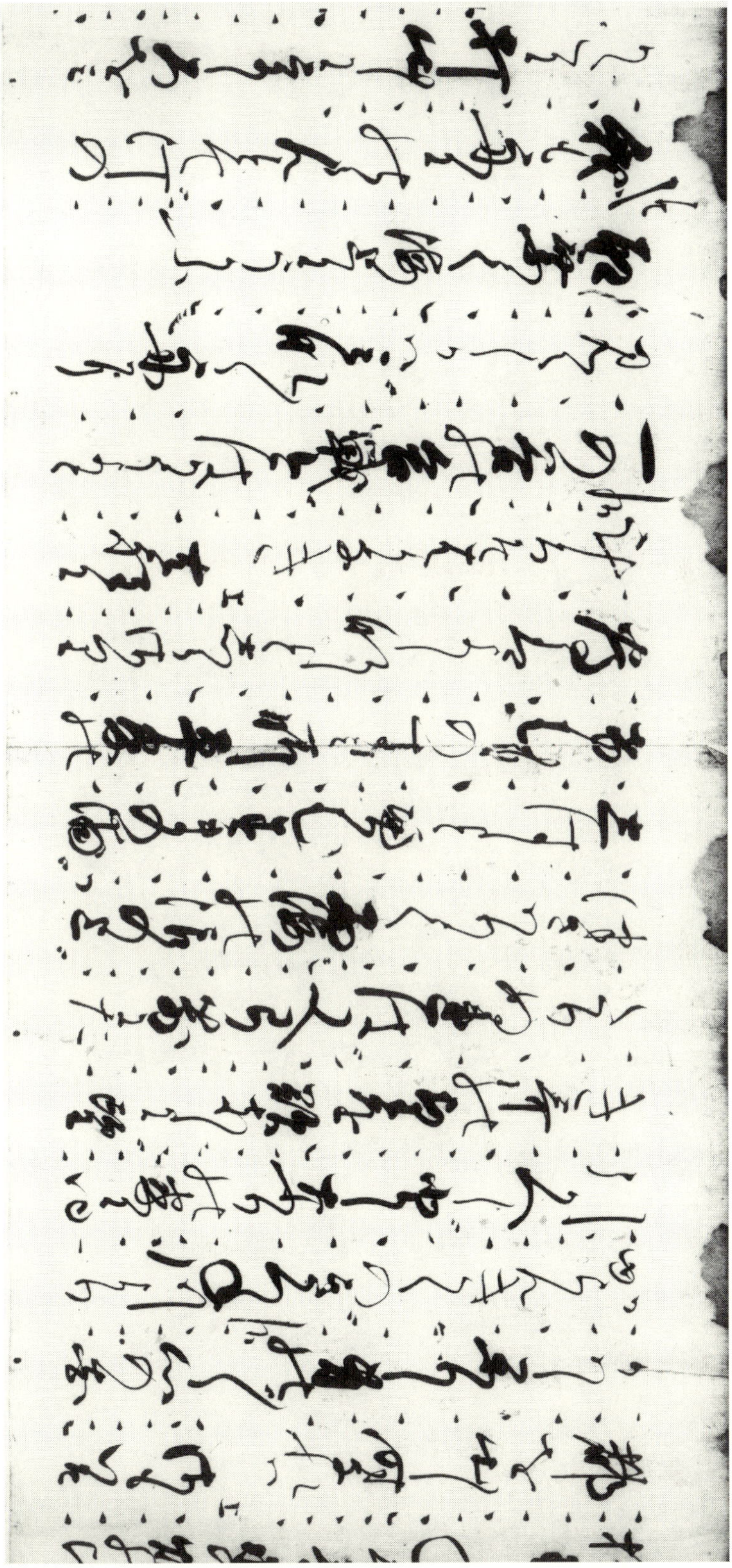

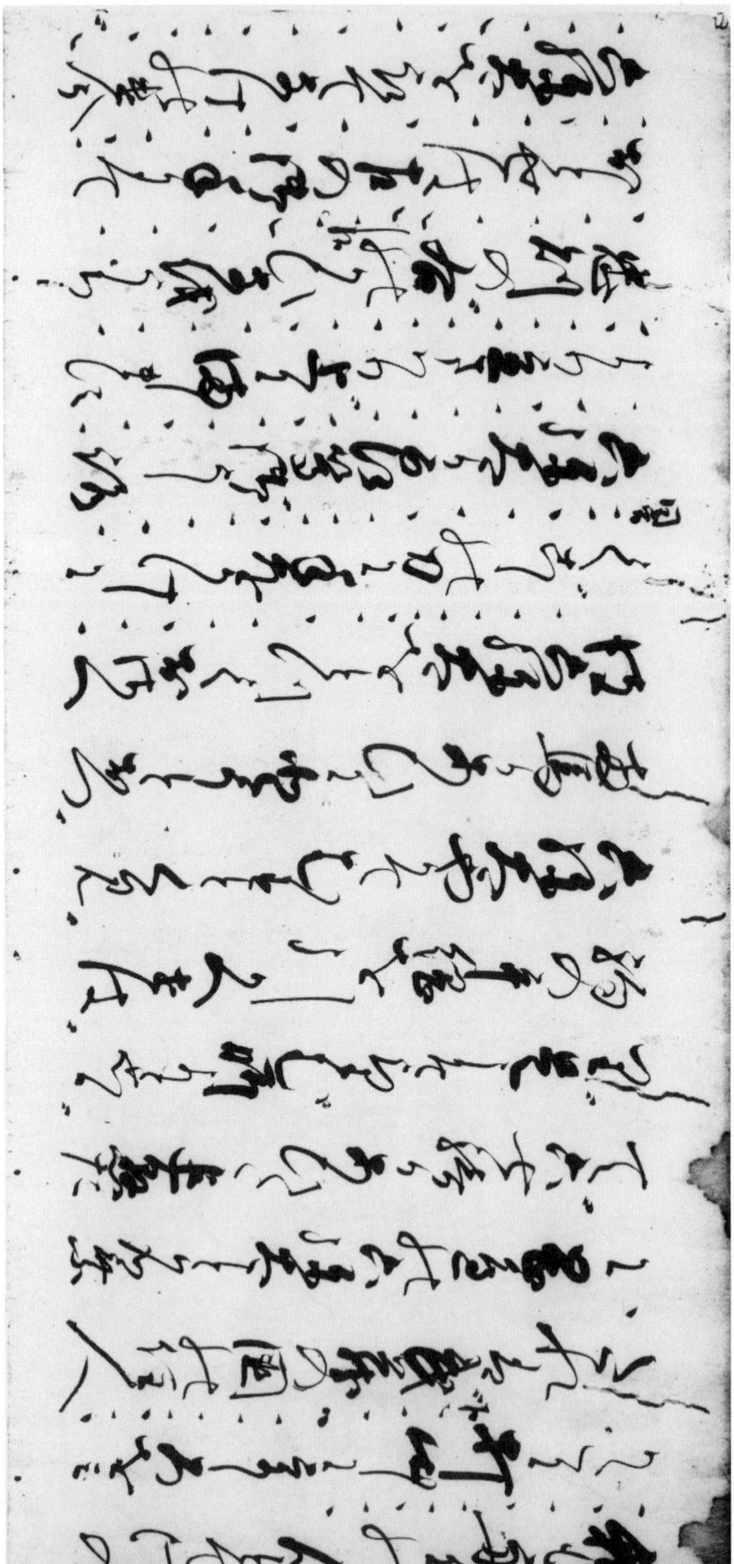

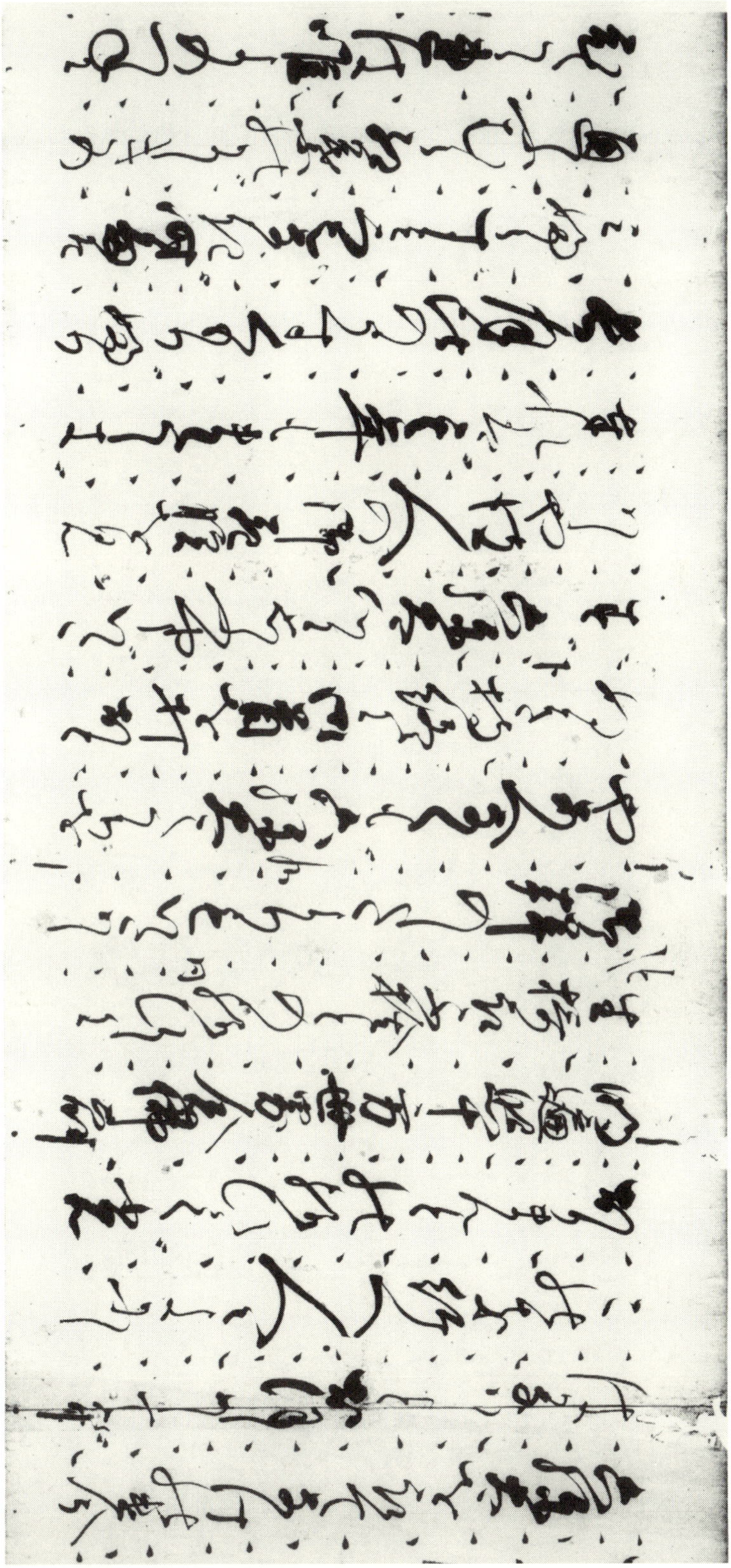

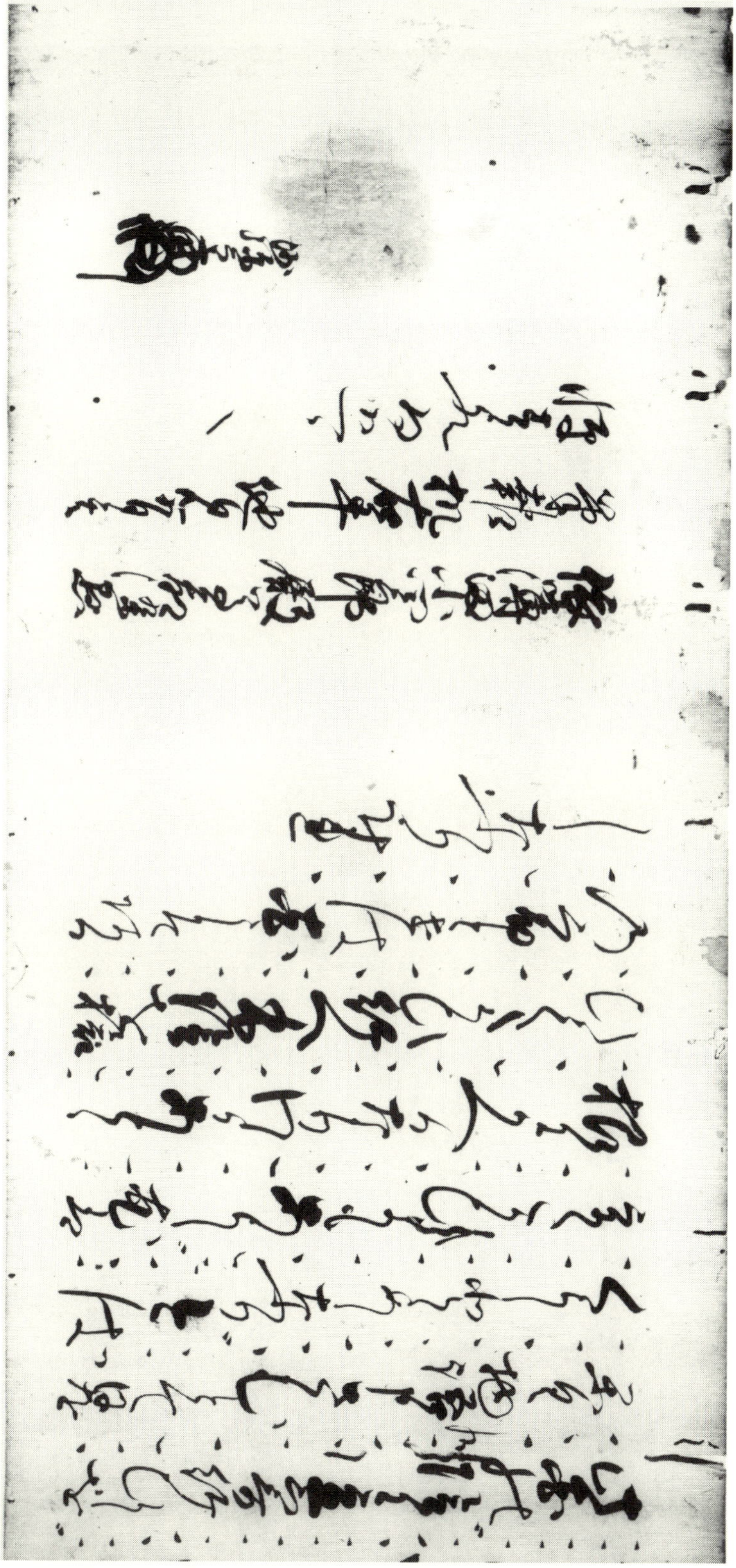

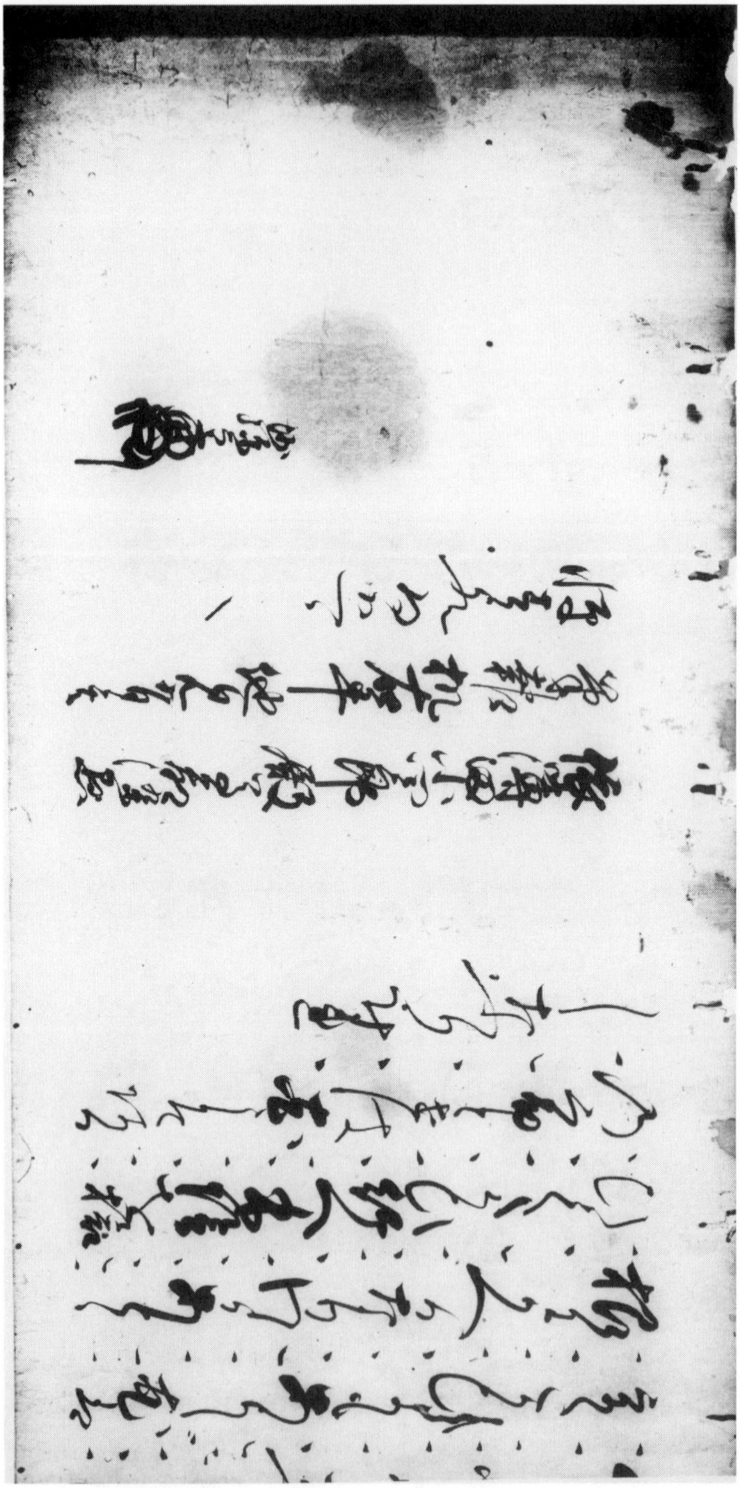

幸若歌謡集（平出家旧蔵本）

（縮率五七％）

土
二百十四
全一冊
泰
ラ1
10
国文学研究資料館

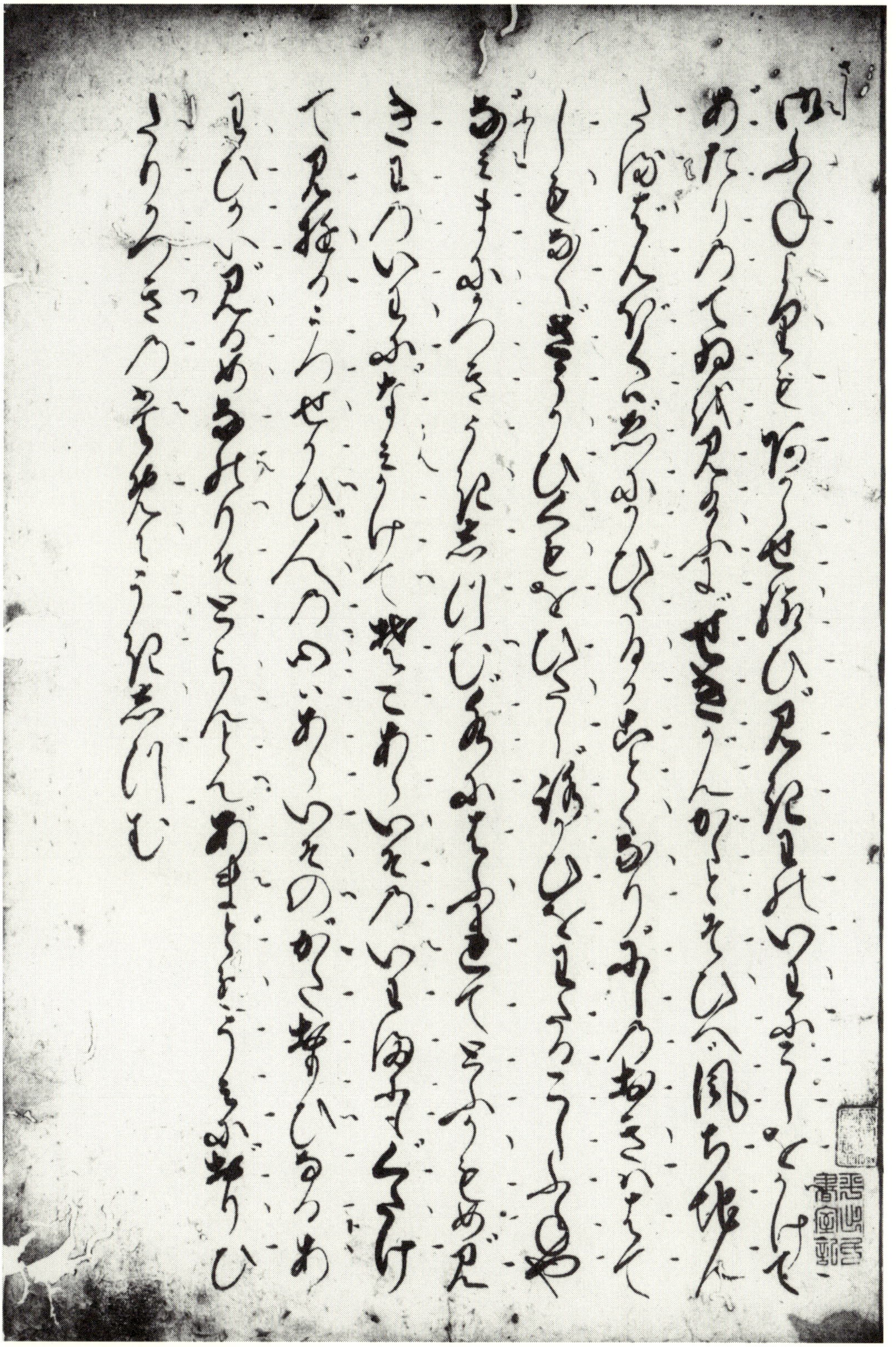

いろ
わかきかしきいとうちきもかんとり　すゝめやちやうみけ
つかり　くもみさしきものもさやかに色のへきれ
てんすこしもきらしみちのまへかものかいあれたかさ
こゝろたかといふきありみかうむすめのあれきこれ
ゑゐてのうそはへこゝはしへよみちの色のいろふ
おもくのときうへおやうきちのきてしやてのうとめふ
けてもくふ稚のやまへのかうりとのか稚ふ日のけ
ごまし中おいとのやもとんこん見つのとものあし
めのとよきらしもうもこの抛そうしきこのうら

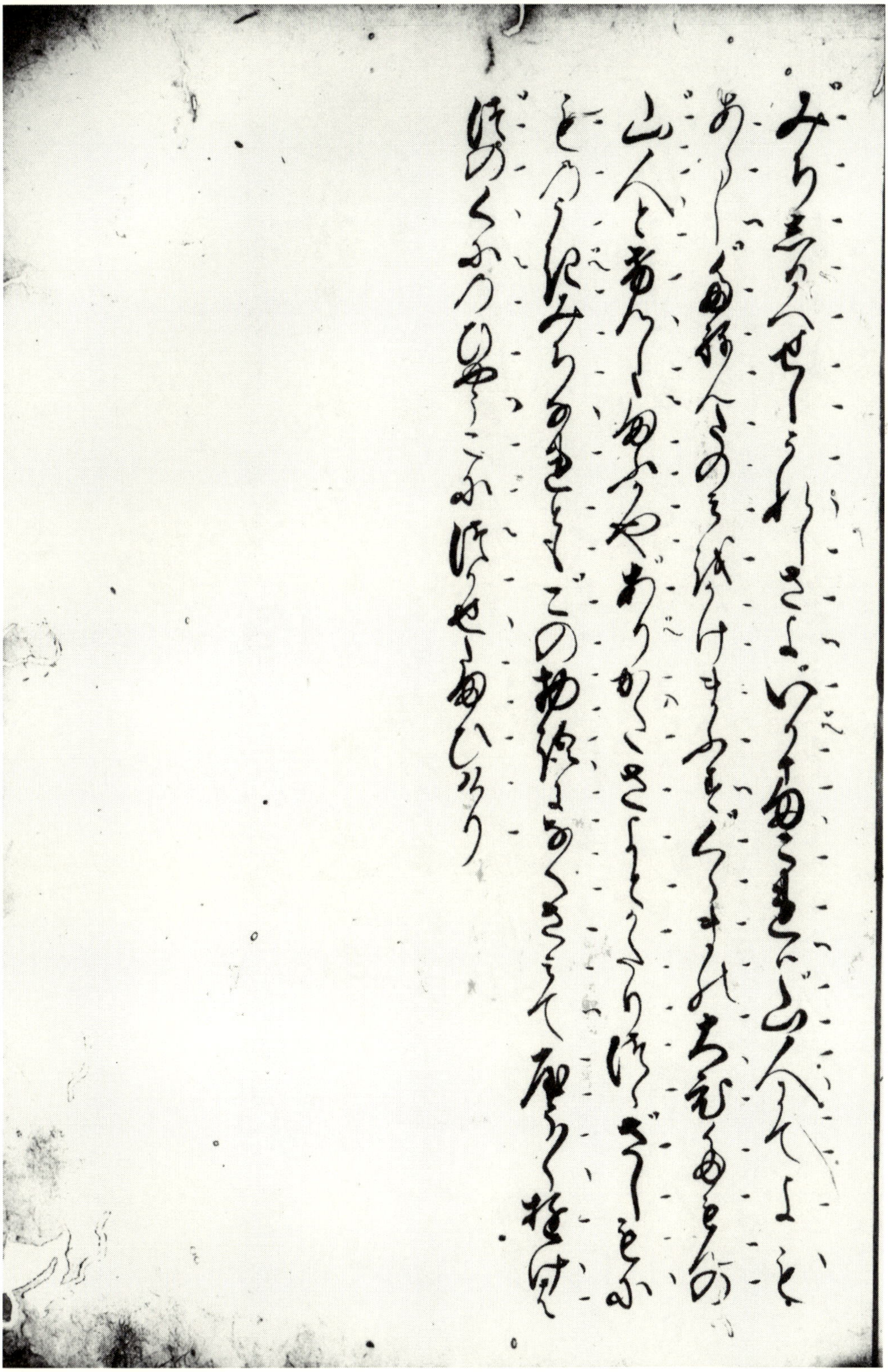

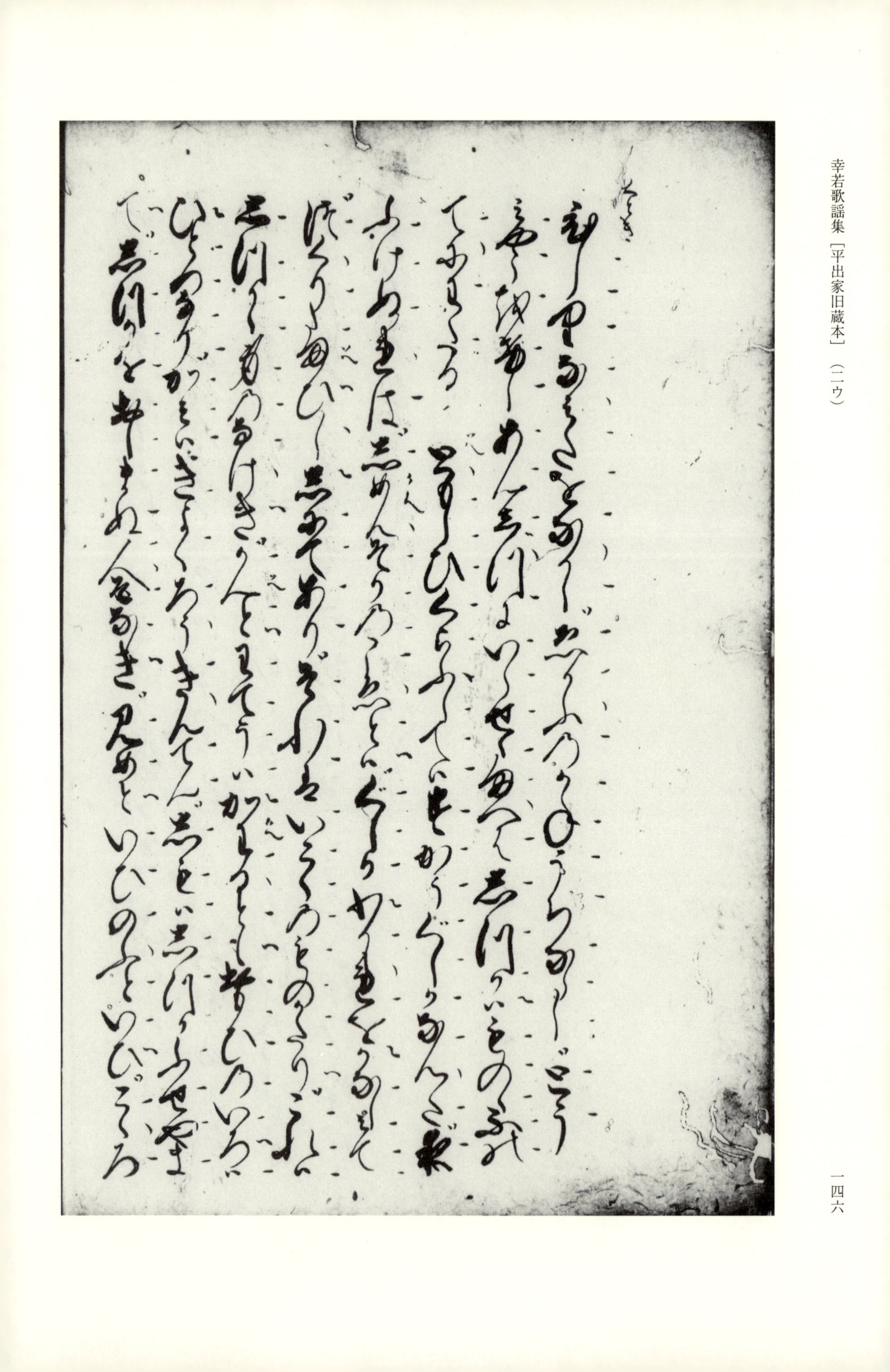

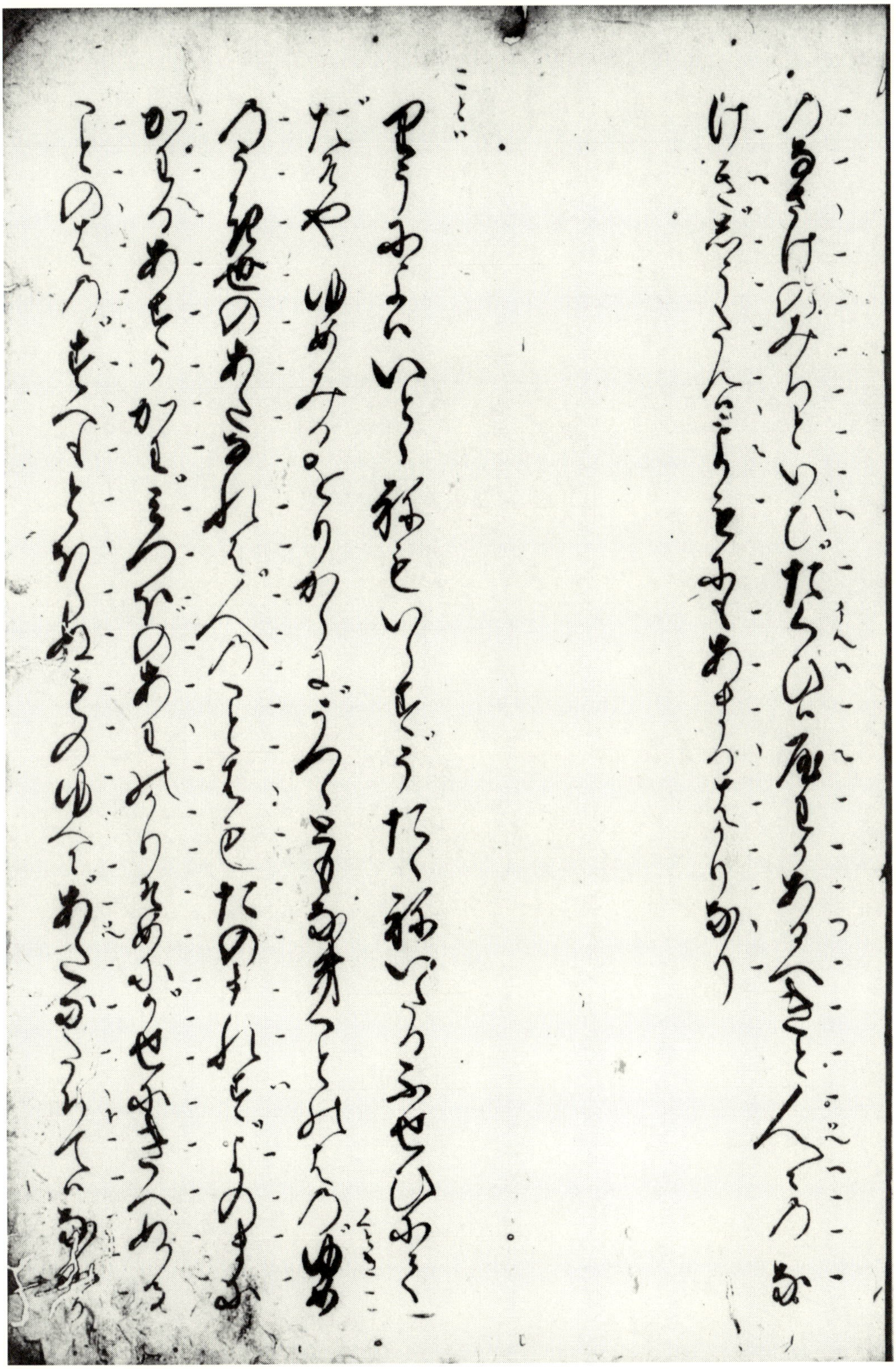

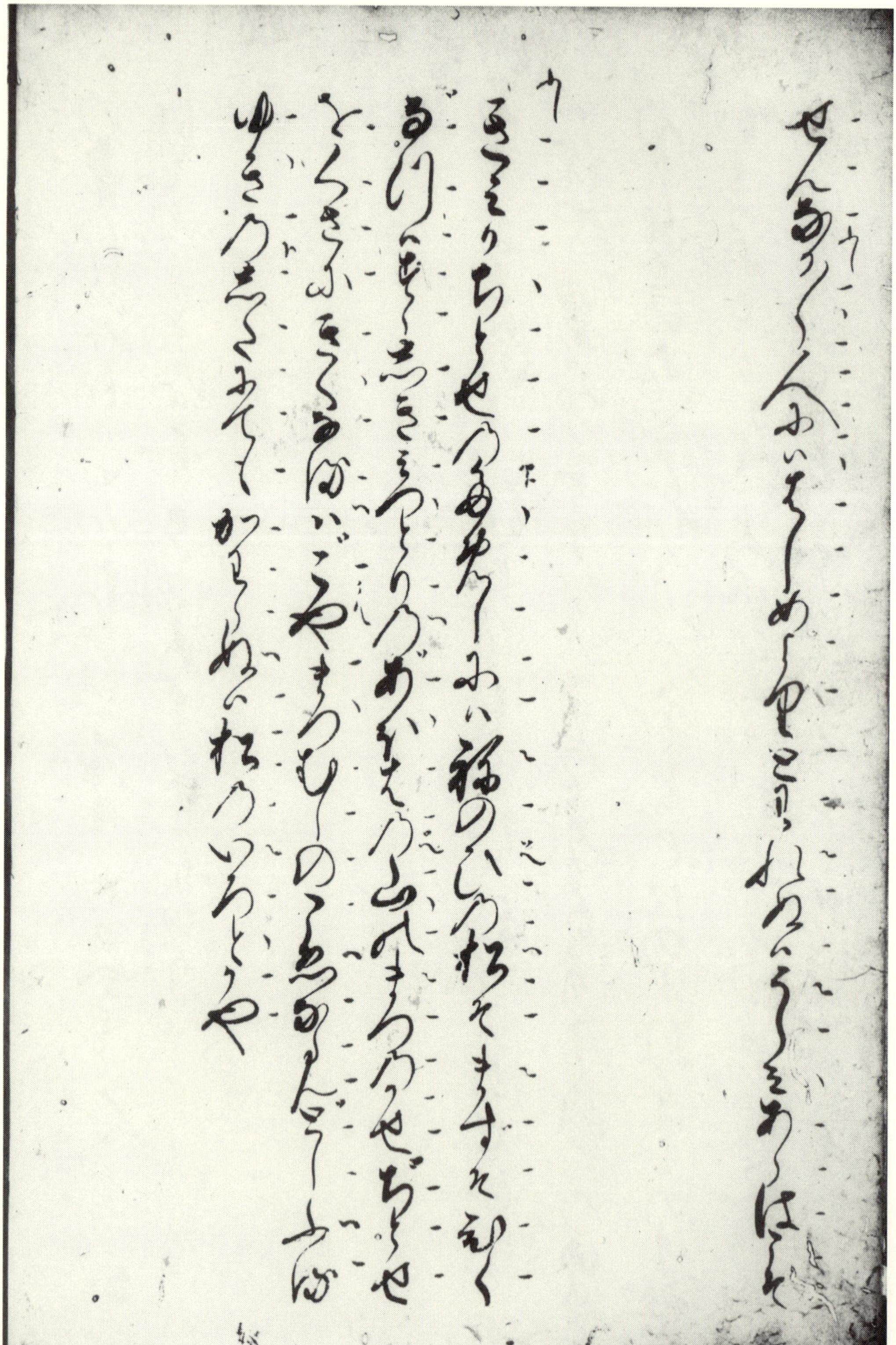

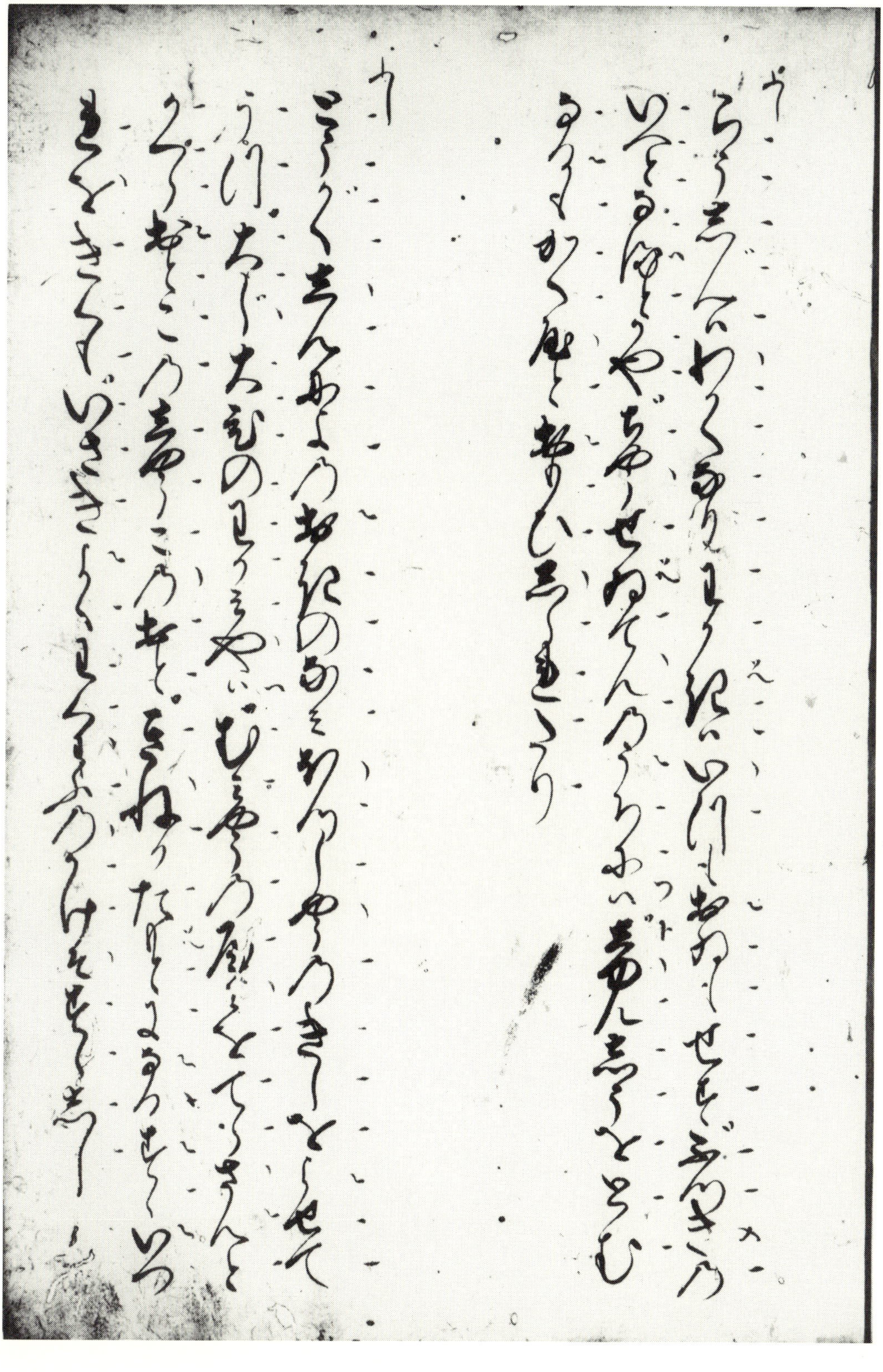

さし
夢のまの露のきえの枕に風さそはれかゝれたるを
とふかあはれ[illegible]の清(?)のやまかげはげしく夢やさめんと
みかふかすらかめ　さりともあかつきのまゝさきいそぐらし
やまひみゆきちり月のいつふせひむすひかんさし
くろふしてあつけまくは風吹のいとゆきかさせみけつか
かもひてつとめつ　次

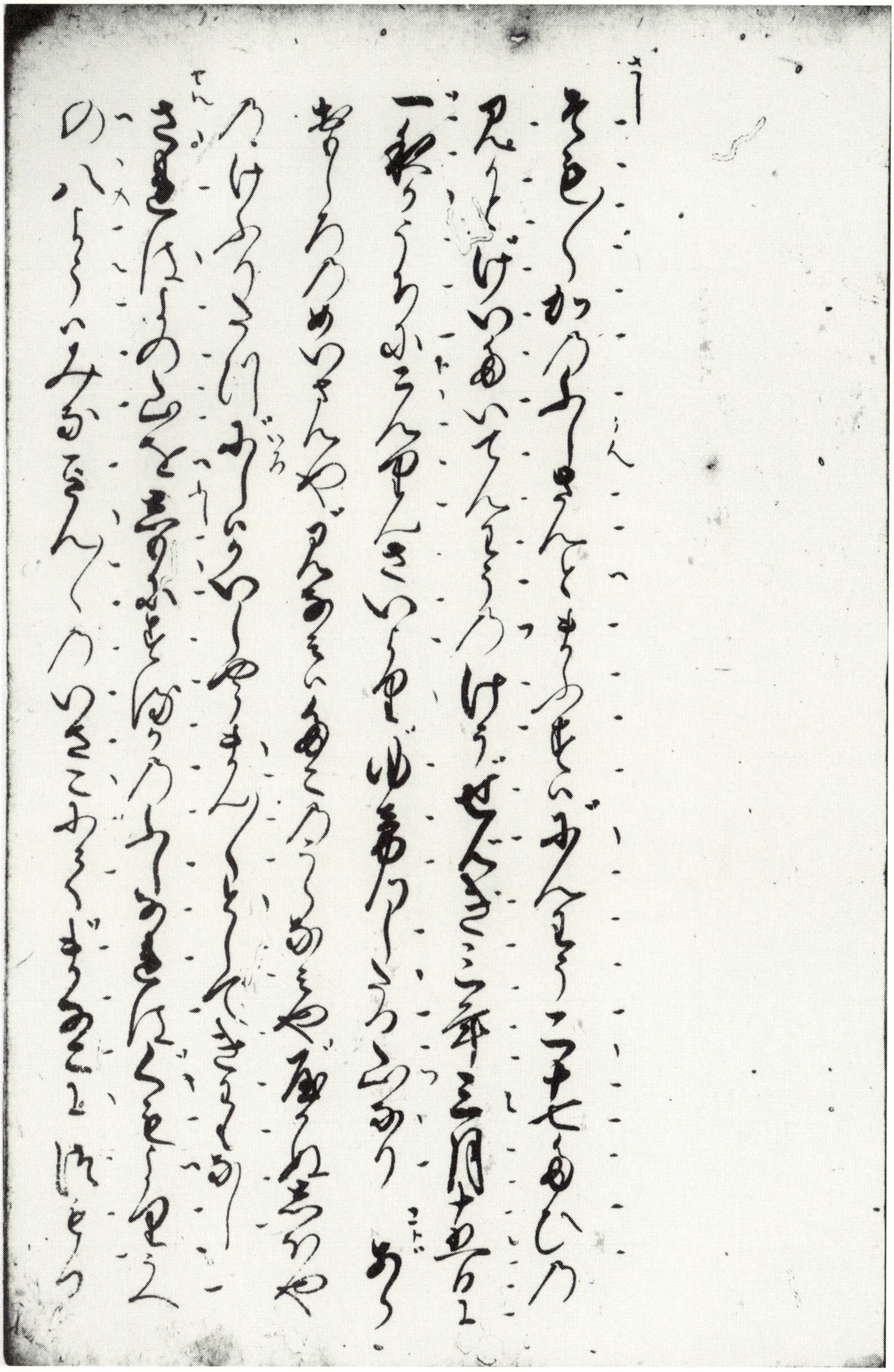

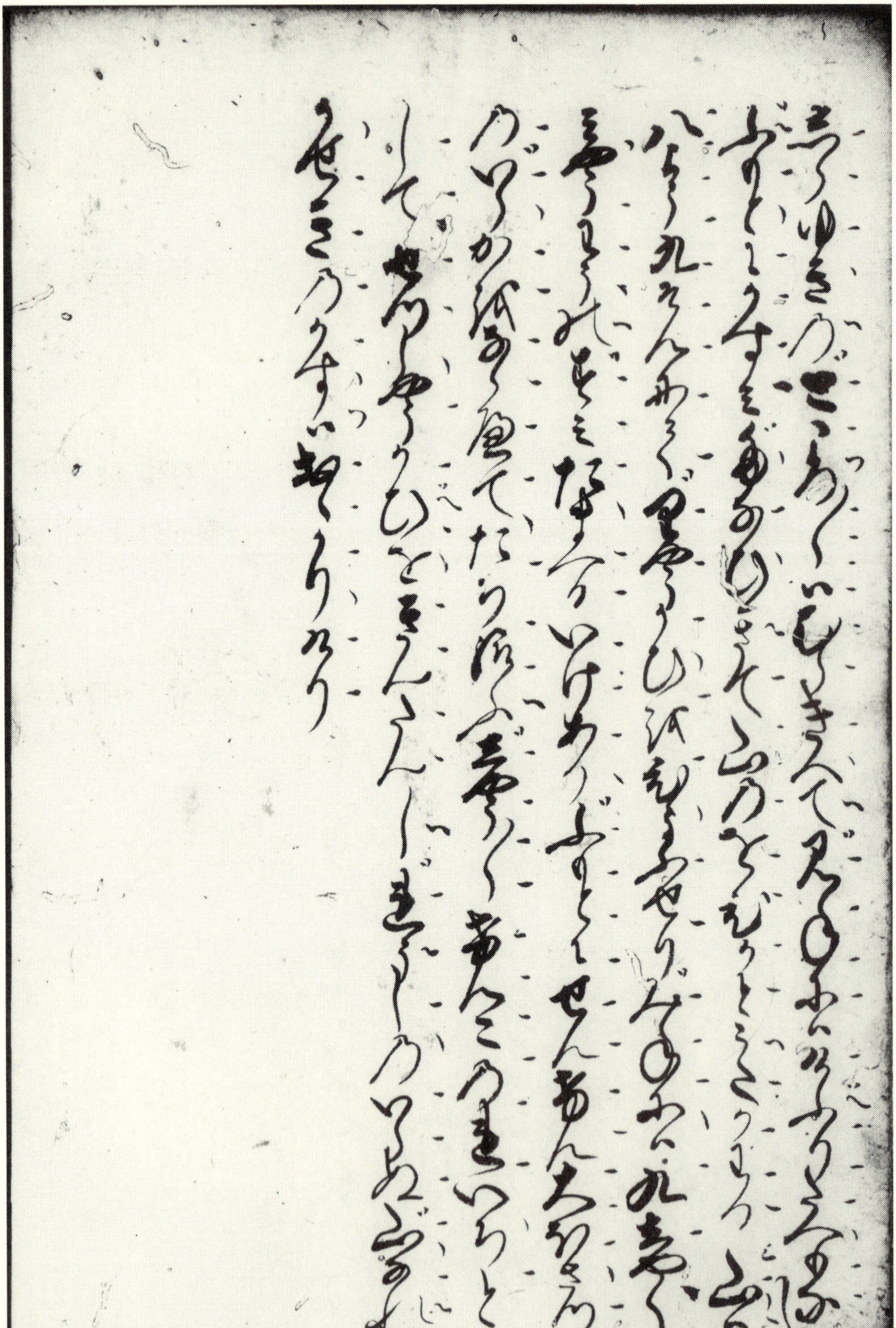

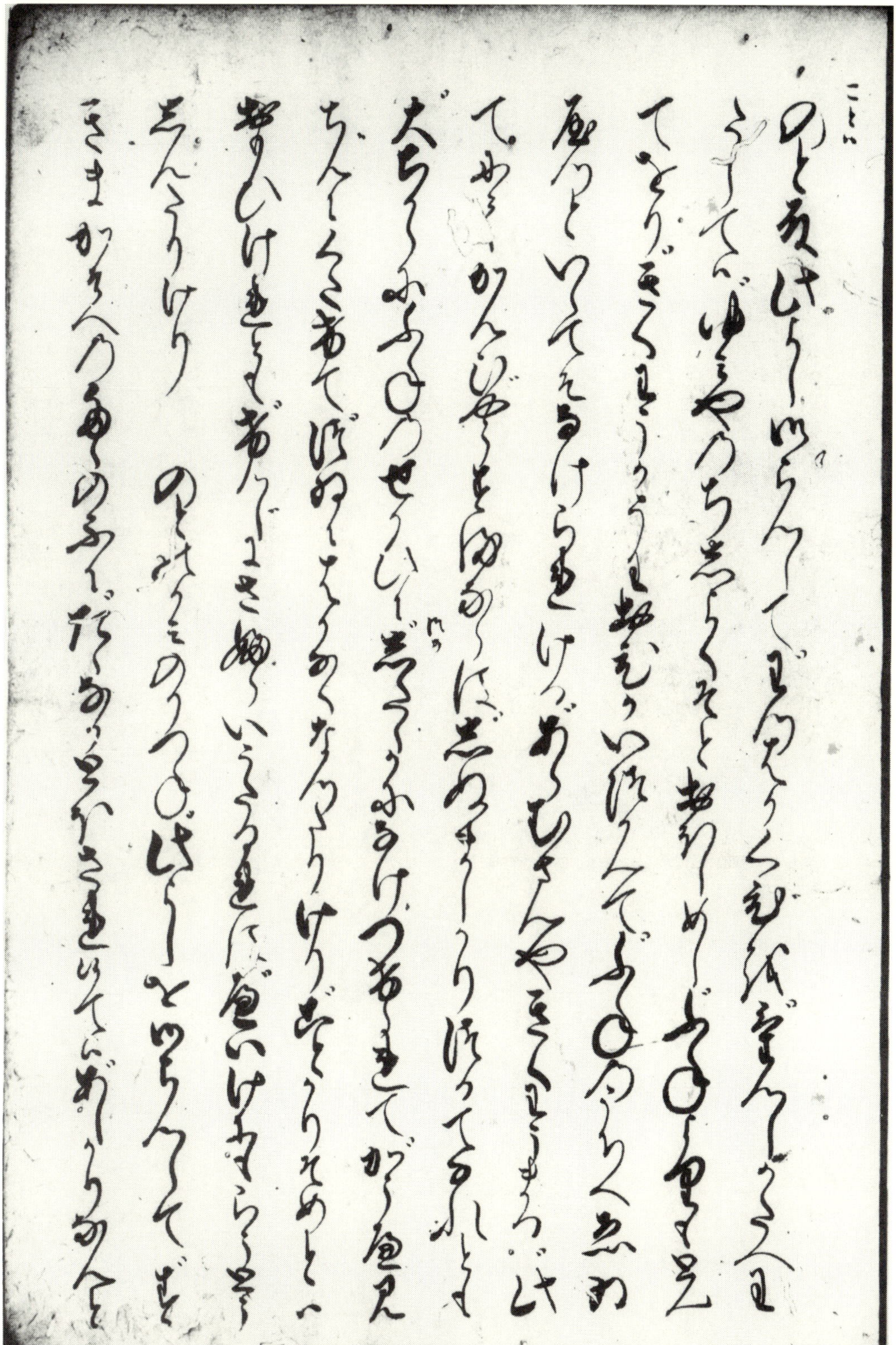

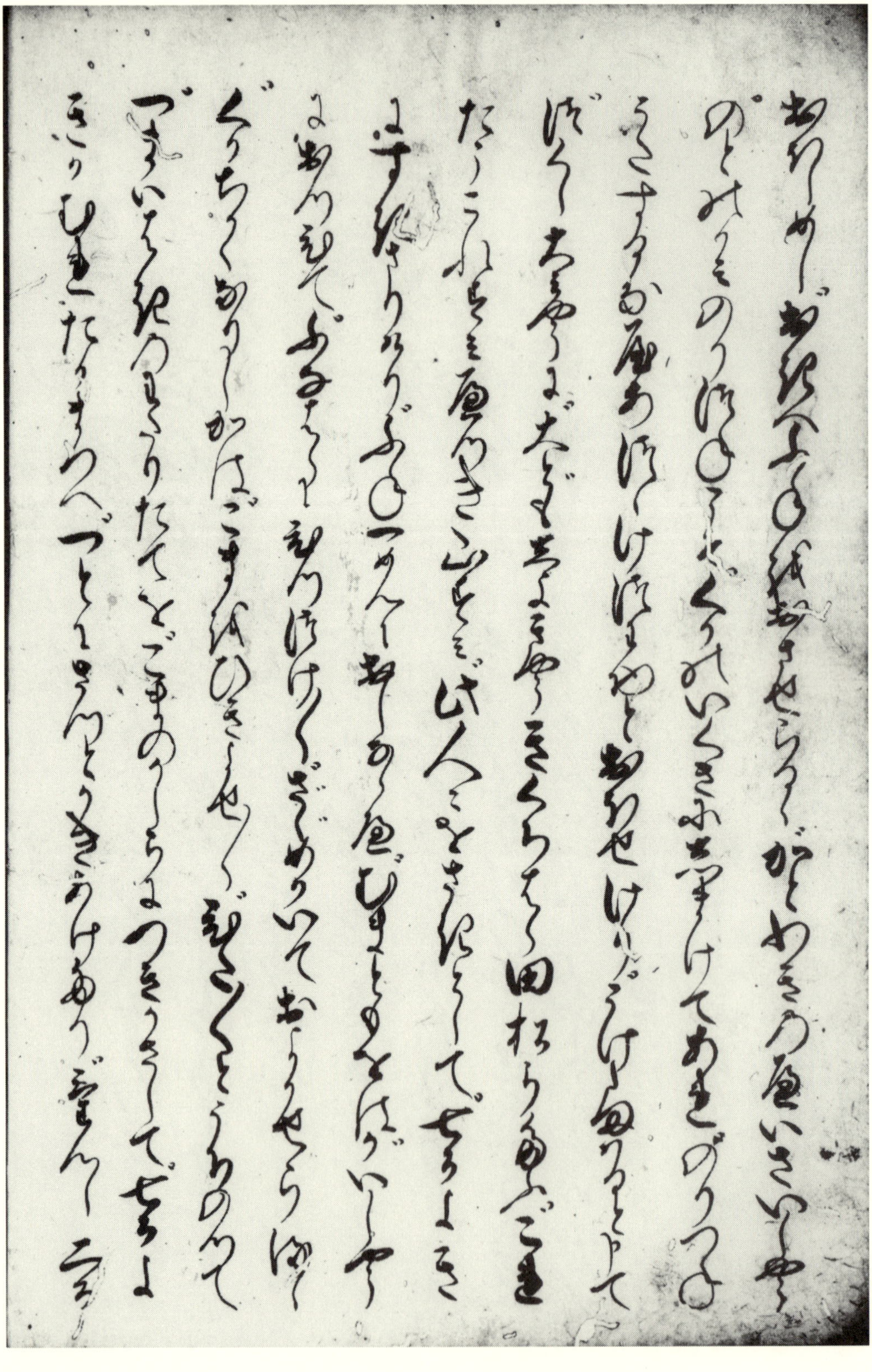

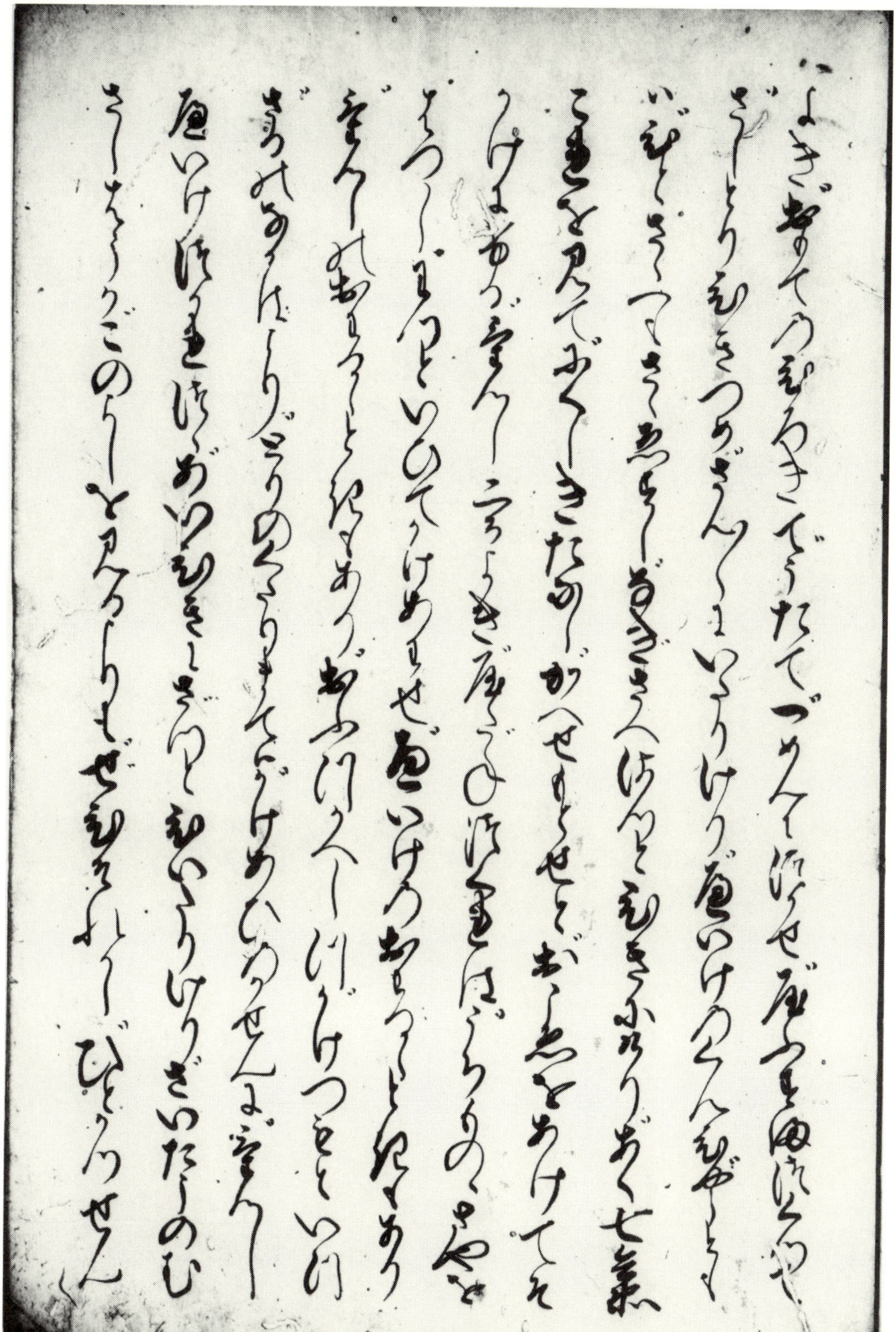

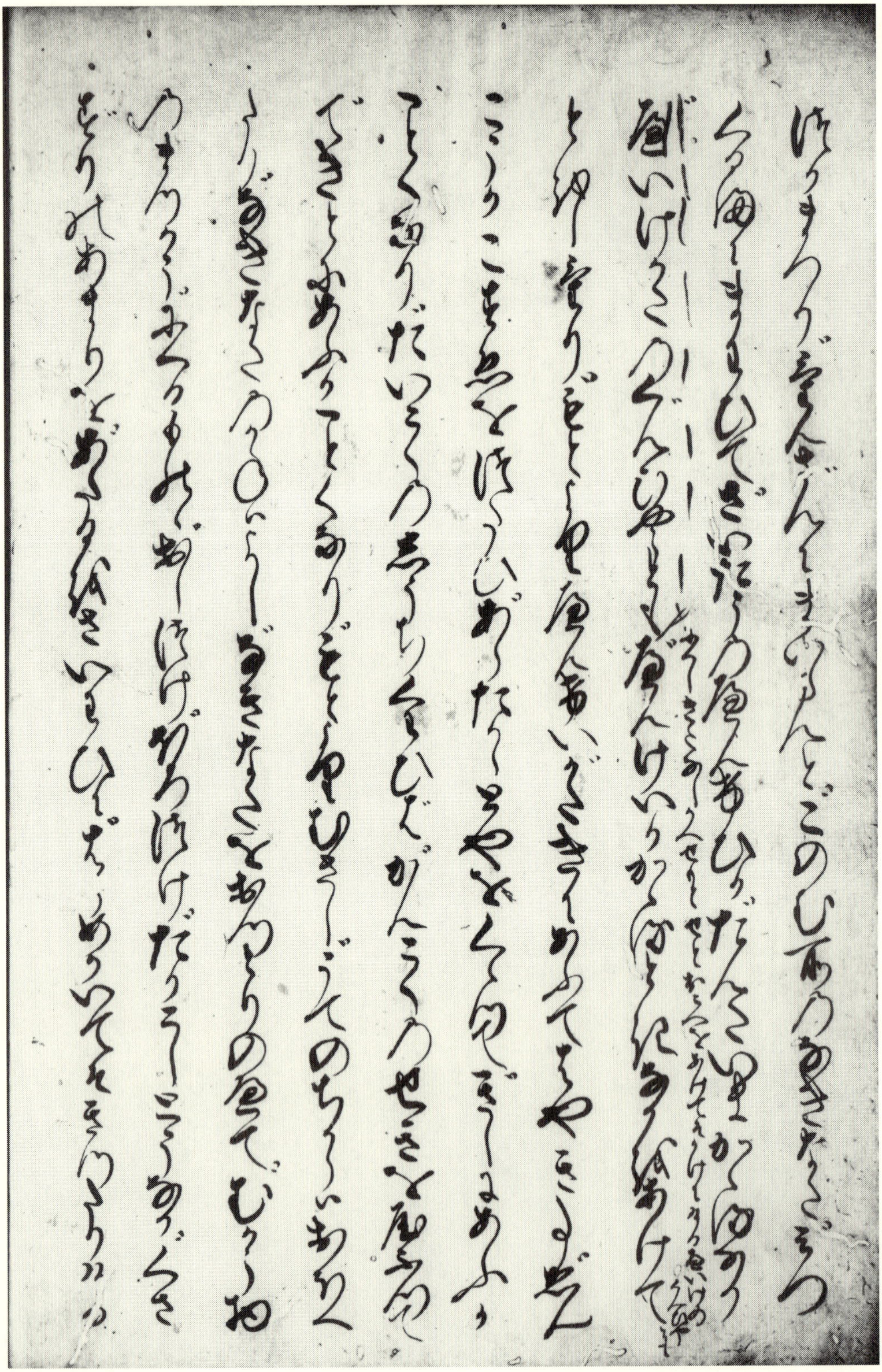

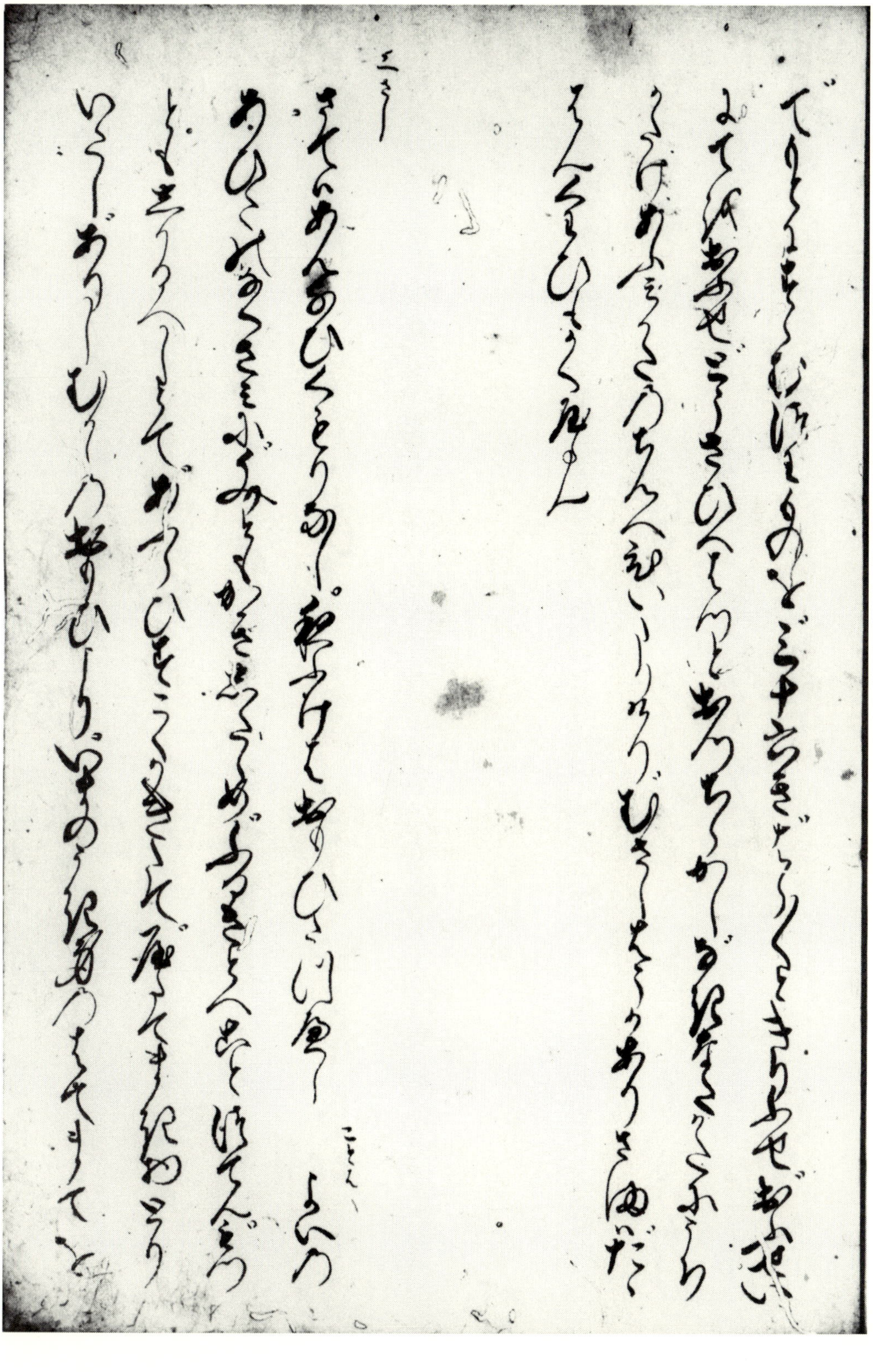

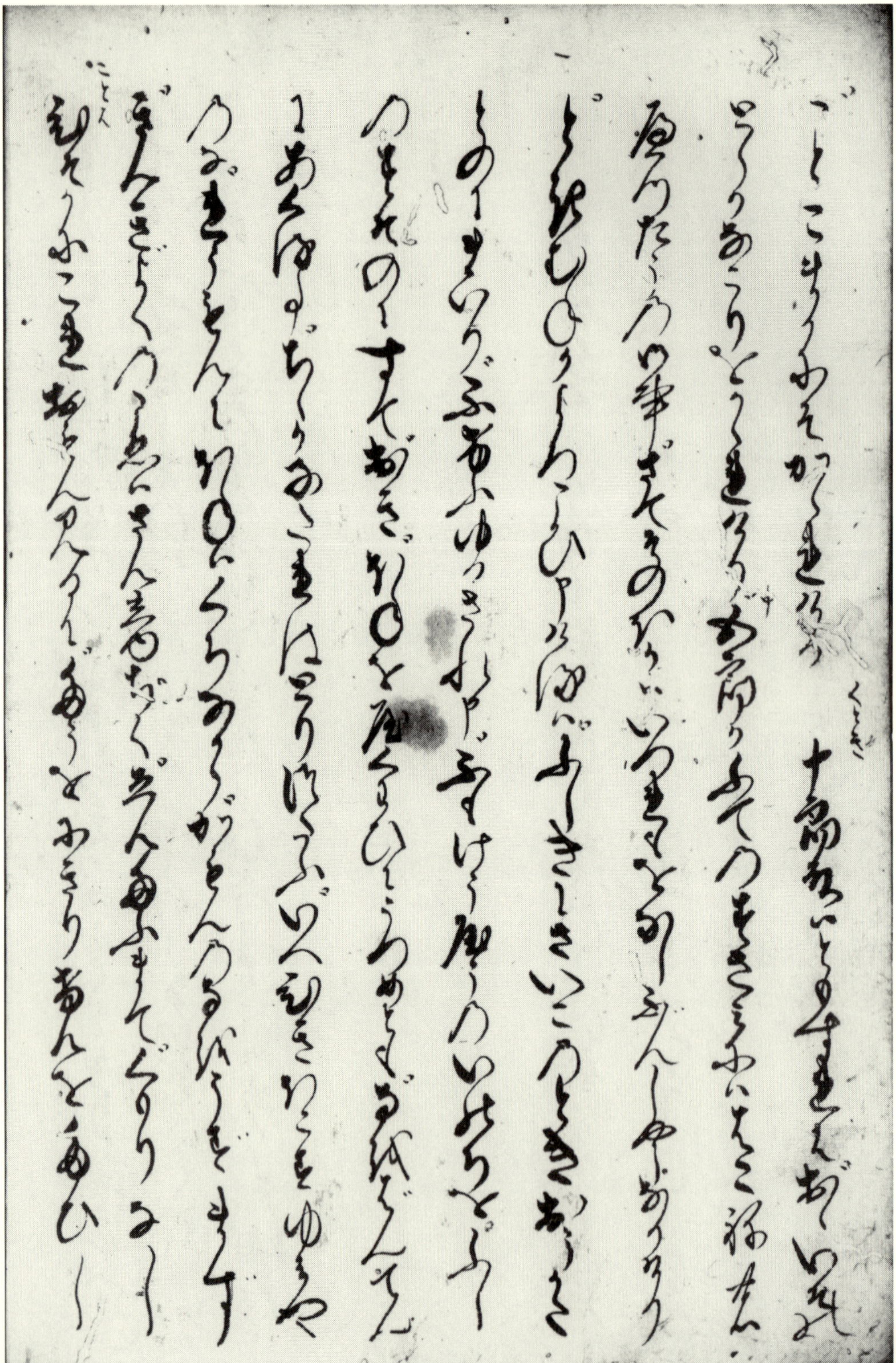

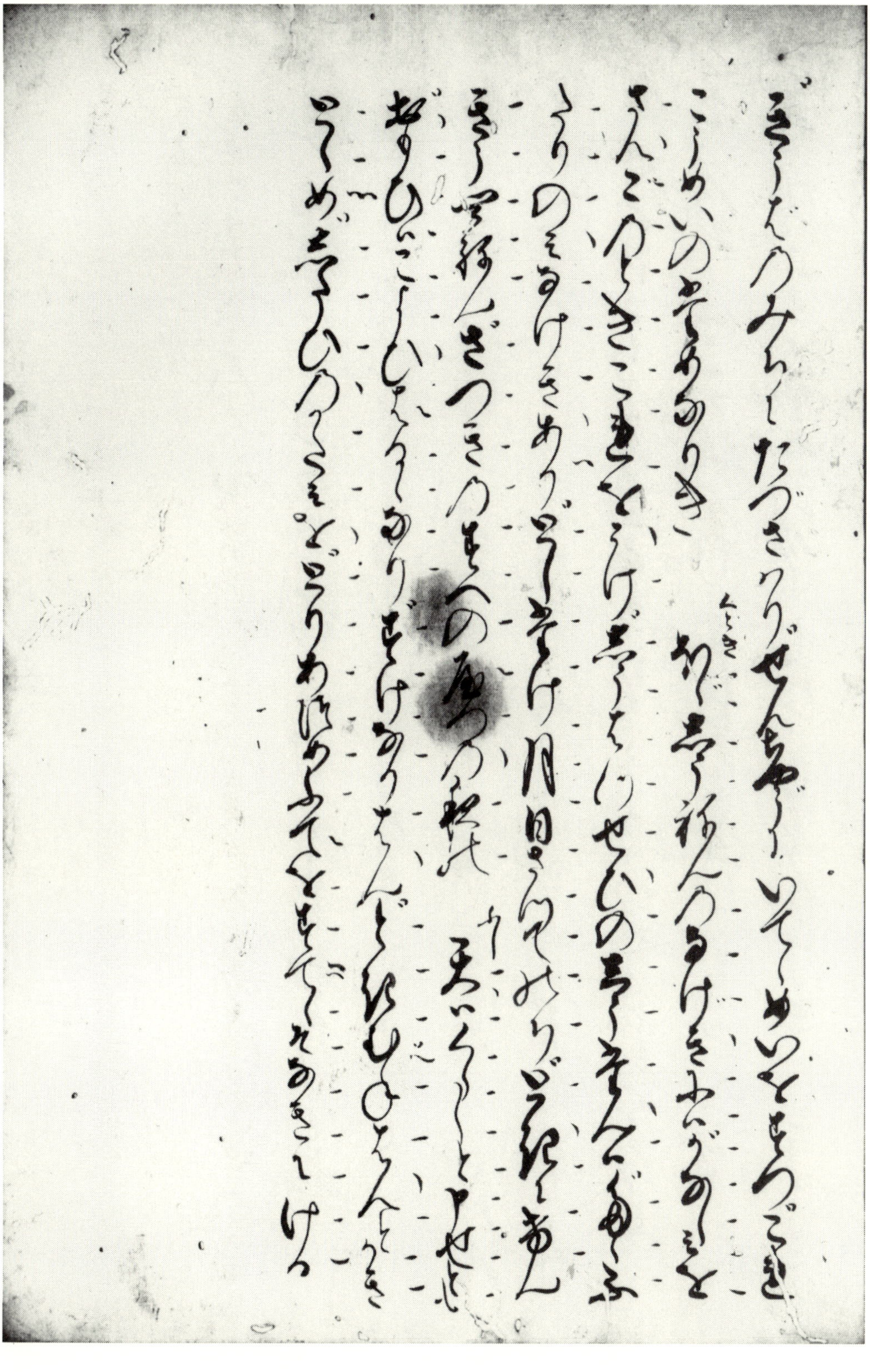

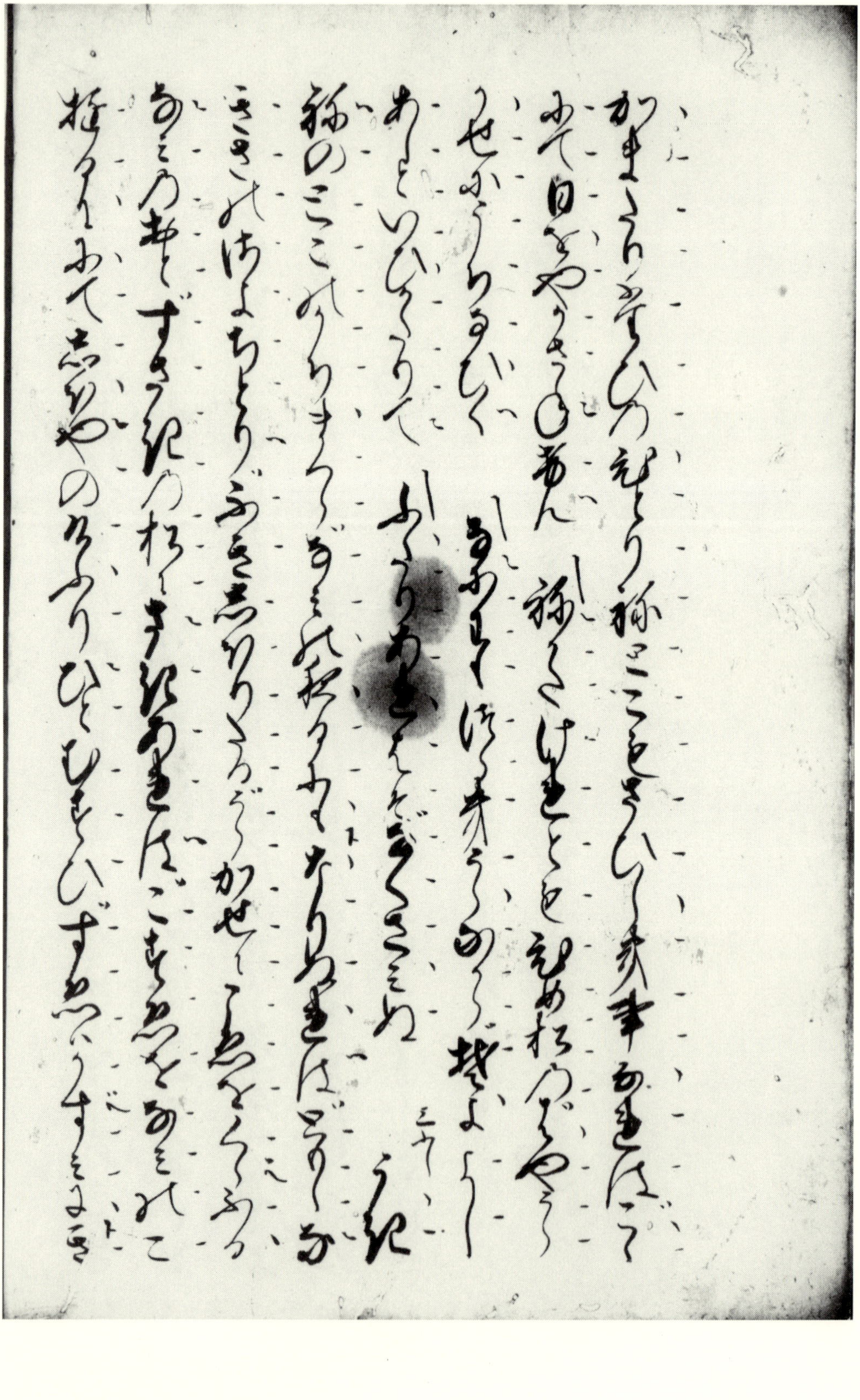

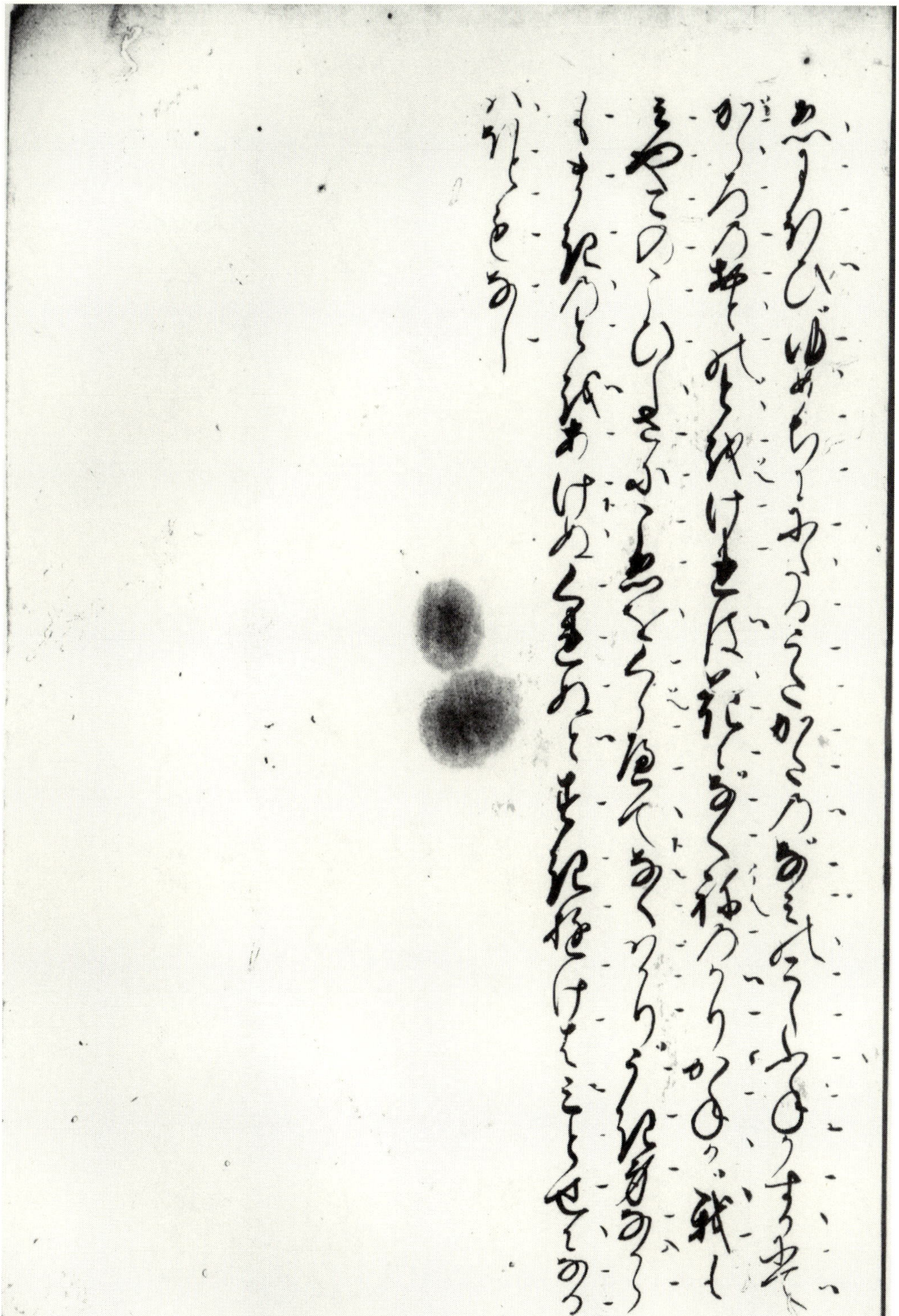

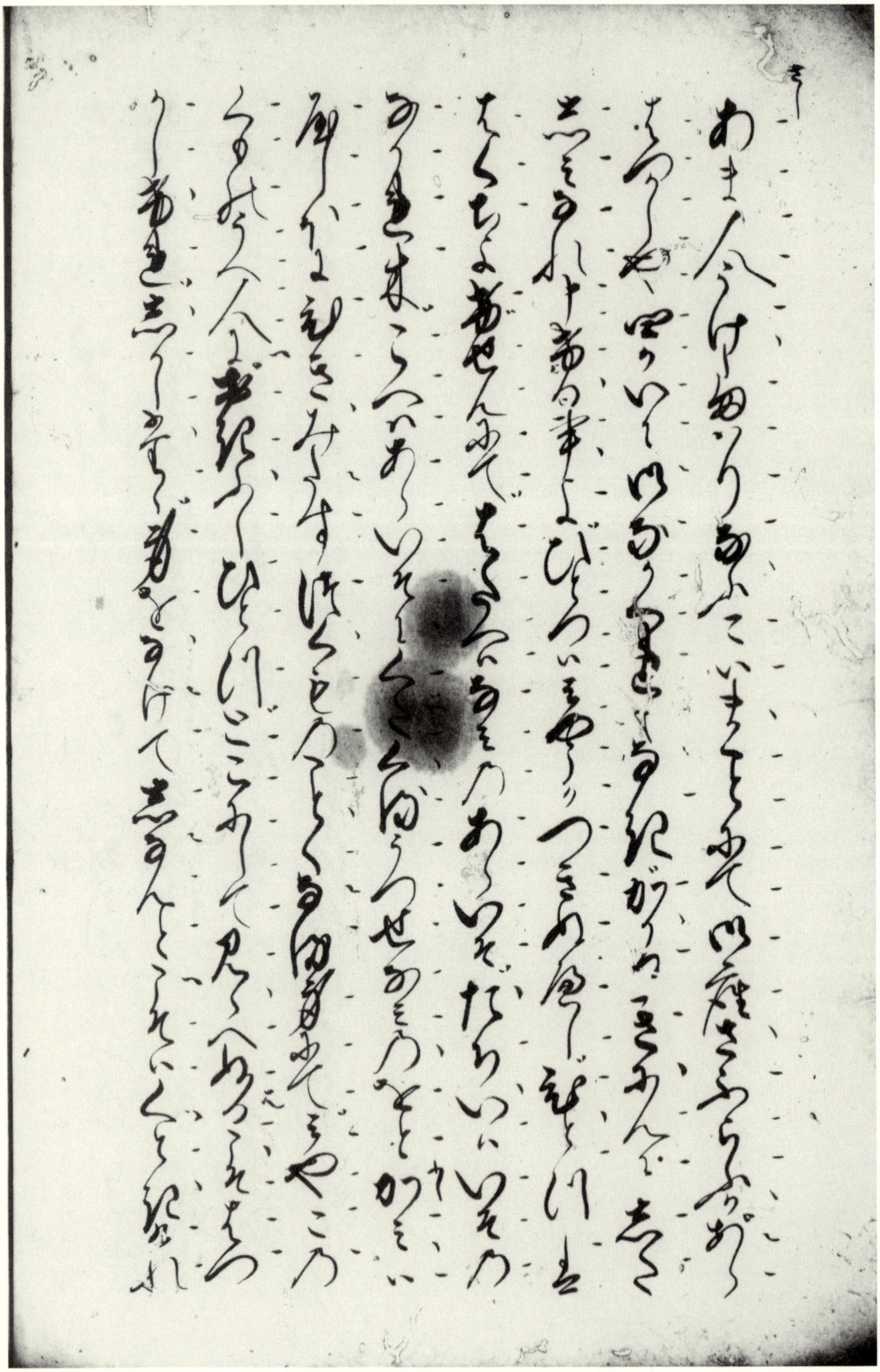

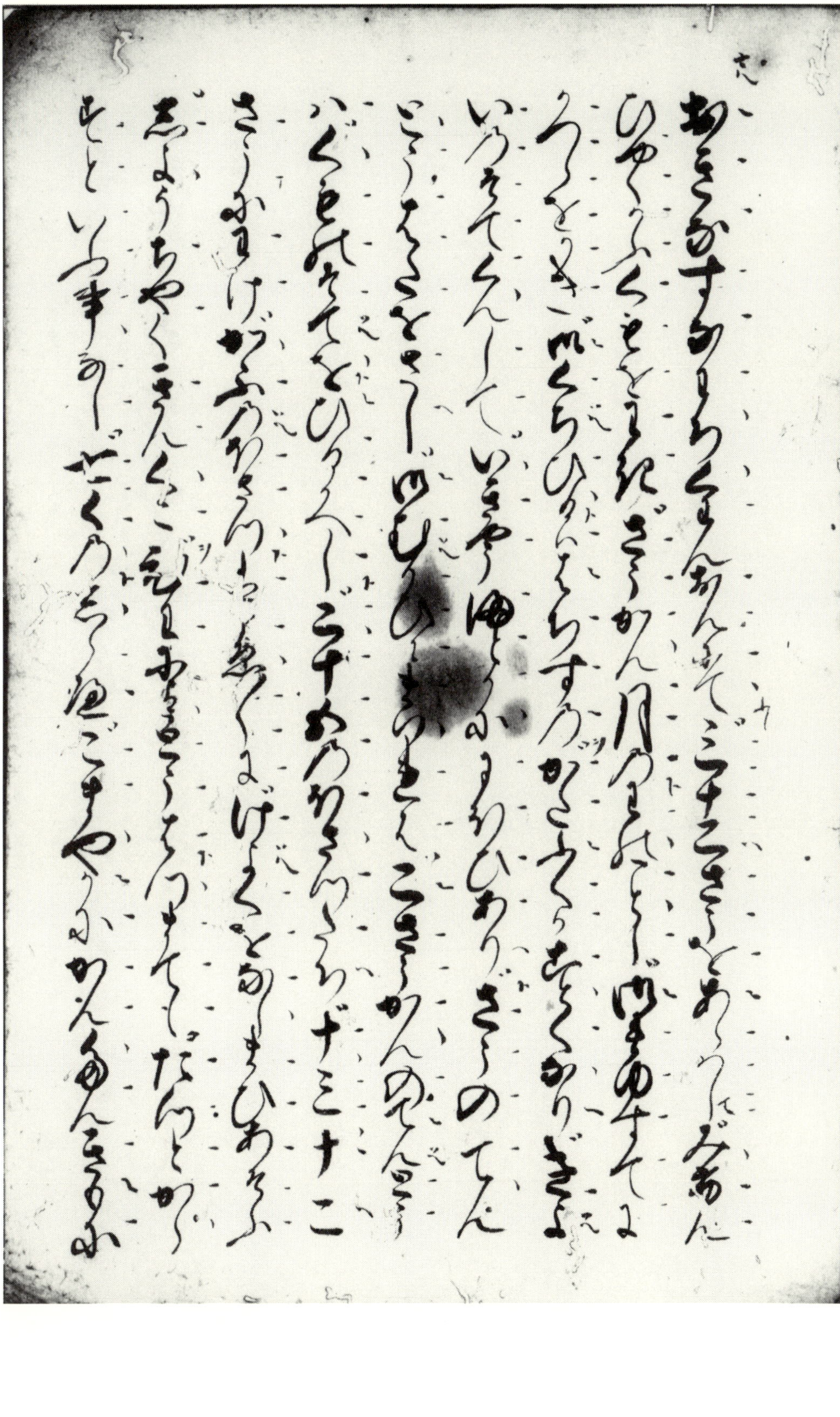

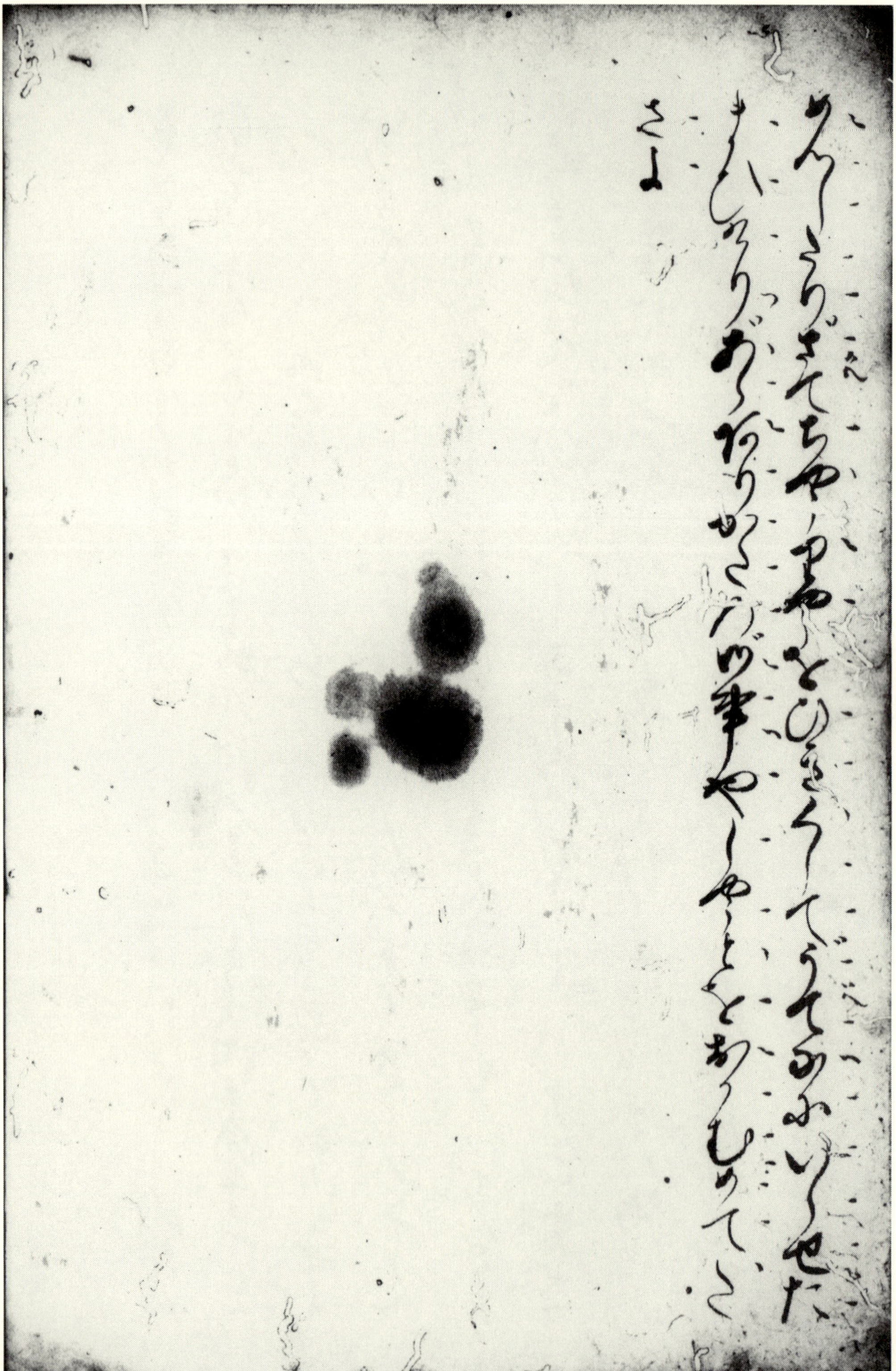

127892

幸若歌謡集

（寛永十九年八月幸若正信本）

（縮率七七％）

81
29
国文学研究資料館

國民精神文化研究所
49660
和漢書

一　二　三　四　五　六　七　八　九　十　十一　十二

常盤なる御松のえださして千代を
猶皇祿の始より祢
玉手拾ひためはさうさうし丸らく
さらば一家共に瀧の水にたとへてもまかね
むかし上代たゞ大智恵の人さへかも
諸女などいふとあくかれまじく
一もとし座しかたきをまよ二の存をとい
廿八人産なまいちこくに住まりして
志か間一寺乃そうきん
八万乃花系て五時の法をとけ
時しも比なる九月十三夜の
今年人を殺しもこれ因果なす事にはなるべし

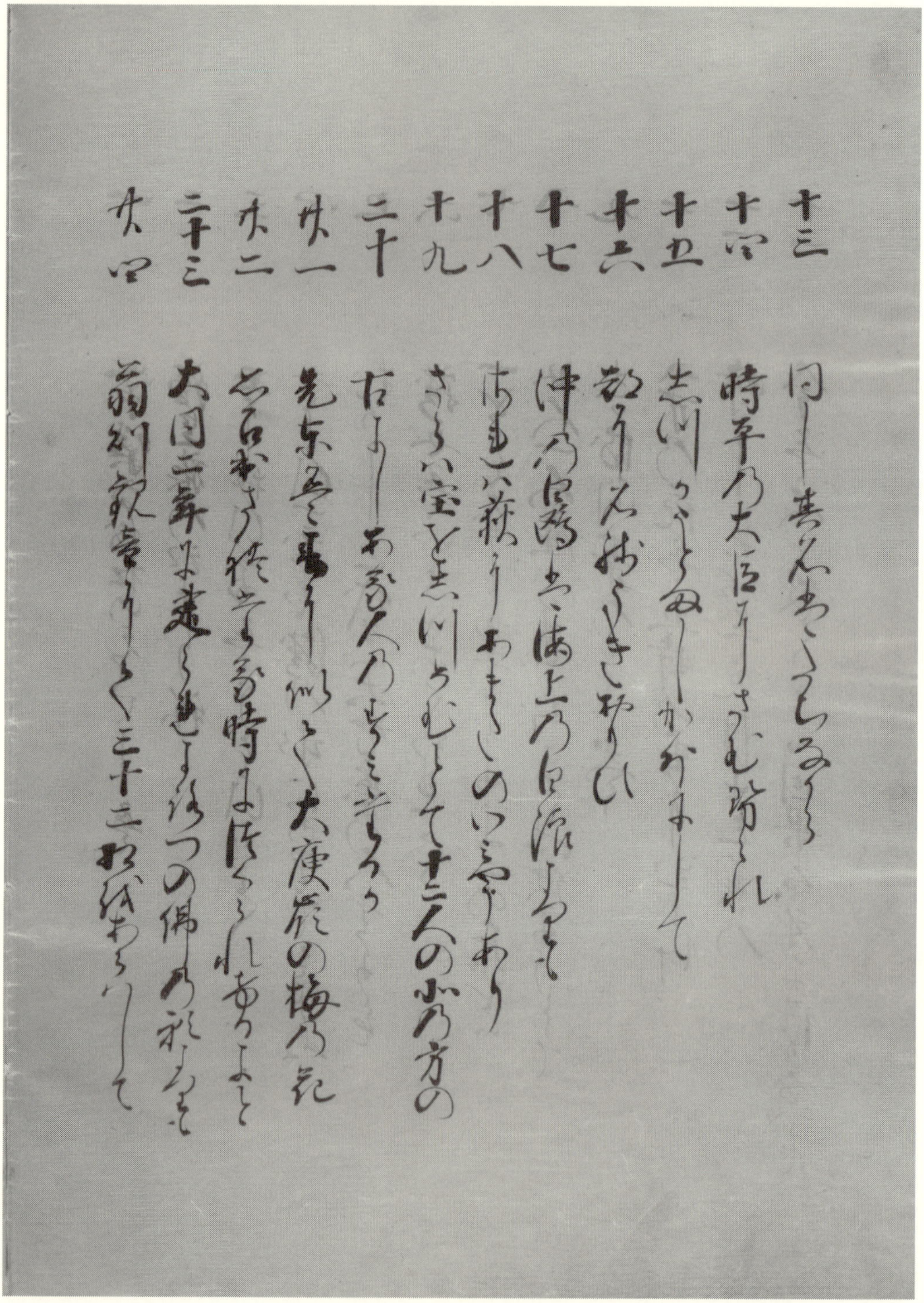

十三　同し其名もさしも名ある
十四　時平の大臣にしさむされ
十五　志川かよひし女しかおましまして
十六　数多の姫をもちたまひし
十七　沖の白露も海上の白浪よせて
十八　情も秋萩のあはれしのびありし
十九　されは宝を志川にて十二人の小野方の
二十　古よりある人の申すやうは
廿一　先帝の御娘は…大康原の梅の花
廿二　大日本…時に…
廿三　大国二年に建…の仏の形を
廿四　前…三十二相…

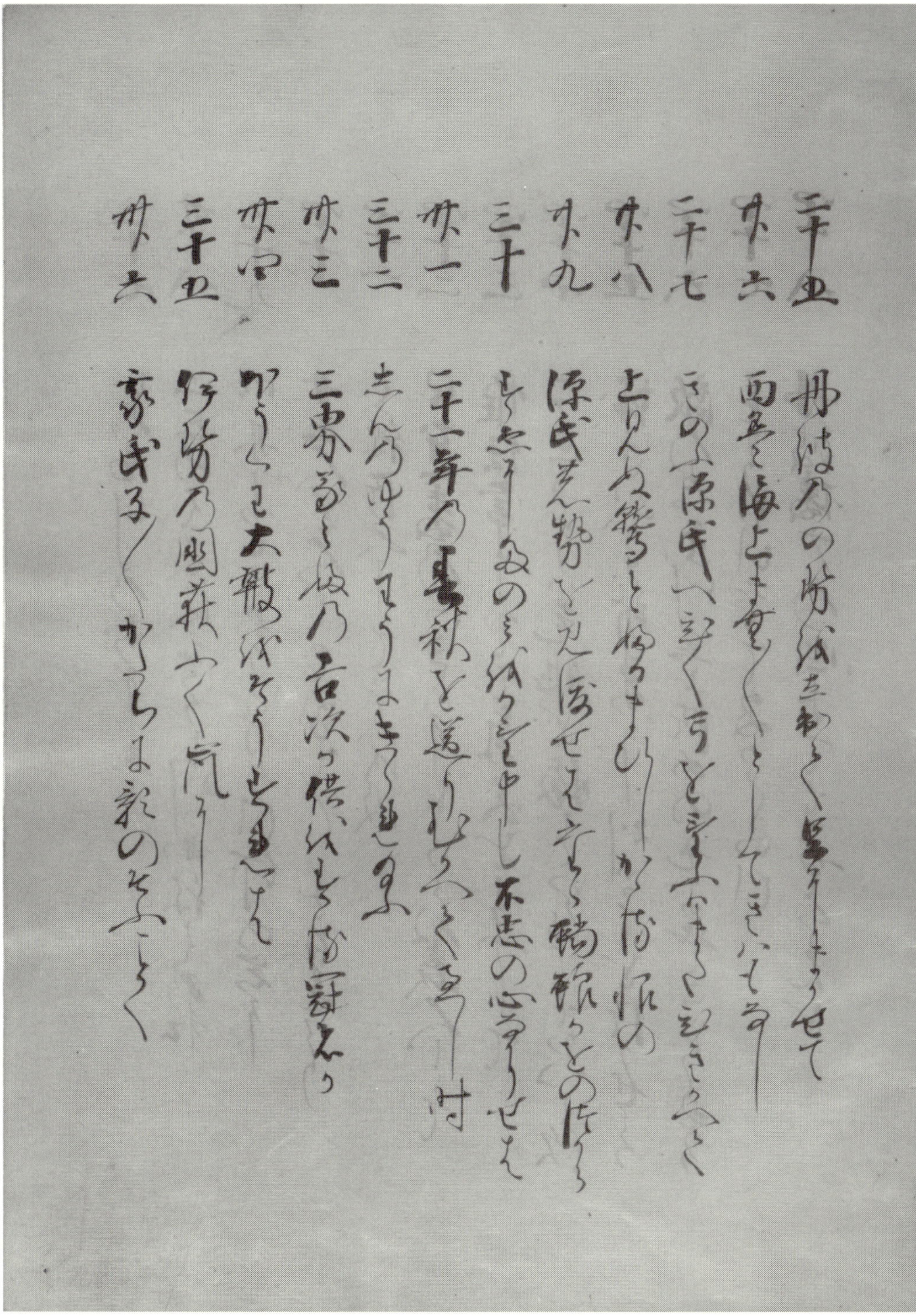

二十五

廿六

二十七

廿八

廿九

三十

卅一

三十二

卅三

卅四

三十五

卅六

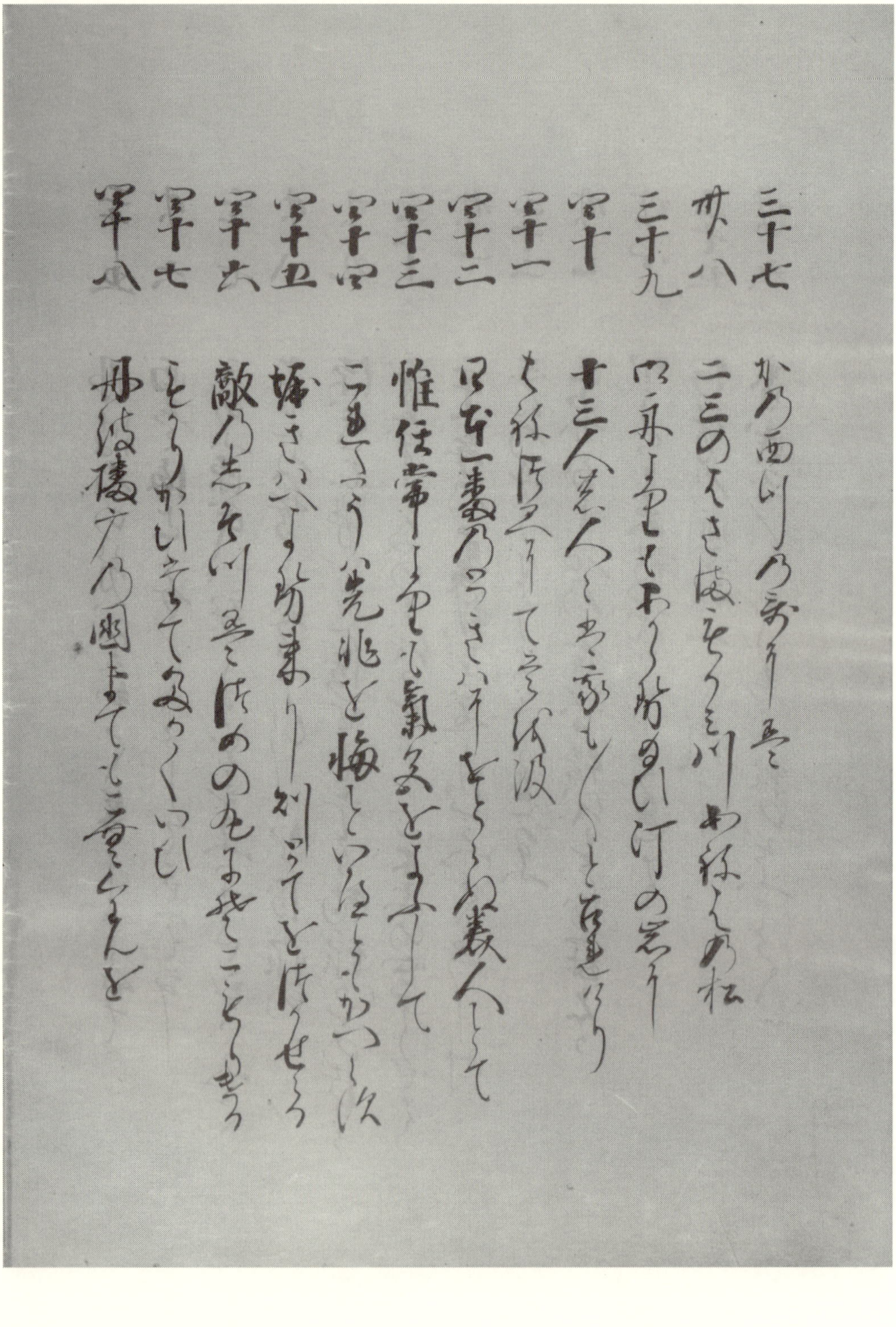

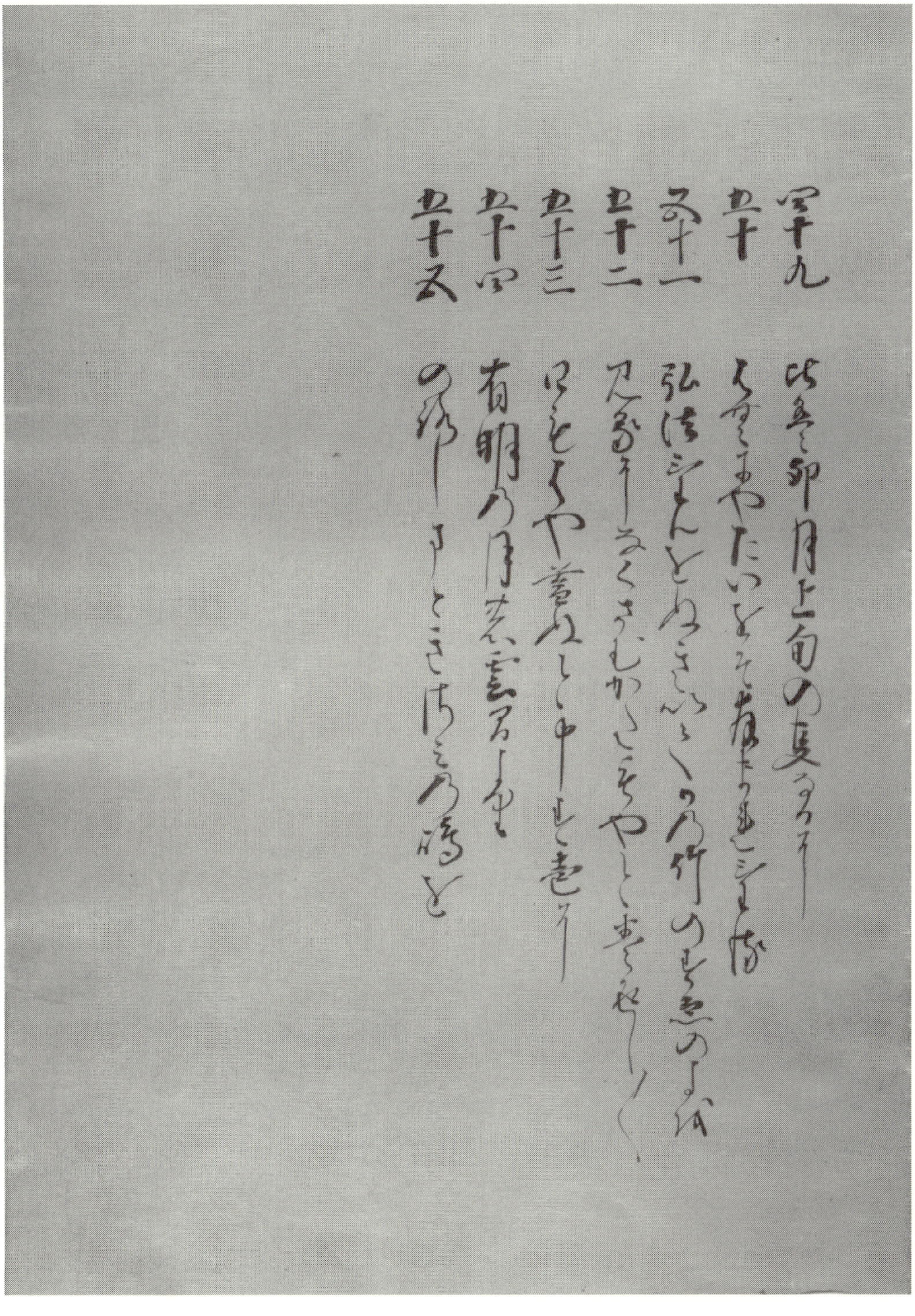

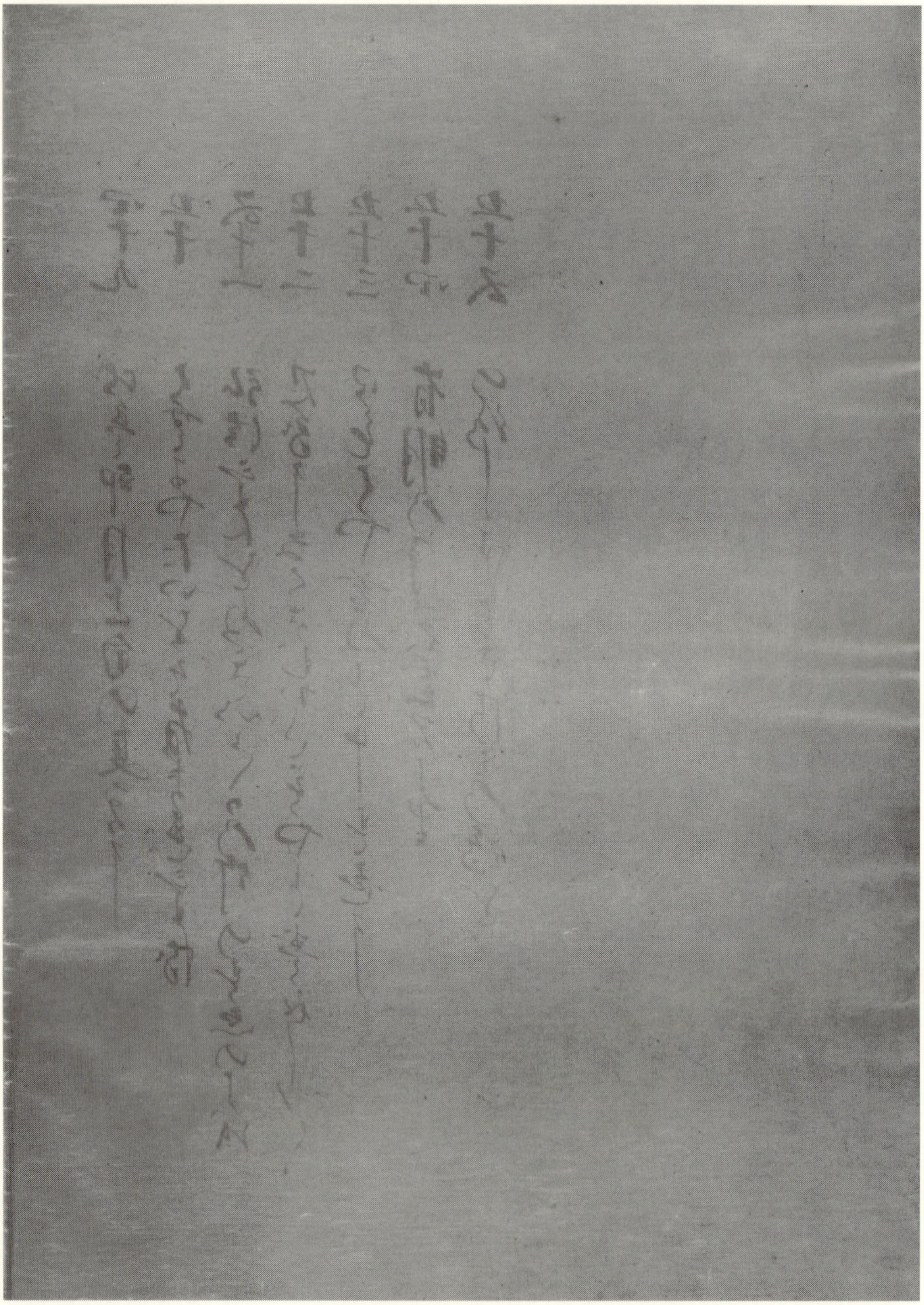

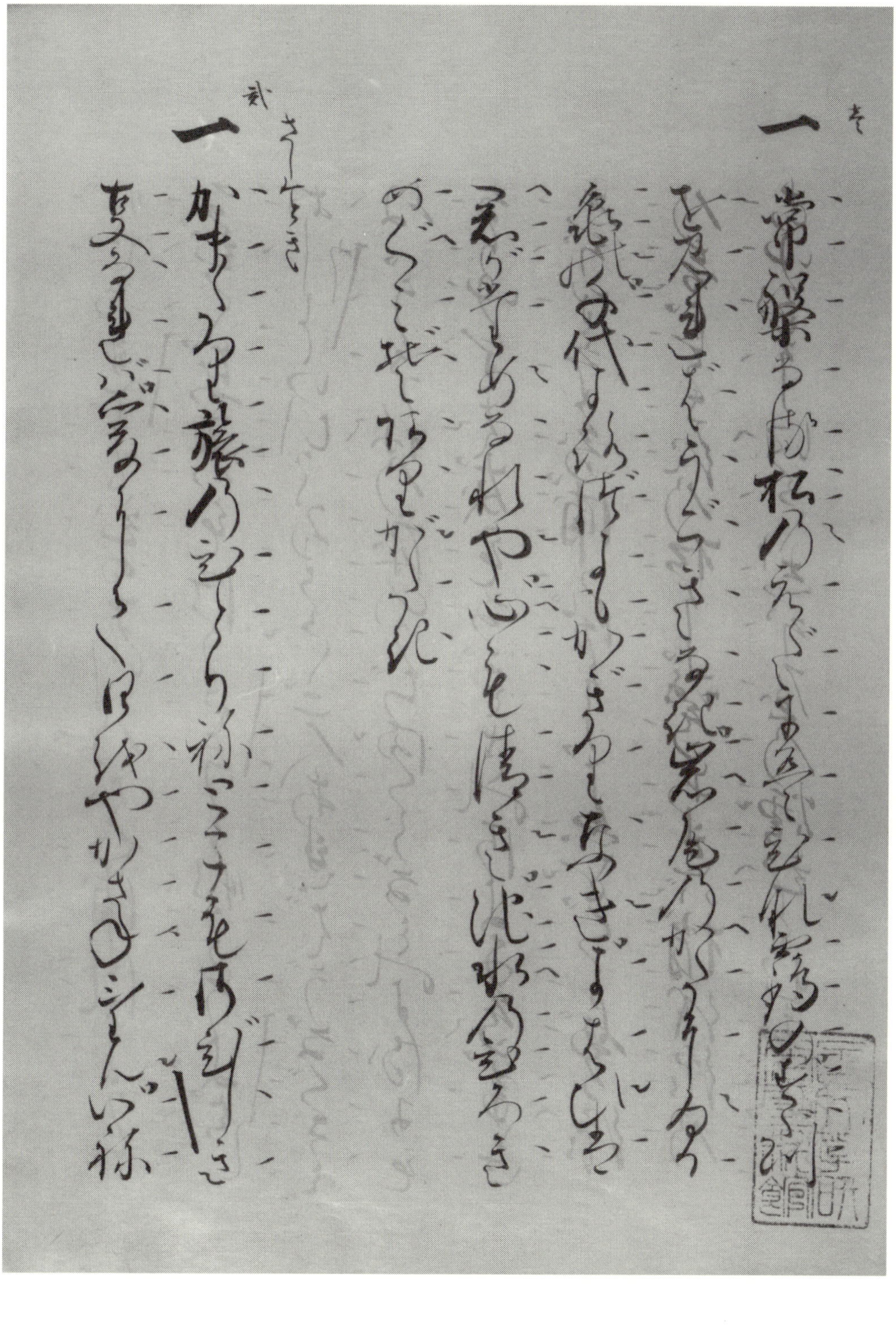

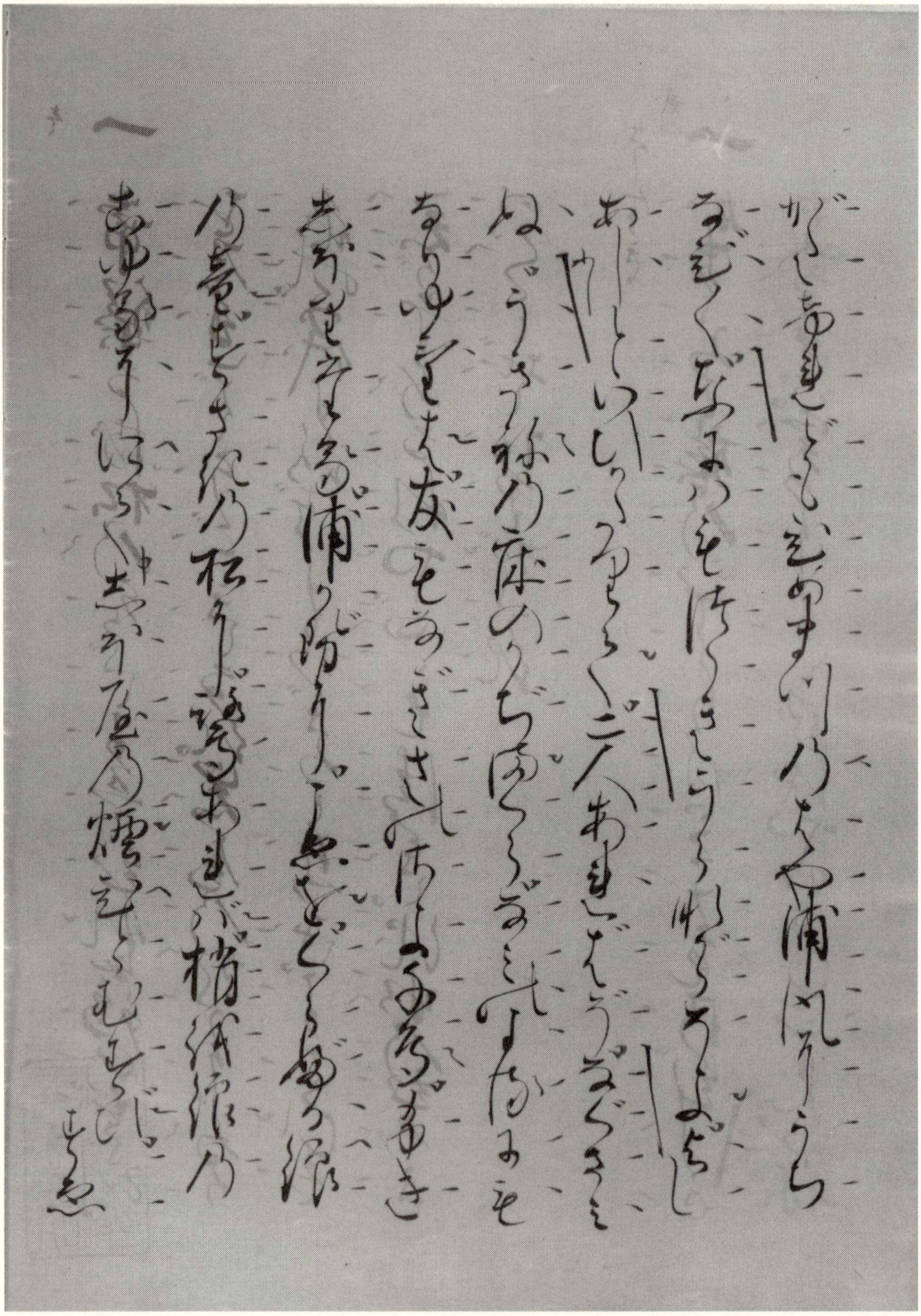

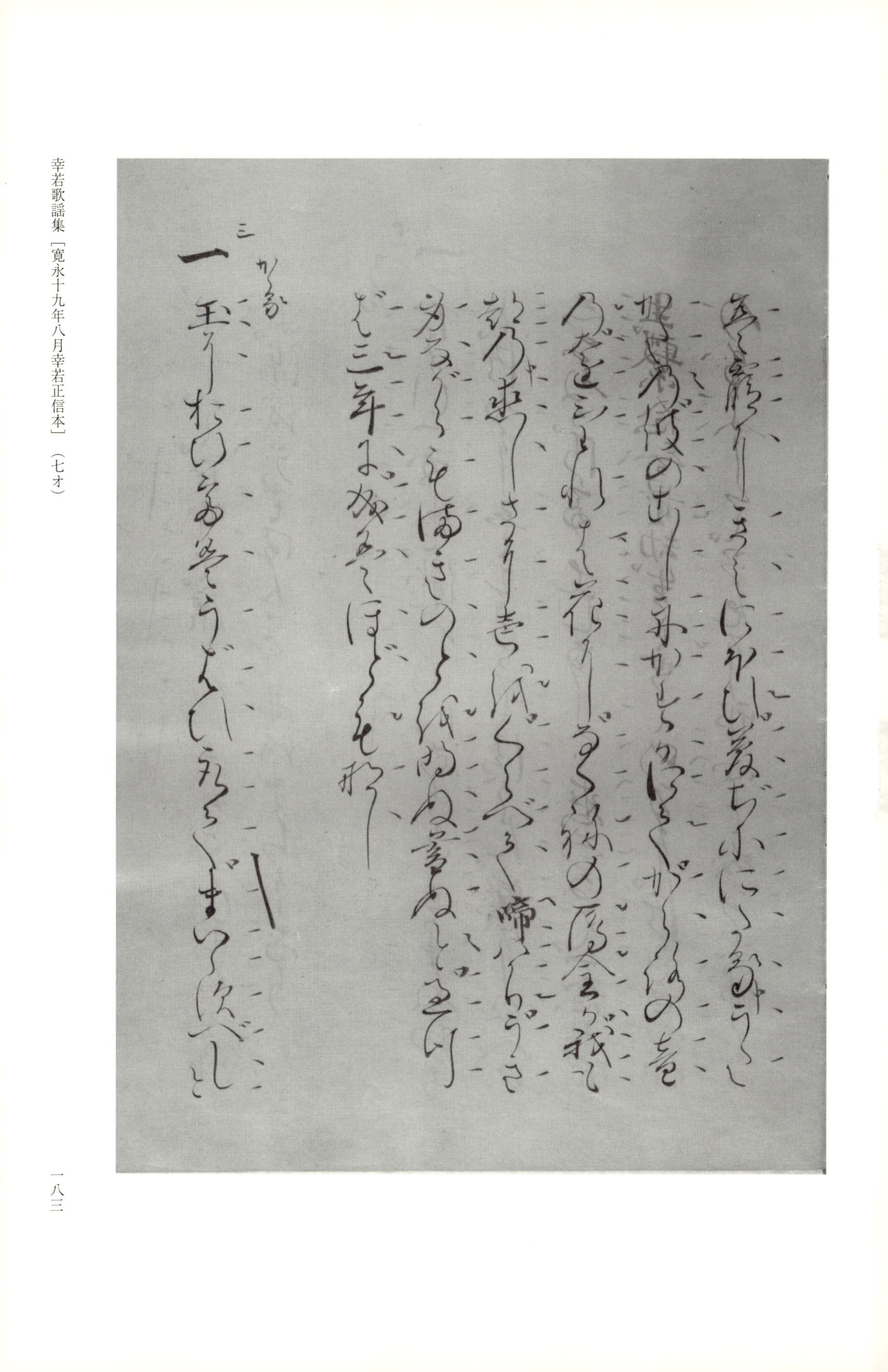

[illegible]

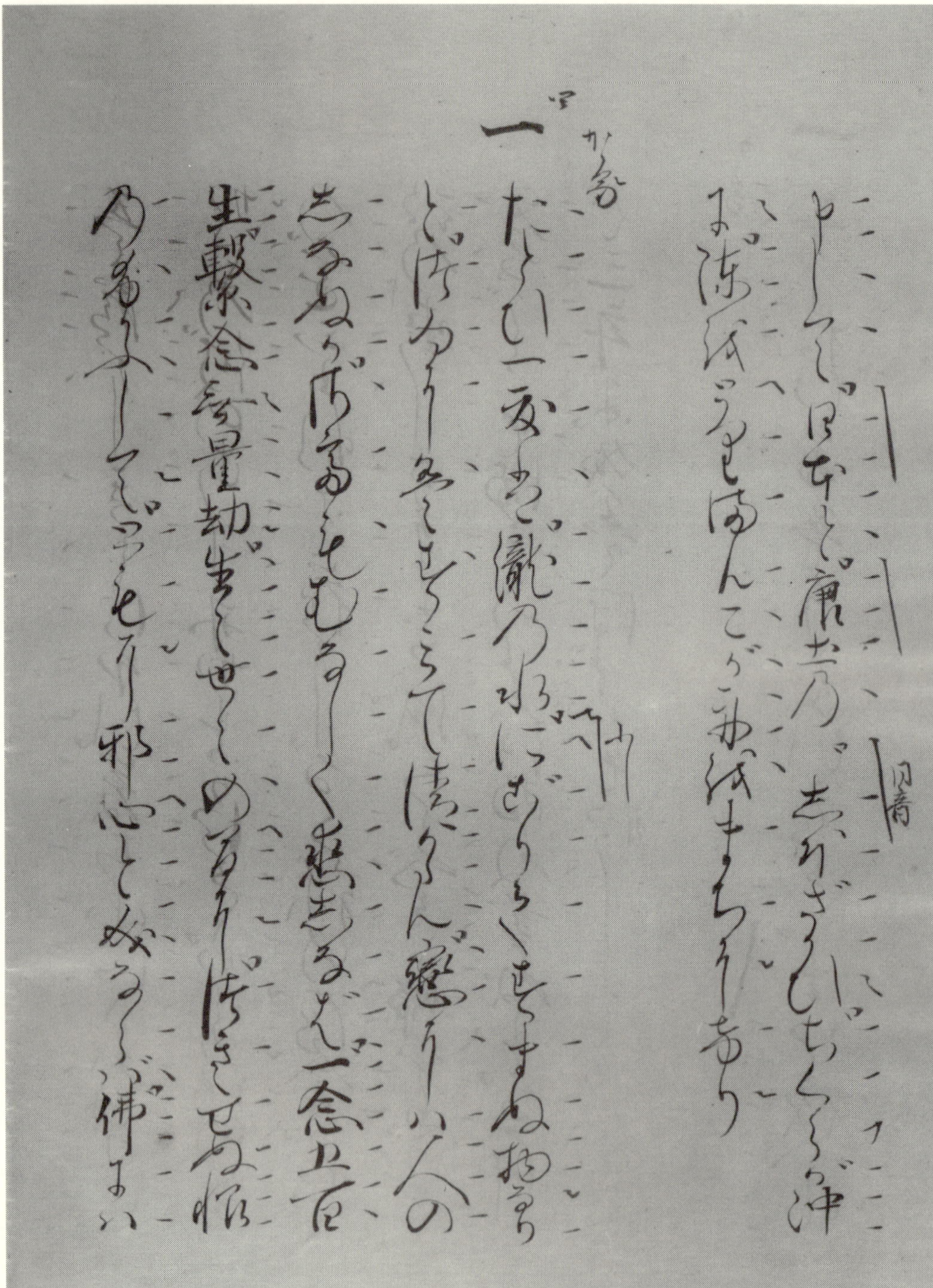

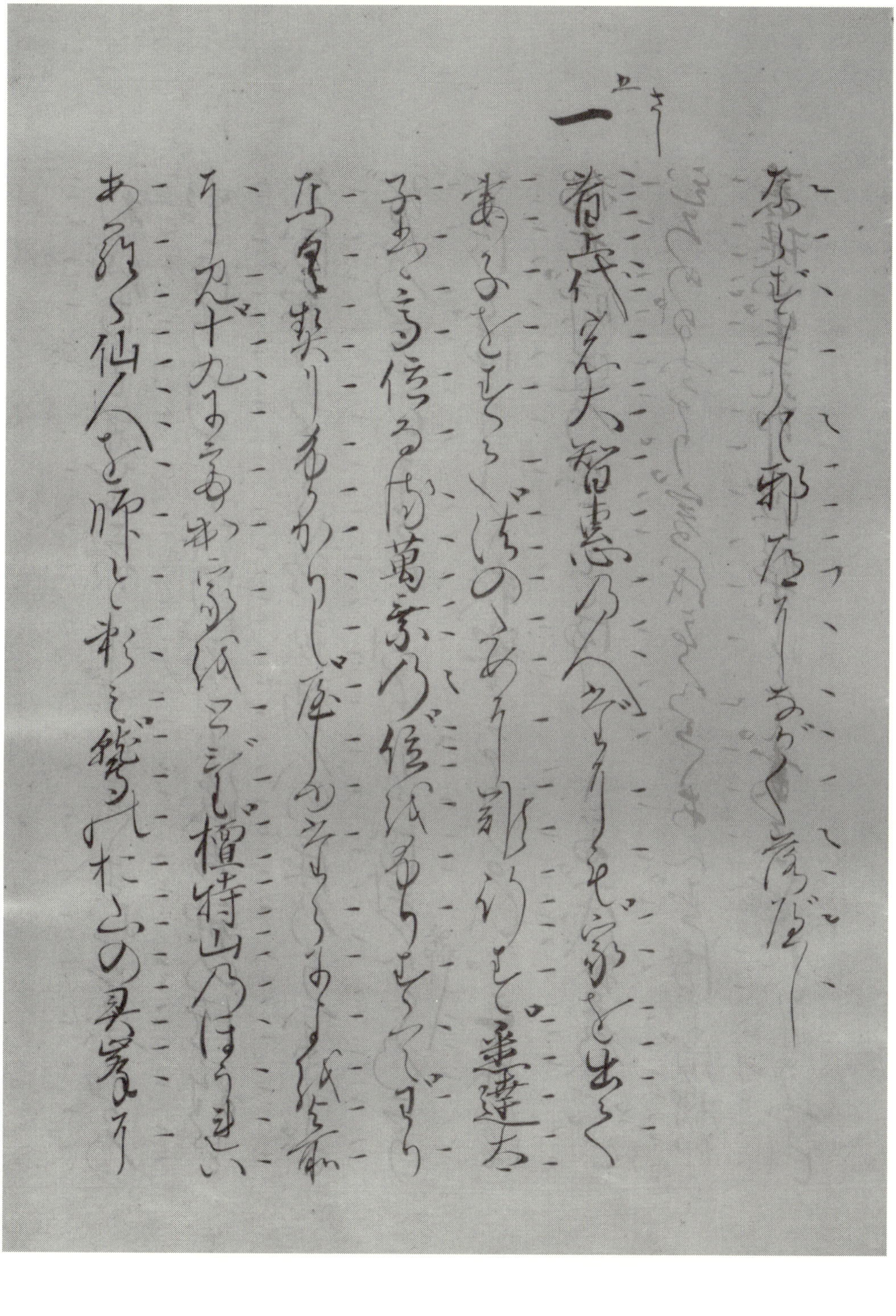
なみだとして邪魔をなしながく座せし
一　さし
昔天ぢく大智恵の人ありしが家を出て
あまたをまもらへ法のあらし難行もて悉達太
子と申す信ある御萬宗の信あるをもてあそび
なる契りありかりし座しましまするに
年十九の御年家を出でさせ給ひし檀特山のほとりにいり
あららし仙人を師として難行にたけの奥深

[illegible]をとこがしぜんこくまむむすぶあかの
水こほりの[illegible]波[illegible]袖の[illegible]と
[illegible]仙人の床のうへまじざ
[illegible]のこのみそんとなりかた[illegible]くのこう
節
と法をばさしく釈迦となりのせい三界法
独覚[illegible]近乃恐ことにく一代聖教を記
[illegible]家代[illegible]あんだ[illegible]煩悩即
菩提心に生死即涅槃として妻子をたいしまつし

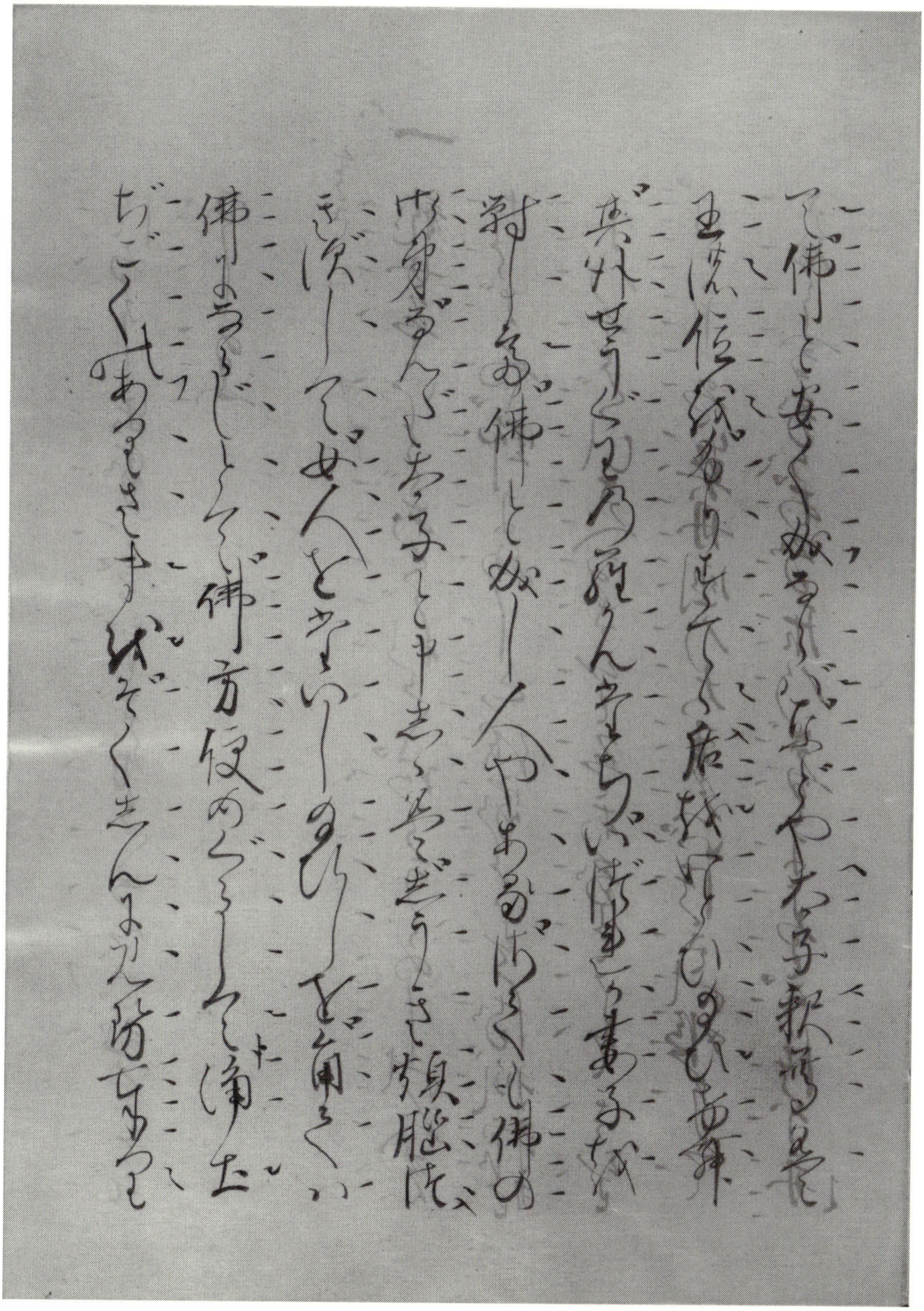

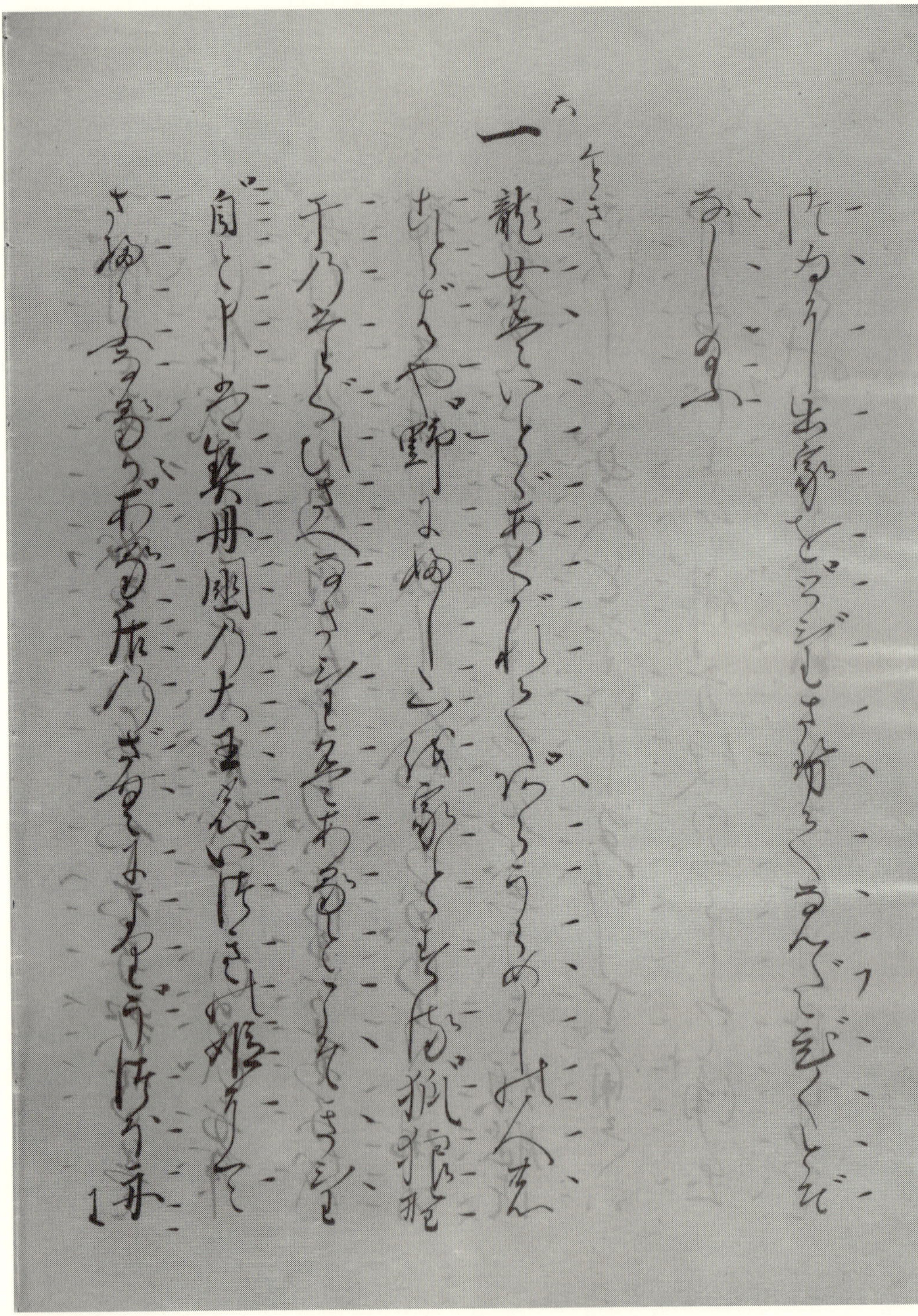

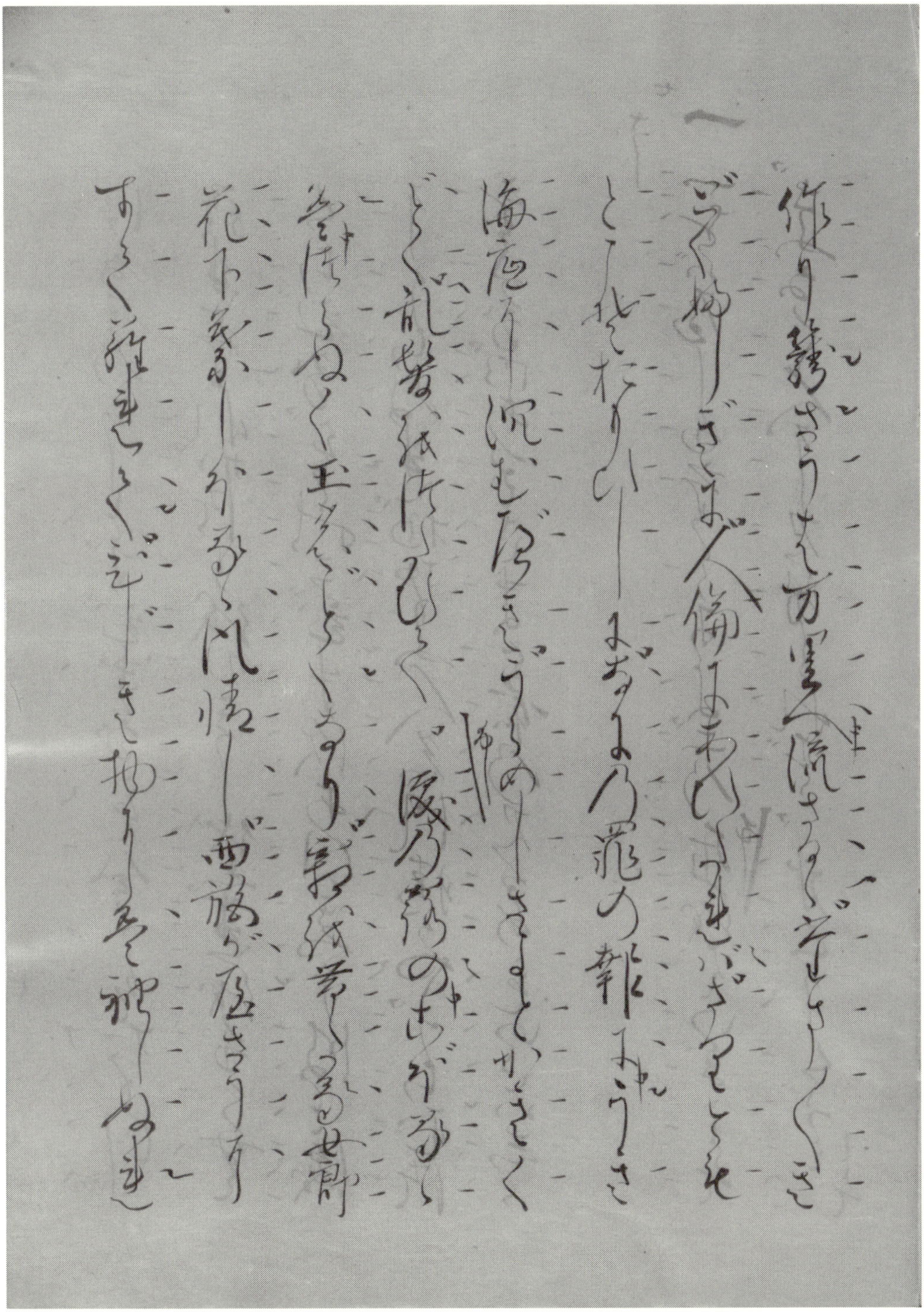

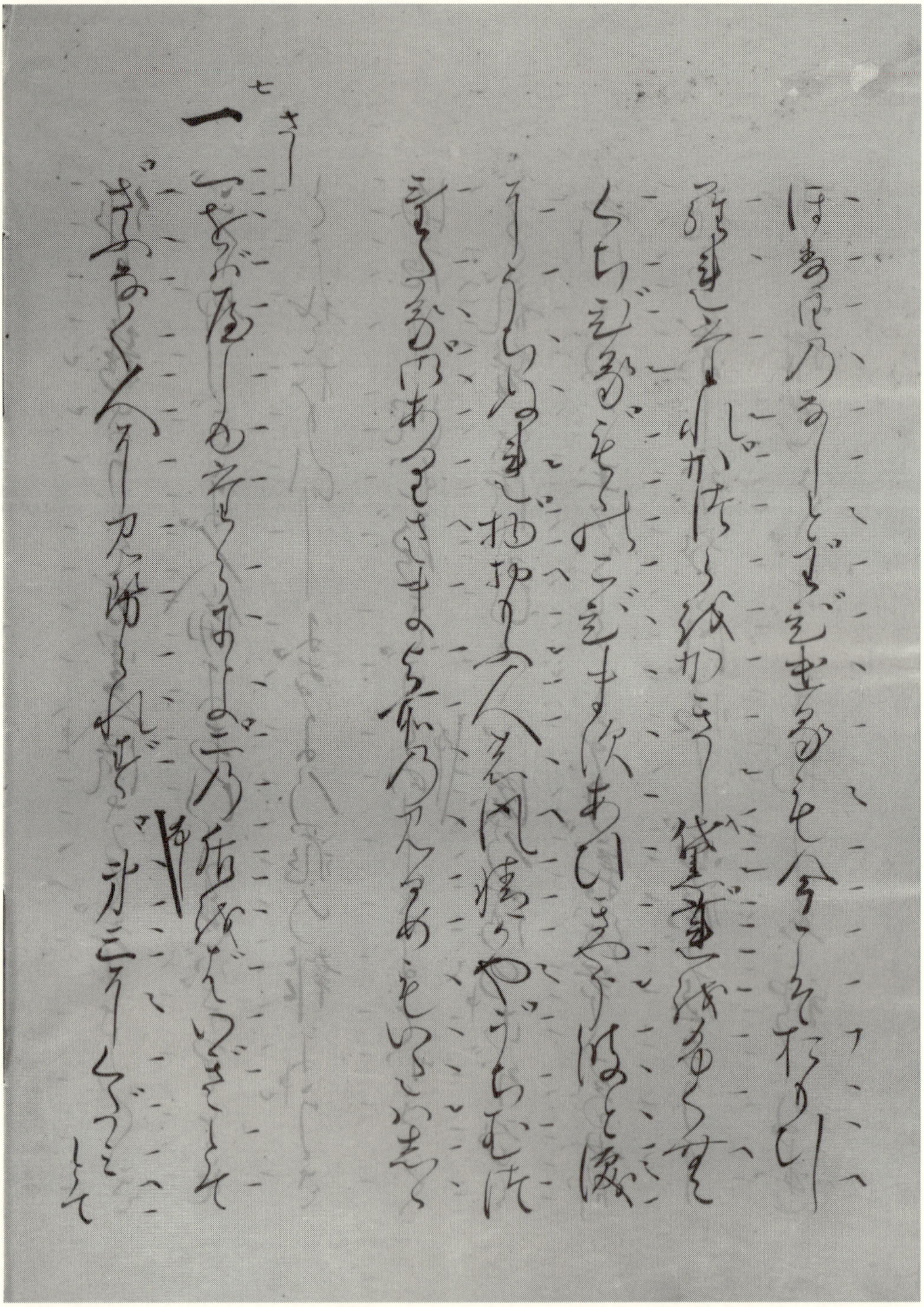

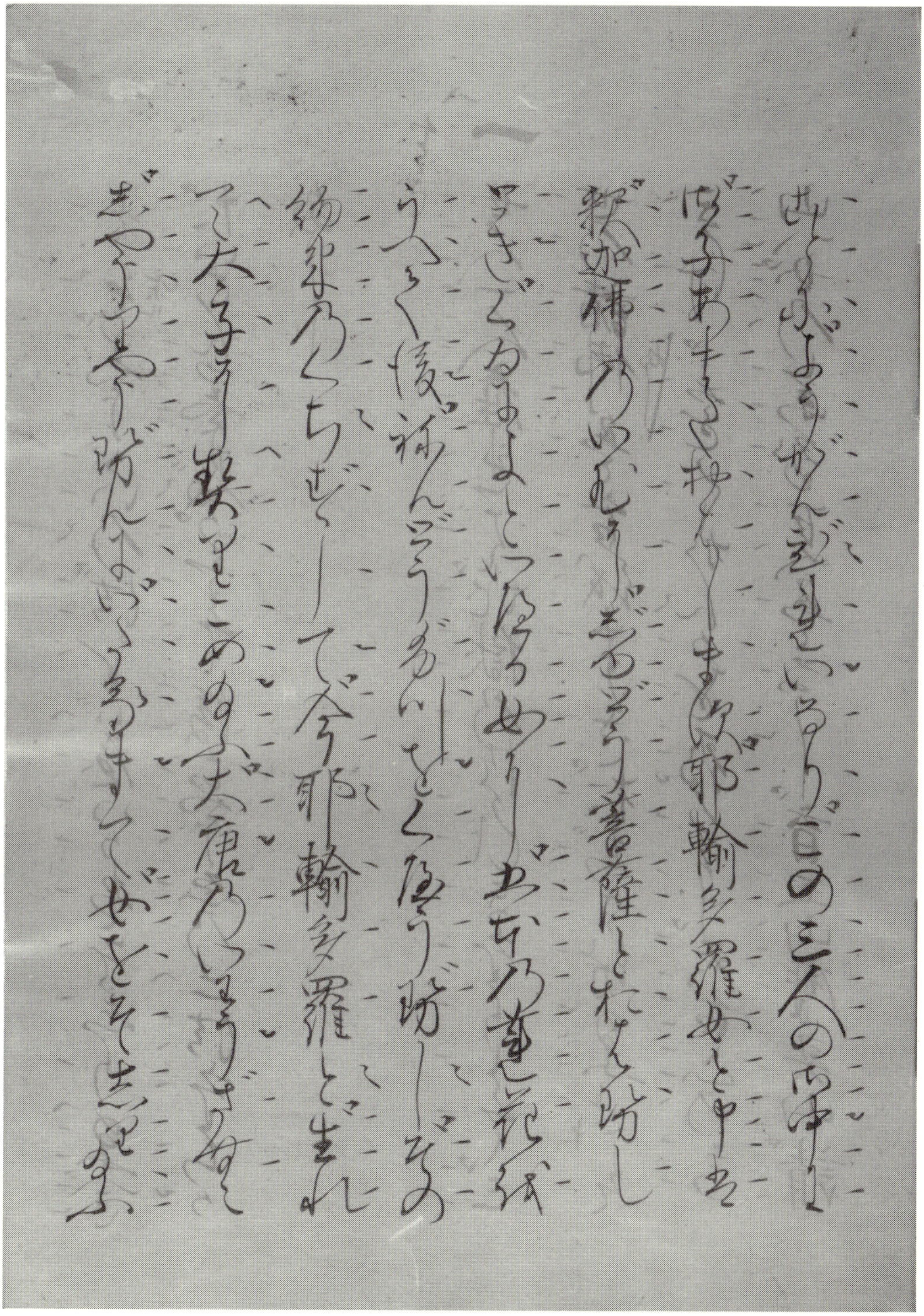

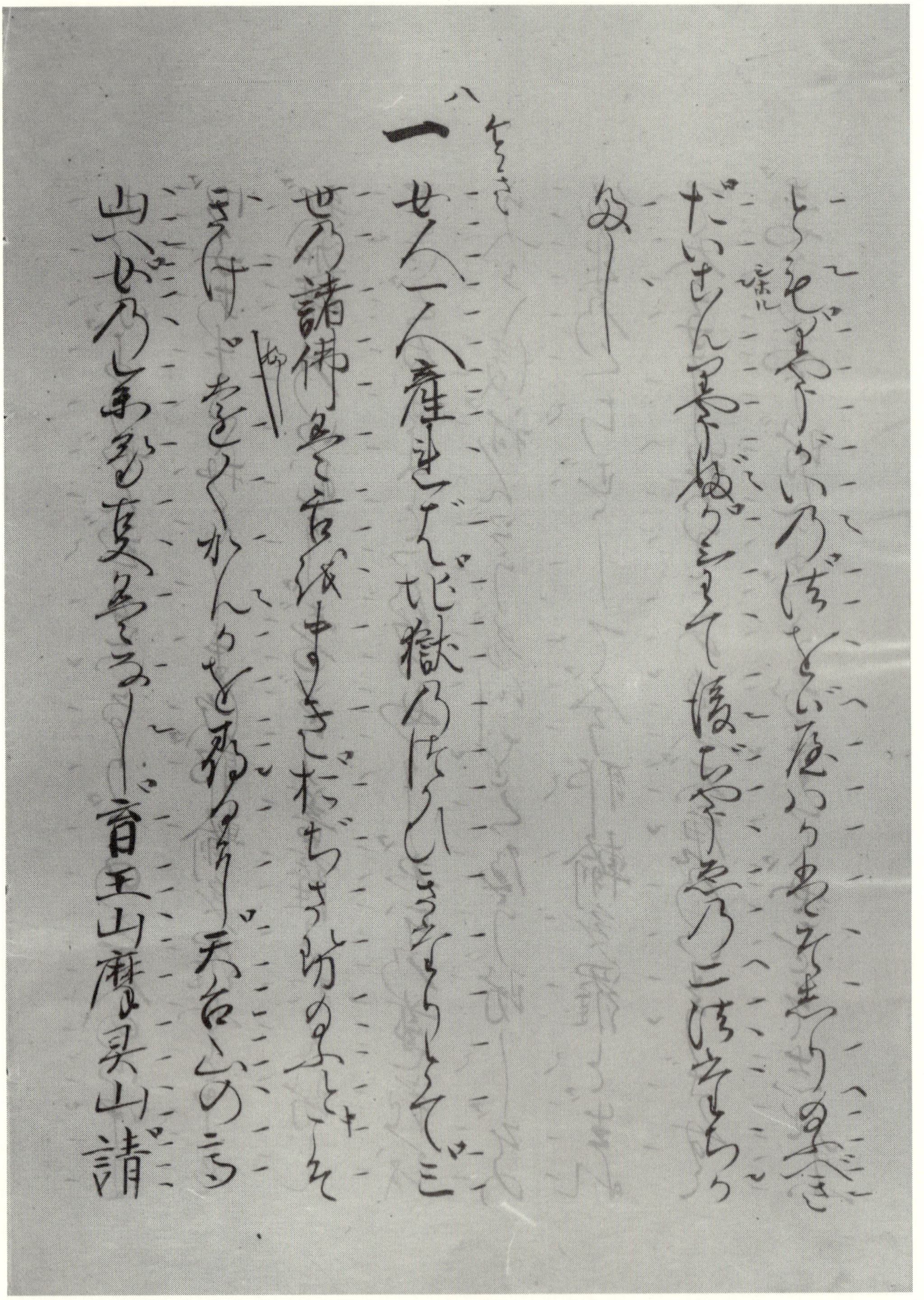

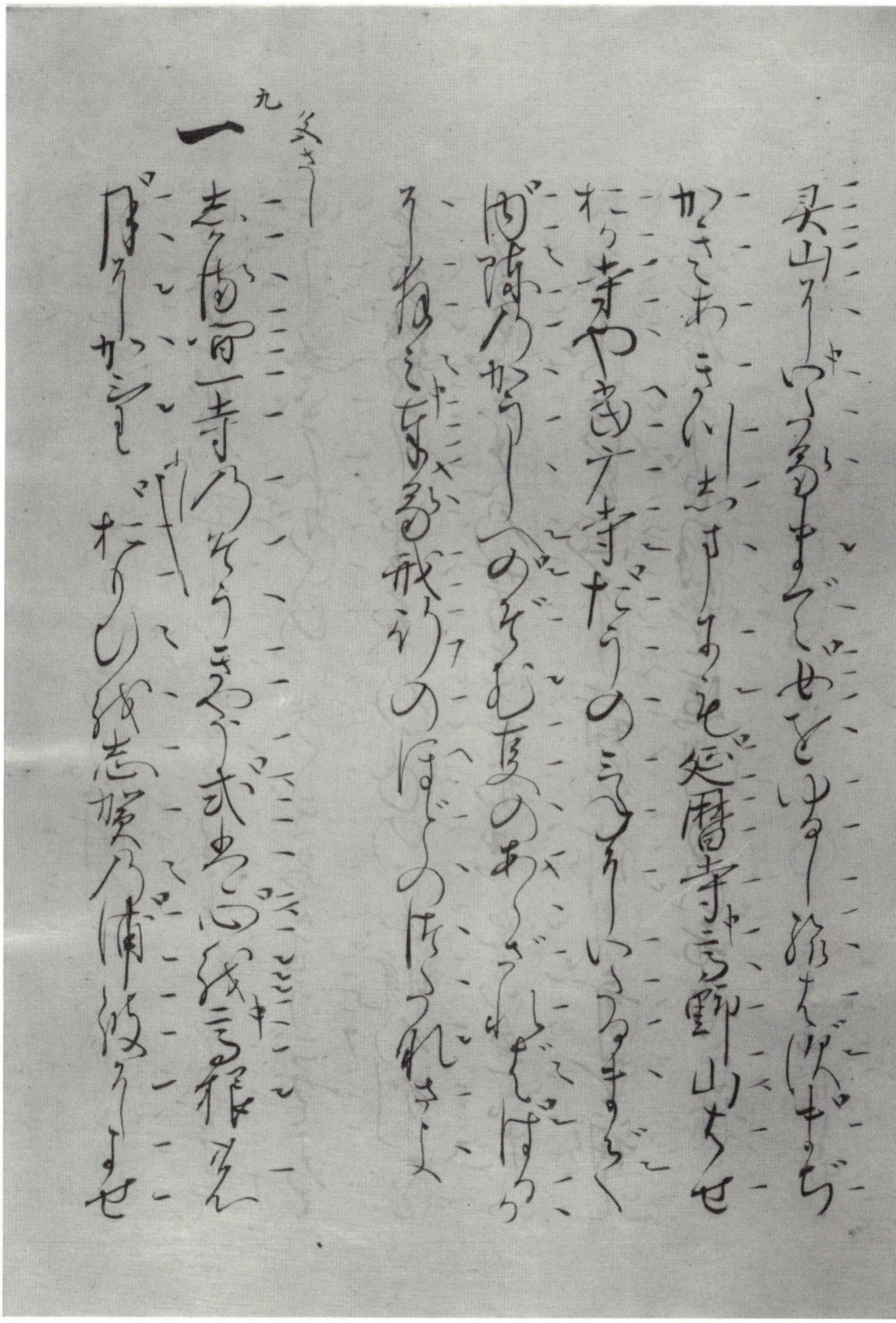

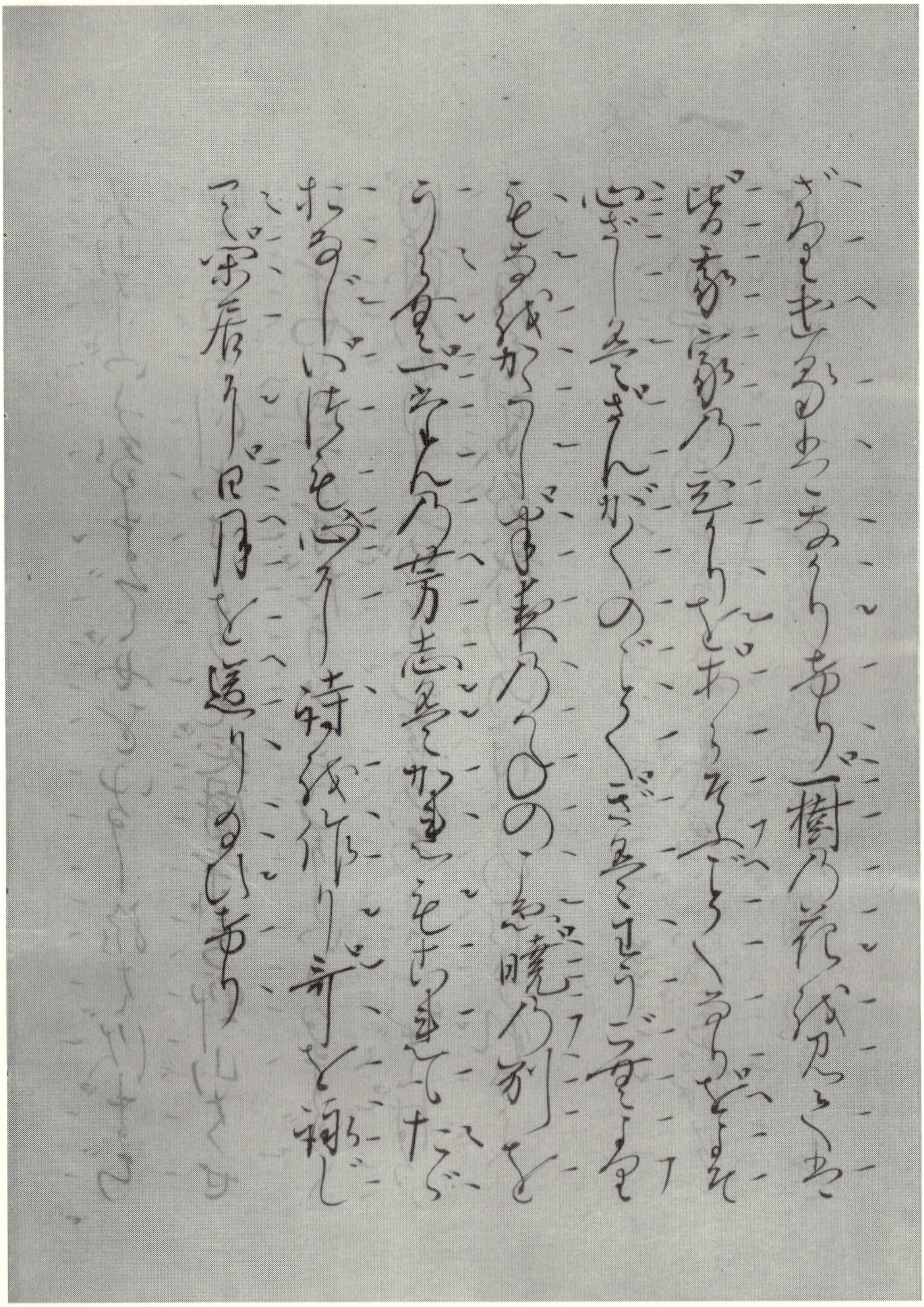

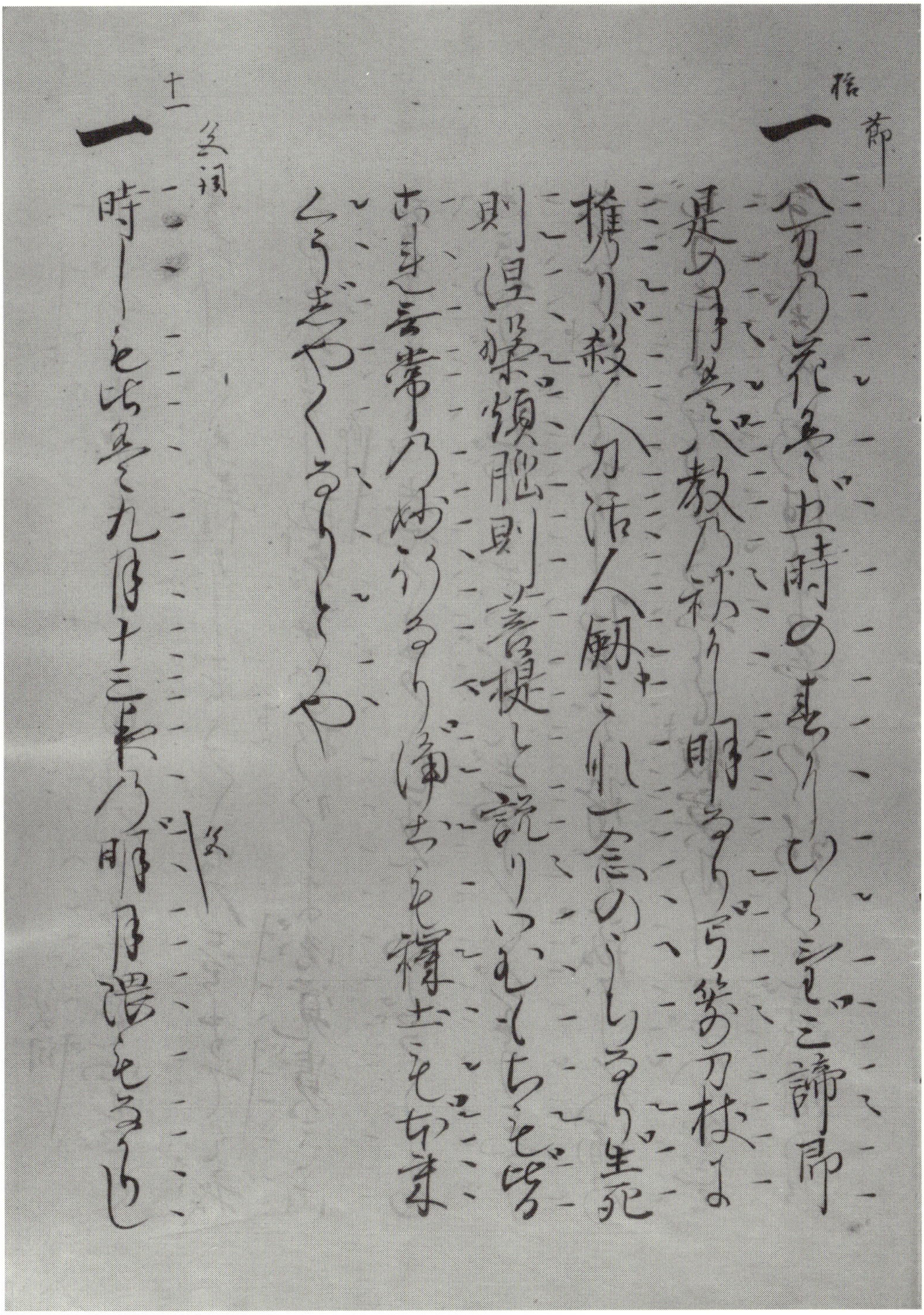

揺節

一八万の花ハ出時の事しらさ三諦所
是の謂ハ忽教の秘ハ明かなり菩薩刀杖よ
擁り殺人刀活人剣これ一念のしるなり生死
則且煩悩則菩提と説りつれども皆
お主と云常乃姓行なり浄土も穢土も如来
心うきやくなりとかや

十一
下詞
一時しも比ハ九月十三夜乃明月隈もなかりし

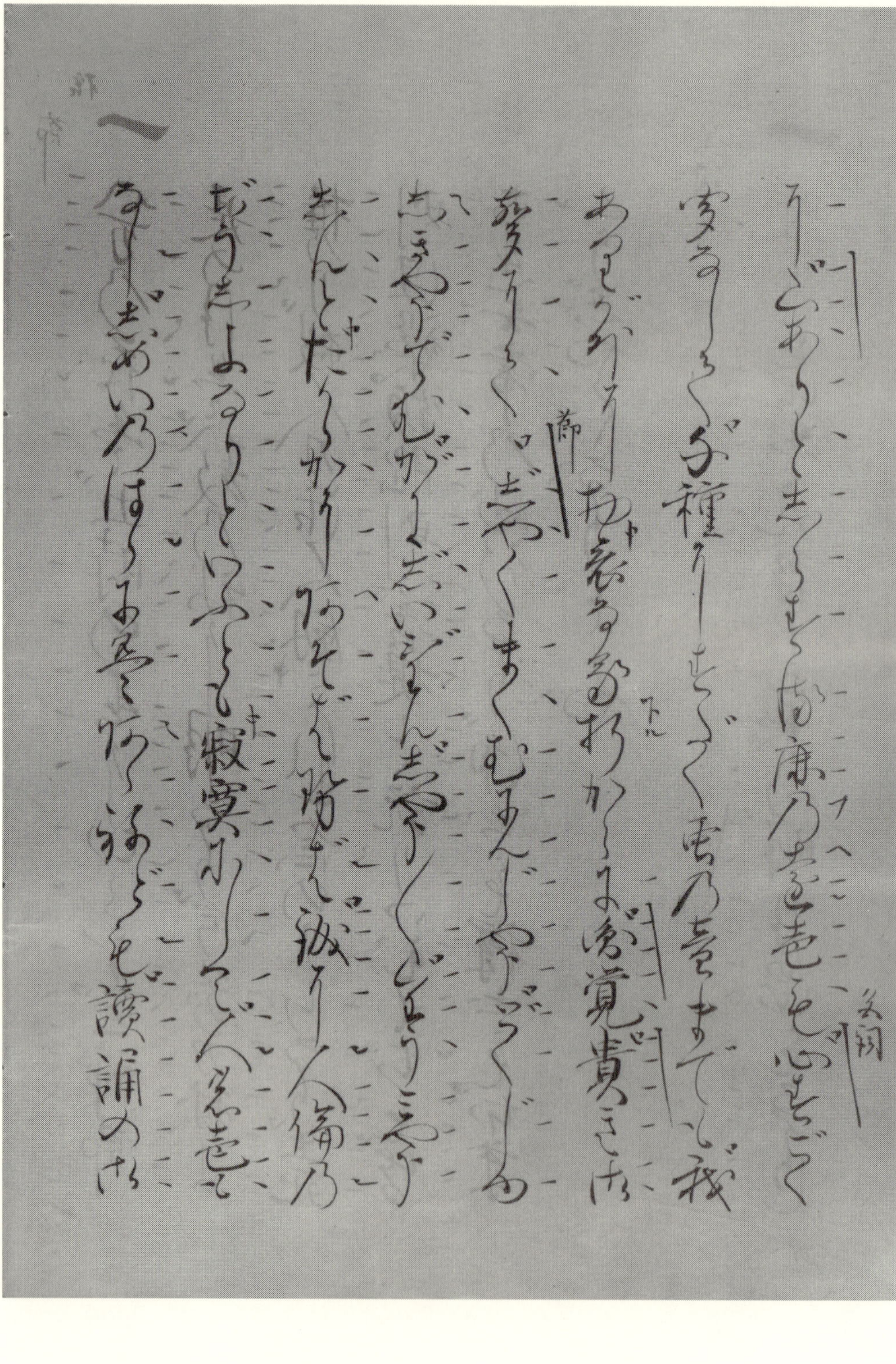

しかるに凡天宮より見てハ乃ぞ雲の上有しかも
さこ下羅人ハ貴しといへどもあまり下界の
有ともあらざる相続しかの母人ゑさき

十二 柳

一 今の人ハ殺さるゝとも因果の中のがるべし
一世ハし相続つゝしらくぞ七生までゞ殺さるゝ蝸牛
角の上にして何事をかあらそふ石火の光
水の泡ぞ雨ハすゞ此髪の世をま一さとんの見ん

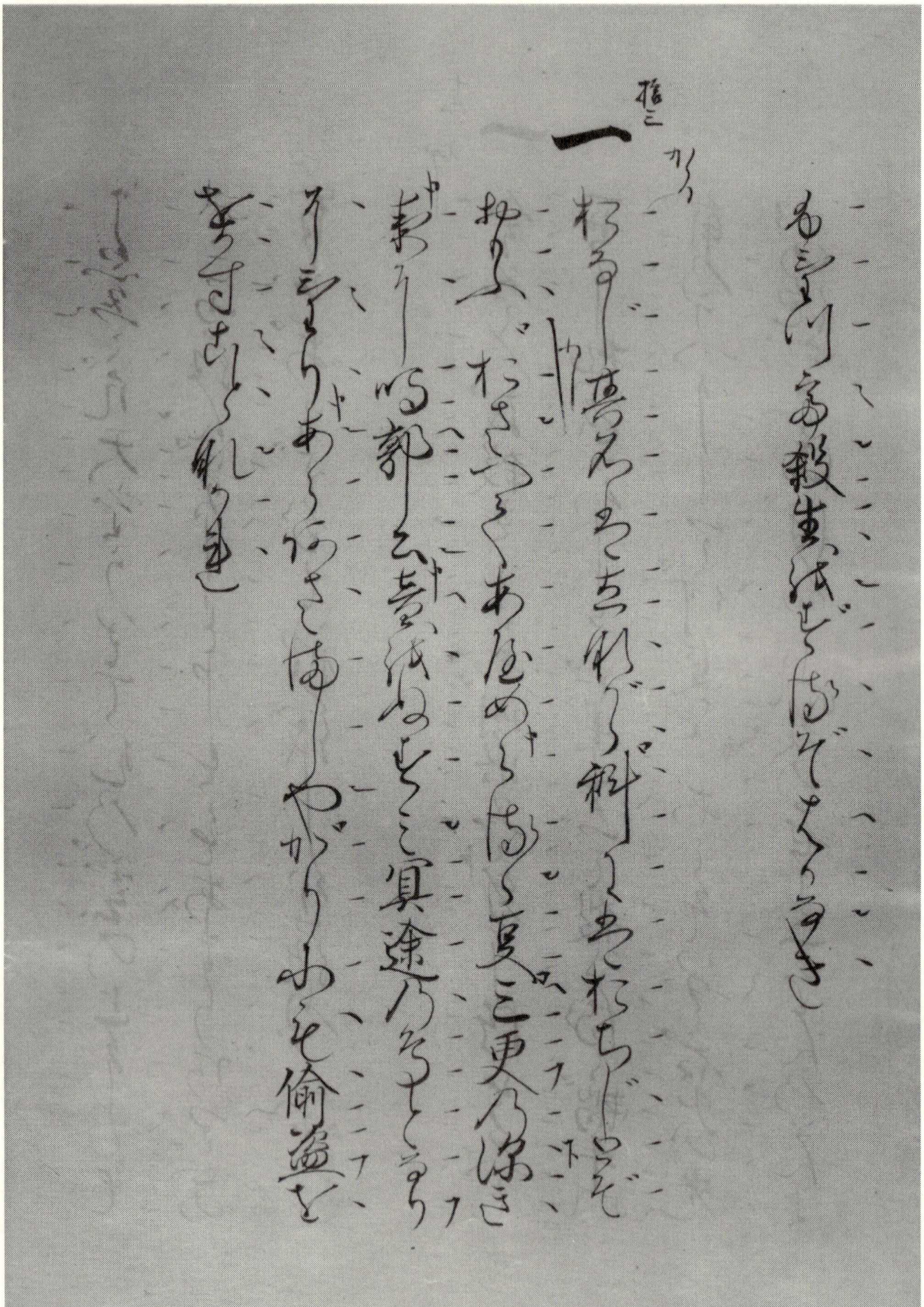

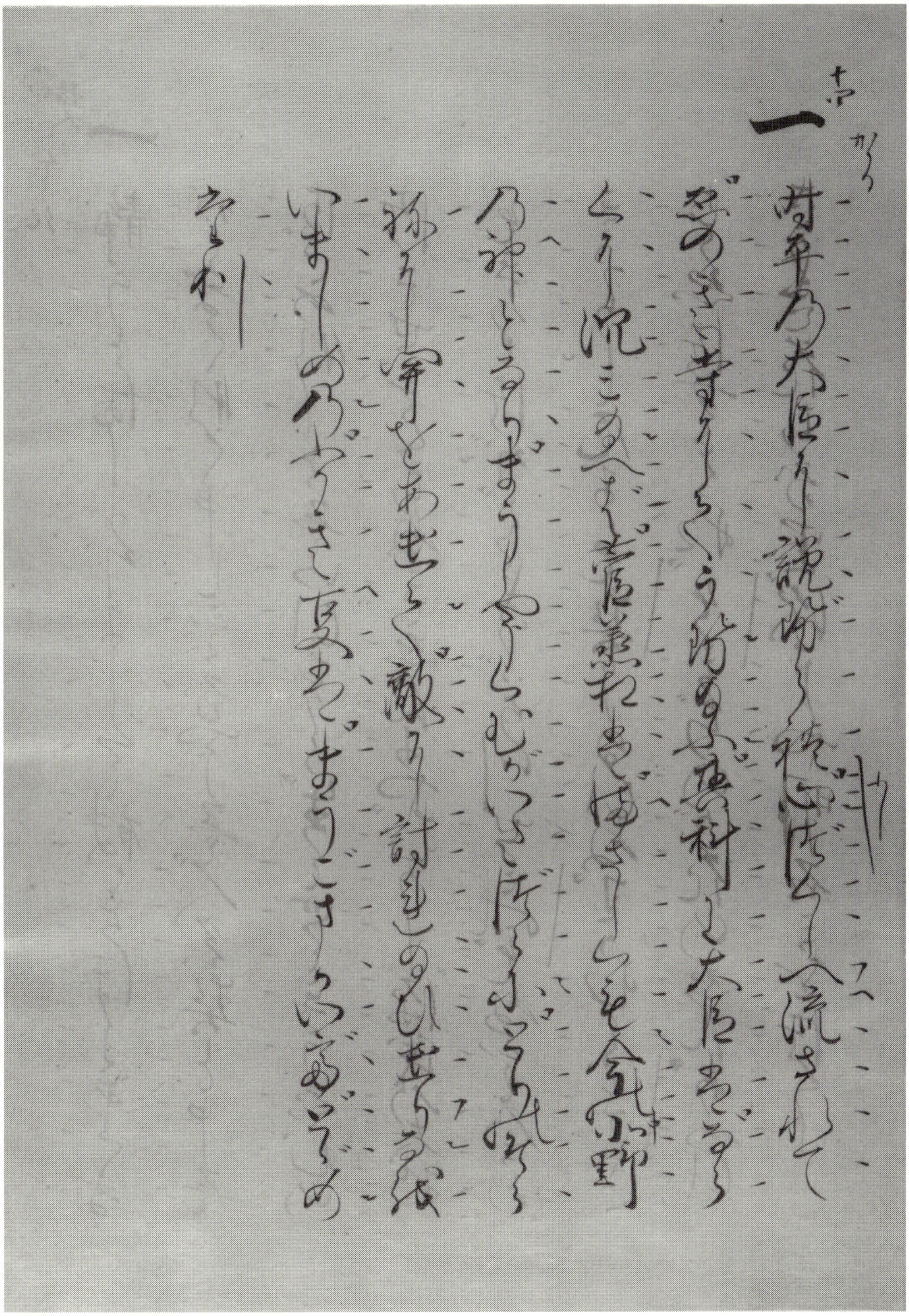

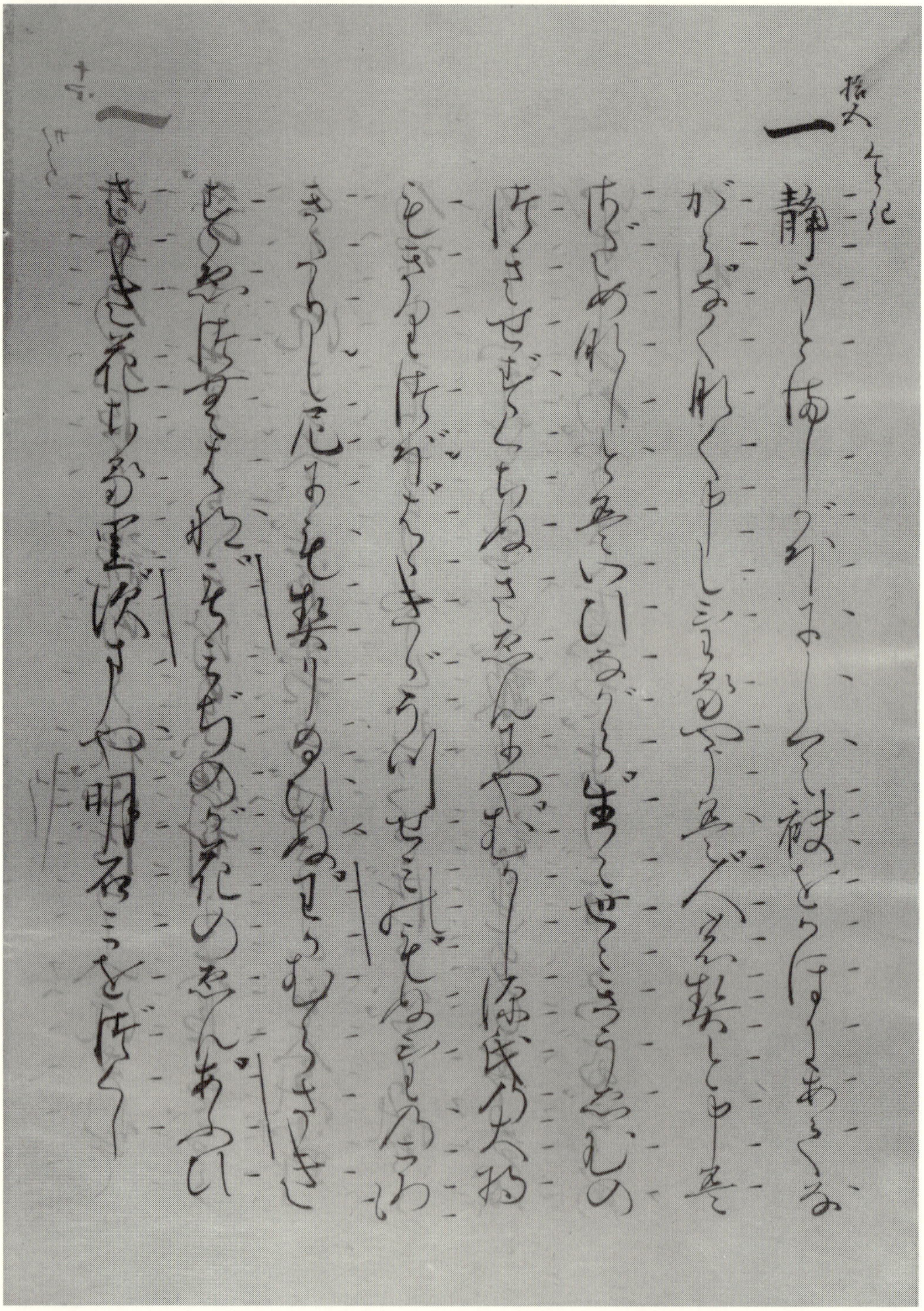

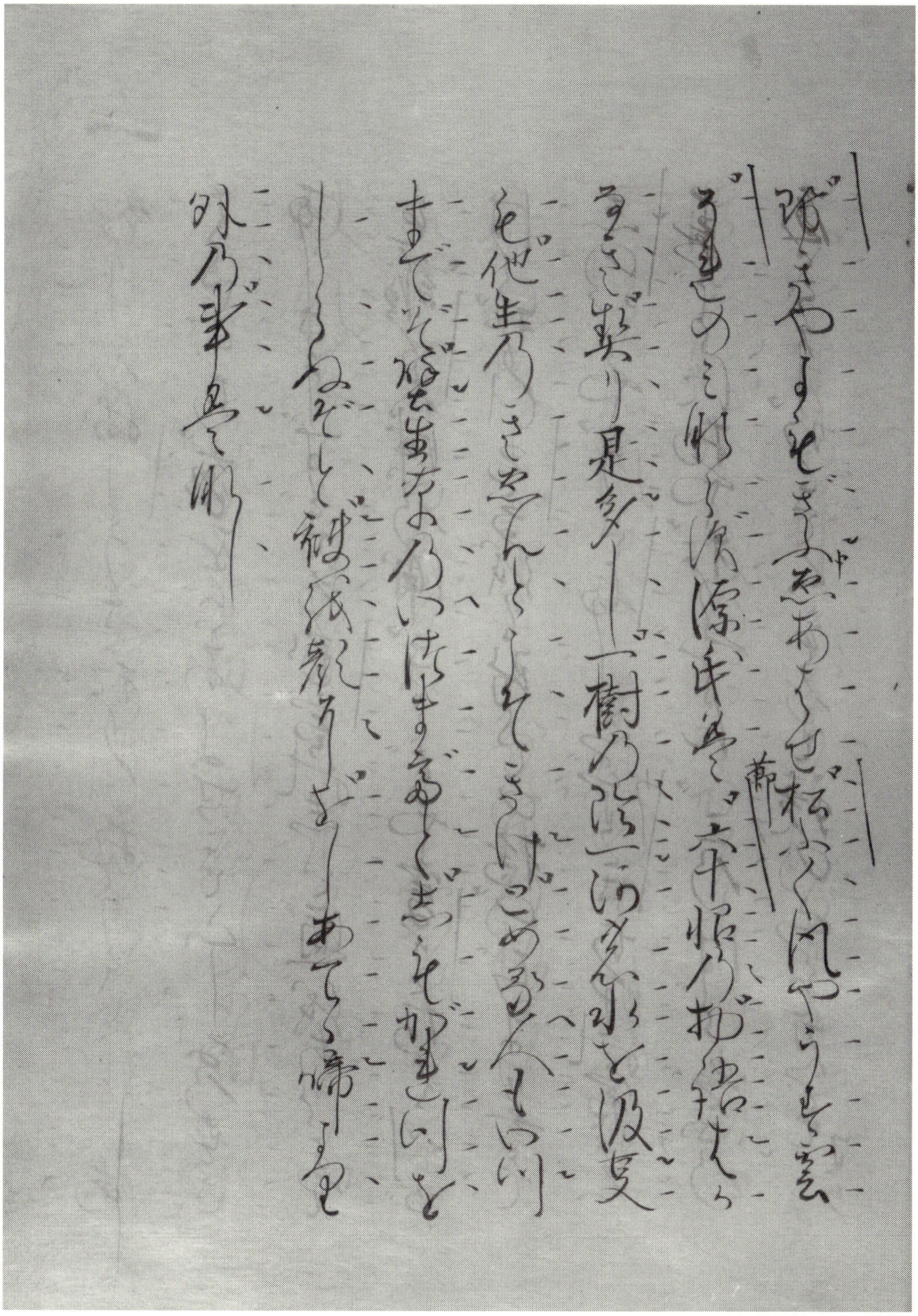

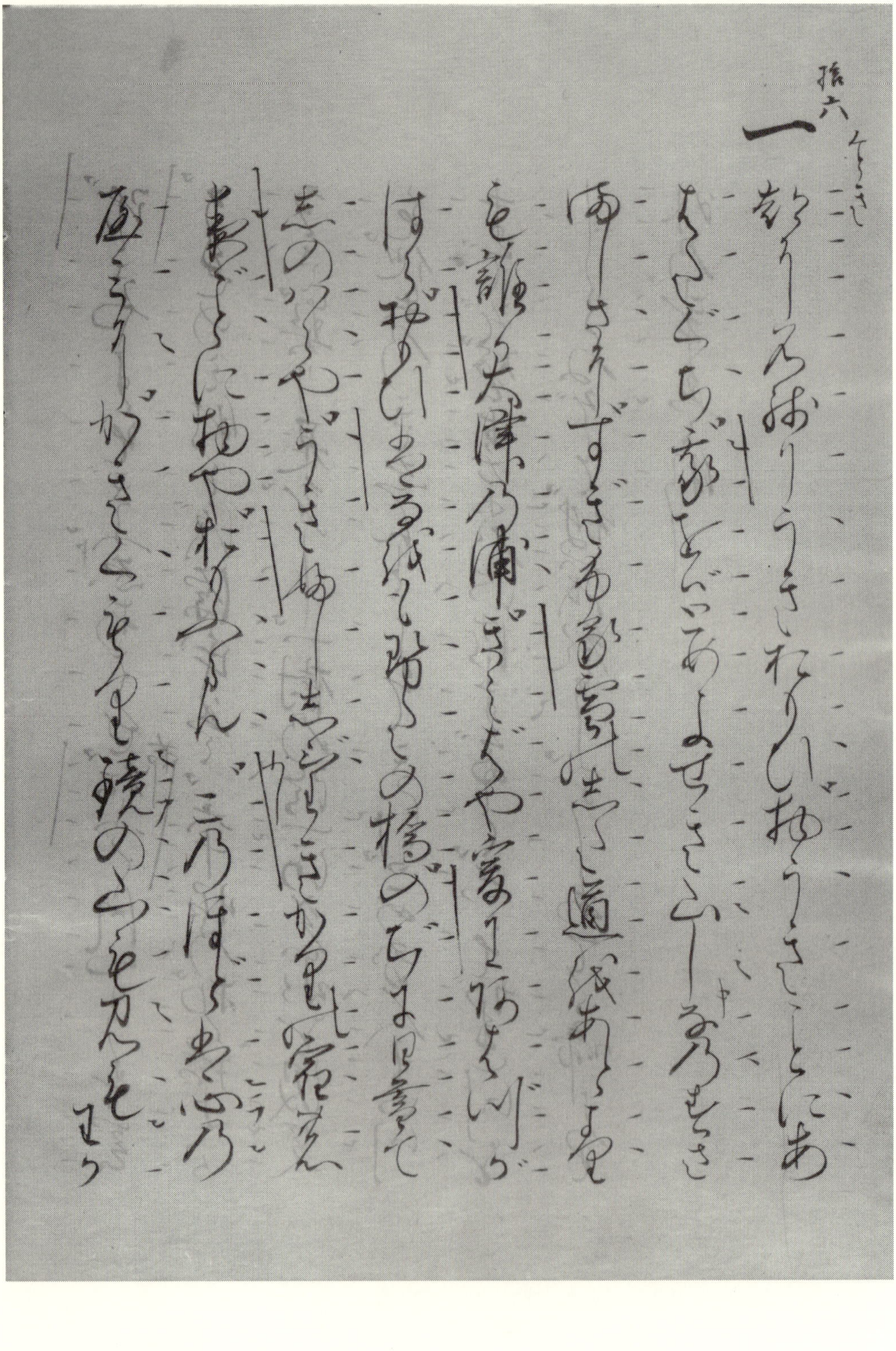

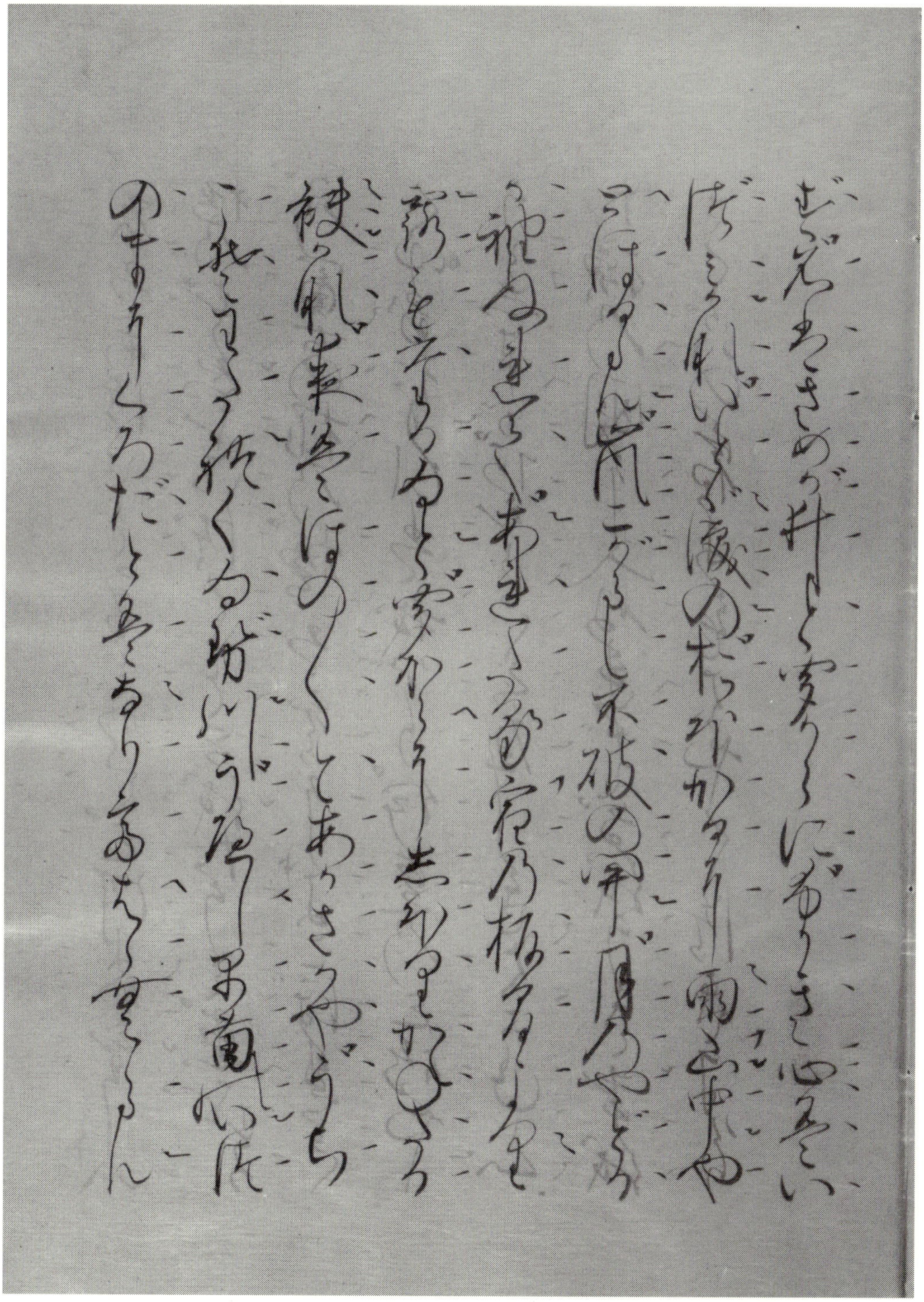

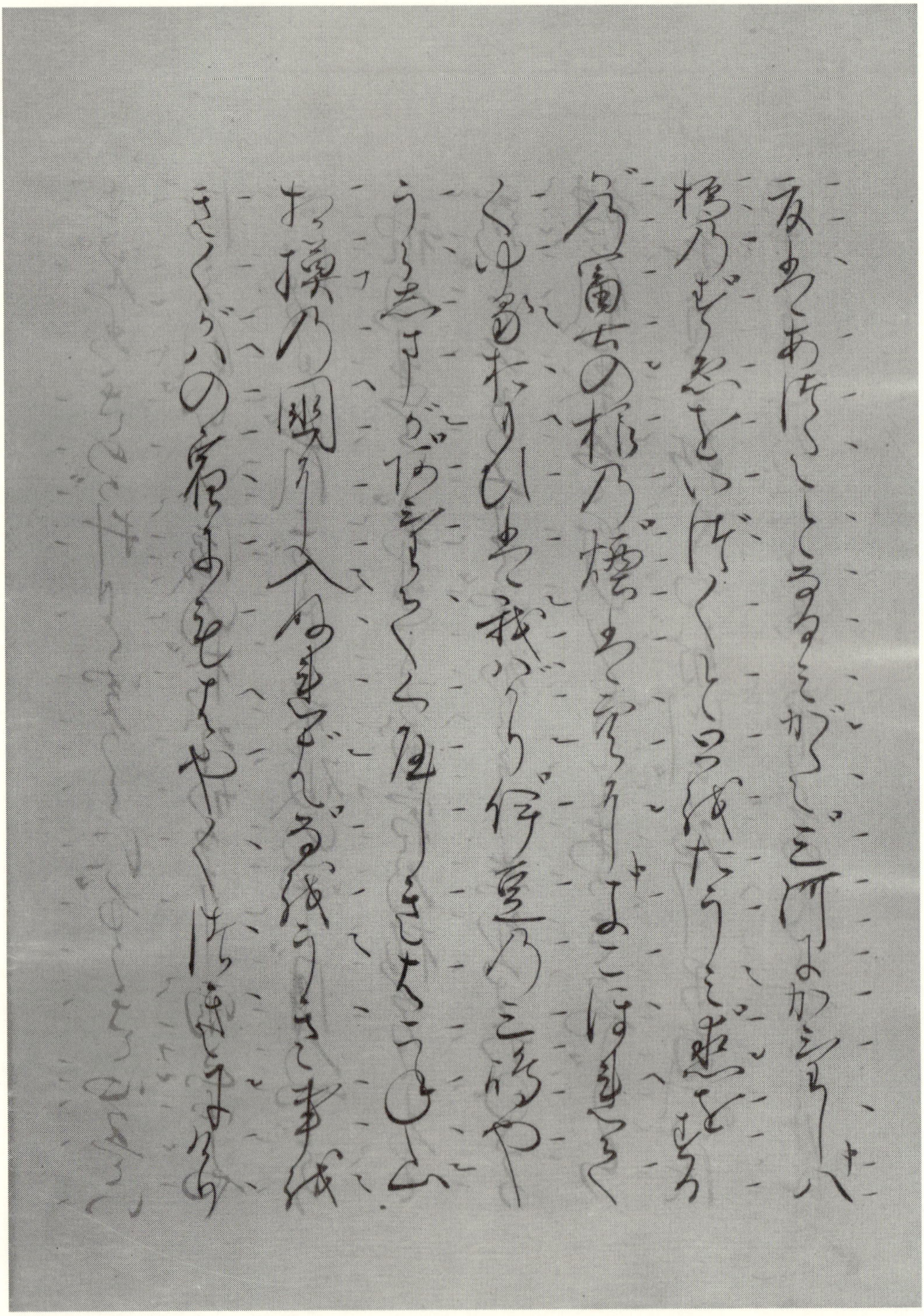

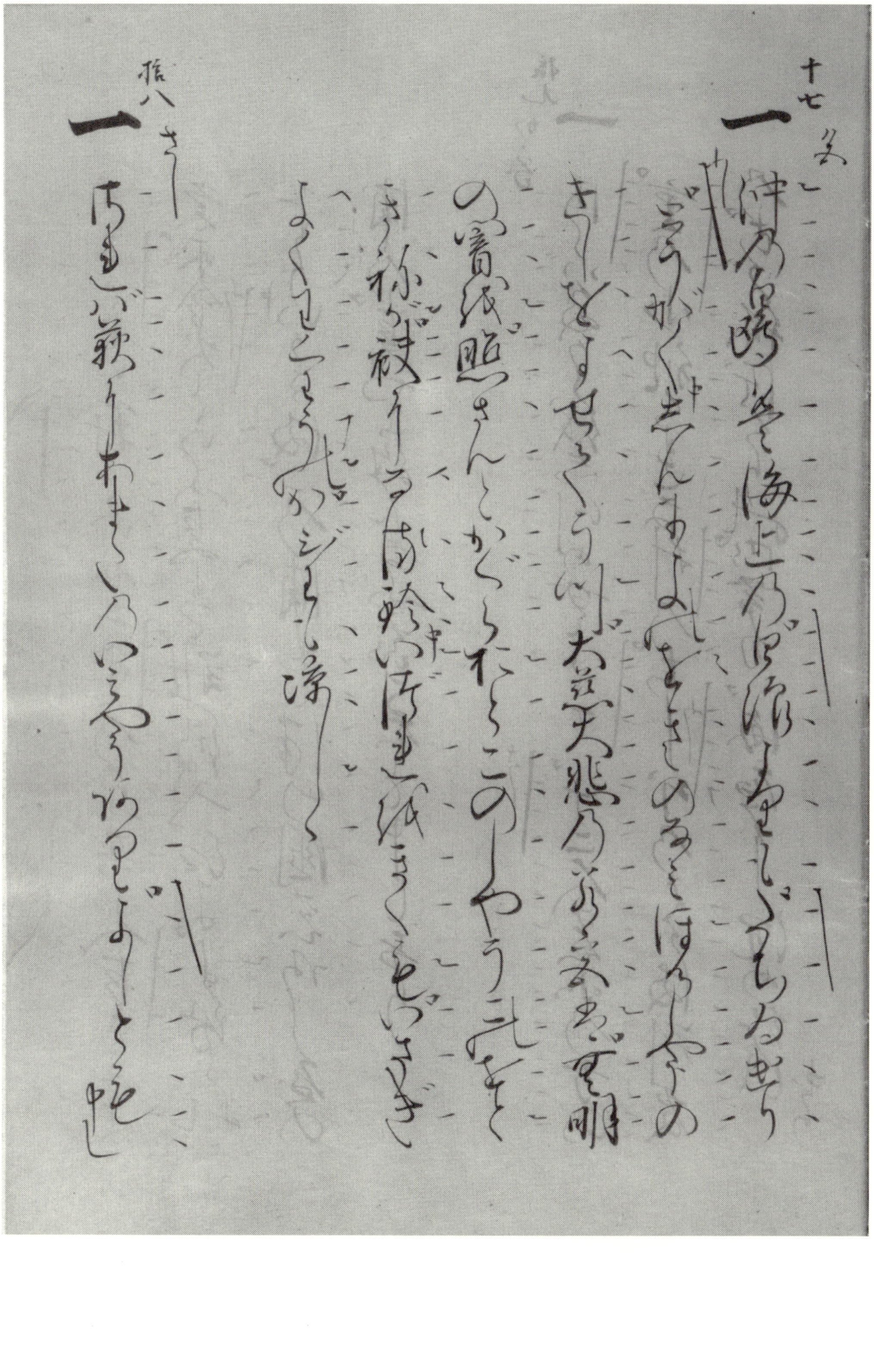

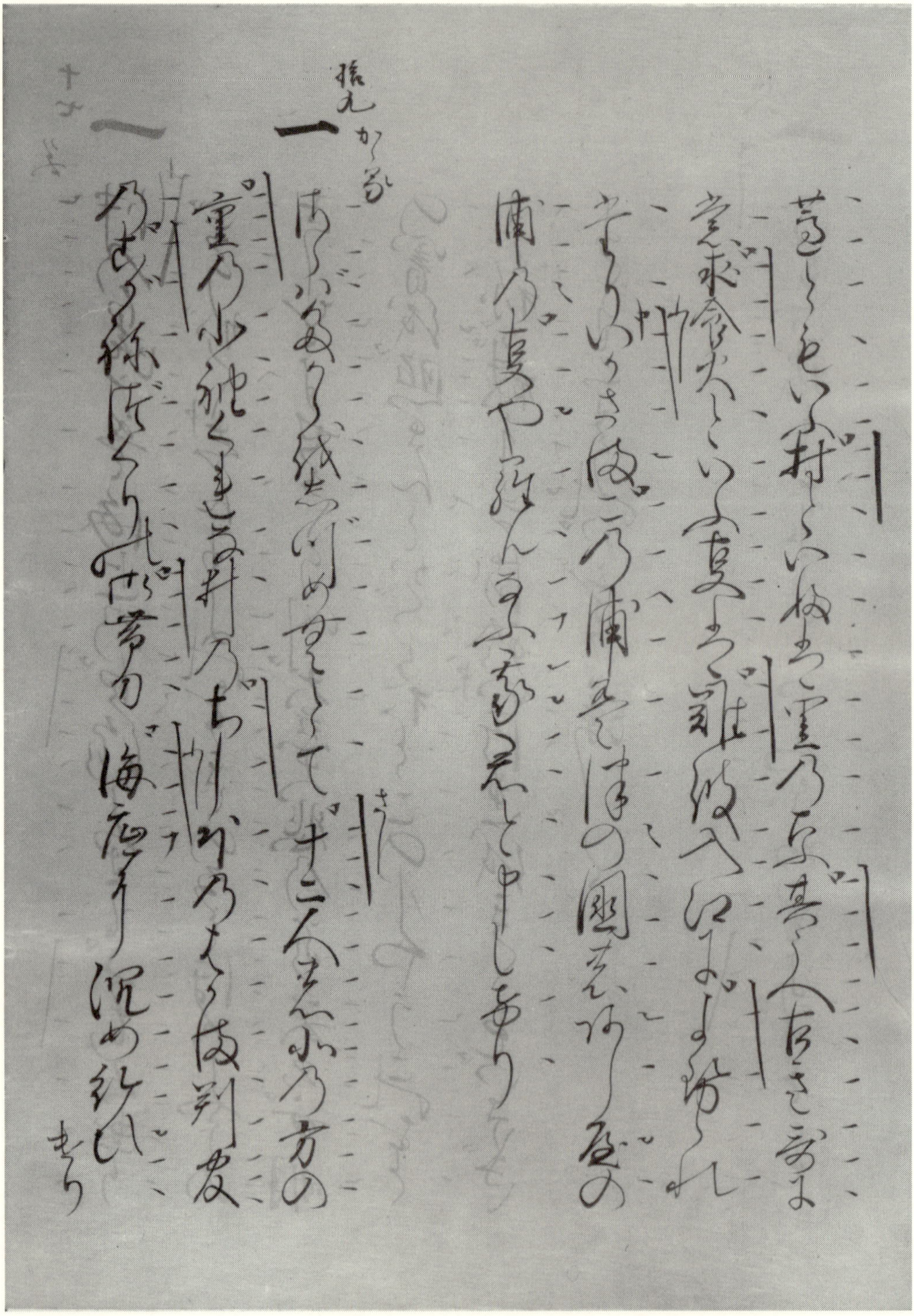

ござりましましける二尊の人の御寺そらし乃学道にあ
ば花経乃一偈を聞て法花経をば読誦し
もうまけ龍王もごえうしやましく
おん法門をきこしめしまいらせて小法よ
いかにもまよゆる

一　式十　さし
信ありしへよりある人わか住所から住吉へなる
とおかりしくらゐをあまたしもつきさかし

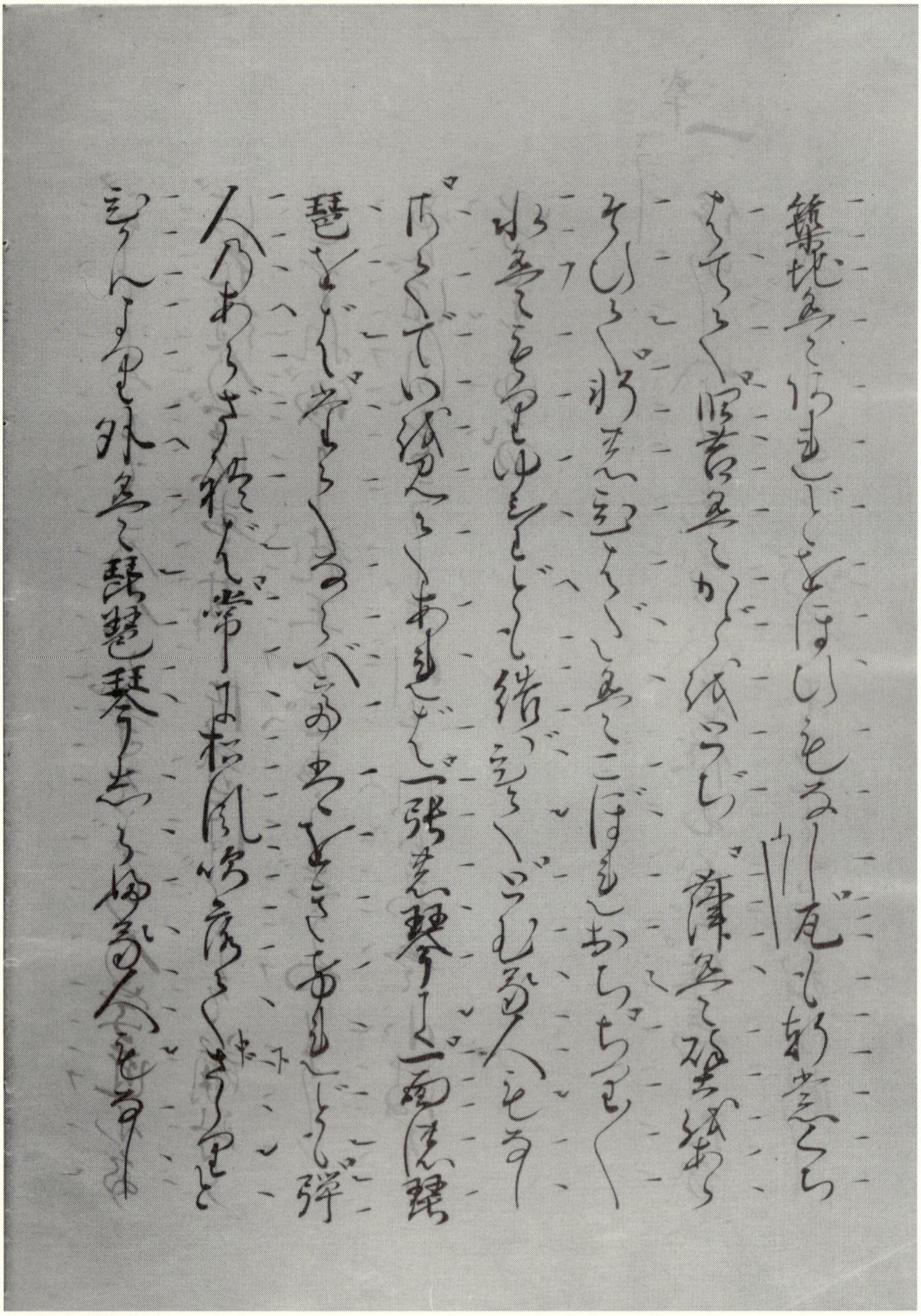

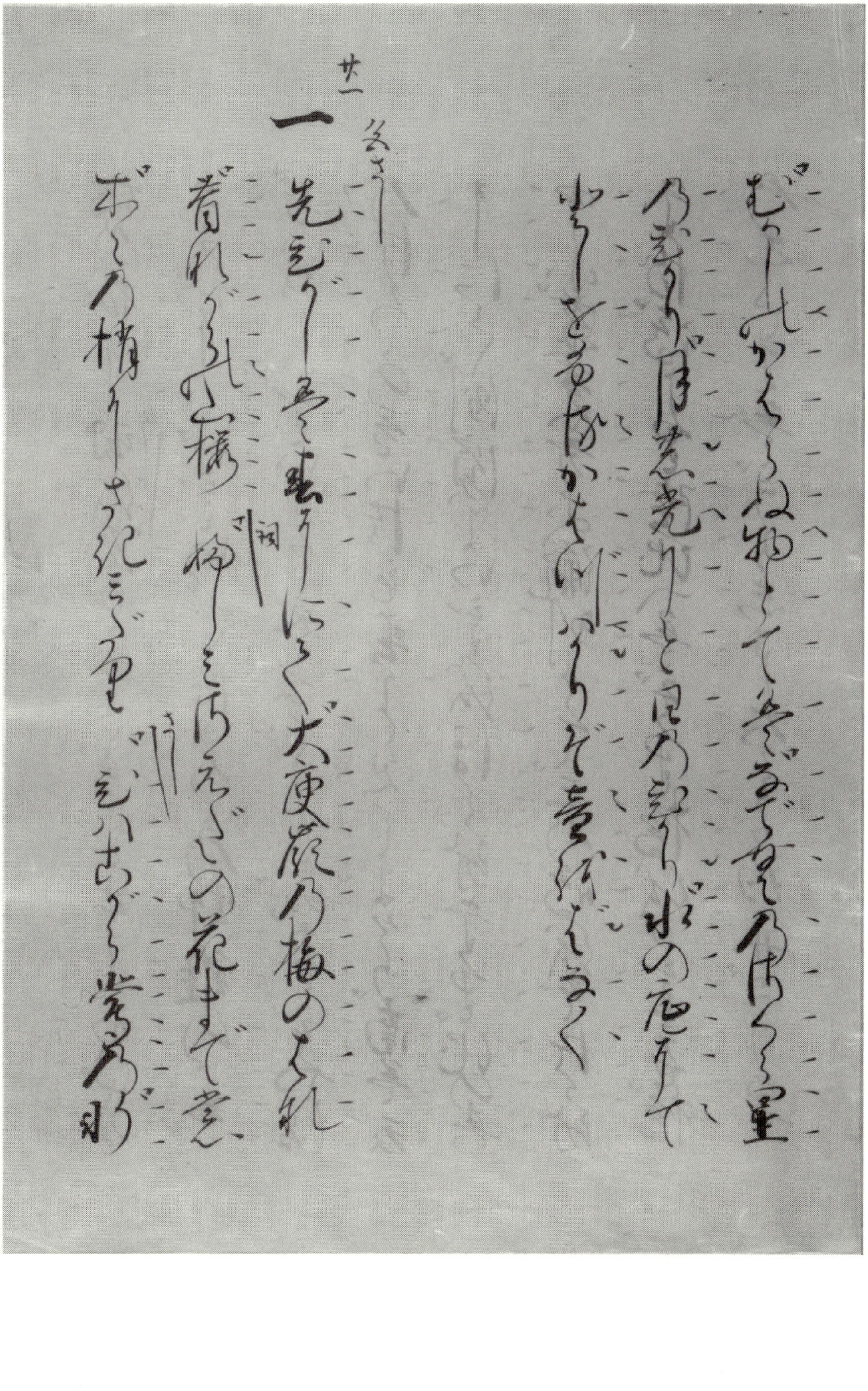

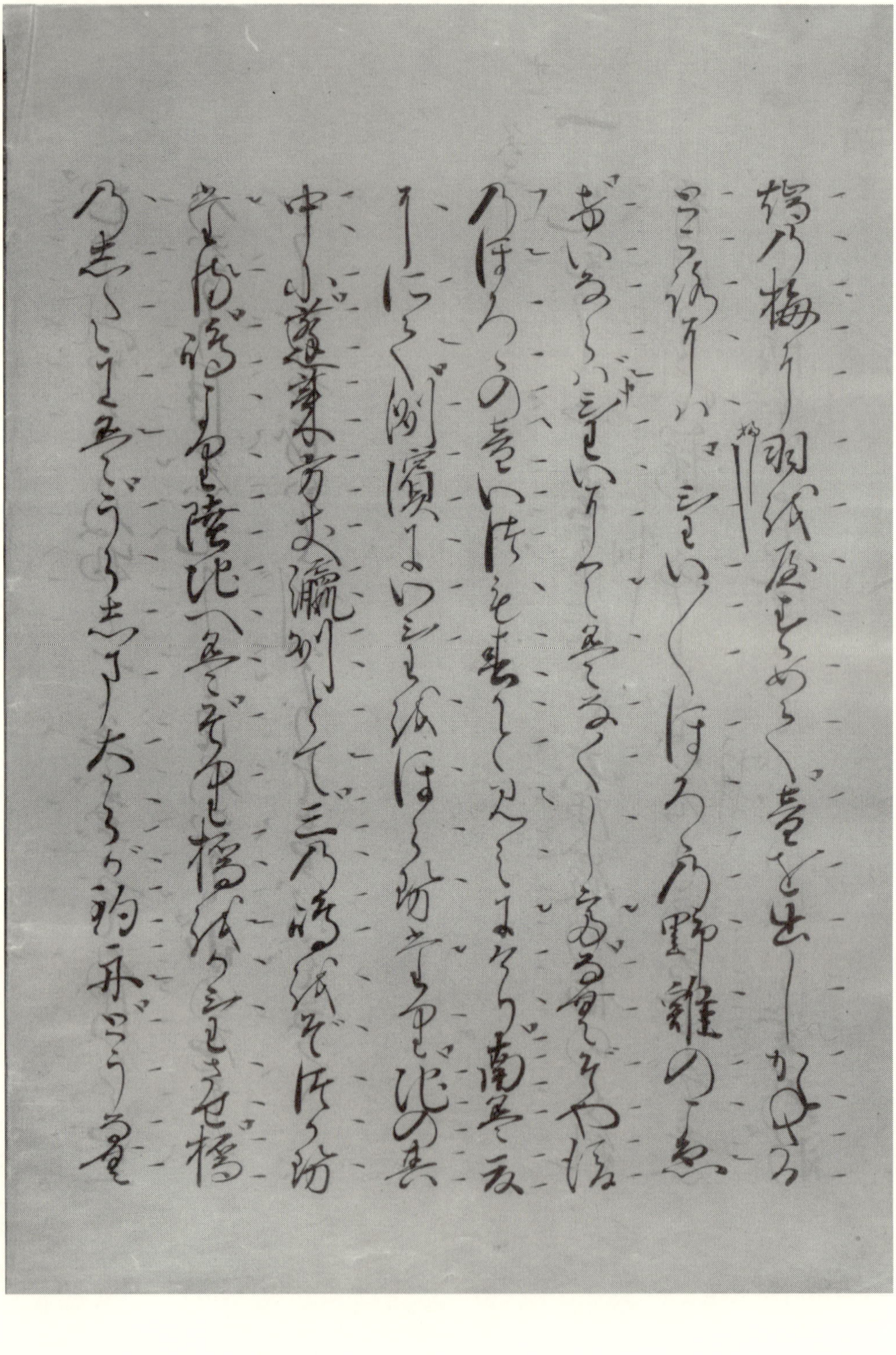

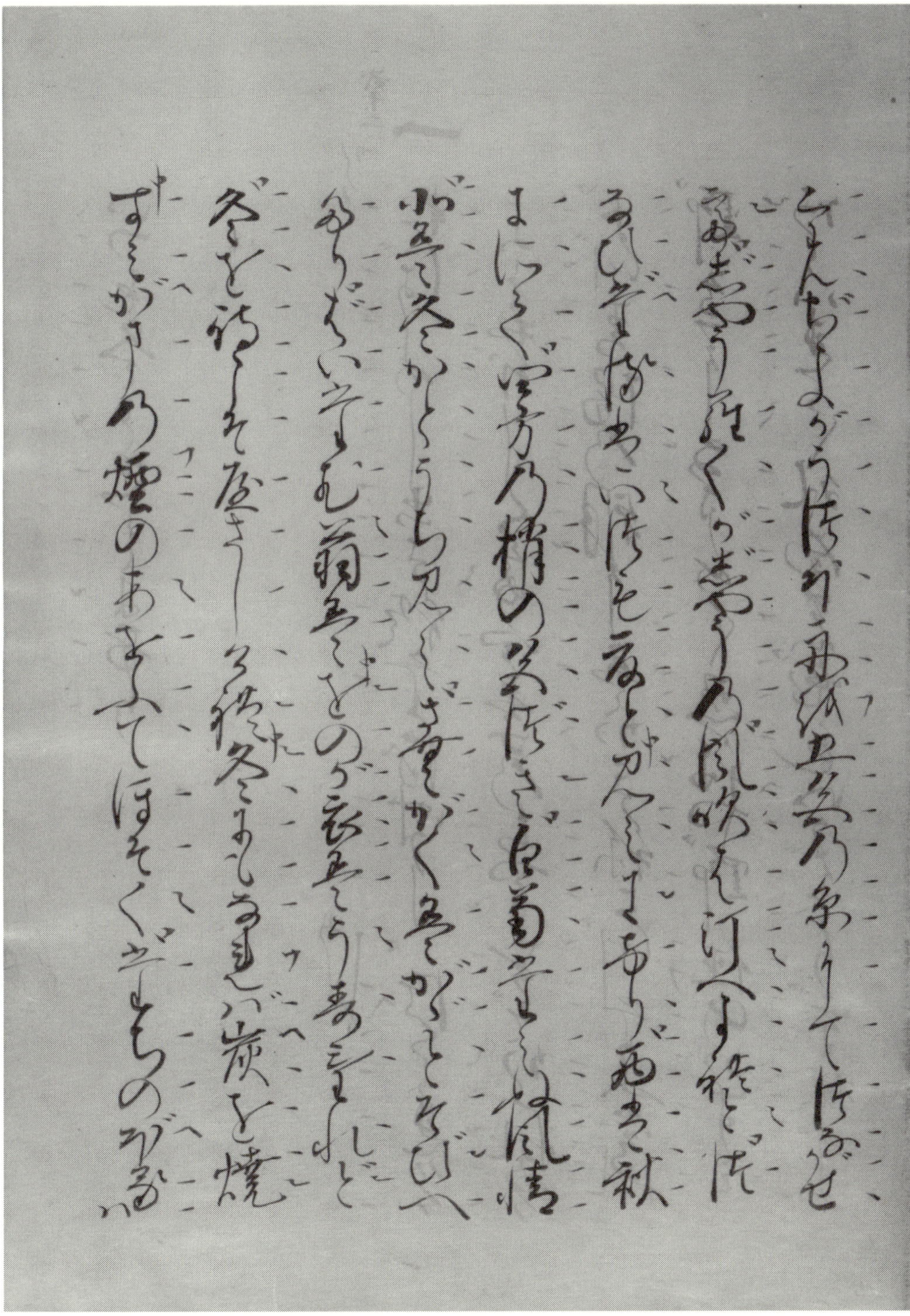

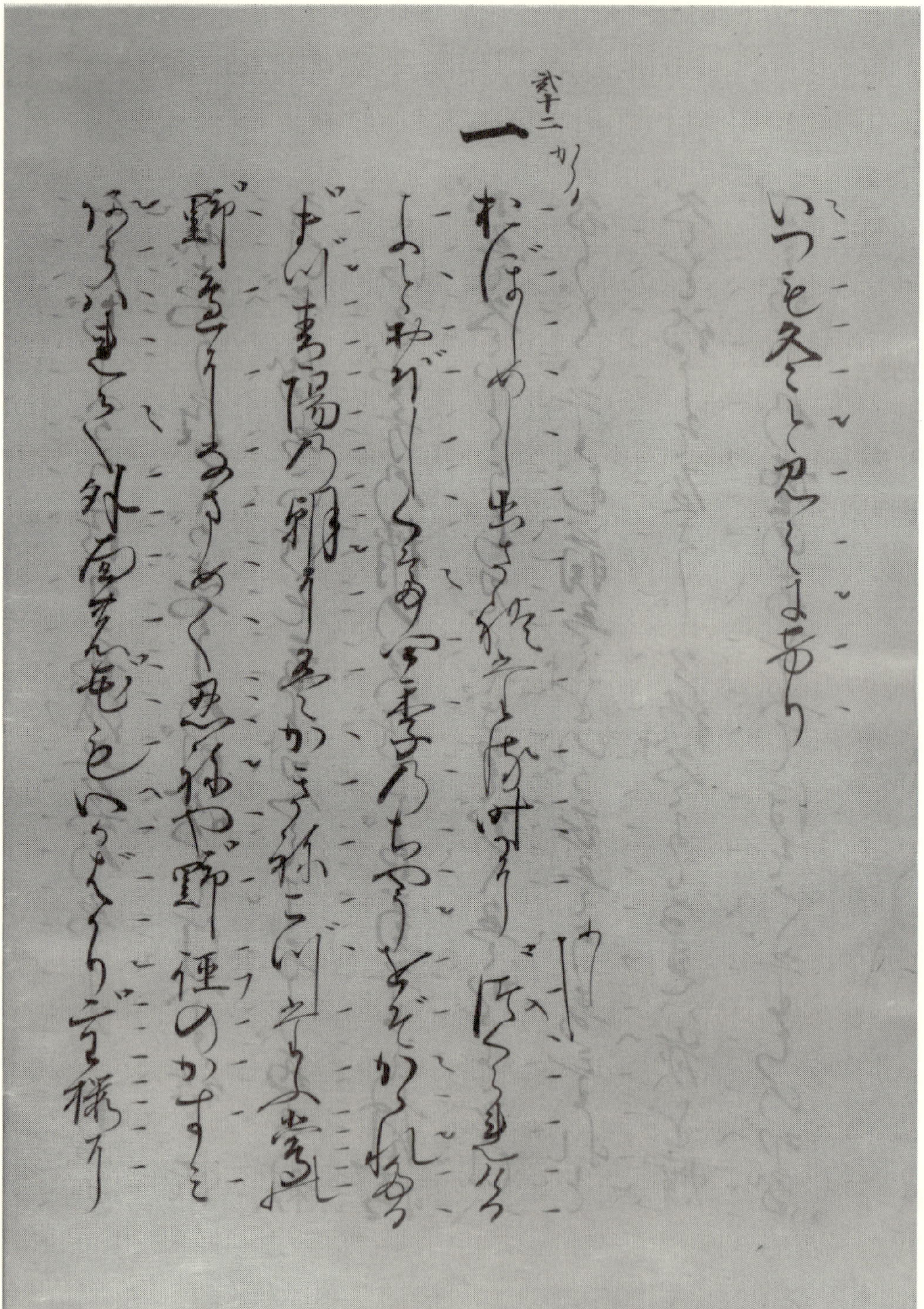

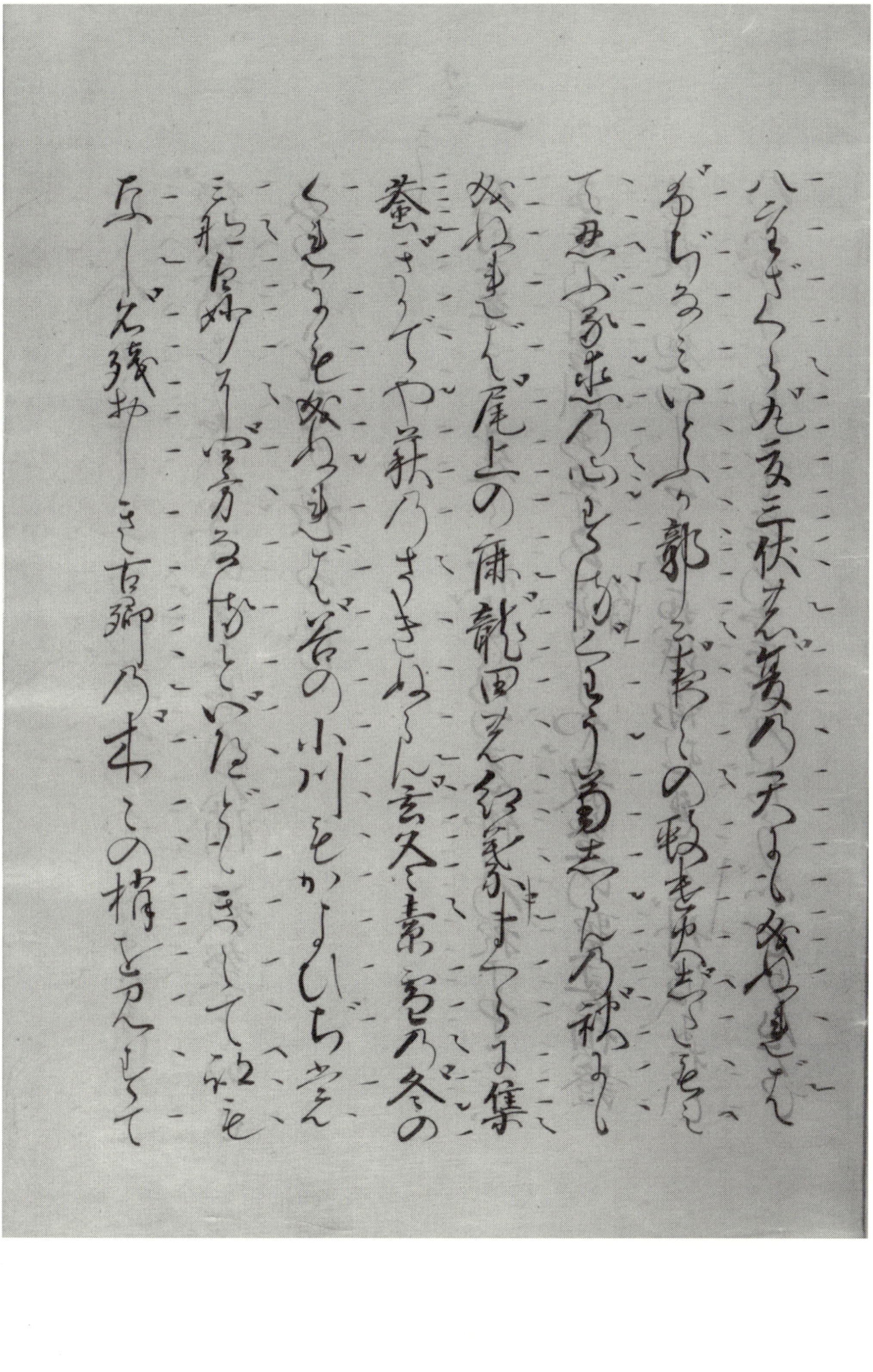

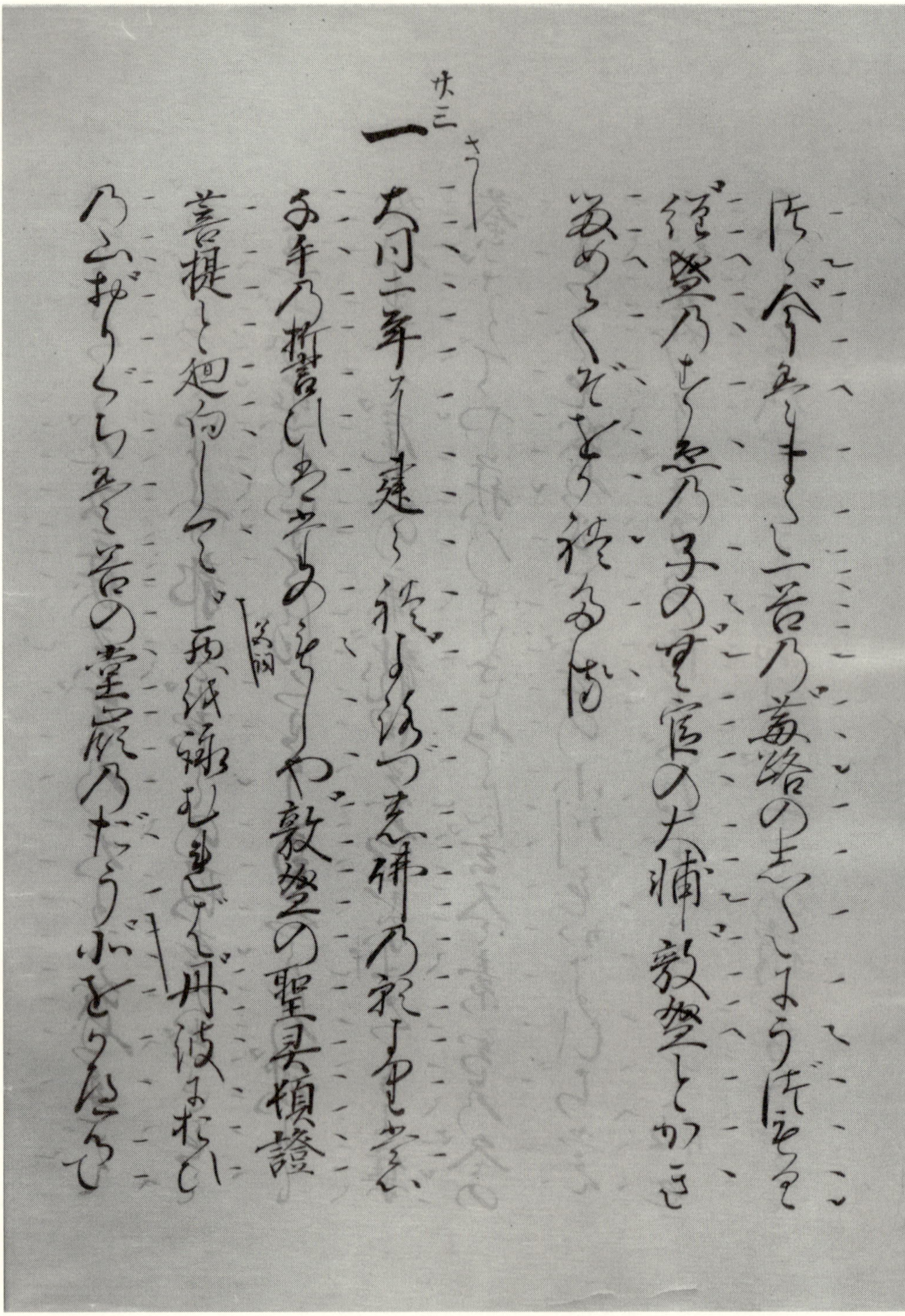

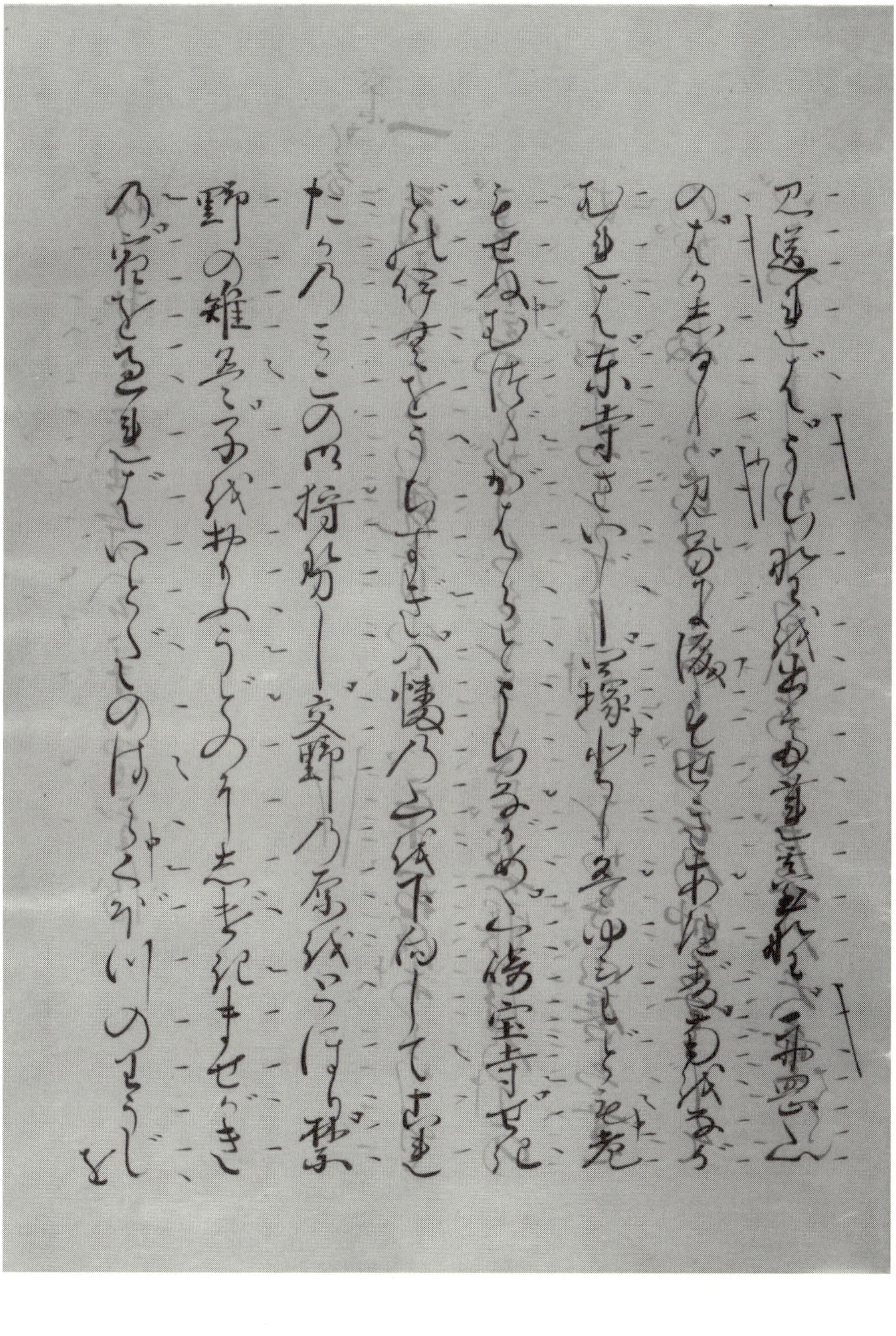

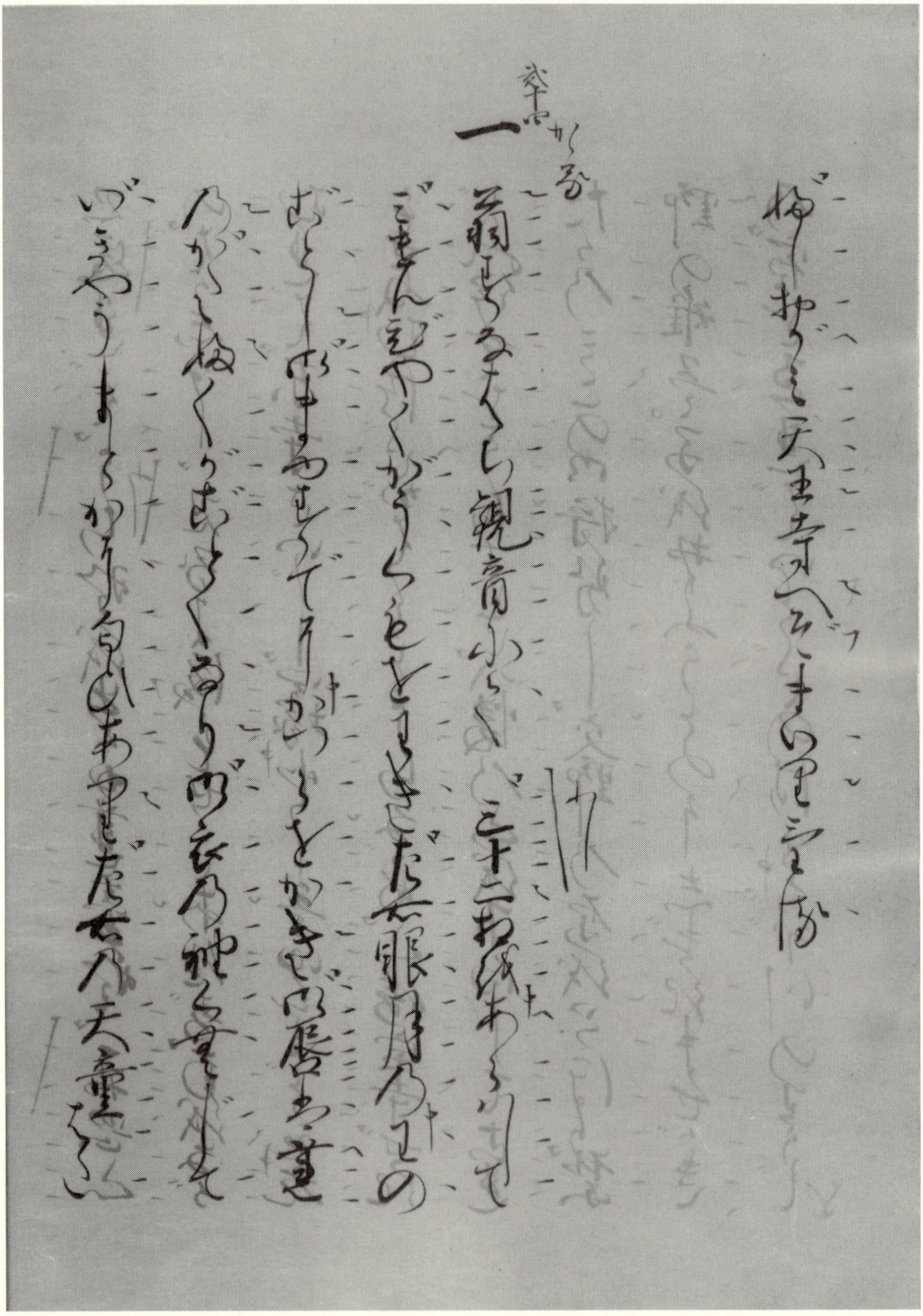

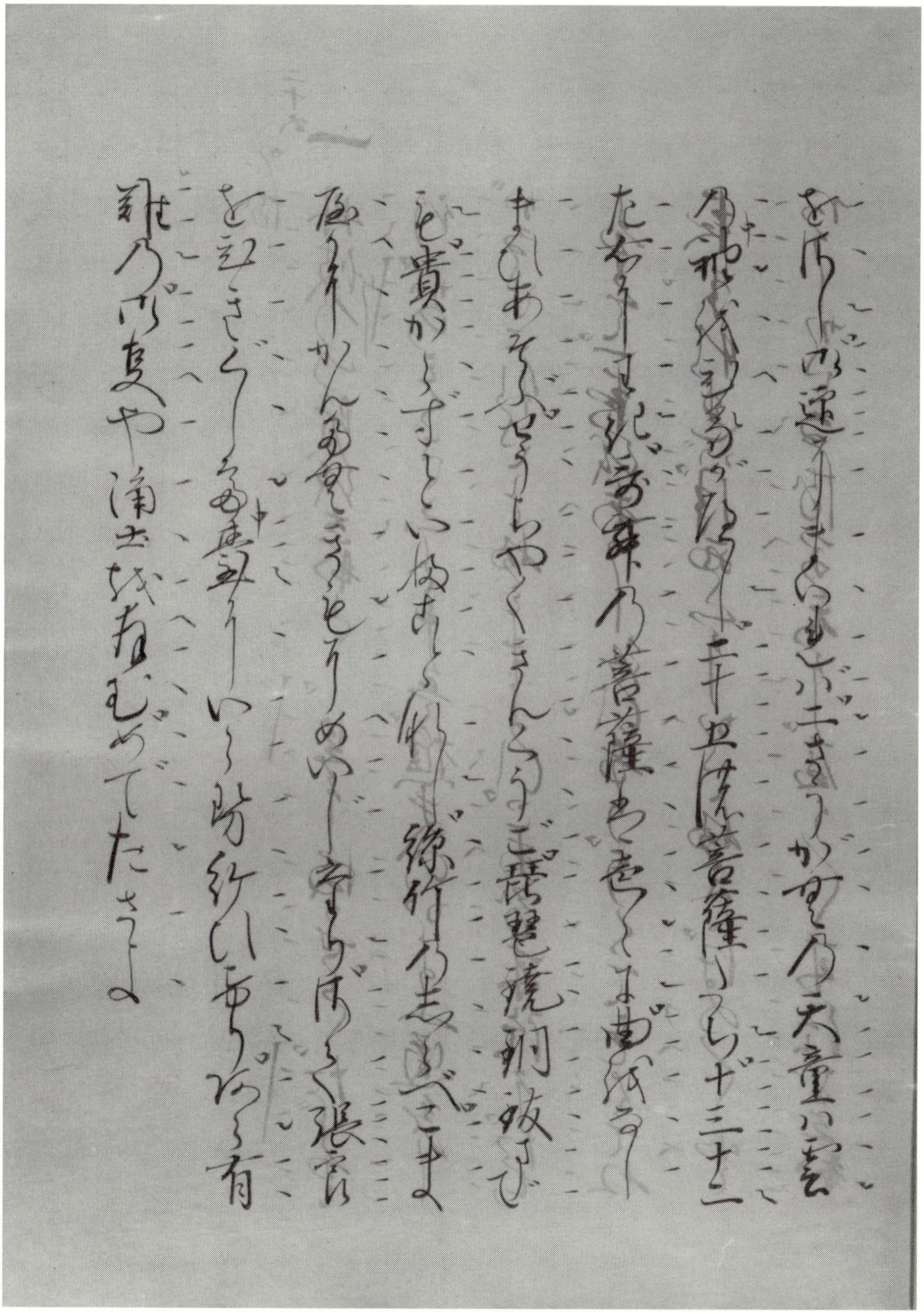

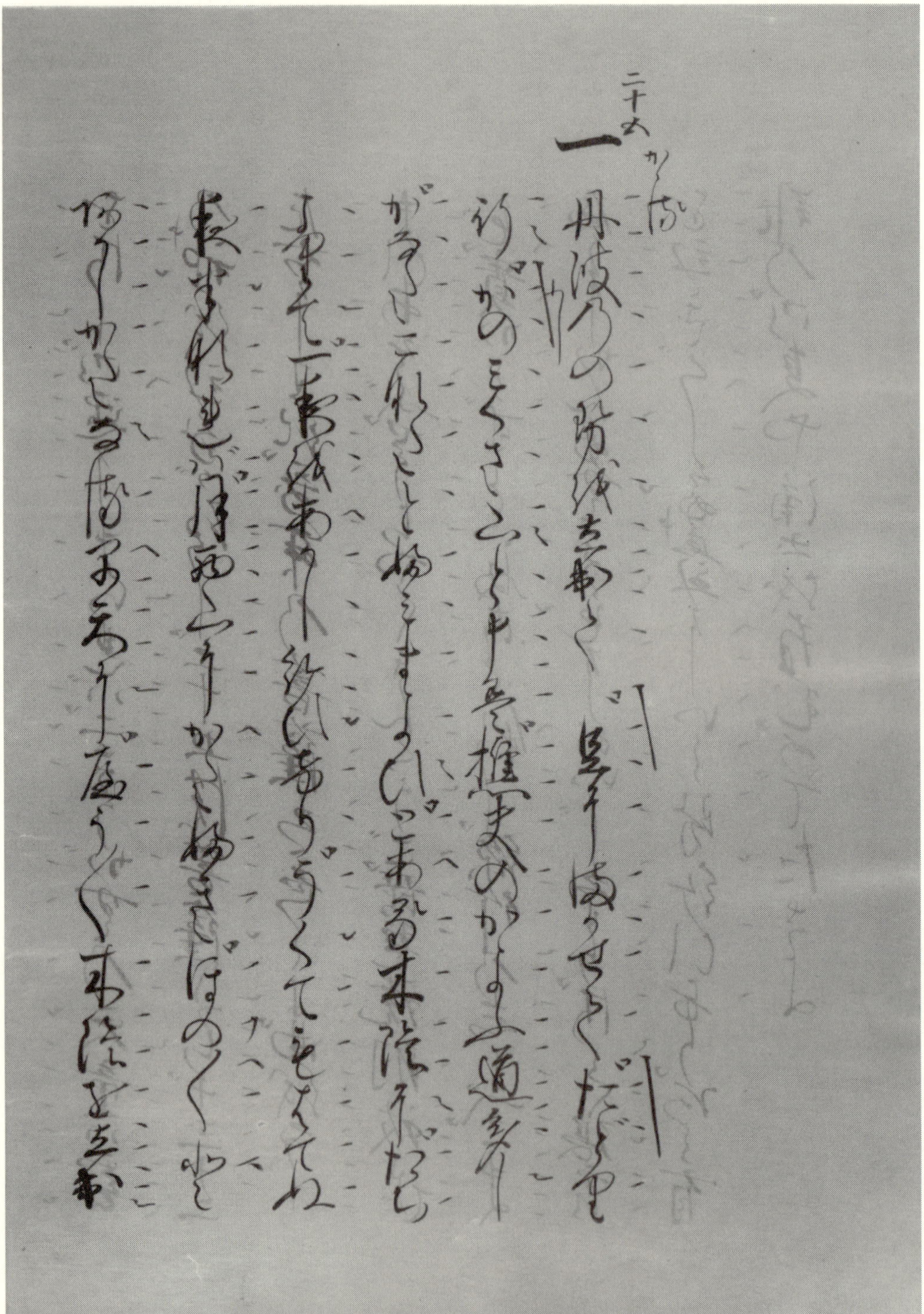

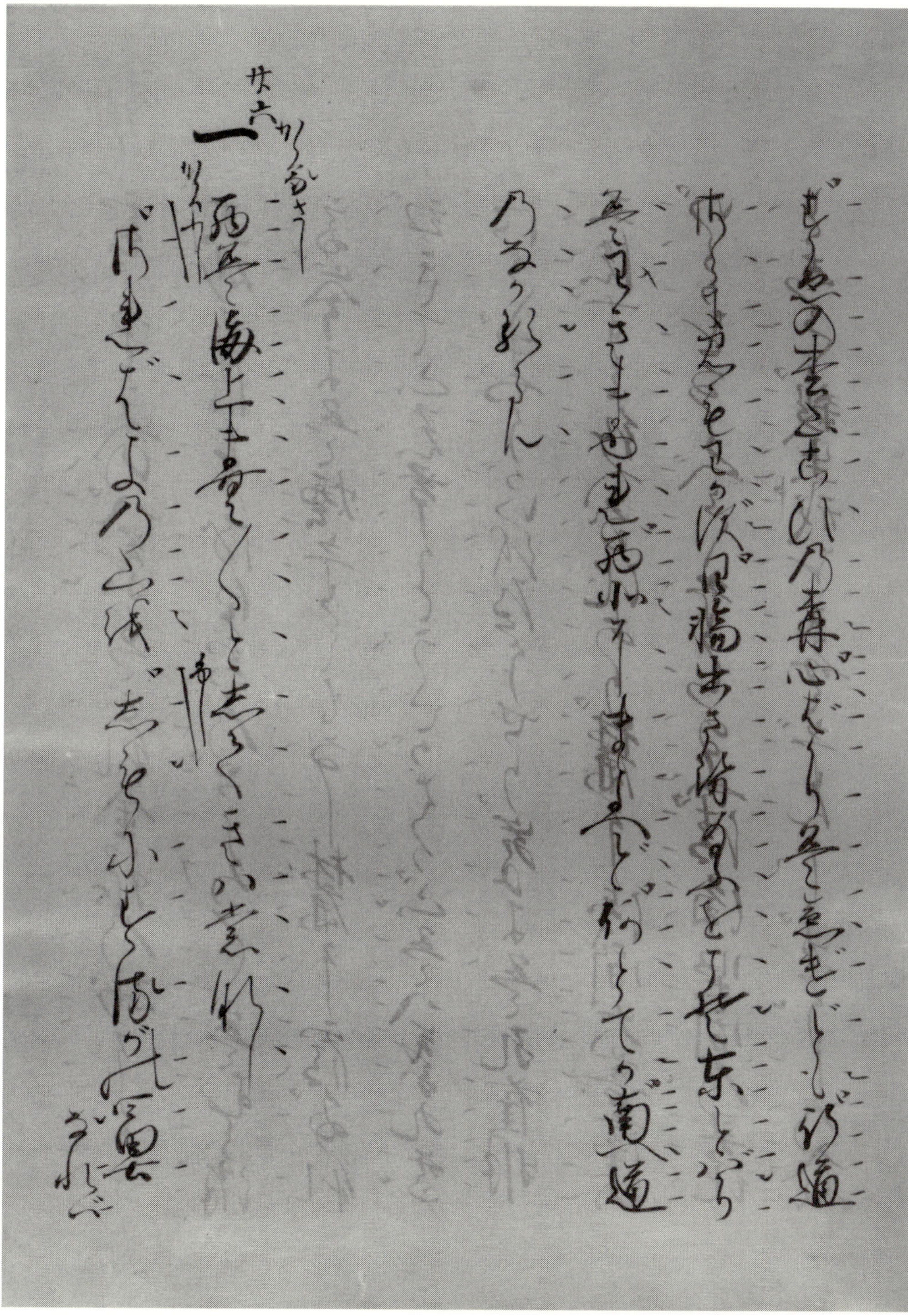

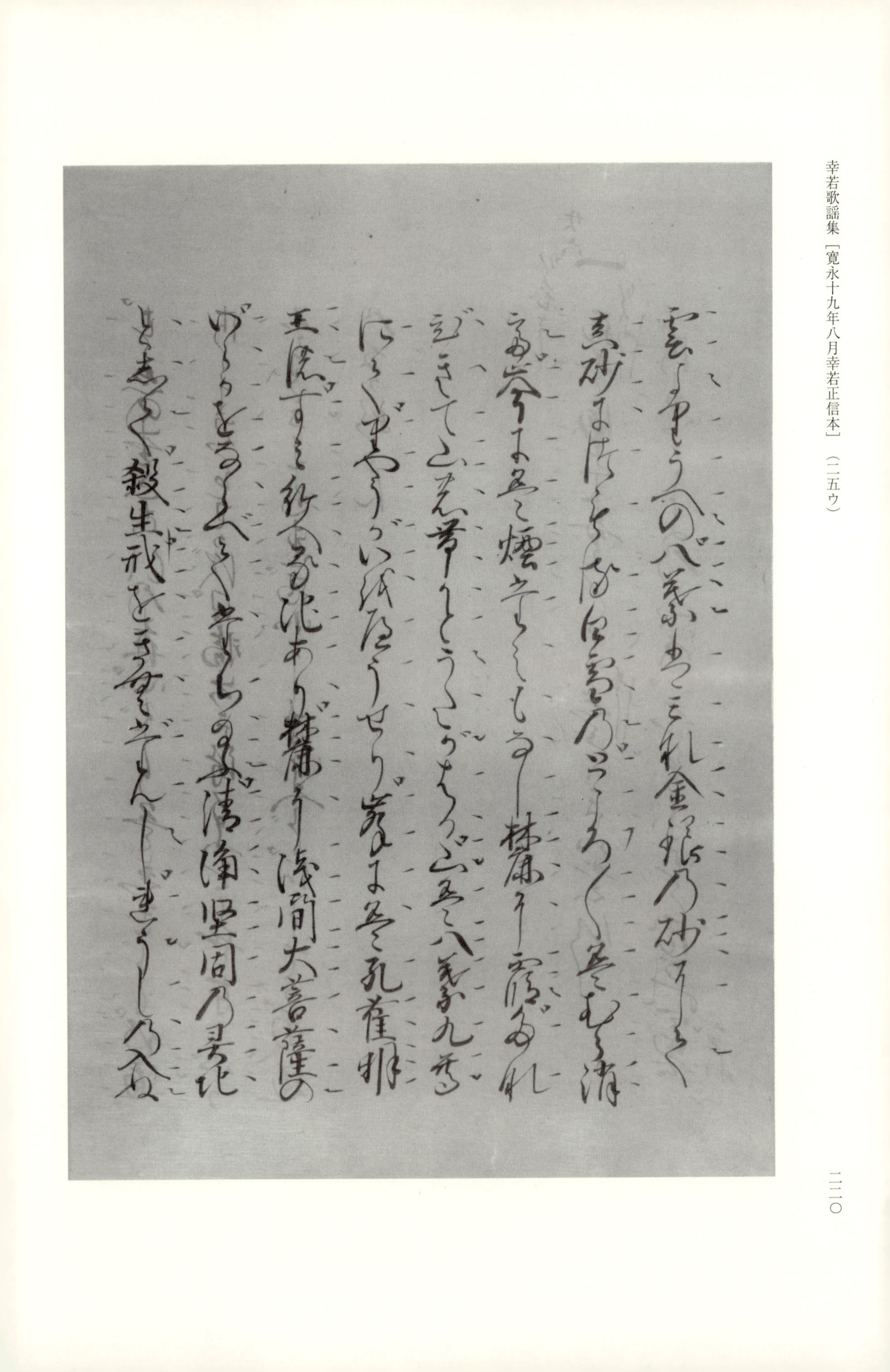

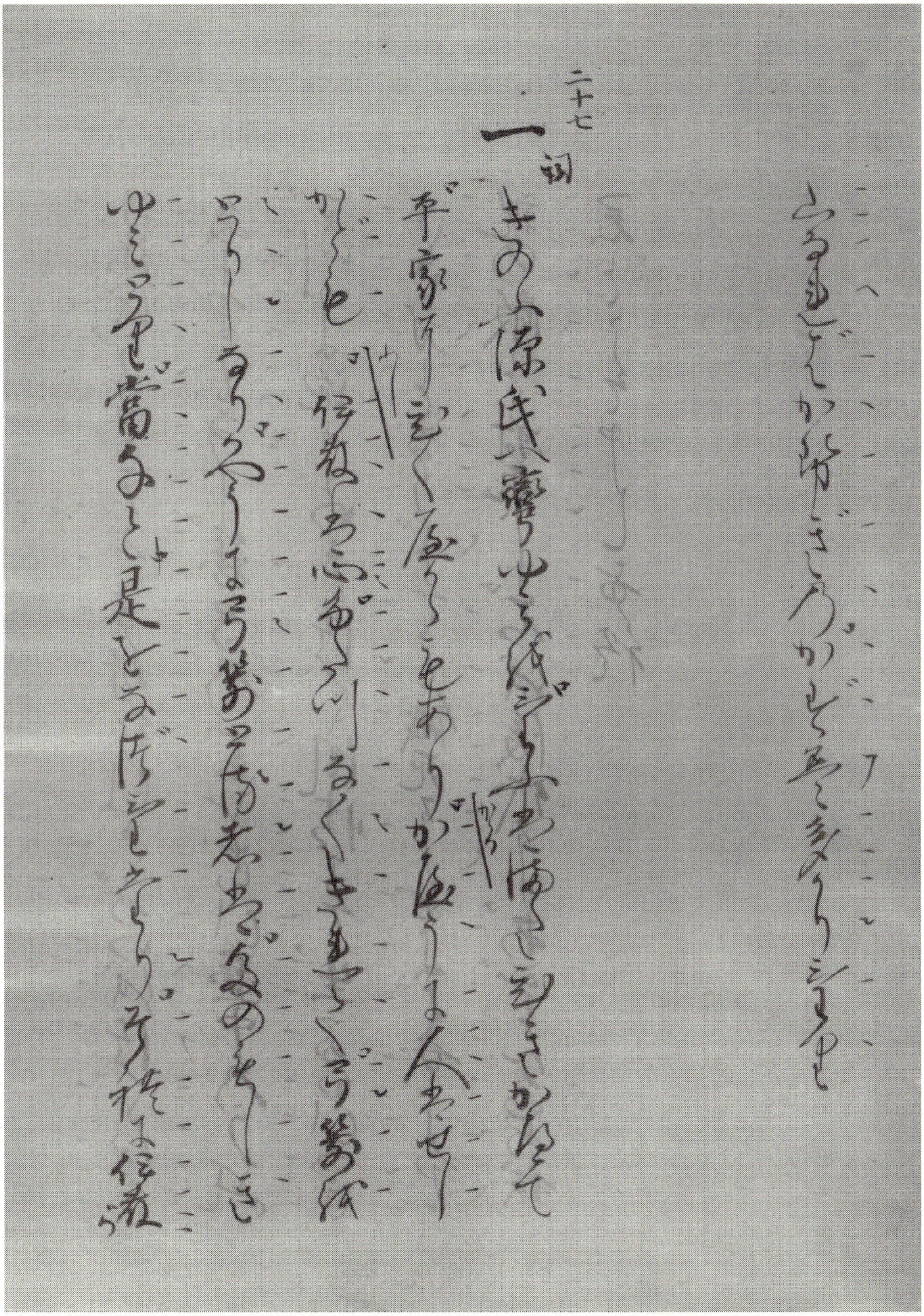
二十七
一　詞

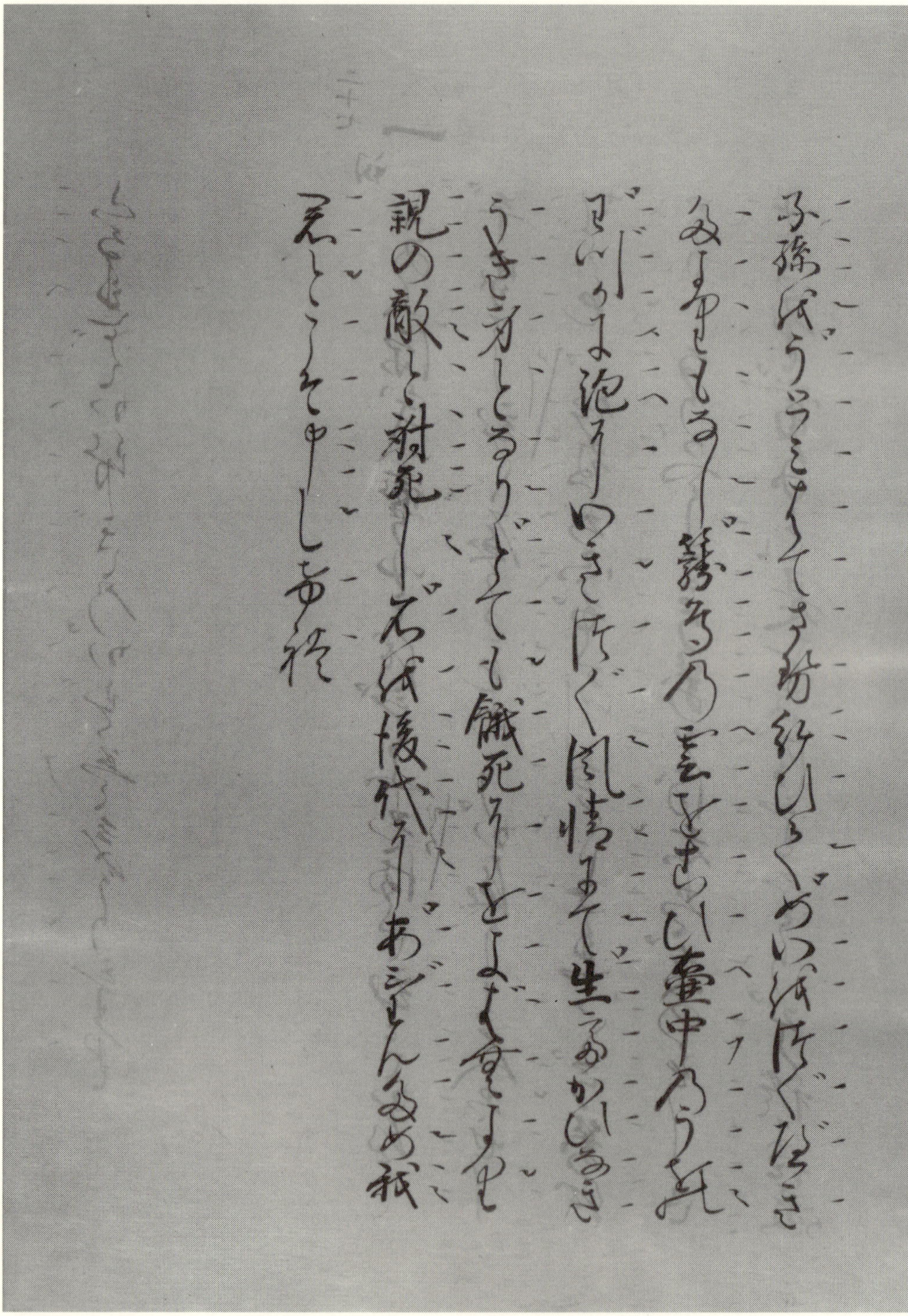

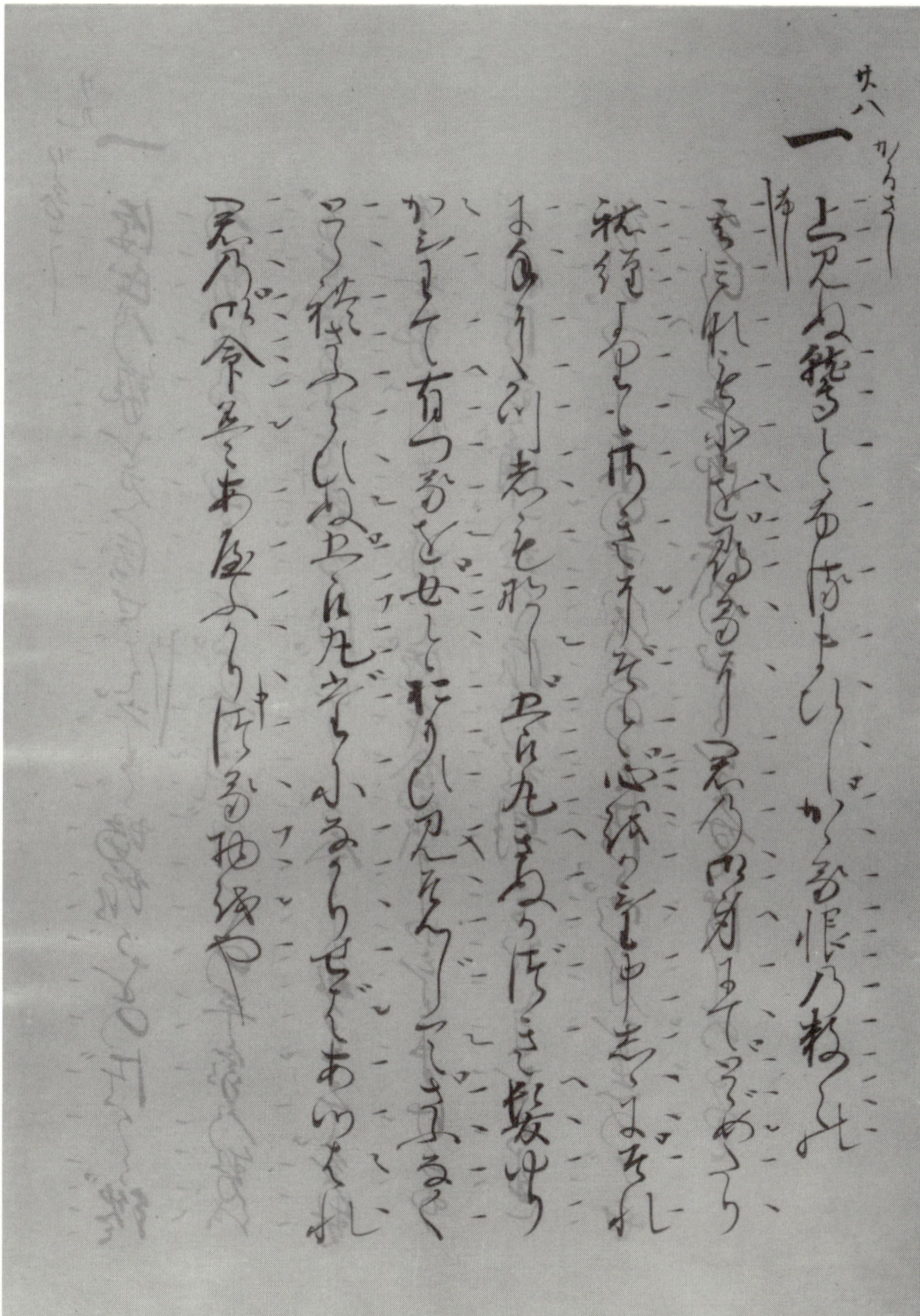

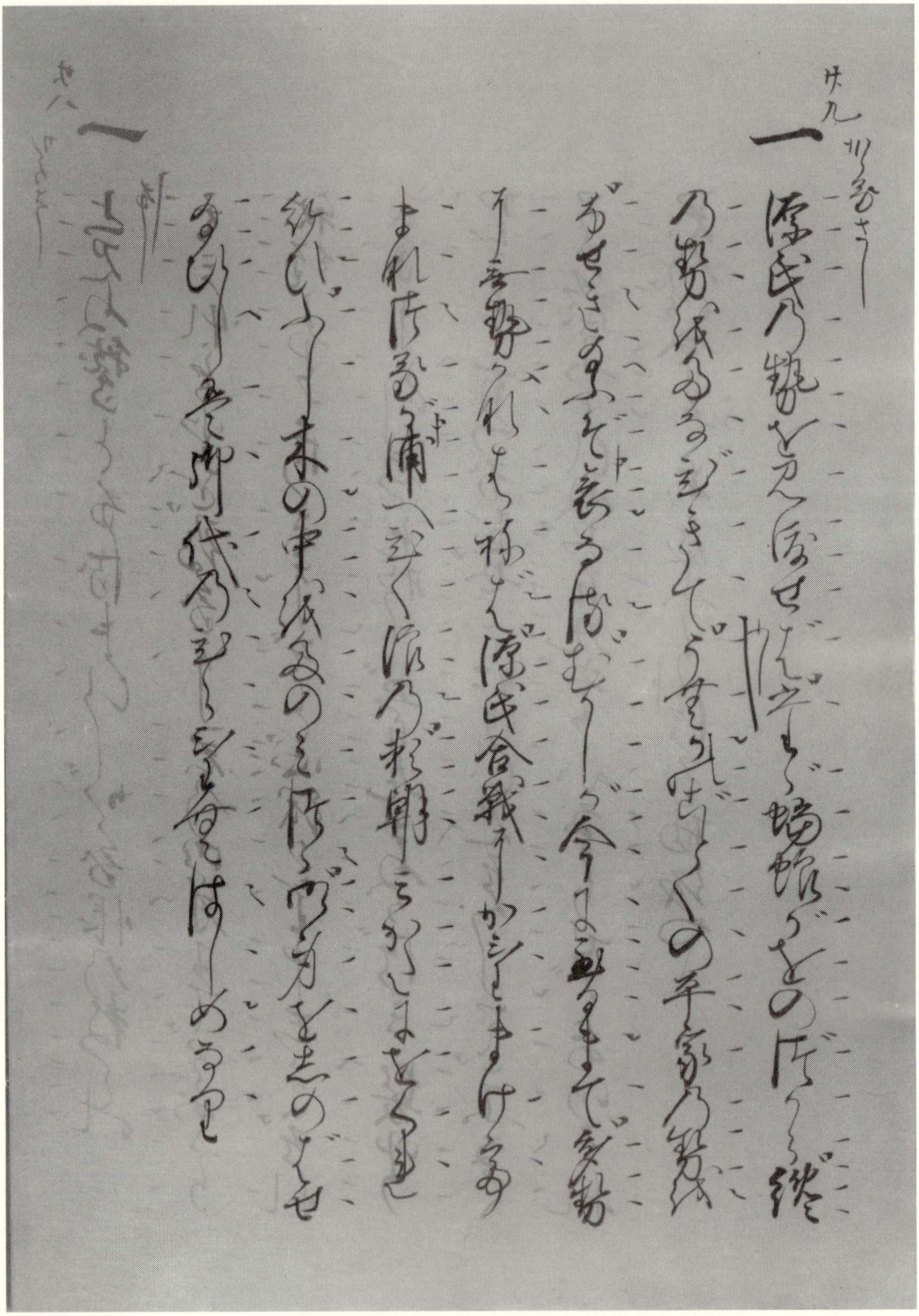

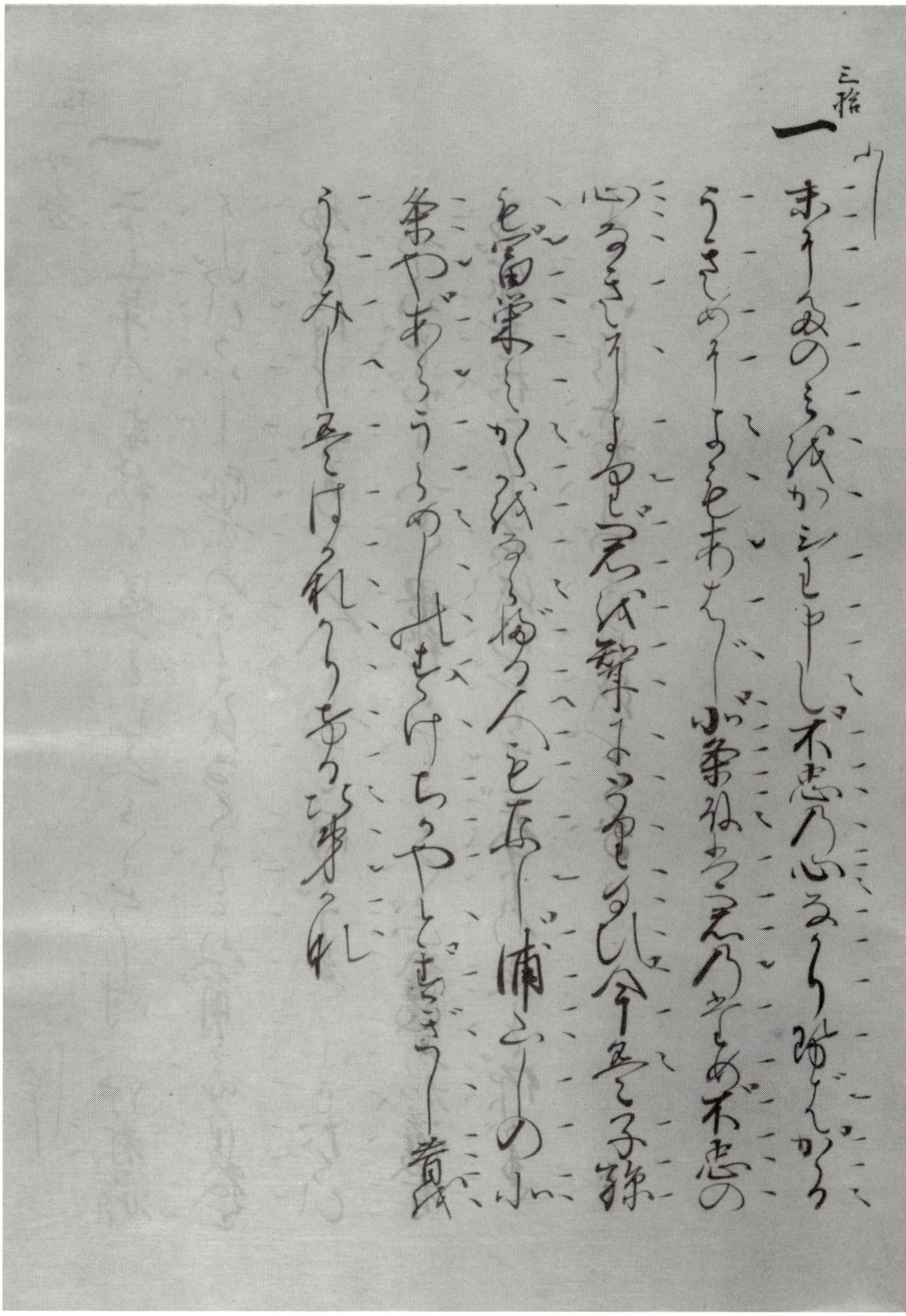

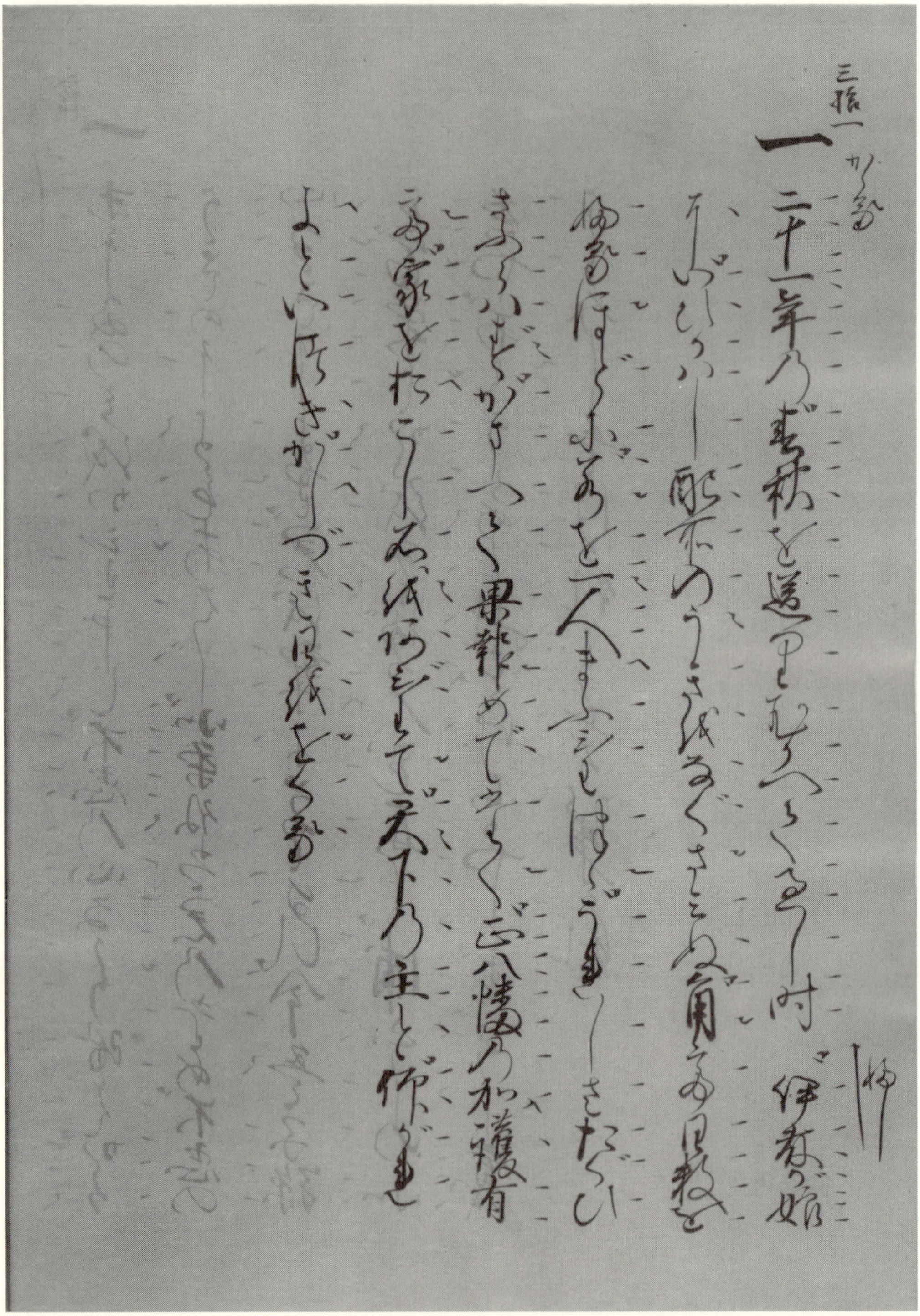

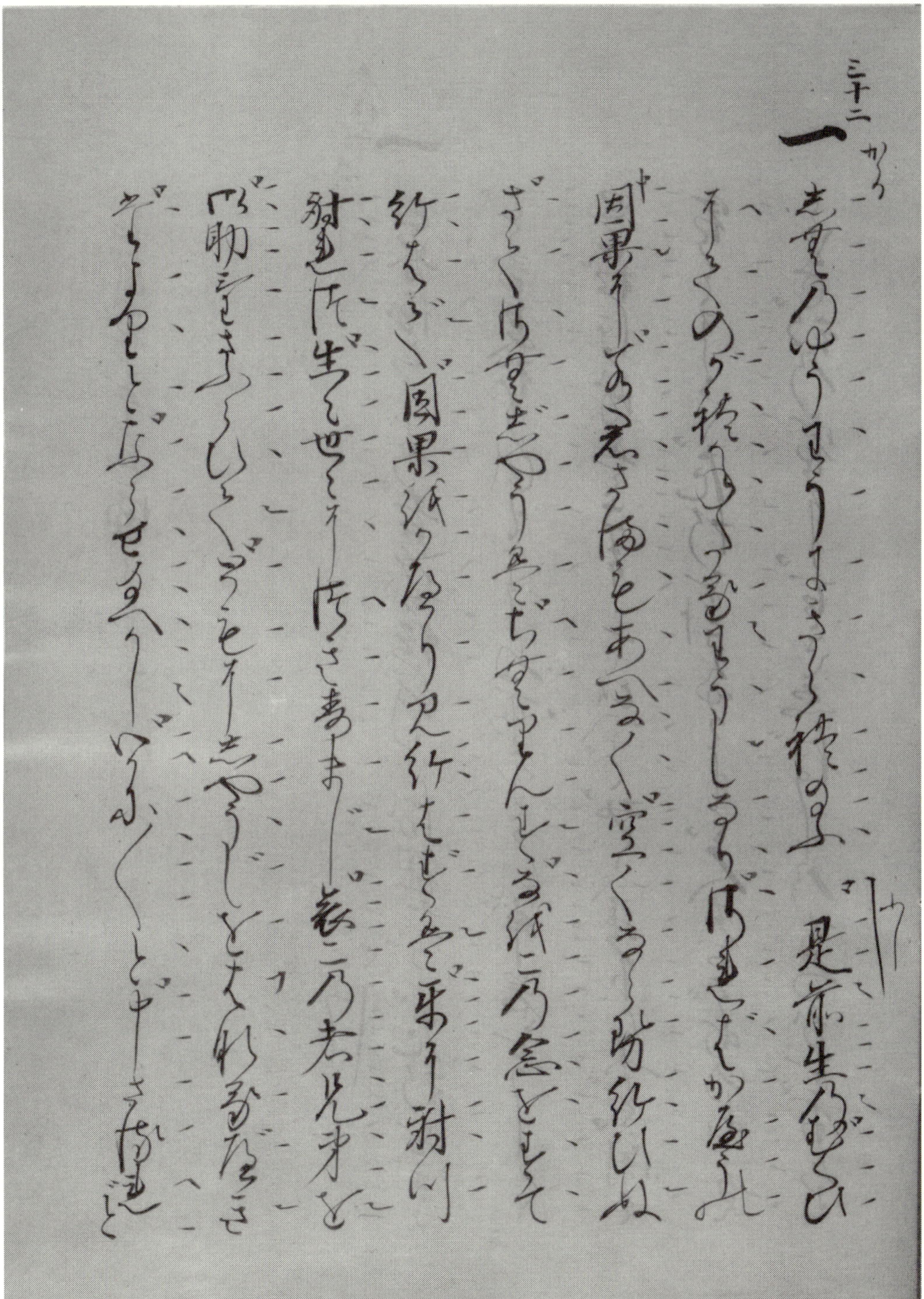

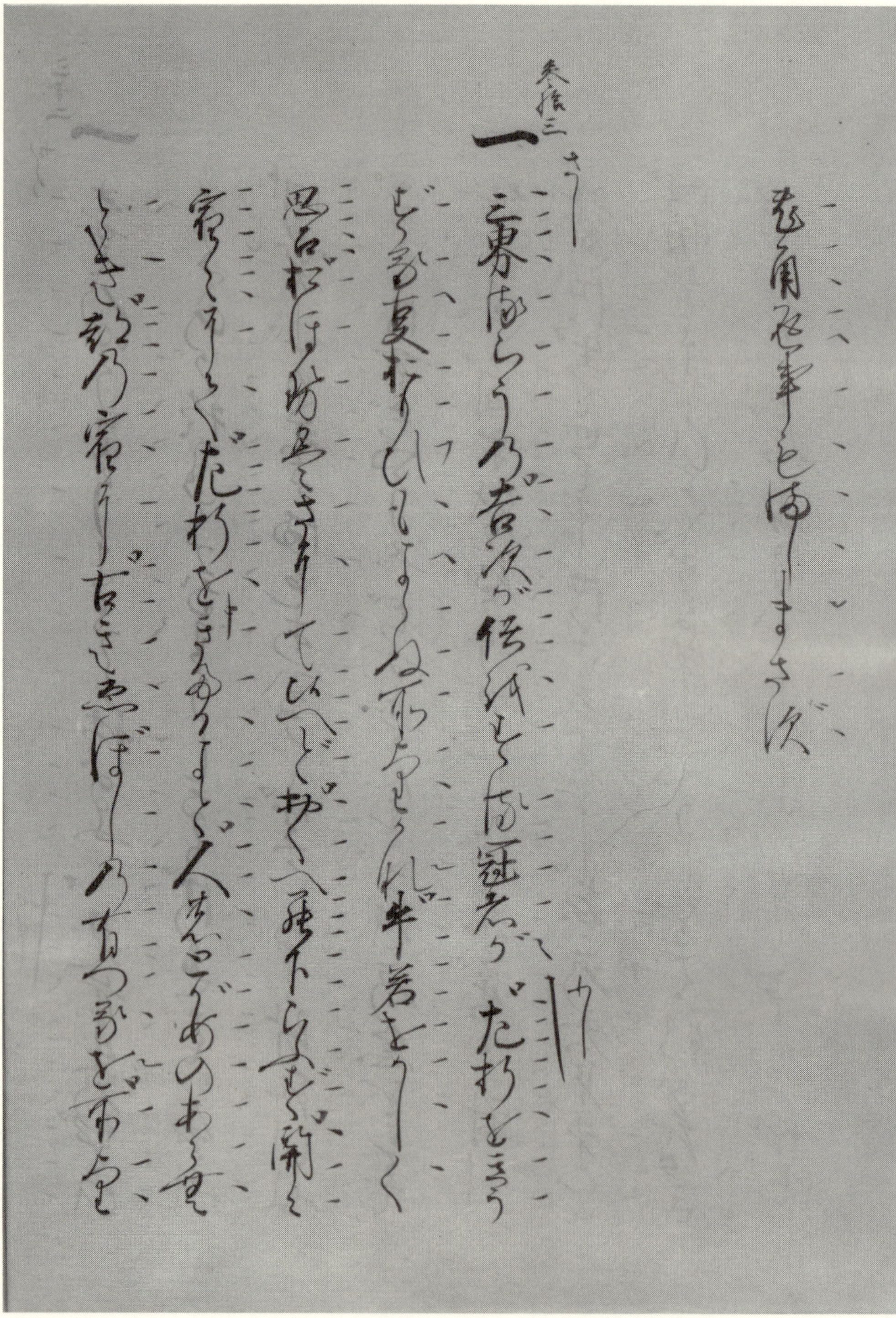

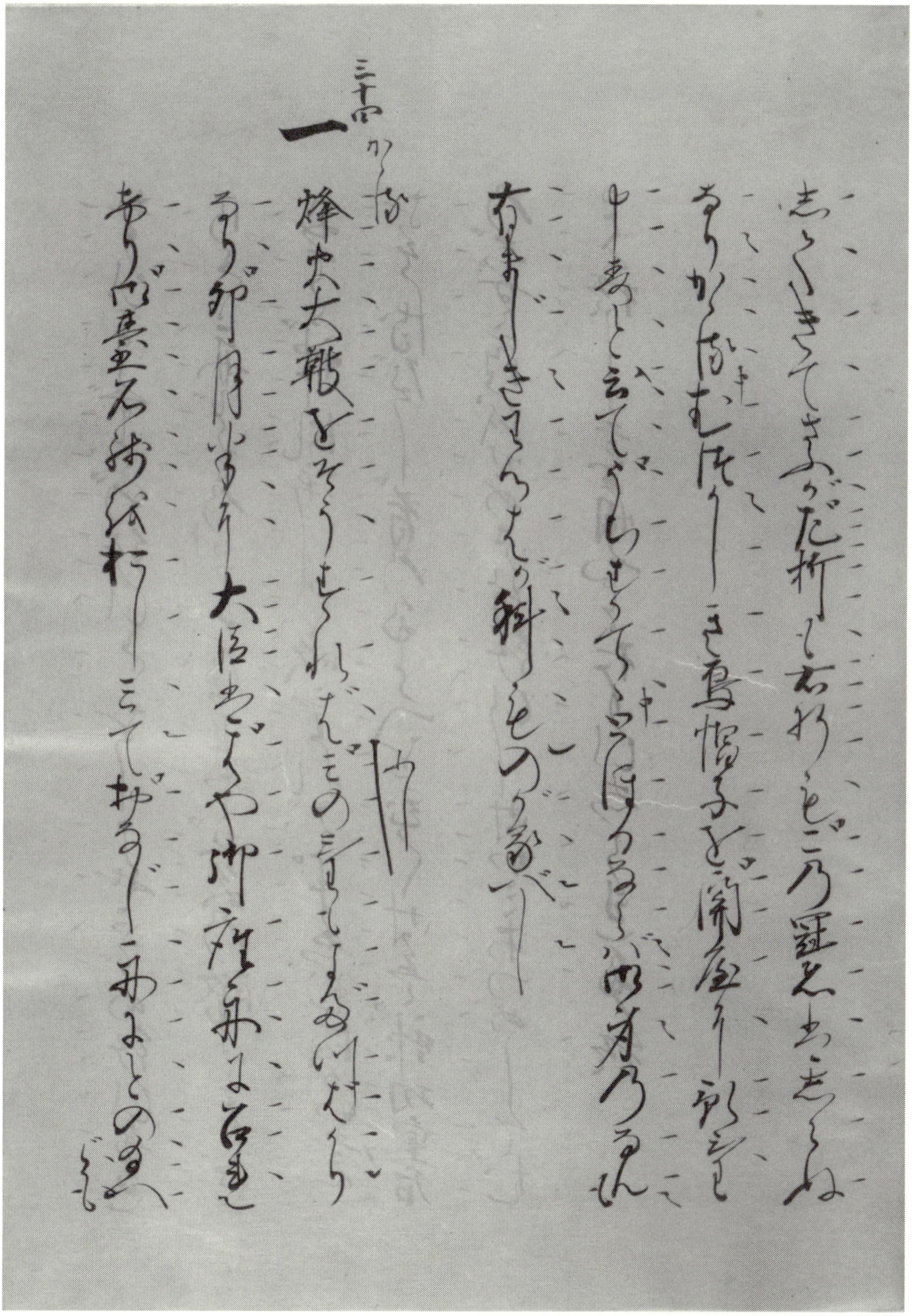

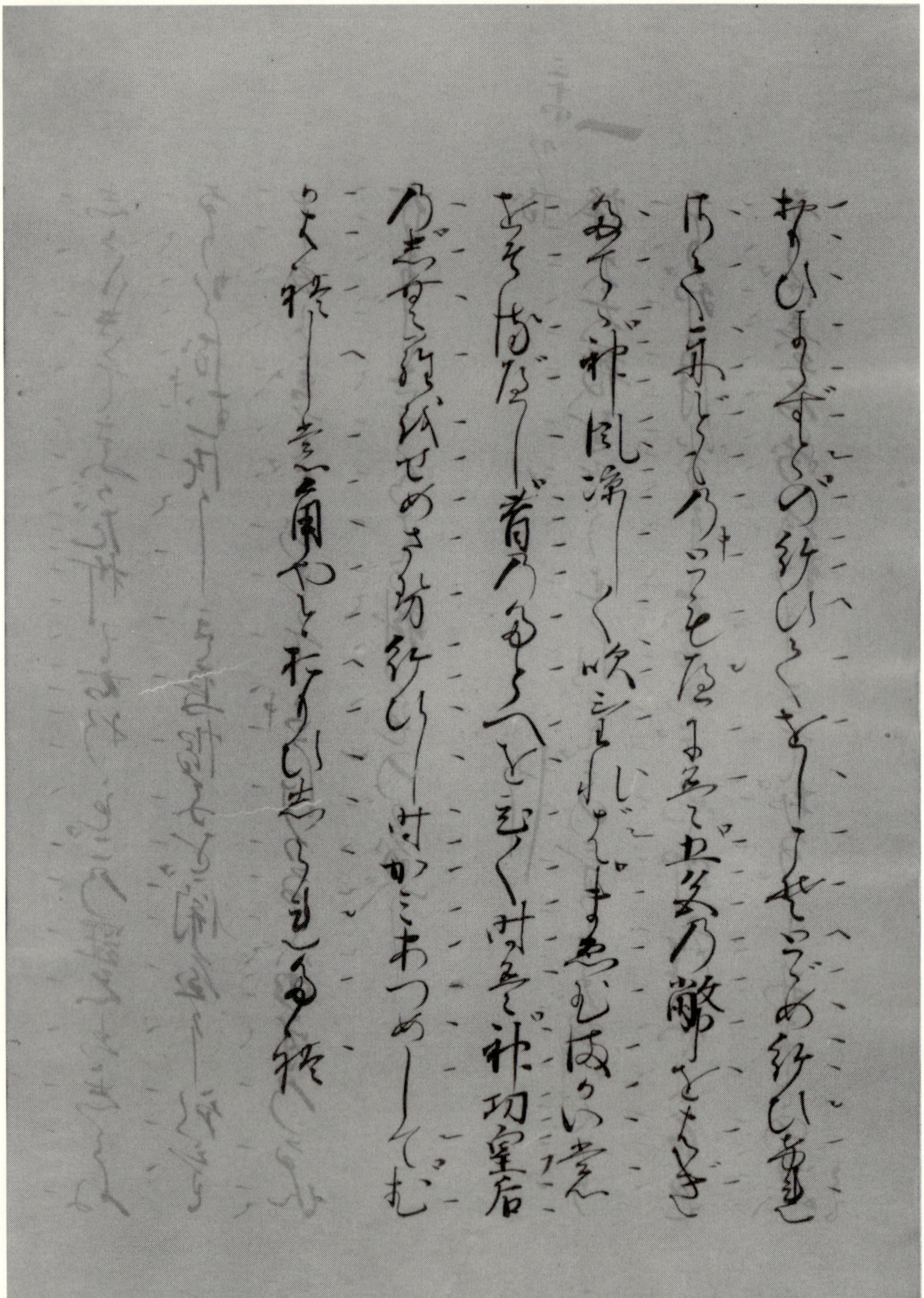

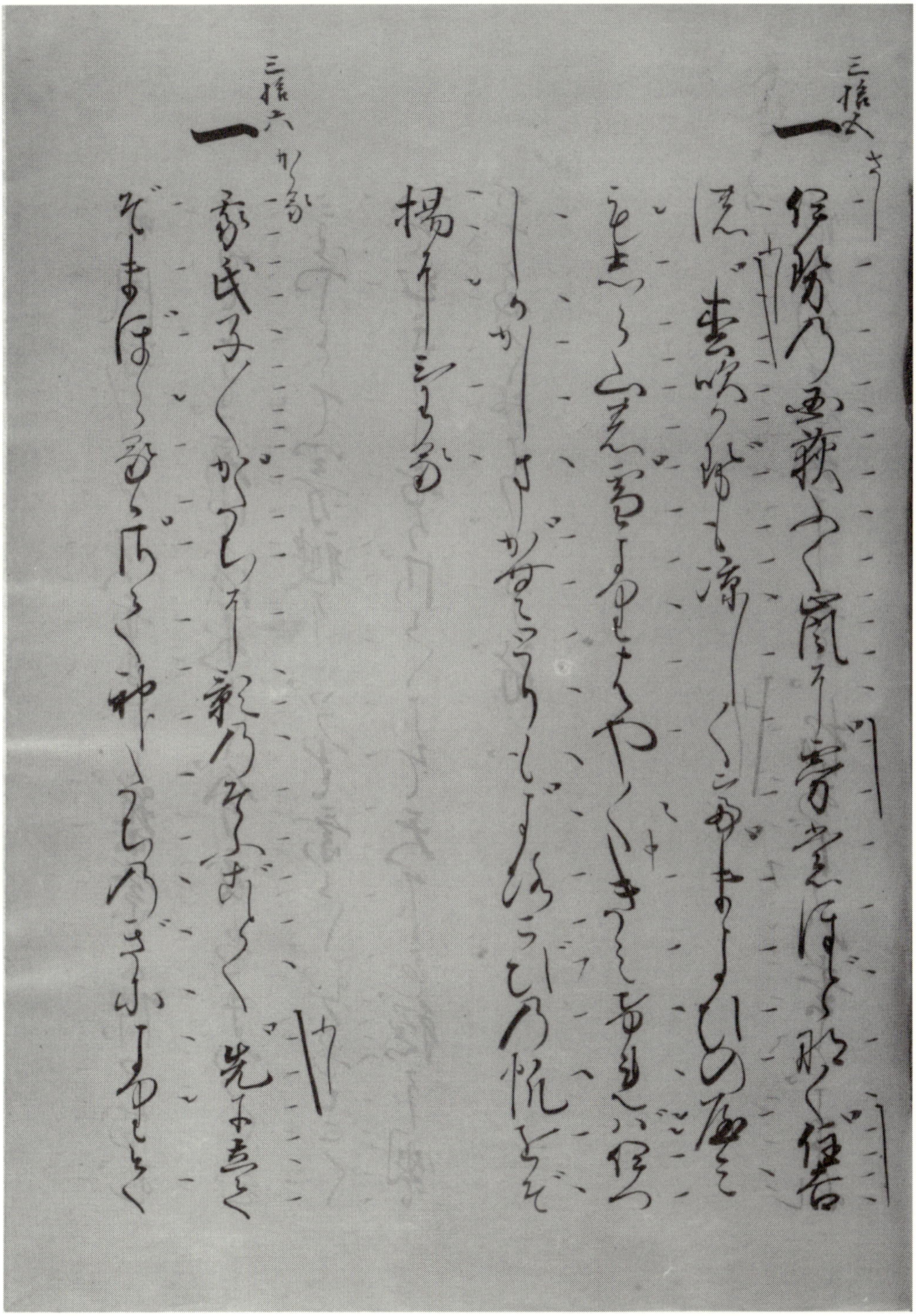

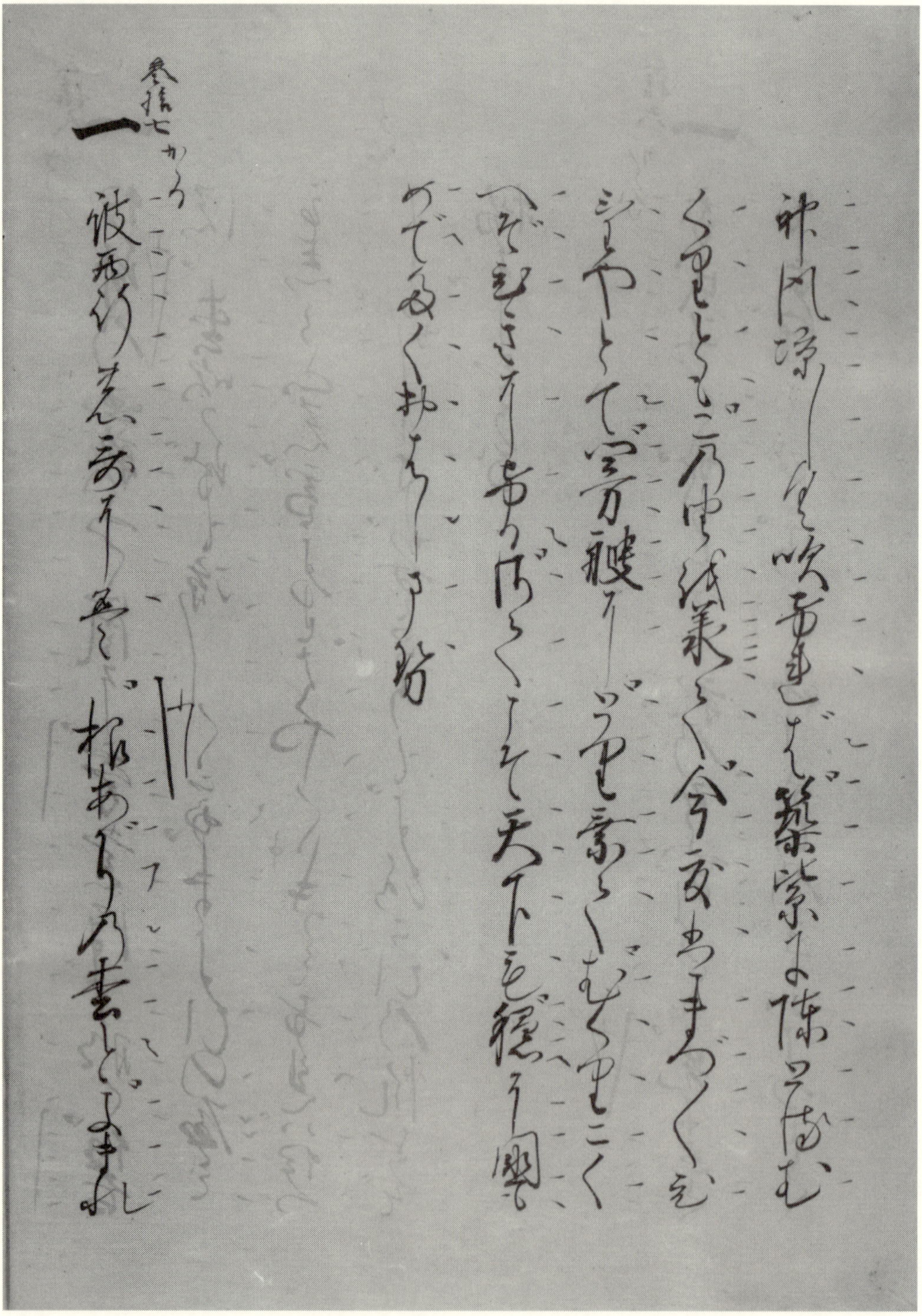

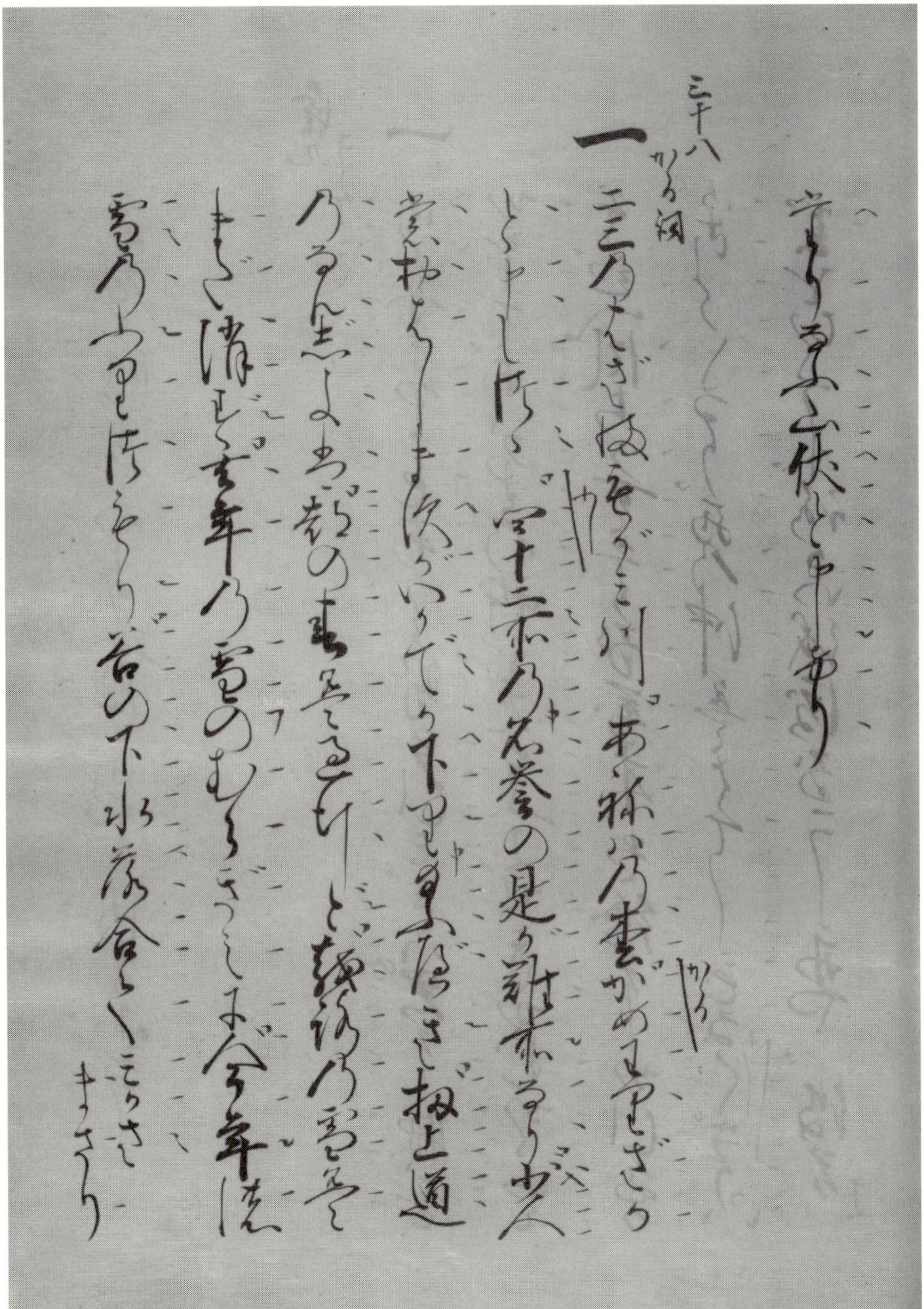

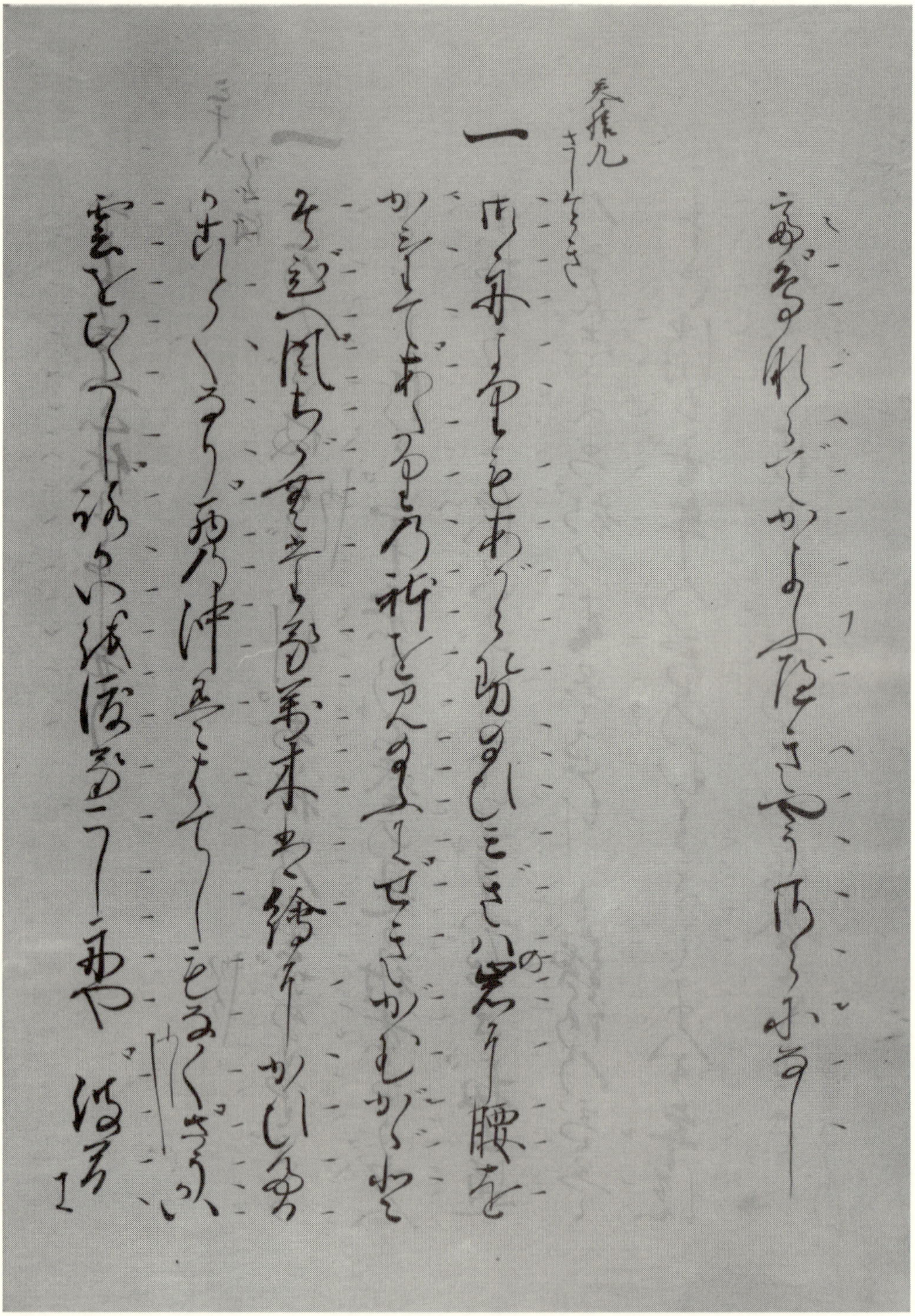

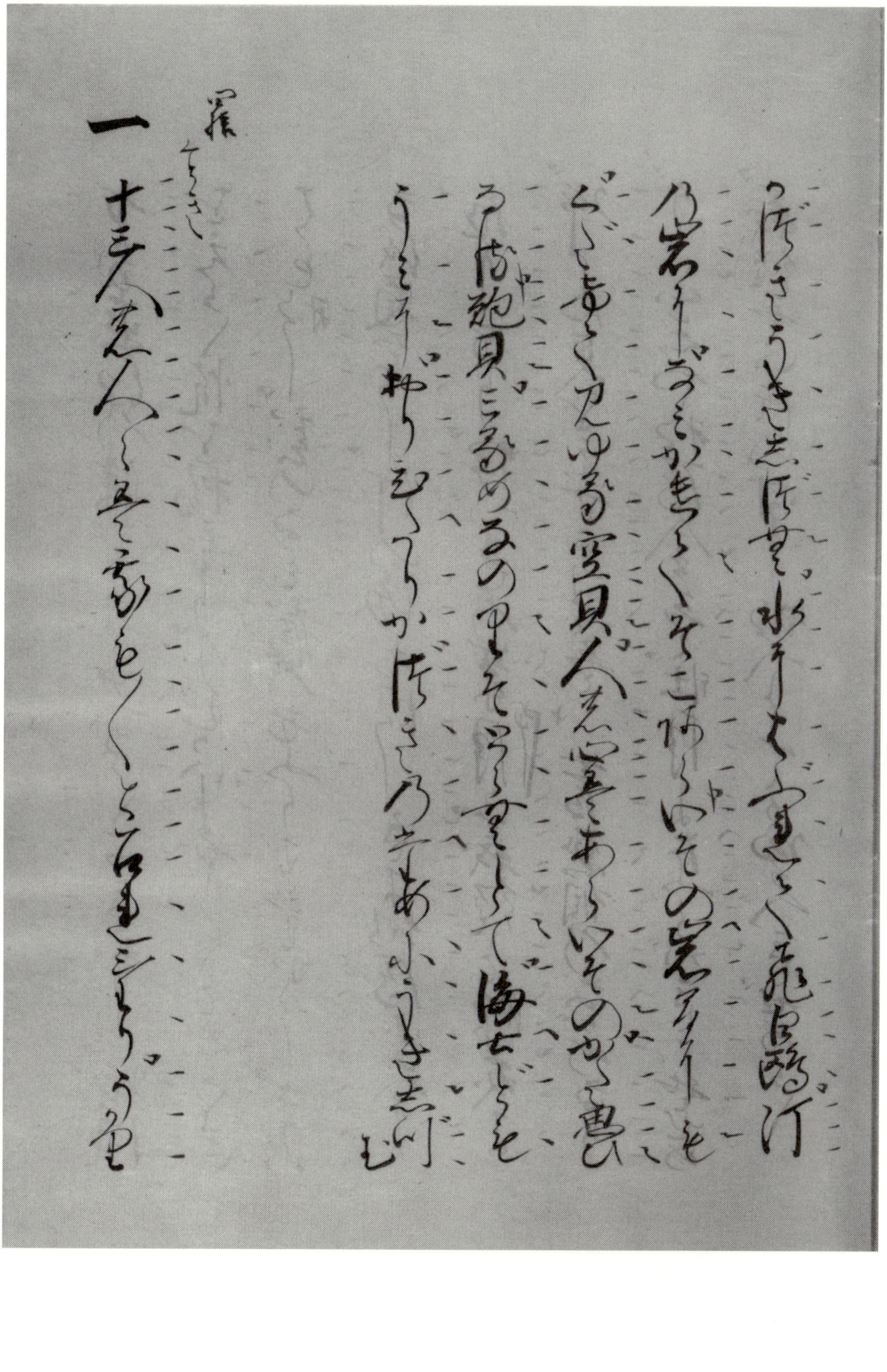

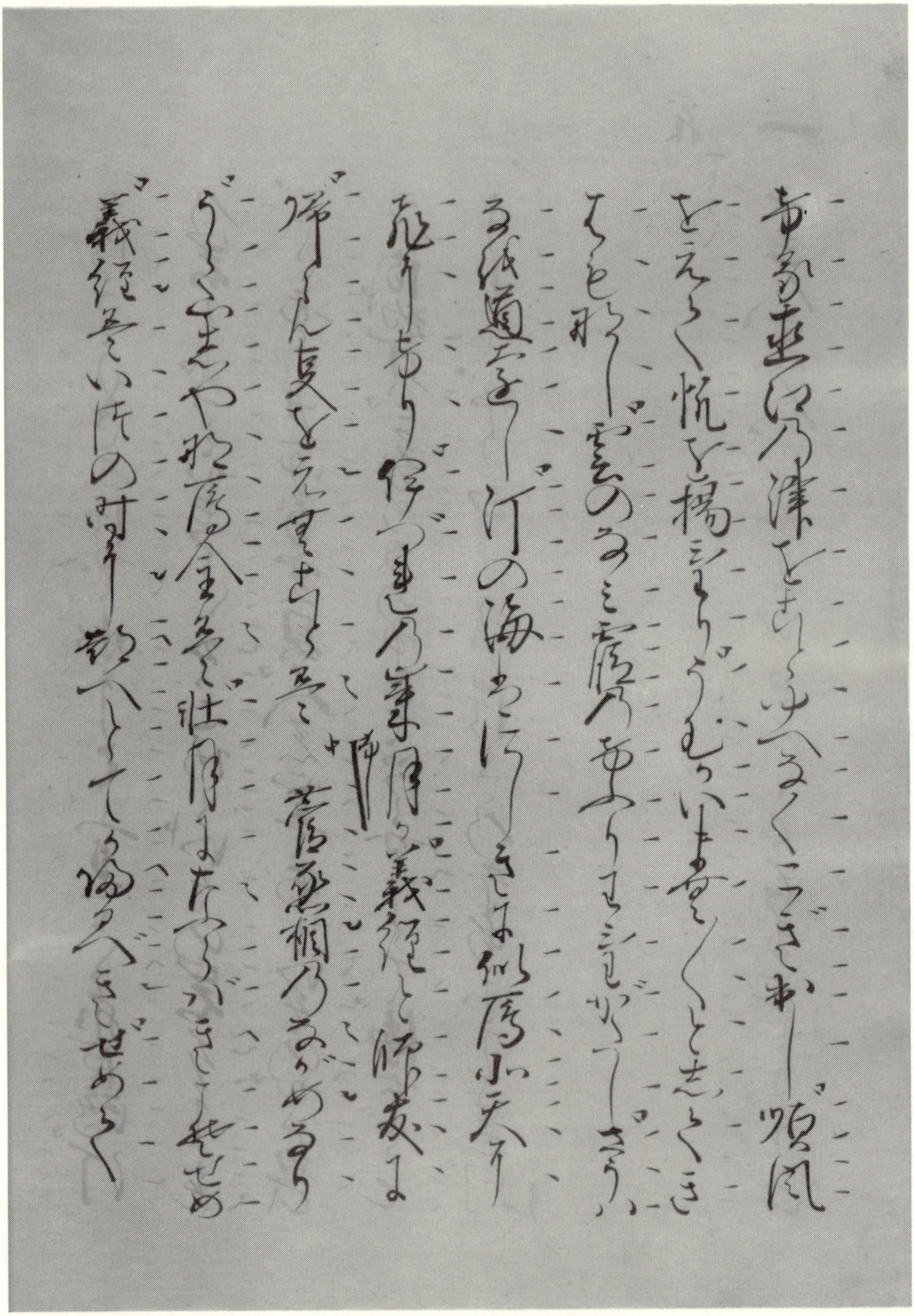

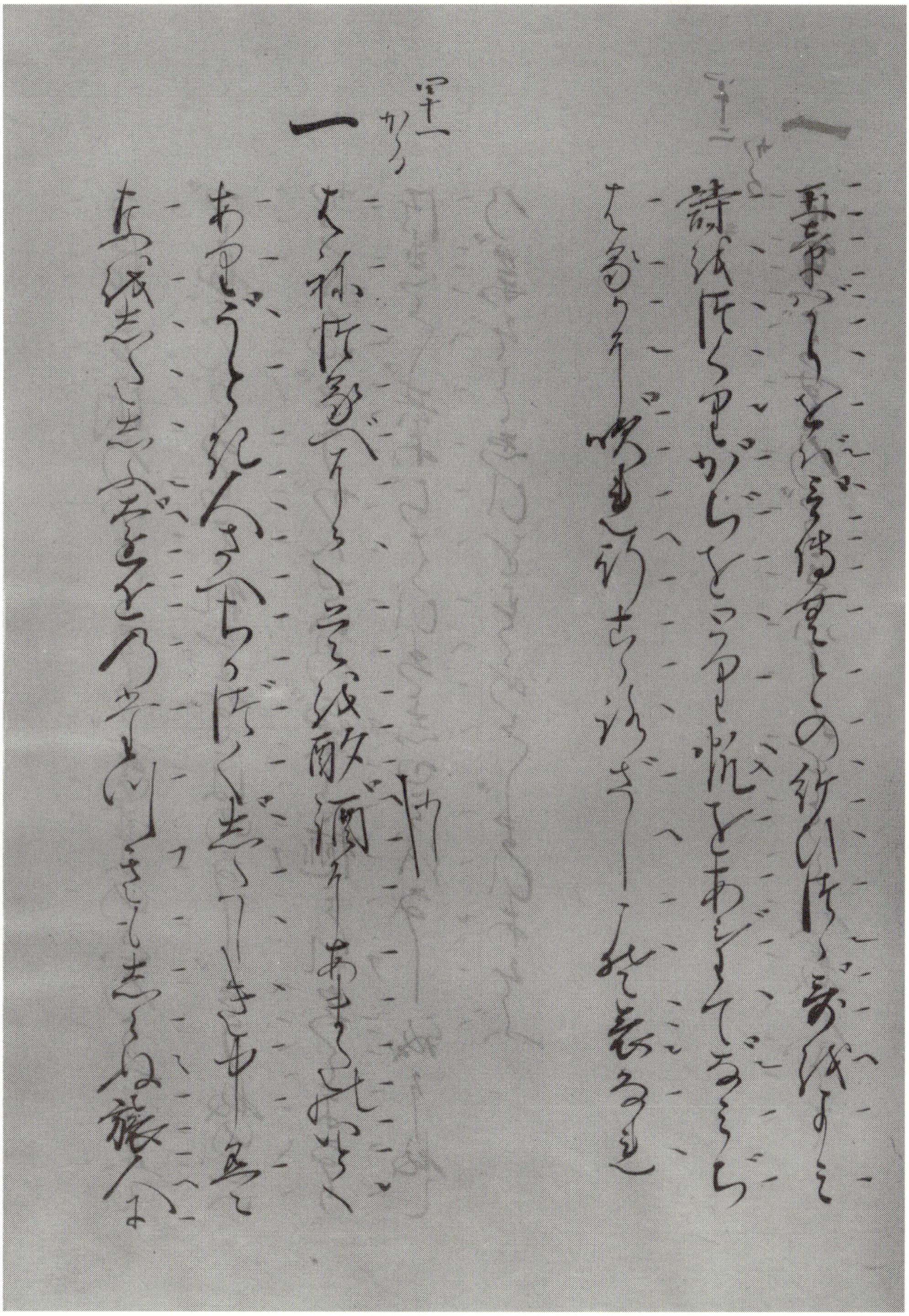

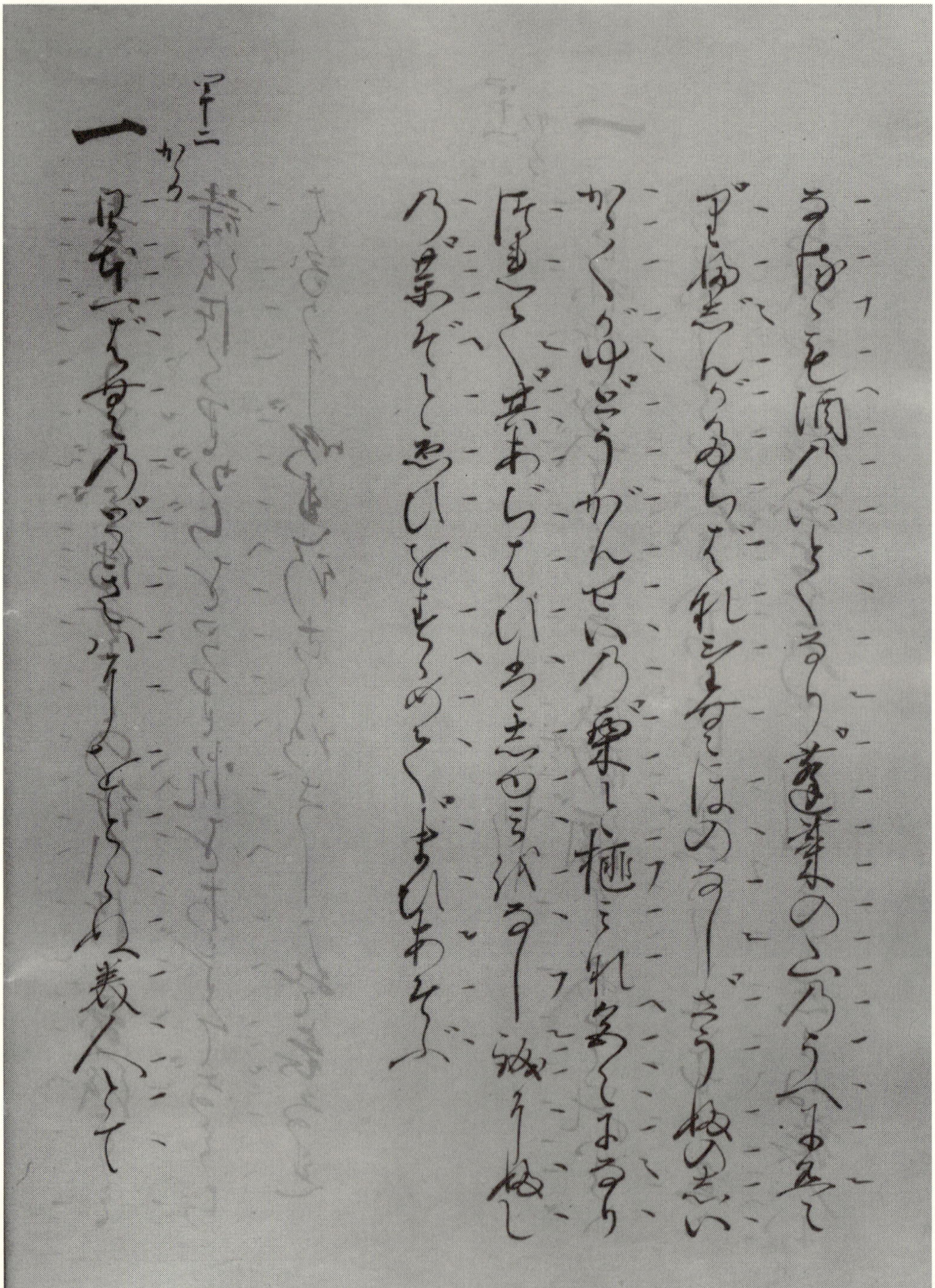

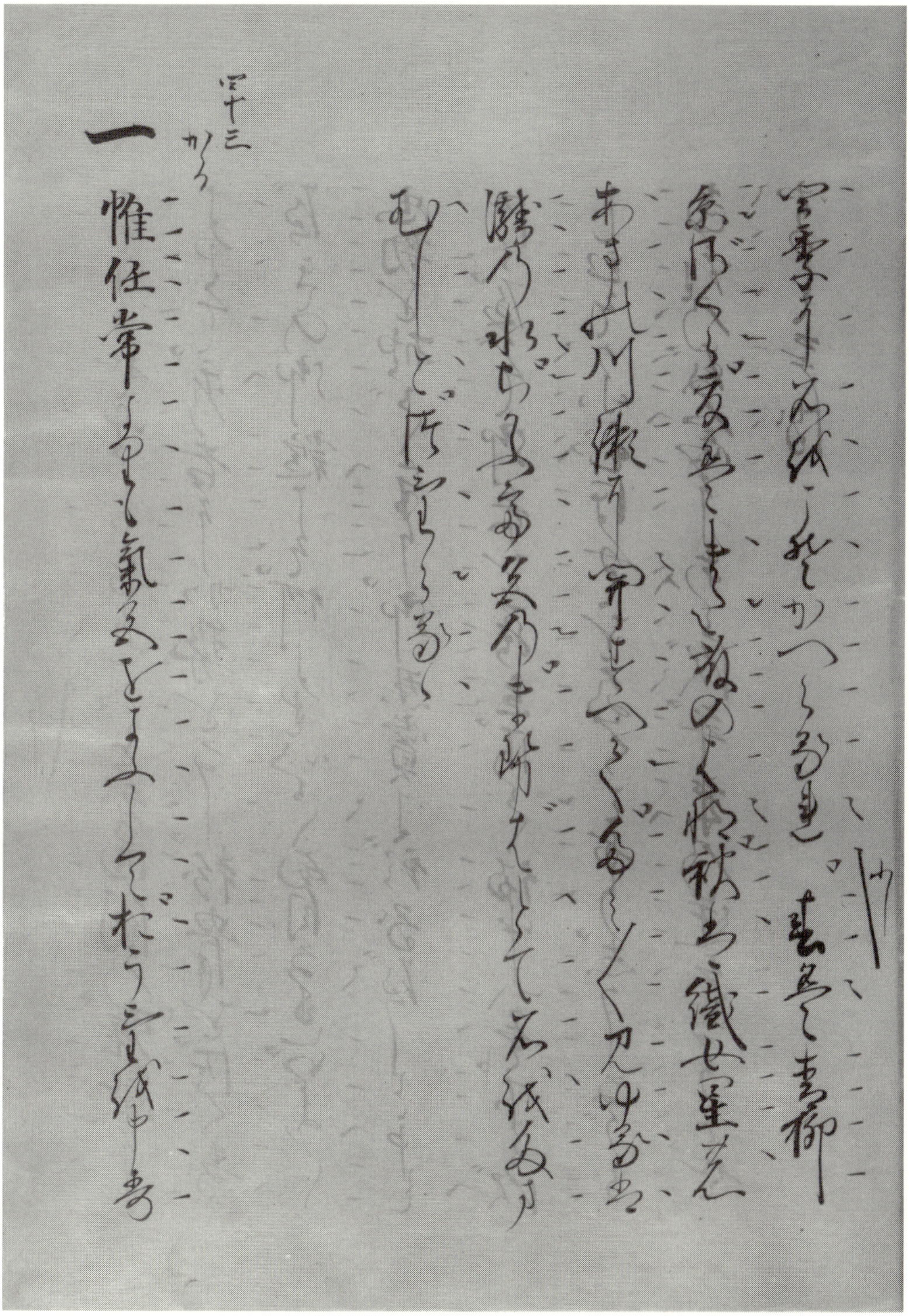

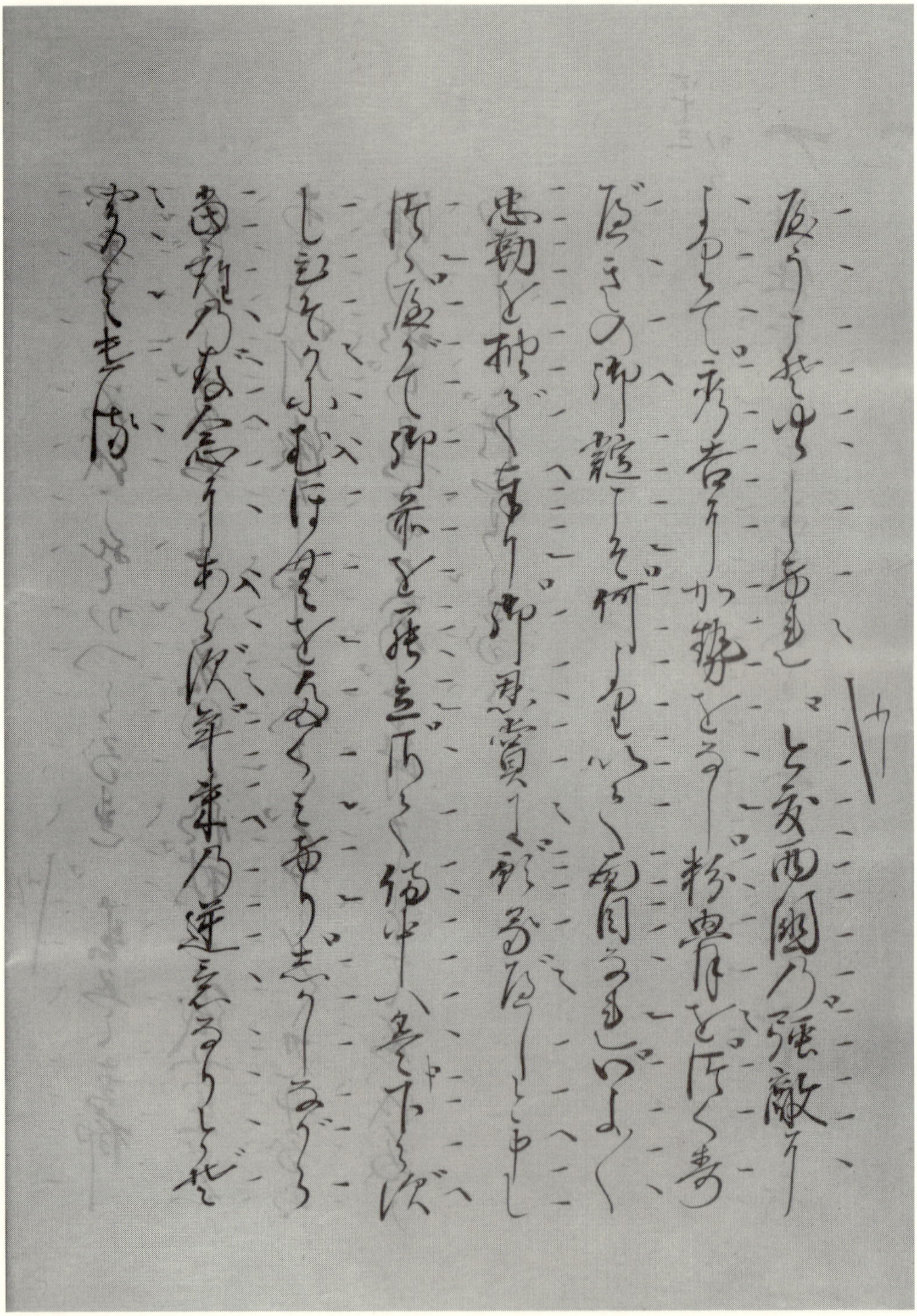

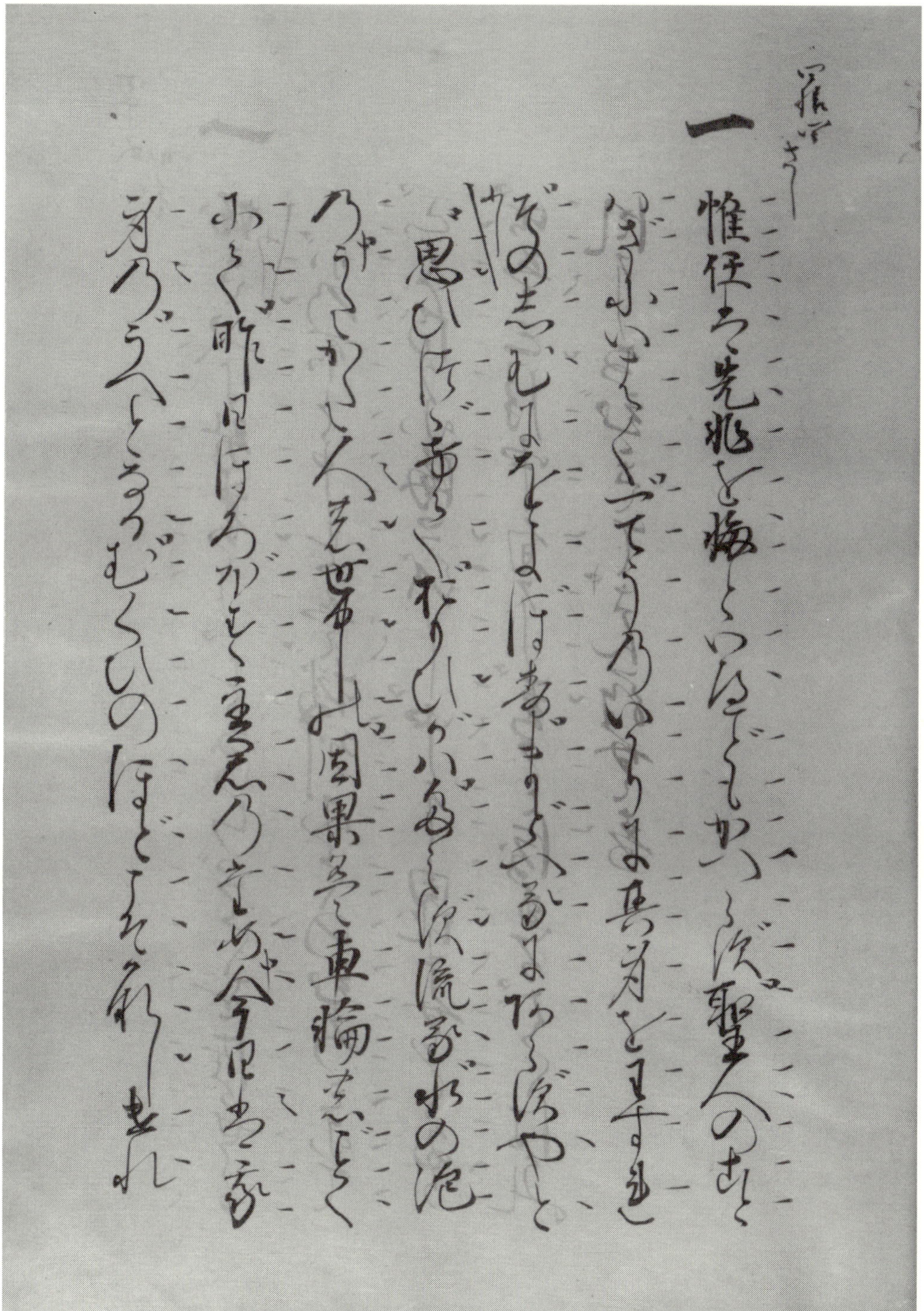

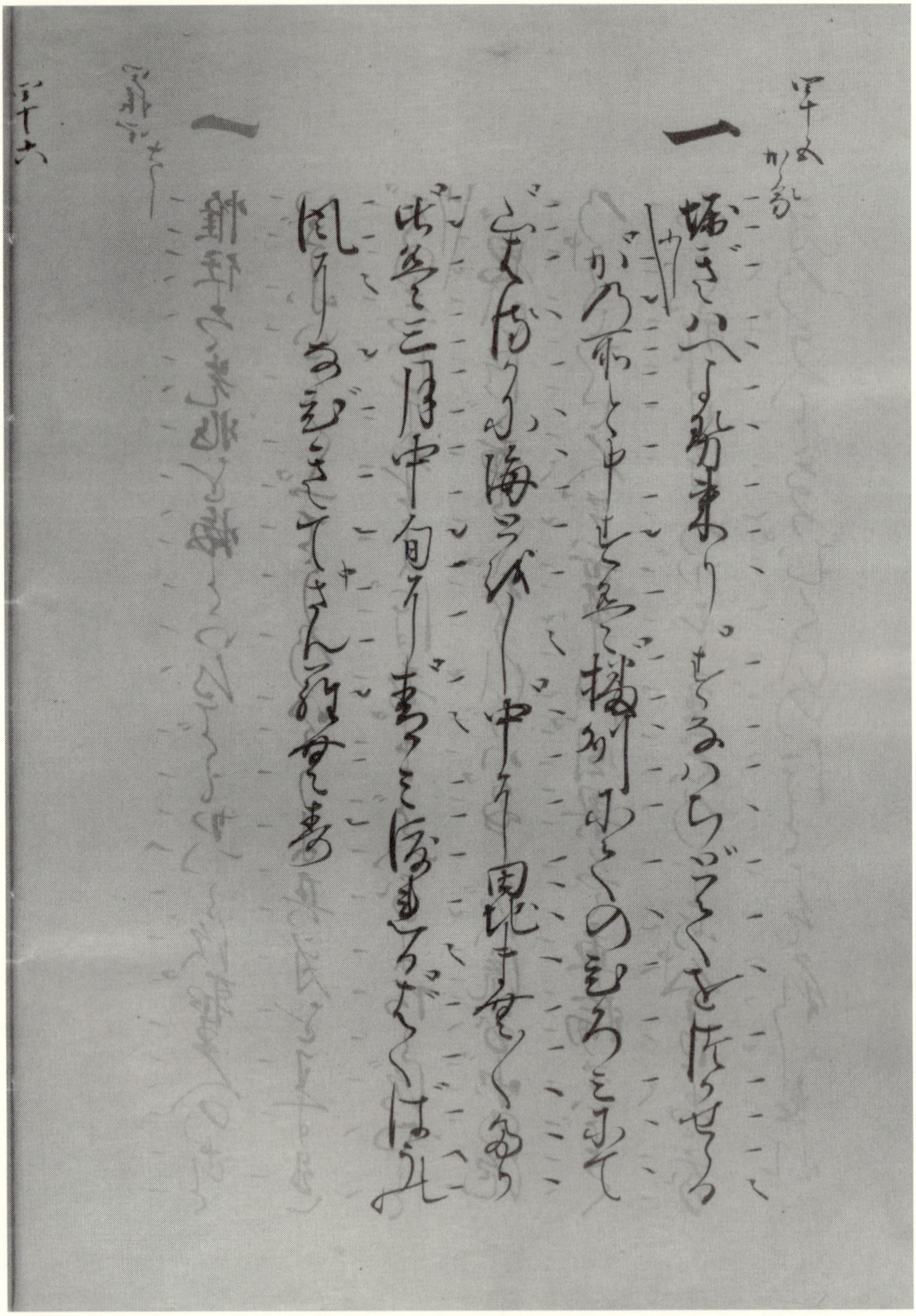

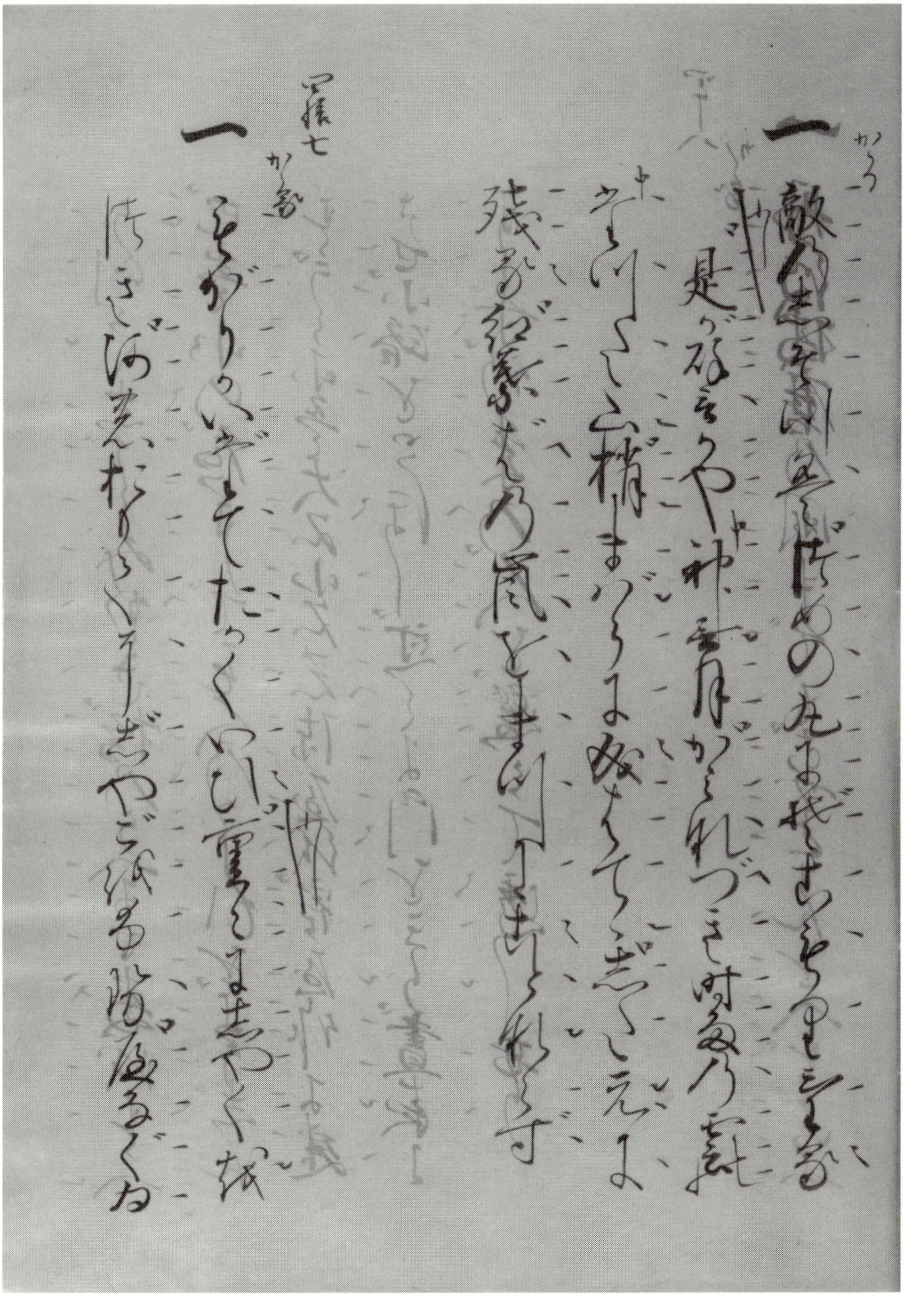

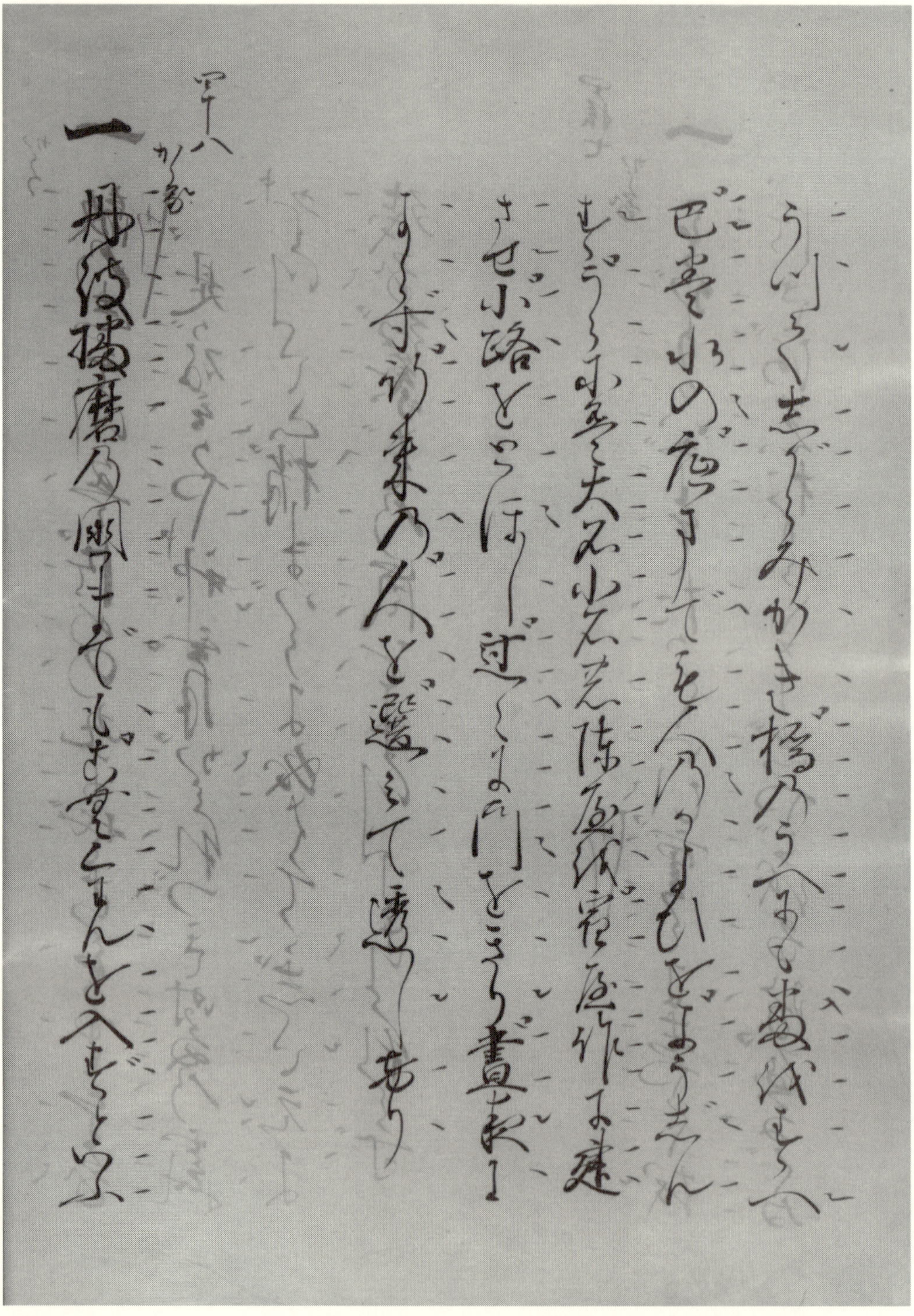

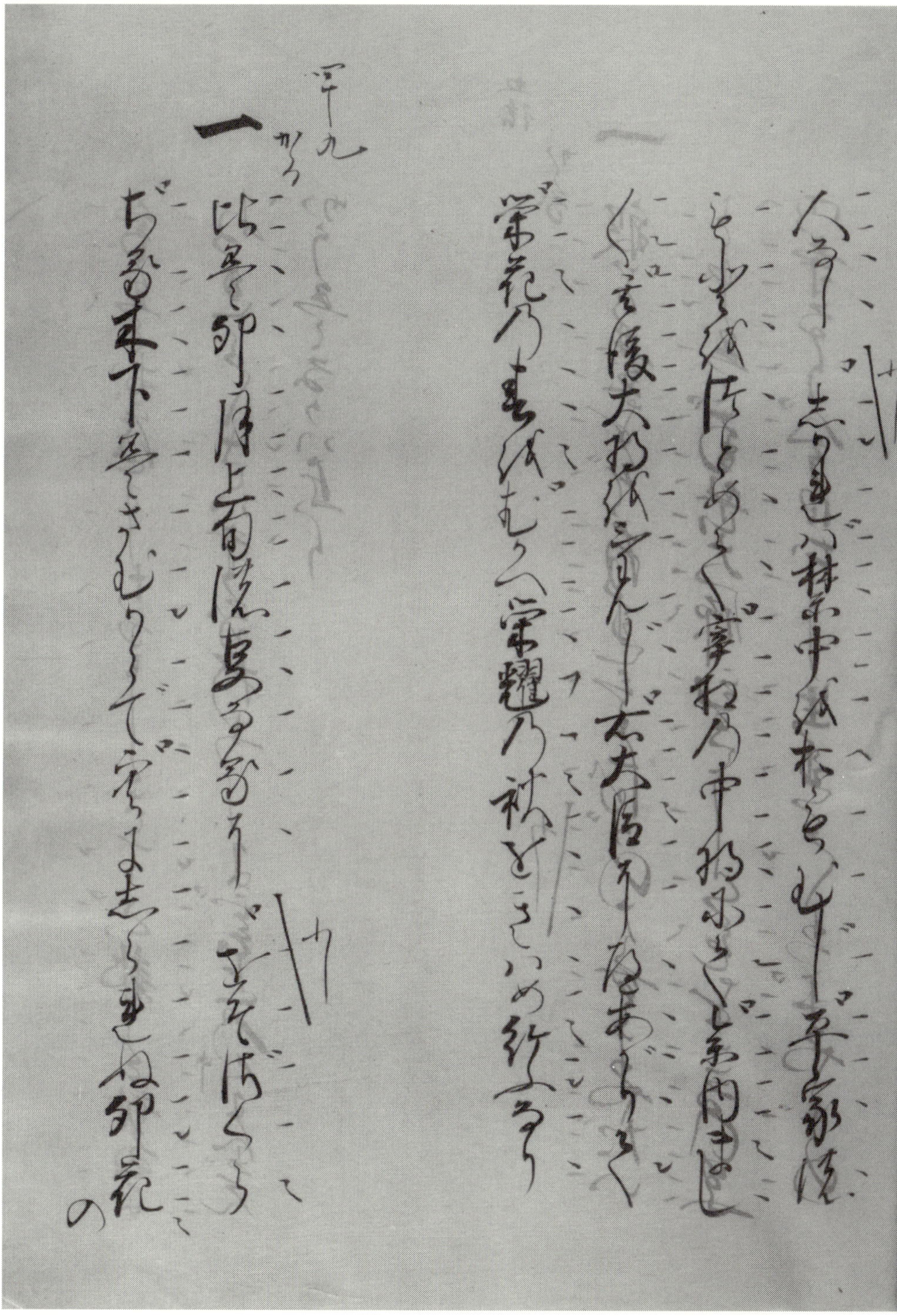

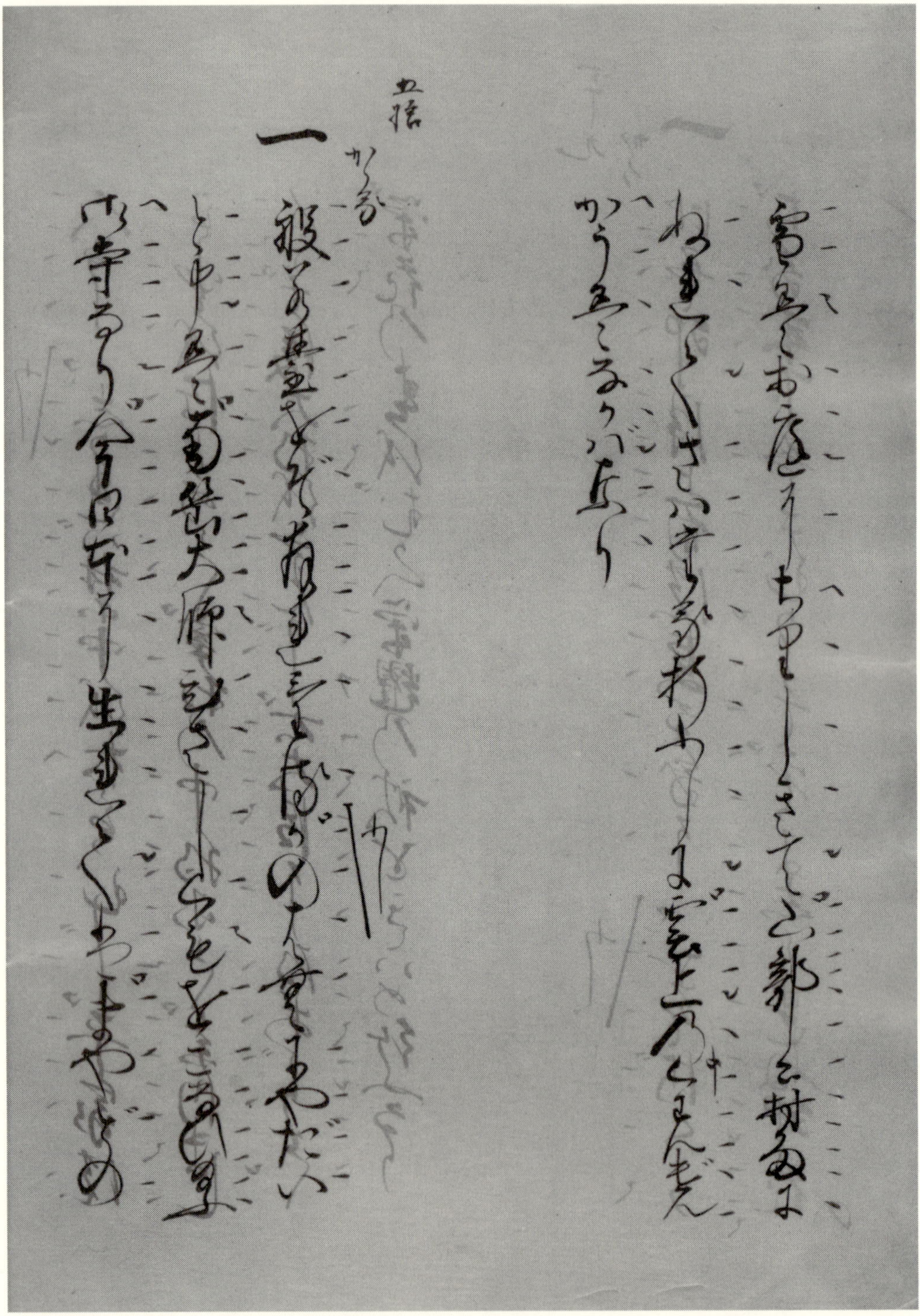

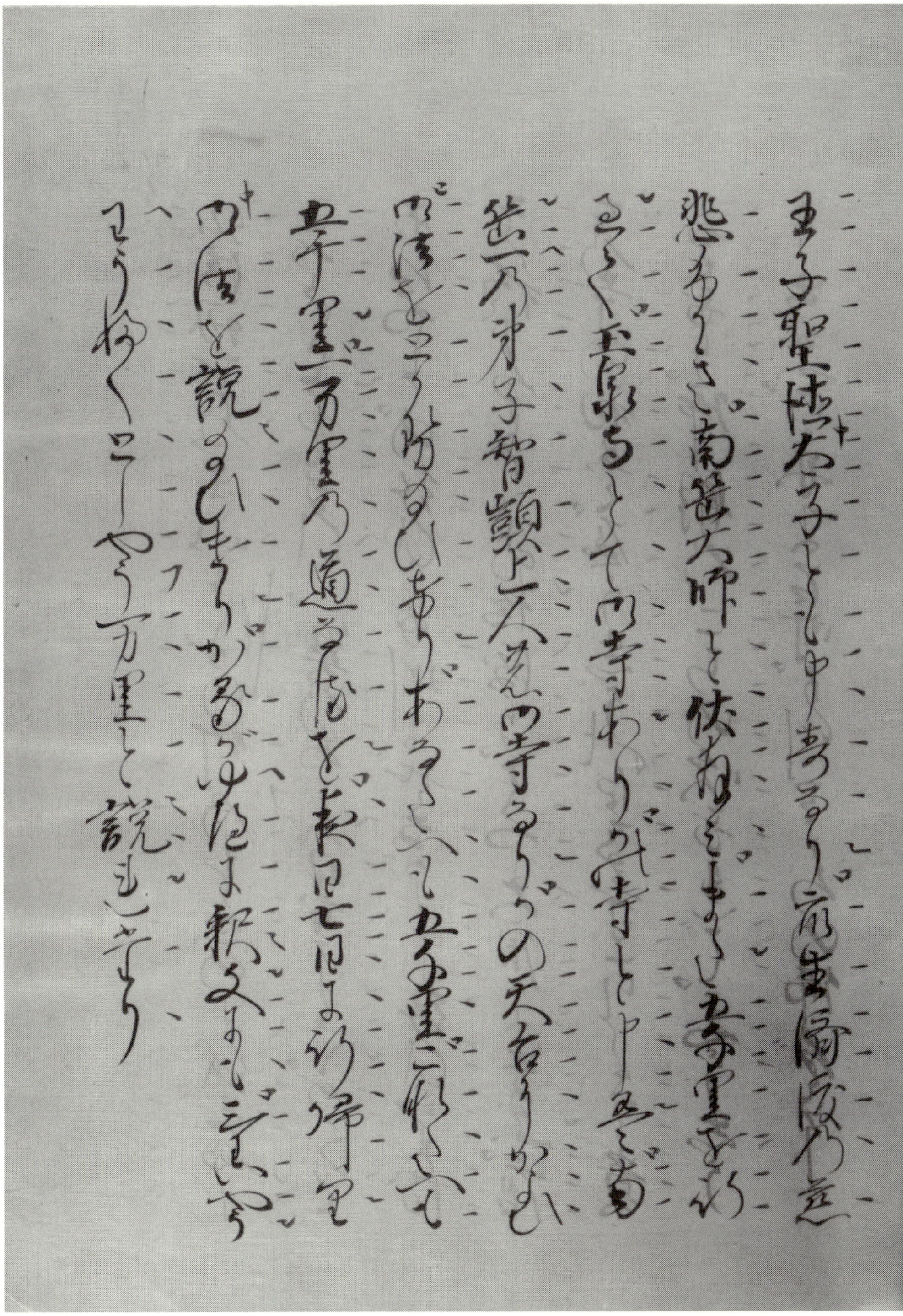

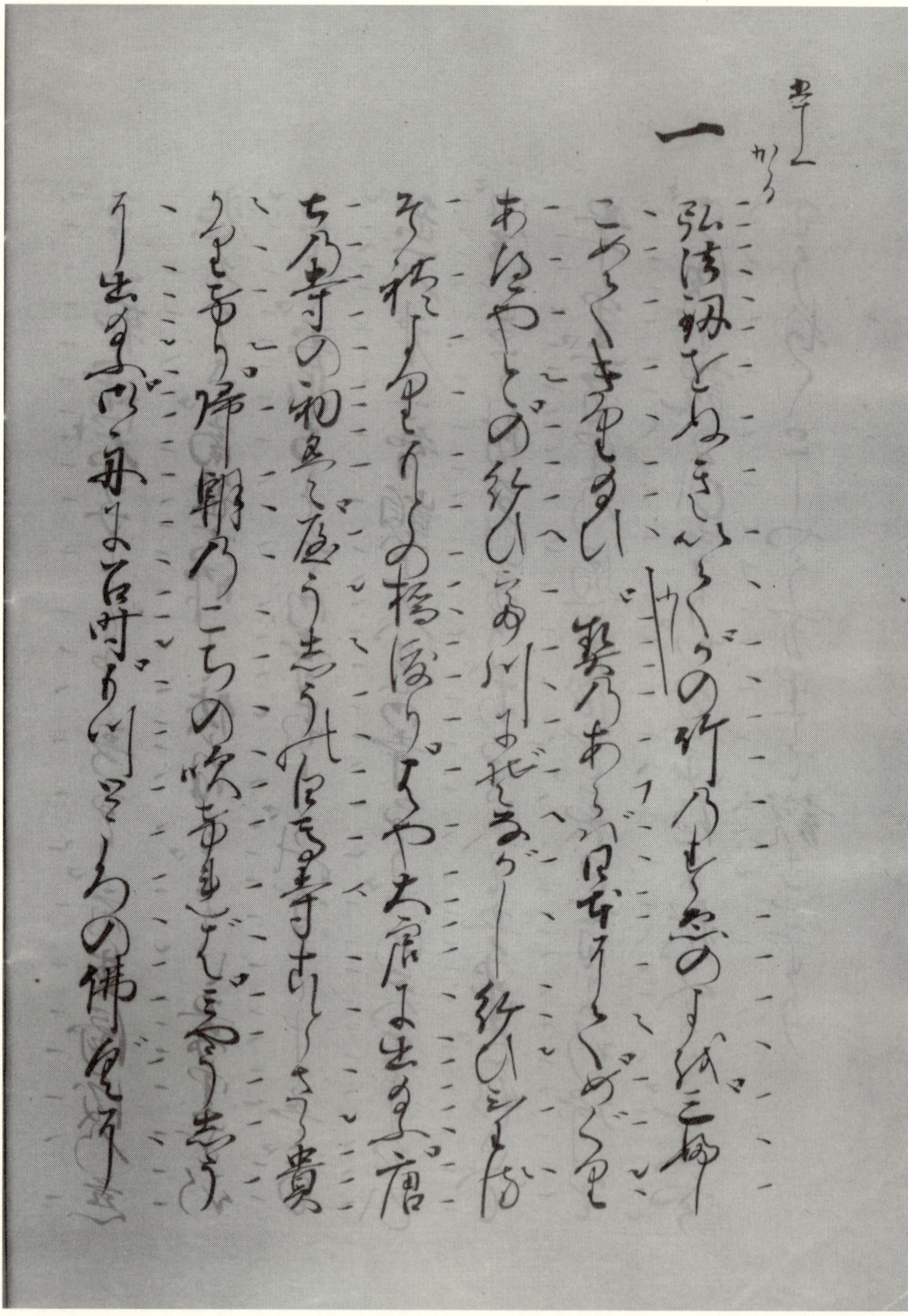

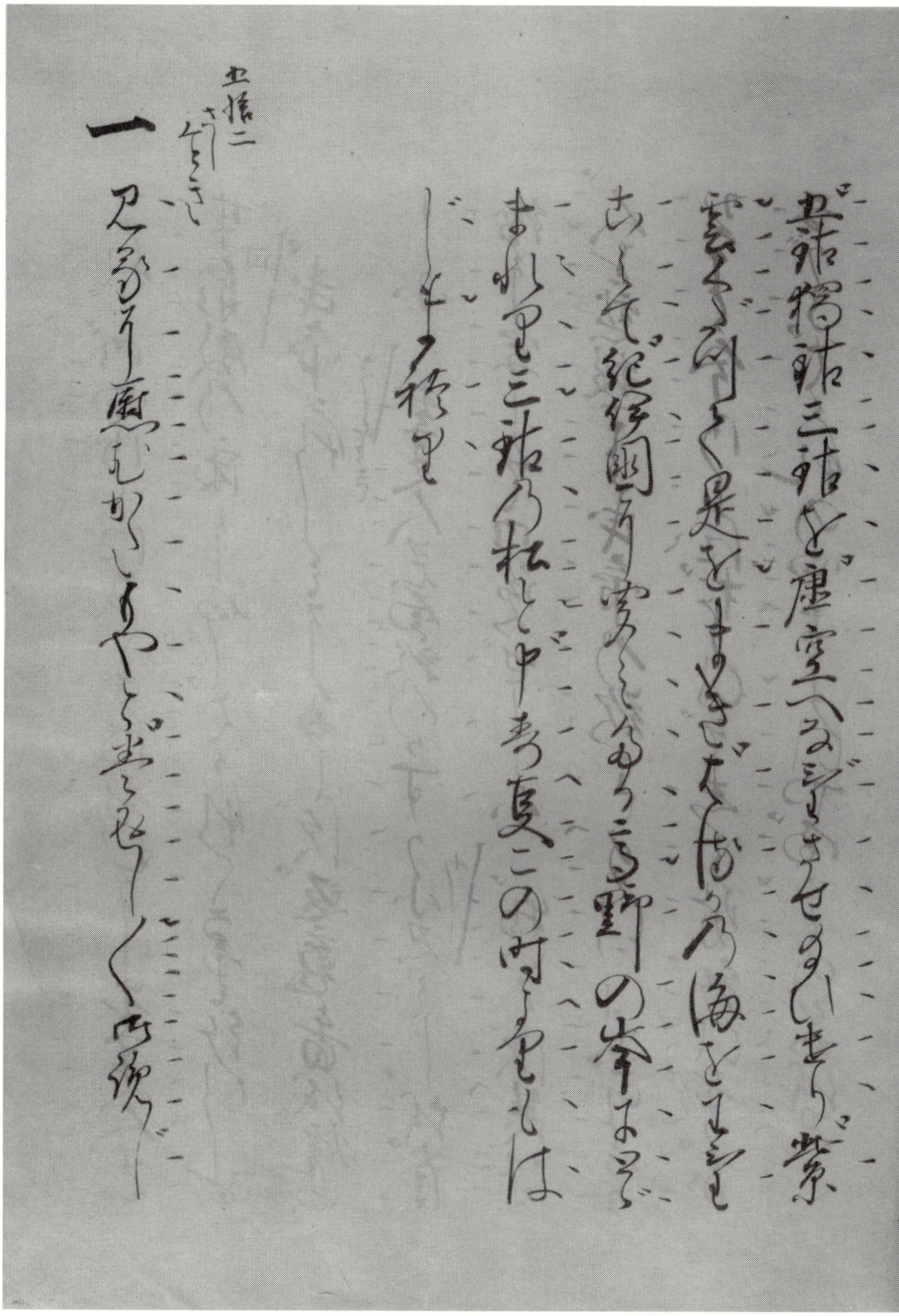

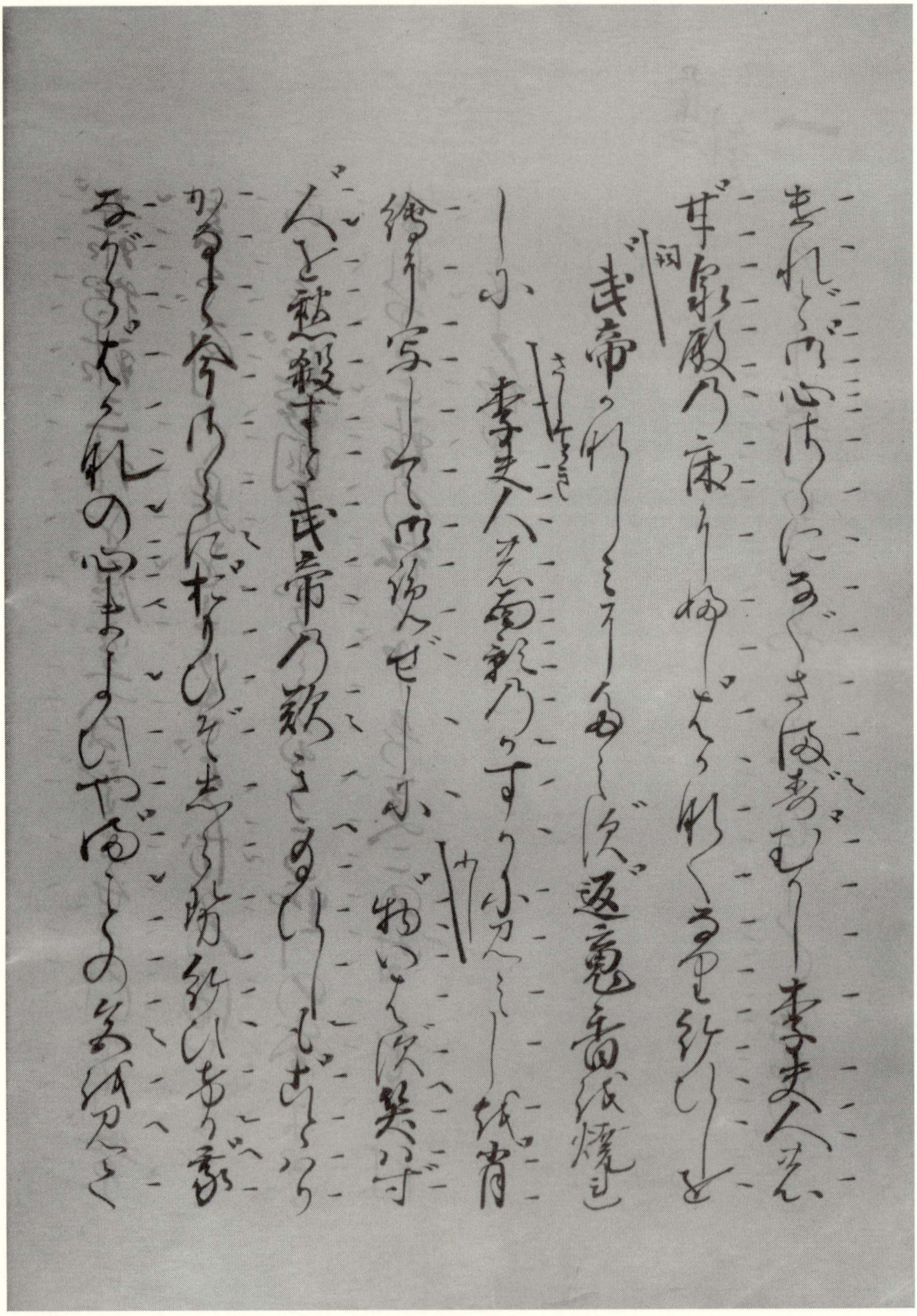

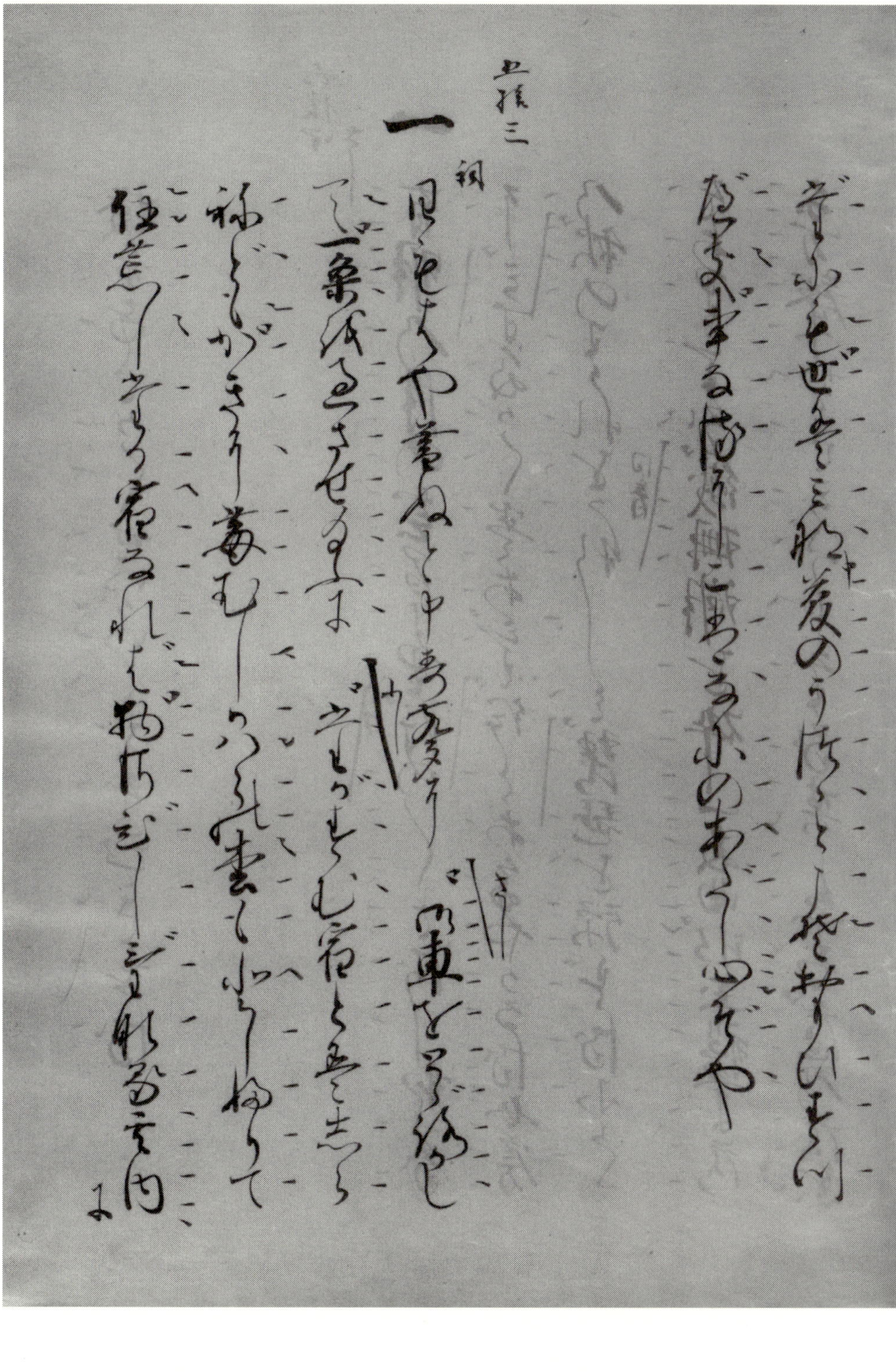

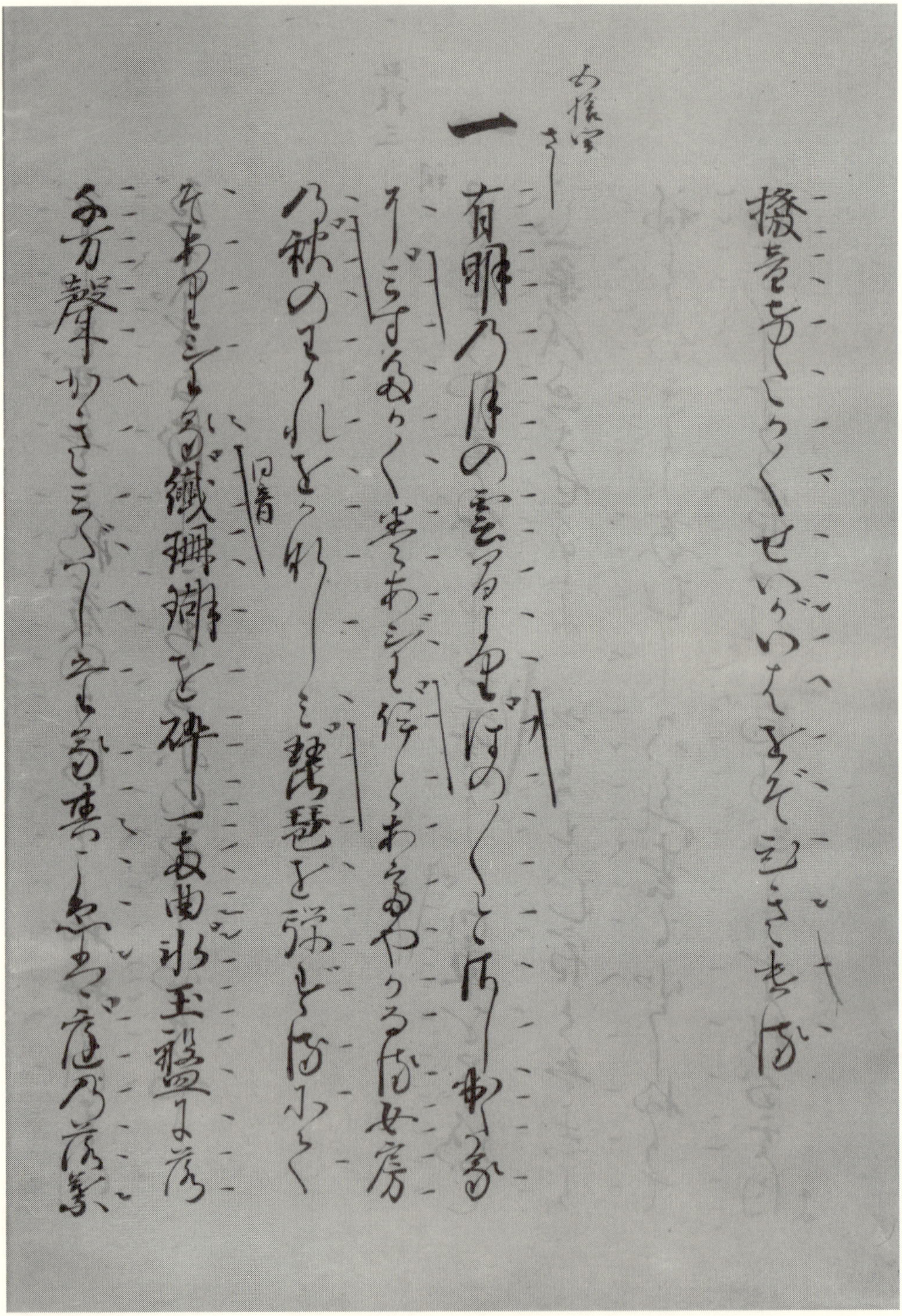

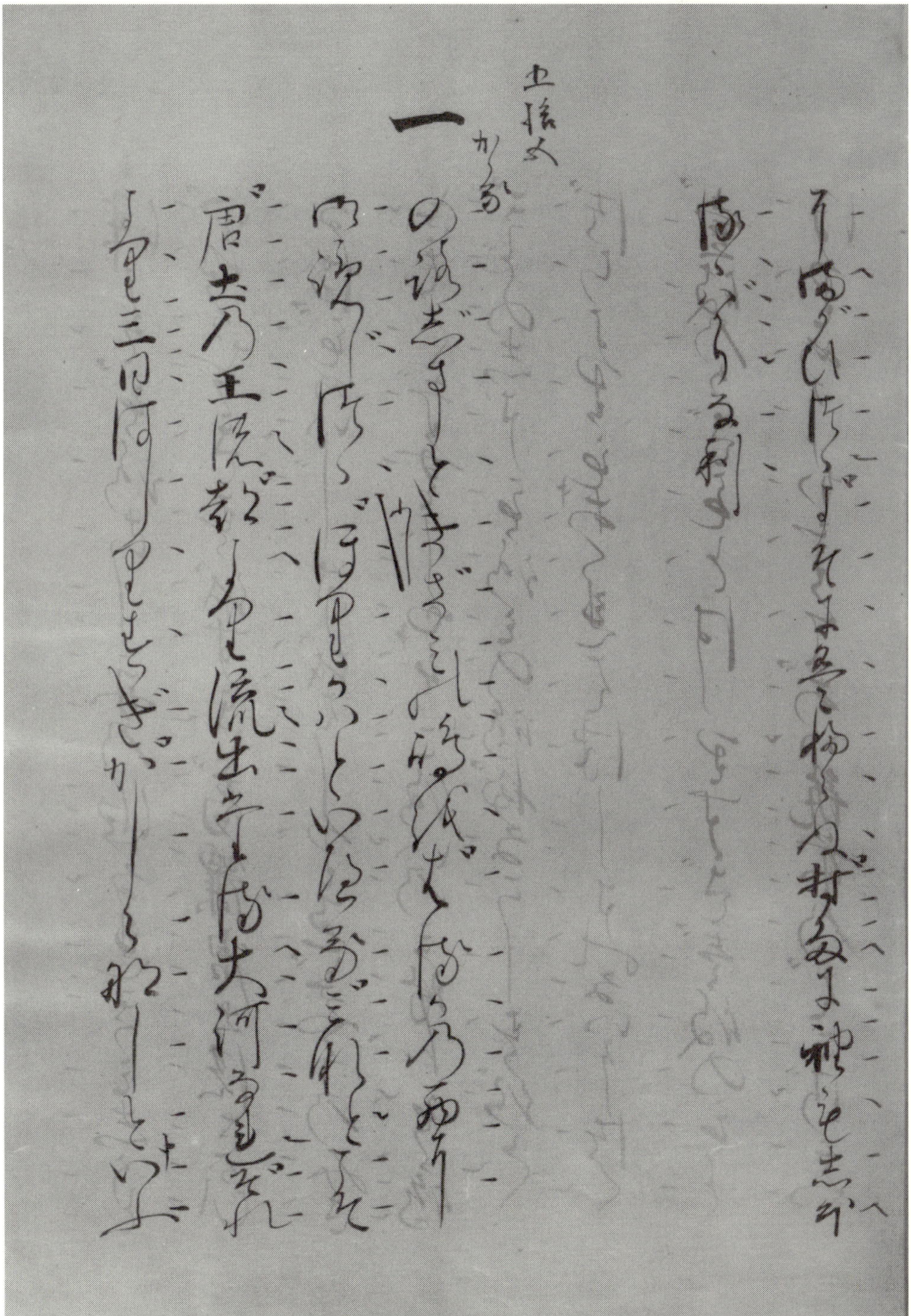

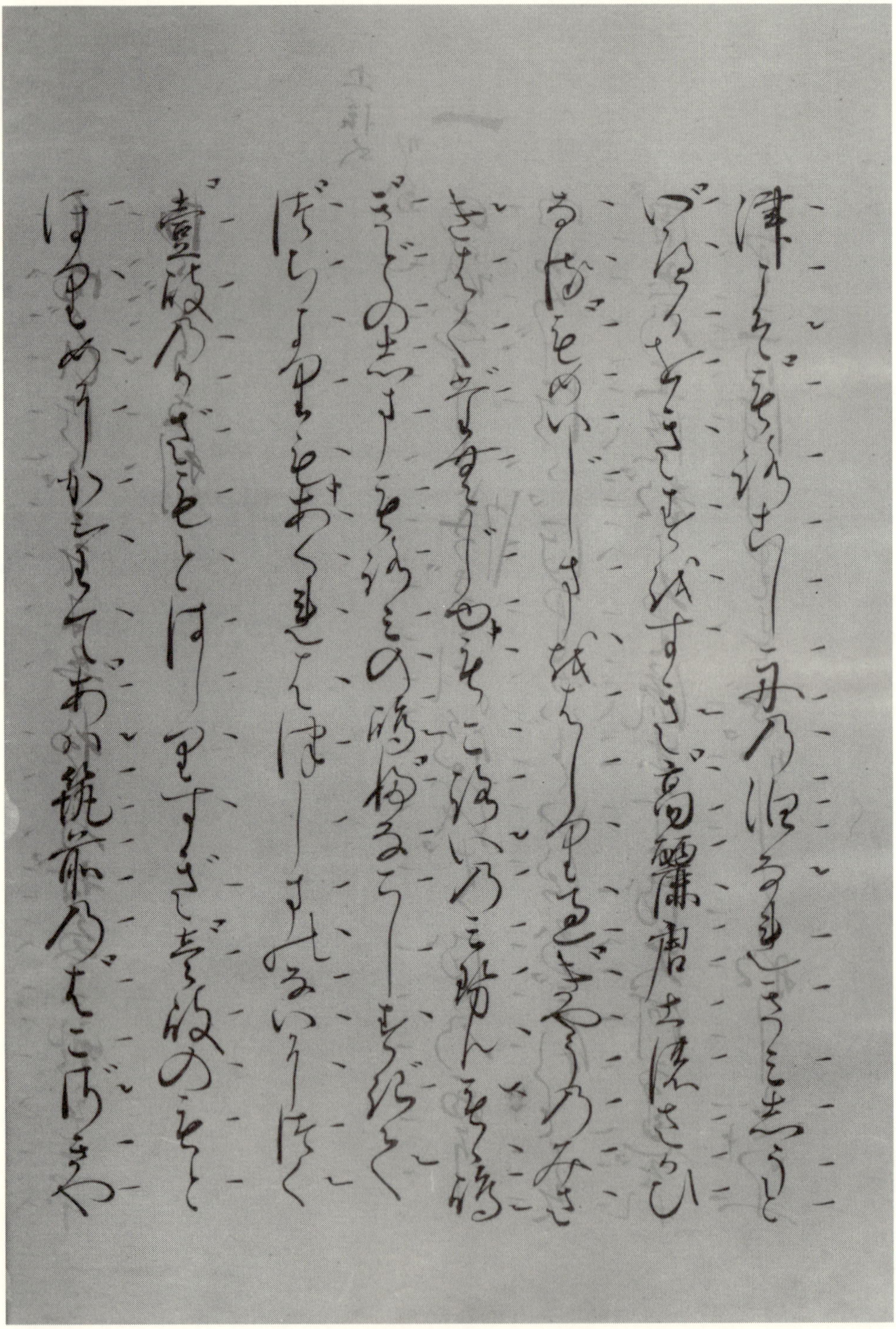

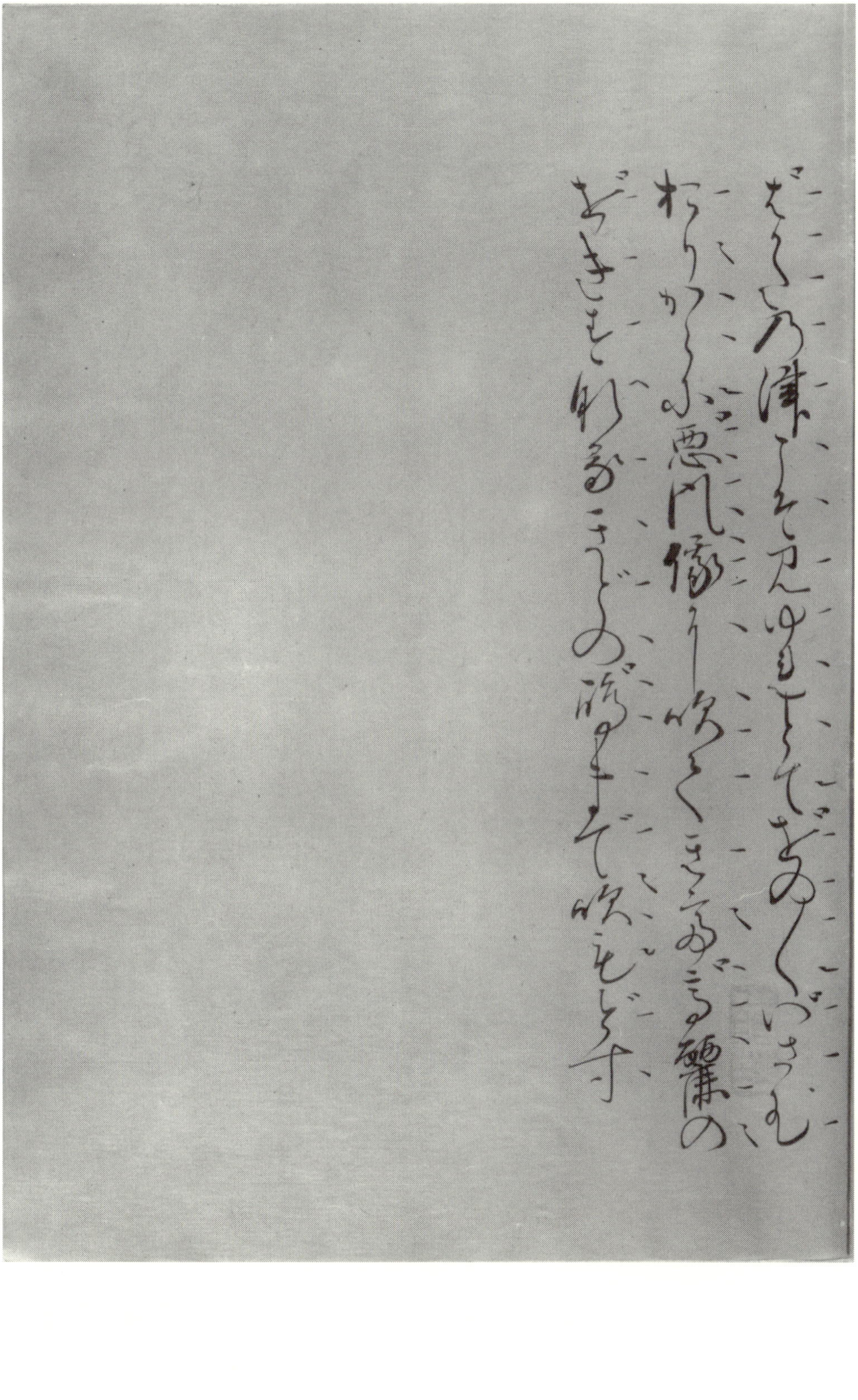

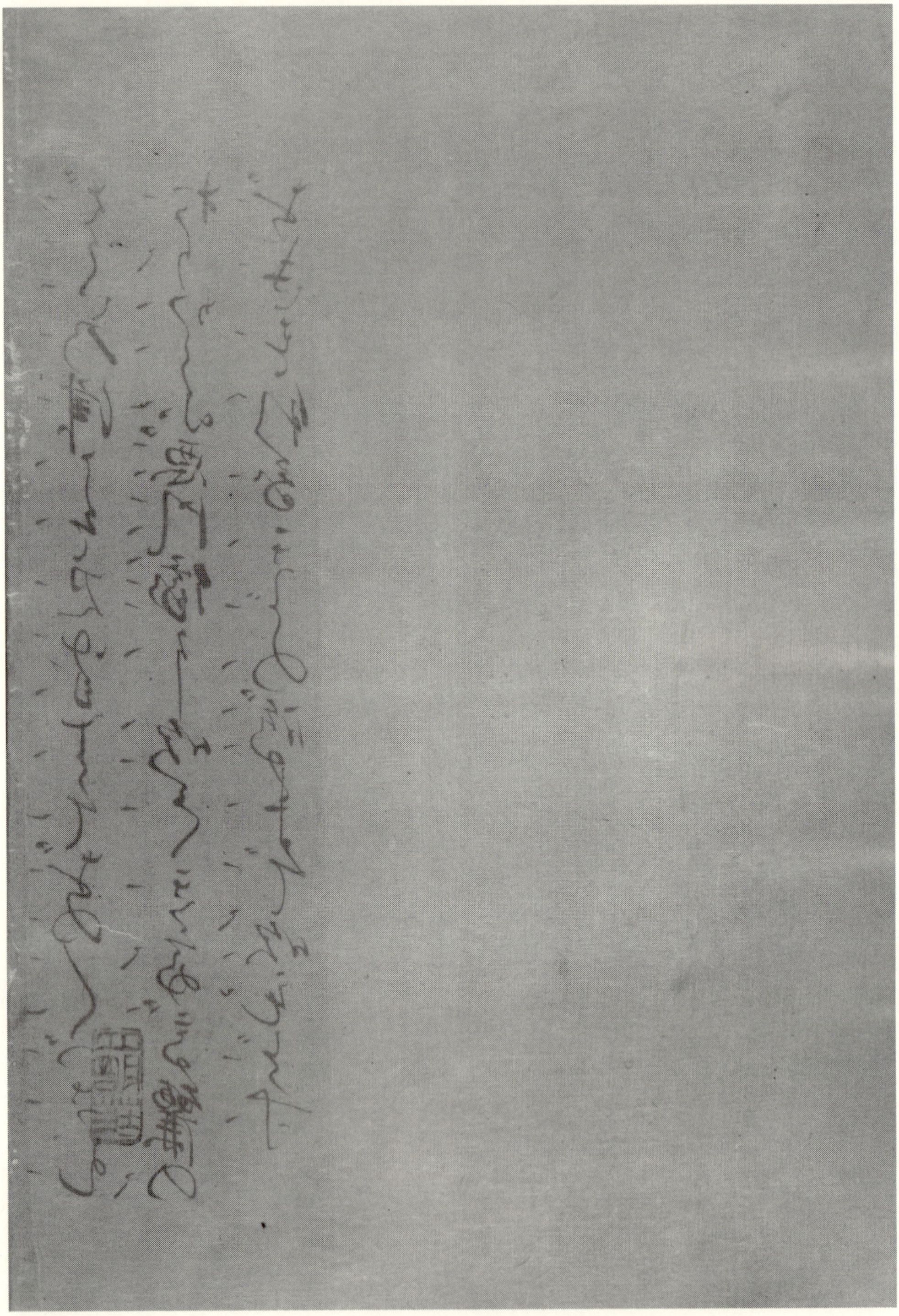

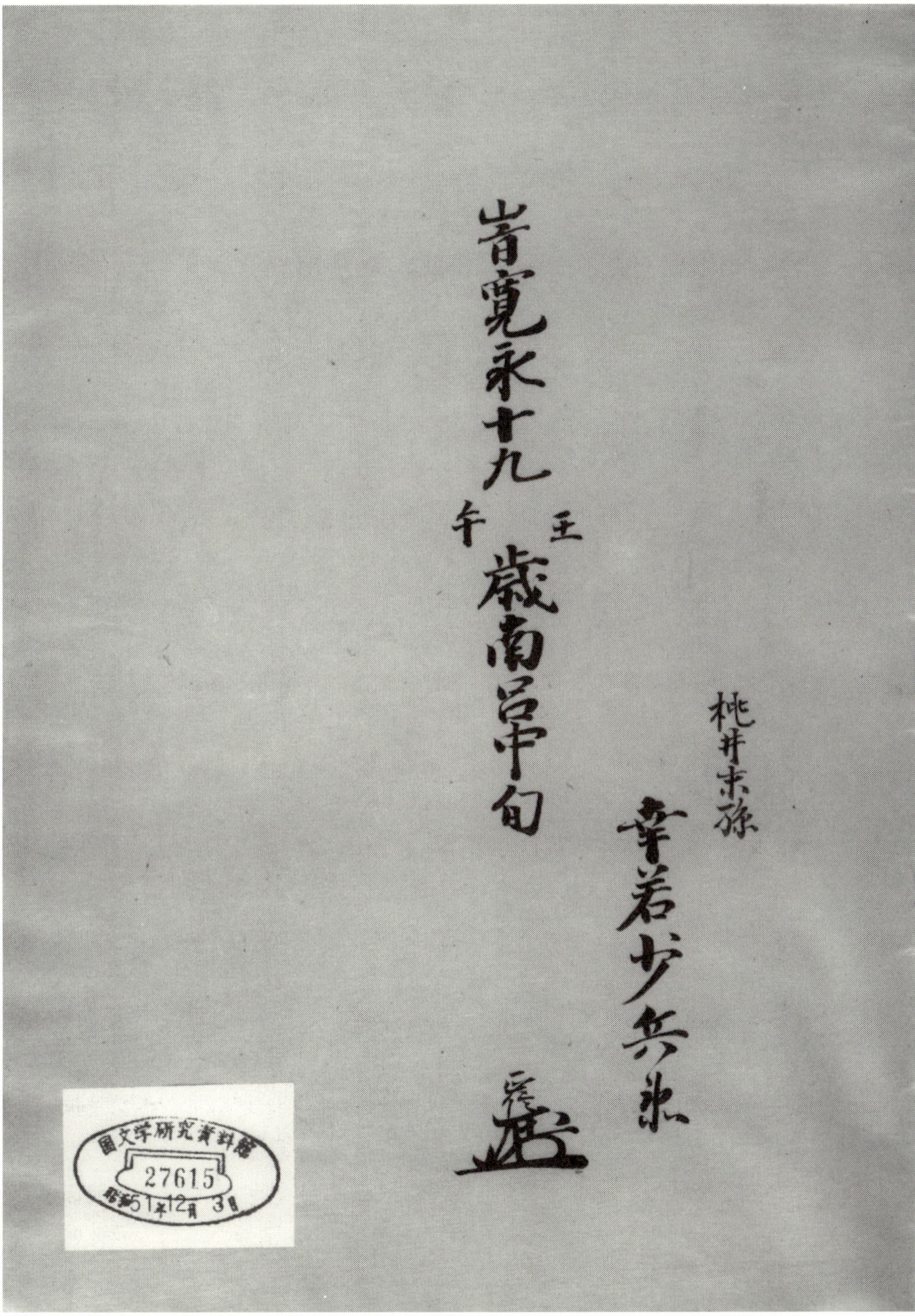
旹寛永十九壬午歳南呂中旬
桃井末孫
幸若少兵衛
国文学研究資料館
27615
昭和51年12月3日

『宗安小歌集』（国文学研究資料館本）

（縮率六一％）

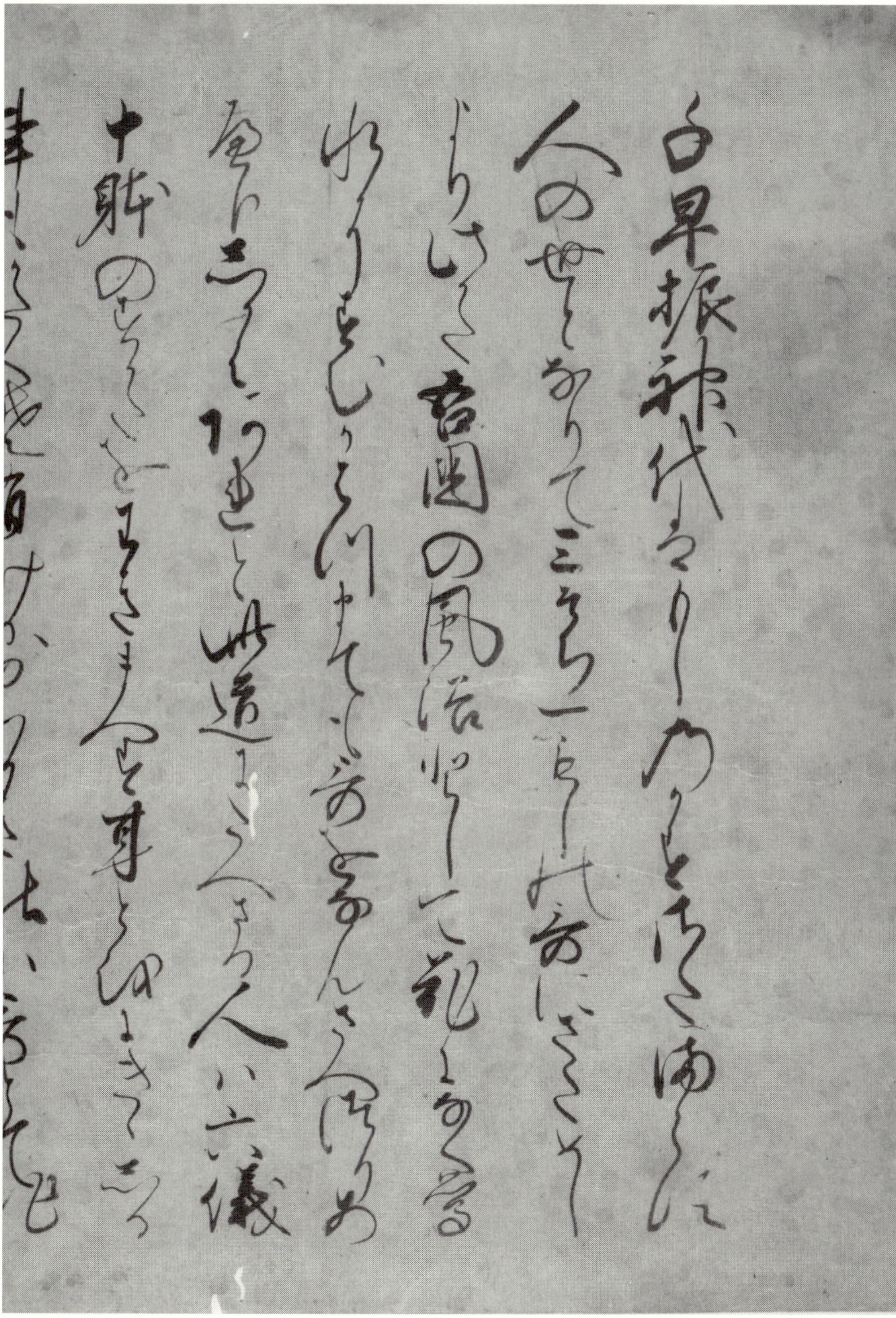

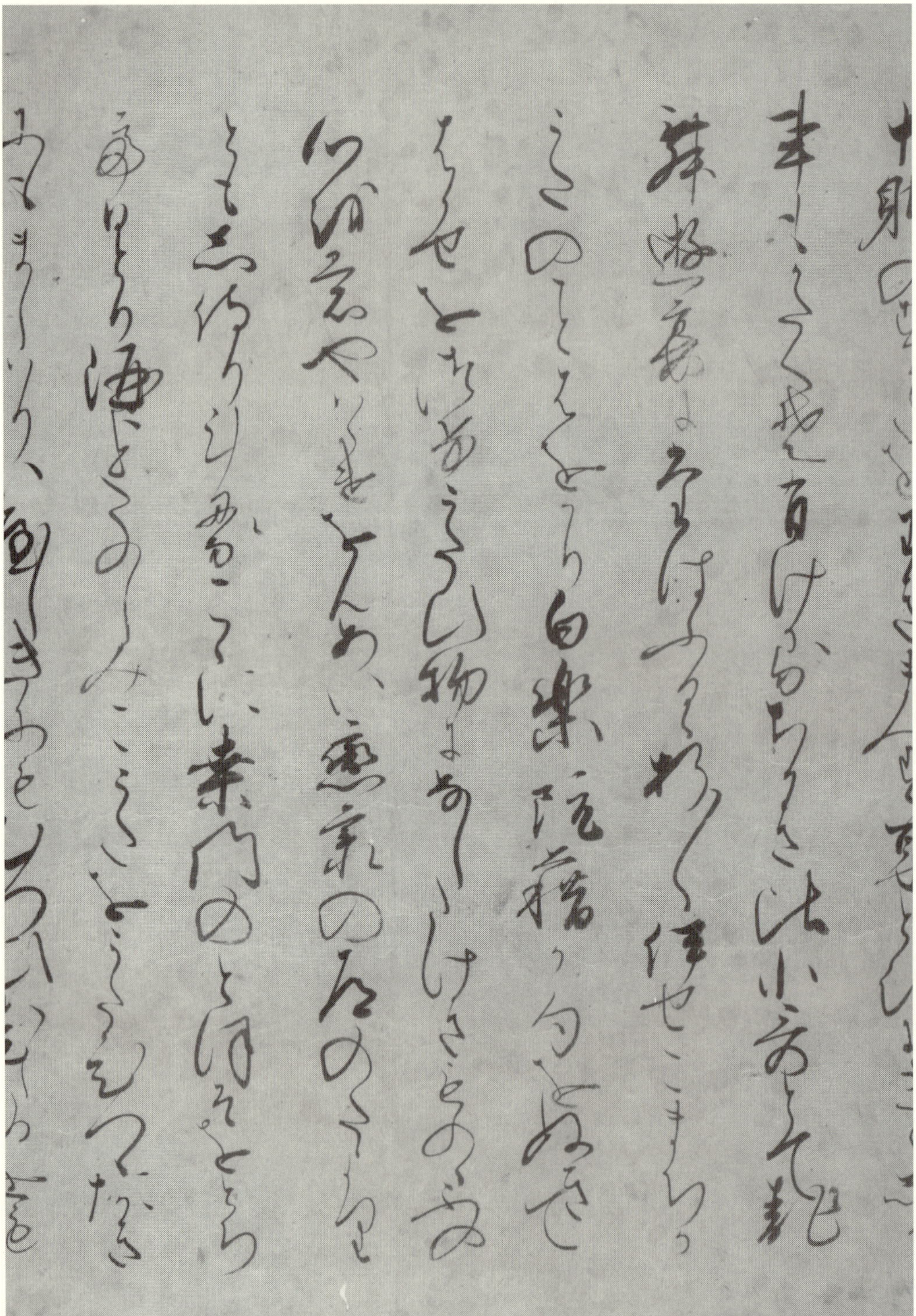

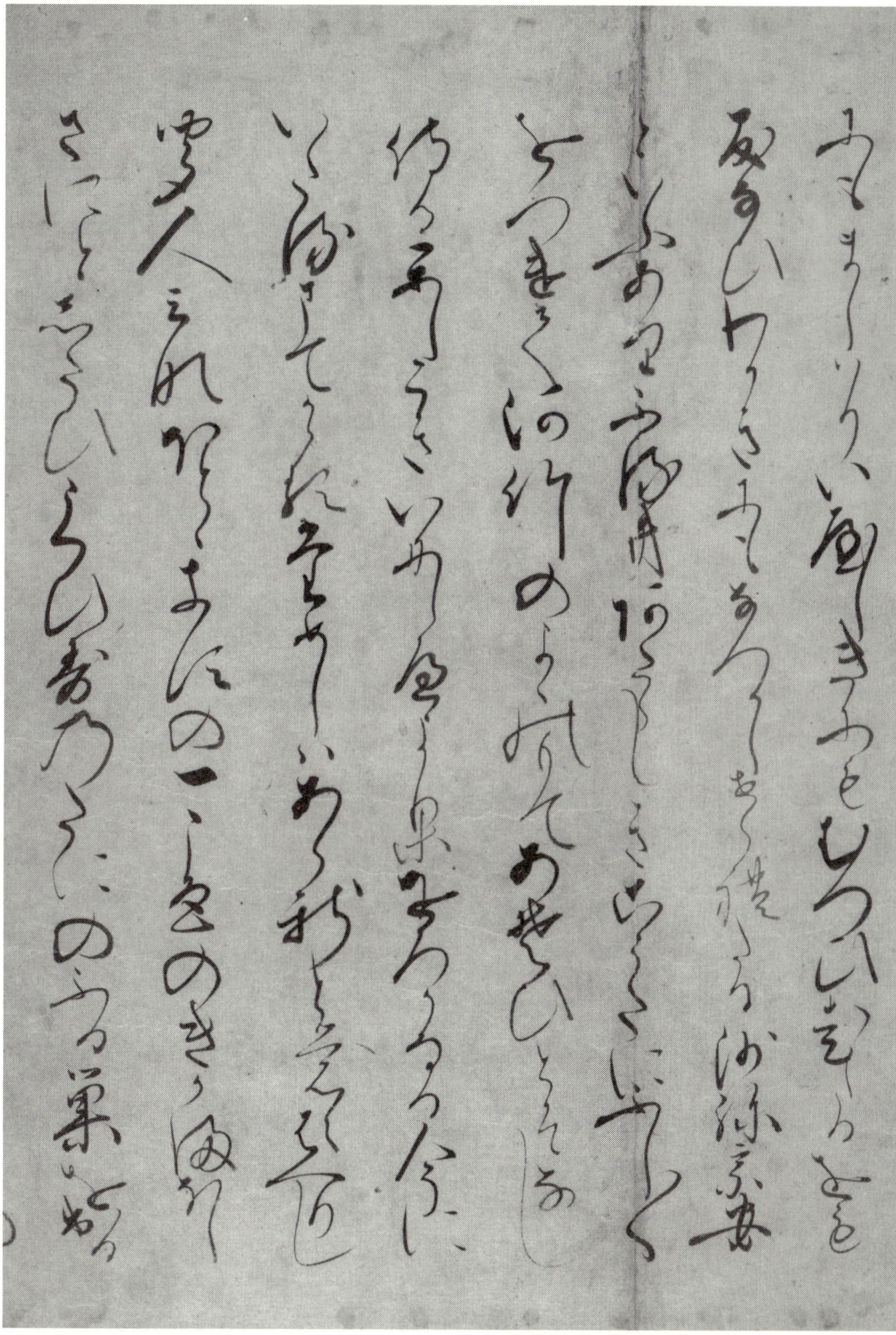

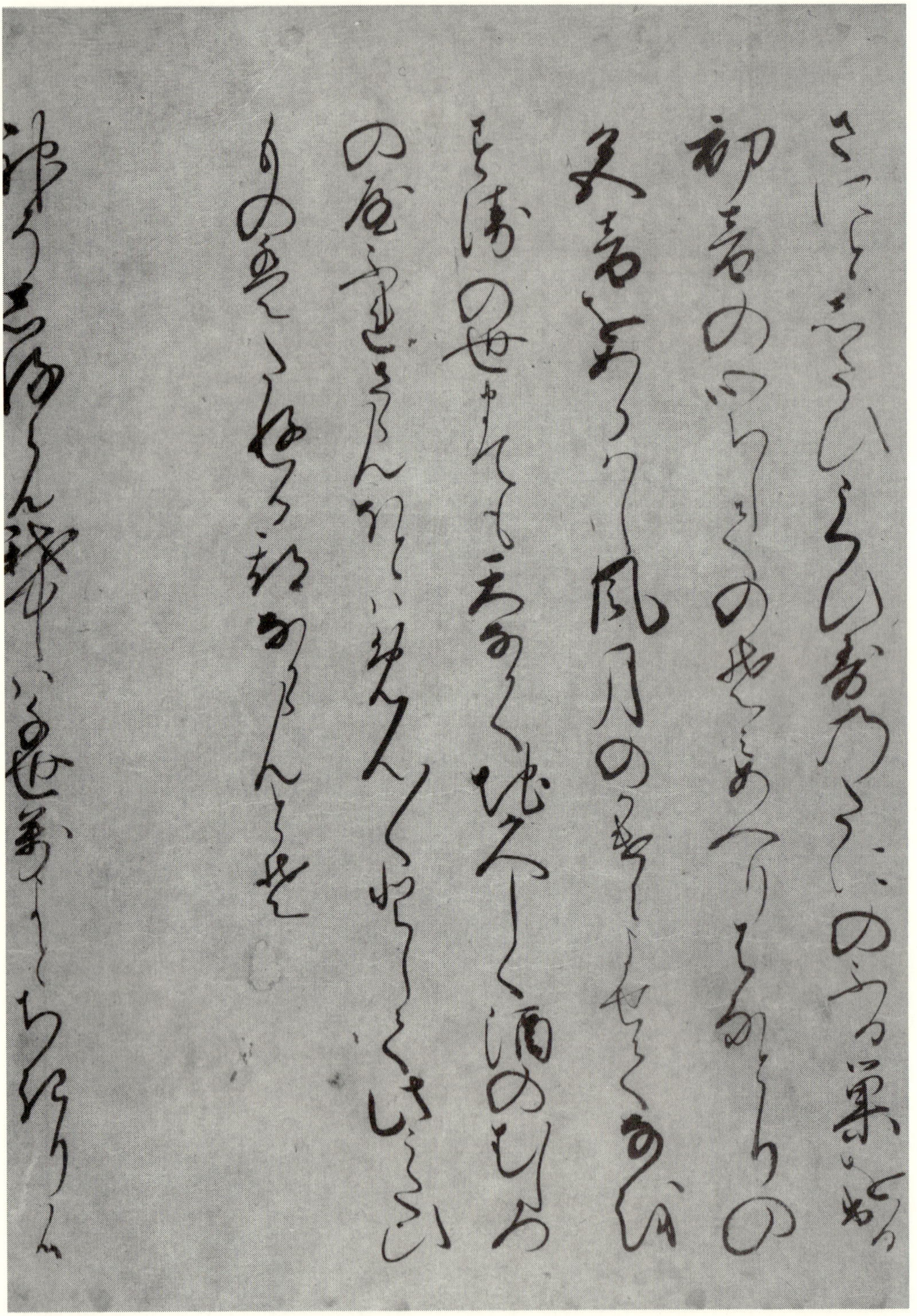

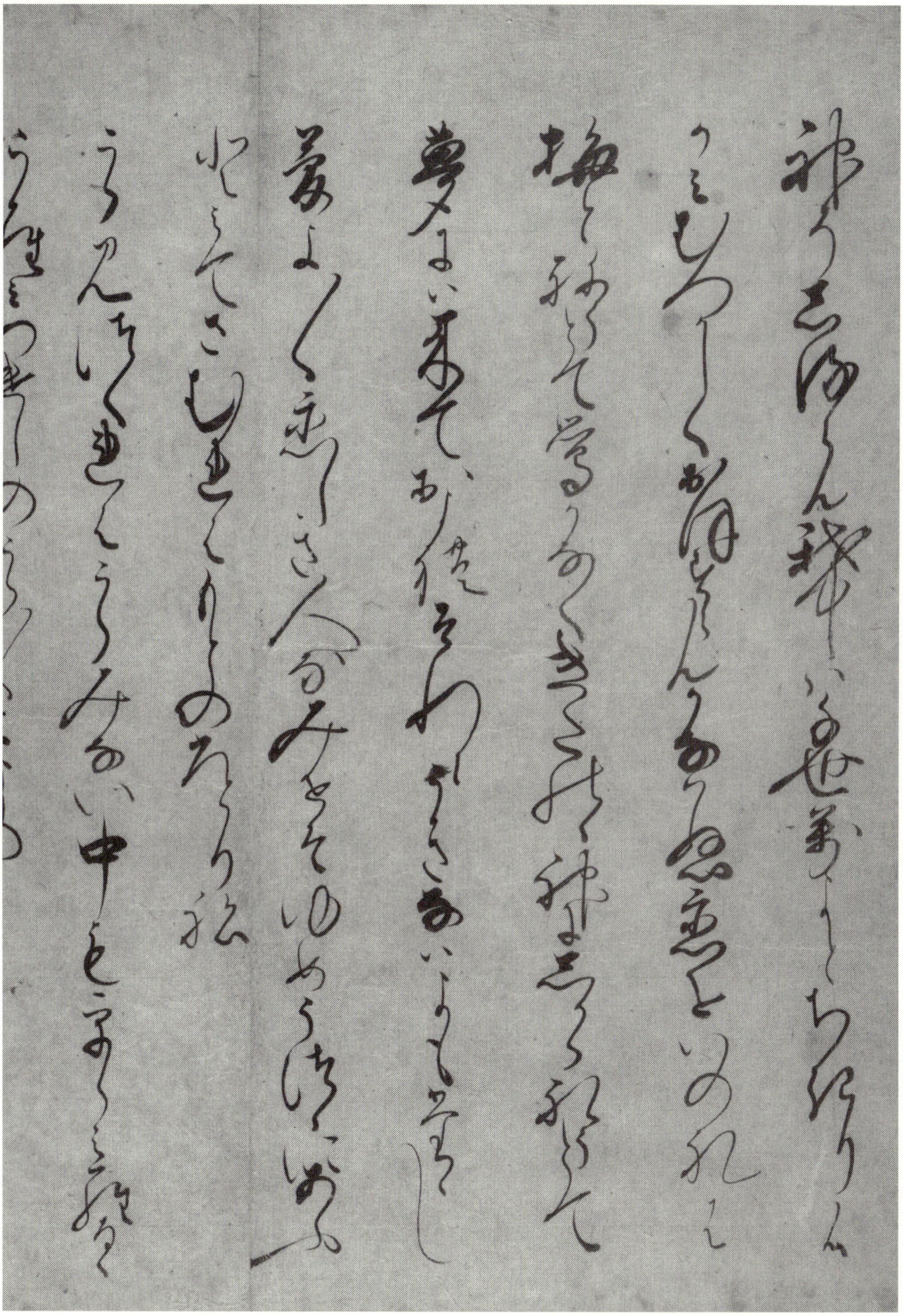

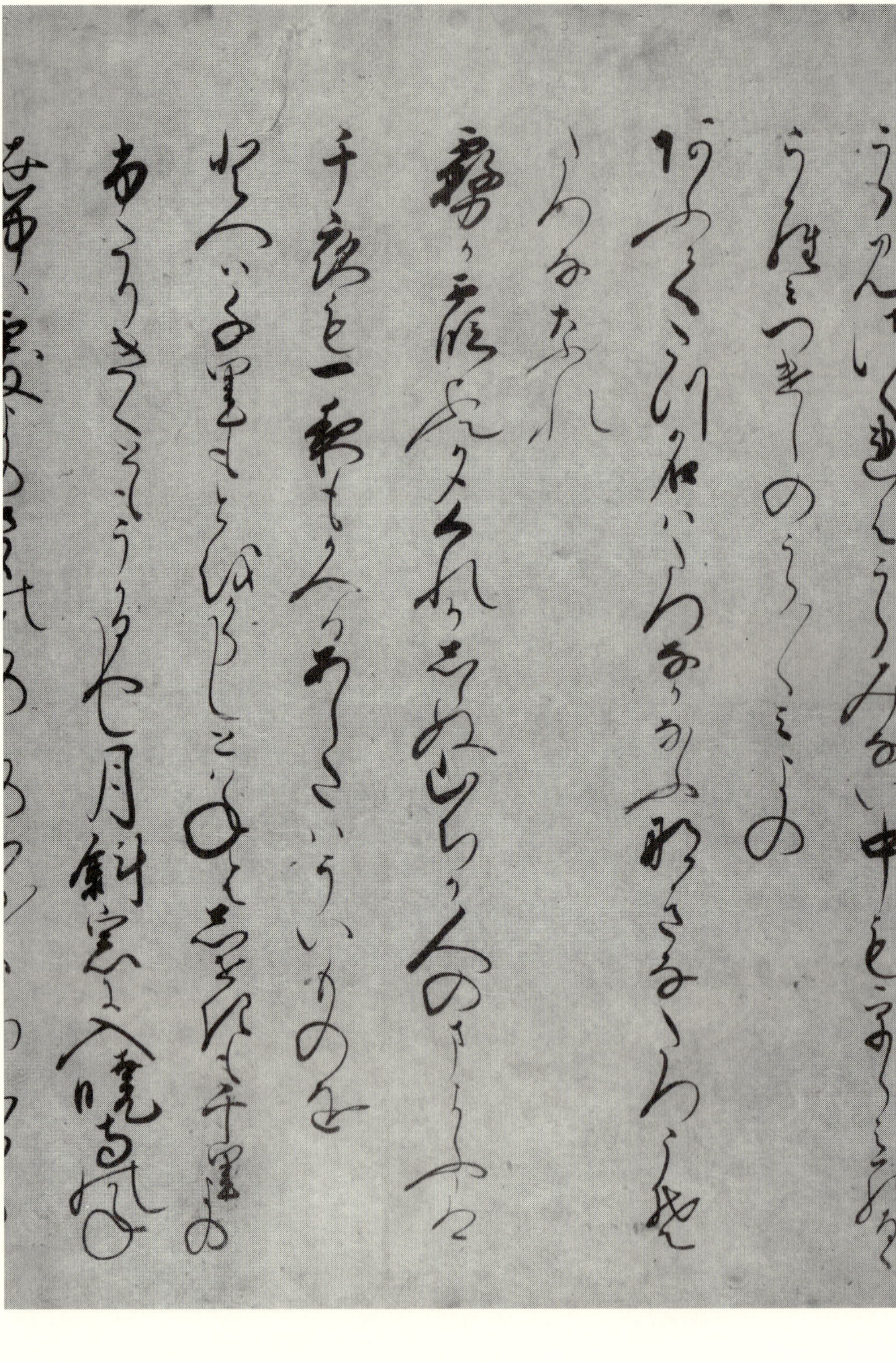

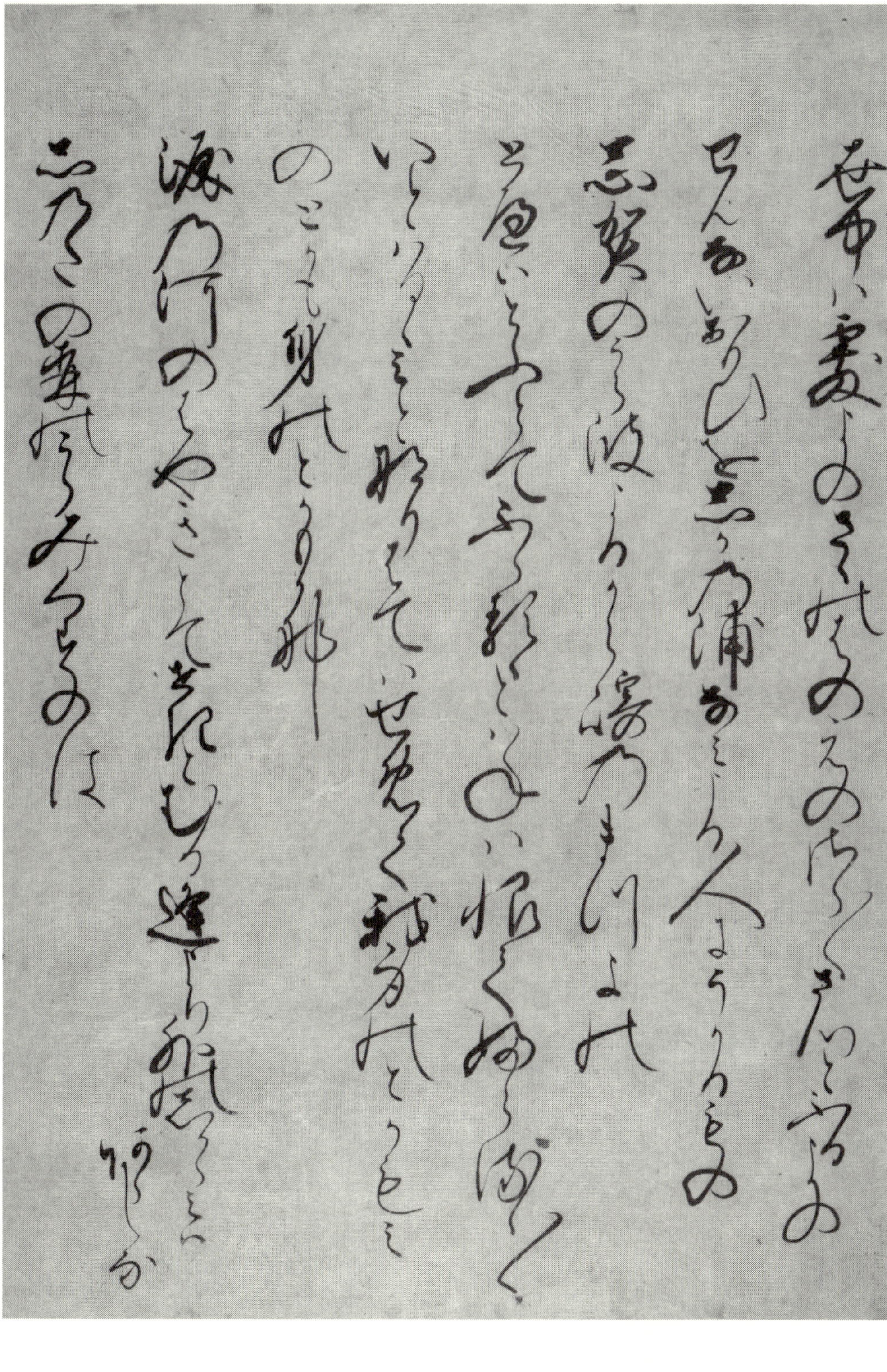

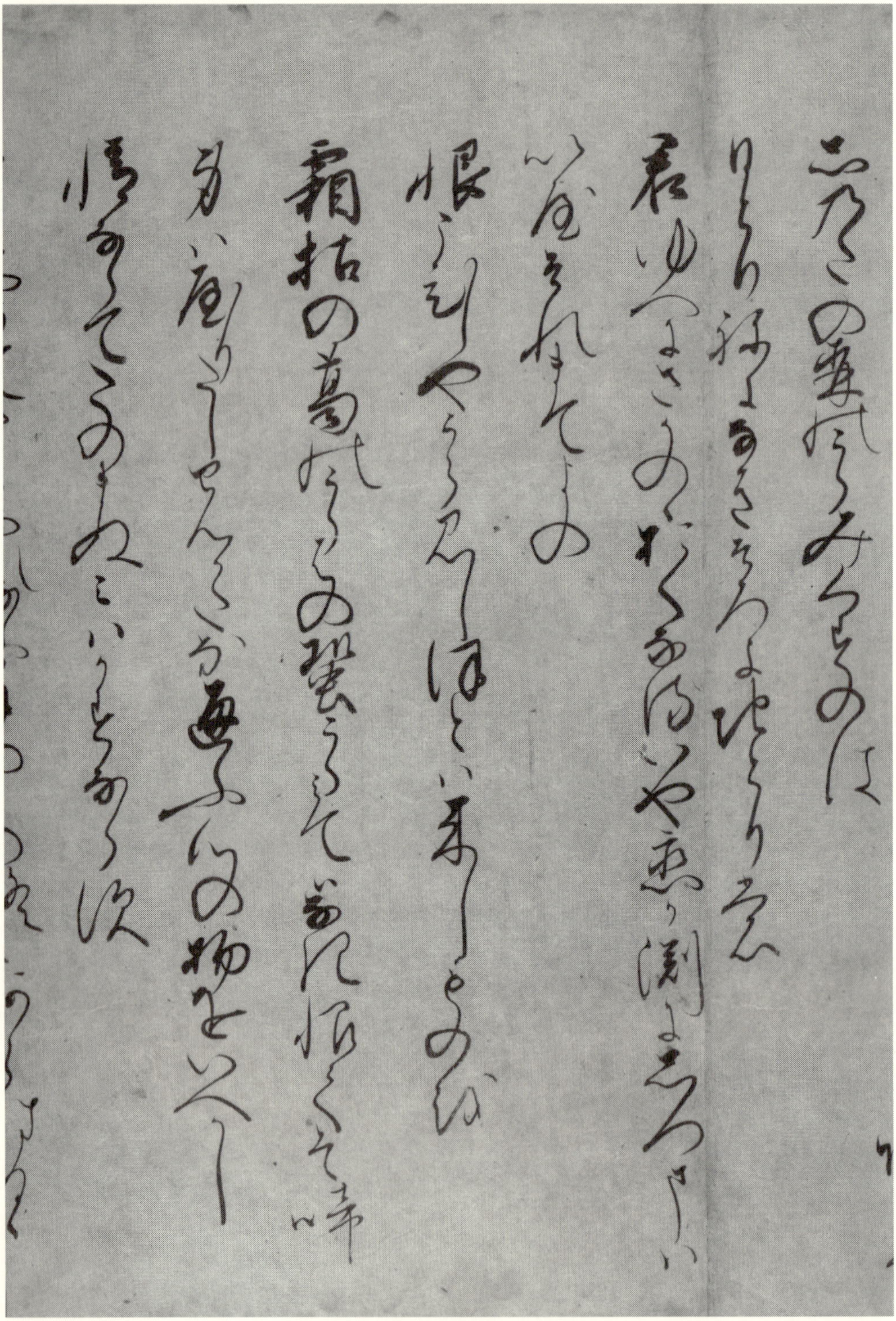

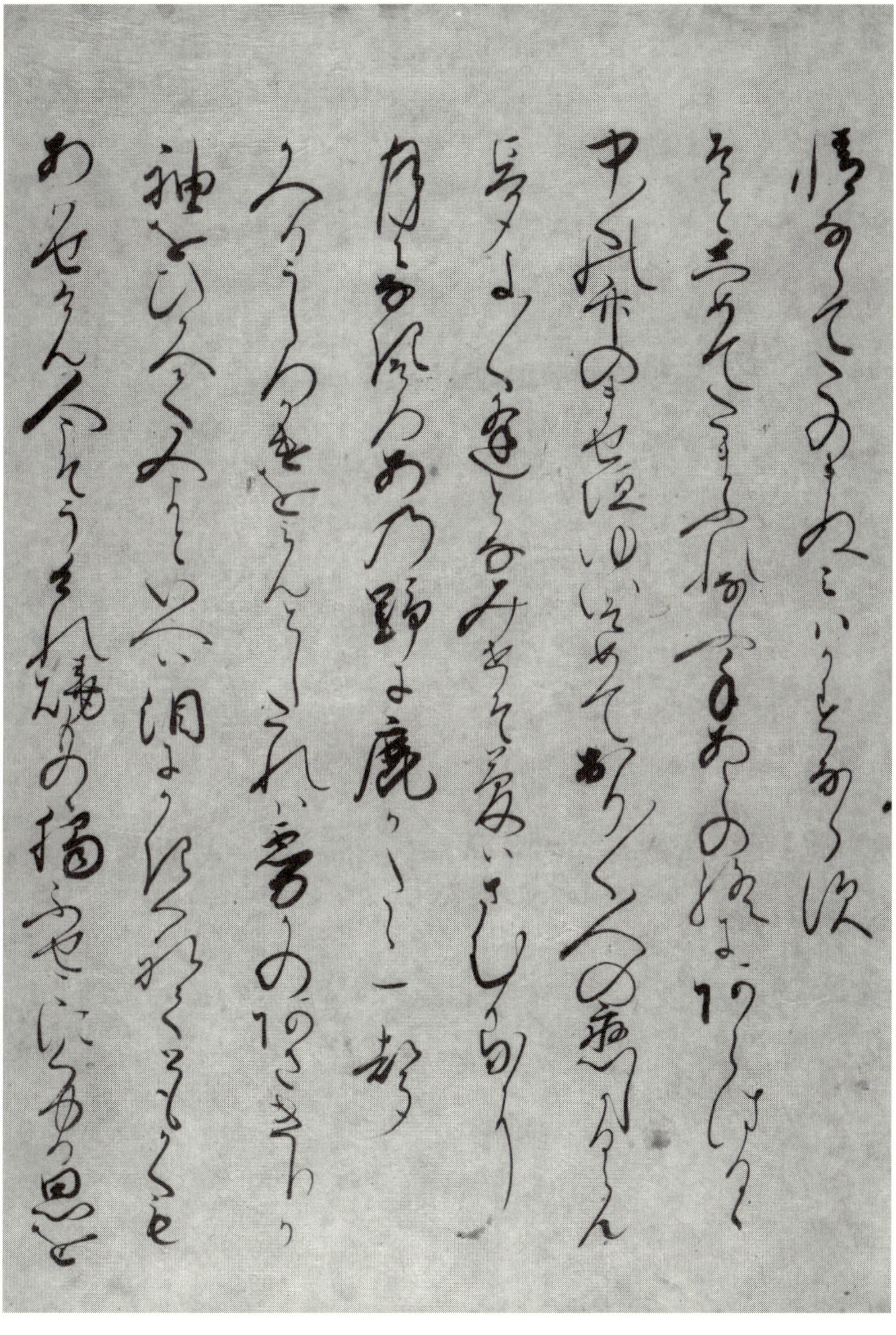

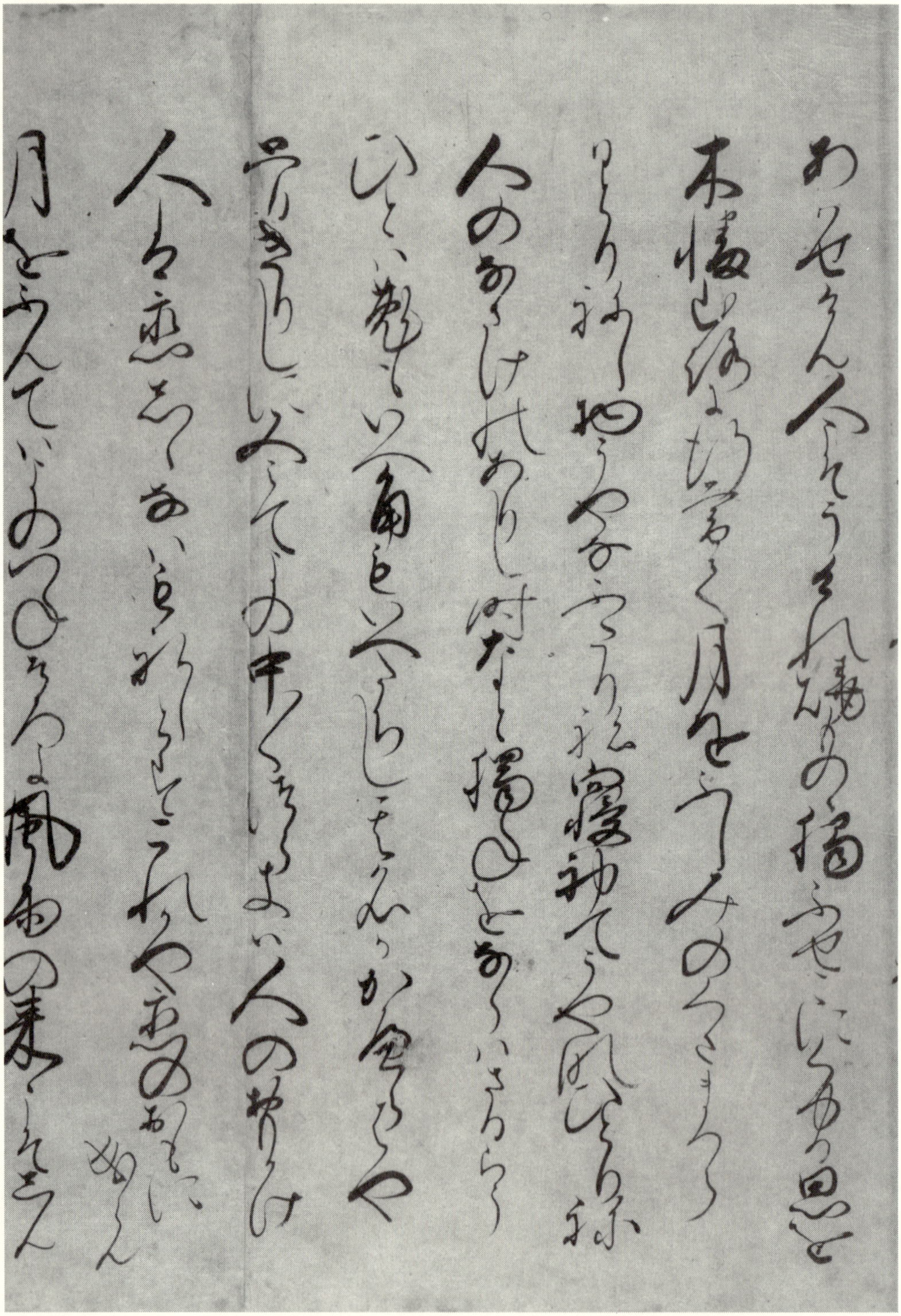

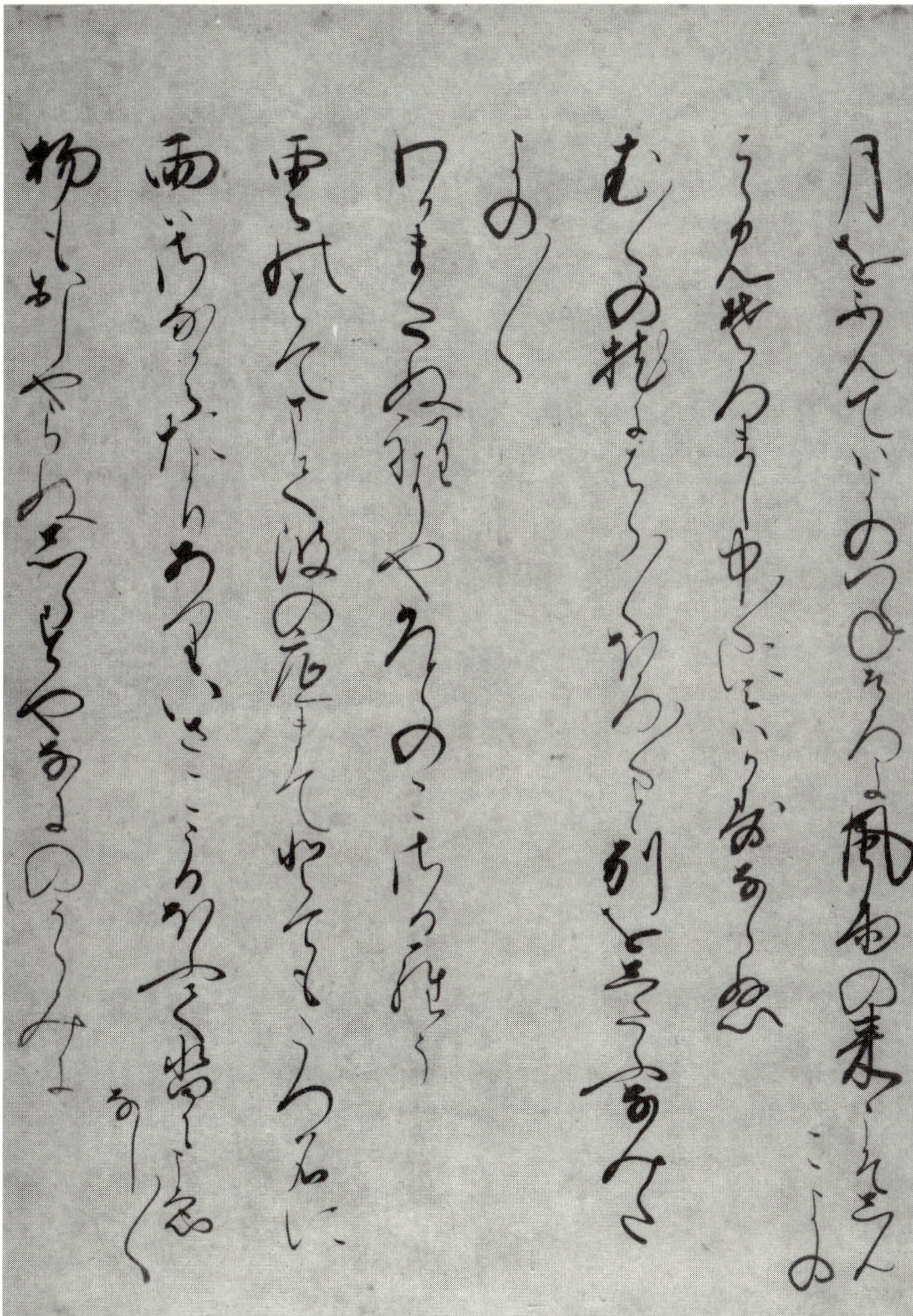

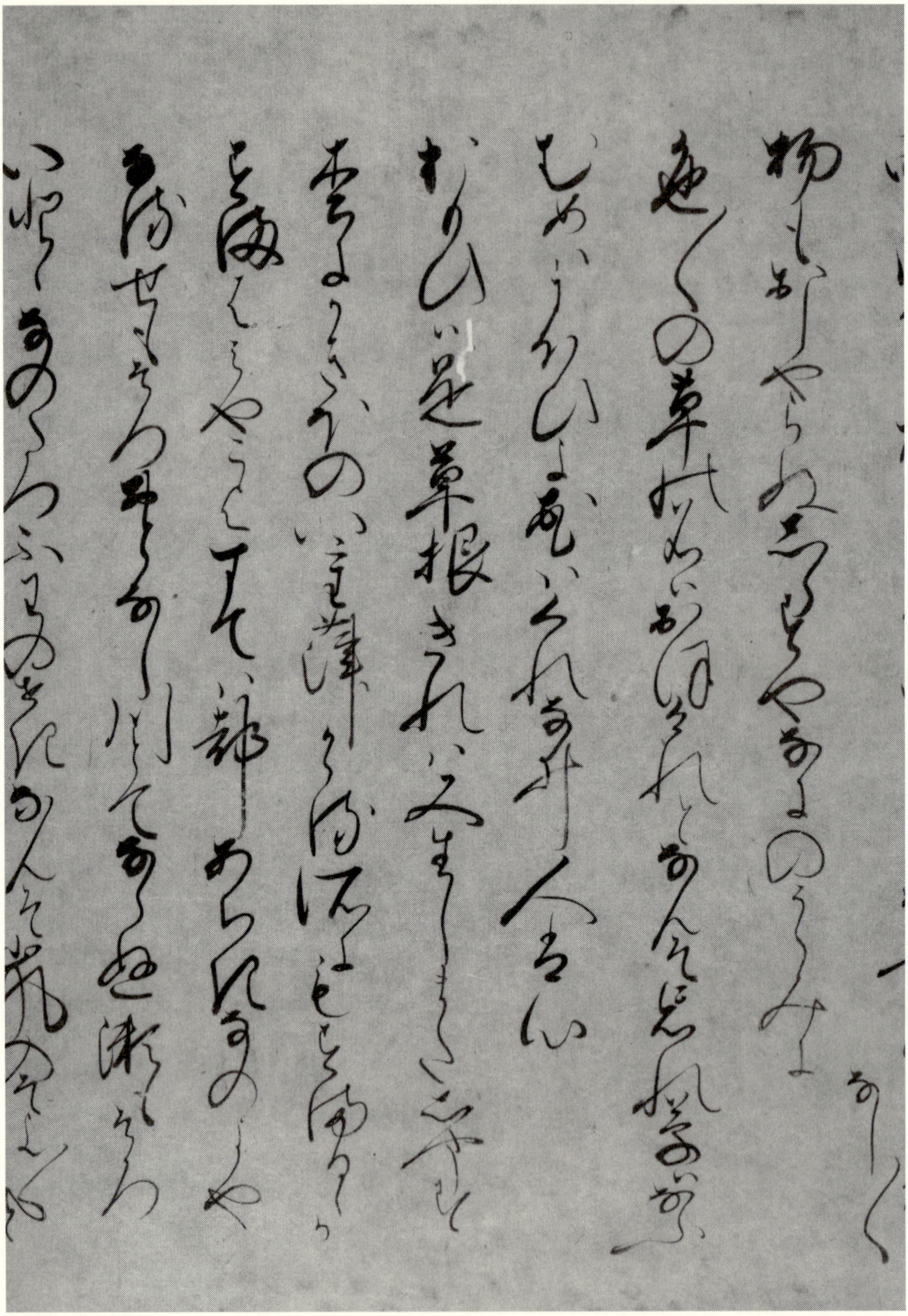

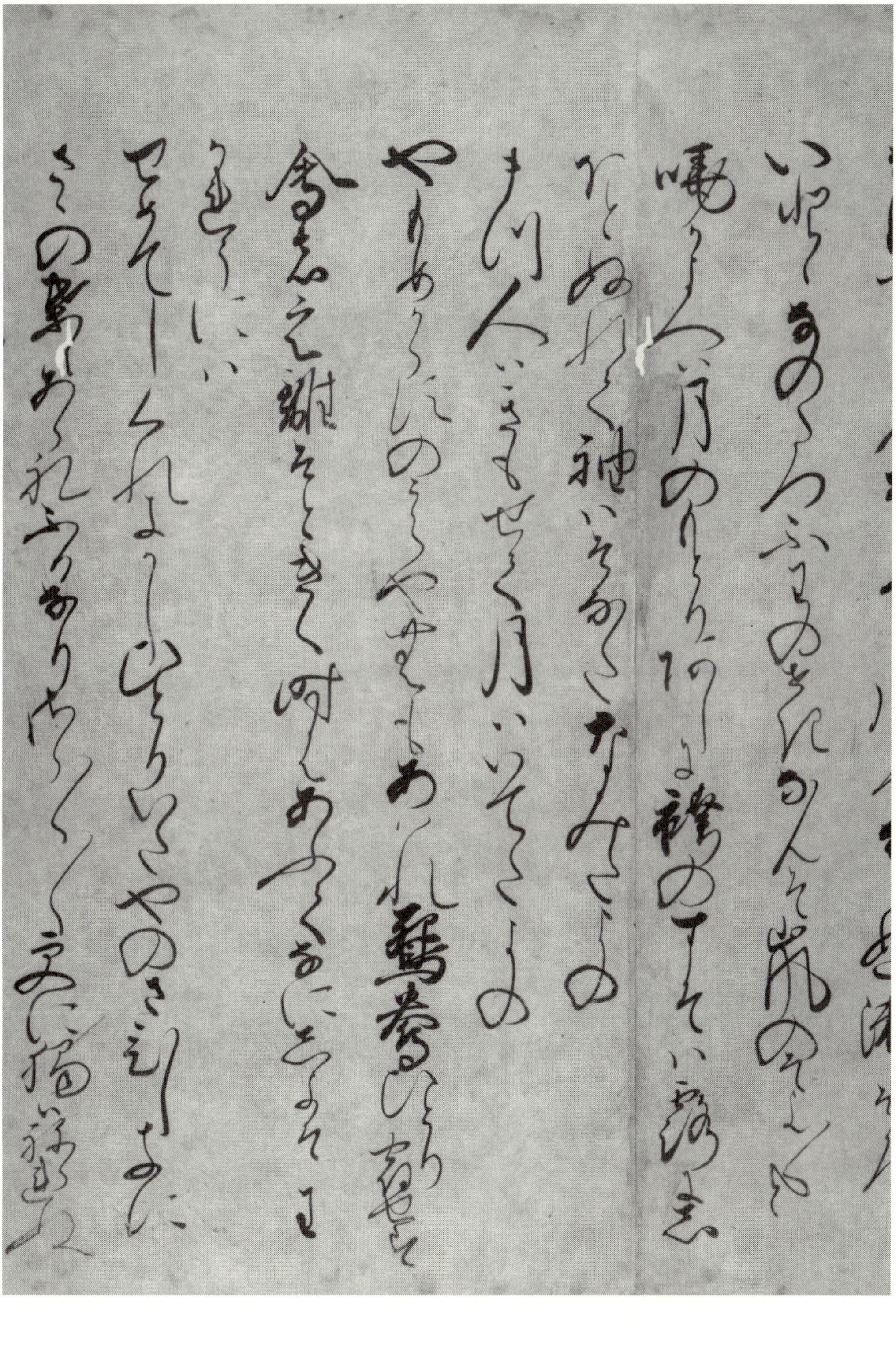

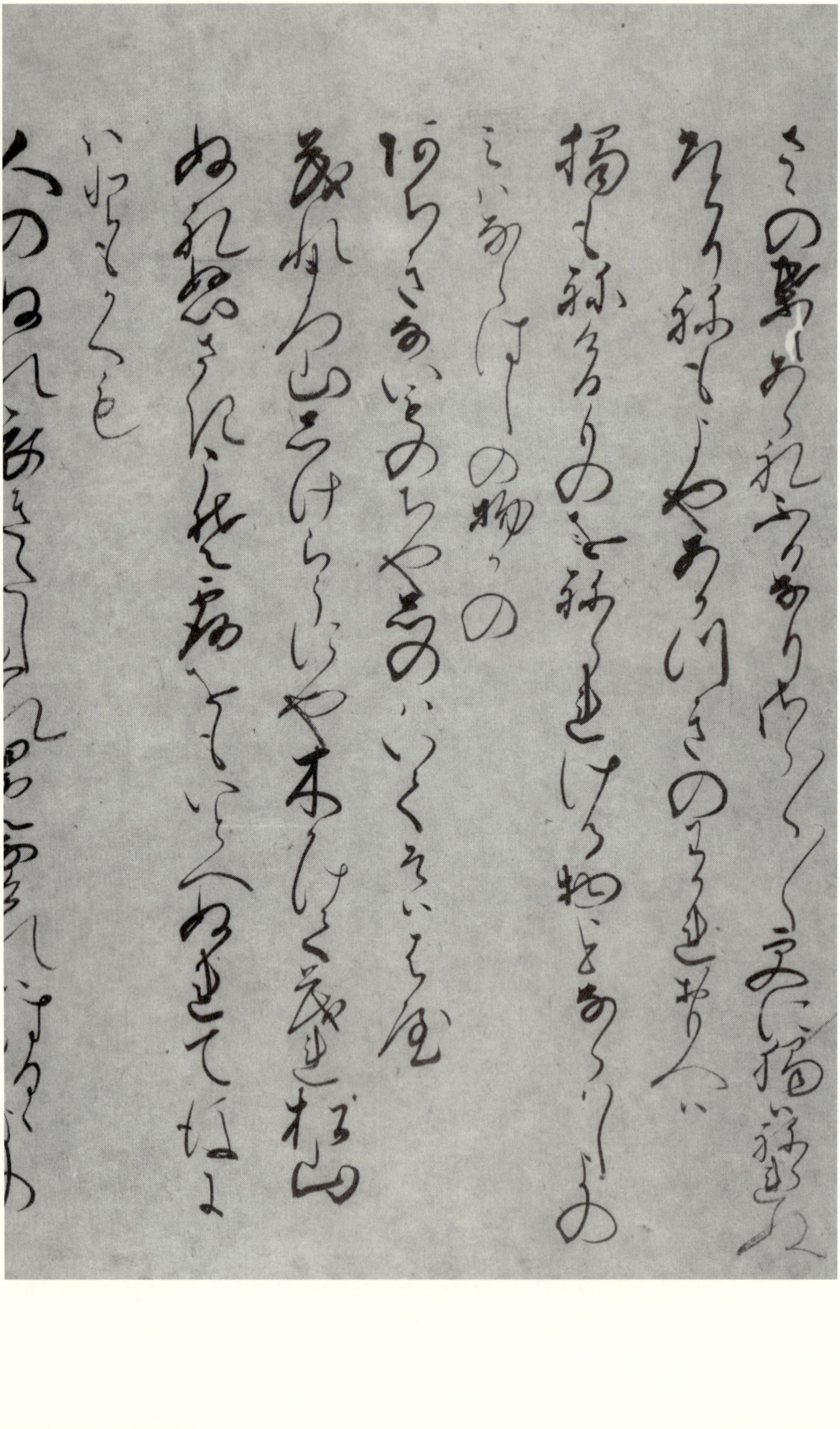

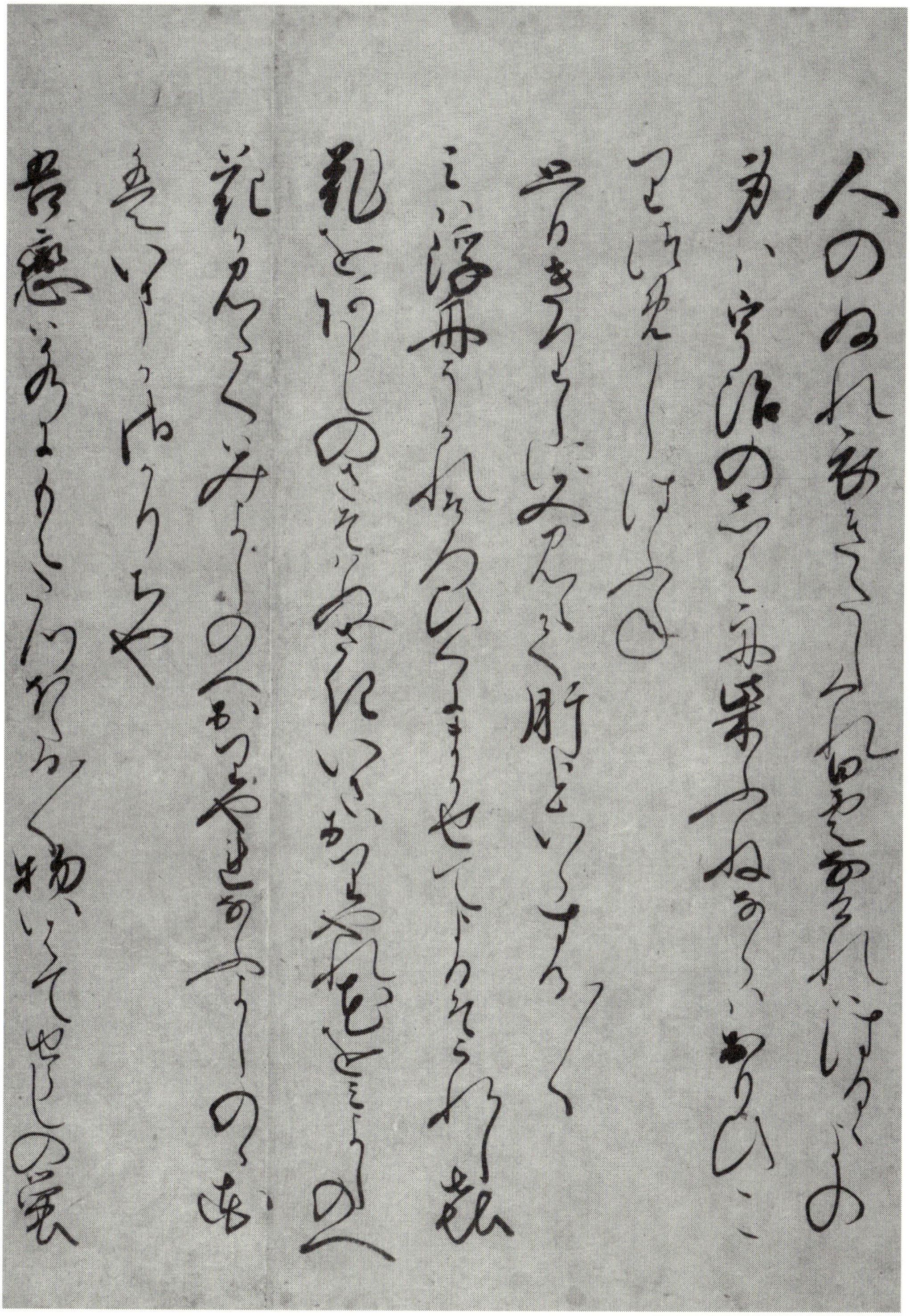

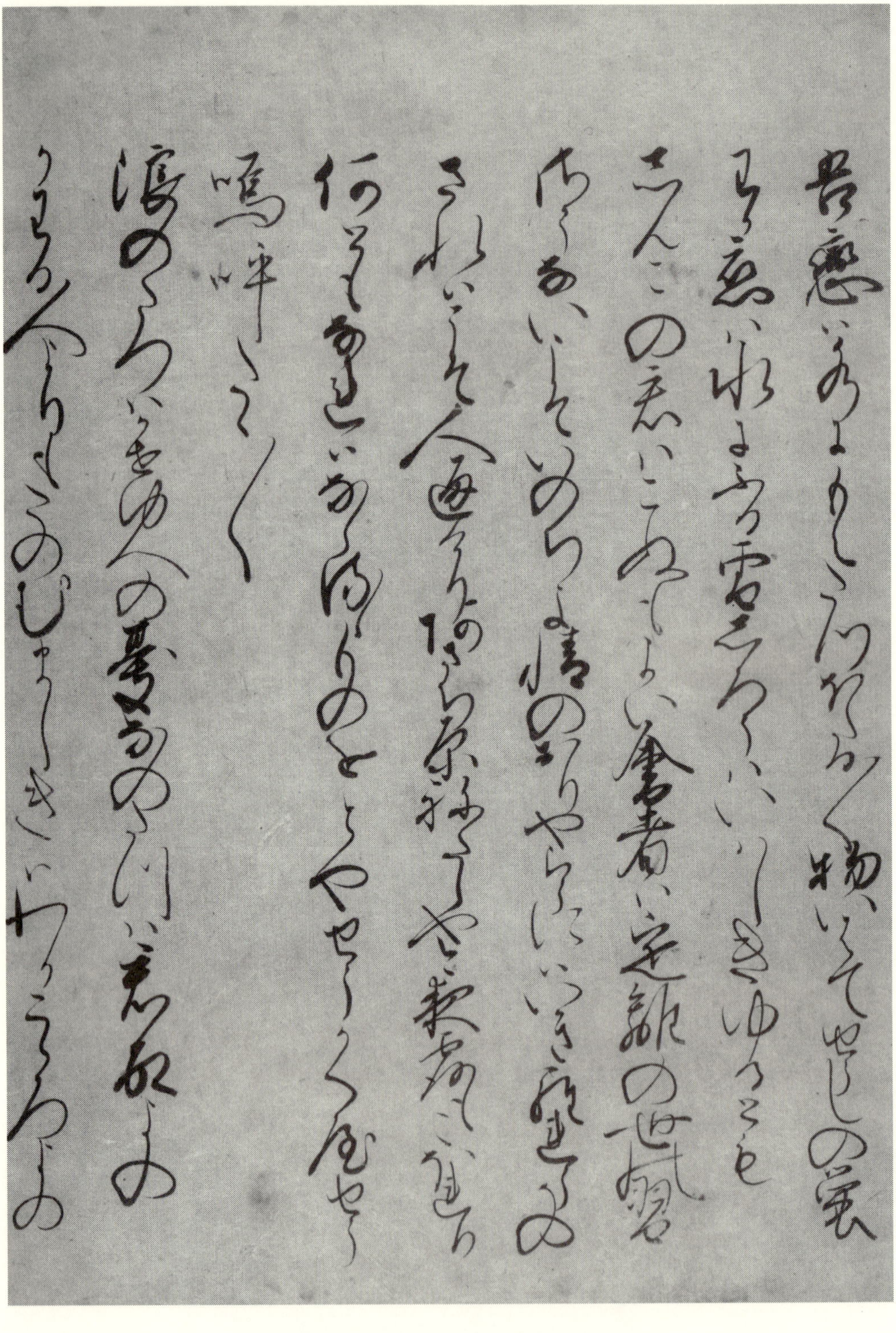

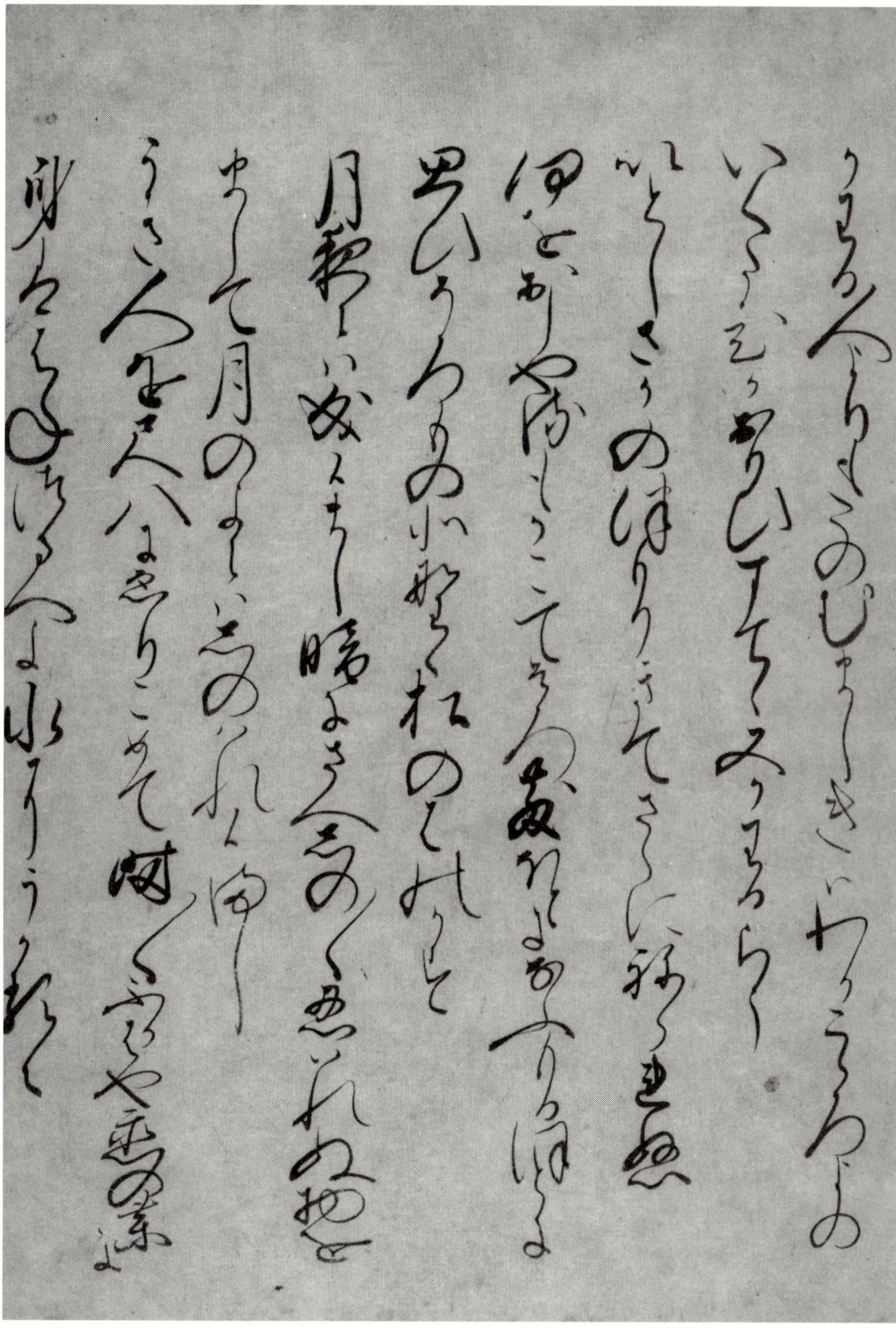

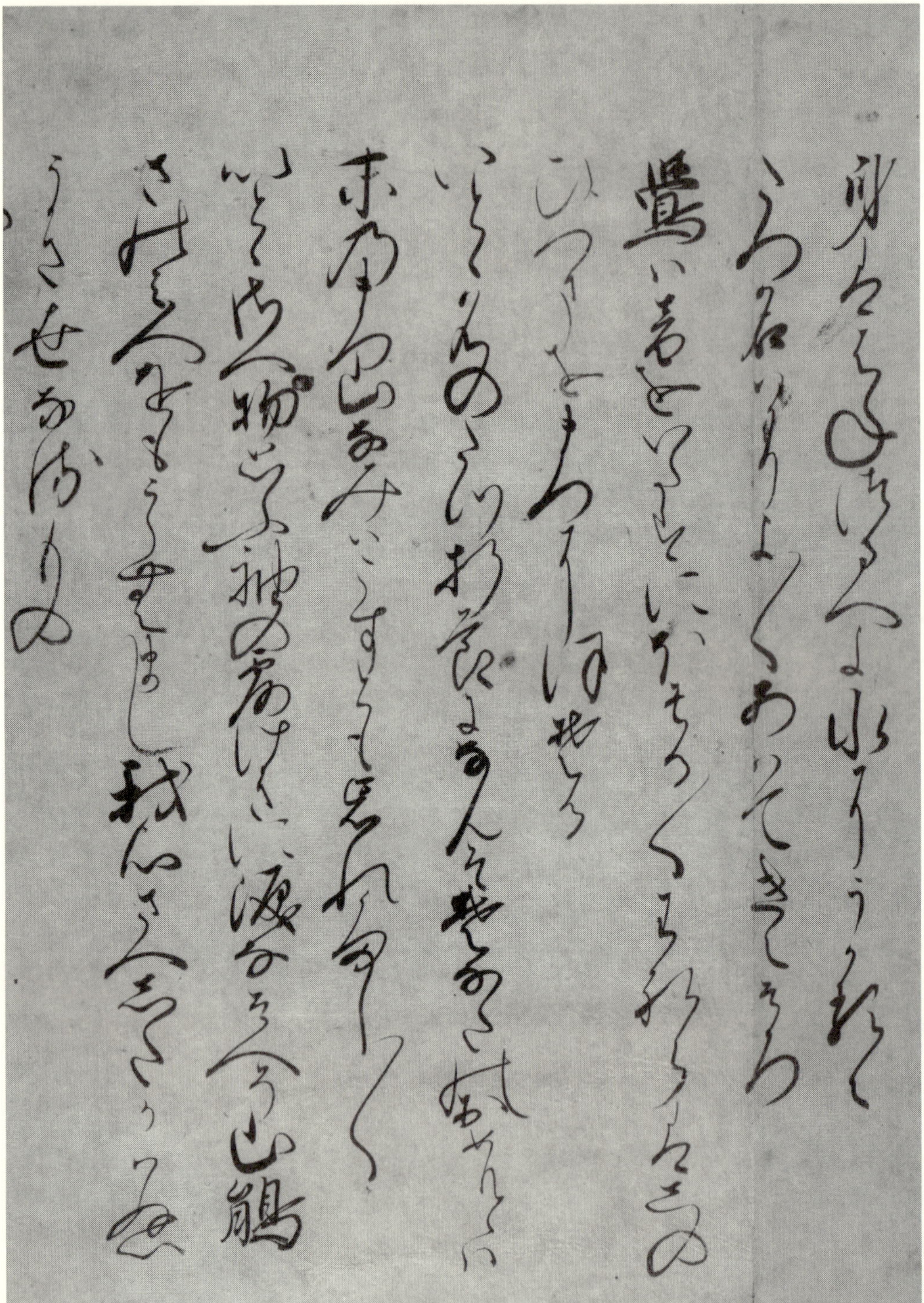

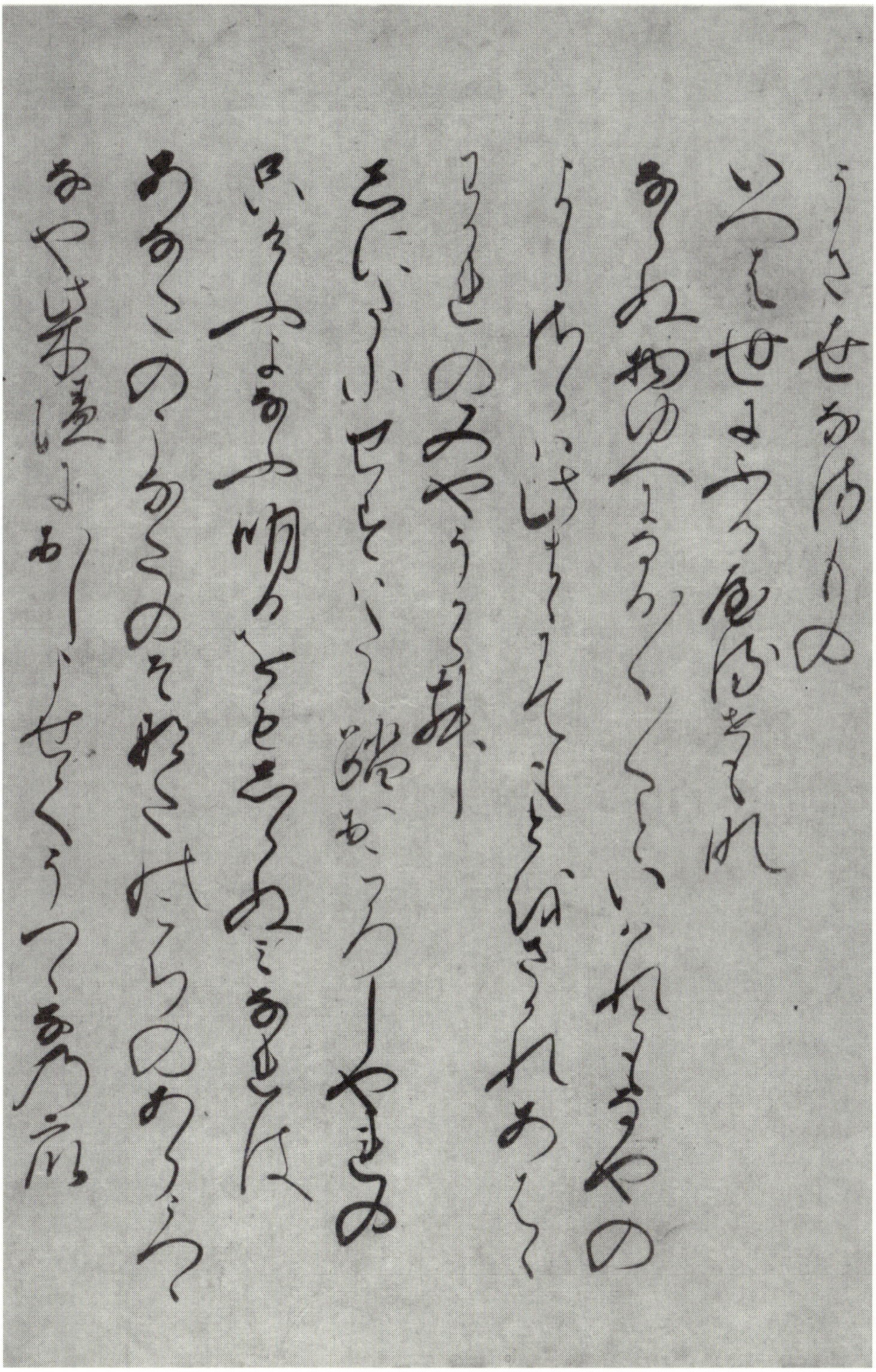

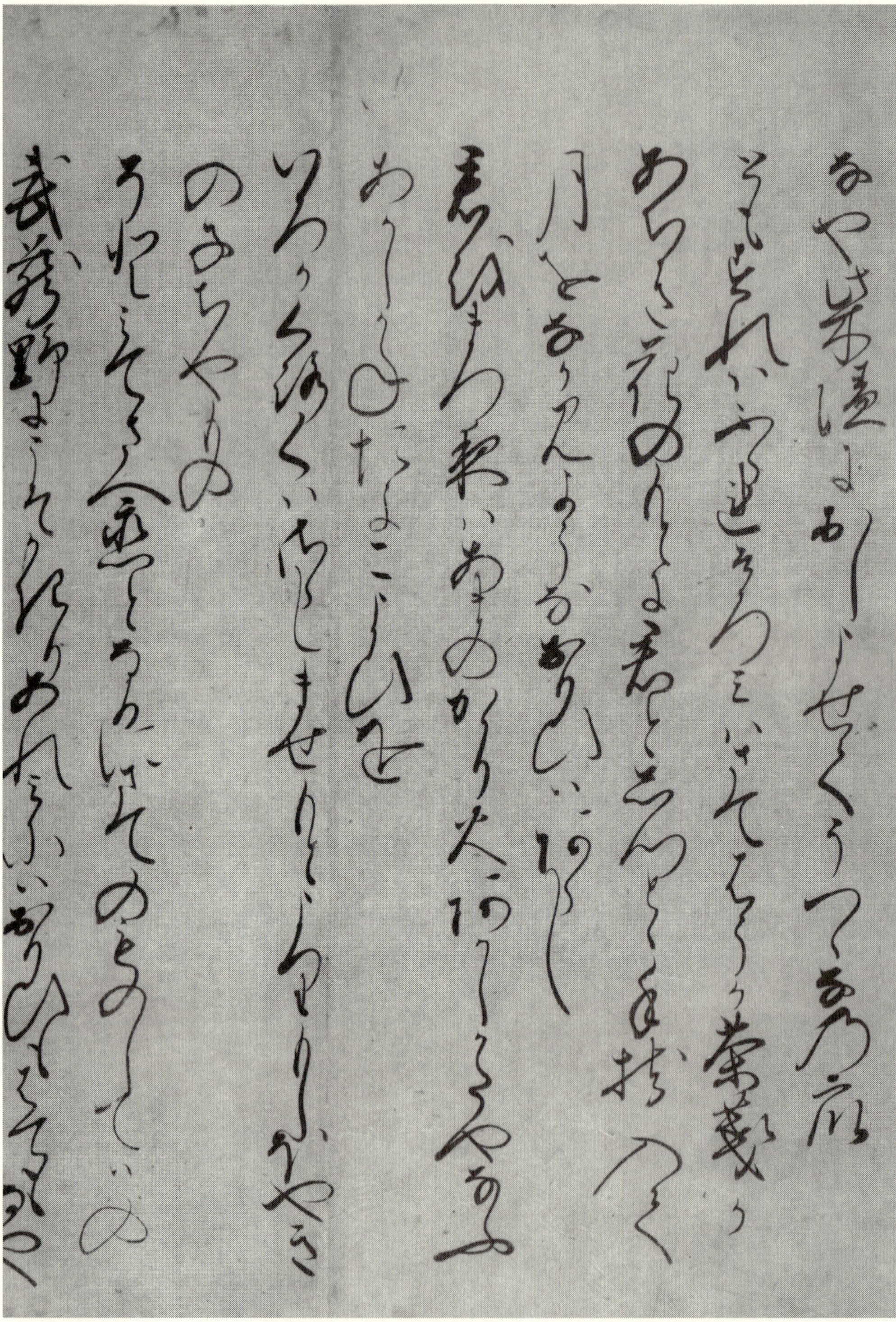

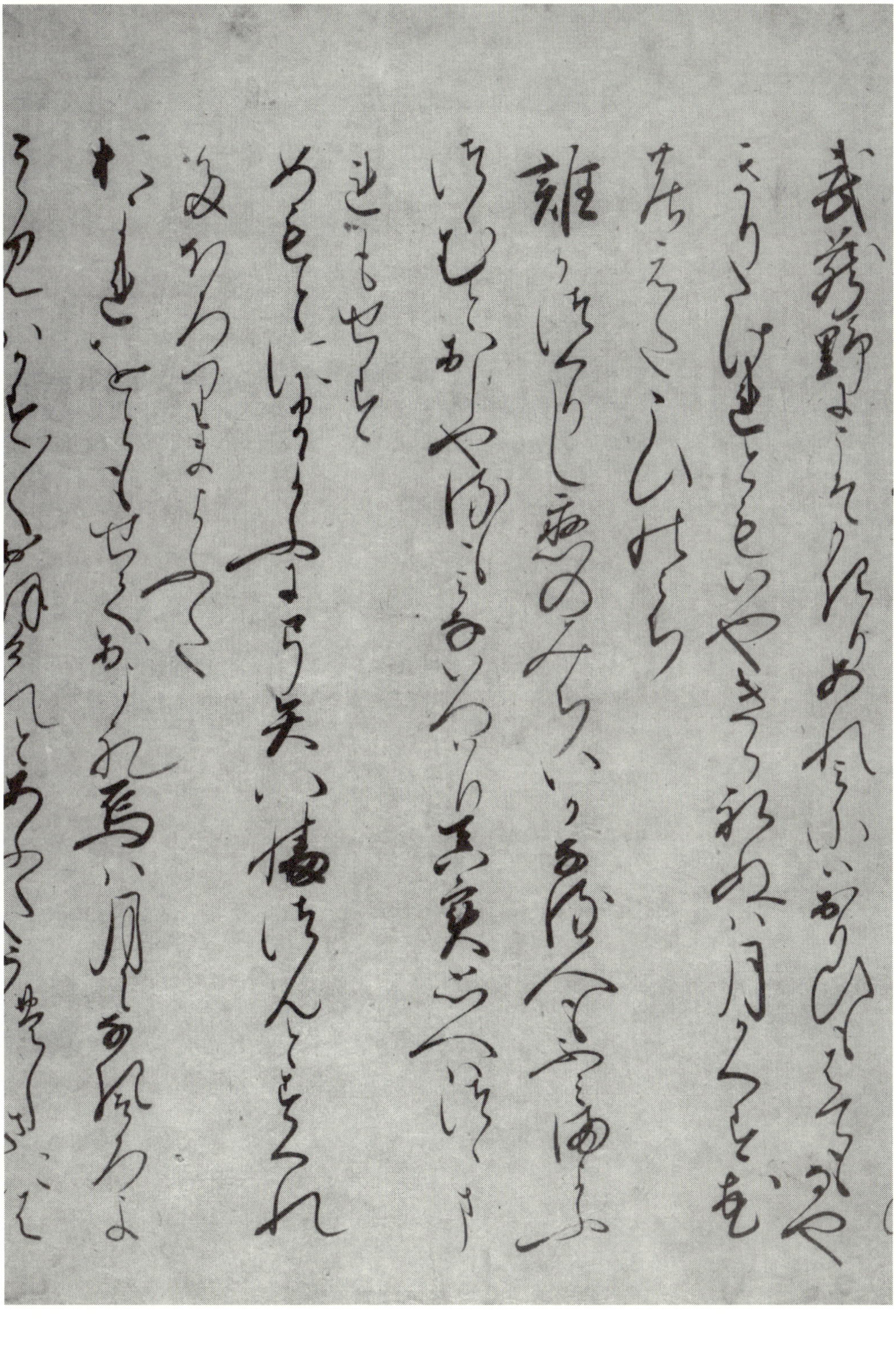

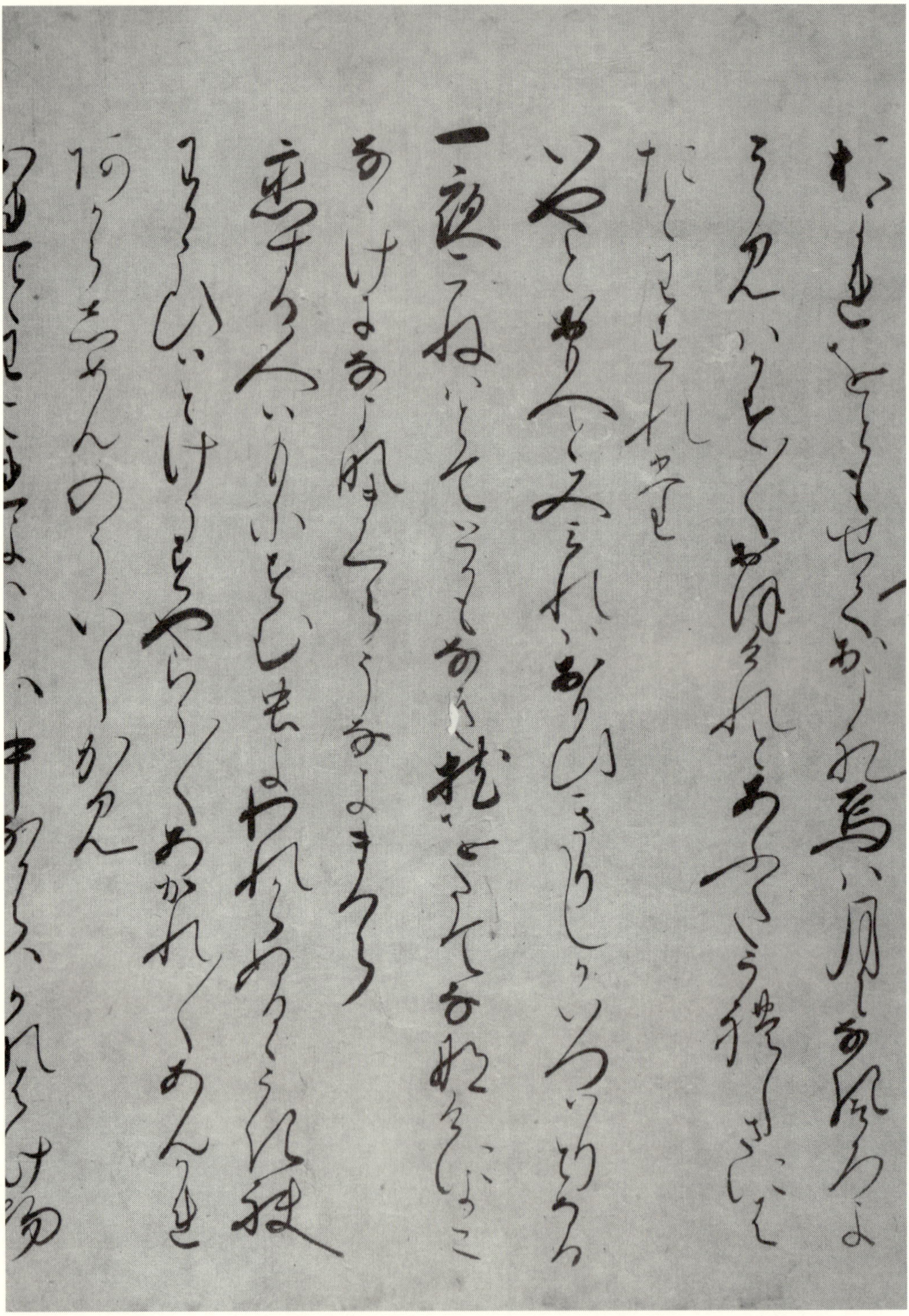

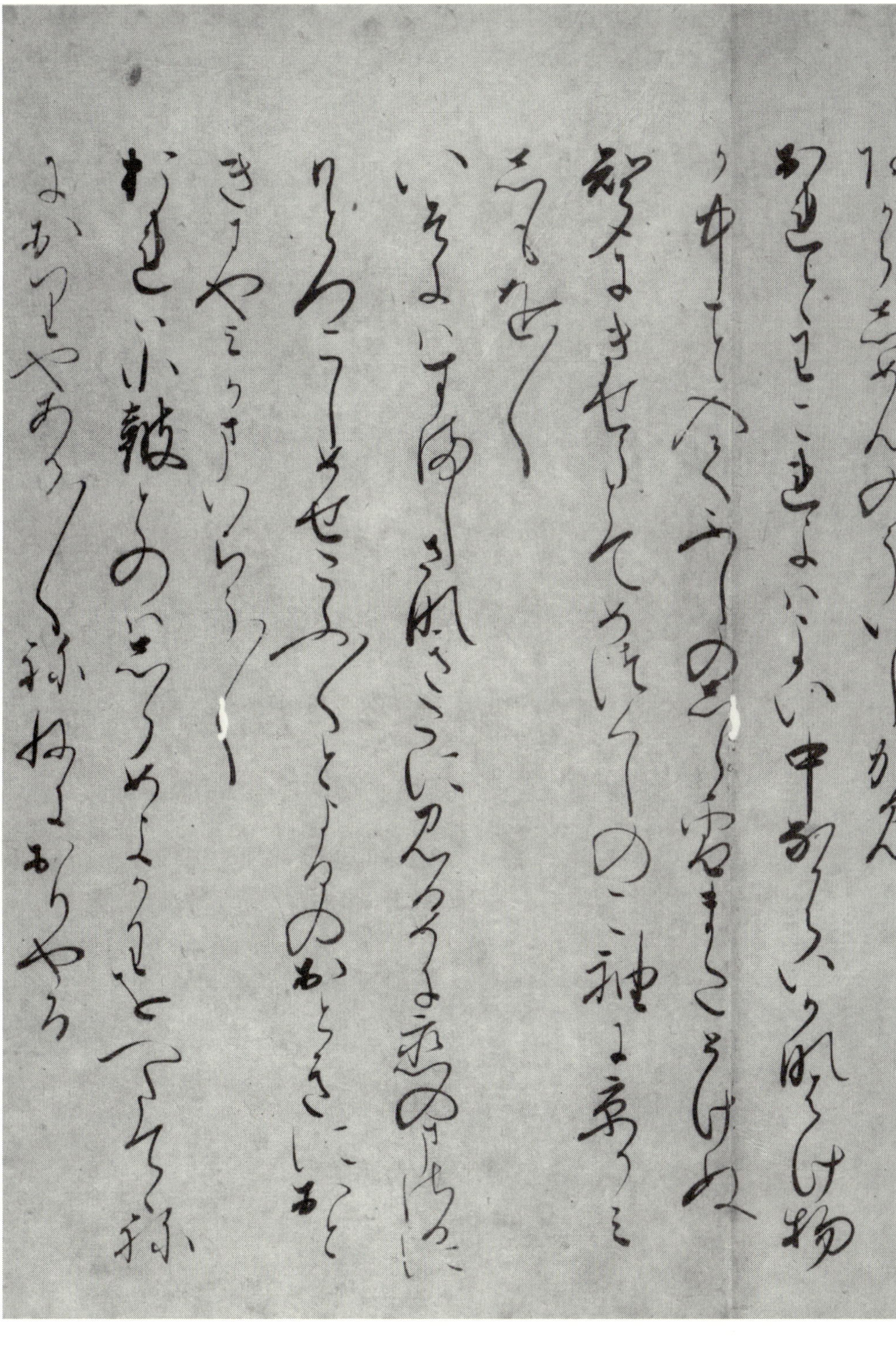

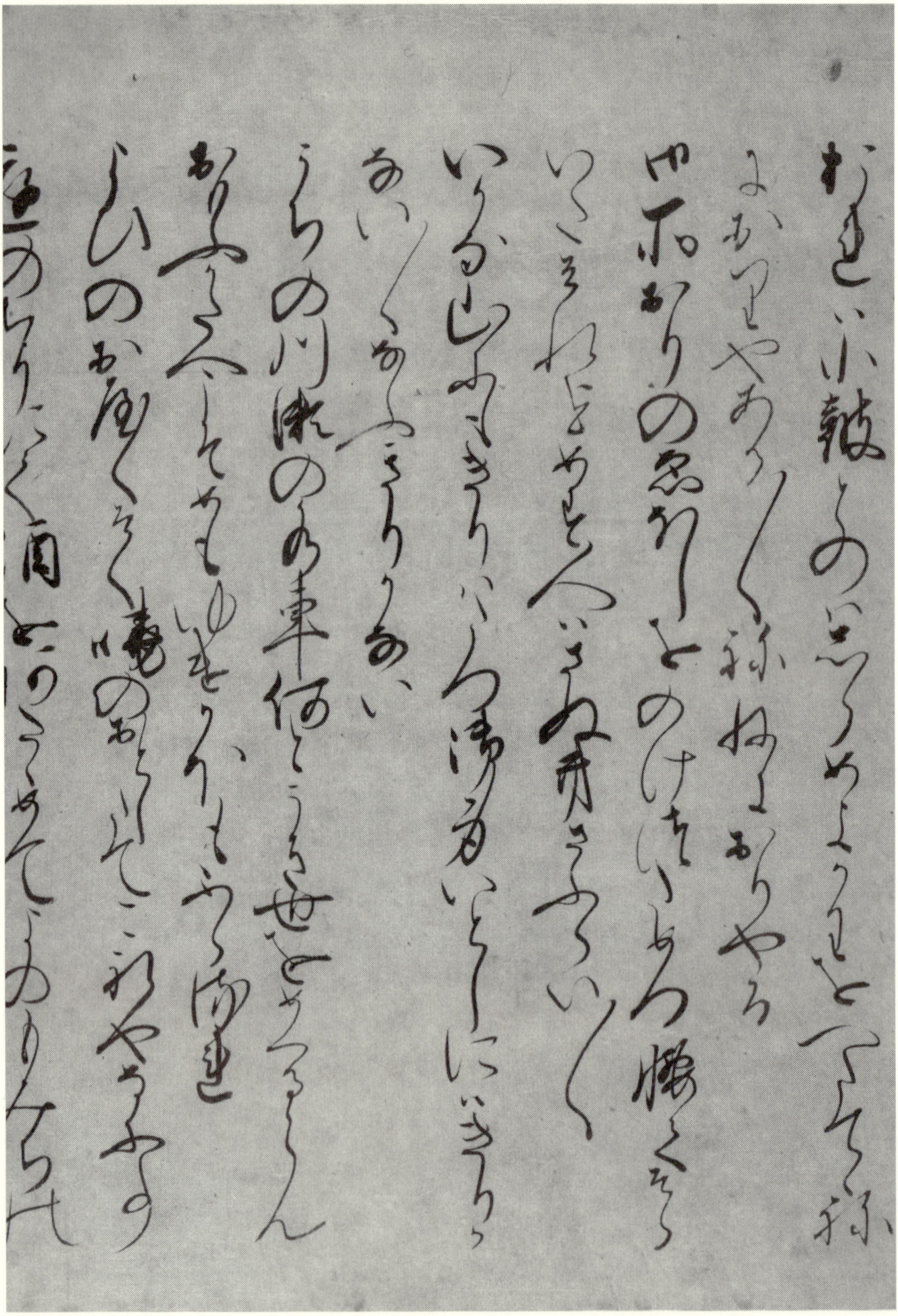

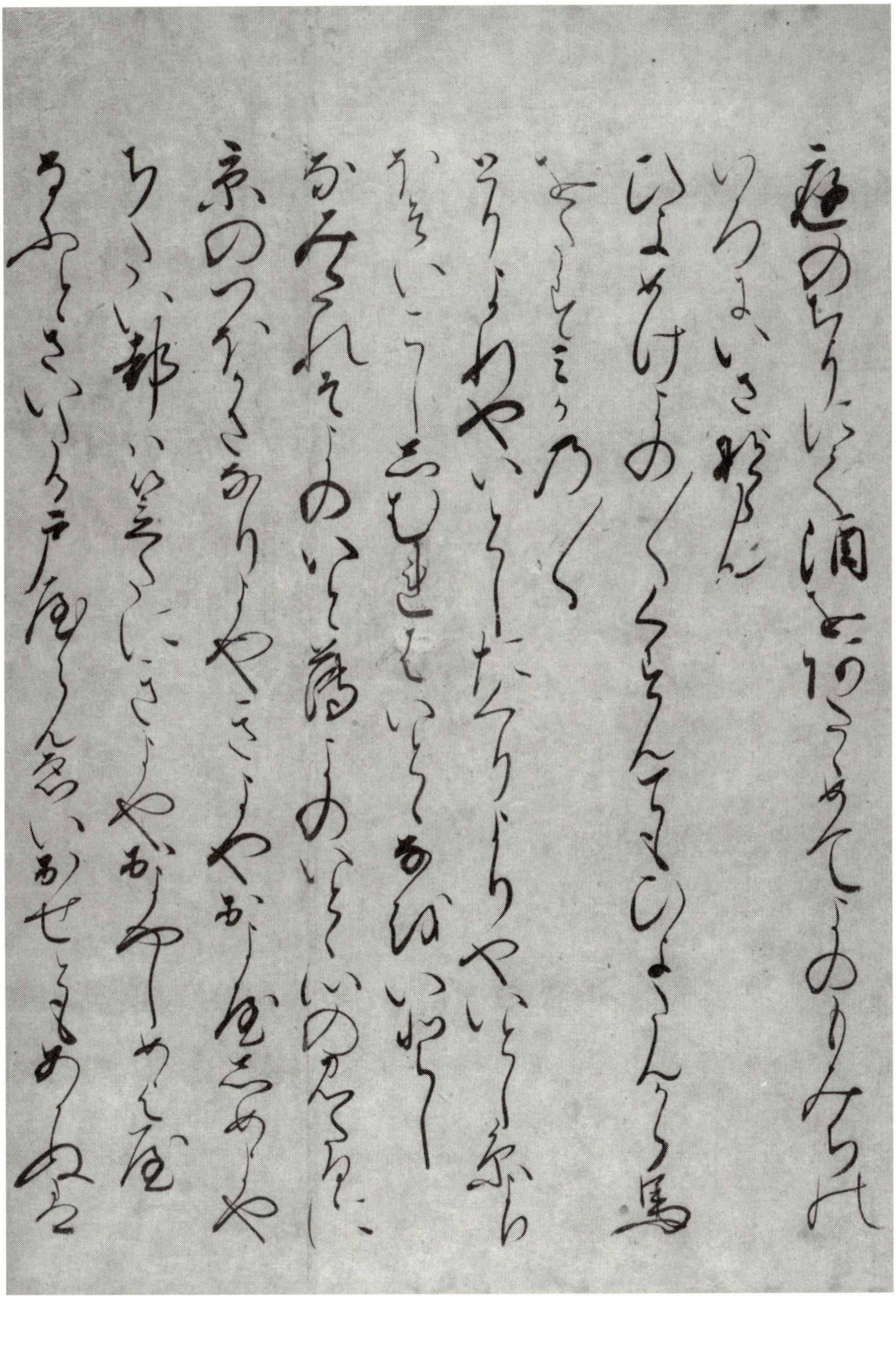

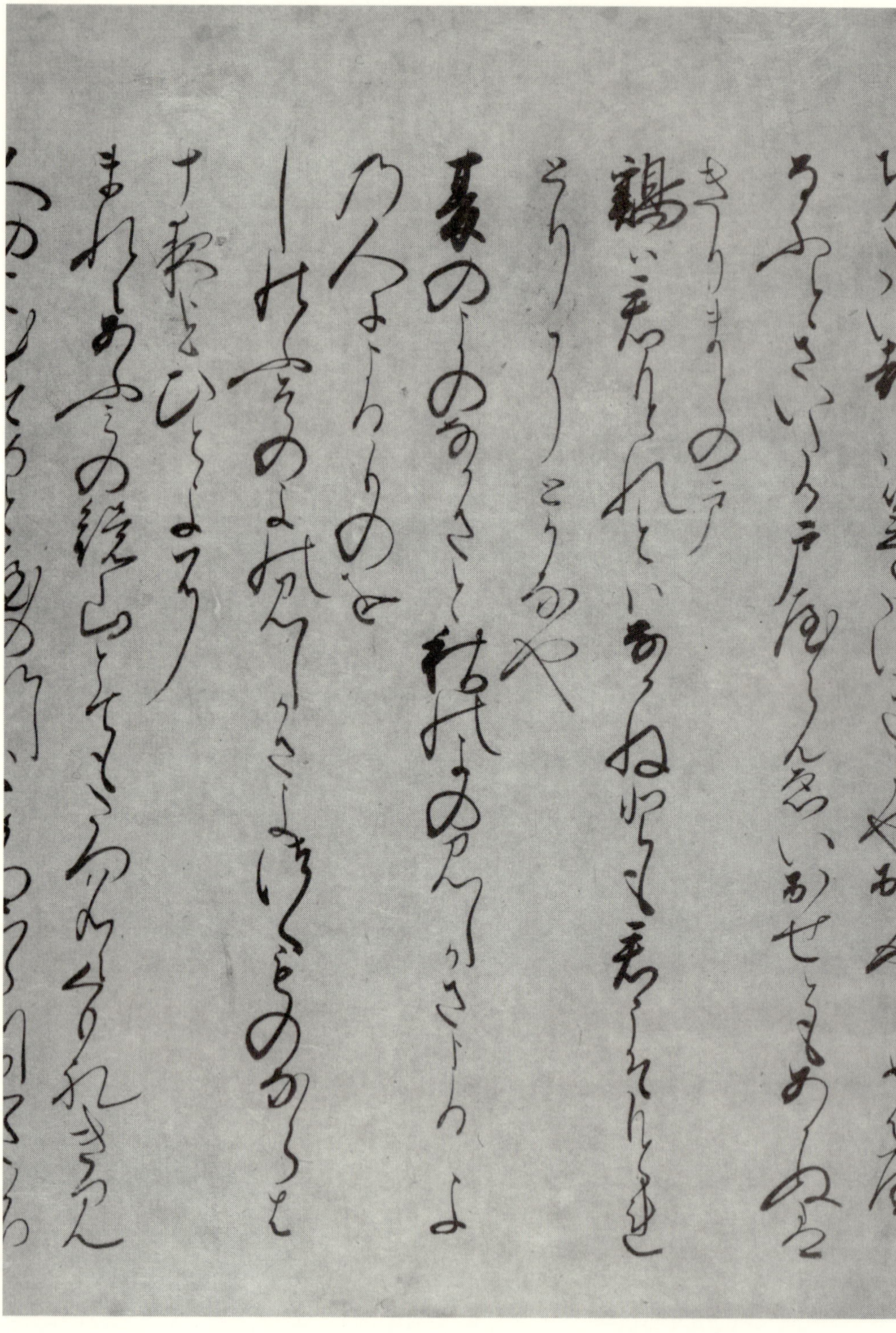

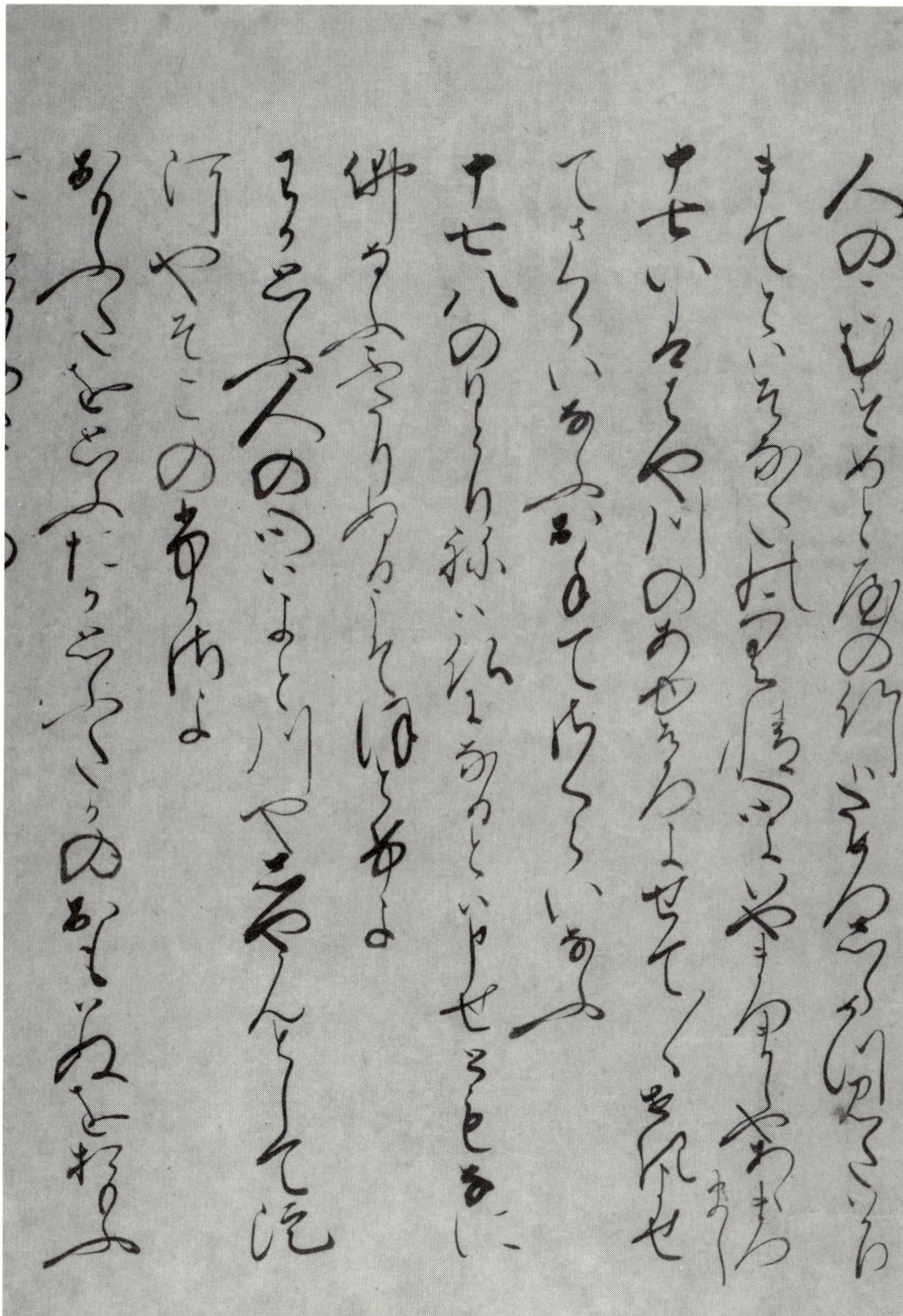

『宗安小歌集』［国文学研究資料館本］

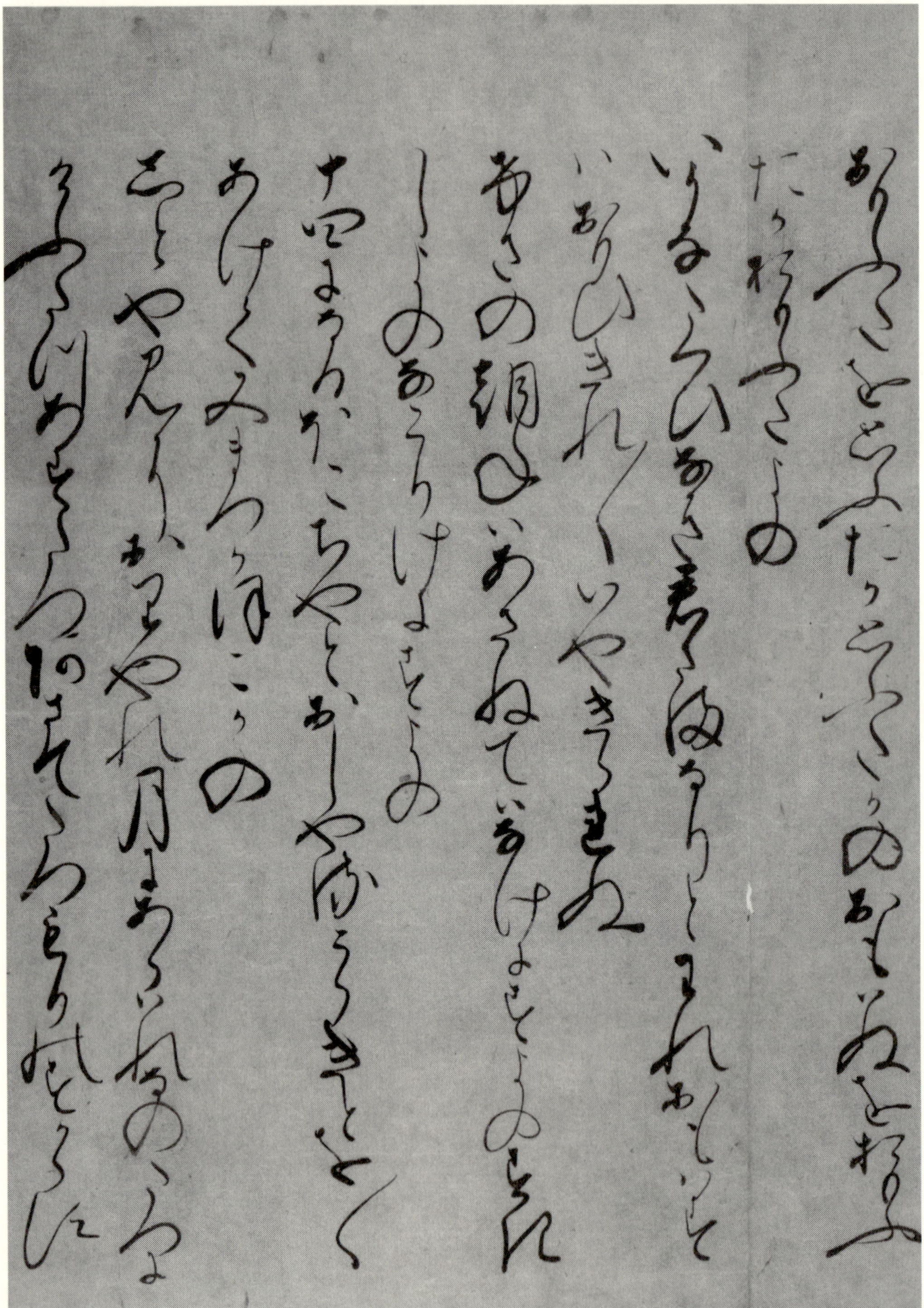

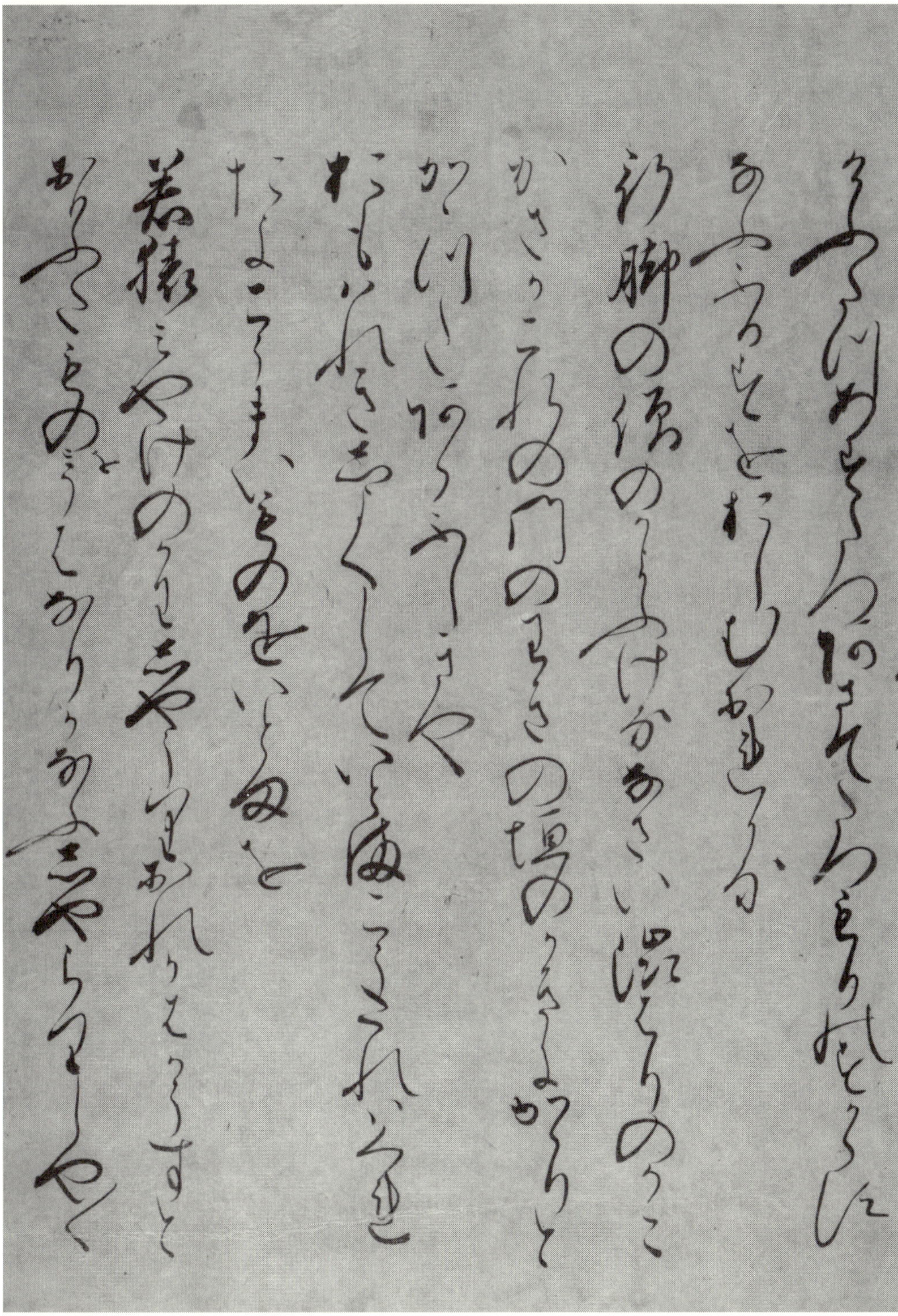

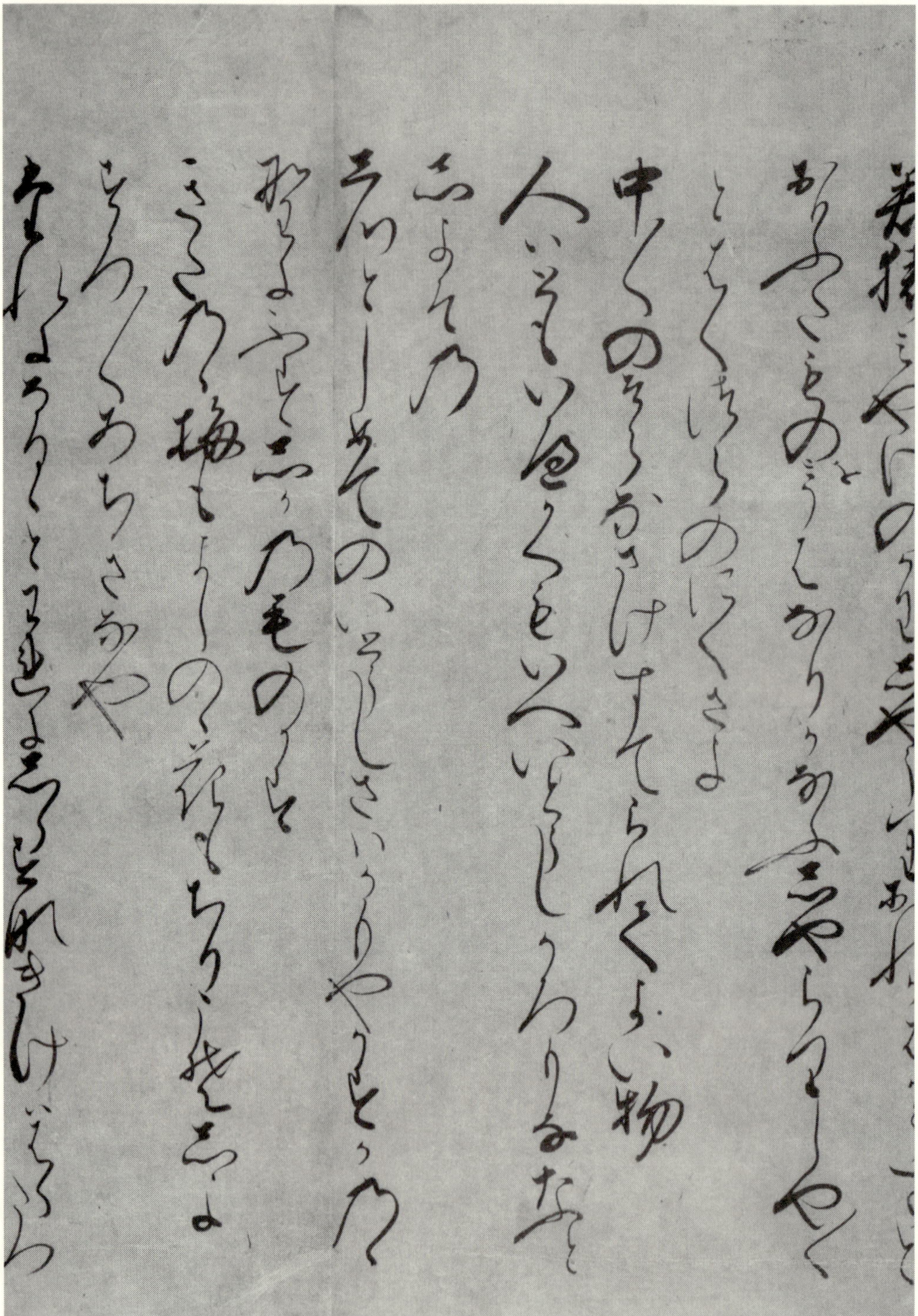

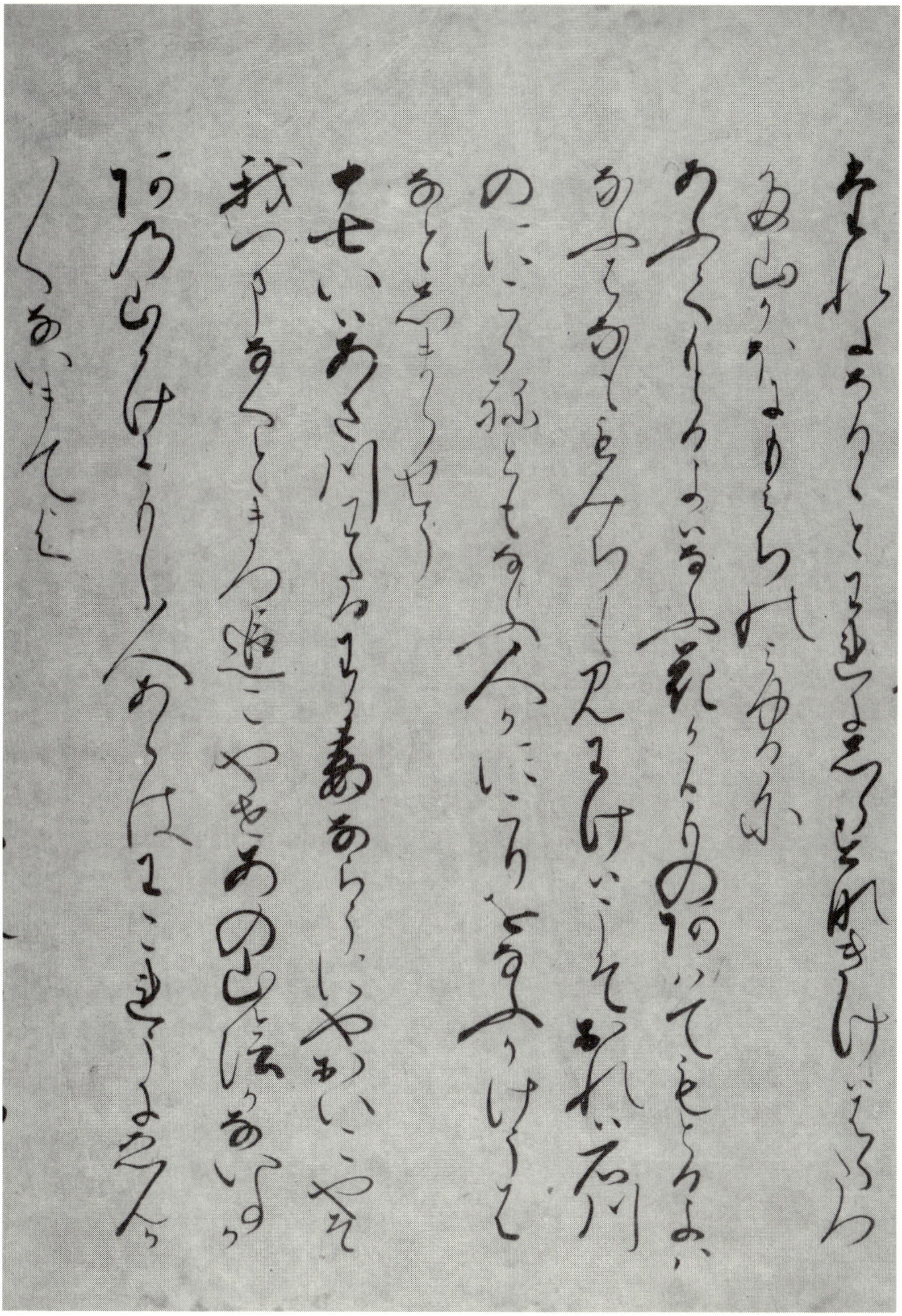

『宗安小歌集』［国文学研究資料館本］

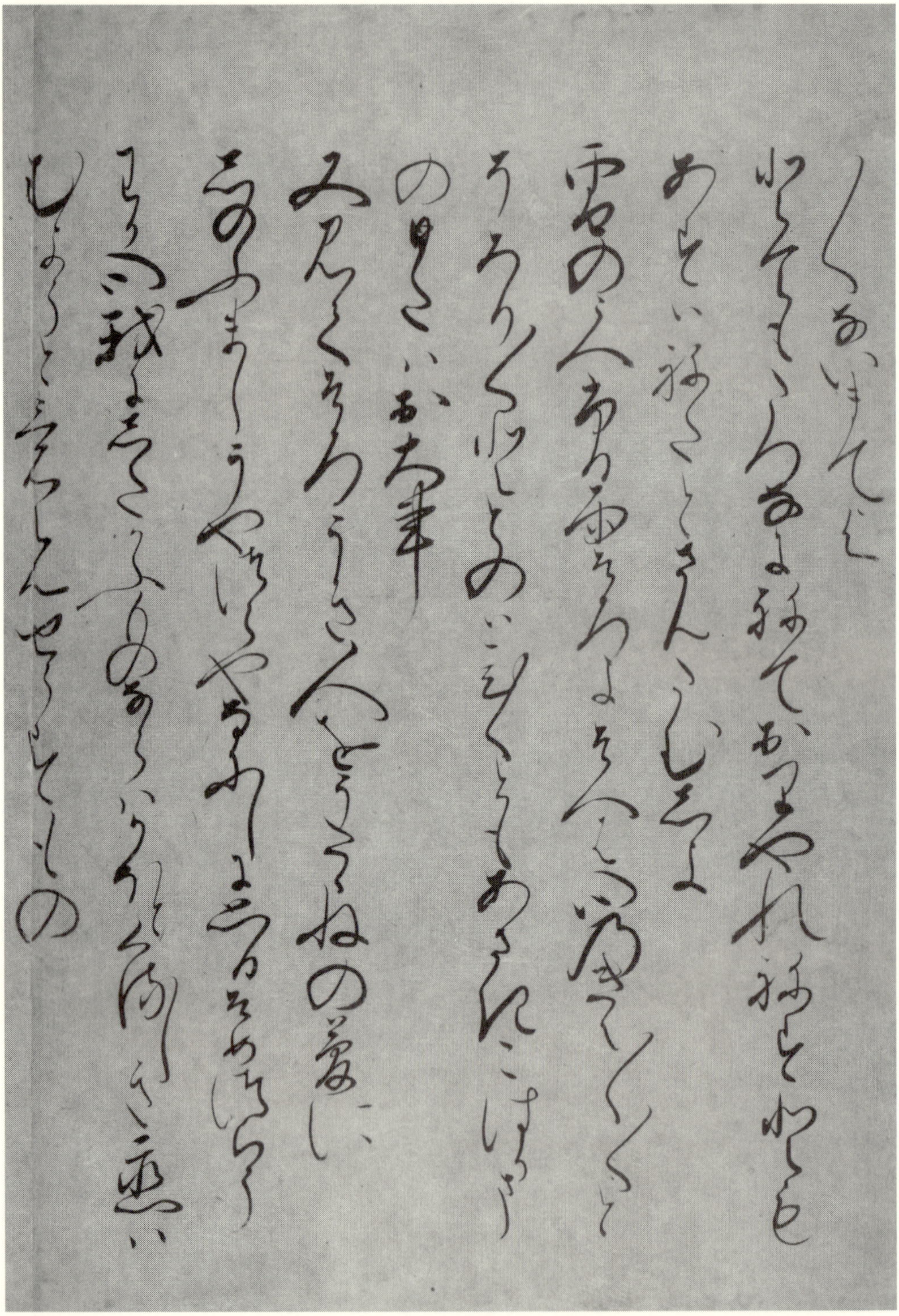

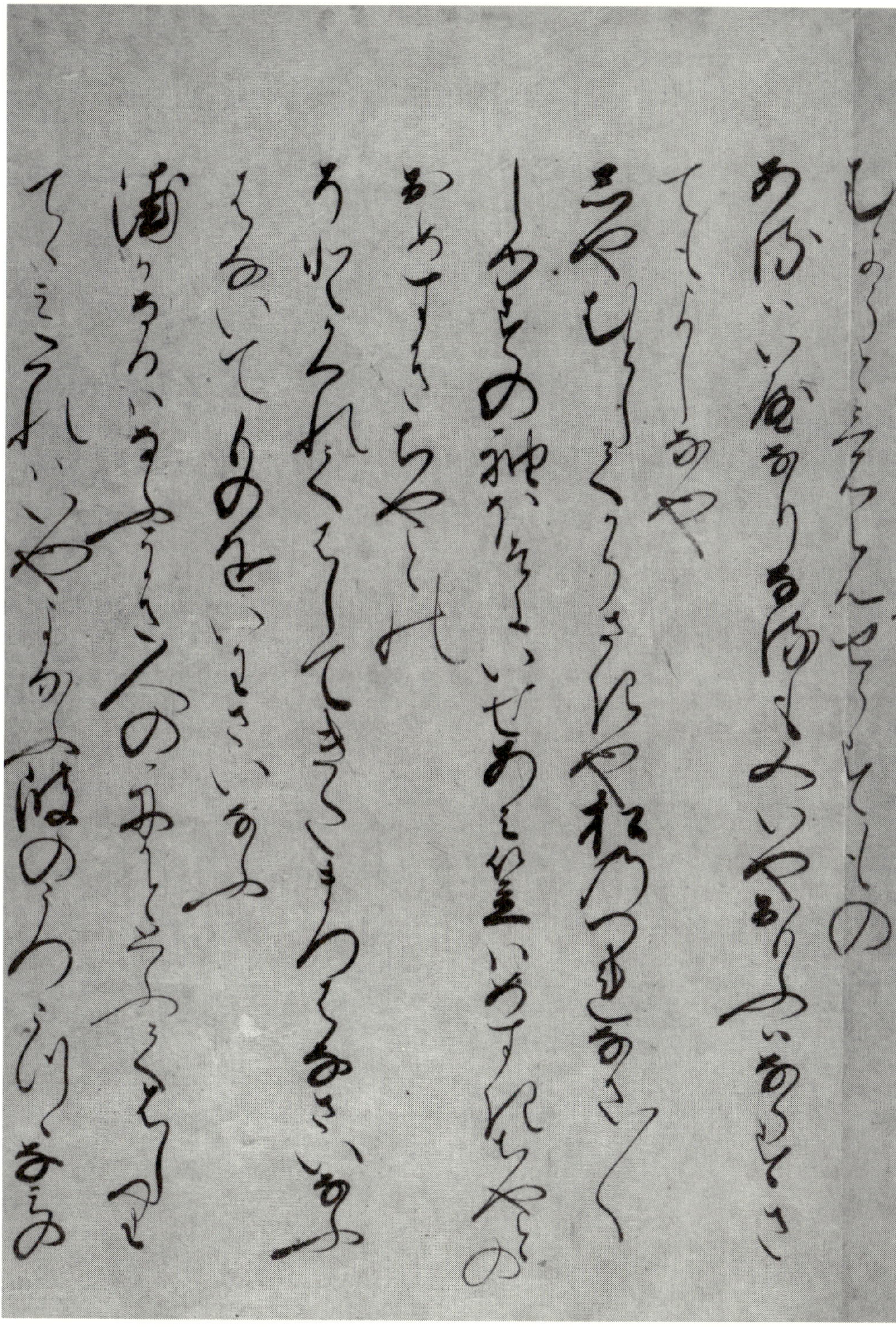

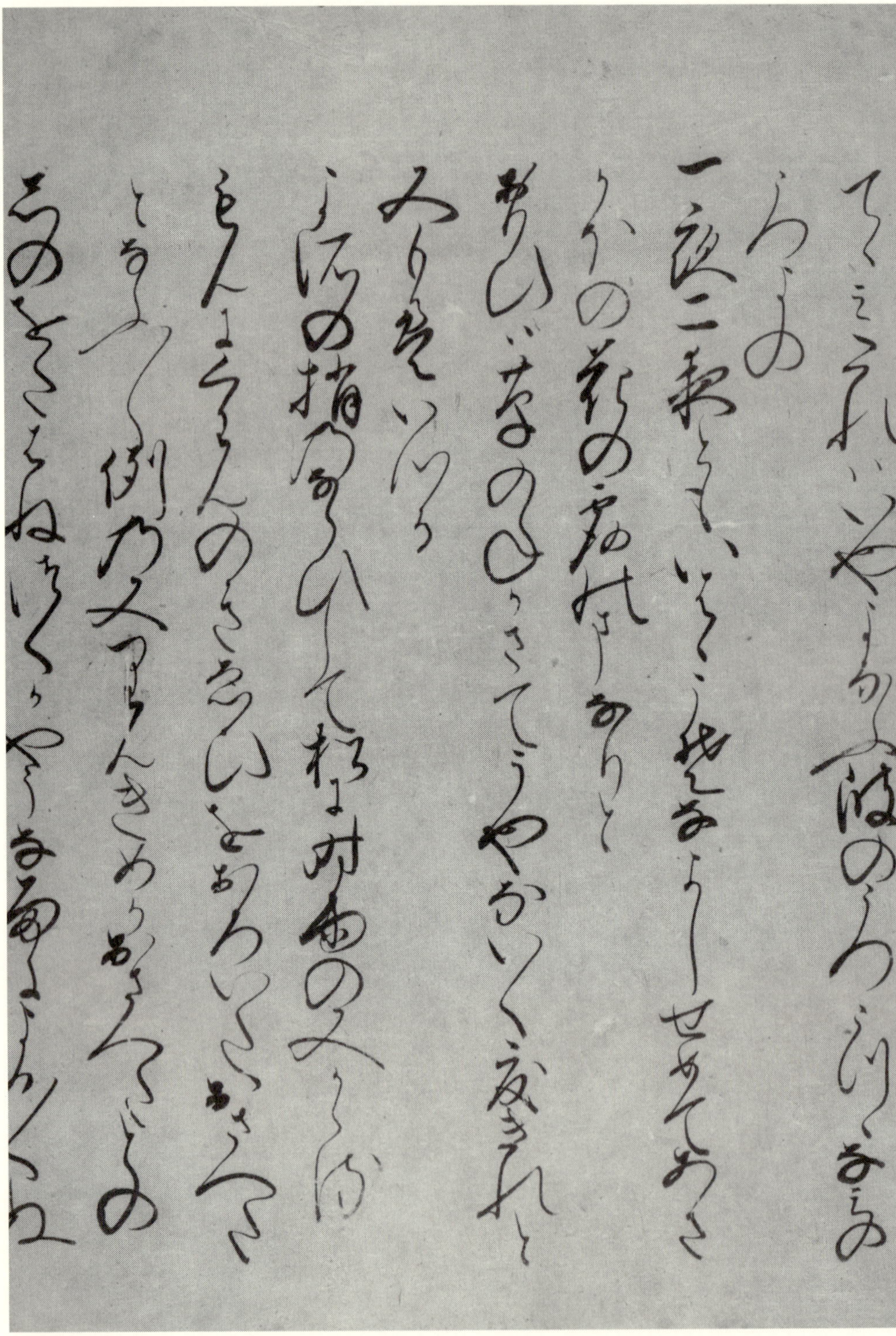

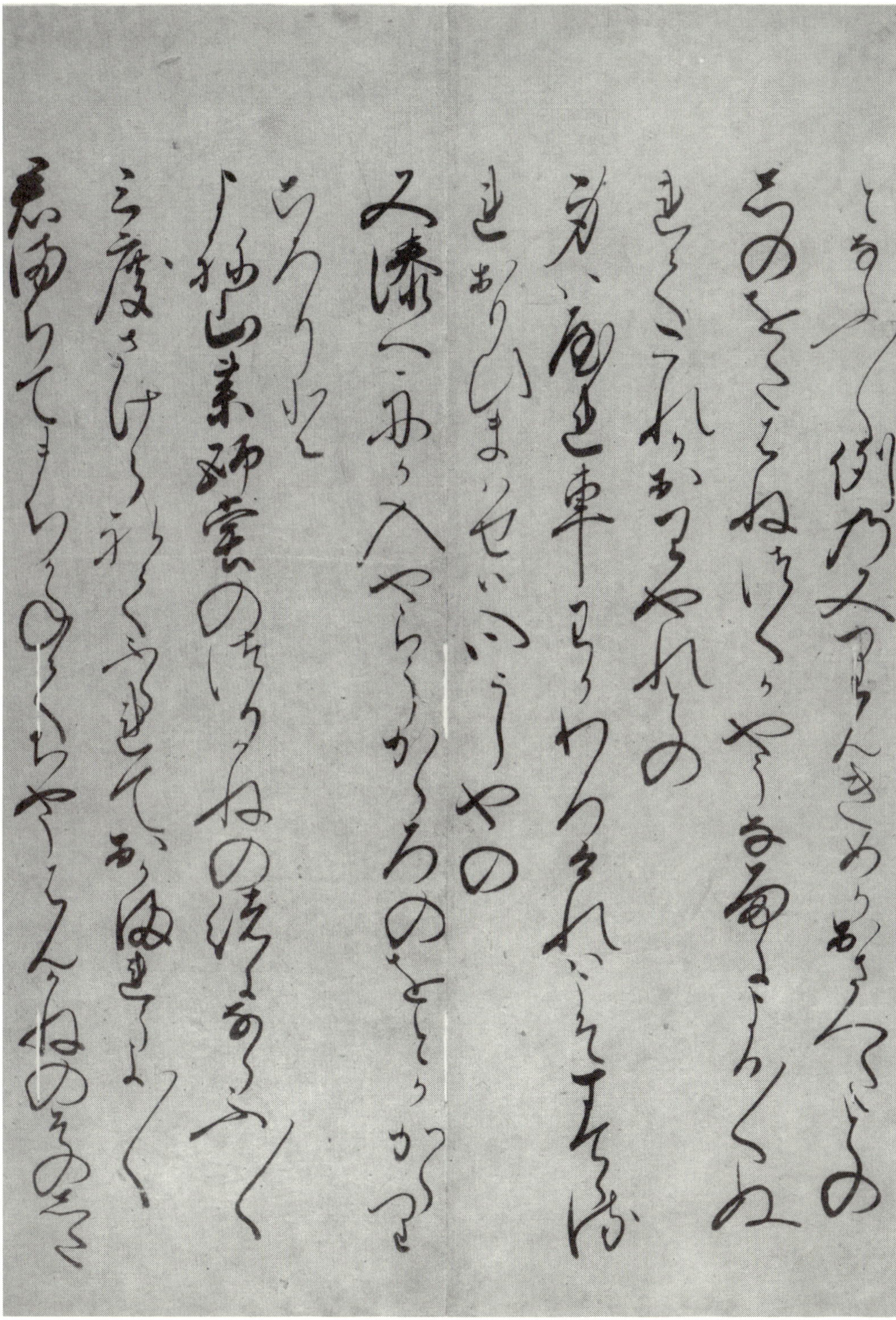

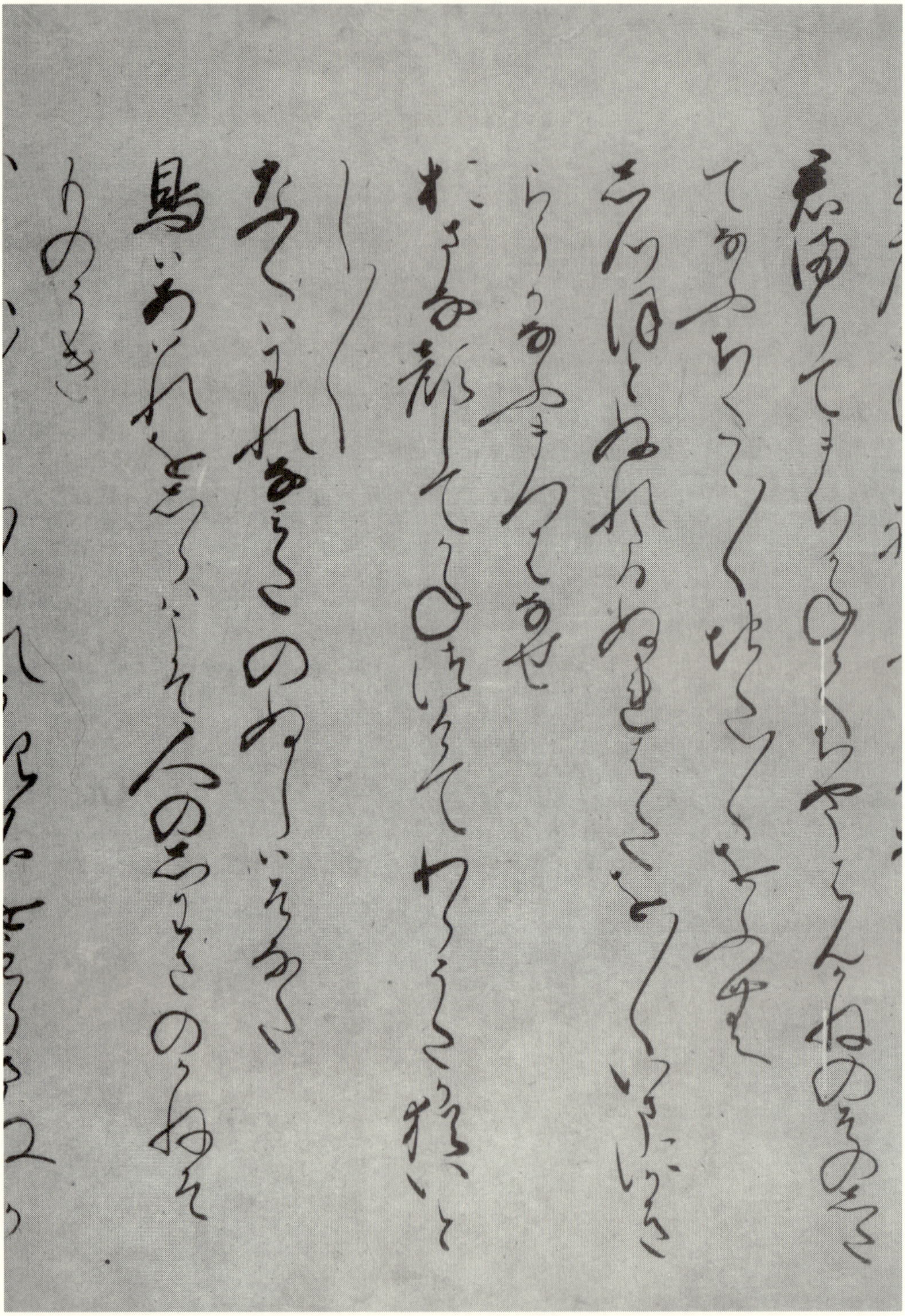

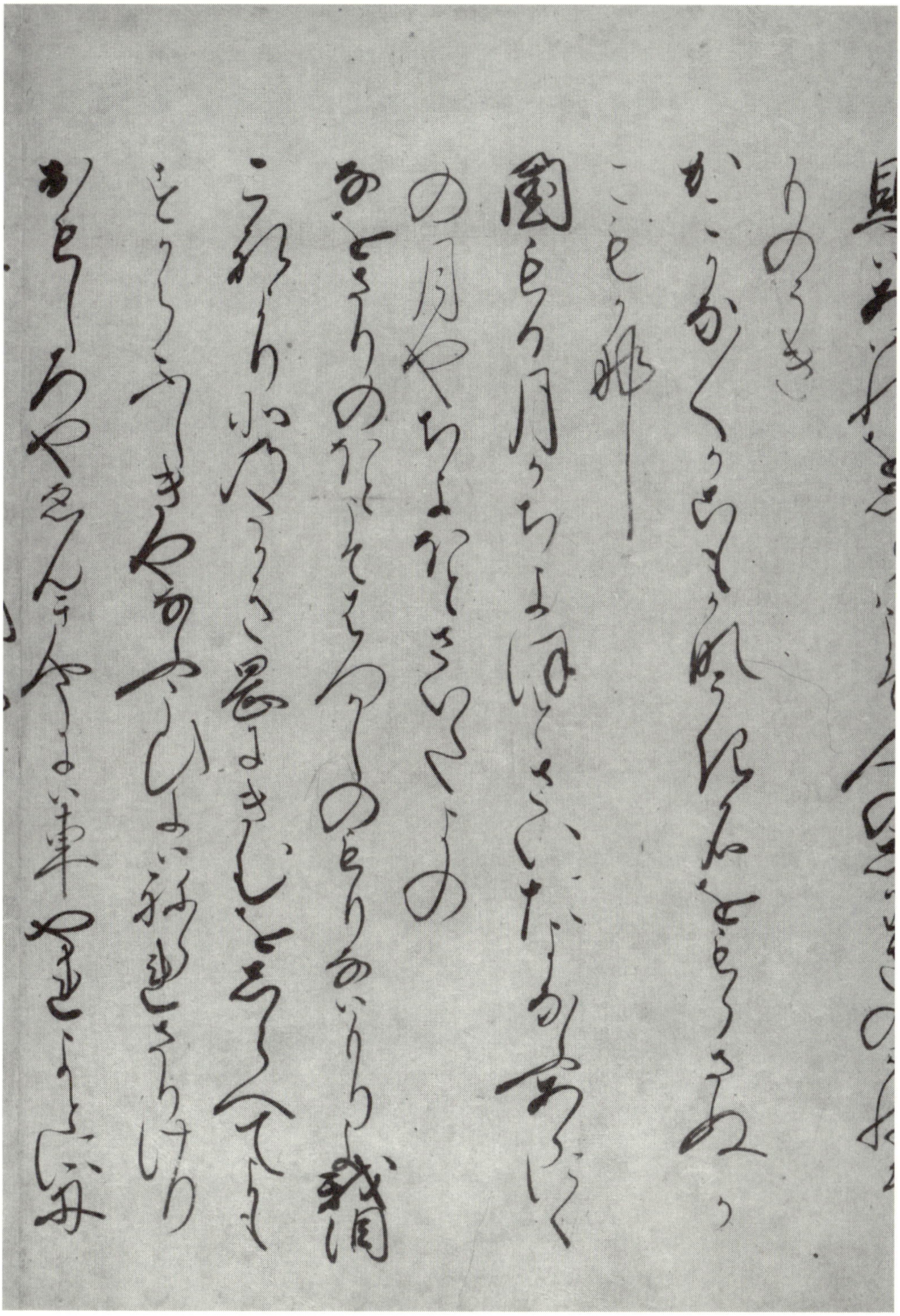

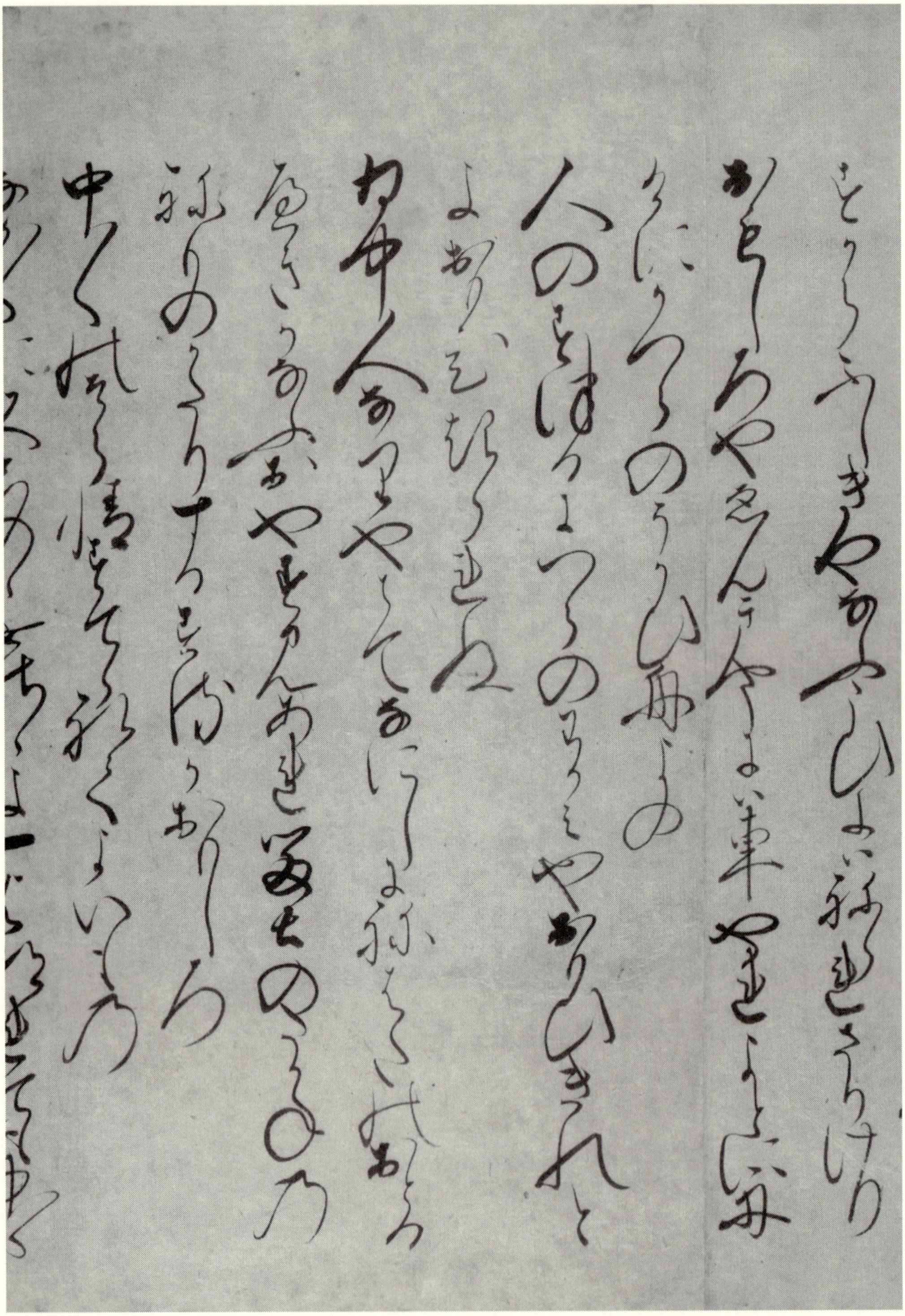

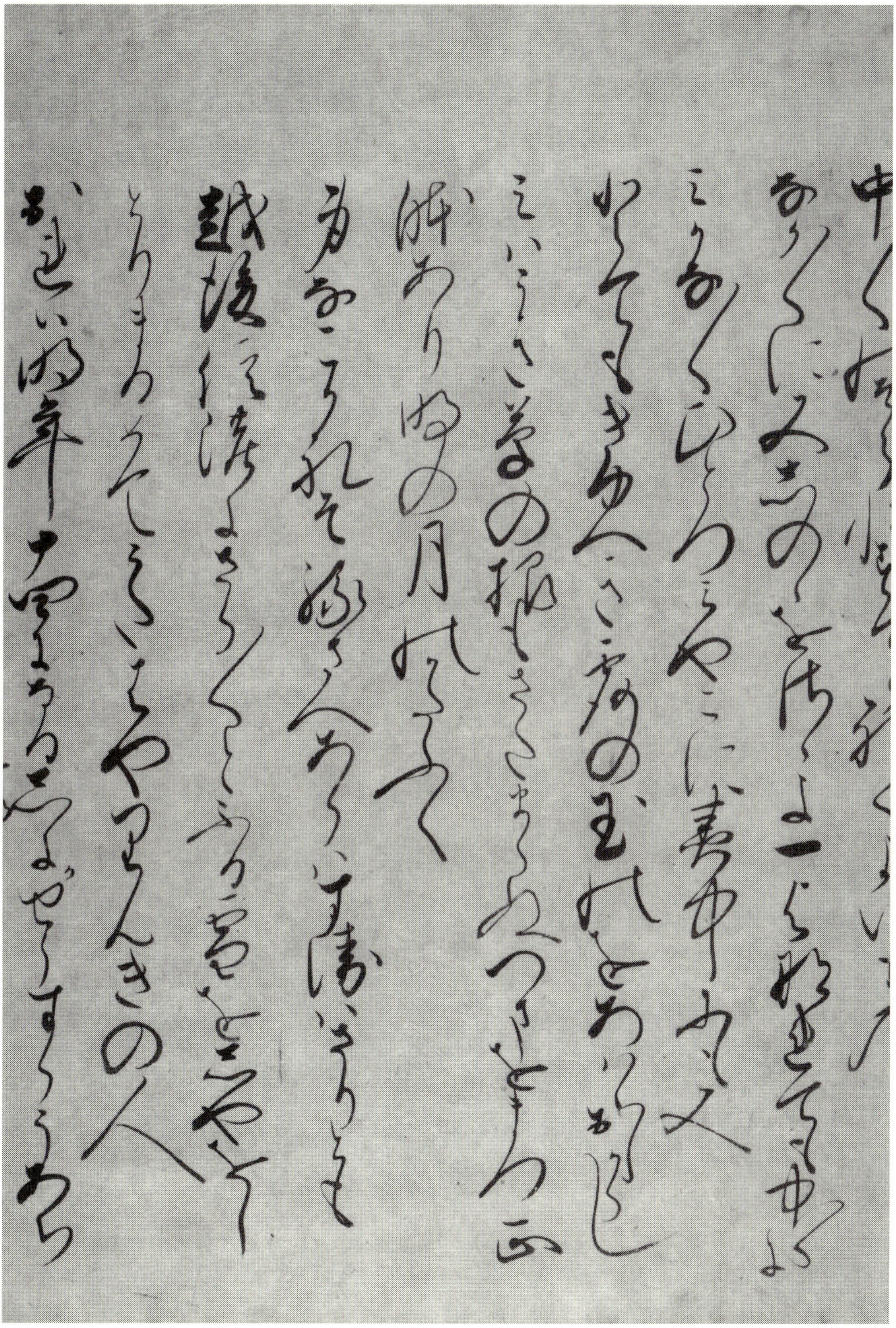

『宗安小歌集』［国文学研究資料館本］

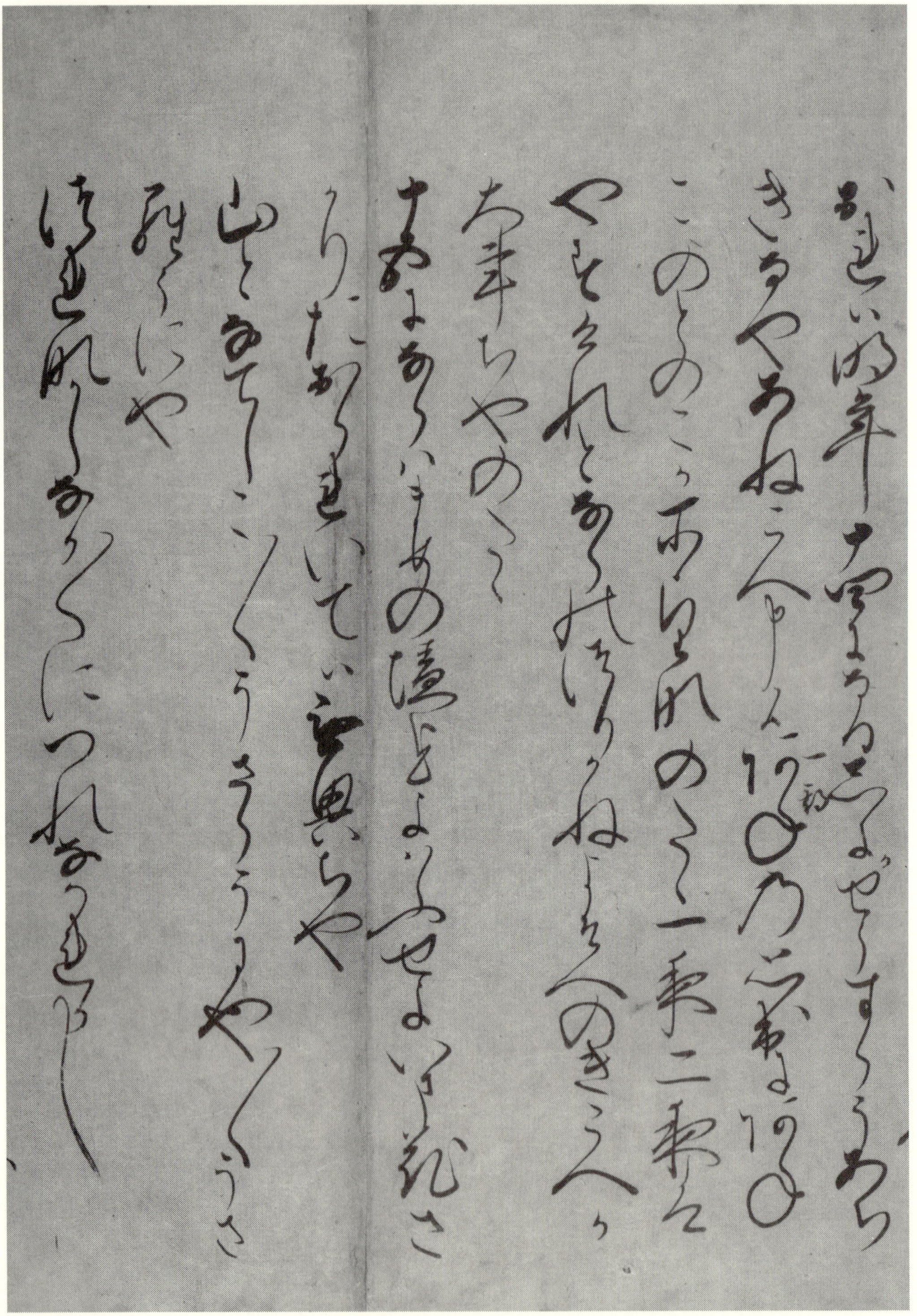

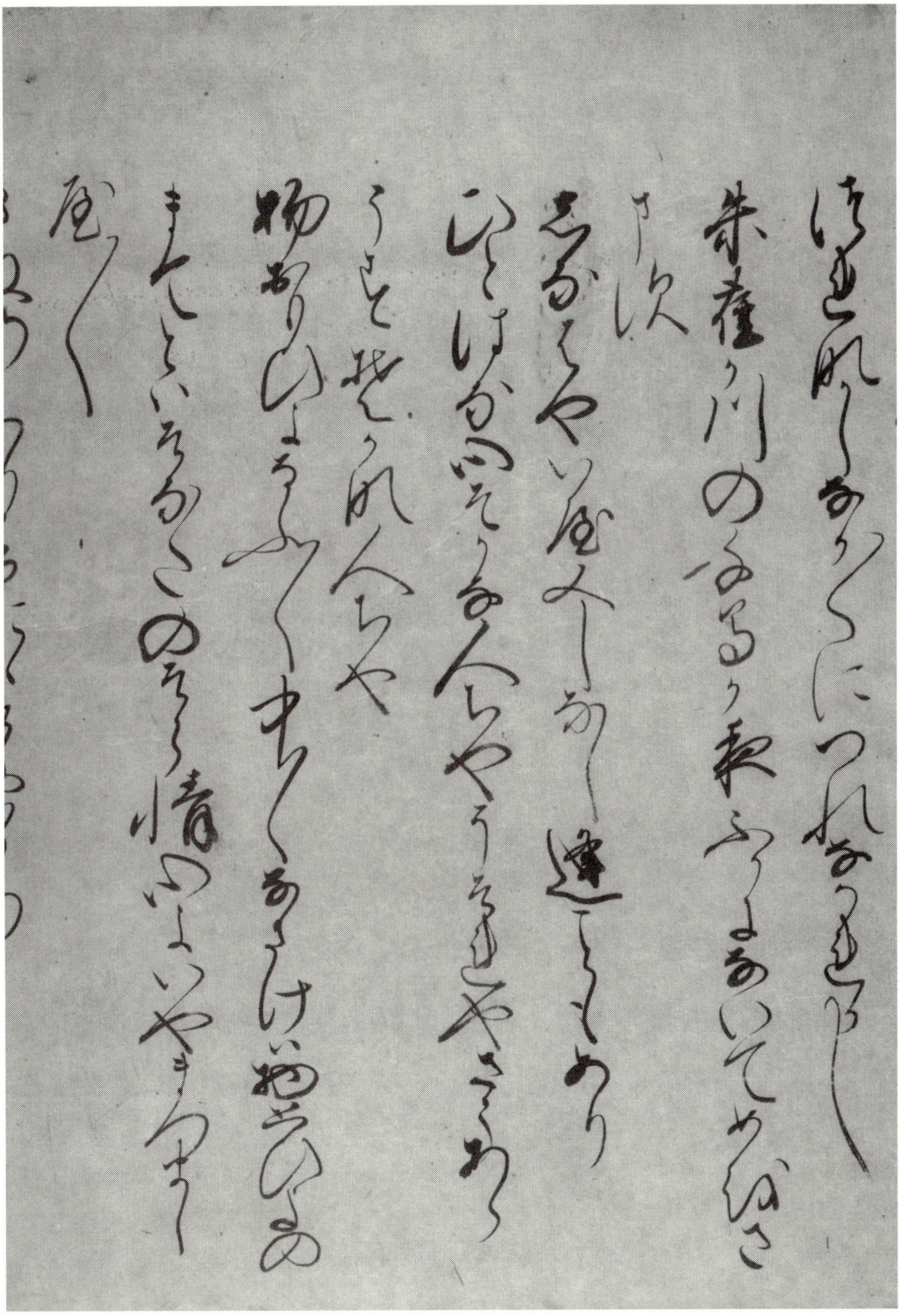

『宗安小歌集』［国文学研究資料館本］

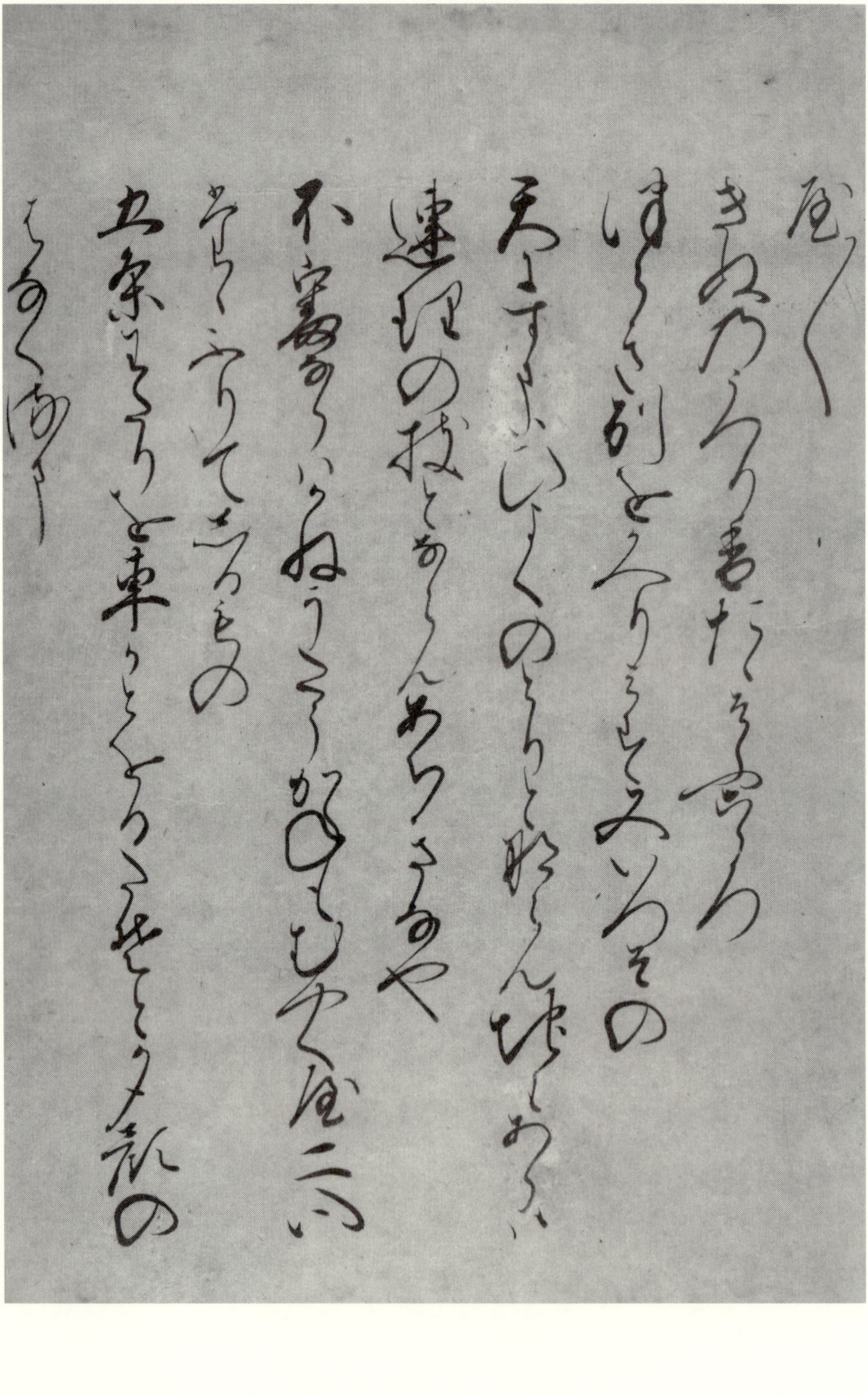

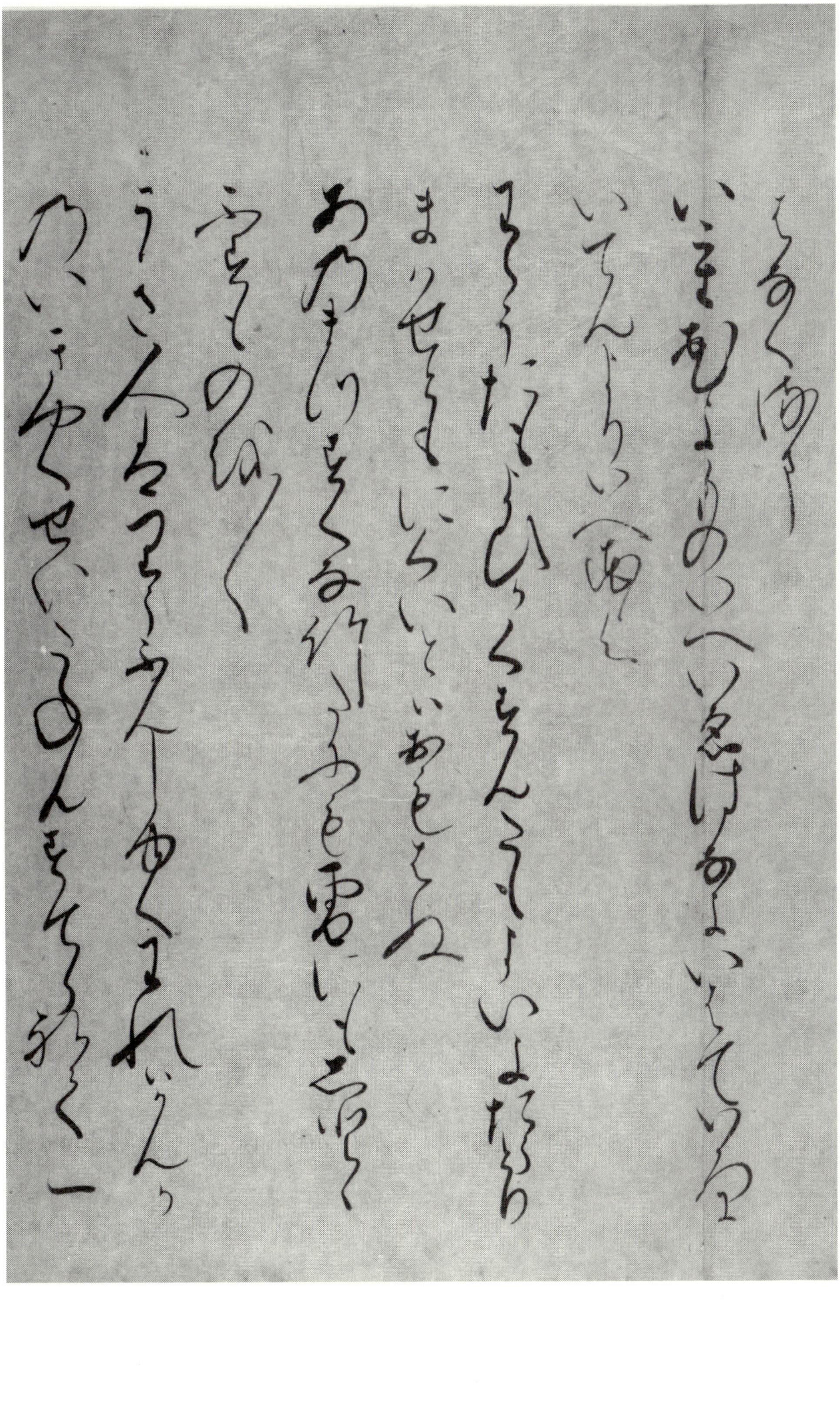

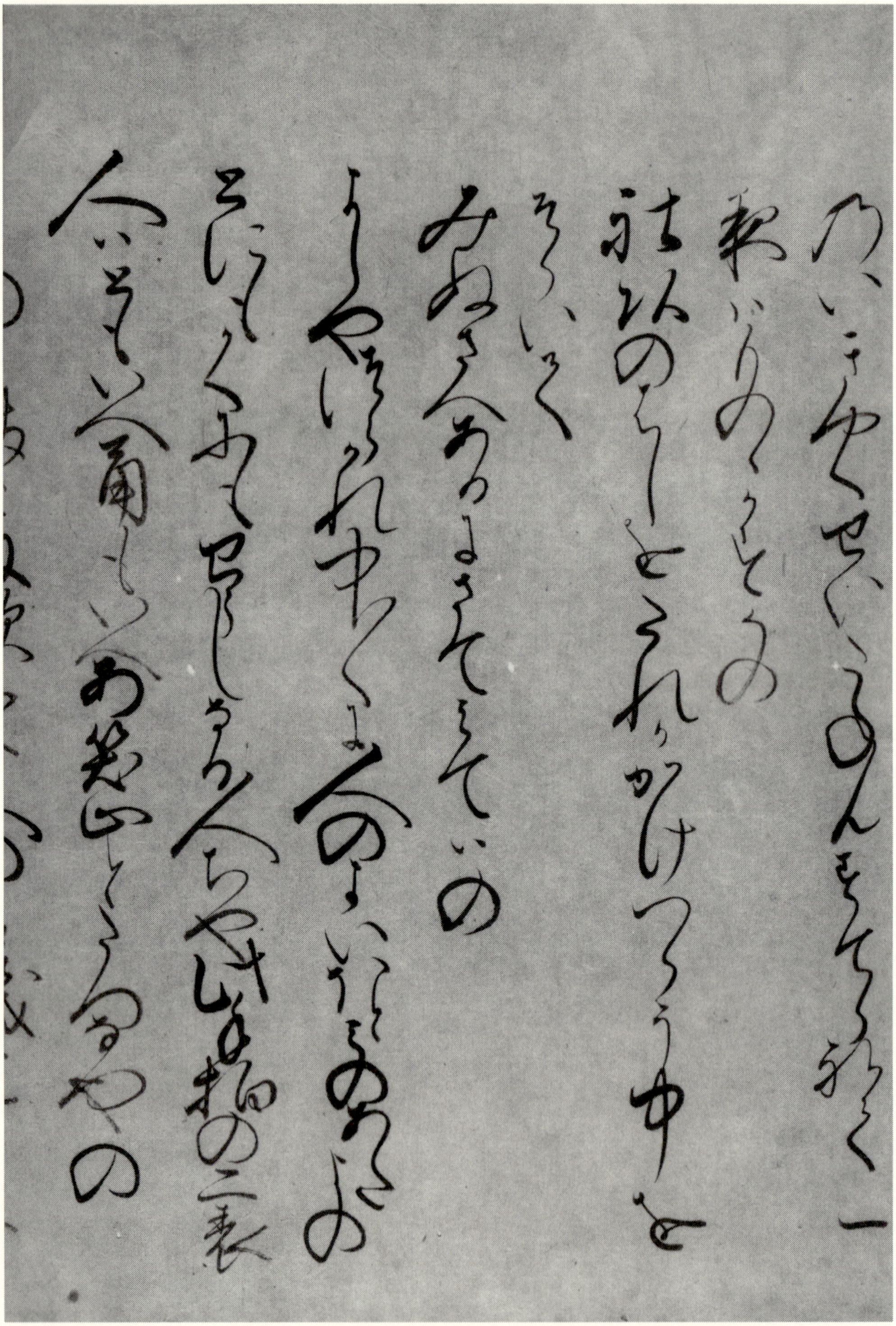

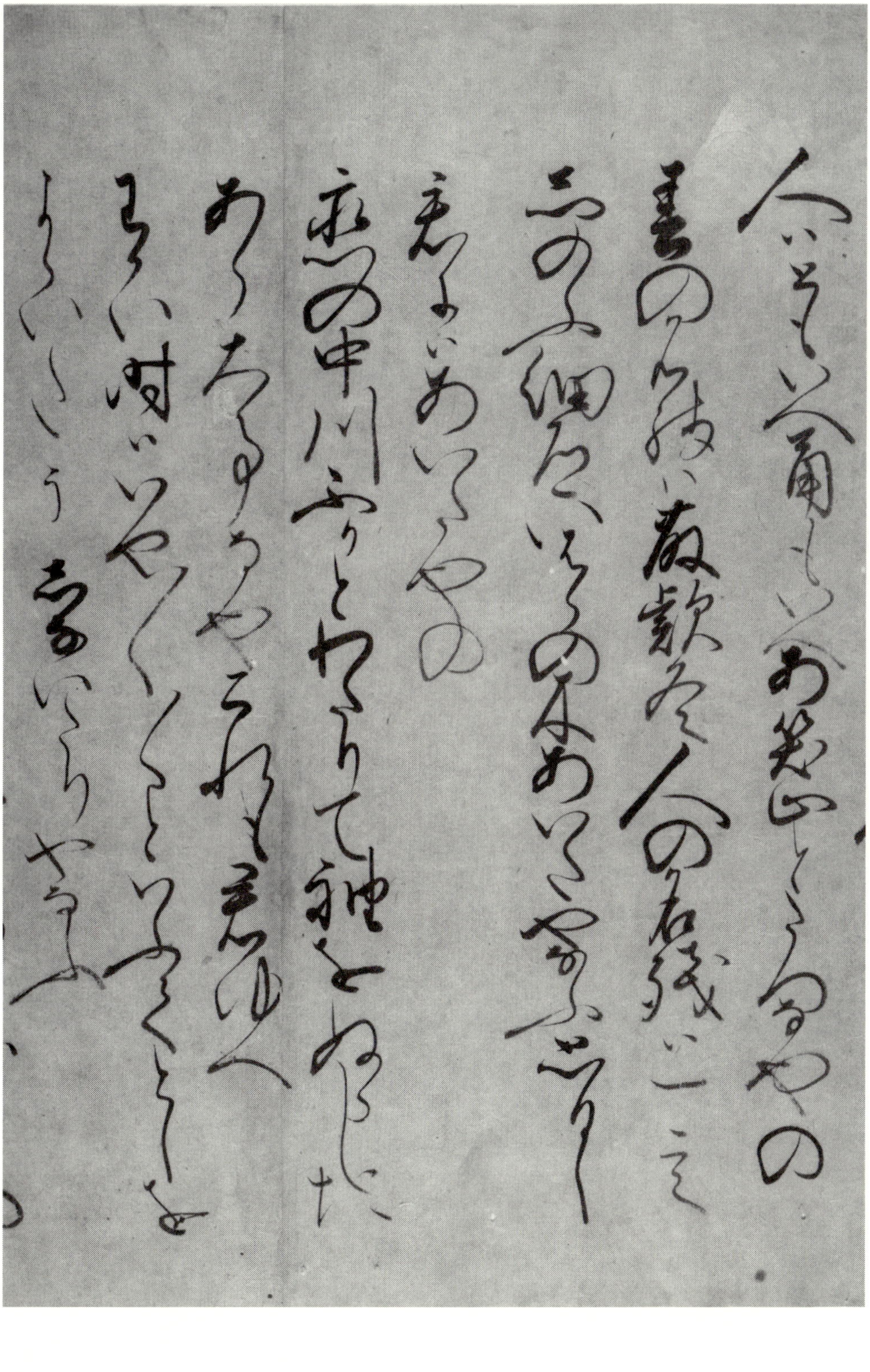

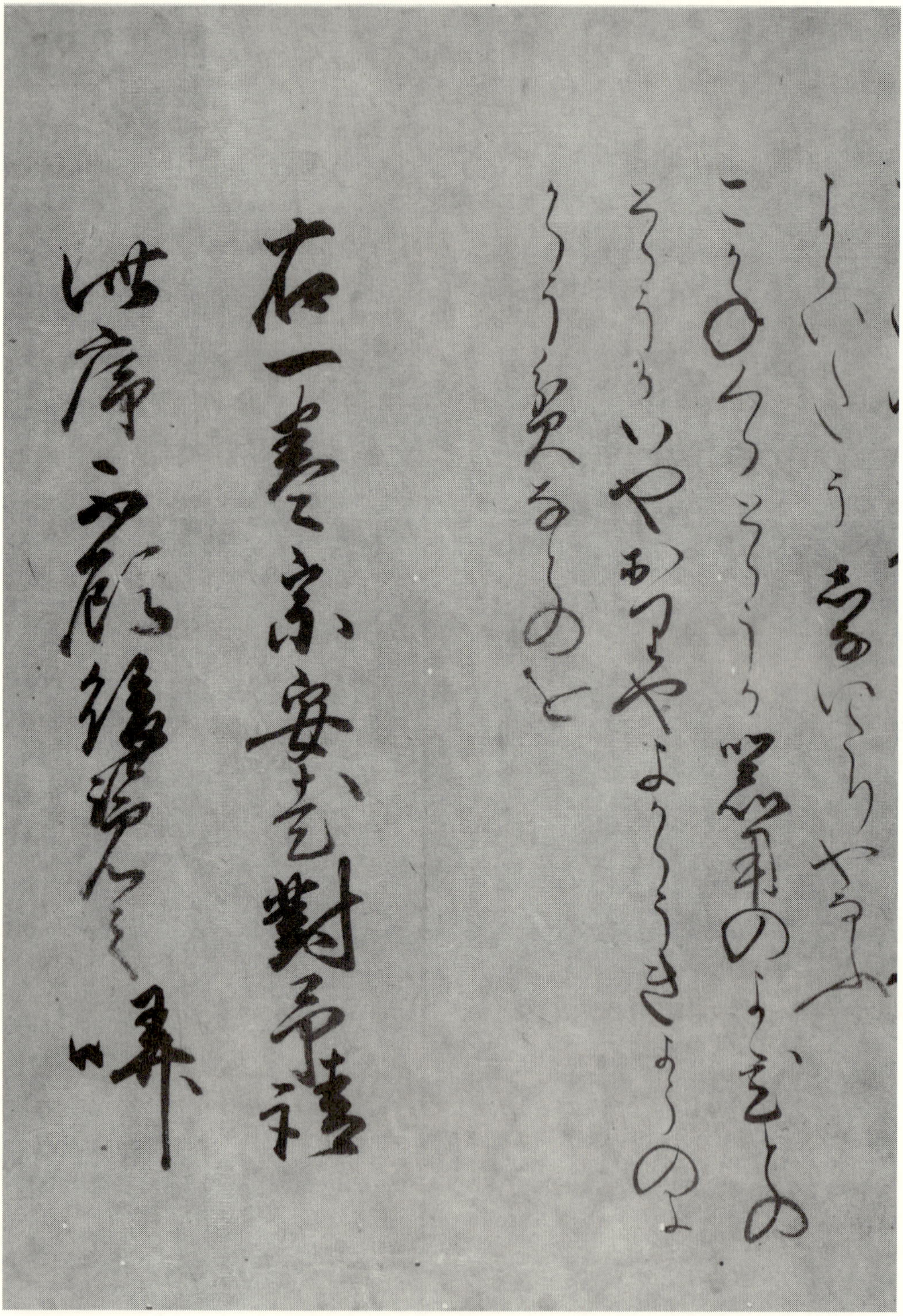

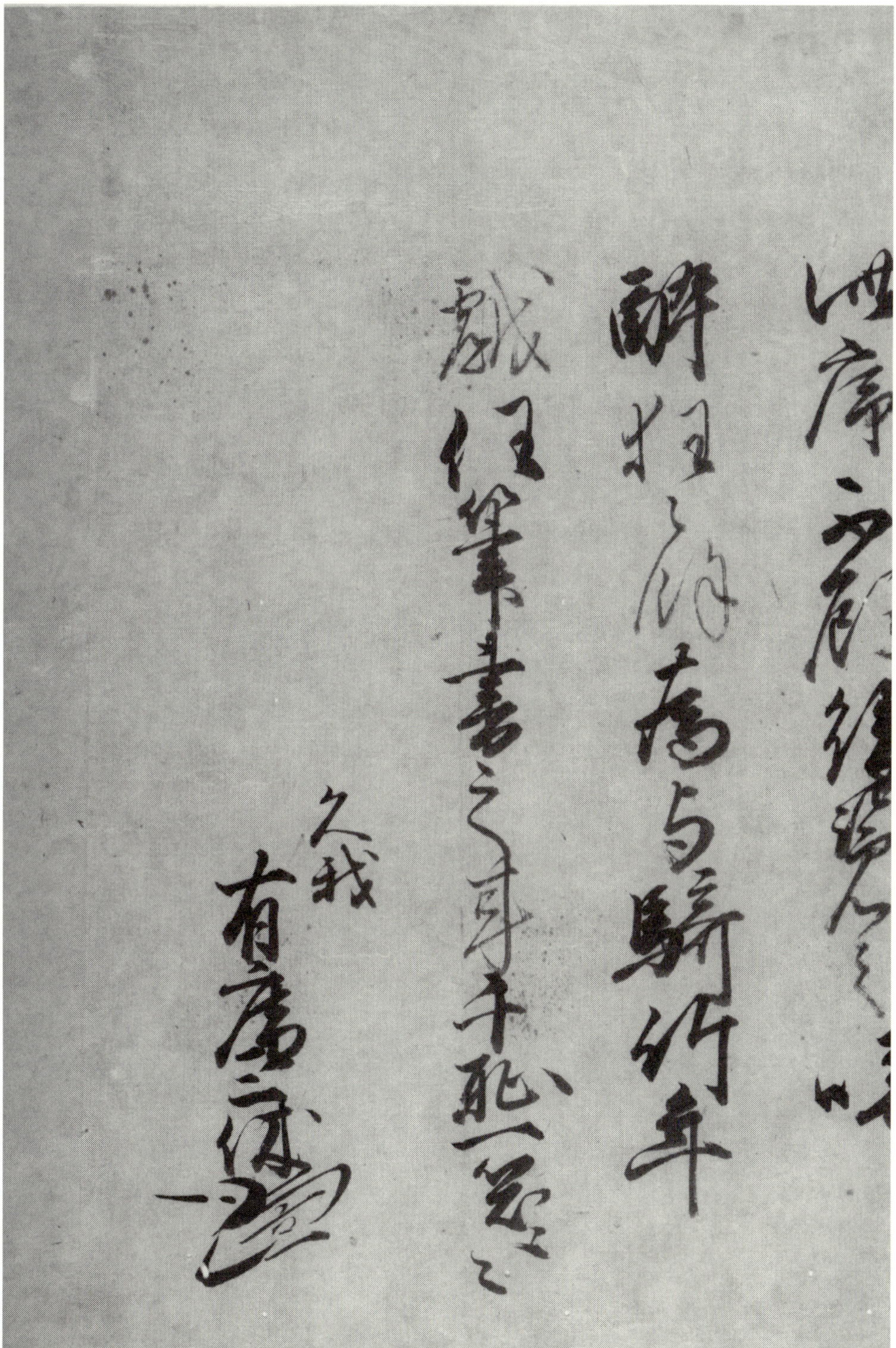

『宗安小歌集』（実践女子大学本）

（縮率七五％）

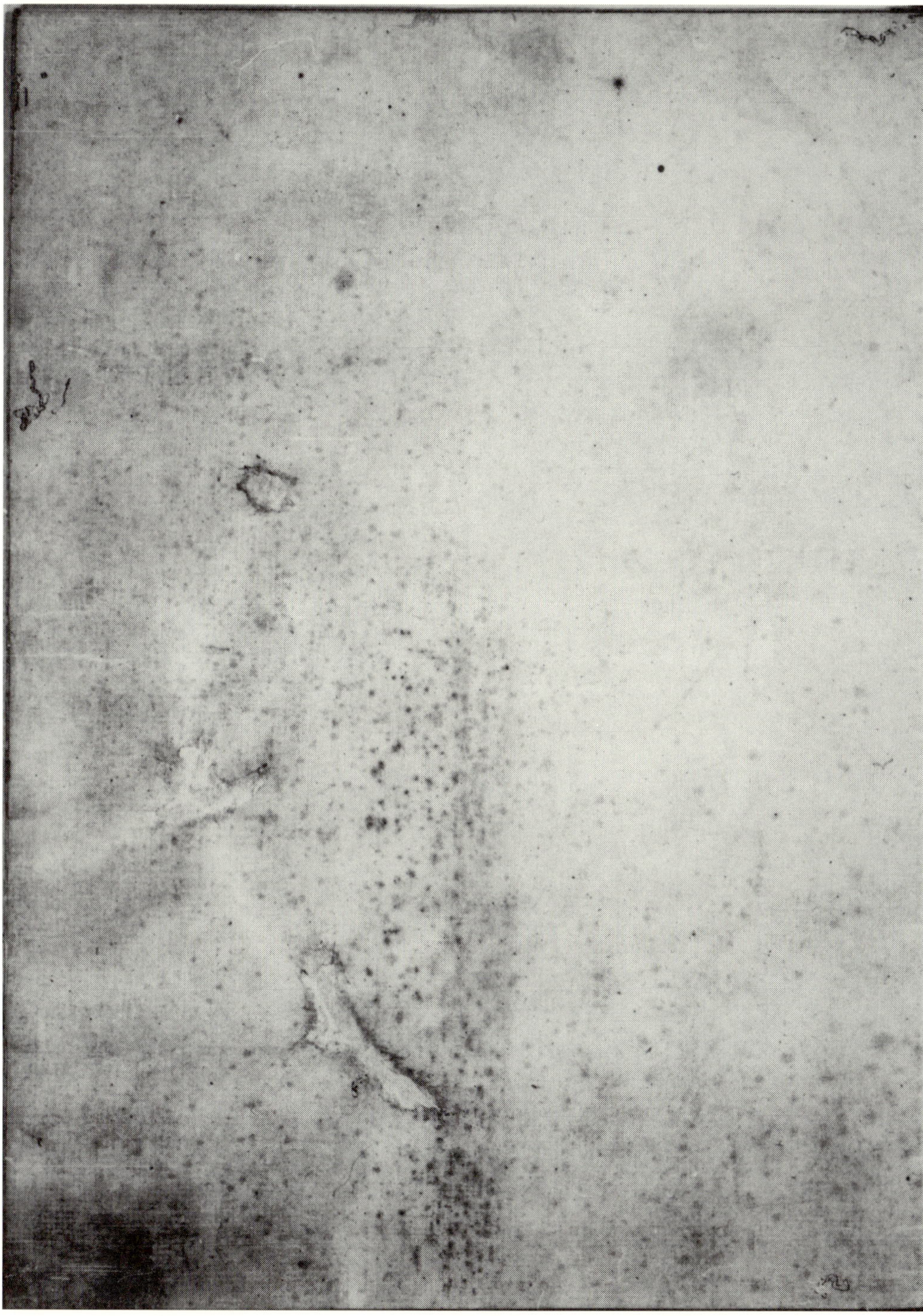

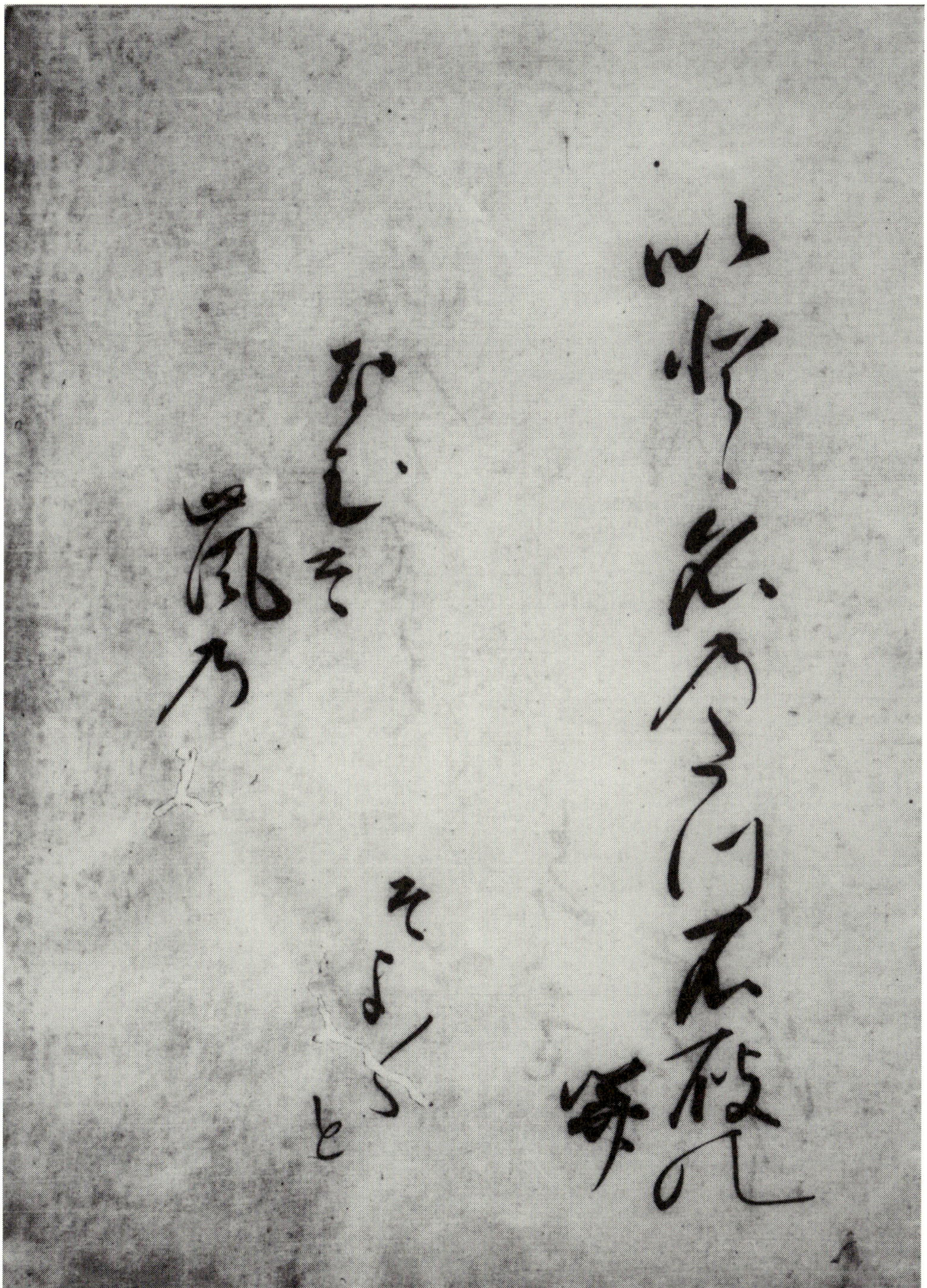

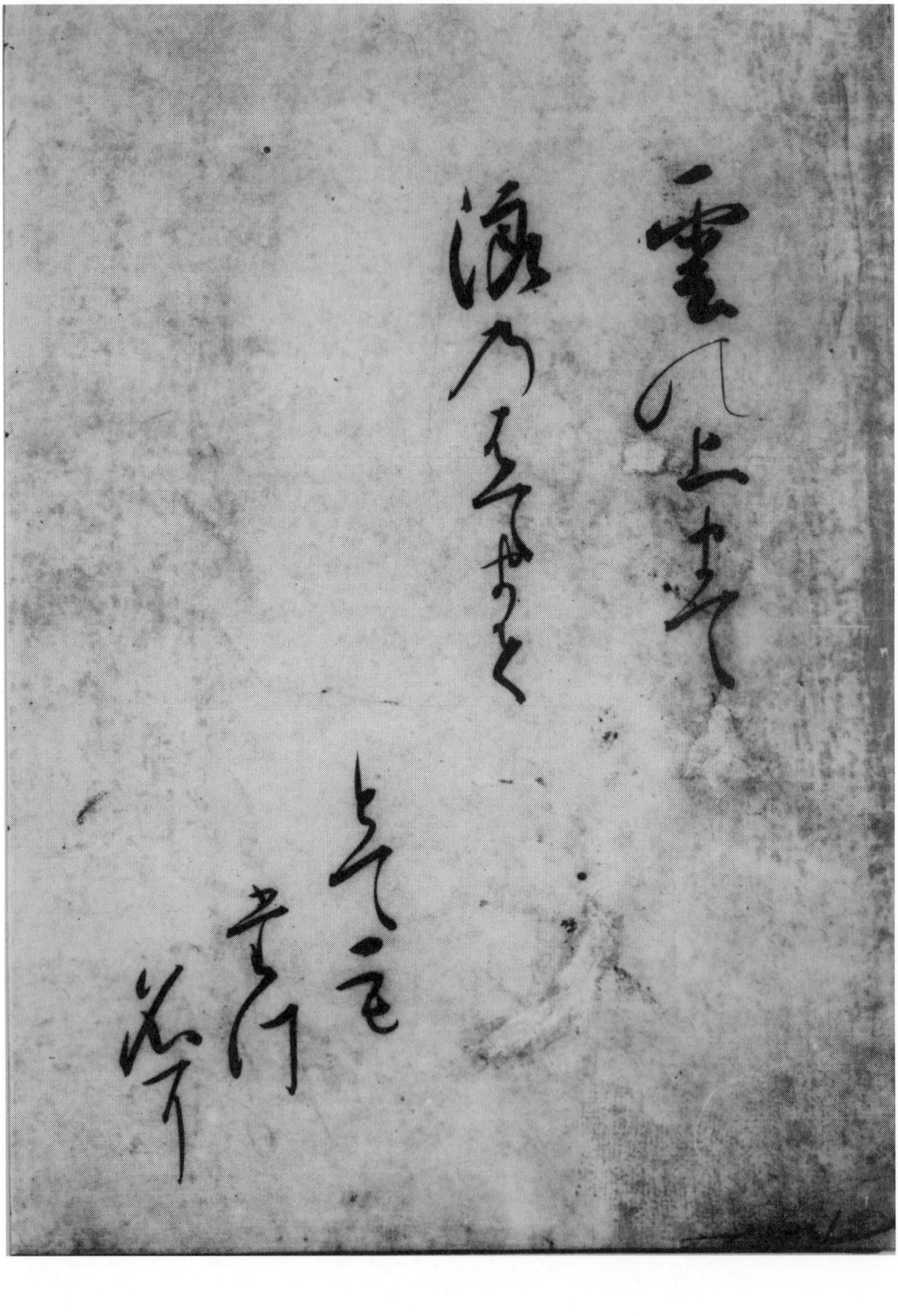

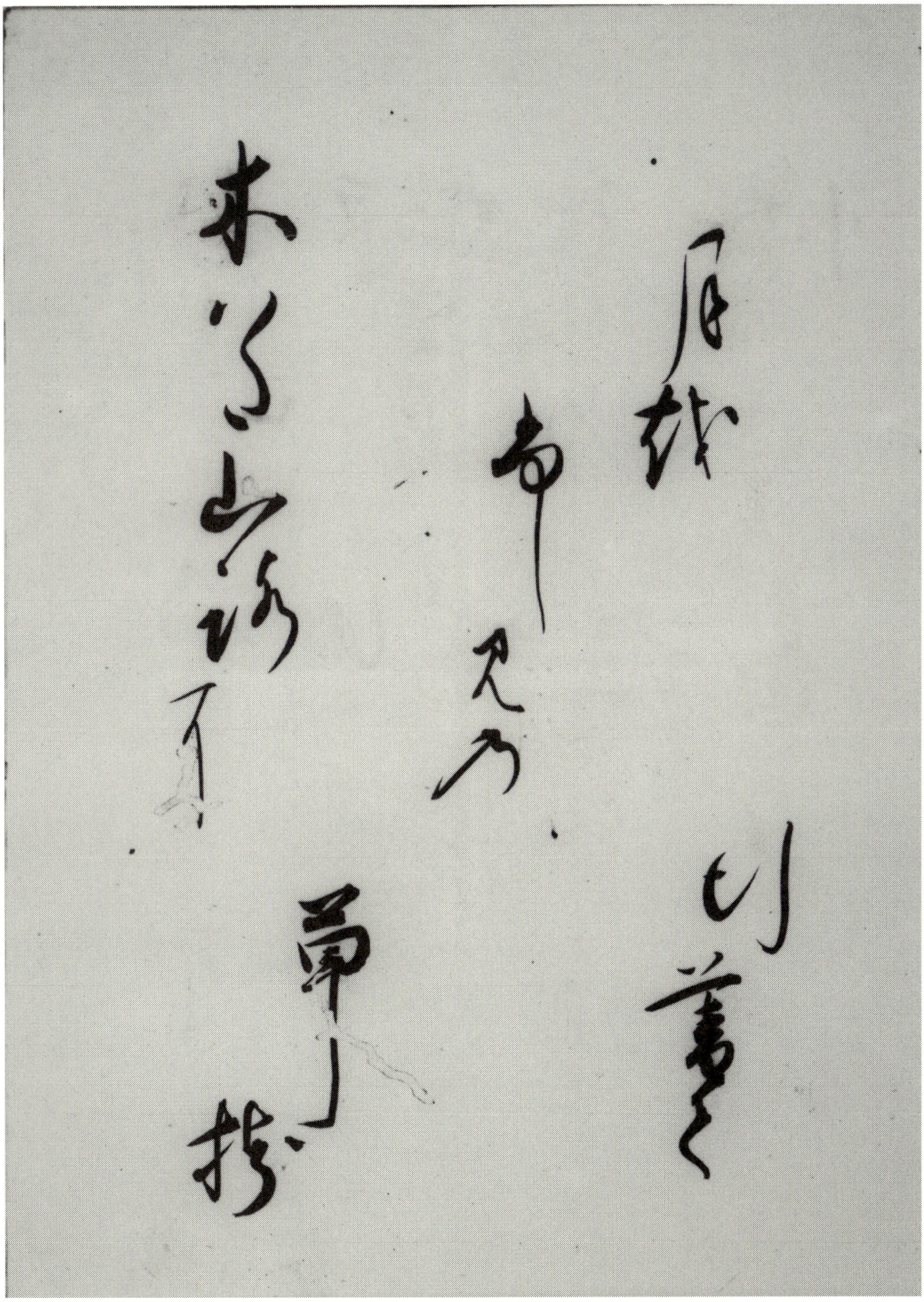

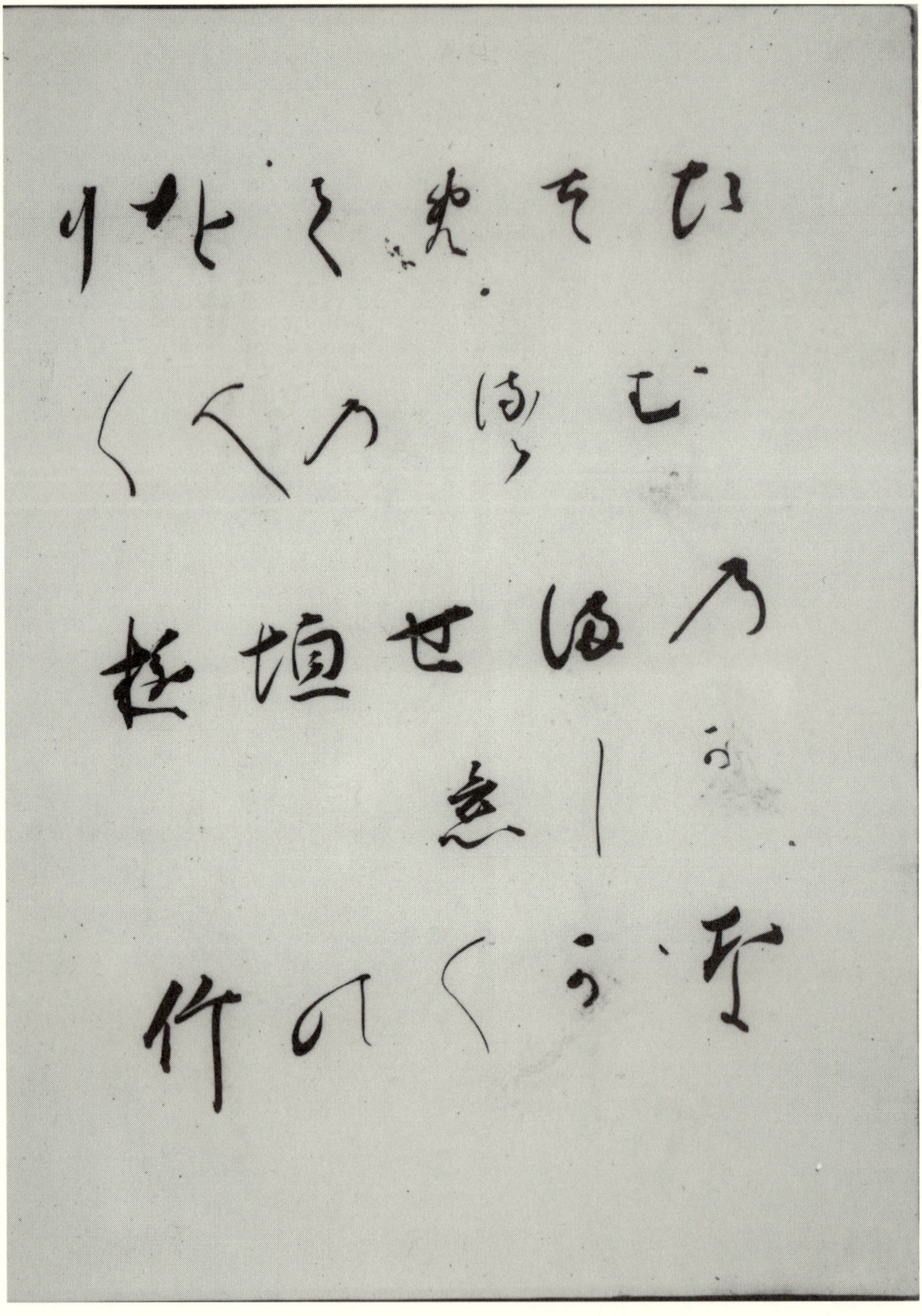

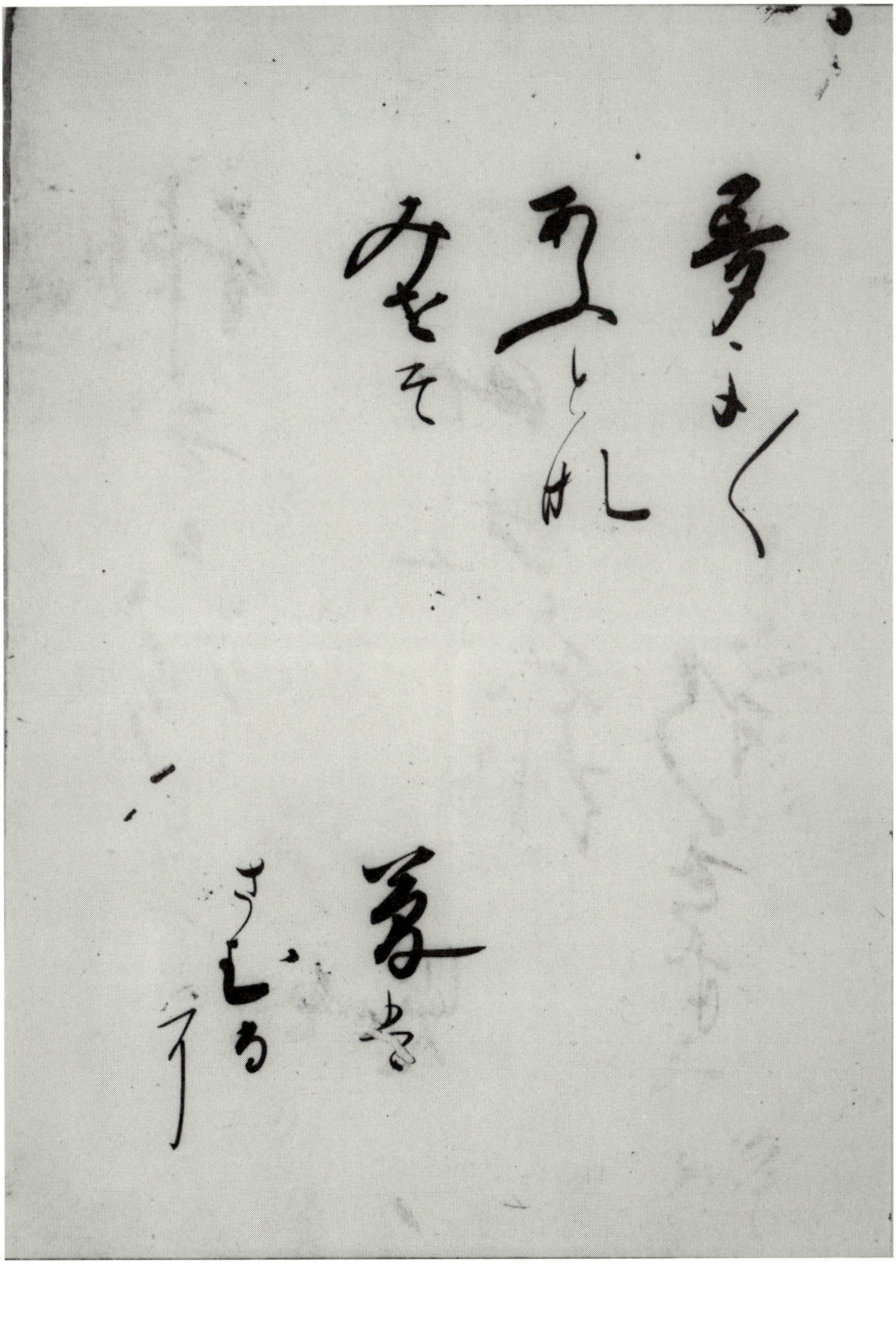

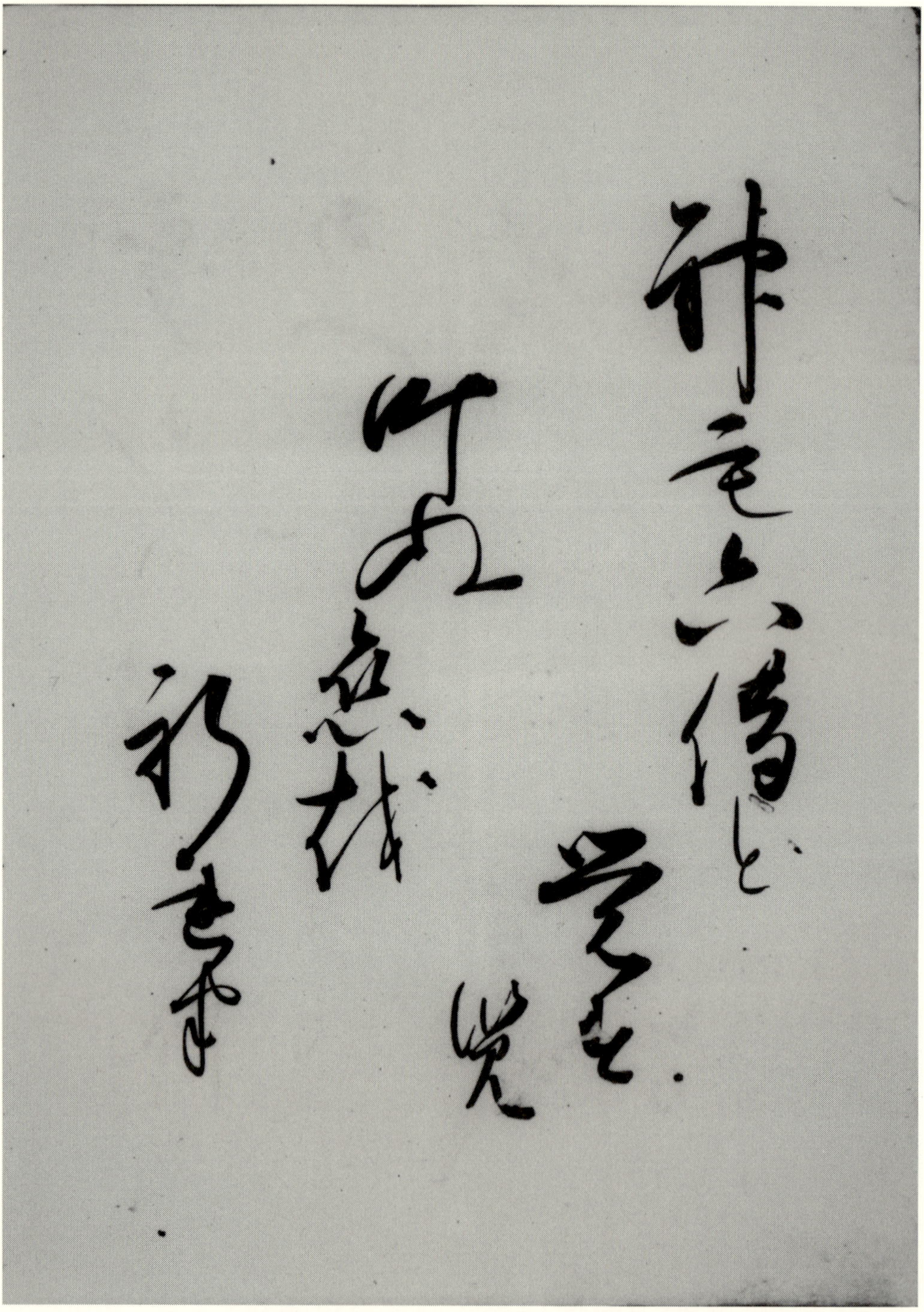

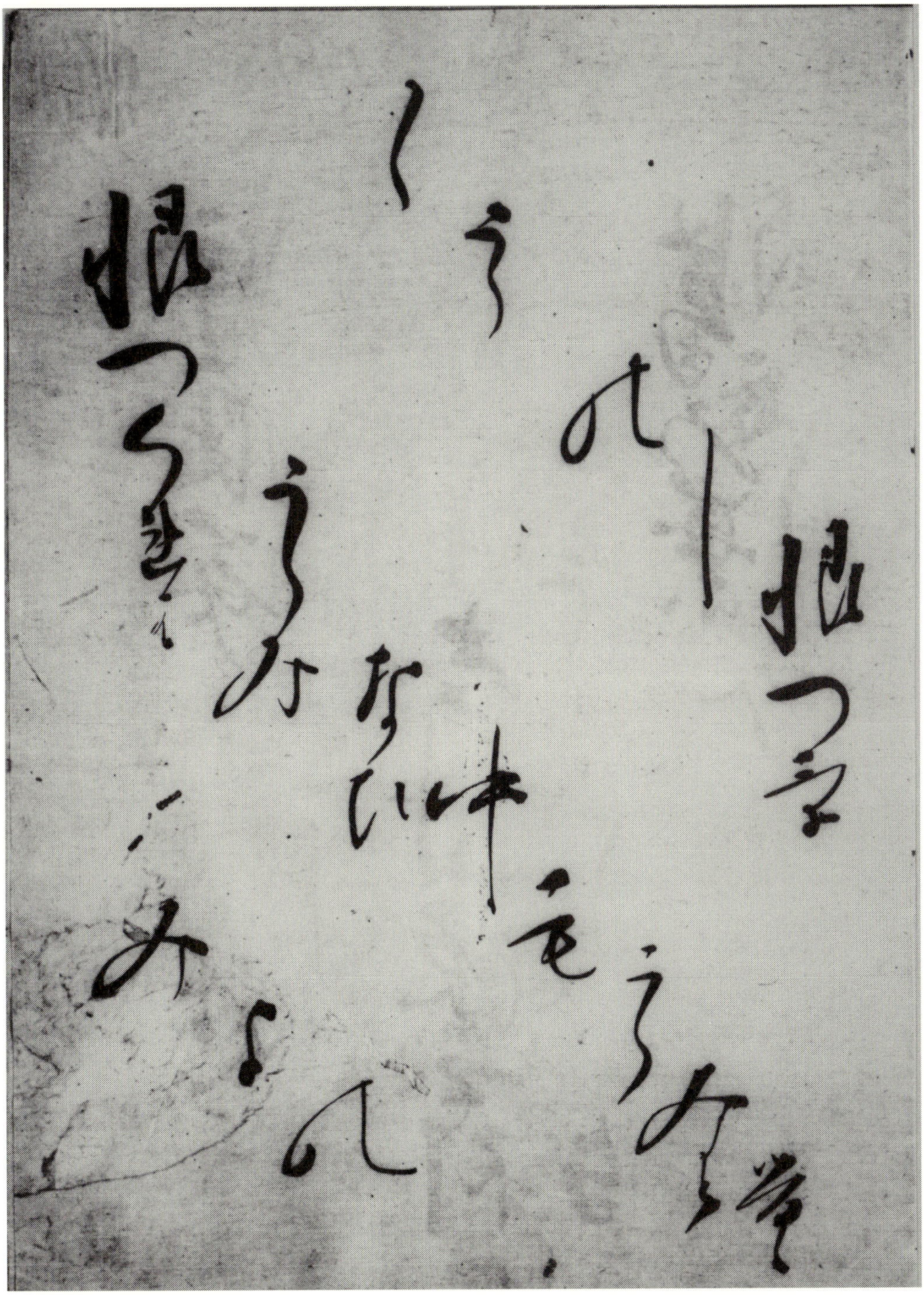

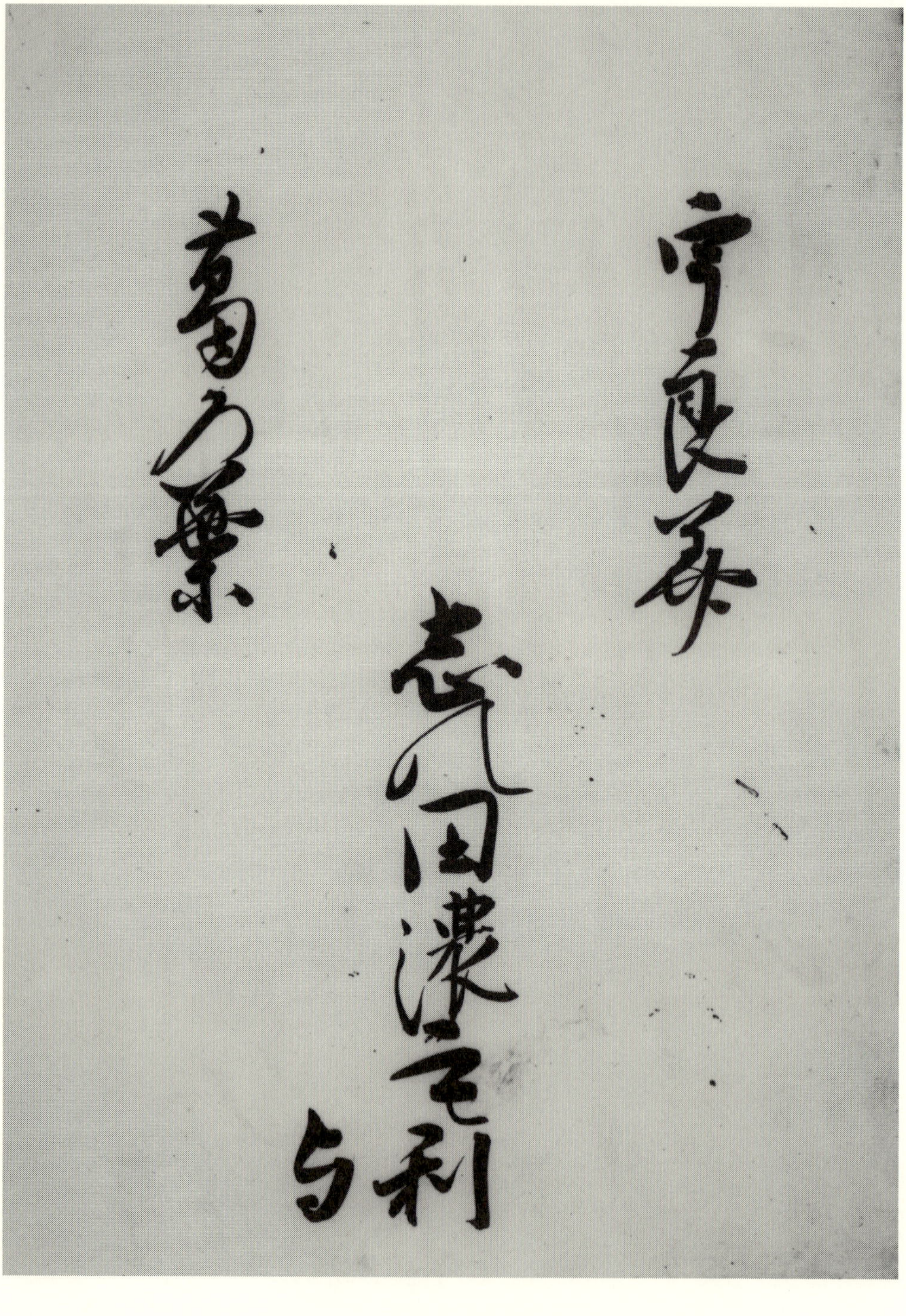
志田濃毛利与

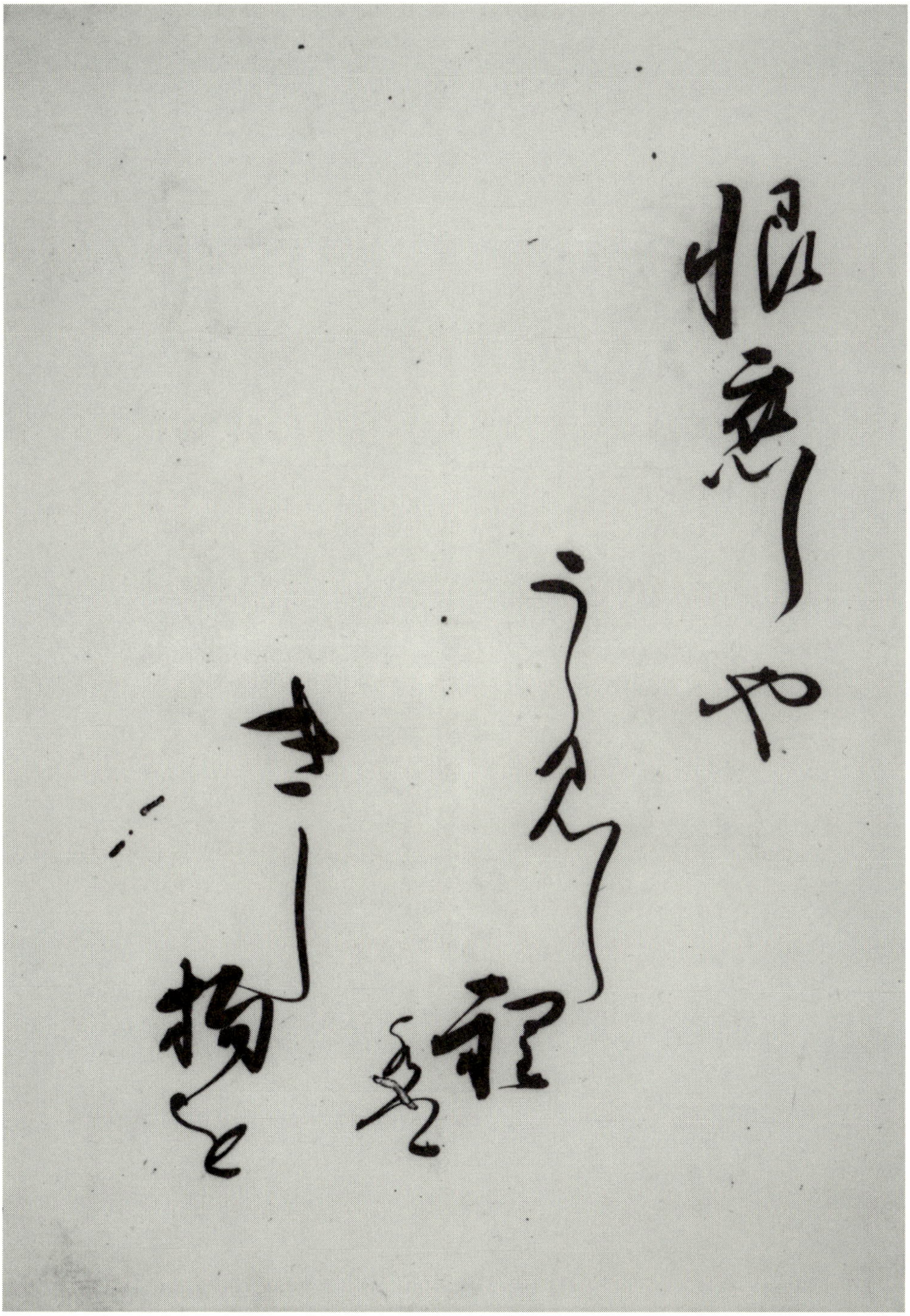

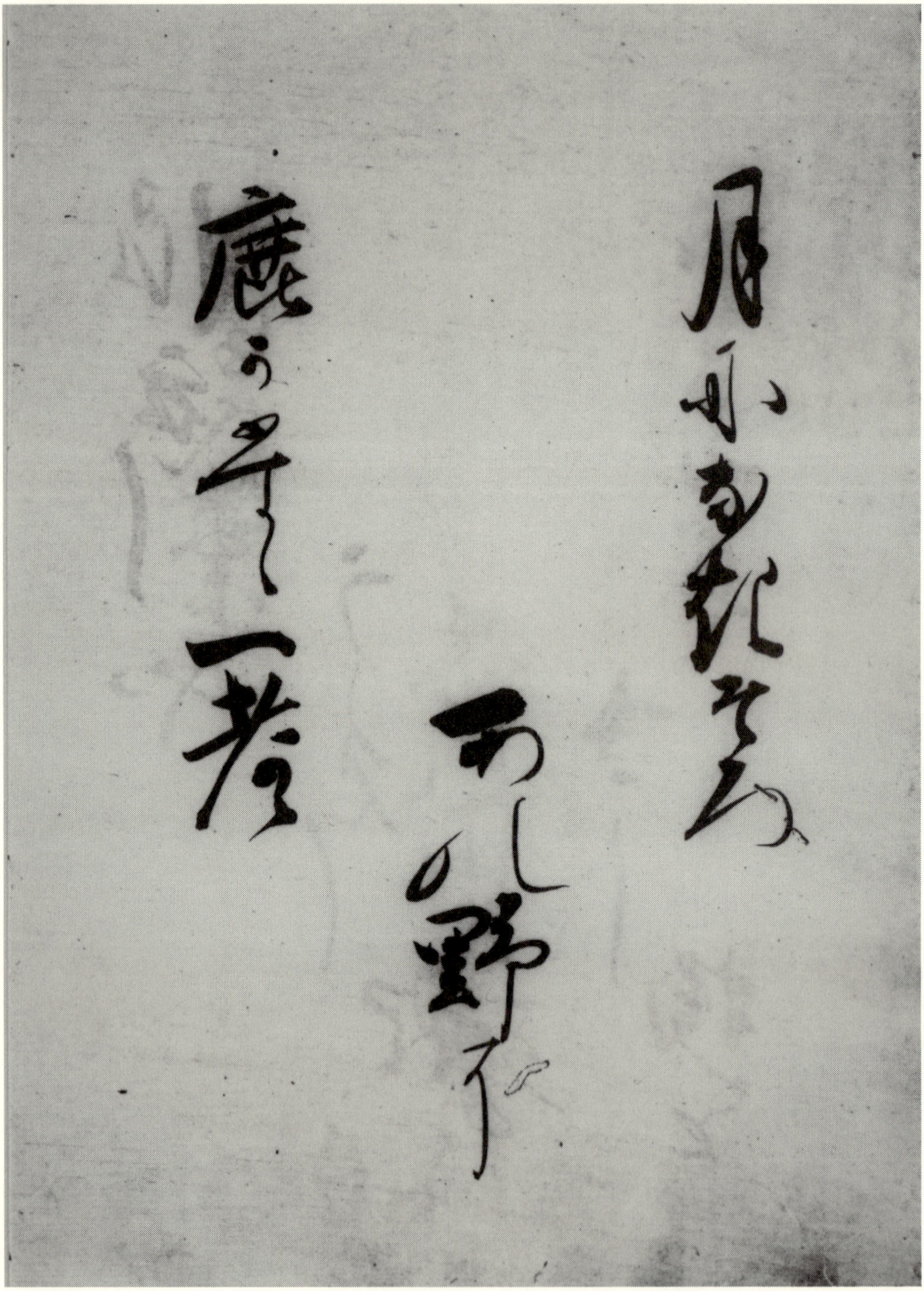

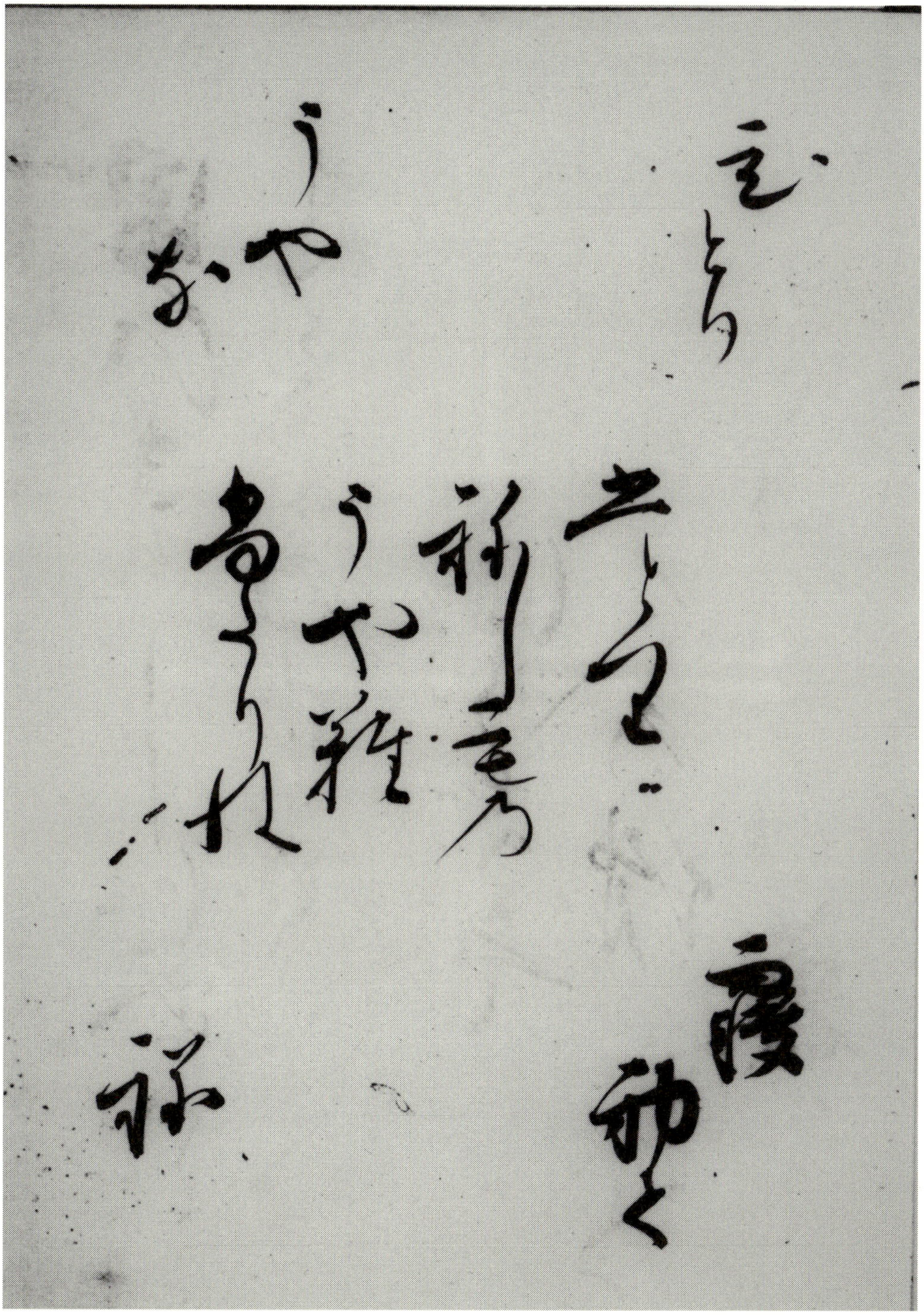

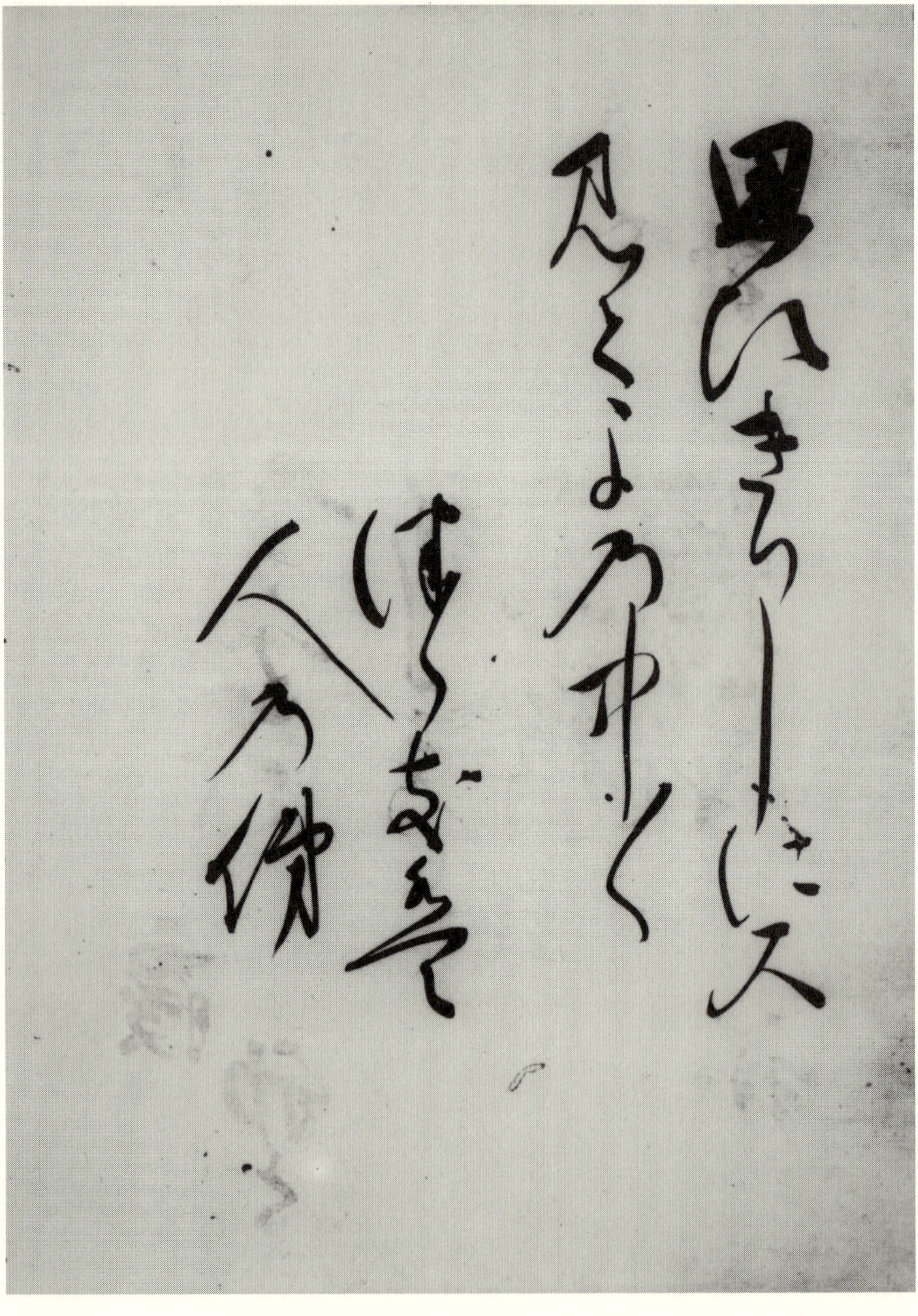

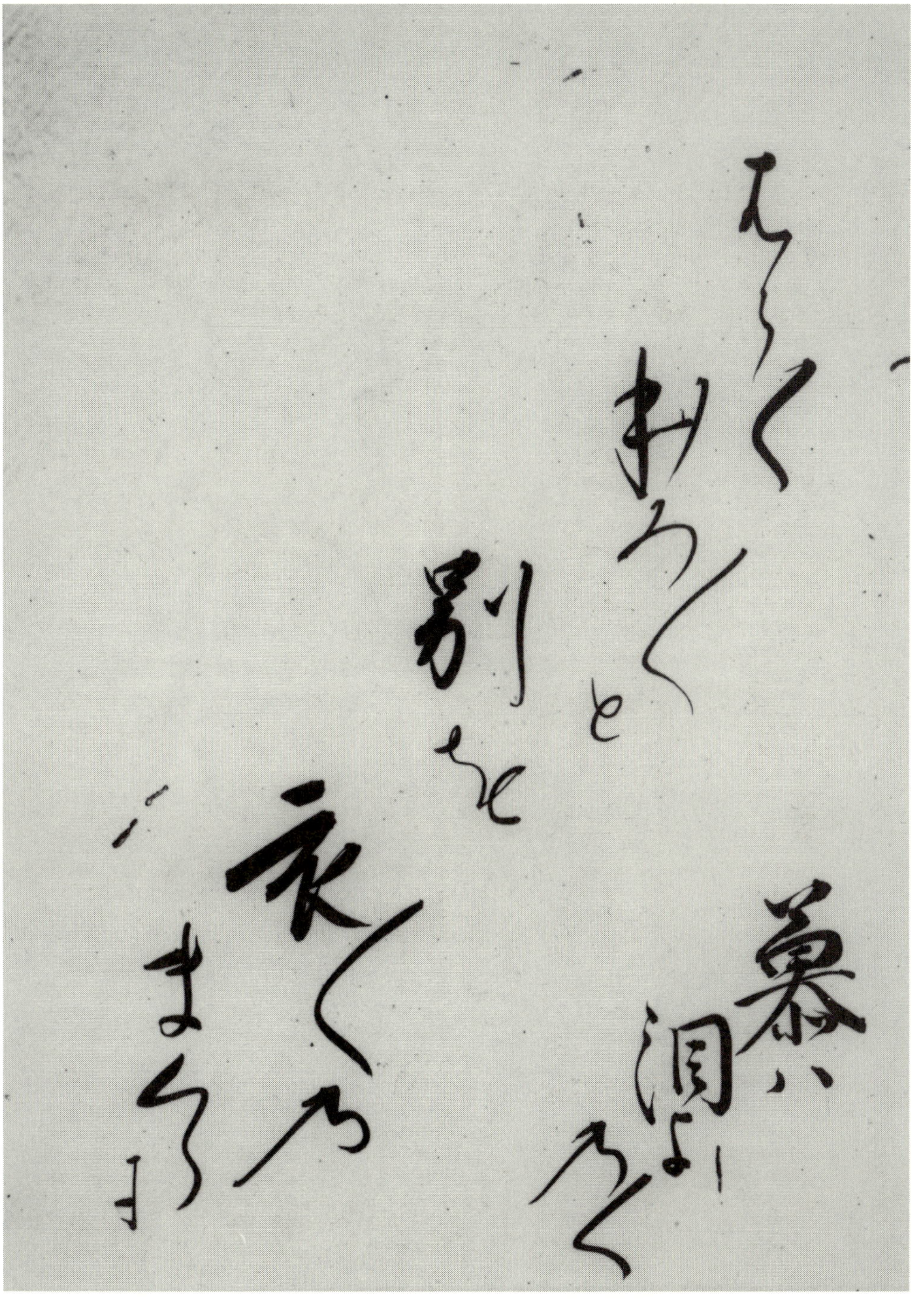

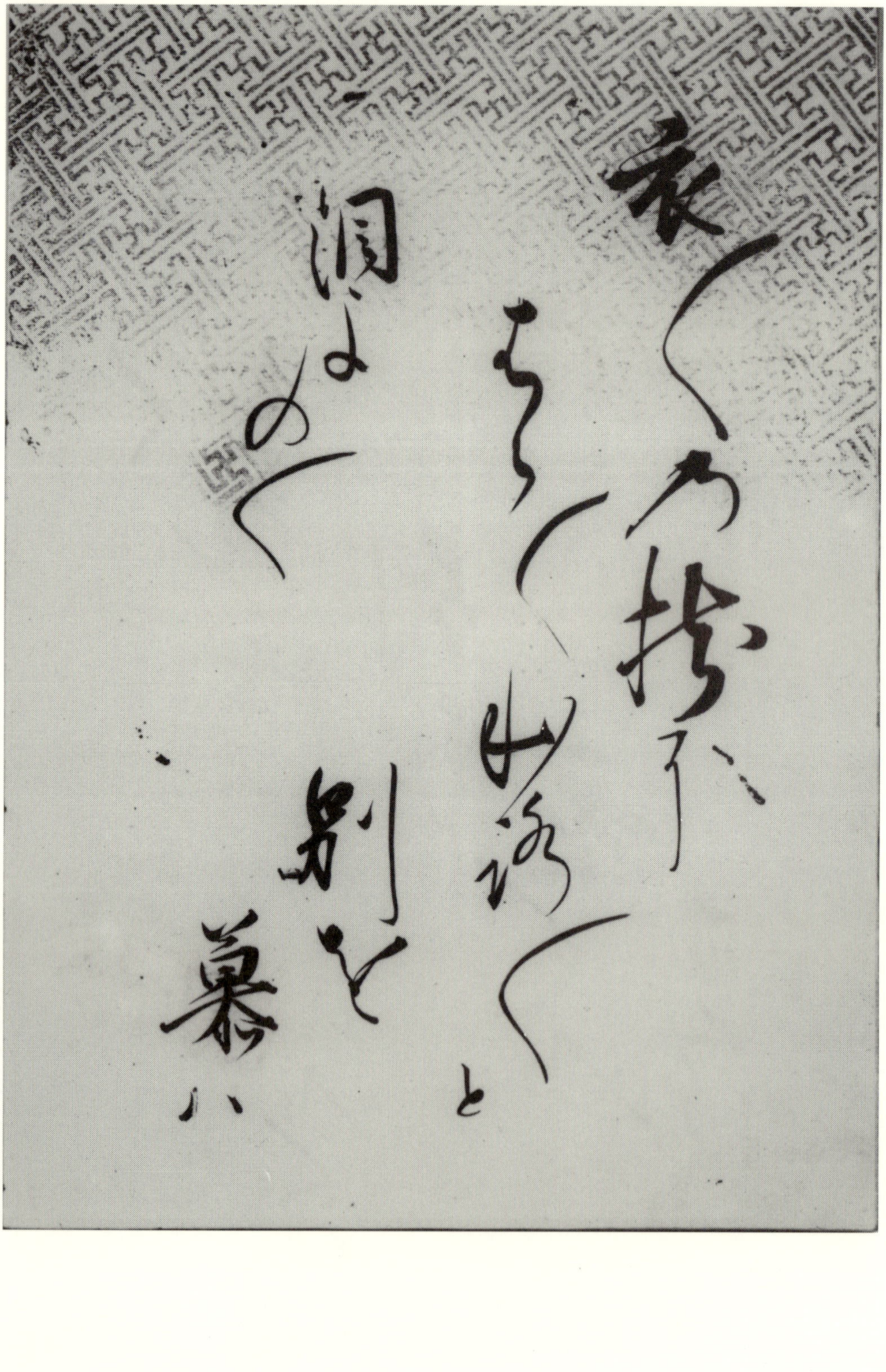

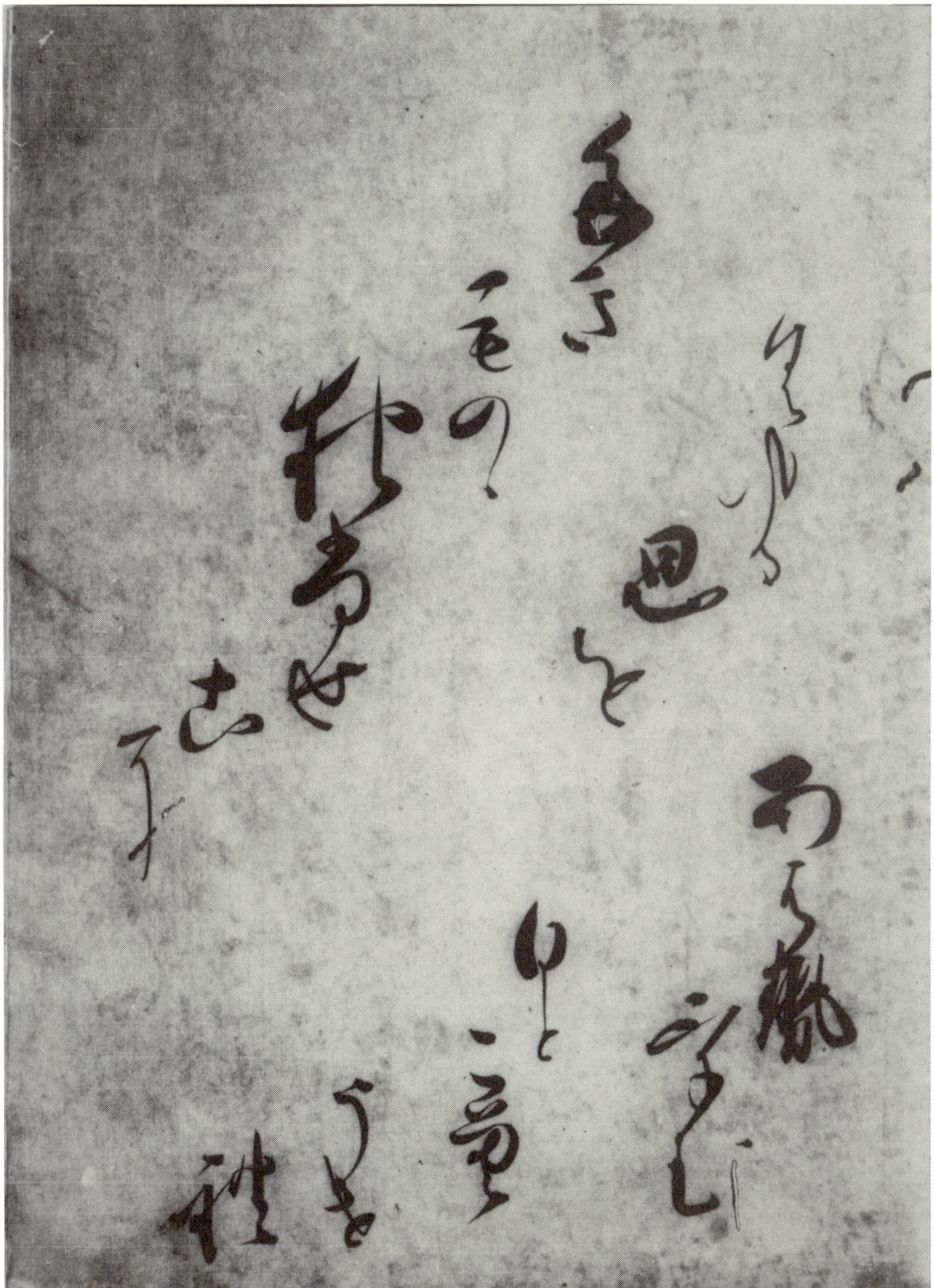

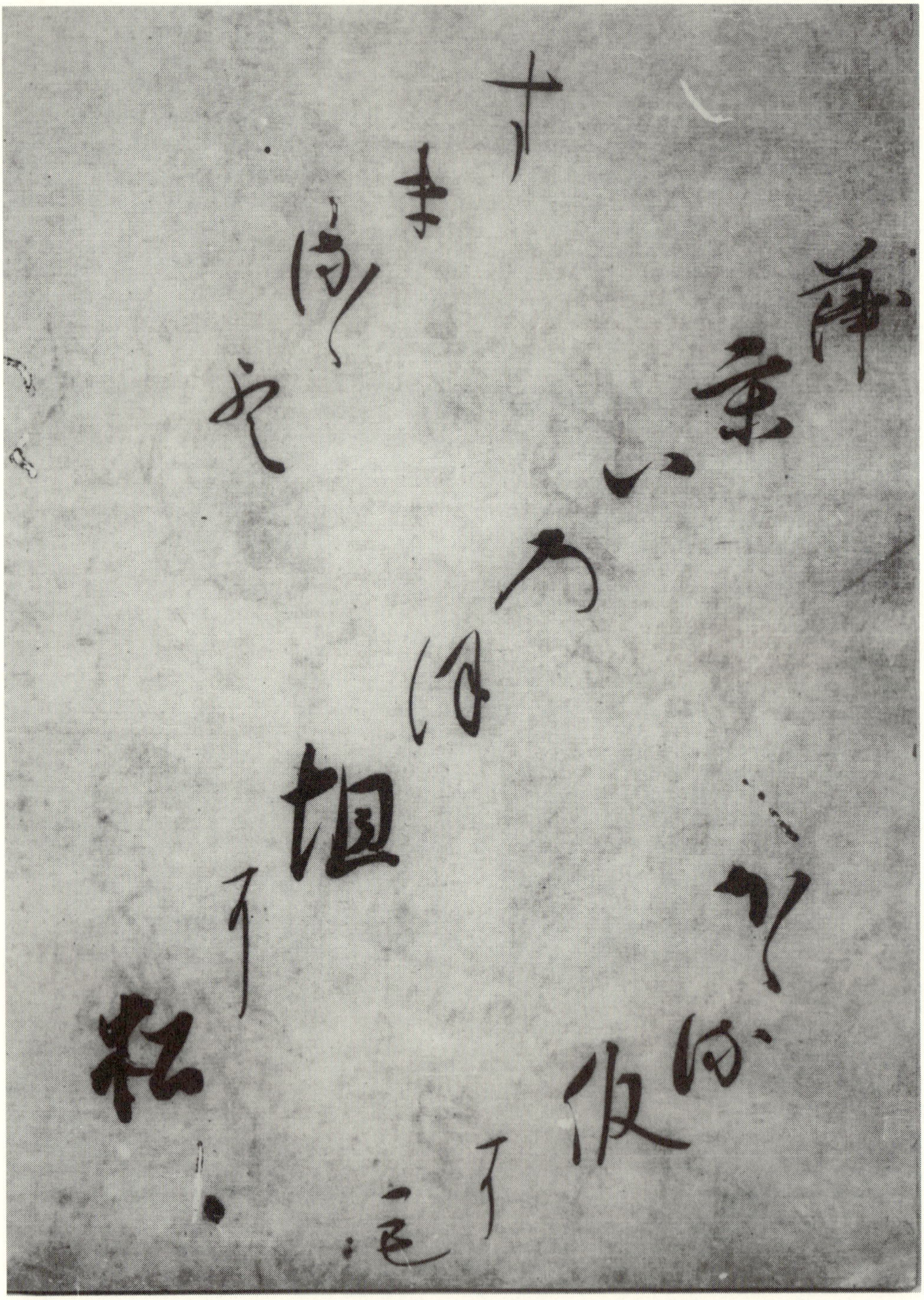

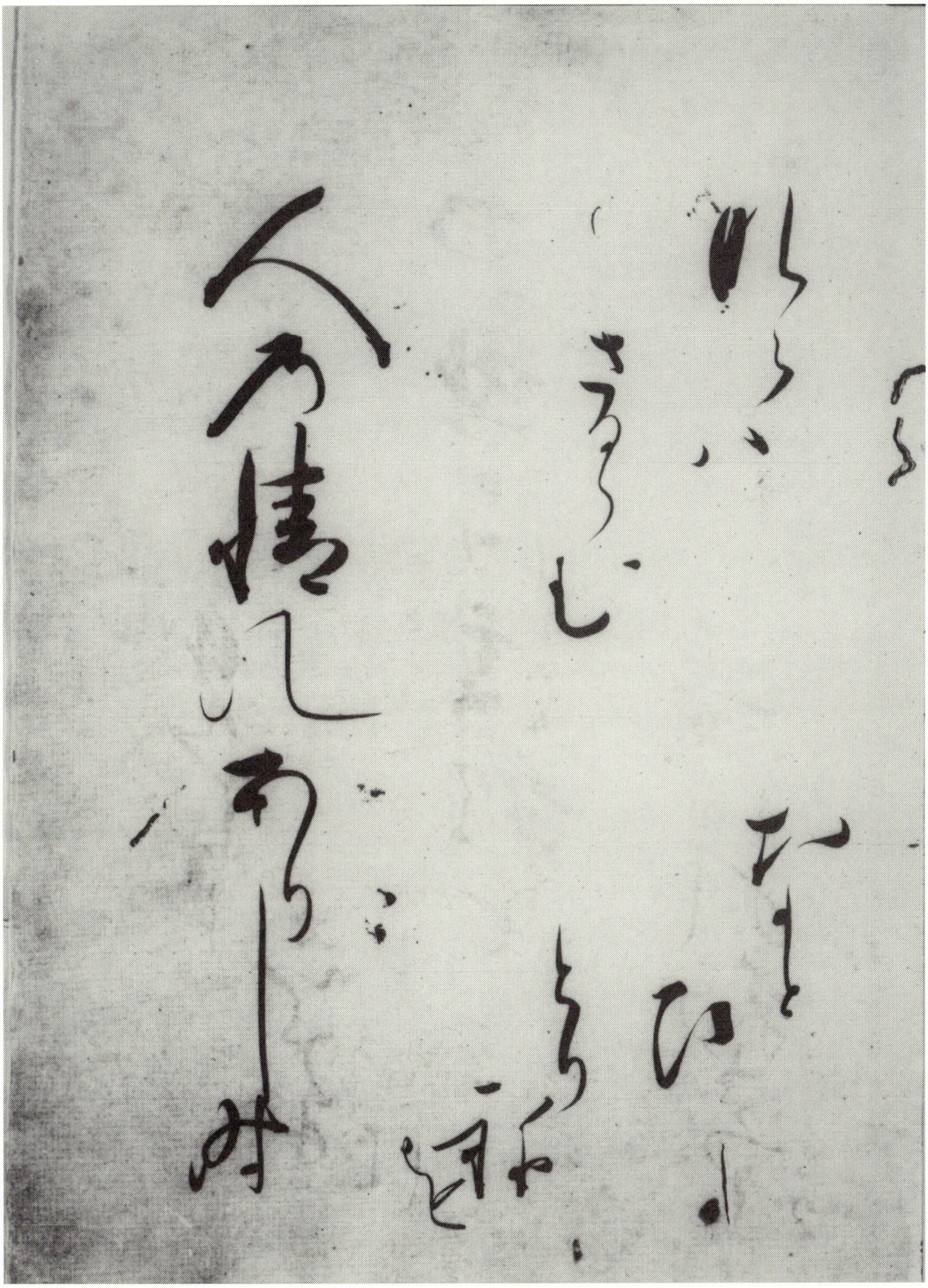

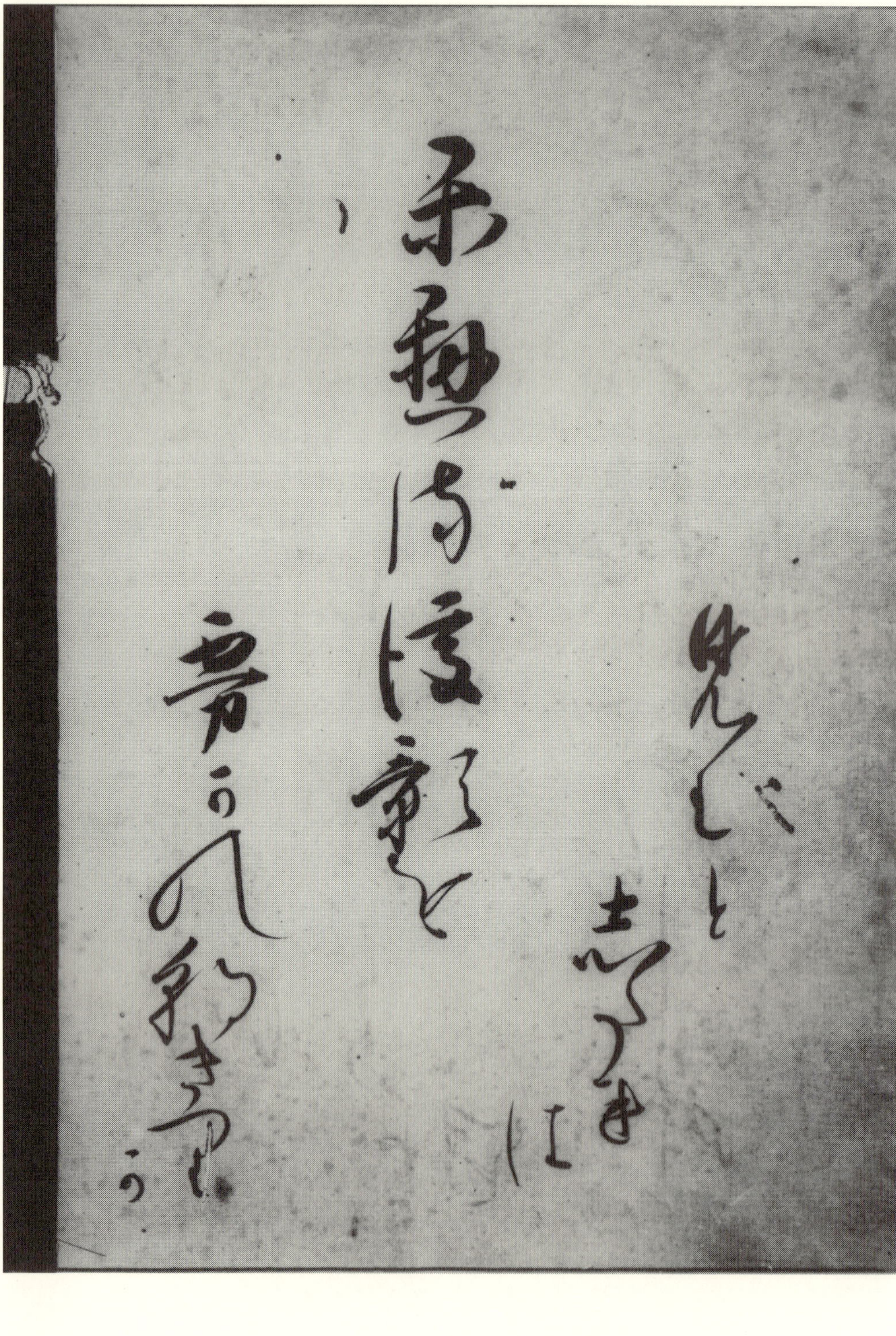

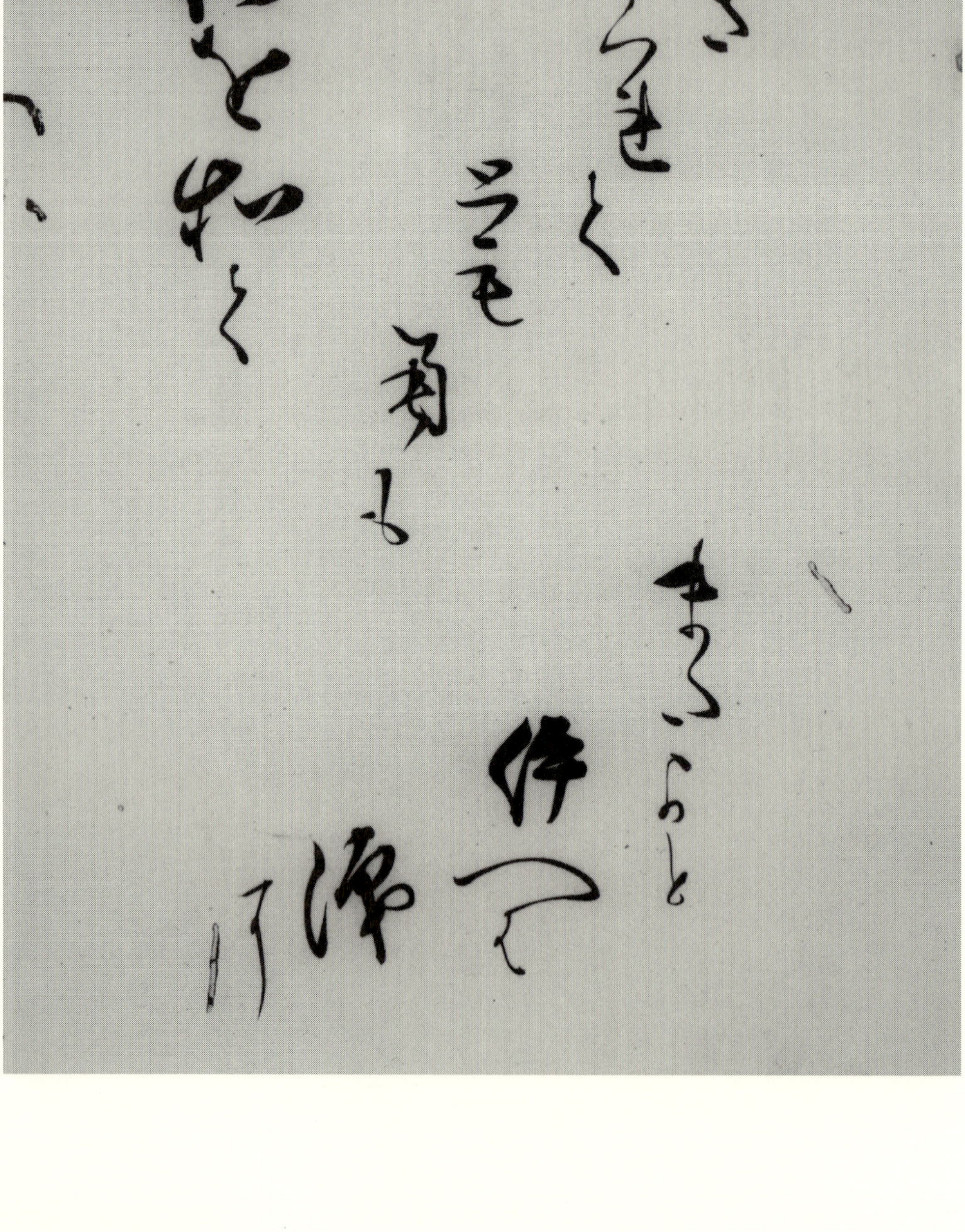

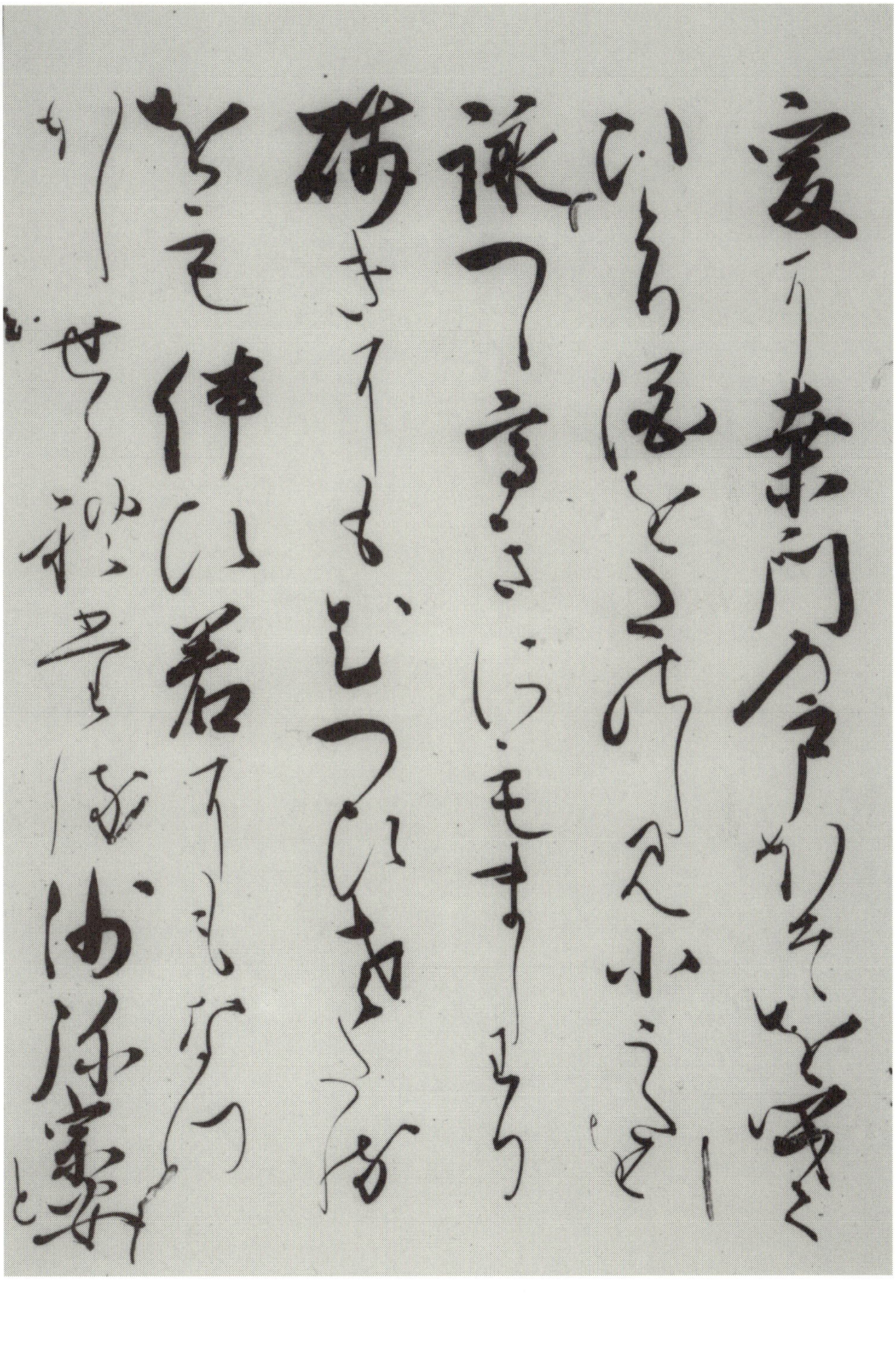

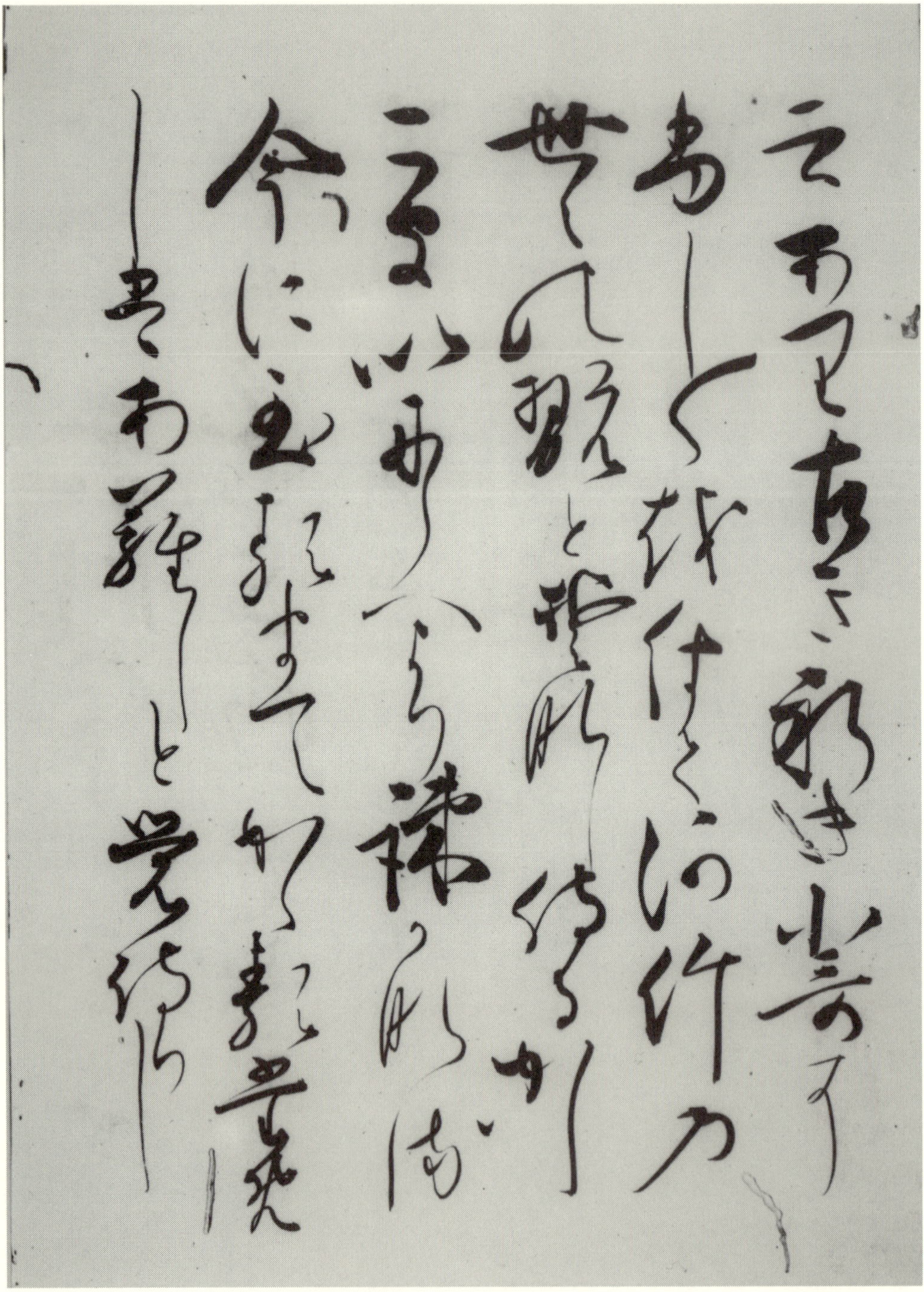

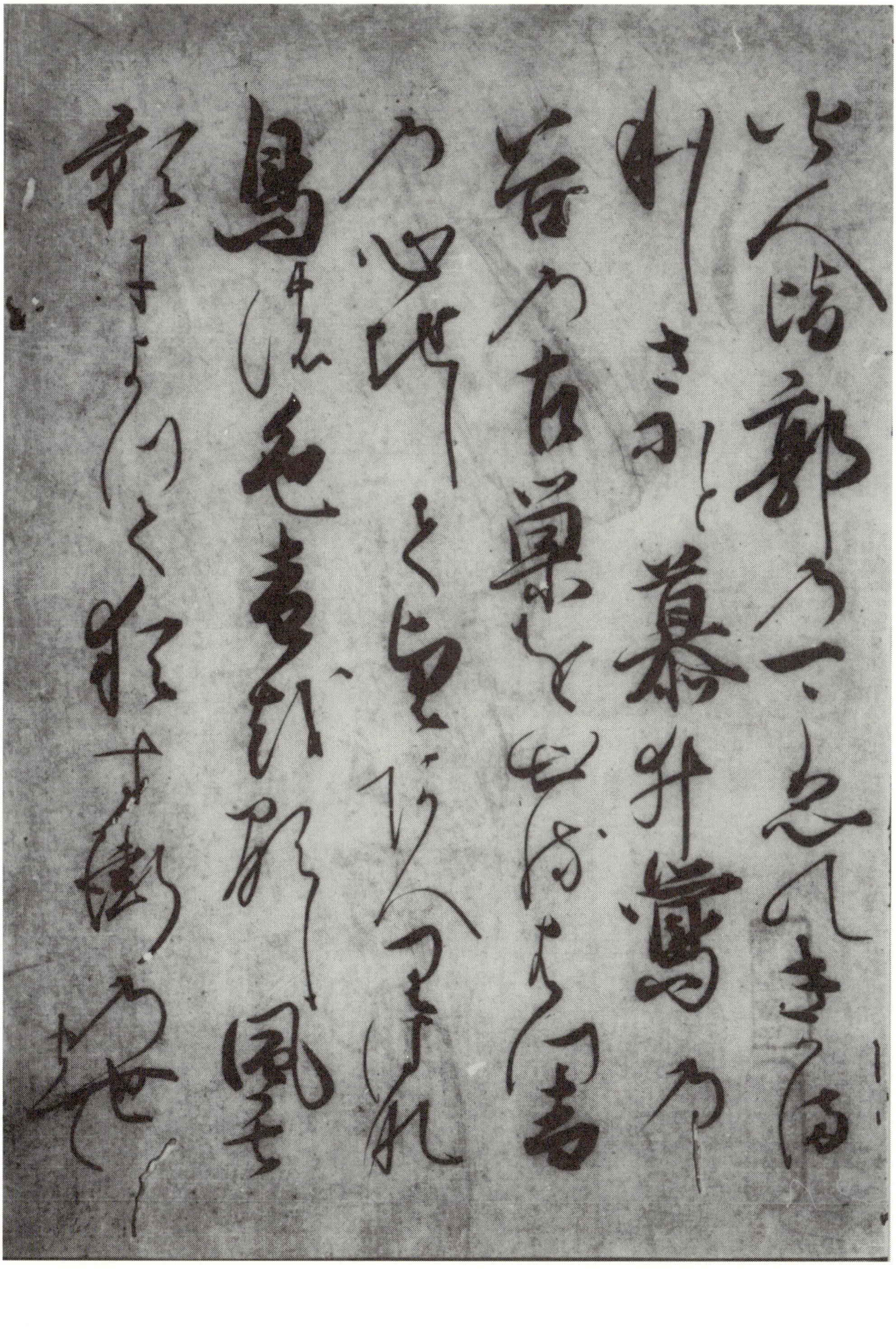

『宗安小歌集』［実践女子大学本］（一四オ）

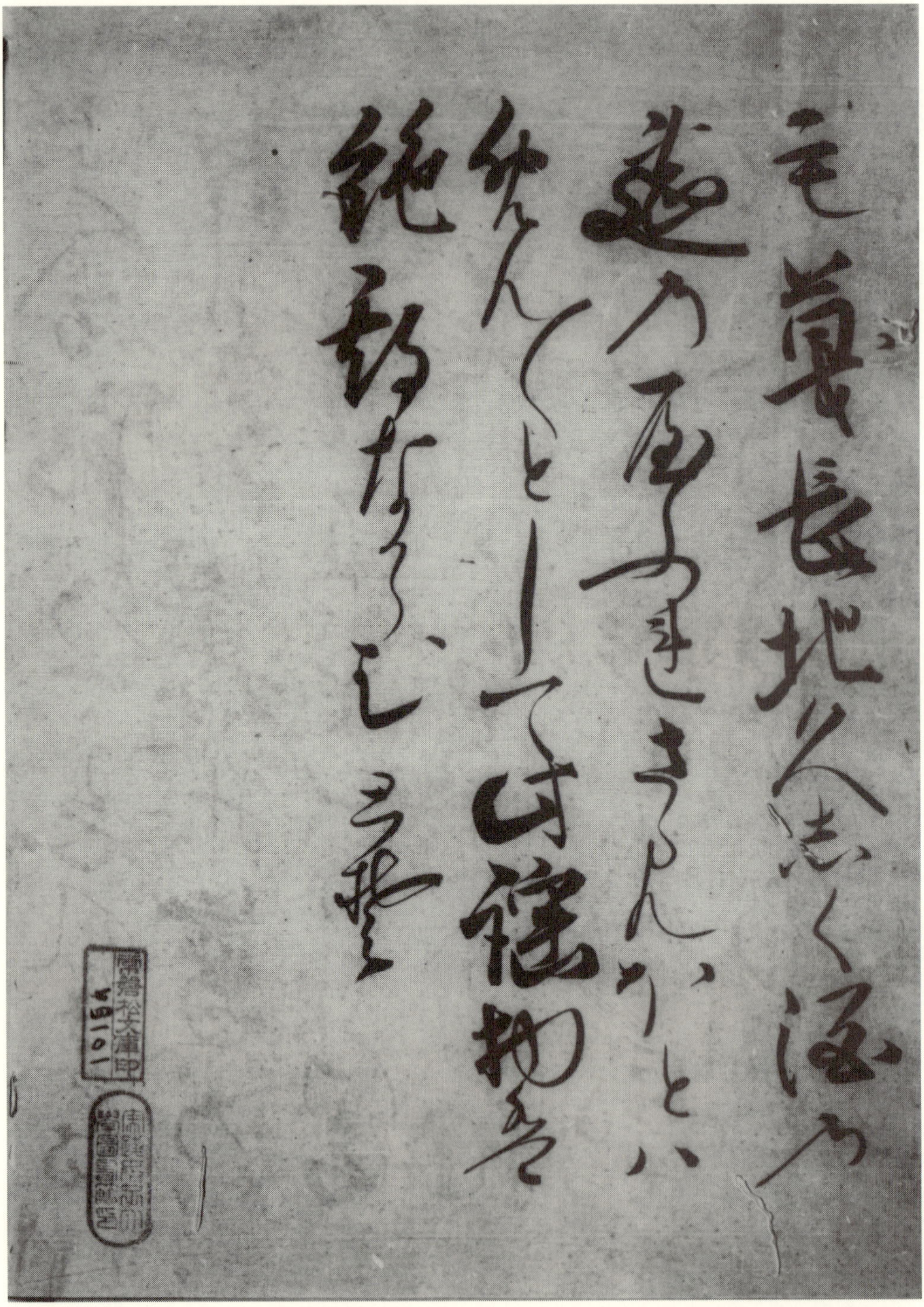

隆達節歌謡集

（慶長八年九月彦坂平助宛三十六首本・年代不詳草歌二十九首本）

（縮率五〇%）

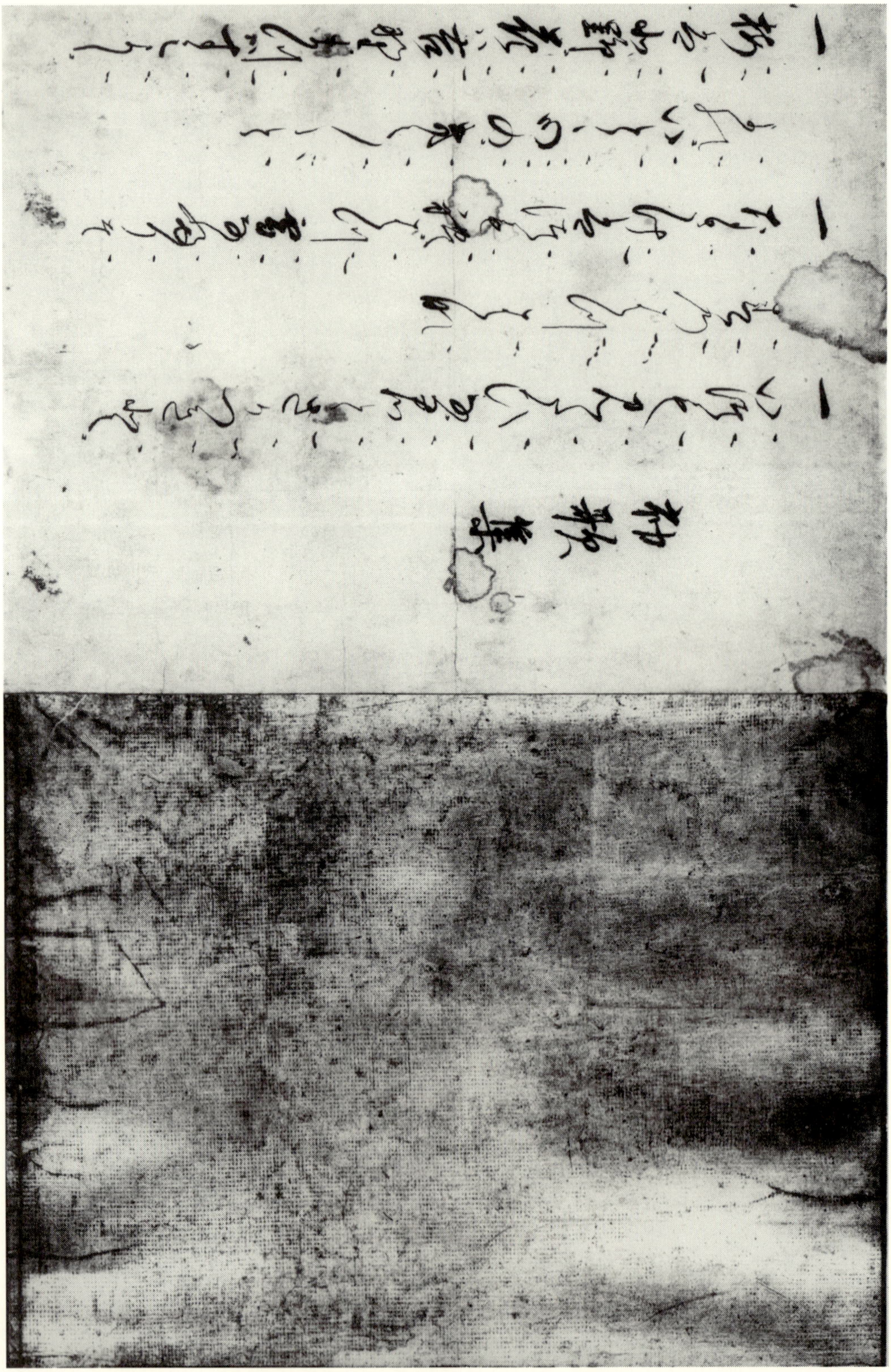

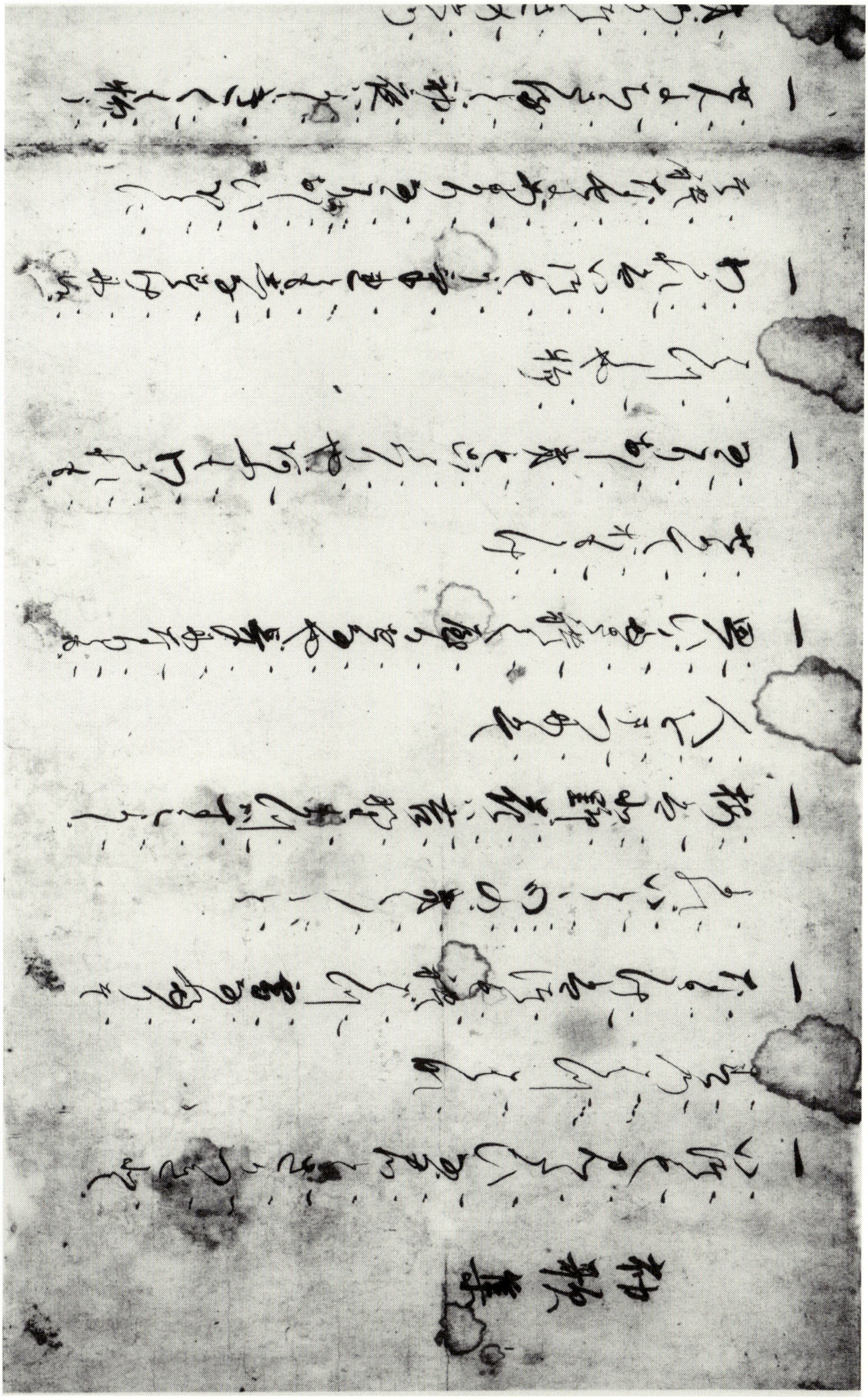

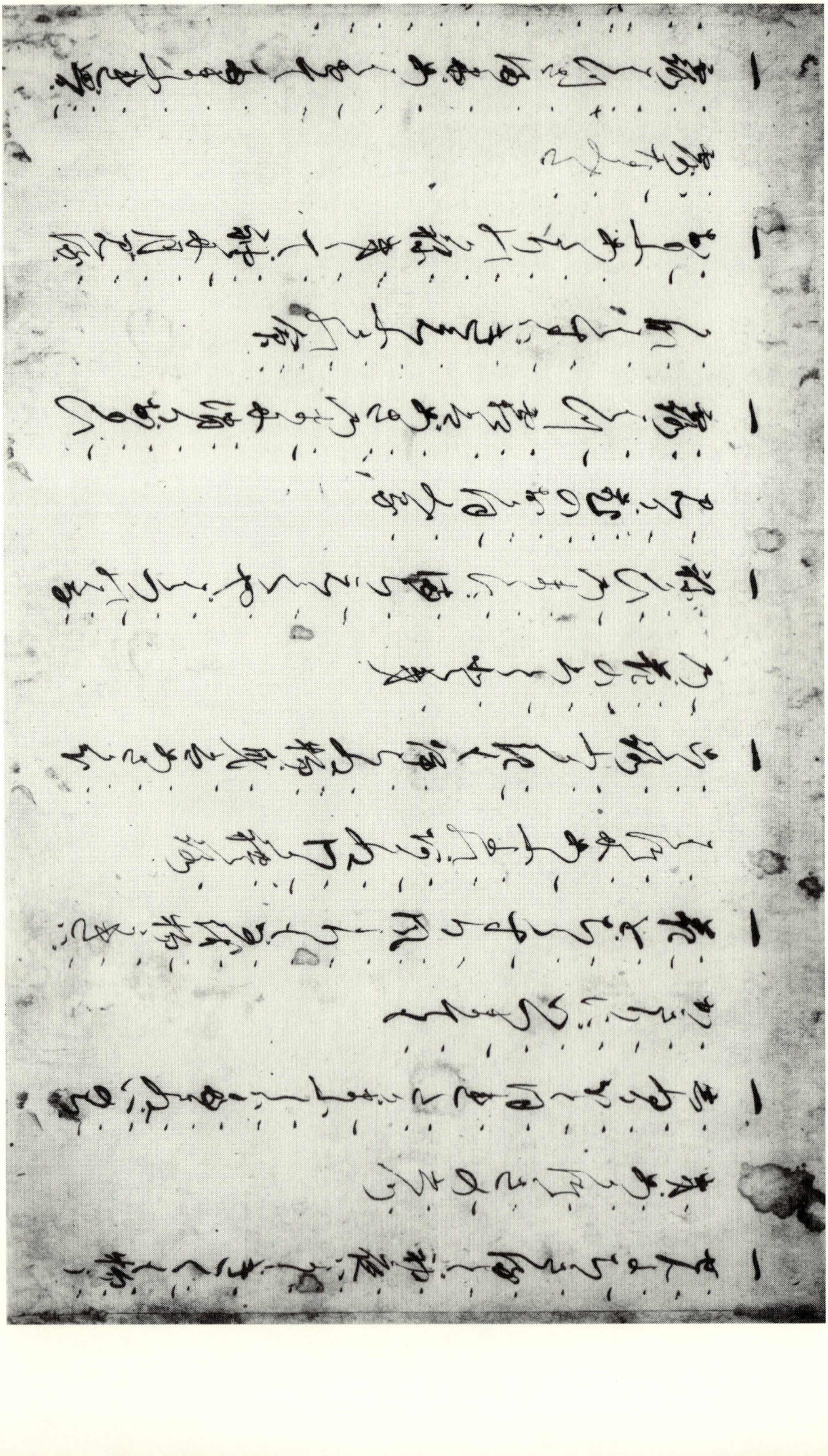

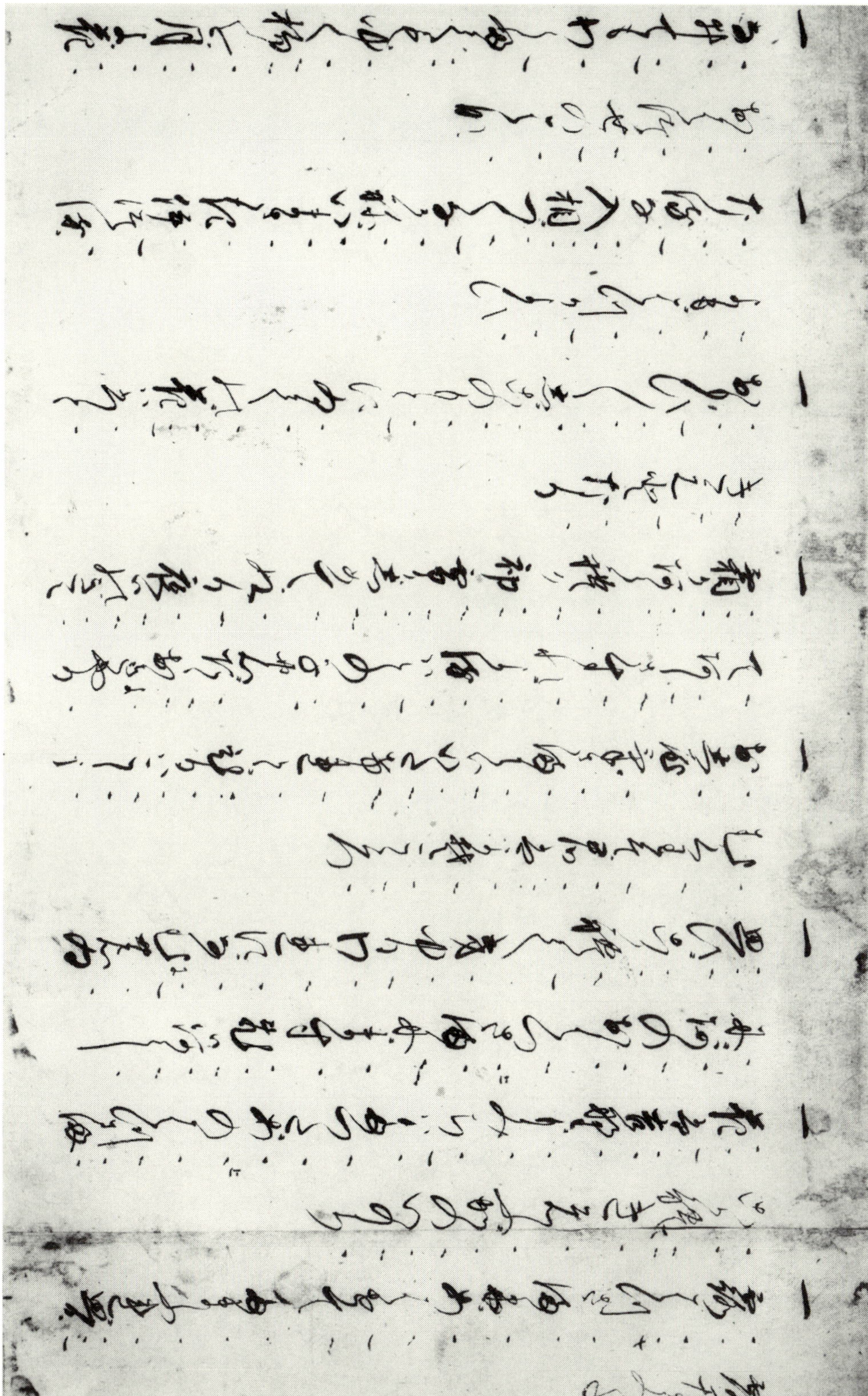

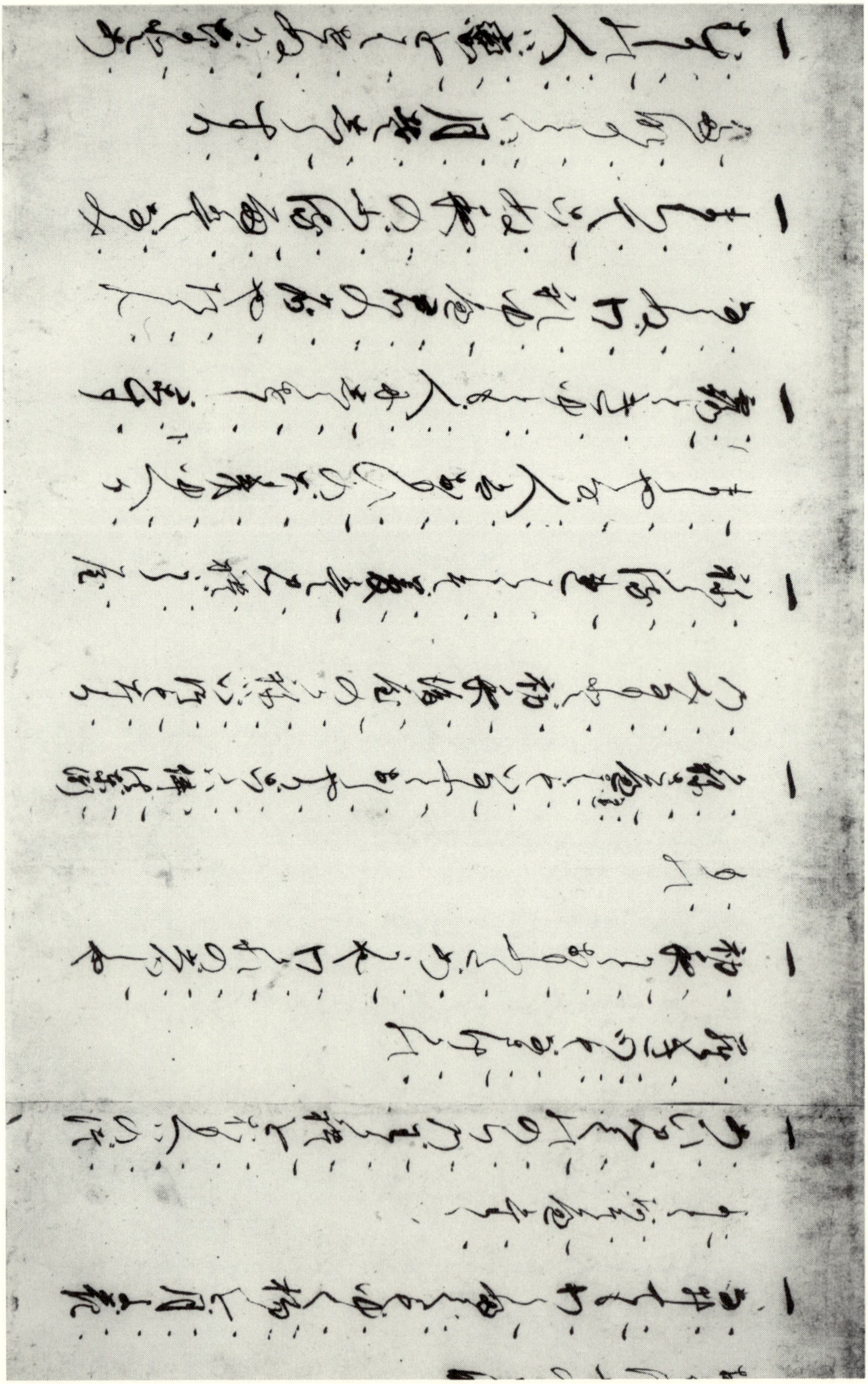

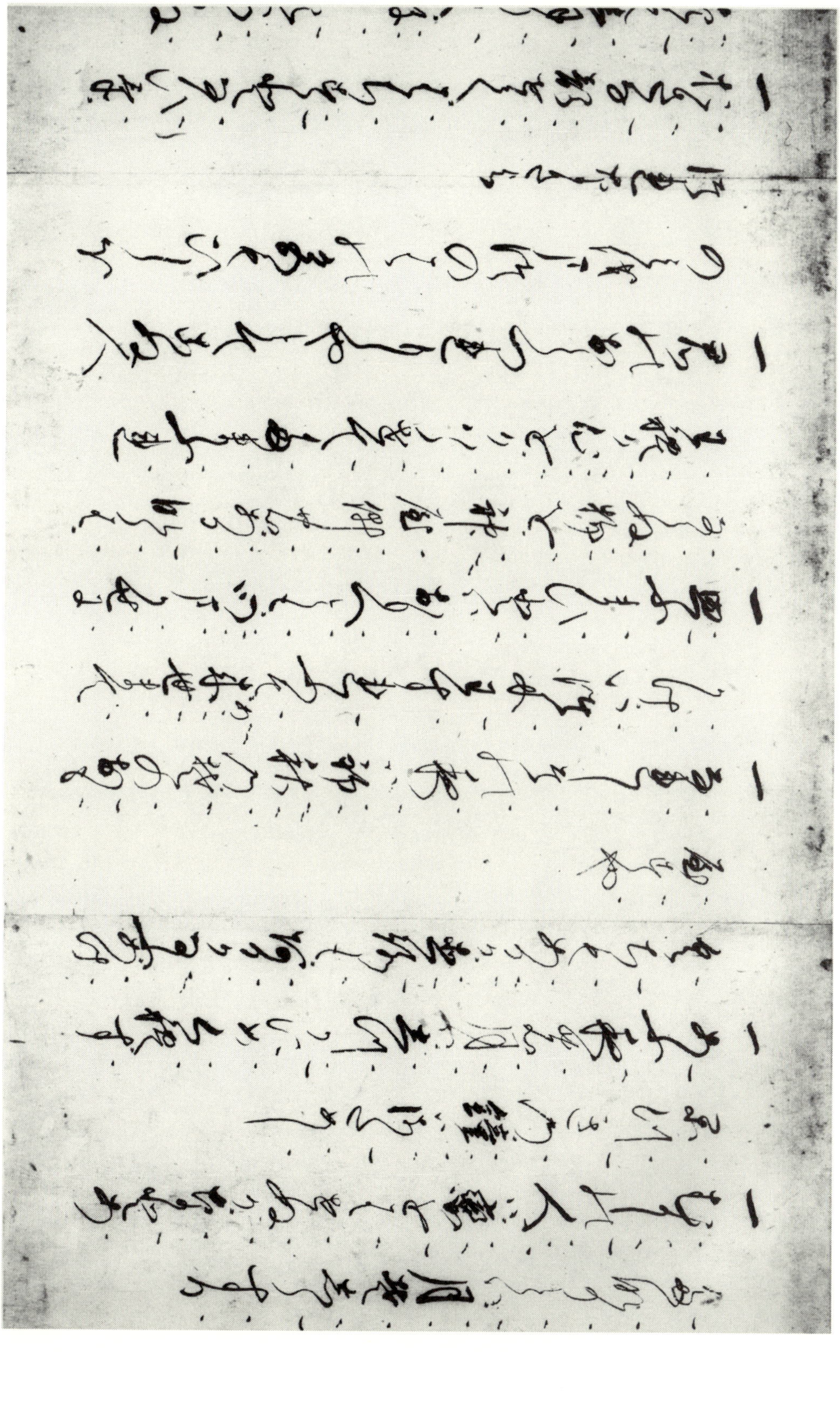

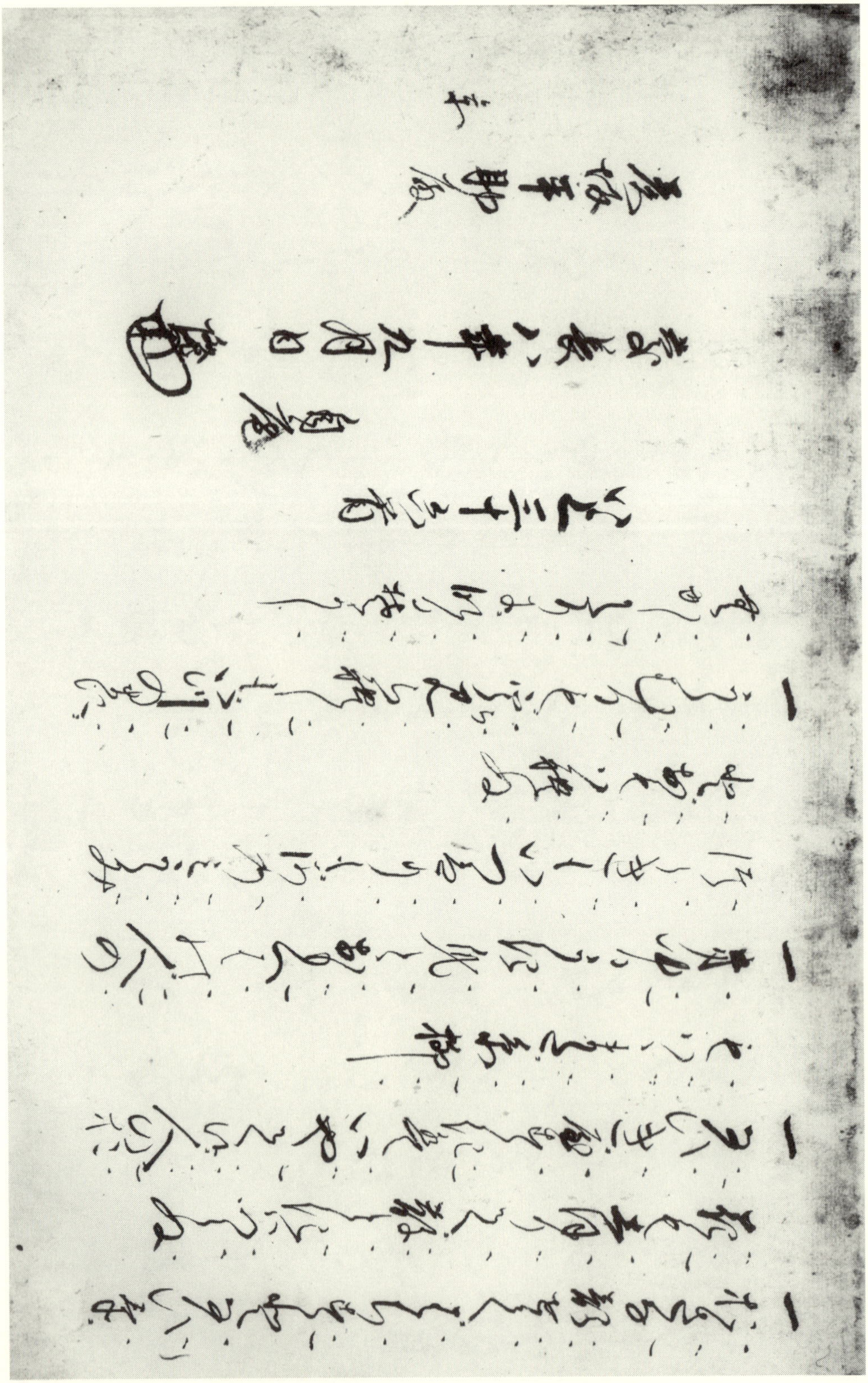

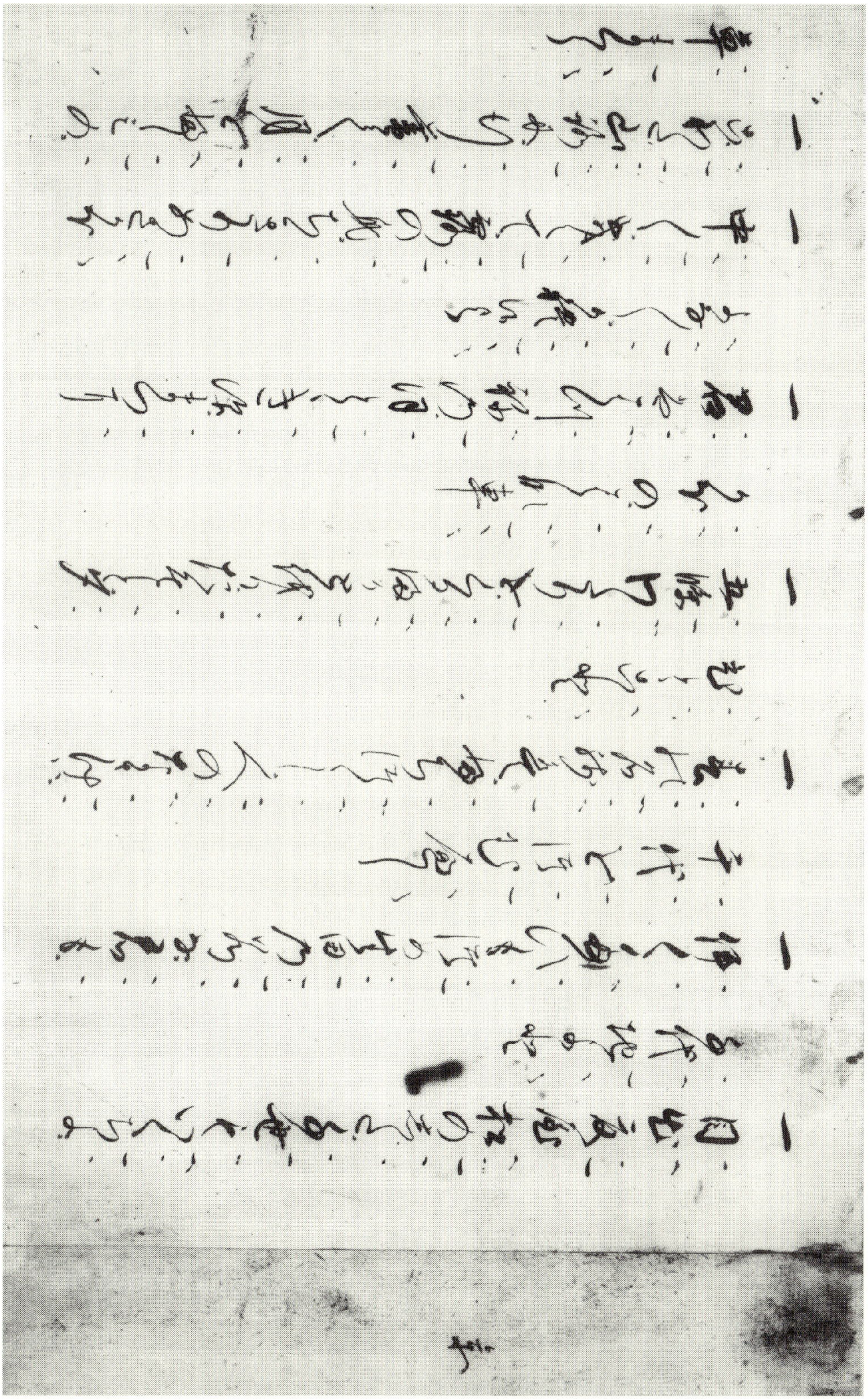

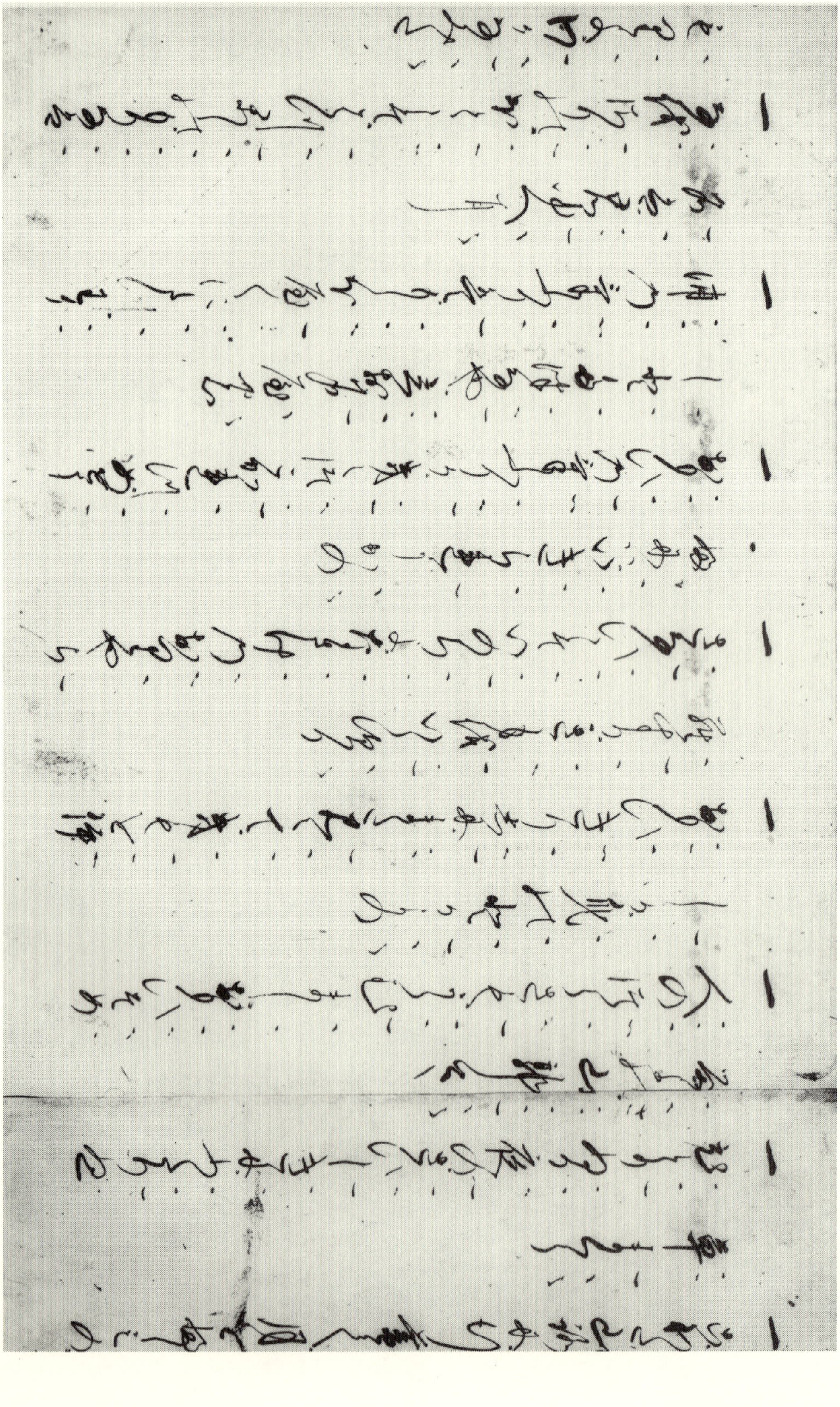

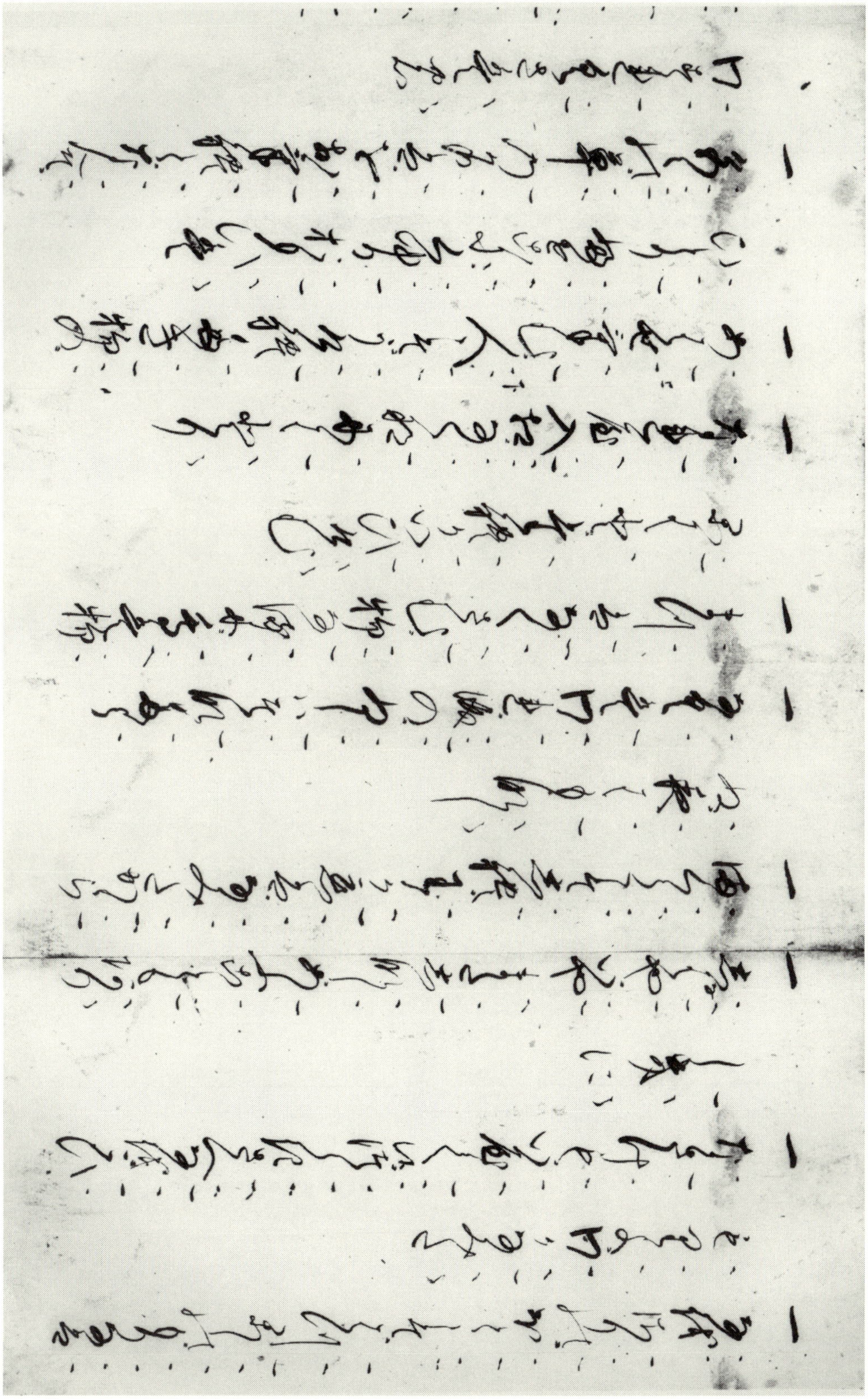

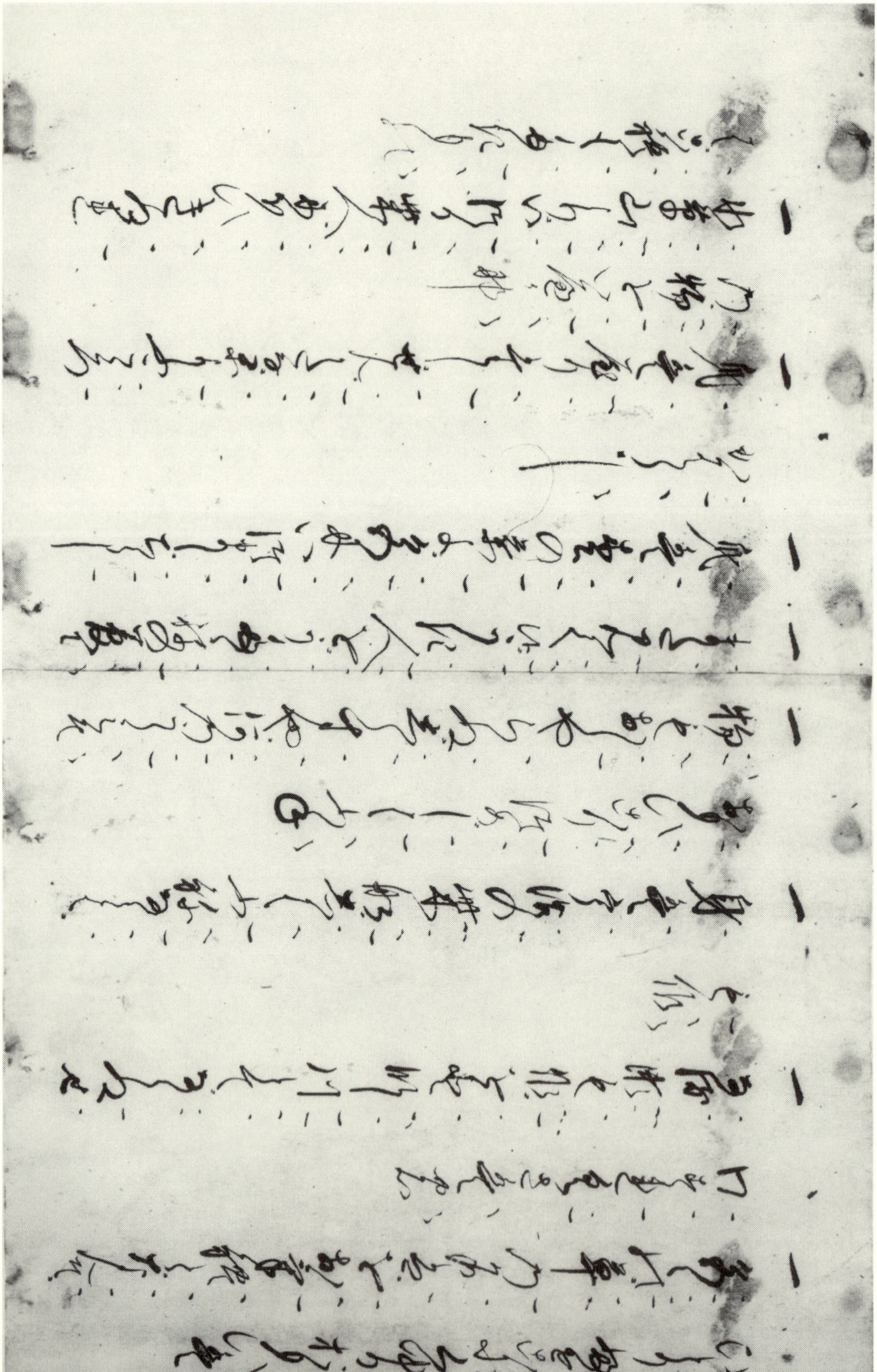

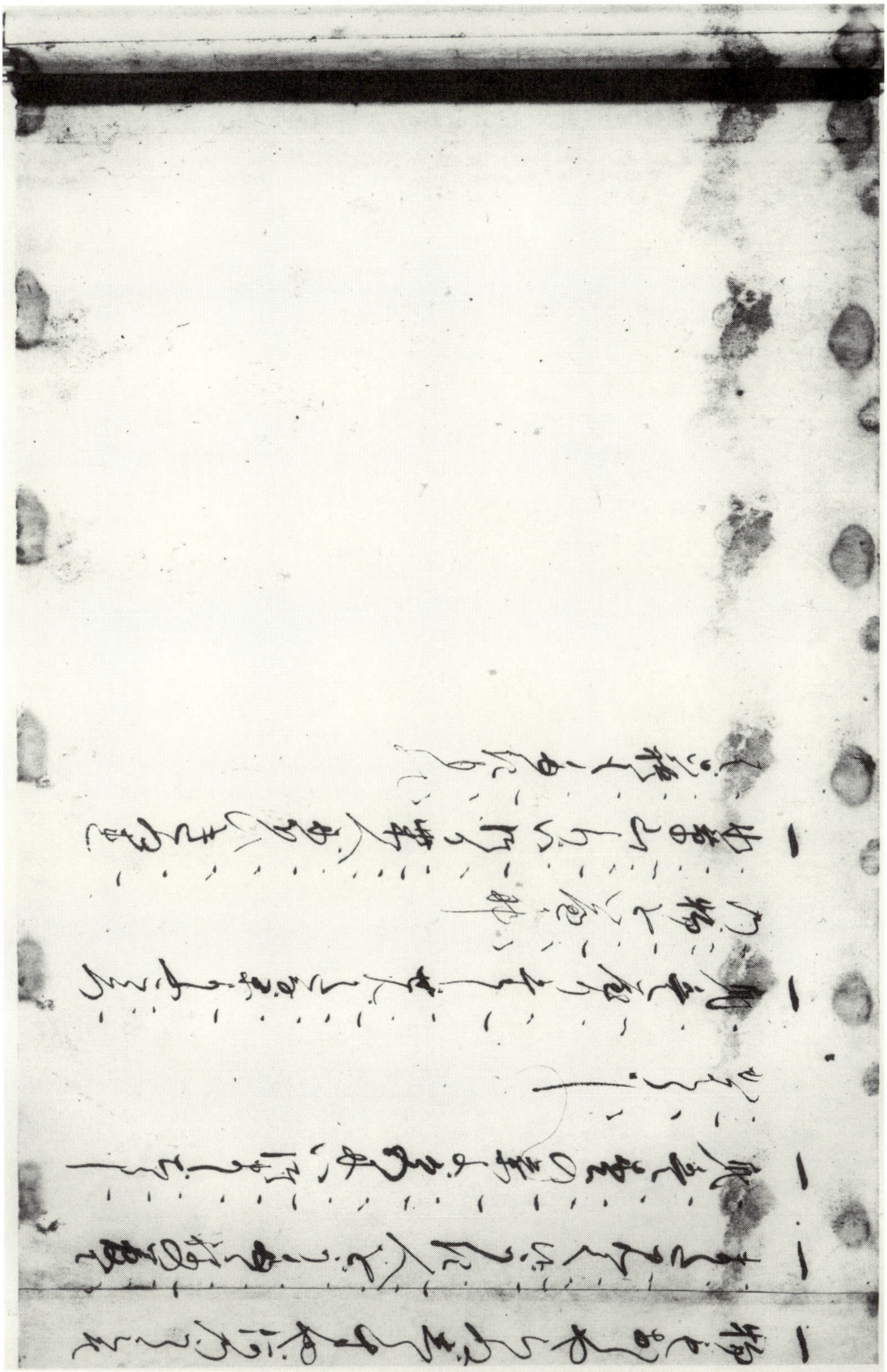

翻刻篇

翻刻篇凡例（各資料共通）

一、各資料の初めに、資料名を太字で示す。
一、改行は底本通りとする（ただし、実践女子大学本『宗安小歌集』の前半部は除く）。
一、漢字・仮名とも、字体は原則として通行のものを用いる。ただし、一般性の強い異体字・略字は採用することもある。
一、訂正・補入・抹消等は、原則として翻刻にはその結果を示し、注番号を付してその旨を後ろに注記する。なお本行の字間の右に傍記された文字（ただし注記を除く）は、明瞭な補入の指示がなくても、補入すべき字として書かれたものと見なす。
一、鉤印は、「／」として翻刻する。
一、句切点は、「。」として翻刻する。
一、底本に見られる字間アキは、文意や曲節等を考慮して意図的なものかどうかを判断し、適宜に生かす。なお、資料により底本の形に関わりなく一定の方針の下に字間アキを設ける場合がある（各資料ごとの別則を参照）。
一、冊子本の改頁箇所、巻子本の紙の替わり目は表示しない。
一、各資料ごとの別則は、それぞれの翻刻の初めに掲げる。

『早歌二曲本』

一、各曲の初めに、曲名を〔　〕に入れて示す。
一、本文に付された注記・符号類は、振仮名と「延曲」「助音」の注記（朱筆）のみを翻刻する。
一、延曲部分は続け書きとし、拍子に合う部分は八拍子の一句ごとに一字アキとする。ただし五字ヤアの句は独立の句として扱い、トリ句は文意を考慮して上または下の句に続ける。
一、虫損等による不明文字には□を当て、右傍（　）内に他本を参照して入るべき文字を注記する。ただし、振仮名については注記を省略する。

〔日精徳〕

延曲 芝(シ)かむは塵俗(チンソク)の棲(セイ)はくに
あらすきら□(ふ)らくは鶴雲千(カクウンセン)
嶂(シヤウ)のとを□□(きを)なつむ事を　助音 ほう
えひは神仙(シンセン)のくつたくする
処(トコロ)　うらむらくはかうは万里(□ンリ)の
のそみをへたつる事をあに

しかむや　費長房(ヒチヤウハウ)かかしこき
あと　てうやうの露のなさけ久(ヒサシ)く
とゝまり　せむはうそかなかき
よはひ　八百(ハンヒヤク)の霜(シモ)をほくつもれ
る庭(ニワ)　てつけむのたにの下水(シタ□ツ)
つきせぬなかれをくみなれて
五百年(イヲチ)のとしをたもちし
も　しゆんをくのきをならへき
あし引(ヒキ)の　山路のきくを□(う)ち
はらふ　袖しろたえのうつりか
の　きえせぬほとのしは〳〵も　いかてか
千代(チヨ)をかさねけむ　延曲 そも〳〵国(クニ)を
さまり家富(イエトン)て金(キン)□(せ)むけゐ
すゐのたから豊(ユタカ)に　上(カミ)まひ下(シモ)
うたひて　きむはひの花ふささけ
にうかふ　十分(シウフン)を引(ヒク)あちはひも
しうやうのとくをあらはすのみなら
す　千葉(セ□ヨウ)ははちすをうはひ(この)
一(イン)ははかみをたれるに似たり　風(カセ)の
力(チカラ)をまたすして　はくしやのにほひ

をとをくをくり　かすみにかはる
霜(シモ)のたて　こうたうのにしきを、
りなせり　今又(イママタ)けうしゆんのす
なをなる道にたちかへり　政(マツリコト)　無為也(ナリ)
と　きくもうれしき文(モン)はけに　せむ
とうにめくらすたまの車(クルマ)　さても
わりなくきこえしは　光源氏(ヒカルケンシ)の
もみちかに　ちりすきたりし
かさしに　うつろふきくのえならぬを
　さしかへ給し夕はへ　よしありてそ
や覚(ヲホユ)る　弁(ヘン)のめのとのうつろふ色を
とうらみしも　玉(タマ)のむらきくの巻(マキ)
かとよ　中(ナカ)にもしむ朝(テウ)のたう　えむ
めいかりかせむしやうのほまれ　松菊(□ウ□ク)
主人(シユシン)のなこりまて　ちりをのかれ
し心のをく　たつねてとふへき
ためしかは　ことに勝(スクレ)てたへなるは
　他力(□リキ)てうせのほんくわむ　一(ヒト)たひ
御(ミ)なをきくの色　こかねのうてな
にせうしつゝ　ひやくかうの光(ヒカリ)さし

もけに　あひかたき御のりのしる
しにて　ふようのきくの露のそ□(こ)
に　めうかくの月をやとすこそ　ま
ことに無上(ムシヤウ)のく徳(トク)なれ

〔狭衣袖〕
そよやさ衣の　袖の涙(ナミタ)の雨(アメ)とふり
にしむかしの　さま〳〵なりし事はさを
　(助音)つゝむとすれといさやさは　たれかは
よにはもらしけむ　少年(セウ□□)の春(ハ□)の
はしめより　此首夏(シユカ)のなつにう
つりきて　せむよくのうすき□□(たも)
とにむすふあやめ草(クサ)の　ねにの□(み)
なかれてうきしつみ　かゝる恋(コイ)ちと
人はしらし　み山のさとのさひしさは
　さをしかのあとよりほかのかよひ
ちも　まれなる秋のけしきに　もの
おもひの花(ハナ)のみさきまさりて　汀(ミキワ)かく
れの冬草(フユクサ)の　かれゆくあはれに
いたるまて　とり〳〵なる中にも　いかに

せむ　いはぬ色(イロ)なる八(ヤ)え山吹(ヤマフキ)の一えた
を　たをりし心をしらせそめて　へ
たてなかりしいにしへも　いまさらいか丶
おほしけむ　(あの)さもこそあれい□(か)てか
色にもめてさらむ　をりにつけたる
はな紅葉(モミチ)　霜(シモ)ゆき雨(アメ)にそほち
ても　えならぬなさけの事草に
　いなにはあらすいなふちの　たきつ心
そさはきまさる　そも〳〵も丶しきの
　雲(クモノ)うへまてすみのほる　しな〳〵のきよく
をと丶のへし　いと竹(タケ)のねにやめて
けむ　天下(アマクタル)袖なつかしくしたはれて
　(此)はるかにわたせ　雲かけはしとう
きたちしを　かたしけなしやみの
代(シロ)も　我ぬききせむはちよくなれは
　いともかしこしとあふきても
けにむさし野丶むらさきの　ゆかり
の袖やなつかしき　よしさらは　我のみ
まよふこひの道(ミチ)かは　古(イニシエ)もか丶るた
めしはありはらの　ふりにしあとに

やよそへけん　さてもいかなる
かひま見のたよりにか　待(マツ)に命
そとかこちても　なを又おもひや出(イテ)
けむ　室(ムロ)のやしまのけむりに
　たちもはなれぬをもかけ　後(ノチ)せの山(ヤマ)
もしりかたく　す丶むこ丶ろのほとも
なく　はや衣(キヌ)〳〵のうらみは　我にも
あらぬ心地して　たへまやをかむかつ
らきの　神(カミ)のちかひをたのみても
　あくる朝(アシタ)のまきの戸(ト)は　さこそはくや
しくおほえけめ　夢(ユメ)かとよ　見しに
もあらぬつらさかな　うき名(ナ)をかく
すくまもあらせよとそおもふ　四方(ヨモ)
の木(コ)からし心あらは　神代(カミヨ)より　しめ
ゆいそめしさか木葉を　及(ヲヨ)はぬ枝(エタ)
となけきしそ　せめて心やまし
きわさなりし

鳥養宗晰節付謡本『忠教』

一、本文に付された注記・符号類は、役名、小段名、小段の冒頭の「ことは」「さしこゑ」、「上」「下」の音高注記、役交替の鉤印、句切点を翻刻する。

一、底本の形に関わりなく、原則として小段の境目は二字アキ、小段内部の役の交替箇所は一字アキとする。ただし、それらが行の変わり目にかかる場合は特にアキを設けない。また、句切点がある所では適宜に処理することもある。

忠教

僧次第 花をもうしとすつる身の／＼月にも雲はいとはし　ことは 是は俊成卿の御内に有し者にて候。としなりなくならせ給ひて後。もとゆひきりか様のすかたとまかりなりて候。我いまた西国をみす候程に。此春思ひたち西国行脚と志候　さしこゑ 西南の離宮に趣都を隔る山崎や。関戸の宿は名のみして。とまりもはてぬ旅の習。うき身はいつもましはりのちりのうき世のあくた川。いな野小篠を分過て。下 月も宿かるこやの池水底清くすみなして。上 あしのは分のかせのをと。／＼きかしとすれとうきことの。捨る身までも有馬山かくれかねたる世の中の。うきに心はあた夢のさむる枕に鐘遠き。難ははあとに鳴尾かた沖なみ遠き小舟かな奥浪とをき小舟かな　ことは 漸急候程に。是ははや津の国須广の浦とかや申候。又是なる磯辺に一木の花の見えて候。承及たる若木の

さくらにてもや候らん。立寄な
かめはやと思ひ候　〳〵(して)けに世
をわたるならひとて。かくう
きわさにもこり須广の。くま
ぬ時たに塩木をはこへは。
ほせともひまはなみ衣の
うら山かけてすまの里。
あまのよひこゑ隙なきに。
しはなく千鳥。音そすこき
抑此(さしこゑ)須磨の浦と申は。さひ
しき故にも其名をうる。
わくらはにとふ人あらはすま
の浦に。もしほたれつゝわふと
こたへよ。けにやいさりのあま
衣。もしほの煙松のかせいつれ
もさひしからすといふことなし。
又是なる桜はある人の。跡
のしるしの花なれは。(下)比しも
今は春の花。手向の為に
逆縁なから。足引の山より

かよふおりことに　薪(1)に花を
折そへて手向をなして
かへらん〳〵　〳〵(わき)いかに是なる
尉殿。御身は此さと人にて
ましますか　〳〵(して)さん候此所の
あまにて候　〳〵海士ならは浦に
こそすむへけれ。山ある方に
かよはんをは。山人とこそ申へ
けれ　〳〵是は御詞とも
おほえぬもの哉。そも海士人
の汲しほをは。やかて其まゝ
置候へきか　〳〵けに〳〵是は
理なり。もしほたくなる夕
煙　〳〵たえまをそしと
塩木とる　〳〵道こそかはれ
さとはなれの　〳〵人をと稀
にすまの浦　〳〵近きうし
ろの山里に　〳〵柴といふ物
の候へは　〳〵塩木の為に通ひ
くる　〳〵(下)あまりにをろかなる

お僧の御諚かなやな　同音けにや
須广の浦よの所にやかはる
覧。それ花につらきは峰の
あらしや山颪のをとを
こそいとひしに。すまの若
木のさくらは海すこしたに
もへたてねは。通ふ浦風に
山の桜もちる物を　わき＼はや
日の暮て候。一夜の宿を御かし
候へ　して＼けにお宿かな参らせ
候はん。や。此花の陰ほとのお宿の
候へきか　＼けに〳〵花の宿
なれとも。誰をあるしとさたむ
へき　して下＼行暮て木のした陰
を宿とせは。花やこよひの
あるしならましと。詠し人も
此苔のした痛しや。われらか
様なるあまたにも。常には
立寄とふらひ申に。お僧たち
はなと逆縁なりともとふらひ

給はぬ。をろかにまします人々
かな　わき＼行暮て木のした陰
を宿とせは。花やこよひの
あるしならましと。詠し人は
さつまのかみ　して＼忠教と申し
人は此一谷にてうたれしか
は。ゆかりの人の殖置し。
あとのしるしの花そかし
＼うたてやさしもとしなりの。
和哥の友とてなれ〳〵し
＼宿はこよひのあるしの人
同音名も忠教のこゑきゝて花
のうてなに座し給へ
して＼有難や今よりは。かくとふら
ひのこゑきゝて仏果を縁
そうれしき　＼ふしきや今の
老人の。手向の声を身に
請て。よろこふけしき見え
たるは何の故にてあるやらん
＼お僧にとはれ申さんとて

是まて来れりと　（同音）夕の花の
陰にねて。夢の告をも
待給へ。都へことつて申
さんとて花の陰にやとり
木の行かたしらす成にけ
り〱　（わき）／袖をかたしく
草枕。〱夢ちもさそな
入月の。あと見えぬ磯山の
よるの花に旅ねして。心も
ともに更行や嵐はけしき
けしきかな〱　（後して）／恥かしや
なきあとに。すかたをかへす
夢の内。さむる心は古に。
まよふ雨よの物語。申さむ
為に魂魄に。うつりかはりて
来りたり。　さなきたに妄執
ふかきしやはなるに。なに中
なかの千載集の。哥の品には
入たれとも勅勘の身のかな
しさは。読人しらすとかゝ

れしこそ。妄執の中の第一
なれ。されともそれを撰し
給ひし俊成さへむなしく
成給ふ。御身は御内にありし
人なれは今の定家きみ
に奏し。然るへくは作者をつ
けてたひ給へと。夢物語
申に須广の浦かせも心せよ
（上）けにや和哥の家に生れ
其道をたしなみ。敷島のかけ
によつし事人輪にをひて
専なり　（わきさしこゑ）／中にも彼忠教は。
文武二道をうけ給ひて
世上に眼たかし　（同下）抑後白
河の院の御宇に千載集
をえらはる。五条の三位俊成
の卿。うけたまはつて是を
撰す　（下）年は寿永の秋の比
都を出し時なれは　（上）さもいそ
かはしかりし身の。〱心の花

からんきくの。きつね川より
引かへし。としなりの家にゆ
き哥の望を歎きしに。望
たりぬれは。又弓箭にた
つさはりて西海の浪の上。
しはしと馮むすまの浦。
けむしのすみ所平家の
為はよしなしとしらさり
けるそはかなき　上去程に
一の谷の合戦。今はかうよと
見えしかは。みな〳〵舟に
取乗て海上にうかふ
して＼我も舟にのらんとて。汀の
かたに打出しにうしろをみ
たれは。下武蔵の国の住人
に岡辺の六弥太と名乗
て。六七騎かあひた追懸た
り。是こそ望む所よと思ひ。
駒の手綱を引かへせは。
六弥太やかてむすとくみ。

両馬かあひにとうとおつ。
彼六弥太をとつておさへ
て。こしの刀に手をかけしに
同音六弥太か郎等。御うしろ
より立まはり。上にましま
忠則の。右のかひなをうち
おとせは左の御手にて
六弥太を取てなけのけ今
はかなはし(2)とおほしめして。そ
このき給へ人々よにし
おかまんとの給ひて。光
明遍照十方世界念仏衆
生接取不捨との給ひしに
して＼御声のしたよりも　同いたはし
やあへなくも。六弥太たちを
ぬき持終に御首を打おと
す。下六弥太心に思ふやう。いた
はしや彼人の御死骸を見
奉れは。其年もまたしき。
長月比のうすくもり。ふり

みふらすみ定なき。時雨そ
通ふむら紅葉の。にしきの
ひたゝれは唯よのつねに
よもあらし。いかさま是は
君達の御中にこそある
らめと御名ゆかしき所に。
箙をみれはふしきやな。
短冊をつけられたり。みれは
旅宿の題をすへ　（上）行暮て。
木のした陰を。宿とせは
＼（して）花やこよひの。あるしなら
まし　（同下）忠教とかゝれたり
扨はうたかひあらしのをと
に。聞えしさつまのかみに
てますそいたはしき。御身
此花の。陰に立寄給ひしを。
かく物語申さむとて日を
くらしとゝめしなり。今は
うたかひよもあらし。花は
根にかへるなりわかあとゝ

ひてたひ給へ木陰を旅
の宿とせは花こそある
しなりけれ

依薄田小四郎殿尊命染愚
筆報机右畢他見有其
憚者歟為恐々

沙弥宗晰（花押）

注

（1）底本には何も注記はないが、吉川大本・野上本以外の車屋謡本はここに「かゝる」の指定があるので、ここからを［下ゲ歌］と認める

（2）この「し」は本書の影印では継ぎ目に隠れて見えないが、補修後の現在の状態では確認できる

幸若歌謡集（平出家旧蔵本）

一、各曲の初めに、曲番号と出典作品名（祝言曲は通行曲名）を〔　〕に入れて示す。

一、本文に付された注記・符号類は、「さし」「ふし」「いろ」「カ、ル」等の曲節注記、「上」「中」の音高注記、鉤印、句切点のみを翻刻する。

一、底本の形に関わりなく、曲節の変わり目は原則として二字アキとする。ただし、行の変わり目にかかる場合は特にアキを設けない。また、句切点がある所では適宜に処理することもある。

一、第10曲『八島』の三十三行目「。へいけかたの」の行は、行間の小字を入れると一行に収まらないため、便宜二行として翻刻する。

一、本資料には外題が存するが、後補のためここには翻刻しない。

〔1 笈捜〕

御(さし)ふねよりもあからせ給ひ。みきわのいわにこしをかけて
。あたりのてゐを見給ふに。せきがんが、とそひへ。風ちちん
たるばんぼくは。ゑにかひたるかことくなり。にしのおきははて
しもなく。さうかひくもをひたし。ろかひをわたるこしふねや
。な(ふし)みまにかつきうきしつむ。水にはふれてとふかもめ。み
きわのいわに。なみかけてそこあらいそのいわまにも。くたけ
て見ゆるうつせかひ。人の心はあらいその。かたおもひなるあ
わひかい。みるめなのりそとらんとて。あまともうみに。おりひ
たりかつきのためにうきしつむ

〔2　築島〕

み（いろ）なとかわさいたかしもかんどり　す（カヽル）ゝめのまつはらみかけ
のもり　く（ふし）もゐにさらすぬのひきや。わたなへかんさき
てんわうじすみよしのはまも見へぬへし。にしはあかしたかさ
こ。大くらたにといふかたなり。みなみにかすめるなきさこそ
。ひやうごのうらにて候へ。とうさひへわかつみちのへの。いかに
おほく候と。さふへあやふみましまさて。ひやうこのうらを。めに
かけてすくにゆかせたまふへし。なこりをしほのゆふ日かけ
。これよりおいとま申すとて。山人はみねにとまりけり
。めのともしうももろともに。このおそろしき山のうち
。みちしるへせしうれしさよ。いかさまこれは。山人にてよも
あらし。たねんたのみをかけまふす。くらまの大ひたもんの
。山人とけんしたまふかや。ありかたさよとかたりつゝ。さしもに
ものうきみちなれとも。この物語になくさみてやう〳〵ゆけは
。つのくにのひやうこにつかせたまひけり

〔3　静〕

ひ（くとき）しりなみたをなかし。ゑかふのかねうちならし。とう
みやうをけしあんじつにいらせたまへはしつかはものゝふの

てにわたる　ともしひくらふしてはすかうぐしかなんた。夜
ふけぬれは。しめんそかのこゑとは。ぐしかわかれをかなしみて
。つくりたまひししにてあり。それはいこくのものかたり。これは
しつか丶身のなけき。かんとわてうはかわるともおもひのいろは
ひとつなり(1)。かみはきよくろうきんてん。しもはしつかふせやま
て。しつかをおしまぬ人そなき(2)。見めといひのふといひ。こ丶ろ
のなさけのみちといひ。たくひはやわかあるへきと人々のな
けき。しうたんはよもにもあまるはかりなり

〔4 大織冠〕

（ことは）りうによはいと丶ねもいらす。うた丶ねいたるふせひにて
。たそやゆめみるをりからに。うつ丶ともなきことのはの。　（くとき）ゆめ
のうき世のあたなれは。人のことはもたのまれす。よのまに
かわるあすかかわ。みつぼのあわのかりそめに。かせにきへぬる
ことのはの。すへもとほらぬものゆへに。あたなたちてはなにか
せん　（ふし）なか／＼人にははしめよりとわれぬはうらみあらはこそ

〔5 山科〕

（ふし）きみかちとせのためしにはねのひの松そまずそひく
。なつはす丶しきみつとりの。あほはの山のまつのかせ。ちとせ

をくさにきくなるは。こやまつむしのこゑならん。としふるゆきのしたにてもかわらぬは松のいろとかや

〔6　老人〕

（ふし）らうじんはわかくなりわかき(3)はいつもおゐもせす。ふつきのいへとなるとかや。ちやうせゐてんのうちには。しゆんしうをとむなるもかくやとおもひしられたり

〔7　静〕

（ふし）とうがくしんによのおきのなみほつしやうのきしをよせてうつ。大じ大ひのわかみやは。むみやうのやみをてらさんとかくらおとこのしやうこのおと。きねかたもとになるす丶いつれをきくも。いさきよくわくわふのかけそす丶しし

〔8　大織冠〕

（さし）しかるにかのひめきみの。ゆうにやさしき御かたち。たとへをとるにためしなし。かつらのまゆは。あほふしてゐんさんににほふかすみに丶　　（ふし）も丶のこひあるまなさきは。せきやうのきりのまにゆみはり月のいるふせひ。ひすひのかんさしは。くろふしてなかけれはやなきのいとを。はるかせのけつる

ふせひにことならす

〔9 夜討曾我〕

（さし）そも〳〵かのふしさんとまふすは。にんわう二十七たひの
みかと。けいたいてんわうのけう。ぜんき三年(4)三月十五日に
。一夜かうちにこんりんさいより。ゆしゆつしたる山なり　（コトハ）あら
おもしろのめいさんや。みなみはたこのうらなみや。やかぬしほや
のけふりたつ。　（いろ）にしはかいしやうまん〳〵としてきわもなし
（カヽル）されはよの山を　（ふし）しもにするかのふしなれは。くもよりうへ
の八ようはみなきん〳〵のいさこにて。まなこにつもる
しらゆきの。ところ〳〵はむらきへて。みねにはけふりたへもなし
。ふもとにかすみ。たなひきて山のをひかとうたかわる　（上）山は
八よう九そんにて。りやうかひをひよふせり。みねには九しやく
みやうわうの。すみたまへるいけあり。ふもとにせんけん大ほさつ
の。いらかをならへてたち給ふ。しやう〳〵けんこのれいちと
して。せつしやうかひをきんたんし。れうしのいらぬ。山なれは
かせきのかすはおゝかりけり

〔10 八島〕

（ことは）のと殿此よし御らんして。わつはかくびを。けんしかたへわ

たしては。ゆみやのちしよくそとおほしめし。ふねよりもとん
てをり。きくわうかうわおひかいつかんて。ふねのうちへゐゐ
やつとい丶てそなけられける。あらむさんやきくわうまる。此
てにてかんびやうするならは。しぬましかりつるてなれとも
。大ちからにふねのせかひに。（つめ）したゝかになけつけられて。かうへみ
ぢんにくたけて。つゐにはかなくなつたりけり。ことかりそめとは
おもひけれとも。けんじにさふらいうたるれは。へいけにもらうとう
しんたりけり　　のとのかみのりつね。此よしを御らんして。す
きまかそへのたゝのふに。たゝなかとほされ候ては。あしかりなんと
おほしめし。おきへふねをおさせらるゝ。かとわきのへいさいしやう
。のとのかみのりつねこそ。くかのいくさにしまけてあれ。のりつね
うたするなやあつゝけつわ物とおほせけり。うけたまはると申て
。つくし大みやうに。大どもしよきやうきくちはら田松らたふ。これ
たうこれすみへつき山すみ。此人々をさきとして。七百よき
にすきさりけり。ふね一めんにおしならへ。むまともをは。かいしやう
におつひて。ふなはらにひつつけ〱。ざゞめかいておよかせらるゝ
。くかちかくなりしかは。こまをひきよせ〱。ひた〱とうちのつて
。一まいはきのわたりたてを。こまのかしらにつきかさして。七百よ
きかむれたかまつへ。一とにさつとかきあけたり。けんし二百
よき。おもてのひろきでうたて。一めんにつかせ。やふすまつくつて

。さしとりひきつめ。さん〳〵にいたりけり。へいけのくんびやうとも
は。ひとさゝへもさゝゑすし。なぎさへさつとひきにけり。あく七兵衛
これを見て。にくしきたなし。かへせもとせと。おこゑをあけてそ
かけにける。けんし二百よき。やだねつくれは。うちものゝさやを
はつし。わつといひてかけあわせ。へいけのおわるゝときもあり
。けんしのおわるゝときもあり。おふつかへしつ。かけつもといつ
。さるのなかはより。とりのくたりまては。かけあひのかせんに。けんし
へいけつかれつゝ。あいひきにざつとひいたりけり。さいたうのむ
さしはうか。このよしを見るよりも。ぜひそれかし。ひとかつせん
つかまつり。けんざんにまいらんと。このむ所のなきなた。みつ
くるまにまわひて。さいたうのへんけひか。たんたいまかゝるなり
。へいけかたのぐんひやうとも(5)にくしきたなしかへせもとせとおこへをあけてそかけにけるへいけのくんひやうとも。へんけいかゝ
　るときなかをあけて
とをしけり。もとよりへんけい。かたきにあふてはやき事。ゑん
こうかこすゑをつたひ。あらたかゝとやをくゝつて。きしにあふか
ことくなり。たいこくのしうちくわひば。かんこくのせきをやふつて
。てきとにあふかことくなり。もとよりむさし。うてのちからはおほへ
たり。なきなたのかねはよし。なきなたをおつとりのへて。むかう物
のまつかう。にくるものゝ。おしつけ。ほろつけ。たかこしとうなか。くさ
ずりのあまりを。あたるをさいわひに。はらめかいてそきつたりける

。てもとにす丶むつわものを。三十六き。はら〳〵ときりふせ。おふせい
にてをおふせ。とうさひへはつとおつちらかし。なきなたかたにうち
かたけあふみかたのちんへひいたりけり。むさしはうかありさまは。た丶
はんくわひもかくやらん

〔11 夜討曾我〕

（上さし）さてはあんなひくもりなし。夜ふけはおもひたつへし　（ことは）よいの
あひたのなくさみに。文ともかきした丶め。ふるさとへことつてん。もつ
ともしかるへしとて。あふらひすこくかきたて。やたてまき物とり
いたし。ありしむかしのおもひより。いまのうき身のはてまてを
。ことこまかにそか丶れける　（くどき）十郎殿はともすれは。お丶いその
とらかなこりをか丶れけり。（中）五郎かふてのすさみにははこねの
へつたうの御事。さてそのほかはいつれもをなしぶんしやうなりけり
。ときむねかよろこひ申けるは。ふしきにさいこのときおうかた
とのにまいり。ふけふゆるされ申。ふもけうやうのいのち(6)をふし
のすそのにすて。おき。ほねをやくわひにうつめとも。なをばんてん
にあくる事。ち丶か子たれはとりつたふ。いへひきほこすゆみや
のな。れうもんにほねはくちなから。かもんのなをうずまず
。きんぎよくのこゑはさんしゆぢく。ゑんたふまて。くもりなし
（ことは）ひそかにこれおもんみるに。たうをにきりけんをたひし

。きうばのみちにたづさはり。せんぢやう[7]にいて、めいをすつ。これ
こうめいのためなりき　（くどき）ほゞしうねんのなげきには。かなしみを
さんごのときこれをうけ。しうはつせひのしうたんは。た、ふ
たりのみなけきあり。としたけ月日さつてのち。ときにけん
きう四ねん。さつきのすへのやつの夜の　（ふし）天はくらしと申せとも
。おもひはこよひはる、なり。すけなりはん。ときむねはんとかき
と、め。したひのかたみを。とりあつめふてをすて、そなきにける

〔12 大織冠〕

かまたりたひのひとりねとこもさひしき事なれは。こ、
にて日をやかさねけん　／ねかたけれともひめ松の。はやうら
かせにうちなひく　／なにわもつらきうらなから。そよよし
あしといひかたりて　／ふたりあれはそ。なくさみぬ　（上ふし）うき
ねのとこのかちまくら。なみの夜るにもなりぬれは。とも、な
きさのさよちとり。ふきしほりたる。うらかせにこゑをくらふる
なみのおと。すさきの松にさきあれは。こすゑをなみのこ
ゆるにてしほやのけふりひとむすひ。すゑはかすみにき
ゑにほひ。ゆめちににたるうたかたの。なみのこしふねかすかにて
。からろのおとの。とをけれは花に。なくねのかりかねか。我も
みやこのこひしさにこゑをくらへてなくはかり。うき身なから

もまきのとをあけぬくれぬとすきゆけは三とせになる
はほともなし

〔13　大織冠〕
あま人（さし）うけたまはりなふこはまことにて御座さふらふか。あら
はつかしや四かいに御なかくれもなき。かかるきにんにした
しみなれ申ける⑻事よ。ひとつはみやうかつきぬへし。ひとつは
はくちよげせんにて。はたへはなみのあらいそ。たちいはいその
なかれ木。こへはあらいそにくたくるうつせなみのをと　か（ふし）みは
やしほにひきみたすつくものことくなる身にて。みやこの
くものうへ人に。おきふしひとつ。とこにして見々へぬるこそはつ
かしけれ。しかした丶。身をなけてしなんとこそはくときけれ

〔14　張良〕
⑼□ル
おきなすなわちくわんおんにて。　三（ふし）十二さうをあらはして⑽。みけん
ひやくかふくもをわき⑾。さうかん月のわのことし⑿。御まゆすてに
かつらをかき。御くちひるははちすの。かたふくかことくなり。きよ
いのそてくんして。いきやうまとかににほひあり。さうのてん
とうはたをさし。御むかひにまいれは。二さうかんのてんとう
は。くものそてをひるかへし。二十五のほさつたち。十三十二

さうにわけ。かふのほさつはこ[13]ゑ〳〵に。けよくをなしまひあそふ
。しようちやくきんくこ。ひわによ[14]うとうはつまても。たつとから
すといふ事なし。七くのしらへ。こまやかにかんたんきもに
めんしたり。さてちやうりやうをひきくして。うてなにいらせた
まひけり。あらありかたの。御事やしやうとをおかむめてた
さよ

注

（1）「な」は元の字を擦り消した上に書くか

（2）「はなし」の「は」に「そ」、「し」に「き」と重ね書きして「そなき」とする

（3）「り」は「る」を擦り消した上に書く

（4）「ん」に濁点があるが、「せ」に付けるべきものを誤ったと見なす

（5）「にくし…くんひやうとも」、行間に小字で記す。目移りによる脱文らしく、補入記号と思しき線がある。上の「へいけかたのぐんひやうとも」の字の横に─線があるが、消したわけではないらしい

（6）「を」の右下に句切点のような「。」があるが、墨色が薄く形も異なるので翻刻しない。当初のものではなかろう

（7）「や」の右下に濁点があるが、翻刻は通常の形に改める。他の拗音の濁点三例は二字目の右下にはないので、単に位置を誤ったか

（8）「ける」は見セ消チ。ただし節付はあり

（9）「□」は難読。「カ、」のつもりか

（10）「て」は「し」の右に小字で傍記

（11）「き」は元の字（「け」カ）を擦り消した上に書く

（12）「し」は元の字（「く」らしい）を擦り消した上に書く

（13）「こゑ」は元の字を擦り消した上に書く。その下の「〱」も元の「〱」に重ね書きしているらしい

（14）「よう」は元の字を擦り消した上に書く

『宗安小歌集』（国文学研究資料館本）

一、各歌頭に算用数字で歌番号を付す。

千早振神代はもしのかすさたまらす
人の世となりて三そち一もしの哥にさためし
より此かた吾国の風俗(1)として花になく鶯
水にすむかはつまても哥をなんさへつりあ
へりしかはあれと此道にたへさる人は六儀
十体のすかたをわきまへす耳とをにきゝしる
事もかたくそ有けるちかき比小哥とて乱
舞遊宴にたはふるゝ折〳〵伊せこまちか
うたのことはをかり白楽阮籍か句をぬきて
はかせをつけうたひ物になしたけきものゝふの
心をもやはらけをんあい恋慕の道のたより
ともし侍りけるこゝに桑門のとほそをとち
てひとり酒をたのしみこうたをうたひつゝたかき
にもましはりいやしきにもむつひ老たるをも
友なひわかきにもなつかしせられたる沙弥宗安
といふありふるきあたらしきこうたにふし〳〵
をつけて河竹のよゝのもてあそひとそなし
侍るかしこきいにしへよりをろかなる今に
いたるまてかゝるためしはあらしと覚えはへりし
聞人みなほとゝきすの一こゑのきかまほし
さにとしたひうくひすのたにのふる巣を出る
初音の心ちしてのそみあへりはなとりの
色音をあらはし風月のかけによせてなを
すゑの世まても天なかく地久しく酒のむしろ
のやふれさらんほとはめん〳〵として此うたひ
ものはたゆる期なからんとそ

1 神そしるらん我中は千世萬よとちきり候
2 かみむつかしくおほすらんかなはぬ恋をいのれは
3 梅とねうとて鶯かなくきたのゝ神にしかられうとて
4 夢には来ておよれそれにうきなはよもたゝし
5 夢よ〳〵恋しき人なみせそゆめうつゝにあふ
とみてさむれはもとのひとりね
6 うらみつくれはうらみない中もうらみらるゝ
うらみつけしのうら〳〵みよの

7 あふてたつ名はたつなかなふなきなたつこそ
たつななれ
8 霧か霞歟夕くれかしらぬ山ちか人のまよふは
9 千夜も一夜もかへるあしたはういものを
10 とへは千里もとをからしとはねはしせきも千里[2]よの
11 ふたりきくともうかるへし月斜窓に入暁寺のかね
12 世中は霰よのさゝのはのえのさら〳〵さつとふるよの
13 せんないおもひをしかの浦なみよる人にうかるもの
14 志賀のうら波よるから崎のまつよの
15 とへはとふとてふらるゝとはねは恨てふらるゝ〳〵
16 いとはるゝみとなりはてはせめて我身のとかもみ
のとかも身のとかもかな
17 涙の河のはやきとてせきとむる逢より外のしからみはあらしな
18 しのたの森のうらみくすのは
19 ひとりねになきそろよちとりも
20 君ゆへにさかのゝおくなるいや恋か淵にしつまは
いやそれまてよの
21 恨こひしやうらみしほとは来しものを
22 霜枯の葛のうらはの蛩うらみてはなき恨てそ啼
23 身はやりたしせんかたな通ふ心の物をいへかし

24 情ならてたのまぬみはかすならす
25 そとしめてたまふれなふ手あとの終にあらはるゝ
26 中〳〵の竹のませ垣ゆいそめており〳〵人の恋しかるらん
27 夢よ〳〵逢となみせそ夢はさむるに
28 月になきそろあの野に鹿かたゝ一声
29 かへるうしろかけをみんとしたれは霧かのあさきりか
30 袖をひかへて又よといへは泪にかきくれてともかくも
31 あはせけん人こそうけれ焼ものゝ独ふせこにくゆる思を
32 木幡山路に行暮て月をふしみのくさまくら
33 ひとりねし物うやなふたりね寝初てうやなひとりね
34 人のなさけのありし時なと独ねをならはさるらう
35 ひとは菟もいへ角もいへたちし其名かかへらはや
36 思ひきりしに又みてよの中〳〵つらきは人のおもかけ
37 人は恋しゝなはもれしとすこれかや恋のおもに成らん
38 月をふんてはよのつねそろよ風雨の来こそしんこよの
39 うらみそろまし中〳〵にみはかすならぬ
40 衣〳〵の枕にはら〳〵ほろ〳〵と別をしたふなみた
よの〳〵
41 わかまたぬ程にやひとのこさるらう
42 雲のはてまて波の底まてとてもたつ名に

43 雨はさなからたよりありいさこうるほふて沓にこゑなし〳〵
44 物もおしやらぬしらすやなにのうらみに
45 色〳〵の草の名はおほけれとなんそ忘れ草はなふ
46 むめはにほひよ花はくれなゐ人は心
47 おもひは是草根きれは又生しまたしやうす
48 松にかきほの八重葎かゝる所にもすまるゝか
49 すまはみやこよすては都あちきなのよや
50 なるせもそろおとなし川とてならぬ瀬もそろ
51 いとゝなのたつふわのせきなんそ嵐のそよ〳〵と
52 暁かよへは月のもとりあしに袴のすそは露にし
ほとぬれて袖はそなたなみたよの
52 まつ人はきもせて月はいてたよの
54 やもめからすのうらやむもあはれ鴛鴦ひとり宿せす
55 会者定離そときく時はあふてなにしよそわ
かれうには
56 せめてしくれよかしひとりいたやのさひしきに
57 さゝの葉にあられふるなりさら〳〵〳〵更に独はねられぬ
58 ひとりねもよやあかつきのわかれおもへは
59 独もねけるもの[3]ねられける物をならはしよの
みはならはしの物かの

60 あちきないものちやしのはいてそははや
61 茂れまつ山しけらうにや木かけて茂れ松山
62 ぬれぬさきこそ露をもいとへぬれて後に
はともかくも
63 人のぬれ衣きたしくれ曇なけれははるゝよの
64 身は宇治のしは舟柴ふねならはおもひこ
りつめしはふね
65 思ひきりしに又見えて肝をいらする〳〵
66 みは浮舟うかれそろひくにまかせてよるそうれしき
67 花をあらしのさそはぬさきいさおりやれ花をみよしのへ
68 花か見たくはみよしのへおりやれなふよしのゝ花
はいまかさかりちや
69 吾恋は水にもえたつほたる〳〵物いはてせうしの蛍
70 わか恋は水にふる雪しろうはいはしきゆるとも
71 しんこの君はこぬもよい会者は定離の世の習
72 さうないこそいのちよ情のおりやらうにはいきられうかの
73 されはこそ人通けりあさち原ねたしや今夜露もこほれり
74 何ともなれはならるゝものをとやせうかくやせう
嗚呼たゝ〳〵
75 浪のたつはかせゆへの憂なのたつは君故よの

76 かわる人よりもたのむましきはわかこゝろよの
いくたひかおもひすてゝ又かわるらう
77 いとしさかのつもりきてさらにねられぬ
78 何をおしやるもかこてそろ散ほとになふもるほとに
79 思ひそろもの北野ゝ松のはのかす
80 月夜には成候まし暗にさへしの〳〵忍はれぬ物を
まして月のよにはしのはれ候まし
81 うき人を尺八にゑりこめて時〳〵ふかはや恋の薬に
82 身ははねつるへよ水にうかるゝ
83 たつ名はかりよ〳〵あはてきえそろ
84 鶯は音をいたすにほそる〳〵われらはしの
ひつまをまつにほそる
85 いとゝ名のたつ折節になんそそなたのおめもとは
86 末のまつ山なみはこすとも忘れ候まし〳〵
87 いとゝさへ物思ふ袖の露けきに涙なそへそ山鵑
88 さのみ人をもうらむまし我心さへしたかはぬ
うき世なるもの
89 いへは[4]世にふるやるせもな
90 ならぬ物ゆへになる〳〵〳〵といはれともなやの
91 よしさらは此まゝにてもとをさかれあはゝ
わかれの又やうからむ
92 しにたにせすはたゝ踏おころしやれの
93 只けふよなふ明日をもしらぬみなれは
94 あなたのこなたのそなたのこちのあらうつゝ
なや柴墻におしよせてうつゝなの衆
95 ともすれはふられそろみはさてはうか茶箋か
96 あちき花のもとに君としつとゝ手枕入て
月をなかみようなおもひはあらし
97 君をまつ夜はあまのかゝり火あかしかたやなふ
あかしかねたよこよひを
98 いろかくろくはさらしませもとよりもしほやき
の子ちやもの
99 そとみてさへ恋となるにさてのものしてはの
100 武蔵野にこそかきりあれみにはおもひもはてもなや
101 きりたけれともいやきられぬは月かくす花
のえたこひのみち
102 誰かつくりし恋のみちいかなる人もふみまよふ
103 つゝむとおしやるもみないつはり真実思へはつゝま
れもせす
104 めもとにまよふに弓矢八幡つんとすくれ

たほろりまよふた
105 およれをともせておよれ鳥は月になきそろよ
106 うらみはかす〳〵おほけれとあふたうれしさには
たとわすれた
107 いやとおもへと又みれはおもひきりしかいつはりとなる
108 一夜こねはとてとかもなき枕をたてなけによこ
なゝけになよなまくら(5)うなよまくら
109 恋する人はもにすむ虫よわれからぬるゝうき袂
110 わかこひはとけうすやらう〳〵あかれ〳〵あんかれ
あからしめんのういしかみ
111 おれとわこれよはよい中なからいかなはけ物
か中こと入てふしのしら雪またとけぬ
112 聟にきせうとてめつくしのこ袖に京かみ
しもを〳〵
113 いそにはすましさなきたに見るめに恋のまさるに
114 ひとつこしめせたふ〳〵とよるのおときにおと
きにやみかまいらう〳〵
115 おれは小鼓とのはしらめよかわをへたてゝね
におりやある〳〵ねねにおりやる
116 御所おりのゐほしをのけつためつ腰てそら

いたそれをめす人はさぬきさふらい〳〵
117 いかな山にもきりはたつ御身いとしにはきりか
ない〳〵なふきりかない
118 うちの川瀬の水車何とうき世をめくるらん
119 おもふかたへこそめもゆけかほもふらるれ
120 よひのおやくそく暁のおとしたてこれやなに事
121 庭のちりにて酒をあたゝめてよのもみちの
いろにいさならん
122 ひよめけよの〳〵くすんてもひよたんから馬
をたすみかの〳〵
123 とりよれやいとしたくりよりやいとし糸より
ほそいこししむれ(6)はいとゝなをいとし
124 なみたれそよのいと薄よのいとゝ心のみたるゝに
125 京のつほかさなりよやきよやおよやしめよや
126 ちたい都は笠たにきよやおよやしめよや
127 なにとさいたる戸やらんゐいおせともあかぬは
きりまとの戸
128 鶏は君もとれとはなかねとも君こそもとれ
(7)とりにとかなや
129 夏のよのなかさと秋のよのみしかさよるよ

の人によるものを
130 しのふそのよのみしかさよつくものならは
十夜(8)をひとよに
131 まれにあふみの鏡山とてもたつ名にくもれきみ
132 人のこむすめとやの竹はためつしらめつ見たはかり
133 まてとはそなたの空情心よいやまつましやあゝまつまし
134 十七八ははや川のあゆそろよせて〳〵せきよせ
てさくらいなふお手てさくらいなふ
135 十七八のひとりねは仏になるとは申せともなに
仏なふふたりぬるこそほとけよ
136 わか思ふ人の心はよと川やしやんとして淀
河やそこのふかさよ
137 おもふたを思ふたか思ふたかのおもはぬをおもふ
たか(9)おもふたよの
138 いかなたくひなき君さまなりとわれおもはす
はおもひきれ〳〵いやきられぬ
139 けさの朝ねはあさねてはなけにすよのすき
しよのなこりけにすよの
140 十四になるほこちやとおしやるうらきとを〳〵
あけて又まつかほこかの

141 しとやみにおりやれ月にあらはれなの(10)たつに
142 けふたつあすたつあさてたつもりのすからす
なふふるすをおしむおれかな
143 行脚の僧のかよふけななさい渋はりのかこ
かさかこれの門のわきの垣のかきにかゝりと
かゝつたあらふしきや
144 おもはれきしよくしていとまこうたれはくれ
たよこうまいものをいとまを
145 若猿みやけのかわしやうりおれかはかうすと
おもふたものを(11)うはなりかなふしやらりしや〳〵
とはくつらのにくさよ
146 中〳〵のそらなさけすてられてよい物
147 人はともいへかくもいへいとうしかろもななと
しよその
148 しつとしめてのいとうしさはかもやかすかのゝ
野にふすしかの毛のかす
149 きたのゝ梅もよしのゝ花もちりこそしよ
すろ〳〵あちきなや
150 たれになるゝとわれにしらすなきけははらたつ
た山かほにもみちのみゆるに

151 あふてもとるよはなふ花か候ものあはてもとるよは
なふはなももみちも見わけはこそおれは石川
のにこらねともなふ人かにこりをなふかけうは
なとしまらせう
152 十七八はあさ川わたるわか妻ならうにやおいこやそ
153 我つまなくとまつ追こやせあの山陰かない事か
154 あの山かけにもし人あらはわこれうにゑんか
〳〵ないまてよ
155 とてもたつなにねておりやれねすとも
あすはねたとさんたむしよ
156 雪のうへふる雨そろよそへは心のきえ〳〵〳〵と
157 そろり〳〵ととのはひくともあさきこはかま
のひた(12)はお大事
158 又見てそろうき人をうたゝねの夢に
159 しのふましうやつらやなにしに思ひそめつらう
160 わか心我にしたかふものならはかほとくるしき恋は
むようと意見せうすもの
161 あるはいやなりなるも又いやおもふはならすさ
てもよしなや
162 しやむとしてからさきや松のつれなさ〳〵

---

163 しゆすの袖ほそにいせあみ笠はめすきちやとの
おめすきちやとの
164 そとかくれてはしてきたまつはなさいなふ
はないてものをいわさいなふ
165 浦かなるはなふうき人の舟かと思ふてはしり
てゝみたれはいやよなふ波のうつうつゝなみの
うつよの
166 一夜二夜ともいはゝこそなよしせめてあさ
かほの花の露のまなりと
167 おもひは草のねかさてうやないく度きれと
又もえいつる
168 よ所の梢のならひして松に時雨の又かゝる
169 もんにくわんのきゑひをおろいたおさへた
となふ〳〵例の又りん(13)きめかおさへたとの
170 しのをたはねつくかやうな雨による〳〵ぬ
れてたれかおりやれとの
171 身はやれ車わかわろけれはこそすてらる
れおもひまはせは心うしやの
172 又湊へ舟か入やらうからろのをとかかり
ころりと

173 よね山薬師堂のつりかねの緒にならふ〳〵
三度さけられてふられておかまれうよ〳〵
174 君まちてまちかねてちやうはんかねのそのした
てなふちた丶〳〵ちた〳〵をふむ
175 しつほとぬれたるぬれはたを〳〵いまにかき
らうかなふまつはなせ
176 おさな顔してかねつけてわらうたか猶いと
し〳〵
177 なくはわれなみたのぬしはそなた
178 鳥はあはれをしらはこそ人のしわさのかねそ
ものうき
179 かこかな〳〵かこもかなうき名をもらさぬか
こもかな
180 閨もる月かちよほとさいたよなふあらにく
の月やちよほとさいたよの
181 なをさりのほとこそはつかしのもりなはもりよ我泪
182 これより北のたかき岡にきむをしらへてよも
すからふしきやなふこひにはねられさりけり
183 おもしろやゐんきやうには車やれよとに舟
けにかつらのうかひ舟よの

---

184 人のすつるにつらのわかみやおもひきれと
よおもひきられぬ
185 ゐ中人なりやとてなにしにねはたのおとる
へきかなふおやすみあれ富士のたかねの
ねものかたりするするかおもしろ
186 中〳〵のそら情すてられてよいもの
187 なか〳〵に又しの丶をさ丶よ一よなれても中〳〵に
188 みかな〳〵ひとつみやこに夷中にも又
189 とてもきゆへき露の玉のをあは丶おしからし
190 みはうき草の根もさたまらぬつまをまつ正
体あり明の月のかたふく
191 身なこかれそ縁さへあらはすゐはさりとも
192 越後信濃にさら〳〵とふる雪をしやをし
とりまるめてうたはやりんきの人
193 おれは明年十四になるしにか[14]せうすらうあち
きなやあねこへ申候あね（一期）[15]の思出にあね
このとのこか所望なのた丶一夜二夜は
やすけれとならのつりかねよそへのきこへか
大事ちやのた丶
194 十五にならはまめの墻をよはふせよいま花さ

かりたおられいては無興ちや
195 山となてしこ〳〵うさらうにや〳〵うさ
らうにや
196 つれなかしなか〳〵につれなかれかし
197 朱雀か川の千鳥か夜ふかにないてめをさ
ます
198 [16]しなはやいや又しなし逢こともあり
199 ひとはな心そかな人ちやうそれやさうあら
うすそかな人ちや
200 物おもひよなふ〳〵中〳〵なさけは物思ひよの
201 まてとはそなたのそら情心よいやまつまし
や〳〵
202 きぬのうつり香たゝそふこゝろ
203 つらき別をかへりみす又いつその
204 天にすま[17]はひよくのとりとならん地にあら[18]は
連理の枝とならんあちきなや
205 不審ならはかねうたうかねもむやくや二心
たゝふりてしるもの
206 五条わたりを車かとをるたそと夕顔の
はなくるま

207 八重花よものいへいゑはなよいはていろに
いてんよりいへ花よ
208 わらうたもよひかくすんたもよいよたうとり
まはせともにくいとはおもはぬ
209 あのまつすくな竹たにも雪にもしとゝ
ふすものを〳〵
210 うき人はりうふんしゆくわれはかんか
のいきやくせいたねんすてられて一
夜はものゝかすかの
211 社頭のはしをたれかかけつらう中を
そらいて
212 みぬさへあるにさてみてはの
213 よしやつらかれ中〳〵に人のよいほとみのあたよの
214 とにもかくにもせうしなる人ちや此手柏の二表
215 人はともいへ角もいへあ笑止とたつなやの
216 春の名残は藤款冬人の名残は一言
217 しのふ細道いはらの木あいたやなふ思ひし
君にはあいたやの
218 恋の中川ふかとわたりて袖をぬらした
あら大事なやこれも君ゆへ

219 わかい時はいや〳〵といふてとしを
よらいた う しないたりやなふ
220 こかねくらとらうか器用のよひとの
とらうかいやおりやよからうきようのよ
からう貧なとのを

右一巻宗安老対予請
此序不顧後覧之哢
酔狂之余為与騎竹年
戯任筆書之耳千恥一笑々々
久我
有庵三休（花押）

注

（1）底本の字形はやや「浴」に近いが、「俗」と書いたつもりであろう
（2）「千里（よの）」は元の字を擦り消した上に書く
（3）「の」の下、「を」を見セ消チにする
（4）「は」は「と」?を擦り消した上に書く
（5）「くら」は「つら」?を擦り消した上に書く
（6）「れは」は「りや」を擦り消した上に書く
（7）「とり」は「きみ」を擦り消した上に書く
（8）「を」は元の字を擦り消した上に書く
（9）「かお」は元の字（「かの」カ）を擦り消した上に書く
（10）「の」は「つ」?を擦り消した上に書く
（11）「を」は補入記号を付して右に傍記
（12）「ひ」は別字を書きかけて重ね書き
（13）「り」は別字を書きかけたのを擦り消した上に書く
（14）「か」は小字で傍記
（15）「一期」は「あね」の右に小字で傍記
（16）「しなは」は「しる□?」（三字目は書きかけて中止）を擦り消した上に書く
（17）「すま」は「あら」を擦り消した上に書く
（18）「あら」は元の字を擦り消した上に書く

『宗安小歌集』（実践女子大学本）

一、小歌の部分は散らし書きの一まとまりごとに一字アキとする。
一、各歌頭に本資料としての歌番号、下の（　）内に国文学研究資料館本の歌番号を算用数字で示す。
一、8は意図的に万葉仮名表記を採っていると認められるので、表意字として使われている「田」「葛」「葉」以外の漢字も、平仮名に改めずに翻刻する。

1　いと〻名のたつ不破の関　なむそ嵐の　そよ〳〵と（51）
2　雲の上まて　浪のはてまて　とてもたつ名に（42）
3　木はた山路に　行暮て　月をふし見の　草枕（32）
4　なか〳〵の竹　のませ垣ゆ　ひそめてをり　〳〵人の　恋しか　るらむ（26）
5　夢よ〳〵あふとな[1]みせそ　夢はさむるに（27）
6　神も六借と覚す覧　叶ぬ恋を祈れは（2）
7　恨つくれはうらみなひ中[2]もうらみらる〻　恨つけしのうら〳〵　みよの（6）
8　志能田濃毛利与　宇良美　葛乃葉（18）

9　恨恋しや　うらみし程は　きし物を（21）
10　月になきそろ　あの野に　鹿かた〻一声（28）
11　ひとりねしものうやなふたりね　寝初て　うやな　ひとりね（33）
12　思ひきりしに又見てよの中〳〵　つらきは人の俤（36）
13　衣〳〵のまくらに　はら〳〵ほろ〳〵と別を　慕は泪よの〳〵（40）
14　衣〳〵の枕にはら〳〵ほろ〳〵と　別を慕は　泪よの〳〵（40）
15　あはせけむ　ひとこそうけれ　たきもの〻独ふせこに　くゆる思を（31）
16　松に垣ほの八重葎　か〻る攸にも　すまる〻歟（48）
17　人の情のありし時　なとひとりねを　ならはさるらむ（34）
18　かへる後影を　見むとしたれは　霧かの朝きりか（29）
19　袖を扣て　またよといへは涙に　かきくれてとも角も（30）

爰に桑門の戸ほそを閉て
ひとり酒をたのしみ小うたを
詠つ〻高きにもましわり
賤きにもむつひ老たる

をも伴ひ若にもなつ
かしせられたる沙弥宗安と
云あり古き新き小哥に
ふし〳〵を付て河竹の
世々の翫とそなし侍るかし
こきいにしへより疎かなる
今に至るまてかゝるため
しはあらしと覚侍りし
聞人皆郭の一こゑのきかま
ほしさにと慕ゐ鶯の
谷の古巣を出るはつ音
の心地して望あへりはな
鳥の色音を顕し風其
影によつて猶すゑの世まて
も僎長地久しく酒の
筵のやふれさらんほとは
めん〳〵として此謡物は
絶期なからむとそ

注

（1）「な」は右側を擦り消して書き直す
（2）「中」は一度書いた字を擦り消して書き直す

隆達節歌謡集

（慶長八年九月彦坂平助宛三十六首本）

一、各歌頭に算用数字で歌番号を付す。
一、本文に付された注記・符号類は、句切点のみを翻刻する。

初歌集

1 一いつも見たひな。君とさかつきと。春のはつはな

2 一なさけはつもれ。はつ雪なふりそよの。いとゝ心の。きえ〳〵と

3 一梅は北野。花は吉野。まつは(1)すみよし。人をまつには

4 一思ひ。たされてやるせなや。夢になりとも。せめておもかけ

5 一なこりおしきも。ことはりや。あふもわかれも。はつしや物

6 一わかれはいつも。うけれとも。しなすけに候。それなせに。あまりなこりか(2)おしひほとに

7 一せんよちきると。初夜はよし。きくも物うき。あかつきの六つ

8 一しぬるほとほれたか。まふしはたさぬ。いのち。かきりに。いつまても

9 一花を。ちらする風よりも。なを物うきは。はつにあふよの。あかぬわかれ路

10 一こゝろふかきもいらぬ物。身はあさかほの。花のひととき

11 一ねかひのまゝに。まちえてや。はつのはな見る。花のおかほみる

12 一露はつ霜は。あさのまに消る。おもひかなはすは。きえふかの命

13 一おもふあたりのかねきゝて。袖に月見る。露なみた

14 一露はつさまに。(3)あはせてたまふれ。思ひ。こかれて(4)きえふ。かのいのち

15 一花は吉野。もみちはたつた。あのはつさまに。あのおはつさまに。ます花はあらしに。

16 一思ひ。こかれてきゆるわれに。なむ(に(5))のゐむくわそ。君はよそこゝろ

17 一おしやけさまにはいたけれと。ひるはこしう

てあしさすれ。よるはとの子の。たゝおよる[6]

18 一霜かあられか初雪か。しめて。ぬる夜はのきえ
きえとなる

19 一おもひ〳〵し。このもとにゐての。花はひと
よも。はつかよひ

20 一なるな入相。つくなかね。いまさきいつる。
おはつせのはな

21 一なゐてもわらふても。ゆく物を。月よ。花
よとあそへたゝ

22 一あひ見てののちの。わかれをおもへはの。つ
らき心も。なさけかの

23 一初夜かとおもふた。あうやわかれの。六つしや
もの

24 一かねさへなれは[7]。もいなふとおしやる。こゝは仏法。東漸
のみなもと。初夜後やのかねは。いつもなる

25 一ねらるれはこそ。夢は見れ。うらや
ましやな。人はおもひの。なきゆへか

26 一露ときゆとも。人にしらせし。かす
ならぬ。われゆへ君の名やたゝん

27 一まちてこぬ夜の。ふる雨は。なみ
たなりとは。月そしらする

28 一むかしの人は。恋をはせぬか。なとあ
かつきの。鐘はさためし

29 一あふ夜の月は。しつかにめくれ。す
くちもあるか。直路も。あるかなふ。あけ
やすや

30 一なれしその夜は初秋の。そのおも
かけ。いつにわすれふそ。あ[8]来世まて

31 一思ふまひとはおもへとも。心まかせに
ならぬ物を。神や仏の。あるならは。
われか心を。かはらせてたまふれ

32 一君の[9]おとつれもしやとてこぬ人
のみをまつのはの色もひしほ
つれなさよ

33 一おさな顔せて。はちすとなひけ。
花もしほりて。散ときはいらぬ

34 一なひき。やすきはいやて候。人のお
もはゝまた。糸柳

35 一きゆるうき身とおもへはの。人の
つらきもいつはりも。さのみうらみ

と。おもはれぬ

36 一うらむるも。うらみ(10)られしも。いつのまに。

むかしかたりに。なるそかし

以上三十六首

自庵

慶長八年九月日　隆達（花押写）

彦坂平助殿

参

注

（1）「は」は後から補入したか（墨色薄い）

（2）「か」は小字で傍記。ただし「の」と書いたのを擦り消した上に書く

（3）「に」は「は」に重ね書き

（4）「て」は小字で傍記

（5）「む」に「に」と小字で傍記。その下の「の」は「そ」？に重ね書き。初め「なむそ」と書いたのを「なにの」と訂したか

（6）「おきやる」の「きや」を見セ消チにし、「よ」と傍記

（7）「なれ」は補入記号を付して小字で傍記

（8）「あ」は小字で傍記。ただし青山歴史村本（解題参照）の同一歌でもこの「あ」はやや小ぶりの字で右に寄せて記されており、補入ではなく本来の表記なのかも知れない

（9）この一首節付なし

（10）「ら」は小字で傍記

隆達節歌謡集（年代不詳草歌二十九首本）

一、各歌頭に算用数字で歌番号を付す。
一、本文に付された注記・符号類は、句切点のみを翻刻する。

1 一目出度や松のした。千世もいくちよ。千代ちよと

2 一いくたひもつめ生田の若な。君も。千代をつむへし

3 一春の名残は。ふちつゝし。人のなさけは。ひとこと

4 一五条わたりを。[1]くるまかとをる。たそと。夕かほの。はな車

5 一君ははつねの。ほとゝきす。まつによな〳〵。かれ候よ

6 一中〳〵。きえて。露の身。ちきりあさかほ

7 一こわた山路に。行暮て。月をふしみの。草まくら

8 一ひとりぬる夜の。さひしきに。ふたりぬるよの。山郭公

9 一人のつらさも。うらむまし。おもひそめしか。身のとかよの

10 一おもひきりしに。また見えて。きもをいらする。きもをいらする

11 一さなひこそいのちよ。なさけのおりやらふには。いきられうかの

12 一おもひのけふりか。きえつこかれつ。あせうしとたつなや。立お名やの

13 一浦のけふりは。もしほやくにたつ。わか名は。君ゆへに

14 一なをさりの。ほとこそ。はつかしの。もりなはもりよ。わかなみた

15 一なさけも。いやて候。つらきさへなを。こひしきに

16 一しなは[2]や。いやまたしなし。あふこともあり

17 一まくらこそしれ。わか恋は。なみたかゝら[3]ぬ。夜はもなし

18 一なくはわれ。涙の。ぬしはそなた[4]よ

19 一まつはなくさむ。物なるに。鳥は物かはと。たれかいひけむ

20 一なれや入相。なくなにはとり

21 一あはせけむ。人こそ。うけれたき物の。
ひとりふせこに。くゆるおもひは

22 一色々の。草の名は。をおけれと。なんそ。
わすれくさはの

23 一なる瀬も候。をとなし川とて。ならぬせ
も候

24 一身は宇治の柴船。しはふねならは。
おもひこりつめ。しはふね

25 一物もおしやらぬ。しらすや。何のうらみそ

26 一また見て候。うき人を。うたゝねの夢に

27 一身は松の葉よ。色にいつまし。ちらし
かはらし

28 一身はやりたし。せんかたな。かよふこゝろ
の。物をいへかな

29 一水草山より。いつる柴人。にほひきぬれ
は。これもたきもの

注

（1）「を」に墨汚れあり

（2）「な」は小字で傍記

（3）「ゝ」は書き直しか

（4）「た」は初め「よ」と書きかけたか

解題

国文学研究資料館助教授
落合博志

収録資料の概要

「国文学研究資料館影印叢書」の第三巻に当たる本書には、以下の中世歌謡関係の資料を収めた。実践女子大学本『宗安小歌集』のほかは、国文学研究資料館の所蔵である。

① 『玉林苑』下
② 『拾菓集』下残簡
③ 早歌断簡四種
④ 『早歌二曲本』
⑤ 鳥養宗晰節付謡本『忠教』
⑥ 幸若歌謡集（平出家旧蔵本）
⑦ 幸若歌謡集（寛永十九年八月幸若正信本）
⑧ 『宗安小歌集』（国文学研究資料館本）
⑨ 『宗安小歌集』（実践女子大学本）

⑩　隆達節歌謡集（慶長八年九月彦坂平助宛三十六首本）

⑪　隆達節歌謡集（年代不詳草歌二十九首本）

即ち①〜④は早歌、⑤は能謡、⑥⑦は幸若歌謡、⑧⑨は室町小歌、⑩⑪は隆達節歌謡の資料となる。

この内①〜④は「早歌資料コレクション」に含まれるもので、外村久江氏の旧蔵になり、平成九年十月に外村南都子氏より当館に寄贈して頂いた一群の早歌資料の一部である。明空編成の早歌集十六巻および付編の零冊・残簡・断簡を順に並べ、それとは別系統の④を後に置いた。いずれも室町時代写。⑤は室町末期の金春流謡本で、鳥養宗晰の節付になるいわゆる車屋謡本の一種。⑥⑦は共に幸若舞曲（舞の本）の中から歌謡的部分を抜き出したいわゆる幸若歌謡集で、平出家旧蔵の⑥はその現存最古に属する資料。⑦は幸若小八郎家の脇を勤めた幸若少兵衛家の二代目正信の編になり、所収曲に特色がある。⑧は室町小歌の集成として『閑吟集』と並んで著名な資料。長く消息を絶っていたが、近年再び世に現れ、当館に収蔵された。⑨は抄出本であるが、⑧に対する『宗安小歌集』の唯一の別写本として貴重である。⑩⑪はそれぞれ隆達節歌謡の内の小歌と草歌の集で、合わせて一軸に装訂されているが、本来は別箇の写本。共に隆達自筆本の忠実な写しと見られる。

以上の内、⑦は国立教育研究所からの移管により設立の数年後から当館の所蔵であったものであるが、他は⑨を別として比較的近年に当館に収蔵された資料である。そもそも本書が影印叢書の一冊として企画されたのは、平成八年三月に⑧の『宗安小歌集』が当館の所蔵となったことを契機とする。本書の編集を委嘱された当初は、①②③④⑦⑧⑨によって構成する計画であったが、その後いくつかの資料が新たに架蔵され、幸いに本書に収めることを得た。中世歌謡関係の資料としては、更に蜀を望むとすればこのほかに和讃などの仏教歌謡、室町小歌とも交渉の深い狂言歌謡の資料を加えたく、また謡本が一点だけというのも室町時代における謡の流行を思えばいささか寂しい感もあるが、⑦以外に目ぼしい資料のほとんどなかった八、九年前の状態から、不十分ながらもここまで集められたことを以て、まずは満足すべきであろうか。

なお、⑧は夙に影印本が刊行されているが、現在は極めて稀覯で入手も困難であり、改めて影印に付す意味は十分にあると思われる。

また⑨も既に雑誌に影印・翻刻がなされているが、⑧を再び紹介するこの機会に併せて収録を企画した所、幸いに所蔵者のお許しを頂けたことは誠に感謝に堪えない。その他の資料は、③の内の二種の図版が外村氏の著書等に掲載されている以外は、今回初めて影印されるものである。なお収録資料の内、④⑤⑥⑧⑨⑩⑪については翻刻を付載した。その他を省いたのは、分量が多く頁数が増え過ぎること、資料として断片的であることによる。

因みに書名は眼目である『宗安小歌集』を表に出す形も考えたが、広く中世歌謡関係の諸資料を収めたことを考慮して、『中世歌謡資料集』とした。

以下、収録資料のそれぞれについて解題を加える。ただし紙幅等の都合により、必ずしも内容に亙る詳しい研究を記さず、書誌的解題を中心としたことをお断りしておく。

『玉林苑』下

写本、列帖装一冊。二六・五×一七・六㎝。未表装で、共紙表紙の形。なお三方小口は裁断済み。外題なし。内題（目録題）「玉林苑下」。その下に「随出来加之／仍次第不同云々」の注記あり。全四折で、第一折は表紙とも料紙五枚、第二折五枚、第三折五枚、第四折は裏表紙とも四枚。従って両端の表紙を除いた丁数は三六丁で、その内第一丁が目録、第二〜三十五丁が本文、第三十六丁（裏表紙の前の丁）は遊紙。料紙は鳥の子。全体に虫損を被っており、時折判読困難な箇所がある。室町初期の書写と認められる。咽から六㎜程の所に、上下に二箇所ずつ穴があり、表紙から裏表紙まで通っている。料紙の折目部分の虫損が激しく、綴じ糸を通せない所があるため、恐らく以前はこの部分に糸を通して束ねてあったのであろう。同じ「早歌資料コレクション」の内の『拾菓集』下残簡・早歌断簡四種とともに、当館収蔵後に作製された新しい桐箱に納められている[1]。

本文は毎半葉五行書で、右に墨で節博士と拍子点を施す。両者は墨色が異なっており、節博士を付けた後に拍子点が打たれたらしい。ほかに墨筆の節付関係の符号類として、五音注記、「ヒキ」、墨棒などがある。また朱筆で、「甲・乙」の歌頭注記、「延曲」、「助音」、左右の垂れ鍵、「宮・商・角・徴・羽」の五音注記、朱棒、「由」などが記されている。朱の色は紅に近いものから淡いものまで一様でなく、何次かにわたって記入されたらしい。なお多くの漢字には左（まれに右）に片仮名の振仮名がある。振仮名は一筆ではなく、数筆あるが、判別は必ずしも容易でない。また「琴曲」「余波」の二曲には、朱の濁点（∴）と清点（・）が打たれている。濁点・清点とも、本文の仮名にはその左に、音読する漢字には声点の位置にある。また訓読する漢字では、原則として清濁を示すべき音節の節博士の左に打たれているが、その音節の節博士が記されない場合や訓が一音節の漢字の場合は漢字の左に付けられており、また例外的に振仮名に付したものもある。一部、本文の左側に別の節博士（異説の校合か）を記した所がある。

本資料は、尊経閣文庫所蔵の『宴曲集』巻二〜五、『宴曲抄』上中下、『拾菓集』下、『玉林苑』上残簡（計九冊）と同筆と認められ、本来『宴曲集』以下の一六冊が揃っていた内の一冊が離れて伝わったものであろう（なお次項の『拾菓集』下残簡も同様と思われる）。ただし尊経閣文庫の諸本に比べ、本資料および『拾菓集』下残簡は縦の寸法が五㎜程高いが、これは前者が天地を切り揃えたことによると見られる。尊経閣文庫本の後補表紙に「応永前後鈔本」とあるが、従ってよい審定と思われる。早歌本の場合、早歌が生きて歌われていた室町時代までの写本と伝承の絶えた江戸時代の写本では、資料的価値に格段の相違がある。『玉林苑』下の室町時代写本はほかに冷泉家時雨亭文庫所蔵の坂阿本が知られるのみであり、その点で貴重な資料と言える。

なお各折の最初の丁の表と最後の丁の裏にやや汚れが目立ち、また朱筆の色がかなり薄くなっている（一部濃い部分があるのは後の加筆と見られる）ことからすると、[2]書写後長い間綴じ合わされない状態で置かれていたものであろうか。このことは尊経閣文庫本とその僚巻において、『玉林苑』上残簡が二枚四丁分（前二丁と後二丁は内容が連続しない）、次項の『拾菓集』下残簡が同じく二枚四丁分を残し、一方『宴曲集』巻四で一枚二丁分、『宴曲抄』上で一枚二丁分を欠く（その部分は補写してある）というように、一冊の中で一部の料紙が残存または欠損するという現象と関わるかも知れない。

早歌本の通例として、詞章は他本と表記の違いを別とすればほとんど同一であるが、本文（漢字）には稀に誤字があり、後掲の訂正箇所の内後筆の分も、誤りを修正したものらしく思われる。

本資料の内、「寝覚恋」の歌詞冒頭の右肩に「新入」らしき朱注記のあることは注目される（図版Ⅰ参照）。この注記については外村氏も言及しておられ〔『早歌の研究』〔昭和40年8月〕三〇九・三二四頁〕、古い形を伝えるものとし、森川本『宴曲十二集』にも同じ朱書きがあるのは、『玉林苑』から抄出する際にそのまま転記したものと推定されている。『玉林苑』下は明空編成の十六巻本早歌集の最後に当たる巻であり、本資料の目録題下に「随出来加之／仍次第不同云々」〔『撰要目録巻』にもあり〕とあるのもそのことと関係すると思われるが、この朱注記は、「寝覚恋」が『玉林苑』下の中でも最後に収録されたことを示唆するものであろうか。

なお、本資料は翻刻を省略したので、影印では判りにくい訂正等をここに示しておく。ただし節付関係の符号・注記については煩雑を避けて省略し、本文と振仮名に限ることとする。振仮名の書かれた所に擦り消しの痕跡がある場合、左側の節博士を消したのか、元の振仮名を消したのか不明確なことがままあるので、明らかに元の振仮名を消したと見られるものに限った。

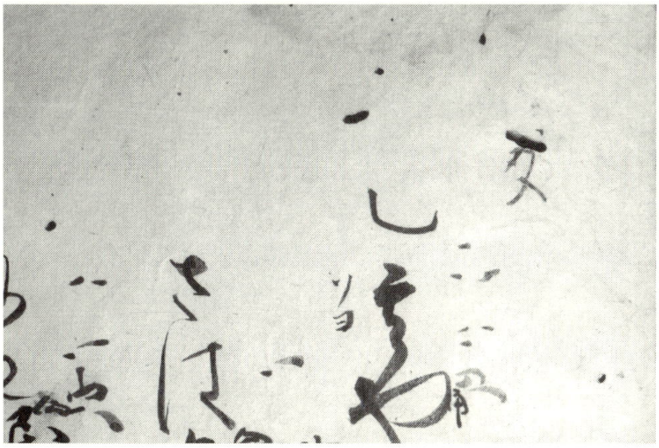

図版Ⅰ　『玉林苑』下「寝覚恋」朱注記

〔五ウ五行〕「責」の振仮名「セメ」の下、一～二字擦り消すか
〔六オ二行〕「ためしそ」の「そ」は別字を書きかけて擦り消した上に書くか
〔六オ三行〕「望」の振仮名「ノソメ」は元の字を擦り消した上に書くか
〔七オ一行〕「陵」の振仮名の「ウ」は元の字を擦り消した上に書くか
〔八オ一行〕「唐とまり」の下、一字擦り消した痕跡あり
〔八ウ五行〕「拾」の振仮名「シ」の下、一字擦り消すか
〔九オ一行〕「薪」の振仮名の「ン」は元の字を擦り消した上に書くか
〔九オ二行〕「菜つミ」の「ミ」は元の字を擦り消した上に書くか
〔一一オ二行〕「伺」の振仮名「ウカ、」は元の字を擦り消した上に書く
〔一一オ三行〕「令」の振仮名の「メ」は元の字を擦り消した上に書く
〔一二オ二行〕「左」の振仮名「サ」の下、一字擦り消すか
〔一二ウ二行〕「幸」は「時の」を擦り消した上に書く
〔一三ウ四行〕「なれと」の「と」は元の字を擦り消した上に書く

(同)「又」は元の字を擦り消した上に書く
(一三ウ五行)「殊」は元の字を擦り消した上に書く。振仮名の「ニ」は同時の加筆か
(一四ウ二行)「治」の振仮名の「マ」は元の字を擦り消した上に書く
(一六オ一行)「して」は元の字を擦り消した上に書く
(二二ウ二行)「臺」の下部は擦り消した上に書き直す
(二二ウ三行)「りと」は元の字を擦り消した上に書く
(二二ウ四行)「ハ霊」は元の字を擦り消した上に書く。振仮名の「イ」も擦り消した上に書かれる
(二三ウ五行)「律」は元の字（「寶」カ）を擦り消した上に書く（後筆か）
(二五オ五行)「有」の振仮名の「ン」は「リ」を擦り消した上に書く
(二八オ二行)「言」の振仮名の「ツ」は元の字を擦り消した上に書く
(二八オ四行)「暮」の振仮名「ホ」の下、「ウ」を擦り消すか
(二九ウ五行)「合」は元の字を擦り消した上に書く（後筆か）
(三〇オ一行)「少」の振仮名の「セ」は元の字を擦り消した上に書く。
(三〇ウ四行)「業」の振仮名の「ツ」は元の字を擦り消した上に書く
(三〇ウ五行)「物なれ」の下、「ハ」を擦り消し、左に「ヤ」と記す。振仮名と同筆なのでその時の訂正であろう
(三一ウ一行)「慈」の振仮名「シ」の下、「フノ」を擦り消す
(三一ウ二行)「跡まて」は「まて」を擦り消した上に書く。また、「の」と「ま」の間の右傍に小字で記された「跡」を擦り消す
(三三ウ一行)「いかなる」の「なる」は元の字を擦り消した上に書くか

注

（1）なお本資料は平成十三年六月に補修が施され、大きな欠損部分に紙を足すほか、料紙の折目の糸を通す部分の虫損箇所に紙を当てて塞ぎ、新しい糸で綴じ直されている。本書の影印には、補修前の写真を用いた。

（2）ただし第一折の最後と第二折の最初の面は他の折の前後の面ほど汚れが顕著ではなく、また明瞭な朱筆も本来のものと見られる。

『拾菓集』下残簡（車・袖情）

写本。列帖装冊子本の、折の中央を挟む連続する四丁（料紙二枚）の残簡。二六・七×一七・六㎝。『拾菓集』下の「車」の途中から「袖情」の終わりまでを存する。『玉林苑』下、およびその解題で触れた尊経閣文庫所蔵の諸本と一連の譜本であるが、果たして尊経閣文庫の『拾菓集』下は、正しく本残簡に相当する部分（第三折の内側の二枚）を欠き、本文のみを補写してある。即ち本残簡は、尊経閣文庫本『拾菓集』下の欠損部分を補うものとなる。尊経閣本の補写部分は続群書類従本と表記がほとんど一致しているので、その系統の写本を底本としたらしい。いずれにせよ、本残簡とは文字遣いがかなり異なっている。

右記以外の書誌事項は『玉林苑』下に准ずるが、ただし「袖情」には全く漢字の振仮名がない（尊経閣本にある「梅花」も同じ）。また、二曲とも濁点・清点は用いられていない。なお第一丁ウ一行目の「網」の振仮名の「ヤ」は、元の字を擦り消した上に書いているらしい。また咽側でなく前小口側に、『玉林苑』下と同様の上下二箇所ずつの穴の痕がある。

僅か四丁分の残簡ではあるが、『玉林苑』下のツレであり、またより分量の少ない断簡類をも収めることにしたので、併せて本書に収録することとした。

早歌断簡四種

「早歌資料コレクション」の中に、早歌本および『撰要目録巻』の断簡が四種（五枚）含まれている。この内ツレの関係になる「宴曲抄断簡（郢律講物礼）」と「宴曲抄断簡（三島詣）」以外はそれぞれ別種の写本から切り出されたものであるが、便宜「早歌断簡四種」として一括することとした。いずれも裏面の四周に糊の跡があり、手鑑から剝がしたものと思われる（「撰要目録巻断簡」は必ずしも明確でないが、やはり同様であろう）。

(一) 撰要目録巻断簡

写一枚。二四・七×一四・七㎝。室町初期頃写。

明空編成の早歌集十六巻の目録である『撰要目録巻』の内、「宴曲集巻第五雑部下付尺教」の書名から第六曲「上下」までの部分の断簡。各曲名の頭に標目点（・）が朱で打たれるほか、後述する朱筆注記がある。料紙は楮紙の打紙で、楮紙で裏打を施してある。裏面右肩に「一乗院了慶親王　小」と墨書、中央に「一乗院殿良慶親王　宴曲集巻」と記した極札（極印なし）を貼付（図版Ⅱ参照）。伝称筆者の了慶（または良慶）親王については不明で、そのような親王がいた形跡はなく、興福寺一乗院の歴代門主にも了慶（良慶）の名は見当たらない。

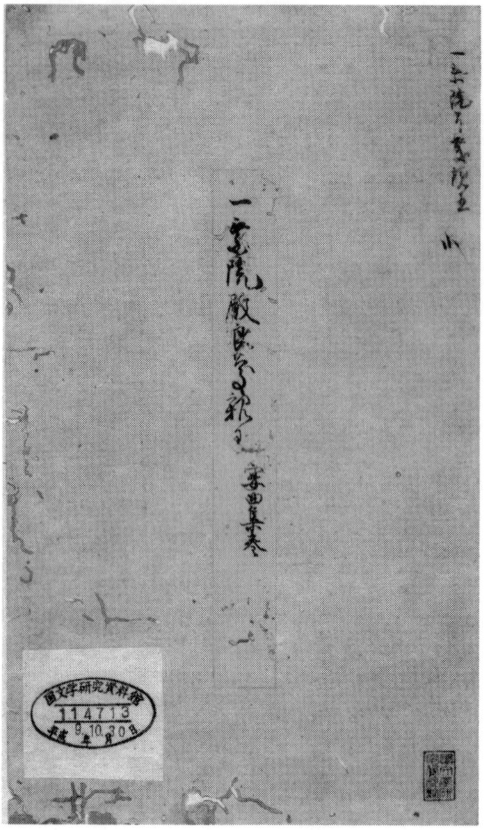
図版Ⅱ　撰要目録巻断簡裏面

本断簡で注目されるのは、三行目「年中行事」の「藤三品」という作者注記の傍らに、朱筆で「広範卿」と記入されていることである[1]（流布の『撰要目録巻』はこの朱注を欠いている）。夙に外村氏は、「宴曲の作者「藤三品」について」（『国語と国文学』昭和34年7月）において、この人物につき考証を加え、『撰要目録巻』の「南家の三の位、風月の家の風にうそぶきて」という記述などを手掛かりに、漢学・漢詩文の家である藤原南家貞嗣流の広範（嘉禎二年〜嘉元元年）であることを推定された。その論考を『早歌の研究』に収められた際の「補記」において、「本稿発表の二年後の昭和三十六年二月四日早歌の伝本を少し入手したが、その中にこれに関係の断片が混じっていた」（一〇一頁）として本断簡を図版入りで紹介され、「紙・墨の様子では室町時代を下るまいと考えられるものであるが、その文字の書きぐせからは、坂阿のものではないかと推定される。この断片により、少なくとも室町期には藤三品が広範卿と伝えられていた事実を把み得た」と述べられたが、外村氏の考証とも相俟って、この人名注記は信憑しうるものと考えてよかろう。即ち「年中行事」および作詞者・作曲者を「同前」とするその下の「山」の二曲は、藤原広範の作詞（明空作曲）ということになる。

なお外村氏は本断簡を坂阿筆かと推測されたが、諸本（京都府立総合資料館本『宴曲抄』上・円徳寺本『真曲抄』・冷泉家時雨亭文庫本『宴曲集』巻三以下[2]）奥書の坂阿の筆跡と比照するに、その可能性は極めて高いと思われる。坂阿は複数の早歌集十六巻の揃本を作製伝授していたことが確実視されるが、原本はいずれかの坂阿本とセットであったものであろうか。断簡とはいえ『撰要目録巻』の写本として最も古いと見られ、今後ツレの出現が特に期待される資料と言える。

(二) 宴曲抄断簡（郢律講惣礼）

写二枚。一枚（三行）は二五・〇×九・四㎝、一枚（二行）は二五・〇×六・七㎝。室町中期頃写。鳥の子紙で、薄い楮紙で裏打を施す。本紙がやや薄手であるのは、両面書写の列帖装本の一葉を表裏二枚に剝離したためであろう（次の(三)も同じ）。

この二枚は裏面の糊の跡から別々に手鑑に貼られていたものと思われるが、切れ目を合わせると完全に接続し、次の「三島詣」の断簡（本断簡のツレ）を参照しても、二枚を合わせた五行で元の冊子の半葉分をなすことが確実なので、二枚を一括して扱うこととする。

内容は『宴曲抄』中に所収の「郢律講惣礼」の一部で、その中ほどの「秋風楽の笛の音」から「手向やせまし」までの部分を存する。ツレと見られる「三島詣」の断簡の存在を考慮しても、明空編成本と別種の写本の一部とあえて想像する理由はなく、共に『宴曲抄』中の写本の断簡と認定して差し支えあるまい。

本文の右に墨で節博士と拍子点を施し、多くの漢字の左に片仮名で振仮名を付す。拍子点はやはり節博士と別に打たれているらしい。

図版Ⅲ　宴曲抄断簡（三島詣）裏面

ほかに墨筆の節付関係の符号類として、「二ヒキ」、墨棒、五音注記、「上」が見られる。また五音注記と垂れ鍵を朱筆で記すほか、本文の仮名や漢字の左（振仮名がある場合はその右）に朱で・の濁点を打つ。なお朱棒は見られない。

(三) 宴曲抄断簡（三島詣）

写一枚。二五・二×一七・三㎝。室町中期頃写。『宴曲抄』中、「三島詣」の前半部の一節「あらはす豊崎の宮のいにしへは」～「叢祠を府中に」の部分五行を存する。列帖装冊子本の半葉分と見られ、前出の「郢律講物礼」と同じ写本から切り出されたツレの断簡と考えられる。書誌事項は寸法を別とすれば「郢律講物礼」とほとんど同じで、本断簡ではすべての漢字に振仮名が付けられているのが異なる程度である。

裏面左肩に「冷泉為右　あらはす」と記した極札（極印なし）を貼付（図版Ⅲ参照）。ただし歌道冷泉家の歴代に為右は見えず、二条家の為右（?～応永七年）のことらしいが、時代はそれよりもう少し下がるように思われる。いずれにせよ筆者は今の所不明とするのが妥当である。ただし冷泉家と早歌の関わりについては、初代為相に早歌「和歌」「龍田川恋」の作があることから、伝承の次元では密接な連想が働いていた可能性があり、極札が「冷泉為右」筆とすることも、それを背景に置いて理解すべきかも知れない（後述するように、「早歌資料コレクション」に含まれる『宴曲集』巻四の親本が冷泉持為の筆と伝えられていたことも参照される）。その際、冷泉家に二種の早歌の古写本が伝存する（収蔵年代は不明であるが）ことも注意してよいであろう。

(四) 撰要両曲巻断簡（余波）

写一枚。二三・五×一七・二㎝。室町初期写。楮紙の打紙。楮紙で裏打をする。

早歌の謡い替え詞章集である『撰要両曲巻』の、「余波」の部分の断簡で、曲名一行と歌詞四行の計五行。「余波」は明空編成の早歌集十六巻では『玉林苑』下に収める曲。三行目の「勝又二月の」から五行目の「夢とかや」までが通常と異なる部分で、この詞章が「うつまぬ名をや残しけむ」と「龍門原上」の間に入ることになる（本書五八頁参照）。

なお「遺法流布の時なれやうつまぬ名をや残しけむ」（通常と同じ部分）、および続く付加詞章の「勝又二月の」～「夢とかや」には節付が施されているが、「龍門原上」には「如常」と朱筆注記があって節付は省かれている。ただし筆跡鑑賞の妨げになると考えられたためか、節博士および拍子点・五音注記などの墨筆の節付関係の符号類はすべて擦り消されている（三行目「半」の右の「宮」は消し忘れか）が、朱筆の五音注記や垂れ鍵、濁点等はそのまま残されている。また四行目で「いつれも」の「れ」を書き落とし、補入記号を付して左に傍記している。

裏面下方に「六十」と墨書、また左肩に「招月庵徹書記余波（印）」の極札を貼る（図版Ⅳ参照）。初代朝倉茂入のもので、裏に「茂入／道順」の印記がある。正徹筆とは認め難いが、時代はその頃と見られる。[3] なお裏面右下隅（裏打紙の下）に「アカ□?」なる小字が見えるが、正確に読みえない。

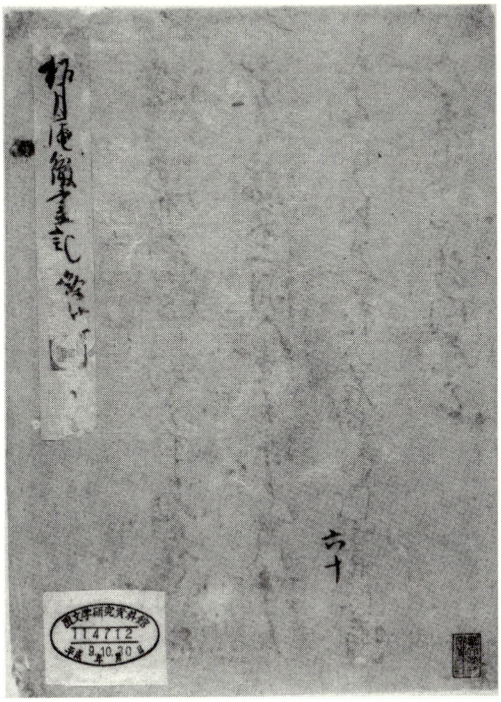

図版Ⅳ　撰要両曲巻断簡（余波）裏面

注

（1）因みに、その後に紹介された早稲田大学本（三条西家旧蔵）および冷泉家時雨亭文庫本『撰要目録巻』でも当該箇所に「広範卿」の朱注記が存在しているほか、同じく「藤三品作／明空調曲」とする『宴曲集』巻一の「花」の所にも、作詞者名の下に「広範卿」の朱注がある。

（2）近時、京都府立総合資料館本『宴曲抄』上の僚巻と見られる、塩冶広田金吾宛の応永二年十二月五日の坂阿自筆奥書を持つ『宴曲集』巻四の写本も出現した(『一誠堂書店創業一〇〇周年記念　古典籍善本展示即売会目録』平成15年9月)。

(3)なお、『近代秀歌』の一伝本である国文学研究資料館寄託久松本『秘々抄』(長禄元年十一月正徹写)の冊初遊紙の裏に、「名も久かたのあまの河そのみなもとを尋ぬれは」という早歌の冒頭部分と思われる一節が、節付(墨譜は同筆、朱筆注記も恐らく同筆であろう)とともに書き留められている(図版Ⅴ参照)。この記入は書体からやはり正徹の筆と考えられ、書写後長禄三年五月に歿するまでの間に書き入れられたものであろう。この詞章は現存する早歌の曲には見出されず、散佚曲らしいが、正徹における早歌の享受を示すものとして断片的ながら興味深い。本断簡を朝倉茂入が正徹筆と極めたのは筆跡のほかに何か根拠があってのことかは不明ながら、正徹と早歌はあながち無縁ではなかったことが知られる資料として、参考までに触れておく。

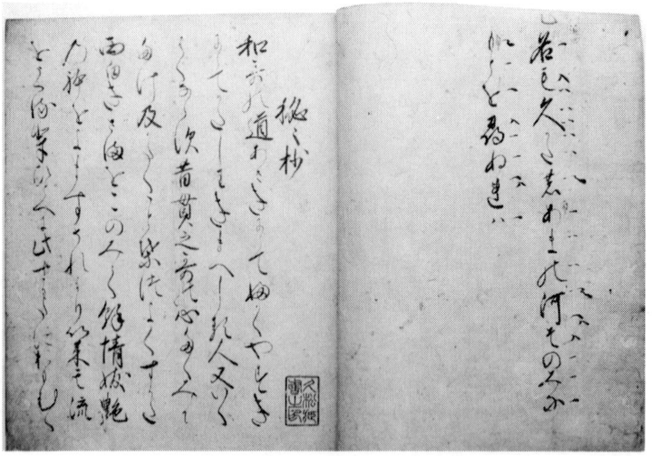

図版Ⅴ　『秘々抄』(国文学研究資料館寄託久松本)

『早歌二曲本』

写本、巻子一軸(袋綴冊子改装)。表紙・軸のない未装本。

毎半葉五行書写の袋綴本を解体し、開いた各丁を貼り継いで巻子本としたもの。ただし最終第十一紙は丁の表側だけを残す。料紙は楮紙。紙高二六・九㎝。紙幅、第一紙四〇・七、第二紙四〇・七、第三紙四〇・六、第四紙四〇・三、第五紙四〇・七、第六紙四〇・六、第七紙四〇・五、第八紙四〇・七、第九紙四〇・六、第十紙四〇・三、第十一紙二〇・〇㎝。一紙ごとに、金銀の切箔を散らした礬水引きの鳥の子紙で裏打がなされている。恐らく江戸時代の改装で、裏打も同時であろう。巻き納めた時外に現れる紙背部分の銀箔が特に黒ずんでおり、もともと表紙は付けられていなかったのであろう。第一紙の右半分(元の第一丁の表に当たる)がかなり汚れていることから推すと、袋綴本の時にも表紙がなかった可能性が高い。やや虫損が目立ち、袋綴本の時のもののほか、改装後に裏打の紙ごと虫損を被った箇所も少なくない。そのため一部の文字や節博士が欠けており、また料紙の表面が荒れて判読困難な箇所もある。当館収蔵後に新しく作製された桐箱に納める。

内容は早歌の「日精徳」と「狭衣袖」を合写したもので、曲名は共になく、冒頭は一行を空けて「日精徳」が書き出され、その後に再び一行を空けて「狭衣袖」が書き始められている。元の第一丁表の汚れからすると「日精徳」の前に別の曲があったとは考え難く、また末尾に二行の空白があることからは「狭衣袖」の後にも曲はなかったと見てよかろう。即ち本資料は本来二曲だけで完結した写本ということになる。すると原形は一一丁の袋綴本であり、その最後の丁の裏は白紙のため（また、恐らく第一紙右半分と同様に露出していて汚れていたため）改装の際に切除されたのであろう。なお第十一紙左下隅の「拾枚?」の紙数注記は、巻子に改装されて以後の記入と思われる。現状では全体にかかる題記の類は見られず、上述したように袋綴本の時にも表紙がなかったとすれば、本来無題であった可能性が高い。

本文の右に節博士を墨で加え、漢字の左に片仮名の振仮名を施すほか、墨筆の節付関係の符号類として、拍子点、「ヒキ」、墨棒、五音注記などが見られる。また、歌頭の「甲・乙」、「延曲」、「助音」、左右の垂れ鍵、五音注記、朱棒、「由」などを朱筆で記入している。濁点・清点は用いられていない。書写年代は室町初中期と思われる。

なお「日精徳」は明空編成の早歌集十六巻では『玉林苑』上に、また「狭衣袖」は『宴曲抄』下に収録される曲である。従って本資料は明空編成本とは別系統の早歌本ということになるが、明空編成本以外の早歌本は多く伝わっておらず、その意味で珍しい資料と言える（もっとも、両書から抄出したとすれば別系統とも言い難いが）。ただし、特にこの二曲を一冊に合写した理由は分からない。

本資料は当館蔵金春禅竹自筆能楽伝書（国文学研究資料館影印叢書第二巻所収）などとともに金春欣三氏の所蔵であったもので、かつては禅竹自筆伝書と同様金春家に蔵されていたと考えられる。その後外村氏が入手され、氏は「早歌における初心の人と達者――新資料「二曲本」の紹介――」（『日本歌謡研究』第二十八号、平成元年3月。『鎌倉文化の研究』（平成8年1月）所収）を草して本資料を紹介された。その中で外村氏は、本資料の文字が他の早歌本に比べて大きいこと、漢字が極端に少なく、かつ漢字のすべてに振仮名が付けられていることなどを指摘され[1]、「以上のことを総合して、これは珍しく残った稽古本ではないかと考えた次第である」として、本資料の性格を初心者が日常用いた稽古本と規定された。因みに禅竹も『五音三曲集』において、「さう哥におす拍子あり。当流にもおす心ねあり。是等は皆口伝あるべし」と早歌に言及しており、その嗜みはあったと思われ、本資料の書写年代も禅竹の頃に溯るが、古く（例えば書写の当初）から金春家に伝わったものかどうかは確証がない。

なお本資料は当館受入時には糊離れのため四片に分かれた状態であったが、平成十三年十月に継ぎ直しの補修を施した。本書には補修前に撮影した写真を用い、元の袋綴本の半葉を一頁に当てる形で収めた。また本資料は上述のように本来無題と推測されるが、外村氏が最初に紹介された際の呼称を参照し、『早歌二曲本』として収録した。

注

（1）ただし本資料の漢字にすべて振仮名が付けられているというのは誤りで、「日精徳」では漢字全九二字中一九字、「狭衣袖」では全七六字中三〇字には振仮名がない。

〔付　「早歌資料コレクション」について〕

以上の『玉林苑』下・『拾菓集』下残簡・早歌断簡四種と『早歌二曲本』は、先にも述べたように、国文学研究資料館の特別コレクション「早歌資料コレクション」に含まれるものである。このコレクションを構成する資料群は、早歌の研究者であった外村久江氏（明治四十四年〜平成六年）の蒐集されたもので、平成九年十月に外村南都子氏から当館に一括して御寄贈頂いた。改めて外村氏の御厚意に対し御礼を申し上げたい。

ここに、同コレクションの内本書に収録しなかった資料について、書名と簡単な解説を掲げておく。

○『宴曲集』巻四

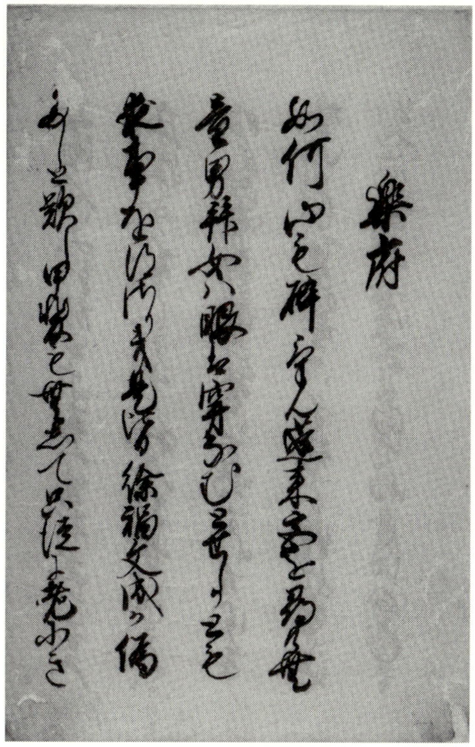

図版Ⅵ　『宴曲集』巻四

写本、袋綴一冊。二六・九×一九・九㎝。紙縒で結び綴じにする。料紙は薄様斐紙。渋刷毛目模様表紙左肩に「宴曲集」と打付墨書。右下に「渕亭蔵」の墨書あり。内題（目録題）「宴曲集」。毎半葉五行。丁数三五丁（遊紙なし）。江戸後期頃写。

『宴曲集』巻四の目録から末尾までを存するが、節付はなく、本文のみ写されている。奥書に「宴曲集下冷泉持為卿染筆也云々／臨写終」とあり、親本が下冷泉家の祖持為（応永八年～宝徳三年）の筆と伝えられていたことが知られる。「臨写終」とあるが、親本にも節付が欠けていたのか、本文だけを臨写したのか明らかでない。冊初に「小山」「南葵音楽図書館之印」の印記があり、即ち吉田東伍編『宴曲全集』（大正6年1月）附録「宴曲諸本の解題」に、「小山作之助所蔵の宴曲集第四は、下冷泉持為卿自筆本の影抄也」と言及された写本にほかならないことが分かる。小山作之助（作曲家、文久三年～昭和二年）から徳川頼貞が創設した音楽文献専門の図書館である南葵音楽図書館に移り、同図書館の閉鎖後に流出したものを外村氏が入手されたのであろう。外村氏も『早歌の研究』の第二篇第八章「早歌十六冊伝本の研究」において、「巻第四に特殊な伝本として、徳川期の写しと思われるが、冷泉持為卿染筆という識語のある旧小山作之助氏所蔵本がある」云々（三一二頁）と本資料に言及しておられる。（図版Ⅵ参照）

○『別紙追加曲』（源氏紫明両栄花・琵琶曲・聖廟霊瑞誉）

写本、巻子一軸。丸に寿文字・瑞鳥・宝尽くし文様を織り出した紺の布表紙。紙高二二・五㎝。全長三二六・六㎝。全九紙。

第一紙右肩に「別紙追加」とあり、『別紙追加曲』の内、冒頭から三曲目までの「源氏紫明両栄花」「琵琶曲」「聖廟霊瑞誉」を収め

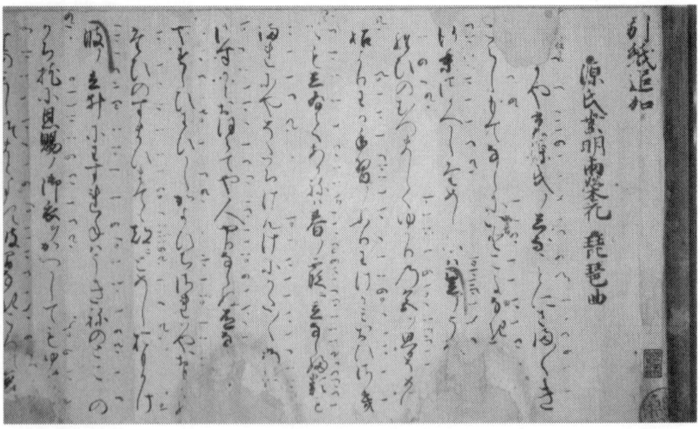

図版Ⅶ『別紙追加曲』

る。ただし第三紙と第四紙の間に紙の脱落があり、「琵琶曲」の末尾と「聖廟霊瑞誉」の冒頭が欠けている。薄様の料紙を楮紙で裏打ちしているが、その補修の際の裁断により、行頭の文字や符号が欠けた箇所がある。軸末に「右一巻以頓阿法師自筆本／謄写了可秘蔵物也／安永四乙未年八月／左衛門少志藤原常成」の奥書がある。この書写者は、『地下家伝』十四に見える速水常成（藤原氏）であろう（安永四年二月三日に左衛門少志に任じている）。署名の左方に「平野吉?兵衛」「芙青堂蔵」の朱印記があるが（後者は見返しにも捺される）、これは別人のものか。頓阿筆はともかくとしても、何らかの古写本を転写したものではあろう。原本も巻子本であったとすれば、早歌本としては珍しい例となる。

本文の仮名は平仮名主体であるが、「光源氏ノ」「恩賜ノ御衣ヲ」のように、助詞の「ノ」「ヲ」「ニ」「ハ」に片仮名字体を多用し、かつやや小さめに右に寄せて記しているのが目に付く表記上の特色である（「ニ」「ハ」の使用は一般的ではあるが）。それ以外にも「ゆかりの色ソ」「尊号トして」「咽ヒけん」など他の助詞や動詞の活用語尾に用いたり、更に「詩賦ノ句ハアノ玉ヲ」の「アノ」のような例もある。これも書写者の改変でなく原本のままであったとすれば、やや特異な表記法と言えよう。

本文・節博士のほか、朱の垂れ鍵や曲頭注記なども写されており、ある程度原本の面影を窺うことは可能であるが、五音注記は稀に墨書の分が見えるのみで、必ずしも忠実な写本とは言い難いようである。ただし「聖廟霊瑞誉」において、時折五音注記が本文の左側に付けられているのは珍しく、或いは古い形なのであろうか。かつて水損を受けたらしく、保存状態にやや難がある。（図版Ⅶ参照）

鳥養宗晰節付謡本『忠教』

写本、巻子一軸。銀泥で流水模様などを描いた紺の紙表紙。ただし巻き納めた時に露出する部分の表面はほとんど剝落し、また端に近い所が一部欠損している。外題なし。見返しは斐紙に銀切箔散らし。表紙・見返しは比較的古いものであるが、第一紙右端紙背の汚れ（裏打紙を通しても確認できる）から推すと元は表紙がなかったらしく、原装ではなく後補であろう。内題「忠教」。料紙は鳥の子で、全一〇紙。紙高一七・一㎝。紙幅、第一紙四九・六、第二紙四九・八、第三紙四九・九、第四紙四九・九、第五紙四八・五、第六紙五〇・〇、第七紙四九・八、第八紙四九・六、第九紙四九・六、第十紙四九・三㎝。全体に薄い楮紙で裏打を施す。紙の継ぎ目に時折文字や符号のずれが見られるのは、その修補時のミスらしい。黒檀軸を付す。第一紙の初めの方がかなり表面が荒れており、文字のかすれや汚れが見られるほか、特に第六紙以降にやや目立つ虫損があるが、判読を大きく妨げるものではない。新しい桐の塗箱入り[1]。平成七年十一月の古典籍下見展観大入札会に出品され、その後古書肆を経て平成十一年度に当館に収蔵された資料。

本文には句切点を打ち、節の部分に節博士を施すほか、役交替の鉤印を加え、「して」「わき」等の役名、小段冒頭の「ことは」「さしこゑ」の指定、「上」「下」の音高注記などを小字で記す。これらの符号・注記はすべて墨書で、本文と同筆。

軸末に「依薄田小四郎殿尊命染愚／筆報机右畢他見有其／憚者歟為恐々／沙弥宗晰（花押）」の奥書があり、青蓮院流の支流鳥養流の書家で金春喜勝から謡の伝授を受け、天正～慶長初年にかけて「車屋謡本」と通称される数多くの金春流謡本を製作した鳥養宗晰（天文元年頃～慶長八年）の自筆自章本と知られる[2]。車屋謡本は百番本四種・百二十番本一種等を初めとして相当数が現存し、その七割程度は本文も宗晰の自筆と推定されている。しかし謡本の通例として本文の筆者は原則的に示されず、本文を宗晰が執筆したことが明記されているものは、ほかに天正十六年七月奥書の巻子本『湯屋』（長谷部達郎氏蔵）と、近年出現した年代不明の巻子本『烏頭』（ただし無章句。平成十三年十一月古典籍下見展観大入札会出品、『思文閣古書資料目録』善本特集第十四輯〔平成14年7月〕・『一誠堂古書目録』第九十九号〔平成16年12月〕所載）があるのみであり、その点で貴重な一本と言える。書家としても活躍した宗晰の書跡だけに、全体に手馴れた流麗な筆と言ってよいが、他の宗晰筆の文書に比べ、筆勢にやや速筆の趣がある。

室町期の金春流謡本は、金春禅鳳や喜勝のもののように一番ずつ小型の巻子本にしたものが多いが、車屋謡本ではこの形はむしろ少なく、本資料と右の『湯屋』『烏頭』のほかには、奥書のない『松風村雨』（金春信高氏蔵）などが知られるに過ぎない。

奥書に年紀がなく書写年代が不明であるが、宗断が後に道断と改名する（その初見は文禄二年六月の毛利本車屋謡本奥書）以前であることは確かで、巻子装を採ることや同音部分を「同音」と指定する（後の車屋謡本は原則的に「同」と略記）点の共通性などから、巻子本『湯屋』と同時期の天正末年頃と見て大過なかろう。ただし他の宗断節付の巻子本『湯屋』『松風村雨』が共に「同音」のみを用いているのに対し、本資料には「同音」四例のほか「同」も三例見られることからは、それらに先行はしないと思われる。世阿弥作の能《忠度》は、謡としても人気が高かったようで多数の謡本が現存し、車屋謡本でもほかに下間本・毛利本・吉川大本・野上本・田中本および整版本に収められている。車屋謡本内部での異同は僅少で、田中本が他本のワキ名ノリ末尾の「此春思ひたち西国行脚と志候」の傍線部を欠いているのと、前場の問答で宿を所望したワキにシテが答える「けにお宿かな参らせ候はん」が、下間本のみ「あらいたはしやお宿かな参らせ候はん」となっている（それは禅鳳本の形で、喜勝本では「けにお宿かな…」であることを示す注記がある）のが比較的大きな相違として挙げられる程度である。本資料の詞章・節付も他の車屋謡本と比較して特記するほどの異同はないが、一部に「仏果を縁（得ん）そ」のような不適当な文字遣いが見られることは、比較的早い時期に製作されたことの反映とも捉えられる。

宛先の薄田小四郎については明らかでないが、『惟任退治記』や『信長公記』等に、天正十年六月の本能寺の変で織田信長とともに討死した人々の中に薄田与（余）五郎（小瀬甫庵『信長記』によれば信長の小々姓）が見え、また『言経卿記』の天正十四年～十七年の大村由己亭などにおける和歌会・連歌会の会衆中に豊臣秀吉配下の薄田伝兵衛尉古継（若狭守）が現れ[3]、『太閤記』巻十三に載せる文禄元年七月付の「名護屋御留主在陣衆」の内「三之丸御番衆」の中に、薄田伝右衛門尉・薄田源太郎・薄田清左衛門尉が見える。この内伝右衛門は大鼓を嗜んでいたようで、文禄二年十月の秀吉主催の禁中能で大鼓を打っている記録がある[4]。恐らく薄田小四郎も、それらの同族ではなかろうか。

注

（1）以上は補修以前の調査に基づく書誌であるが、その後平成十五年十二月に補修が施され、傷んだ表紙を取り替え裏打をし直すなどの処置が行われた結果、現状では次のようになっている。表紙は新しい紺の紙表紙。見返しの紙は白地に銀砂子散らし。元の裏打紙を剥がし、新しく別の薄手の楮紙で全体に裏打をする。紙の継ぎ目に見られた文字や符号のずれは、ほぼ修正されている。第十紙の後に新たに七・四㎝程の楮紙の軸付紙を添え、元の軸に繋ぐ。なお、元の表紙は別に保存されている。本書には、補修前の写真を用いた。

（2）車屋謡本については、表章氏の「車屋謡本新考」（『能楽研究』第十三号以降に断続的に掲載、未完）に最新の研究が示されており、本資料に関しても入札会での実見に基づいて、その（六）（第二十号、平成8年3月）において紹介・検討されている。この解題に当たっても多く参考させて頂いた。

（3）ほかに宝厳寺蔵『竹生島奉加帳』に薄田伝兵衛古継（天正五年正月）・薄田若狭守（天正十六年正月）の寄進が記録され、天正十六年四月の『聚楽第行幸記』にも「前駆」の中に薄田若狭守の名がある。

（4）因みに幸若舞曲『本能寺』の毛利家本では、薄田与五郎の「薄」に「スゝキ」と振仮名しており、「薄田」はスズキタと言っていたらしい。文禄二年の秀吉禁中能の記録に「鈴北伝右衛門」（『小鼓大倉家古能組』『古之御能組』ほか）とあるのはその音通の宛字であろう。

幸若歌謡集（平出家旧蔵本）

写本、袋綴一冊。四つ目綴じ。三六・四×二五・九㎝の特大本。料紙は斐楮交漉紙。紙数一一丁（遊紙なし）。紙縒で下綴じがなされている。後補縹色紙表紙中央に大きく「まいの本」と打付墨書、また左肩に「舞の本」と墨書した白色題簽を貼る。慶長初期写。虫損部分は裏打補修されている。第八丁以降の中央に染みがあるが、判読には差し支えない。

冊初に「平出氏／書室記」の朱印記があり、名古屋の蔵書家平出家の旧蔵と知られる。表紙右肩の「士二百十四　全一冊」、右下の「泰」と記された紙片は、平出家における整理票である。通常の半紙本の倍程の大きさであり、料紙に四つ折にした跡が見られるので、かつては折り畳まれていたらしい。ただし表紙はさほど新しいものではない。或いは表紙は平出家において付けられたものであろうか。

若山善三郎編『平出氏蔵書目録』（昭和14年10月）によれば、「士」の部に「舞之本　写一」とあり、それが本資料にほかならないと思われる。因みに平出家旧蔵の幸若関係資料の内、『景清』以下一四曲の写本が東京大学国文学研究室、寛永頃整版本三六曲三六冊が天理図書館、写本『屋嶋』が土井忠生氏の所蔵となっている（土井本は国語国文学資料集1『幸若舞曲集㈠』（昭和51年4月）に翻刻）。本資料は平出家を離れた後は瀧田英二氏の蔵架にあったようで、平成十一年度に古書肆から購入された。新しい布張りの帙入り。

外題には「舞の本」とあるが、内容はいわゆる幸若歌謡集の一種と認められ、『笈捜』『築島』『静』『大織冠』『夜討曾我』『八島』『張良』の七作品から抜き出した一二曲に、独立の祝言曲「山科」「老人」を加えた計一四曲を収める。この内『静』『夜討曾我』からは各二曲、『大織冠』からは四曲を取っているが、『大織冠』の近接する二曲を第12・13曲に並べるほかは配列を続けておらず、第4曲と第8曲のように原曲『大織冠』中での順序と前後している例もある。なおいずれも曲名（出典の舞曲作品名）は書かれていない。

各曲とも本文に句切点を打ち、コトバとツメ（第10曲）以外の部分に節博士を施し、「ことは」「さし」「ふし」等の曲節注記を小字で加える。ただし第2曲の「カヽル」、第11曲の「上さし」と最初の「くとき」には節博士がない。ほかに第12曲に役交替の鉤印がある。符号・注記はすべて墨書で、本文と同筆と見られる。また所々に打たれた濁点も、当初のものと認められる。

本資料には丁付がない（咽を観察しても確認できない）ので、本来今のような形であったかどうか一応検討する必要がある。第一〜三丁と第六〜十丁はそれぞれ本文が丁を越えて連続し、その内部での錯簡や落丁は考えられない。しかし残りの第四・五・十一丁はその丁だけで独立しており、連続する二つの部分とこの三丁をどのように並べることも可能ではある。ただしどう入れ替えても第12・13曲以外は同一出典の曲が連接することはなく、また特に筋の通った配列になることもないようである。[1] その他現状以外に本来の丁順があったことを推測させる点もないので、第十一丁は余白の大きさから見て本来最終丁であった可能性が高いことも考慮し、錯簡はないものと考えておく。丁の欠落についても同様である。

なお書式は毎半葉一〇行が原則のようであり、それを基準にして考えると、曲と曲の間の空白行数は、順に二・七・三・三・三・二・二・五・三・二・五・六・二行となる。即ち一三箇所の内九箇所は二行または三行アキで、これは頁の途中で次の曲が始まる場合も、頁が変わって新たに書き始められる場合も共通している。しかし五行が二例、六行と七行が各一例見られる点は、[2] 不揃いと言わざるを得ない。

幸若歌謡集は笹野堅氏『幸若舞曲集　序説』（昭和18年12月）に紹介された一七本を初め、現存不明も含めて二十数本が従来知られている。その内では慶長六年の幸若弥次郎大夫職安・幸若八郎九郎大夫吉門・幸若小八郎大夫安信連名本[3]が最も早く、次いで慶長十五年および十六年の幸若小八郎安信節付本（前者は現所在不明、後者は国会図書館蔵）となる。本資料は奥書を欠き素性や年代が不明確であるが、慶長初年頃の書写かと思われ[4]、知られる限りでの幸若歌謡集の最古の伝本に属すると言うことができる。

ただし第10曲において、『八島』から八島合戦における源平の白兵戦と弁慶の奮闘を描いた長大なツメの部分を抄録しているのは、他の幸若歌謡集に比して異例であり、安信本以下の諸本とは直結しない要素を持つと言えるかも知れない。いずれにせよ、本資料の成立の古さと関わるものであろう。ほかにも第3曲・第11曲のように他本に稀な曲が含まれるものの、しかし基本的には他の諸本と重なる曲が多く、本資料を幸若歌謡集の一伝本と認めることには全く問題はなかろう。

詞章と節付を舞曲および歌謡集の諸本と比較した所では、詞章の上で大頭系との相違が目立ち、幸若系に属すると考えられる。ただし弥次郎家本とされる慶応大学本とは異なり、相対的には小八郎家系の毛利家本・東大本などと近似するものの、それらとの間にも詞章・節付共に無視しえない相違があり、系統についてはなお検討を要する。また節付において、他本に「しほる」とある所に本資料は「クル」（時に「入」）を用いることなどが特色として指摘され、詞章の性格と併せて考えるべき点であろう。

本資料には奥書がなく、正式に相伝或いは献上するために書かれた本ではないらしい。曲の間の空白の取り方に不揃いな部分があるなど書式に整わない点があるのも、そのことと関係していよう。現在知られる幸若歌謡集の内年代的に最も早い時期のものであり、先に触れた長大なツメの曲を収録する点を考え合わせると、慶長以降に歴代大夫などの作製した伝授本的性格の幸若歌謡集に先立つ、様式成立以前の遺品かという解釈も可能であろう。

いずれにせよ、これまで未紹介の伝本として注目される一本である。

【幸若歌謡集諸本との収録曲対照表】

『幸若舞曲集　序説』に倣い、他の幸若歌謡集諸本との収録曲の対照表を掲げる。曲番号と出典作品名（祝言曲は通行曲名）の下に冒頭と末尾の詞章を引き、重なる箇所を収める他の幸若歌謡集の伝本を▽の下に示した。その際、『幸若舞曲集　序説』所掲の資料については同書の一覧表に依拠し（漢数字は同書の伝本番号）、それ以後に本文が紹介された屏山文庫本[5]・関西大学本[6]・村上学氏本[7]・多和文庫本[8]と、本文未紹介の伝本の内から永青文庫本[9]・田安家本[10]を補った（それぞれ「屏」「関」「村」「多」「永」「田」と略称）。第2・4・5・7・9・11曲における＊、＊＊、＊＊＊は、無印の伝本に対し＊の増える順に抄録範囲が短くなることを表す。※は本資料についての注記である。

なお『幸若舞曲集　序説』所掲の幸若歌謡集の諸本は以下の通り（第七は本書所収の寛永十九年八月幸若正信本）。

第一　三浦氏幸若安信本／第二　高野氏幸若安信本／第三　毛利家幸若安信本／第四　毛利家幸若安信一本／第五　彰考館幸若安信本／第六　幸若正利本／第七　幸若正信本／第八　幸若直信本／第九　幸若長明本／第十　幸若直政本／第十一　幸若直房本／第十二　幸若直良本／第十三　曲節集／第十四　曲節集一本／第十五　短中之部／第十六　角倉素庵写本／第十七　舞々詞

〔1　笈捜〕　御ふねよりもあからせ給ひ ～ かつきのためにうきしつむ
▽四・五・七・十五・屏・村

〔2　築島〕　みなとかわさいたかしもかんどり ～ ひやうこにつかせたまひけり
▽九＊＊・十三＊・十四・十六＊＊・関＊＊＊・多＊＊＊　※九・十六と同じ

〔3　静〕　ひしりなみたをなかし ～ よもにもあまるはかりなり
▽十四・屏

〔4　大織冠〕　りうによはいと、ねもいらす ～ とわれぬはうらみあらはこそ
▽二＊・四＊・五・十一＊・十四＊・多＊　※＊の諸本は五より短い。これは五より長い

〔5　山科〕　きみかちとせのためしには ～ かわらぬは松のいろとかや
▽一・二・四・五・八～十五・十六＊・関・多・永　※他本より少し短い（十六よりは長い）

〔6　老人〕　らうじんはわかくなり ～ かくやとおもひしられたり

〔7 静〕
▽二・三・五・八〜十・十二・十四〜十六・屏・関・多・田

〔8 大織冠〕
とうがくしんによのおきのなみ 〜 わくわふのかけそす、しし
▽七**・九・十一・十二*・十四・十六*** ※十六と同じ

しかるにかのひめきみの 〜 けつるふせひにことならす
▽五・六・十一・十四・十六・屏

〔9 夜討曾我〕
そも〳〵かのふしさんとまふすは 〜 かせきのかすはお、かりけり
▽六・七**・八***・九*・十三・十四* ※六・十三と同じ

〔10 八島〕
のと殿此よし御らんして 〜 た、はんくわひもかくやらん
▽他本になし

〔11 夜討曾我〕
さてはあんなひくもりなし 〜 ふてをすて、そなきにける
▽十三・十四* ※十三の前半と重なるが、前がそれより長い。十四はかなり短い

〔12 大織冠〕
かまたりたひのひとりね 〜 三とせになるはほともなし
▽一〜五・七・十一・十三・十四・十六・屏・村

〔13 大織冠〕
あま人うけたまはり 〜 しなんとこそはくときけれ
▽一・二・五・十四・十六・屏・村

〔14 張良〕
おきなすなわちくわんおんにて 〜 しやうとをおかむめてたさよ
▽七・十三・十五

注
（1） 例えば第8曲が第4曲の前に来るように丁を並べ替えると、第3曲と第7曲の『静』の間で順序の転倒が生ずる。

（2）以上の内五行アキの一例以外は丁の表と裏の間のもので、丁の配列の問題には関係がない。

（3）藤井奈都子氏「幸若テキストの享受――「正本」の作成をめぐりて――」（『伝承文学研究』第四十九号、平成11年9月）による。内容の詳細は不明。

（4）もっとも第5曲の「まず（先）そひく」と第11曲の「なをうず（埋）まず」の二箇所において、「づ」とあるべき仮名を「ず」とした四つ仮名の乱れがあるが、慶長初期でもありうる現象と思われる。

（5）『青須我波良』第四号（昭和46年11月）に翻刻。節付はなく詞章のみ。国文学研究資料館の紙焼写真を併せ参照した。

（6）『幸若舞曲研究』第二巻（昭和56年2月）に翻刻。

（7）『室町藝文論攷』（平成3年12月）に影印。

（8）『幸若舞曲研究』第九巻（平成8年2月）に翻刻。

（9）列帖装写本一冊。奥書なし。伝細川忠興筆。国文学研究資料館のマイクロフィルムによる。

（10）袋綴写本一冊。祝言曲二曲を含め全一〇曲。寛文五年仲春の桃井虚白翁（幸若小八郎安林）の本奥書がある。文化八年写。国文学研究資料館に寄託。寛文五年の虚白の奥書を持つ福井県立図書館本（藤井奈都子氏「舞曲歌謡について――歌謡集諸本を通して――」〔『伝承文学研究』第五十二号、平成14年4月〕参照）との関係は未勘。

幸若歌謡集（寛永十九年八月幸若正信本）

写本、列帖装一冊。二五・〇×一八・一㎝。金泥で草花等を描き、金箔で雲霞を表し、更に金切箔・金砂子・銀の芒等を撒いた紺の紙表紙。見返しは卍繋ぎ地に桃実・花卉文様を配した金箔押し。表紙・見返しとも原装と思われる。表紙中央に「舞　幸若少兵衛」と墨書した布目入りの白色題簽（雲母を引くか）を貼るが、これは後補であろう。ほかに内題等の題記は見られない。料紙は布目入りの鳥の子で、かなり純度が高いらしく、さほど薄くはないのに裏の文字が透けて見える。三折から成り、第一折は料紙一〇枚二〇丁、第二折は一〇枚二〇丁、第三折は二枚三丁（外側の一枚の左側は裏表紙の中に込める）。ただし第三折の三丁目（第四十三丁）の後に一枚二丁分

（第四十四・四十五丁）を糊付けし、第四十五丁オに後掲の奥書が書かれている。本文は第四十三丁オで終わり、その裏は白紙なので、恐らく奥書を独立の丁に記すために料紙を追加したものらしい(1)。なお、表表紙は別に付けられている。表紙と第三折の折目の所に僅かに虫損があるが、本文には虫損が全くない美本である。蓋に「幸若正信自筆正本／幸若舞歌謡集寛永十九年写」と墨書した桐箱入り。

第一丁は遊紙。第二丁オ～第四丁オに、通し番号の下に冒頭の文句を抜き出した形の所収曲の目録があり、白紙の第五丁を挟んで、第六丁オ～第四十三丁オが本文。本文は毎半葉八行、曲名（出典の舞曲作品名）はすべてなく、曲と曲の間は一行ないし二行を空け、一つ書で五五曲の歌謡を列記する（右肩に曲順の数字を記す）。各曲とも本文に句切点を打ち、コトバ以外の部分に節博士を施す。また役交替または曲節の変わり目の鉤印を加え、「か丶る」「さし」「ふし」「詞」「くとき」等の曲節注記および「同音」の注記を小字で記す。これらの符号および注記はすべて墨書で、本文と一筆と認められる。また本文に打たれた墨の濁点も同筆と見られる。次いで白紙の第四十四丁を挟み、第四十五丁オに「時寛永十九壬午歳南呂中旬　桃井末孫　幸若少兵衛　正信（花押）」の奥書がある。これにより、寛永十九年八月、幸若少兵衛正信によって作製された幸若歌謡の写本と知られる。奥書の書体は本文のそれと異なっているが、これは意図的に書体を変えたものと解される。この点は、奥書と筆致が共通する冊初の目録についても同じであり、本資料全体を幸若正信の筆と認めて問題はない。

『幸若舞曲集　序説』および『朝日町誌　資料編1　幸若関係』（平成7年10月）には各種の系図・家譜類が翻刻されているが、その内『丹生郡人物志』所載「幸若系譜」・『橋本家系図』・『幸若系図之事』・『幸若八郎九郎家系図』等に幸若正信に関する記事が見られる。それらを総合すると、本資料の製作者幸若少兵衛正信は、幸若忠兵衛茂勝（汝滴〔如滴〕、天文十五年～寛永三年(2)。その出自と系図上の位置については諸系図の間で異説あり）の男で、天正八年に生まれた。母は幸若小八郎家の祖吉信（『幸若系図之事』では吉音）の姉と伝える。通称は小次郎、また少兵衛。寛永十六年十二月（一説四月）、江戸において紀伊大納言頼信に子の長氏とともに召し出され、禄三百石、江戸詰の際は十二人扶持を賜った。慶安二年五月九日、七〇歳で歿。その妻は吉信の女という。正信の孫に当たる橋本長明が著した『幸若系図之事』によれば、小八郎家二代目の安信は一八歳で故吉音（吉信）の跡を継いだ後、汝滴に音曲の指南を受け、正信と喜之助三信（後出の弥助の子）が脇・つれとして安信の助音をしたという。そして正信の子長氏が安信の助音をした頃までは、「八九（八郎九郎家）小八（小八郎家）正信公御方、差而音曲の替りもなき」状態であったと伝えている。同書にはまた汝滴が吉音の脇を勤めたことも記されており、汝滴に始まる少兵衛家は、代々小八郎家の脇をする習いであったらしい。

奥書に宛先がないため直接の製作動機は不明であるが、美麗な装訂を採ることを踏まえると、然るべき貴顕の需めに応じたものと推測される。宛先が記されないことも、その推測を支えるであろう。寛永十九年は正信が紀州藩に抱えられて以後であり、或いは高位の紀州藩関係者に献じたものかとも想像される。

第一丁オに、上下に「国民精神文化研究所」「和漢書」の文字のある朱円印を捺す（中央の空欄にナンバリングで「49660」と印字）。国民精神文化研究所は戦前の文部省所轄の研究所で、昭和七年八月から十八年十一月まで存在した。その蔵書は戦後に国立教育研究所に継承されたという。また第四十三丁ウに古書肆弘文荘の「月明荘」の朱方印を捺すが、『弘文荘待賈古書目』を検するに、その第十五号（昭和16年6月）に「幸若舞歌謡集」として本資料が掲載されている。一方、昭和十一年一月付の序言を持つ笹野堅氏『幸若舞曲集　序説』四五三頁に、「わたくしの所蔵に幸若少兵衛正信の書いた小舞集がある」として本資料が解説されているので、一時期笹野氏の蔵架にあったことが知られる。ただし弘文荘と笹野氏の所蔵の先後については、『弘文荘待賈古書目』の発行が『幸若舞曲集　序説』の序言と発行年月の中間であるため、明確でない（恐らく笹野氏→弘文荘か）。いずれにせよ昭和十六年六月〜十八年十一月のある時点で国民精神文化研究所の所蔵となり、やがて国立教育研究所へ伝わったものと思われる。当館へは昭和五十一年十二月に、国学者の自筆資料類約三〇点とともに国立教育研究所から一括移管された。その全体が、翌年に別の所蔵者から寄贈された国学者関係の資料と併せて「国学者自筆稿本等」として特別コレクションに指定されたため、本資料もその中の一点として登録されている。

本資料の所収曲は『幸若舞曲集　序説』にも冊初の目録によって一覧され、各曲の出典も示されているが、利用の便宜のために改めて掲出しておく。〔　〕内に曲番号と出典の作品名（祝言曲は通行曲名）を表示し、冒頭と末尾の詞章を引いて抄録の範囲を示し、また開始頁を（　）内に注記した。なお、『幸若舞曲集　序説』に言及されている幸若歌謡集諸本（前項参照）との収録曲の対照は同書の表に譲って省略し、参考のため同書に挙げられていない諸本における同一箇所（抄録範囲の長短の相違は問わない）の収録状況を、前項と同じ略号によって▽の下に表示した（「平」は前項の平出家旧蔵本）。

〔1 松の枝〕常槃なる松のえだにはひな鶴の ～ ひろきめぐみぞありがたき（六オ）▽屏・田

〔2 大織冠〕かまたり旅のひとりね ～ 三年になるはほどもなし（六オ）▽屏・村・平

○〔3 大織冠〕玉におひてはうばひ取て ～ まんこが舟をまちにけり（七オ）

〔4 大織冠〕たとひ一度は瀧の水 ～ 邪道にながく落べし（七ウ）

○〔5 大織冠〕昔上代の大智恵の人だにも ～ なんだびくとぞなし給ふ（八オ）▽村・永

◎〔6 大織冠〕龍女はいとゞあくがれて ～ よ所の見るめもいたはしゝ（九ウ）▽屏・多・永

○〔7 常盤問答〕一をばやしゆたらによ ～ ぢやうゑの二法たちかたし（一〇ウ）

○〔8 常盤問答〕女人一人産れば ～ 戒行のほどのつたなさよ（一一ウ）

〔9 満仲〕しかる間一寺のそうきやう ～ 日月を送り給ひけり（一二オ）▽村・永

〔10 満仲〕八万の花は ～ 本来くうじやくなりとかや（一三オ）▽田

○〔11 満仲〕時しも比は九月十三夜の ～ 袖をしほらぬ人そなき（一三オ）▽永

〔12 静〕今は人を殺すとも ～ 殺生をするぞはかなき（一四オ）▽屏

〔13 静〕おなじ其名は立ながら ～ 偸盗ををかすことなかれ（一四ウ）▽屏・永

〔14 静〕時平の大臣に讒ぜられ ～ まうごまかいでとゞめたり（一五オ）

〔15 静〕静うとましがほにして ～ 啼より外の事はなし（一五ウ）▽関・多

〔16 静〕都に名残りうきおもひ ～ 宿にもはやくつきにけり（一六ウ）

〔17 静〕沖の白鷗は海上の ～ わくわうのかげも涼しゝ（一八オ）▽平

〔18 四国落〕されば荻にあまたのいみやうあり ～ なふ我君と申しけり（一八オ）▽屏・田

〔19 四国落〕さらばたからをしづめむとて ～ 舟は小波にゆりすゆる（一八ウ）

○〔20 八島〕いにしへよしある人の住たるが ～ かはづはかりぞ音をばなく（一九オ）▽多
◎〔21 八島〕先ひがしは春ににて ～ いつも冬と見えにけり（二〇オ）▽屏・多
〔22 敦盛〕おぼしめし出されたる時に ～ かき留めてぞをかれたる（二一ウ）▽屏・多
○〔23 敦盛〕大同二年に建られ ～ 天王寺へぞまいりける（二二ウ）▽多
○〔24 張良〕翁すなはち観音にて ～ 浄土を拝むめでたさよ（二三ウ）▽平
〔25 築島〕丹波ののせを立出て ～ 南へ道のなかるらん（二四ウ）▽屏・関・多
〔26 夜討曾我〕西は海上まむ〱としてきはもなし ～ かせぎのかずは多かりけり（二五オ）▽平
〔27 十番斬〕きのふ源氏へ彎ゆみを ～ 我君とこそ申しけれ（二六オ）▽屏・永
〔28 十番斬〕上見ぬ鷲とふるまひし ～ あやふかりつる物をや（二七オ）▽屏
○〔29 一満箱王〕源氏の勢を見渡せば ～ 御代のひらけむはしめなり（二七ウ）
○〔30 一満箱王〕末にたのみをかけ申し ～ はかなかりける次第かな（二八オ）
○〔31 一満箱王〕二十一年の春秋を ～ いつきかしづき日ををくる（二八ウ）
○〔32 一満箱王〕しむのゆうわうにきられ給ふ ～ 兎角返事もましまさず（二九オ）
〔33 烏帽子折〕三界るらうの吉次が供をする冠者が ～ わつはが科ものがるべし（二九ウ）
○〔34 百合若大臣〕烽火大鼓をそうすれば ～ 角やとおもひしられたれ（三〇オ）
〔35 百合若大臣〕伊勢の国荻ふく嵐に ～ よろこびの帆をぞ揚にける（三一オ）▽屏・田
〔36 百合若大臣〕我氏子〱 ～ 国もめでたくおはしませ（三一オ）
○〔37 富樫〕彼西行の哥には ～ なふ山伏と申けり（三一ウ）
〔38 富樫〕二三のはざまもがみ川 ～ かよふべきやうさらになし（三二オ）
〔39 笈捜〕御舟よりもあがらせ給ひ ～ かづきのためにうきしづむ（三二ウ）▽屏・村・平

◎〔40 笈捜〕十三人の人々は ～ こゝろざしこそ哀なれ（三三オ）▽屏
○〔41 浜出〕はねつるべにて是を酌 ～ ゑひをすゝめてまひあそぶ（三四オ）
○〔42 那須与一〕日本一ばむの ～ 名をたまむしとつけらるゝ（三四ウ）▽屏
○〔43 本能寺〕惟任常よりも気色をよふして ～ 逆意なりとぞ聞えける（三五オ）
○〔44 本能寺〕惟任は先非を悔といへども ～ むくひのほどこそかなしけれ（三六オ）
○〔45 三木〕堀ぎはへよせ来り ～ 風になびきてさんらむす（三六ウ）
〔46 三木〕敵のしそつは ～ 嵐をまつにことならず（三七オ）
○〔47 三木〕もがりかいだてたかくいひ ～ 人を選みて透しけり（三七オ）
○〔48 三木〕丹波播磨の国までも ～ 栄耀の秋をきはめ給ふなり（三七ウ）
〔49 文覚〕比は卯月上旬の事なるに ～ くわんげんかうはなかばなり（三八オ）▽屏・関・多・田
◎〔50 笛巻〕般若台をぞ拝れける ～ としやう万里と説れたり（三八ウ）
〔51 笛巻〕弘法剣をぬき以て ～ この時よりもはじまれり（三九ウ）
○〔52 新曲〕見るに慰むかたもやと ～ こはなにのあだし心ぞや（四〇オ）
〔53 新曲〕日もはや暮ぬと申す声に ～ せいがいはをぞひきける（四一オ）▽屏・永・田
○〔54 新曲〕有明の月の雲間より ～ 袖もしほるゝばかりなり（四一ウ）▽屏・関・多
〔55 笛巻〕のろじまときざみの島を ～ きどの島まで吹もどす（四二オ）▽永

以上のように、出典となった幸若舞曲は二三作品に及んでいる。この内、『一満箱王（切兼曾我）』『本能寺』『三木』からの選曲は殊に珍しいものであるが、後二者は豊臣秀吉の命によって小八郎家の祖吉音（吉信）が忠右衛門・弥助とともに節を付けたと伝えられており(3)、小八郎家にゆかりの深い作品であることと関係していよう。また『常盤問答』『烏帽子折』『富樫』『那須与一』から採っているのもやや例が少ない。同じ作品から抜いた曲は続けて配列しているが（『笛巻』が第50・51曲と第55曲に分れることのみ例外）、出典作品内における順序とは必ずしも一致しない。作品の配列については、『夜討曾我』『十番切』『一満箱王』の曾我物を一箇所にまとめるなど多少意を用いた点は認められるものの、全体に亙る方針は特にないらしい。ただし、冒頭に独立の祝言曲を置くのは意図的なものであろう。本資料を小八郎家系の毛利家本と対照した所では、曲節注記にまま相違があるが、詞章はほぼ同一である。

なお右の曲目表で○を付した二三曲は『幸若舞曲集　本文』の「幸若歌謡」の部に、また◎の四曲は『幸若舞曲集　序説』の五八八～五九七頁にかけて翻刻があることを付記する。

本資料は翻刻を省略したので、影印では判りにくい訂正等をここに示しておく。なお訂正・加筆はすべて同筆で、後筆のものは認められない。

（七オ四行）「啼」は元の字を擦り消した上に書く
（八オ五行）「わりなく」の「く」は「き」を擦り消した上に書く
（二六オ二行）「彎」は元の字を擦り消した上に書くか
（二八オ三行）「孫」の偏は元の字画を擦り消した上に書く
（二八オ五行）「すぎ」は「あり?」を擦り消した上に書く
（三二ウ二行）「は」と「岩」の字間の右に「の」を小字で傍記。墨色から見て節付の際の加筆と思われる
（四〇ウ六行）「すと」は元の字を擦り消した上に書くか
（四一ウ二行）曲番号の「四」は「五」を擦り消した上に書く

注

（1）第四十四・四十五丁の料紙は、それ以前の料紙とほとんど同質であるが、微妙に厚さが勝っている。
（2）この生年は毛利家本『四国落』『笛巻』の元和四年如滴奥書に「行年七十三歳」と記す所に拠る。ただし別に『腰越』の元和六年奥書に「行

年七十三歳」、『文覚』『硫黄嶋』の寛永元年奥書に「行年七十六歳」と記しており、それによれば生年はそれぞれ天文十七年・十八年となり、いずれが正しいのか決め難い。

（3）『幸若系図之事』。忠右衛門・弥助については、同書に「汝滴公は吉音姉壻なるにより小八郎脇となり、弥助をつれとし、天正十五年の比京都へのほり秀吉公御治世之始音曲被仰付…」とあり、また天正九年六月の幸若小八郎大夫（吉信）宛柴田勝家知行安堵状（『幸若舞曲集　序説』ほか）に「脇大夫弥介・同忠右衛門・同五郎衛門」とあって、吉信の助演者であったことが知られる。忠右衛門は或いは忠兵衛（汝滴）と同人の可能性もあろうか。

『宗安小歌集』（国文学研究資料館本）

写本、巻子一軸。桑茶色地に草花・鳥文などを織り出した金襴表紙。外題なし。見返しは布目模様の金箔を押す。本文料紙は鳥の子で、全一九紙。やや茶色を帯び、表面に皺や布目模様が認められる。[1] 紙背の継ぎ目ごとに墨円印（重郭）が捺されているが、裏打のため印文が判読しにくい。後に一旦継ぎ目を離し、一紙ずつ別の斐紙で裏打する処置が施されている。恐らく江戸時代の早い時期になされたもので、その際、継ぎ目の上に書かれていた文字がうまく接続しなくなった所がある。裏打紙の紙背には、全面に金銀の切箔と金砂子を撒く。表紙は原表紙の可能性もあるが、裏打の際に付け替えられたものらしい。紙高三一・九㎝。紙幅、第一紙四六・八、第二紙四八・五、第三紙四八・四、第四紙四八・四、第五紙四八・七、第六紙四八・六、第七紙四八・五、第八紙四八・五、第九紙四八・五、第十紙四八・五、第十一紙四八・五、第十二紙四八・三、第十三紙四八・三、第十四紙四八・四、第十五紙四八・二、第十六紙四八・五、第十七紙四八・五、第十八紙四八・三、第十九紙四二・四㎝。末尾に六・四㎝程の軸付紙を添えて牙軸に繋いでいる。[2] 若干の虫損（裏打の紙ごと被ったもの）および損傷はあるが、概して保存は良好である。蓋に「室町時代小哥集」と墨書した桐箱に納め、更に箱ごと布張りの帙で包む。

箱内に、「一巻千早振神代は／久我大納言敦通卿正筆／後ニ号　有庵三休」の極めを記した一五・九×六・六㎝程の紙片と、久我敦通と

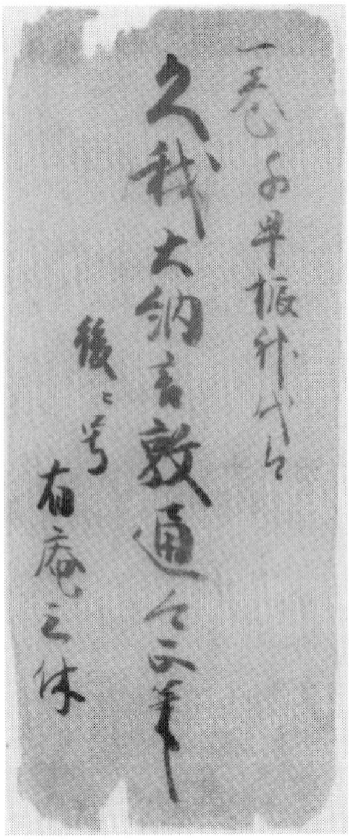

図版Ⅷ　『宗安小歌集』正筆書

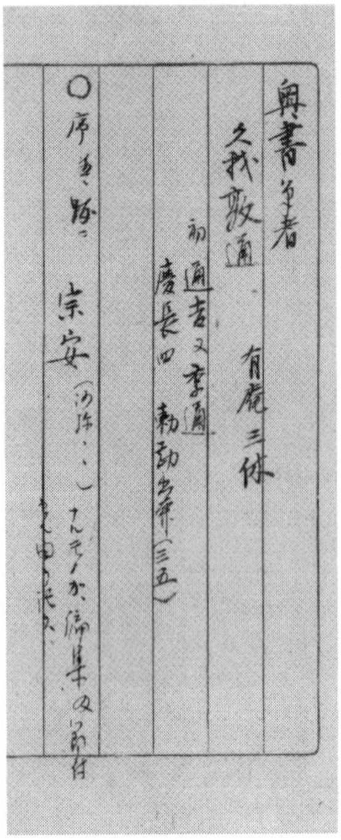

図版Ⅸ　『宗安小歌集』付属メモ

宗安に関する簡単なメモを記した紙片が同置されている（図版Ⅷ・Ⅸ参照）。前者は古筆の極め書の一種で「正筆書」と言われるもので、書体の特徴から、古筆本家第十代の了伴（寛政二年〜嘉永六年）のものであることが確実視される。後者は近代の印刷罫紙に墨書されており、旧蔵者笹野堅氏の筆記かと推測される。

　本資料には外題・内題等題記が一切なく、本来無題であったと認められる。後述するように、昭和六年の最初の紹介時には「室町時代小歌集」と名付けられ、しばらくそう呼ばれていたが、昭和三十年代に入り、編者の名に依った「宗安小歌集」の書名が提唱された。以後はその名称が学界で一般化し、現在では完全に定着しているので、本書でもそれを踏襲する。(3)

　冒頭に「千早振神代は」に始まる序が二六行あり、次いで1「神そしるらん我中は千世萬よとちきり候」以下二二〇首の小歌を列記し、末尾に「右一巻宗安老対予請／此序不顧後覧之哢／酔狂之余為与騎竹年／戯任筆書之耳千恥一笑々々／久我有庵三休（花押）」の奥書を付す。小歌の内146と186は表記が相違するのみの同一歌の重出で、実数は二一九首。ほかに133と201も、末句に小異はあるがほとんど同じである。終りから八首目の213「よしやつらかれ…」以下の筆致がそれ以前と微妙に異なっているが、序・小歌本文・奥書の全体を一筆と見てよいようである。小歌は歌詞のみで、節博士等は付けられていない。行の間隔や行末の字の記し方から見て、当初から節付を予定せずに書かれていると考えられる。書写年代は室町末期頃と見られる。

なお、本資料には一度書いた文字を擦り消して訂正した箇所が散見する（一〇首に計一一箇所、字数にして二二字分）。具体的には付載の翻刻に注記した所を参照して頂きたいが、多くは直後の訂正らしく、書いている途中で気付いたことが明瞭な例もある。連綿も極めて巧妙に繋げており、書き直しの跡を目立たせないよう配慮されている。これによれば、「酔狂之余」に「戯任筆書之」という奥書の文言の虚構性は明らかである。中には123「とりよれやいとしたくりよりやいとし糸よりほそいこししむれは（←りや）いと、なをいとし」、128「鶏は君もとれとはなかねとも君こそもとれとり（←きみ）にとかなや」のように、訂正前の字が判読・推読できる場合もあるのは興味深い。全体に比較すれば僅かであり、一部に不注意の誤記も含まれるとしても、これらの訂正は、193・196の誤記などとともに筆者が必ずしも『宗安小歌集』所収のすべての小歌に通暁していたわけではないことを示唆しており、必然的に本資料の本文の信頼度にも波及するであろう。少なくとも、小歌の達人が序を依頼する程であるから久我有庵三休も相当に小歌に詳しかったはずだ、という類の想像はやや危険なように思われる。

小歌集としての『宗安小歌集』の位置付けについては、夙に歌謡研究の側において基本的評価が確立しており、『閑吟集』や隆達節歌謡の草歌、或いは狂言小歌との共通歌が多く、隆達節の小歌よりは少し先行するという見解がほぼ定説化している。永正十五年成立の『閑吟集』に次ぐ室町小歌の基本資料であり、中世歌謡全体から見ても最要のものの一つに数えられよう。

本資料が一般に存在を知られたのは、『国語と国文学』昭和六年四月号に、所蔵者笹野堅氏によって「室町時代小歌集」の名で紹介されたのが最初である。間もなく同年九月、コロタイプ版による影印と活字翻刻に笹野氏の解説を付した『室町時代小歌集』（萬葉閣刊）が刊行され、全文が公にされた。その後、新註国文学叢書『室町時代小歌集』（昭和26年9月）や新潮日本古典集成『閑吟集 宗安小歌集』（昭和57年9月）など何度か翻刻も行われたが、それらはすべてこの影印本に依拠しており、原本は長い間閲覧調査されることがなかった。笹野氏の所蔵当時も、ほかに原本を見た人はいなかったようであり、言わば幻の本であったわけである。

その写本が、平成五年十二月に開かれた一誠堂書店創業九十周年記念古典籍善本展示即売会に出品されて初めて一般の目に触れ、その後平成八年三月に至り、当館に収蔵された。なお「収録資料の概要」に述べたように、中世歌謡の資料を集めた本書が影印叢書の第三巻として企画されたことも、本資料の架蔵を契機としている。

ところで、本資料は上述のように全体が久我有庵三休筆と認められるが[4]、奥書の「為与騎竹年戯任筆書之」を文言通り受け取れば、序を付して宗安に返した本（宗安から示された写本に序だけを付けたか、序を含む全体を自ら清書したかの二通りが考えられる）とは別に、ある小童に贈る目的で染筆したものとなる[5]。ただし「為与騎竹年」は「酔狂之余」「戯」とともに、高家（久我家の家格は摂関家に次ぐ精華家）の人間が卑俗な小歌集に序を草し、更に浄書まで行ったことに対する逃げ道のための架空の言辞とも考えられ、むしろその可能性を大きく見ておきたい。所収の小歌の内容があまり年少者にふさわしいとは言い難いことが理由の一つであり、また上述のように本資料では書き誤った文字に入念な修正が施されていて、「酔狂之余」や「戯」が到底そのままには受け取れないことも参照される。奥書も、宗安の所望によって序を書いたことに言及するなど小童に与えた本に付したものとしては内容に不審があり、大ぶりの字で十分行間を取って書かれた堂々たる筆致は、むしろ編者自身に送った本にふさわしい。本文における丁寧な誤記の訂正もまたその推測を支持するであろう。以上からすれば、本資料はやはり久我有庵三休が編者宗安に送った清書本と考えてよく、久我有庵三休の序が付された時点を以て『宗安小歌集』の成立と考えるならば、『宗安小歌集』の原本と言える資料となろう。もし仮に奥書通りある小童に与えたものとしても、奥書の文言から見て原本の成立とほとんど時を隔てない書写のはずで、その性格は原本に極めて近いと考えられ、特に本書に収めた実践女子大学所蔵の抄出本以外に他の写本が知られない現状では、事実上拠るべき唯一の伝本となっている。

本資料については、かねて研究上の懸案となっている事項がある。即ち、(Ⅰ)編者「宗安」は誰か、また(Ⅱ)奥書の最後に署名している「久我有庵三休」（序の作者であり、本資料の筆者でもある）は誰か、という問題である。

この二つは本資料（或いは『宗安小歌集』）に関して極めて重要な事柄であり、本来研究史を跡付けながら詳述すべきであるが、あまり紙幅を費やすこともできないので、ここではこれまでの説を適宜要約しつつ記すこととする。

まず(Ⅰ)の編者「宗安」は誰かの問題であるが、これには次に紹介するように諸説があるものの、いずれも決定性に欠け、特に(Ⅱ)の「久我有庵三休」が誰か（久我敦通・その叔父日勝の両説がある）の問題とも絡むため、いまだ帰趨を見ていない。従来の「宗安」についての主要な説は、以下の如くである。

第一に、志田延義氏による堺の豪商で茶人の松江宗安（銭屋）説。これは久我敦通の歿年が未確認の状態で提唱されたもので、松江宗安が敦通より二一歳年少であることなどから、浅野建二氏や吾郷寅之進氏が夙に否定的意見を示されている。松江宗安は寛文六年八一歳歿であり、敦通の歿した寛永元年でもようやく三九歳に過ぎないので「宗安老」と呼ばれるはずがなく、可能性は全くないと言ってよい。

第二に、浅野建二氏の提唱された堺の茶人渡辺宗安（万代屋）説。これについては荒木良雄氏・大友信一氏・吾郷氏など支持する研究者が比較的多かったが、北川忠彦氏は渡辺宗安の歿年が通説の慶長二十年ではなく文禄三年春頃であるという茶道史研究における指摘を踏まえ、日勝とはほぼ同年配となって奥書の「宗安老」の称に不自然さがあり、一方久我敦通とすると慶長四年の勅勘以前となる（氏は「有庵三休」の号は多分それ以後と推定）ことから、どちらにしても渡辺宗安では年代が合わないとして斥けられた。(6)

ほかにも吾郷氏や荒木氏により、同時代の「宗安」の例として、『鹿苑日録』『言経卿記』『駒井日記』『大かうさまくんきのうち』『宗湛日記』などの記事が挙げられている。これらは必ずしもすべてが小歌集編者の候補として提示されたものではないが、しかしいわゆる『宗安小歌集』の編者宗安が、それらの中の一人か、または別の「宗安」かも決め難く、結論を見ないのが現状である。

なお「宗安」について多少付け加えれば、『北野社家日記』の慶長三～六年には「橋本宗安」「ひのくち宗安」や、それとは別人らしい単に「宗安」と呼ばれる人物が何度か見えている（ただの「宗安」とは別の「下京宗安」も）。また連歌資料は既に荒木氏が福井久蔵氏『連歌の史的研究』に拠って列挙されているが、改めて『連歌総目録』から「宗安」名の見える資料を挙げると、『天正十二年正月三日禅興・紹巴等百韻』『天正十二年三月十四日夢想百韻』『〔天正十六年以前〕紹巴・慶澄等百韻』『文禄三年正月九日紹巴・嘉昭等百韻』『文禄三年三月十八日紹巴・宗安等百韻』『文禄三年四月十三日紹巴・宗哲等百韻』『文禄四年九月十五日述久・色等百韻』『慶長八年六月十二日令・英知等百韻』『慶長九年八月十二日紹由・宗順等百韻』『慶長十八年九月二十五日願主・物代等百韻』がある。もとよりこれらの「宗安」がすべて同人とは限らないが、最初の三例では紹巴・その女婿昌叱・紹巴の弟子心前と、次の一例では紹巴・その息玄仍と、次の二例では紹巴・昌叱・玄仍と同座しており、少なくとも文禄三年までの六例については同一人物と見て差し支えないと思われる。そして、「久我有庵三休」を久我敦通とした場合の話ではあるが、久我家文書から知られる久我敦通と紹巴・昌叱の密接な交渉からすると、天正後半～文禄期の活動が知られる連歌作者の宗安は、『宗安小歌集』の編者として注目される候補の一人と言えるのではなかろうか。

一方「久我有庵三休」については、村上源氏久我家の敦通（永禄八年～寛永元年）とする説と、その叔父の日勝（天文十一年～天正十五年?）を当てる説がある。久我敦通説は本資料を最初に紹介された笹野氏が示されたもので、『顕伝明名録』の「有庵　久我吉通法名」および「三休　久我吉通別号有庵」という記事、および上述した本資料に同置されている正筆書の「久我大納言敦通卿正筆／後ニ号有庵三休」という記載を拠り所とする（久我敦通は初名吉通、天正三年十二月に季通、天正十三年二月に敦通と改名）。なお後に吾郷氏は、「久我有庵三休」の署名の下の花押が「敦通」を表したもののように見られることを指摘され、むしろ根拠としてはそれを重視された。

この説に基づき、久我敦通の伝記資料が諸家によって提示され、特に敦通が慶長四年に後陽成天皇側近の女房と密通事件を起こして勅勘を蒙り七月に出奔したことを踏まえ、「有庵三休」の号をそれ以後に用いたものと推定し、『宗安小歌集』の成立を慶長四年以後とする論が多い。その際、敦通の出奔後の動静と結び付けて、帰洛が確認される慶長九年三月以前、居住していたらしい九州方面において成立、と時期と場所を限定する見方もある。これには、『宗安小歌集』所収の小歌が内容的に隆達節小歌より若干溯ると見られ、あまり成立年代を下げて考えるのは難しいという条件も間接に影響しているらしい。ただし慶長四年以後説を採る論者も、必ずしもそれ以前に成立した可能性を全く排除しているわけではない。

これに対し、「久我有庵三休」を敦通の叔父でもと日蓮宗本国寺の住持であった日勝とする説が昭和四十年代半ばに提起された。小野由紀子氏に代表されるもので、吾郷氏も一時期有力視する見解を示された。また最近では飯島一彦氏が、注（3）所掲稿においてこの説寄りの方向を示しておられる。これは日勝が「三休」と号したと伝える諸資料を主な拠り所として、本資料奥書の「久我有庵三休」を日勝と見なすものである。

それらの資料の内、京都常寂光寺の本堂掲額の『当山庵室創立日勝聖人伝』(7)（享保十一年九月本国寺住持本昌院日達撰。以下『伝』とする）には、日勝が一二歳で本国寺に入り、天文二十二年に貫主となり(8)、二二年後（＝天正三年）に大友宗麟の家臣に強制されて豊後に移り、還俗し息男通春を設けたが、再び剃髪し三休と改め、京都に戻って小倉山の麓に住み、天正十五年六月六日に逝去したことが書かれている。(9) これに対応するように、常寂光寺の本堂裏手の山には正面に「雙樹院三休日勝尊儀」、側面に「天正十五年六月六日」（左側）「南無妙法蓮華経」（右側）と刻んだ日勝の墓碑がある。また、大友氏の氏神であった大分市柞原八幡宮所蔵の『由原縁起』に天正七年九月の桑門三休の寄進奥書(10)があり、天正七年には豊後に居住し、「三休」を称していたことが知られる。

小野氏はここから、『宗安小歌集』の成立を天正七年以後日勝が京都に戻ってから、歿する天正十五年までの間と推定された。「三休」の号は豊後でも用いているから在国中の可能性もあるはずで、この結論には飛躍があるが、思うに帰洛後としたのは、『宗安小歌集』の成立した場所として豊後よりは都の方が考えやすいという理由によるのであろう。いずれにせよ、日勝説に依れば『宗安小歌集』は天正十五年以前の成立となり、吾郷氏の言われた如く、所収歌を隆達節小歌よりやや古いものとする説にとって有利さを加えるものとなる。(11)

この敦通・日勝両説はそれぞれに根拠があり、現在も完全に決着してはいない。ただし日勝説は、小野氏以外では吾郷氏が一時近付いたもののその後は敦通説に戻り、最近飯島氏が再評価の姿勢を示されたけれども今一つ断定的ではなく、ほかには井出幸男氏が所収小歌の年代考証から支持されている程度で、全体の状況としては当初の敦通説が優勢であるように思われる。

ところで日勝については、最も詳細な記述を持つ『伝』がその経歴に関する基本資料として依拠されてきた。「久我有庵三休」を日勝とした場合の『宗安小歌集』の成立についての見解も、同書の説を軸として立てられている。

しかし、日勝の事歴に関しては、従来の論議において注意されていないいくつかの重要な資料がほかに存在する。以下にそれらを提示して、論者の再考に供したい。

イエズス会の宣教師ルイス＝フロイスは、永禄六年に来朝し、都・豊後・長崎などを拠点に、日本布教のため精力的に行動した。当時の豊後は領主大友宗麟がキリスト教を庇護し、後に帰宗したこともあり、キリシタンの活動が特に盛んであった。フロイス自身天正五年から九年にかけて豊後に居住しており、フロイスの著『日本史』には、豊後関係の記事が豊富に収録されている。その中に、日勝が「久我殿」の名で何度か登場する。具体的には、次の如くである。(12)

Aちょうどその同じ頃、久我殿なる（豊後国主の）嫡子の義兄弟が嫡子に会いに来た。彼は当初僧（籍にあり）、法華宗の都（ミヤコ）（における）

総長を務めた身で、つねに我ら（イエズス会員）の心からの敵であった。【久我殿、受洗を予定している嫡子（宗麟の長子義統）に、中止を勧告。嫡子、決意を変えないことを告げて拒否】＊天正六年十一月、耳川の合戦の直後

B【田原親宏、カブラル師を訪問してキリシタンに関わる情勢を報告】彼はさらに語り継いで（こう）言った。「予は今しがた親賢を訪ねて来たばかりだが、そこでは、どうしたら教会を破壊し、伴天連や伊留満たちを殺すことができようか、とか、いかにすれば豊後からキリシタン宗団を根絶できるか、といったこと以外何も話されていなかった。これら集団の指導的人物は、イザベル、その兄弟親賢、国主の娘婿久我殿、その他多くの異教徒の大身たちである。…」[13] ＊天正六年十一〜十二月頃

C志賀の地に接して、国主フランシスコの一人の娘婿の少しばかりの所有地があった。この者は、当初は久我殿（コガドノ）と称し、都（ミヤコ）の仏僧で我らの大敵の一人であり、義兄弟の嫡子に与することによって、いっそうキリシタンに対して大いなる嫌悪の情を示すようになった。ドン・パウロはそのことを熟知していて、なんとか彼をこらしめる方法はないものかと（機会を）窺っていた。【志賀太郎親次（ドン・パウロ）、久我殿の所有地との境界上にある寺院の半分を、久我殿に通告の上破壊】＊天正十三年、志賀太郎親次改宗後、七月五日以前[14]（フロイス、この年、長崎方面にあり）

D前年に豊後では、久我殿という非常に身分の高い貴人が国主フランシスコの娘である夫人とともに世を去った。両名とも異教徒で、デウスの教えに対して明らかに憎しみを抱いていた。彼らは異教徒である一人の若い息子を残した。… ＊一五八九年（「前年」は一五八八年）

右のA〜Dに見える「久我殿」が日勝であることは、もと都の法華宗の高僧で、国主（大友宗麟。洗礼名ドン・フランシスコ）の娘婿、嫡子（義統）の義兄弟という説明から見て疑う余地はない。ここに見るように、四例すべてにおいて「久我殿」はキリシタンを憎悪し迫害を図る者として、敵意を以て描かれている。

しかし当面重要なことは、ここから日勝に関して従来知られなかった伝記上の事実が明らかになることである。即ちC（およびその元になったフロイスの書簡）により、日勝が天正十三年前半に豊後に居たことが判明する。

そしてDは、日勝がその妻（宗麟女）と同じく、一五八八年に豊後で歿したことを伝えている。「異教徒である一人の若い息子」は、

後の一尾通春に相違ない。なお日勝の妻については、『大友家文書録』六にも「（天正）十六年戊子正月十二日、久我三休寡婦通春母卒」（洋暦では一五八八年二月九日に当たる）とあって同年に歿したことが確認されるものの、ここに「寡婦」とあることからすれば日勝はそれ以前に死去していたことになる。Dの「夫人とともに」（原文未確認）は、同時ということではなく〝同じ年に〟の意であろうが、一五八八年一月一日は天正十五年十二月三日であり、それ以降十六年正月十二日以前に日勝は歿したのであろうか。一方、上述のように常寂光寺の日勝の墓碑には「天正十五年十二月三日」という死歿の年月日が刻まれており（『伝』はこれに拠ったものか）、また後掲の『系図纂要』にも同じ日付が見えるが、具体的なだけに何か拠り所があるのかも知れない。『日本史』と墓碑銘等の間でずれはあるものの、両者を勘案して、日勝の歿年についてはしばらく天正十五年と推定する。『日本史』の記す歿年からは外れるが、六月六日という日付が真を伝えている可能性もあろう。なお豊後で歿したとする点に関しては後述する。

ここで日勝の豊後下向の時期について整理しておく。日勝は天正二年二月に権僧正に任じられている（『大日本史料』所引「壬生家四巻之日記」）。また、『武州文書』十六に収める男衾郡立原村城立寺所蔵の本国寺下文には、天正二年六月八日付の僧正日勝の署名が見られる。一方『本国寺年譜』によれば天正二年十二月八日に日勝が大僧正に任じられたとあり、天正三年の項には日勝が四月に大友家の臣に奪い去られ[15]、日栖が住持となったこと、後に日栖を継ぐ日禛が一四歳で来たり受戒したことを記している。ただし同書の天正六年の項には日禛が一八歳で日栖の後を襲って住持となったとあるので、天正三年に一四歳とする記述と合わず、『本国寺年譜』の内部で人物の年齢に不整合がある。或いは日栖が日勝に代わって貫主となり、日禛が一四歳で日栖に入門したのは、実は天正二年（の後半）なのかも知れない。日勝任大僧正の事実についても疑う余地があろう。しかしいずれにせよ、天正二～三年の間に日勝が本国寺住持を辞したことは確からしいが、豊後に下向したのが何年かは直接的な資料がない。日勝の豊後在住を示す最初の確実な資料は、管見では次に掲げる、一五七六年九月九日（天正四年八月十七日）付口之津より発信の、イエズス会日本布教長カブラルの書簡の一節である。

この頃世子が新に帰依したる一少年に対して不快に感ずることありて、都の大身に嫁したるその姉妹のもとに送りてこれに仕へしめたり。大身は仏の絵を求めんことを右の少年に命じ、少年は答へて、彼はキリシタンなればかくのごとき絵を求むるために行くこと能はずと言ひ、他人を遣はさんことを請ひたり。大身はこの返答を考慮して他の少年を遣はせしが、王女はその母と同じくデウスの教を憎みしがゆえに、このことを聞きて好機会なりと考へ、数日後特に右の少年を喚び、坊主の僧院に行きて守mamborisと称する偶像の聖宝を求むることを命じたり。[16]〔下略。少年が堅く拒否したため、王女即ち日勝の妻は義統に訴え、義統は少年を殺すよう命ずるが、カブラルらの弁明を容れて、少年を宥免する〕

右の「都の大身」は日勝のことに相違なかろう。この出来事は少年の教名により「エステバン事件」と呼ばれ、天正三年十二月頃以降、本書簡執筆以前に生じたことであるが、これにより日勝が遅くともその頃までには豊後に下っていたことが確認される。ただし天正三年三月に父晴通が亡くなっていることからは、それを機に日勝が都を離れたことも想像され、[17]天正三年に大友氏の許へ移ったと『伝』（および『本国寺年譜』）に言う点は或いは事実かも知れない。

以上に見た諸資料を総合して日勝の後半生を略叙すると、日勝は天正二年六月（或いは十二月）以降に本国寺を退いた後、四年前半頃までに都から豊後に来たり、大友宗麟の女の一人を妻とし、一男（および二女）[18]を設けた。天正十三年前半頃は確実に豊後に在住している。[19]そして『日本史』によれば、日勝はそのまま豊後で世を去った（歿年については一応天正十五年と推定される）。するともし「久我有庵三休」が日勝であるとすれば、貫主として本国寺にある内にその名を用いることはまずありえないので、『宗安小歌集』は日勝が天正二〜三年に本国寺を辞してから豊後に下るまでの間に京都で成立したか、または豊後に下向後歿した天正十五年までに豊後で成立したことになる。

しかし『伝』や一部の系図類（注（9）参照）では、日勝が後に帰京したと伝えている。この説の信憑性については後に検討するが、仮にこれに従ったとしても、日勝の帰洛は早くても天正十三年であり、歿するまでの間に請われて『宗安小歌集』の序を書いたことは、時間的に見てごく可能性が低いのではなかろうか。第一、久我家出身者というだけで社会的地位や声威を何も持たない当時の日勝に、序を依頼する意味があるまい。この点は、日勝が本国寺を退いてから豊後に下るまでの間に京都で成立したケースを想定する場合においても同様で、その時期に日勝に序を請う人物がいたとは思われない。宗安と日勝が以前から深い関係にあったというのならば別であるが、しかし宗安に言及した序の文章は、「たかきにもましはりいやしきにもむつひ、老たるをも友なひわかきにもなつかしせられたる、沙弥宗安といふあり…聞人みなほと丶きすの一こゑのきかまほしさにとしたひ、うくひすのたにのふる巣を出る初音の心ちしてのそみあへり」と、宗安の人物について全然具体性を欠いた甚だ抽象的・形式的な言葉に終始しており、むしろ両者はそれまでほとんど交渉がなかったことを推測させる。結論として日勝が帰京以後、或いは豊後下向以前に『宗安小歌集』に序を付したことを想定するのは無理であり、従って日勝帰洛死去説を採るか否かに関わりなく、「久我有庵三休」＝日勝説に立つ限り、『宗安小歌集』の成立の場所としてはやはり豊後方面を考えることになるであろう。

この種の小歌集が豊後のような地方で編まれることは、『閑吟集』が駿河で作られたことを参照すれば可能性がないわけではない。しかし『閑吟集』の編者は、編纂当時は十数年来駿河に閑居していたにせよ、「都鄙遠境の花の下、月の前の宴席にたち交は」った経験を持っており、成立地としての駿河は偶然に選ばれた場所に過ぎない。それに対し、「こゝに桑門のとほそをとちて、ひとり酒をたのしみこうたをうたひつゝ」という『宗安小歌集』の序の文言から窺う限り宗安には各地を遍歴したらしき形跡がなく、小歌の全国的流行を背景に置いても、もし『宗安小歌集』が豊後辺で成立したとすると孤立的な感があり、何故かかる小歌集がその地で編まれたのかが説明しにくいように思われる。所収の小歌自体に九州の地名など豊後での成立を示唆する点が特に認められないし、また序にも、宗安が豊後のような地方で活動していたことを思わせる言葉が全く見られないことも顧みられるべきであろう。勿論豊後でも小歌は歌われていたであろうが、自ら節付も行ったという宗安のような小歌の専門家（的人物）が居たかどうかは疑問であり、その地で二〇〇首以上もの小歌が一書に編まれることの必然性やそれを促した条件が見出しにくいのである。[20]

要するに『宗安小歌集』が豊後において成立した可能性は、極めて低いと結論せざるを得ない。それは即ち、「久我有庵三休」を日勝と見ることがほとんど不可能ということである。

ここでついでながら、『伝』および一部の系図類の、日勝が後に帰京して小倉山の麓に住み、そこで逝去したとする説について検討しておきたい。

上掲のように『日本史』は日勝が豊後で歿したと伝えており、後に京都に戻ったと記すのは、『伝』などの後代に編まれた資料のみである。フロイスは天正十五年四月以降平戸・長崎・天草方面にあり、日勝の死去当時は豊後に在国していないという問題はあるにしても、同時代に近い地域に居た人物のものとして、その記述を軽視するわけにはいかない。もし『日本史』の記事が誤りとすれば、日勝が上洛後に逝去した際、その報が九州に（直接には大友氏や妻子の許に）伝わり、後にフロイスが日勝も妻と同じく豊後で死んだと錯覚して記したとでも考えることになるが、そのような事態が積極的に想定しうるかどうかは疑問である。また前引『大友家文書録』の「久我三休寡婦」という表現も、共に暮らしていて先立たれたことを思わせる。日勝が上洛していたのなら夫婦関係はその時点で絶えていたわけであり、日勝が先に京都で亡くなったとしてもその妻を「寡婦」と言うかどうか、可能性は低いのではないか。上述のように時期の点では疑う余地を残すものの、日勝逝去の場所については、やはり『日本史』の記述の方を宗とすべきであろう。

なお常寂光寺の本堂裏手の山に現存する日勝の墓碑は、比較的古色を帯びたもので、一見日勝が小倉山の麓に住みそこで亡くなったとする『伝』などの記述と呼応し、それを支えるようでもある。しかし常寂光寺の創立は日勝の歿後であり[21]、墓碑が当初からほぼ現在の場所にあったとすれば、その造立は日勝の死歿直後より常寂光寺の創建以後の可能性が高い[22]。推測するに、『伝』（或いはその依拠資料）はこの墓碑から、日勝晩年の帰洛・小倉山麓隠棲・死去という架空の筋書を創作した可能性もあるのではなかろうか。その点はともかく、日勝が故郷である京都に墓を作ることを望み、その意を汲んだ関係者（例えば甥で久我家当主の敦通や遺子通春などが想定しうる）が立てたことも十分考えられるので、墓碑の存在によって日勝が京都において死去したとすることは不可能である。

更に関連して言えば、『伝』に記される日勝の豊後下向の事情にも不審な点が多い。吾郷氏も疑問視された通り、当時大友宗麟には既に世継ぎに定められた義統を初めとして子息が三人も居たのに[23]、継子が絶えたために迎えたというのは全く不可解である。この前後の『伝』の記述は事実無根の虚説と断じて差し支えなく、この点については、「つまりは日勝の還俗というところから大友家の一大事という誇張された虚構の伝説が生み出されたのではないだろうか」という吾郷氏の推測が全面的に支持される。そもそも婿にする対象が日勝である理由が全くない上に、拒む日勝を無理に奪い去ったというのも不自然で、事実とは考え難い。何の必要があって、本国寺貫主・権僧正という要職にあった日勝を大友の家臣が九州まで連れ去らなければならなかったのであろうか。

ここで参考されるのが、『系図纂要』の日勝の注記にある次のような記載である。

「本国寺上人　僧正／還俗称三休　破戒下向豊後国　寄食大友氏／天正十五年六ノ六死　昌樹院」

この内、特に「破戒下向豊後国　寄食大友氏」の部分は既紹介の伝記資料には見えない情報で、これによれば住持日勝の本国寺離山・

豊後下向という異例の事態は至極合理的に説明が付く。「破戒」の具体的な内容は分からないものの、日勝に寺を出なければならないような「破戒」の行いがあったということであり、それが事実を伝えているのであろう。

久我家と大友氏の関係を辿れば、永禄三年六月に日勝の父晴通が将軍足利義輝の内書と進物を携えて豊後に赴いたのを初め、永禄六年正月には晴通が聖護院道増とともに毛利・大友両氏和睦のため豊後に下向しており[24]、また元亀二年四月にも同じ目的で晴通が赴いている。その縁で、晴通が「破戒」により本国寺を去った日勝の世話を大友宗麟に頼み込んだか、或いは晴通の歿後に、日勝本人が父の縁故を頼って身を寄せることを宗麟に望んだという事情があったのではないか。そして大友氏にとっても、都の高家出身者を婿に取ることはそれなりの意味があったのであろう[25]。『伝』は大友の家臣が望んで日勝を迎えたことにしており、また日勝は大友氏一門の間で尊重されていたようではあるけれども[26]、事実は『系図纂要』の注記の如く「寄食」と言うべき形であったかと思われる。

以上を要するに、『伝』の日勝豊後下向関係の記述は日勝の不行跡を隠蔽するために捏造されたものと考えられ、全然信憑性に乏しい。『伝』自体が、享保十一年七月に「日勝六代末葉」の一尾伊織安通が公用で上洛した際に、本国寺に来たって日勝の遺跡を訪い、「曾祖事実」を聞き位牌を拝したことを機縁として作られたものであり、日勝に関して不都合な内容を書くはずがないことも当然考慮に入れなければならないであろう。そして日勝が晩年に帰洛し、小倉山の麓に草庵を結び専ら法華経を読誦して世を去ったとする『伝』の記述も、日勝の晩年の生き方としていかにも理想的な姿であるだけに、むしろ撰者による粉飾と疑った方がよい。ただし『寛政重修諸家譜』や『一流系譜』と共通する、大友氏の招請により豊後に下ったとか後に帰京して小倉山麓に住んだという点自体は、『伝』の依拠した資料（例えば『伝』の末尾に言及される「家譜一尾氏」など）の段階から存在したことも考えられるものの、いずれにせよ既に述べた通りそれらは事実とは思われない。

『伝』或いはその依拠資料の内容の創作性についてやや長く言及したが、しかし仮に『伝』などに言うように日勝が帰洛したとしても、京都に居たのは晩年の僅かな間（最長でも約二年）に過ぎず、かつ状況的に見てその時期の日勝に編者が序の執筆を依頼することはほとんど想像できないので、『宗安小歌集』の成立を考える上では事実上何も影響がないことは上述した如くである。再度結論を記せば、「久我有庵三休」が日勝であり、その関与の下に『宗安小歌集』が成立したことは、種々の状況を考慮すると極めて可能性に乏しいというのが諸資料を勘案した結果の所見である。[27]すると必然的に、「久我有庵三休」を久我敦通と考えることになるが、ここで改めてその可能性や、敦通とした場合の『宗安小歌集』の成立の問題などについて検討してみたい。

上述したように、当初から敦通説の拠り所とされてきたのは、「有庵」および「三休」を久我吉通（＝敦通）の法名或いは号とする『顕伝明名録』の記事と、「久我大納言敦通卿正筆／後ニ号 有庵三休」という本資料に同置された古筆了伴と見られる正筆書の記載である。この記載の典拠は、恐らく古筆家所蔵の人名録などの参考書かと思われるものの、具体的には明らかにし難い。ただし、もしこれが『顕伝明名録』に拠ったものとすれば、敦通説の根拠としての独立の意味を失うことになる。

その点はしばらく措くとしても、『顕伝明名録』にせよ正筆書にせよ、あくまで後代の文献であって、敦通が「有庵三休」と称したことを示す一次資料ではないという弱点があった。[28]そのため、両資料の記載には完全な信を置き難いとする立場にも一応の理があったわけである。

そこで、吾郷氏が敦通説の中心的な根拠とされた所の、署名の下に置かれた花押の形に改めて注目してみたい。氏が、花押が「全体として「通」を極度にくずした形のようにも思われる」とされた点については、鳥（水鳥か）の輪郭が「通」を表しているかどうかは必ずしも明確でないとしても、鳥の羽根と脚に擬したらしい「」の部分は、やはり「敦」の字の一部を示したものとしか考えられないのではなかろうか。当時の久我家に、「」と字画が共通する名乗字を持つ人物はほかに存在しないようであり、「久我有庵三休」が敦通か日勝かという問題で言えば、この花押だけで敦通と認定して差し支えないと考える。これは他のいかなる外部資料にも増して、「久我有庵三休」が敦通であることを示す有力な証拠と評価される。逆に言えば、日勝説を採る場合は、この花押の形状について他者の納得の行く説明をする必要があるということである。そして述べて来た如く日勝説が状況的に成立の可能性に乏しく、一方敦通説には特に難点がなくむしろそれを積極的に示す徴証があるとなれば、後者に依るのが順当であろう。

それでは久我敦通とすると、『宗安小歌集』の成立年時等はどのように考えるべきであろうか。

既述のように、敦通説を採る論者の多くは、「有庵三休」を慶長四年七月に敦通が後陽成天皇の勅勘を蒙って出奔して以後の号と考えており、特に一部には、使用の時期を慶長九年頃敦通が帰洛する以前と限定する説もある。出奔中の敦通の居所については資料がないが、祖父晴通以来の有縁の地でかつて叔父日勝の居た（或いは当時通春が居たか）豊後や、弟棒庵の居る[29]肥後などの九州方面かと推定されている。しかしどこであっても、小歌集成立の場所として積極的理由に乏しいことは先に豊後を疑問視した場合と同様である。またいかに都の貴人とはいえ、不行跡故の勅勘という不名誉を蒙った人物に序の執筆を依頼するというのもいささか考えにくい。旁々、成立を敦通の出奔中に掛けることには懐疑的にならざるを得ない。

一方敦通の帰洛が最初に確認される慶長九年三月から歿した寛永元年十一月までは二〇年間あり、勅勘の記憶も過去になりつつあったと思われるので、[30]敦通の状況からすると十分可能ではある。しかし『宗安小歌集』の成立を慶長九年以降まで下げると、所収の小歌が隆達節小歌よりやや溯るとする従前の一般的見解に抵触することになり、また本資料を観察しても、慶長後半期以後の書写と見るのは困難なように思われる。慶長九年頃の敦通帰洛以後というケースもまた採りにくい。[31]

すると、残るのは天正十三年二月の敦通への改名（二一歳）以後、慶長四年七月の勅勘出奔（三五歳）までの約一四年間となる。これまでは敦通説に立つ場合も、正筆書の「後ニ号…」にも影響されたためか、一般に「有庵三休」を勅勘出奔後に用いた号と見なして、この期間は積極的に考えられてこなかったのであるが、そこに問題はなかったであろうか。

改めて本資料の署名に注目してみたい。

久我
有庵三休（花押）

「有庵三休」を大きく書き、その右肩に「久我」と小さく記し、下には「敦（通）」を暗示する独特の形の花押を据えている。つまり、「権大納言源敦通」のように露わには署名していないものの、「久我」の小字と花押の形によって、久我敦通であることは明らかに知られるようになっているのである。或いは逆に、久我敦通であることは分かるように書かれているが、直接的には表していないと言うべきかも知れない。

この、それと分かるようにはするが、しかし直接には表さないという手法は、韜晦の意識に出たものであろう。私見では、この署名は先に述べた奥書の文言（「酔狂之余…戯任筆書之」）と一体のもので、高家の人間が俗謡の集に序を付し、更に自ら清書するという行いに対する、自己韜晦の所為と考えたい。本来貴人が正式に関わるべき書物ではない故に、実名を顕すのを避け、一種の変名として別号を用いたのであろう。従来は「有庵三休」号を朝廷での官位を失った勅勘出奔後の敦通の境遇と結び付けて捉えていたのであるが、そのような特殊な状況に関わりなく、それ以前に韜晦の意図から用いた可能性も十分ありうると考える。(32)(33)

もし『宗安小歌集』の成立を天正十三年～慶長四年の間と仮定し、「宗安老」とある通り編者宗安が当時相当の年齢であったとすれば、従来指摘されていた隆達節小歌との先後関係ともさほど矛盾しないであろう。また都に居た久我敦通が成立に関わっていることから、宗安の活動の場も都周辺と推定され、成立地の点でもより考えやすくなると思われる。

更に本資料の年代についても、文禄前後の書写として無理がない印象を受けることを付け加えておきたい。(34)(35)

以上迂遠な論述であったが、改めて結論を記せば、

①本資料の奥書の末尾に署名している「久我有庵三休」は久我敦通と考えられる。

②本資料の成立（即ち『宗安小歌集』の成立と見なしてよい）は、敦通改名の天正十三年二月以後、勅勘を受け出奔する慶長四年七月までの間の可能性が最も高く、成立の場所は都と推定される。

以上である。

注

（1）なお、第一～三・八・九・十五・十九紙に各紙を三部分に分けるような形で二本の縦の折目の痕があり、また一方ないし双方が不明瞭ながら、第四～七・十・十四・十六紙にもその痕跡が認められる。しかし幅が不揃いであり、折目のない紙も存在するので、本資料がかつて折本になっていたとは考えられない。巻子本に仕立てる前の、料紙の保存状態の問題ではなかろうか。

（2）第三紙と第四紙および第十四紙と第十五紙の継ぎ目以外は、継ぎ目の上に文字が乗っているか一首の歌詞が継ぎ目を越えて続いているが、右の二箇所はもし紙背の継ぎ目印が書写当初のものでないとすれば、本来接続していたかどうか確実な保証はない。しかし次項の実践女子大学本『宗安小歌集』は、本資料の第二～五紙に載る2～51（歌番号は本書付載の翻刻による）の範囲から一八首を抄出した写本であるが、そ

の所収歌はすべて本資料に含まれるので、第三紙と第四紙の間に脱落がある可能性は少ない（抄出以前の脱落を完全に否定はできないが）。第十四紙と第十五紙の間についてはそのような傍証がないけれども、特に継ぎ目を境に筆致や墨色が変わることはない（この点は第三・四紙の間も同じ）ので、ここも本来繋がっていたと考えて差し支えなかろう。

（3）本資料については、平成九年五月に当館での購入を記念して歌謡をテーマに開催された講演会「よみがえる宗安小歌集」において、飯島一彦氏が「『宗安小歌集』実見——研究の再構築をめざして——」の題で、原本の実査に基づき報告と考察を披露されている。その内容は後に古典講演シリーズ4『歌謡　文学との交響』（平成12年2月）に活字化され、本解題ではそれをも踏まえつつ記述するが、『宗安小歌集』についての主要な研究文献表も付載されており、解題の中で諸家の見解に言及する際は繁を避けて論文名等の掲出を原則的に省略したので、同稿も併せて参照されたい。

（4）本資料について、小歌の歌詞の誤記を理由に久我有庵三休の筆蹟でない可能性を考える見方もあるが、根拠として不十分であり、有庵三休の筆として全く疑いはない。訂正の仕方を見ても、単なる転写本でないことは明らかであろう。

（5）飯島氏（注（3）所掲稿）は「為与騎竹年」について、「騎竹の年を与（とも）にするがために」と読み、宗安と有庵三休が同年配で、子ども時代を一緒に過ごしたと解する可能性を示唆されたが、「騎竹年」は〝少年時代〟の意ではなく〝少年〟のことであり（例えば『下学集』に「騎竹之年　指丫角之童子也」とある）、文章の点からもその解釈はまず成り立たないと思われる。

（6）ただし後述するように、「久我有庵三休」を敦通とした場合でも『宗安小歌集』の成立は文禄三年以前の可能性もあり、渡辺宗安説も年代的には否定できない。しかし結論的に言えば、渡辺宗安が特に小歌集の編者としてふさわしいとも思われず、新たに有力な証拠が見出されない限り改めて顧みる必要はなかろう。

（7）全文は長大なので、小野氏と吾郷氏の引用に基づき、要所のみを引いておく。「雙樹院大僧正日勝和尚、…則久我大納言正二位晴通卿之次男也、年十二歳而投大光山本圀寺、…天文二十二年遭師入滅、衆徒挙日勝以為一山貫首、元亀二年任大僧正、住職凡二十二年也、豊後国主大友氏、与久我家固是同姓姻家、時会大友宗麟絶於継子、諸臣胥議、欲使日勝還俗方継家督、因茲家僕数輩、自彼国登帝都、到于当山、…忽奪日勝去、衆徒驚騒無可奈何、日勝往彼所逼還俗、乃継家督而生一子、是曰一尾淡路守通春、然深懼随俗塵之罪、復再剪髪改三休、来于京師、在嵯峨小倉山麓、結艸庵、避人事蟄居、偏読誦法華、…天正十五年六月六日於小倉山麓逝去、其後当山第十六世僧正日禎（ママ）、就日勝終焉地建立精舎、号小倉山常寂光寺、日勝墳墓于今在寺之後山、…」（読点を補う）。この中で、大友宗麟の継子が絶えたために日勝に家督を継がせたという記述が虚説であることは後述するが、ほかにも元亀二年に大僧正に任じたとか、大友氏と久我家が同姓姻家であったなどの明らかな誤りを含むことは注意する必要がある。

（8）日勝の本国寺入寺と貫主就任は実は同じ天文二十二年のことで、一二歳で入寺後直ちに貫主となったのである。

（9）なお『寛政重修諸家譜』巻四百五十九の久我庶流一尾氏の「三休　はじめ僧となりて京師の本国寺に住し日勝と称す。後大友左衛門督義鎮が招に応じ豊後国に下り、還俗して三休とあらため、一尾の庄に住し、また山城国小倉山の麓に閉居す。天正十五年死す。法名日勝。妻は大友左衛門督義鎮が女」や、国学院大学蔵『一流系譜』（吾郷氏所引）の「三休　元本国寺住持日勝為大僧正後依大友家臣請還俗号一尾淡路□通春今一尾者此裔也後復薙□隠遁于小倉山麓云」という三休の経歴は、『伝』の要点を抜いたような形である。ただし後者は、日勝が還俗して一尾通春と号したという要約の際の誤りらしい点を除けば『伝』の記述とほぼ重なるが、前者は大友義鎮（宗麟）の招きに応じたとか、豊後下向後に還俗して「三休」と改めたとする点で『伝』と相違している（「一尾の庄に住し」も『伝』には見えない）。『干城録』によると、これらの部分は『寛政重修諸家譜』編集時に提出された「家譜」に基づくことが知られる。

（10）全文は「奉寄進　由原社正八幡宮／右為愚息長息災安穏武運／長久寿域倍増之也／天正七年九月日　　桑門三休（花押）」。「愚息」即ち通春は天正六年生まれ（『寛政重修諸家譜』等の歿年・享年より逆算）。

（11）ただし吾郷氏が言われたのはあくまで〈『宗安小歌集』が天正十五年以前の成立とすれば、所収の小歌が隆達節小歌より古いとする見解にとって有利である〉ということであって、その逆即ち〈『宗安小歌集』の小歌は隆達節小歌より古いので、成立を隆達より早い天正十五年以前としうる日勝説の方が、隆達以降となる敦通説より優れている〉というのではないこと、つまり隆達節小歌との先後関係を既定の基準として日勝説と敦通説の優劣を述べたわけではないことに注意する必要がある。

（12）松田毅一・川崎桃太訳『フロイス日本史』による。【　】は内容を私に要約した部分。

（13）イザベルは、宗麟の前の正妻（奈多八幡宮大宮司奈多鑑基の女で、田原氏庶流を嗣いだ田原親賢の姉妹）にキリシタンが付けたあだ名。

（14）本条の元になった記事が、一五八五年八月二十日（天正十三年七月二十五日）付長崎より発信のフロイスの書簡にあり、その末尾に「これが本年一五八五年の一月から七月末までに豊後で生じたことである」（松田毅一監訳『十六・七世紀イエズス会日本報告集』第Ⅲ期第7巻による。七月末日は和暦七月五日）と記されていることから、下限を七月五日に引くことができる。

（15）『伝』では天文二十二年に貫主となって「住職凡二十二年也」とあるから、天正三年に貫主職を辞したことになる。『本国寺年譜』の記述は基本的に『伝』に拠っていると思われるが、ただし「四月」という点は『伝』には見えない。

（16）村上直次郎訳『イエズス会士日本通信』下（新異国叢書）による。「世子」は大友義統、「その姉妹」＝「王女」は日勝の妻となった宗麟の女で、「その母」は宗麟の前の正妻（注（13）のイザベル）を指す。

（17）なお日勝の兄で敦通の父の通堅も天正三年四月に亡くなっているが、勅勘を受け滞在中の堺でのことなので、通堅の死が日勝の行動に影響した可能性は少ないと思われる。

（18）『系図纂要』は日勝の子女として、通春のほか、「母同 越前国司 室」「母同 嫁武家」と注記された二人の女を掲げている（「母同」は通春と同母所生の意）。なお人数は不明ながら、『大友系図』などにも日勝に女子のいたことが記載される。

（19）なお豊臣秀吉などに仕えた武将中原（多賀）秀種が、関ヶ原合戦後に配流先の越後で編んだ『越後在府日記』の中に秀種自撰の『古今狂歌抄』からの抜書があり、そこに「久我ノ右大将通堅の舎弟に久我の三休」が「豊後在国つれ〱の時」に詠じたものとして、「詠盞十酒和歌」（酒を題材にした三〇首の狂歌）の一部が抄録されている。その作者については、叔父と甥を混同したもので敦通のこととする説もあるが、むしろ記載のままに日勝と見たい。理由は、「詠盞十酒和歌」の序に「老のなくさみとてね覚の床に書つらね侍」とあるが、『越後在府日記』の成立した慶長九年は敦通四〇歳で、「詠盞十酒和歌」の成立がそれにごく近い頃としても、三十代で「老」とは言い難いであろうこと、一方日勝は天正十五年に四六歳であり、四十代半ばならばありうる表現と思われるからである。この点からも、日勝は晩年まで豊後に居た蓋然性が高いと言える。また『大友家文書録』七に収められた「大坂御普請夫催促付而遣方ひかへ」の「一日田郡へ調遣了／久我殿」という記載により、大友家が大坂城建設のために秀吉から徴された普請夫を、一族・重臣らとともに日勝にも割り当てていることが知られる。ただしこの文書は年号がなく、何年に係けるかは史家の見解が一致しないが、大坂城築城の第一期工事は天正十一年九月〜十三年四月頃であり、日勝がその時期まで在国していたことが分かる。これも豊後居住が晩年まで続いていたことを示す一史料と評価できよう。なお第二期工事は天正十四年正月〜十六年三月で、それに関わる文書の可能性もありうる。

（20）小野恭靖氏は『宗安小歌集』の成立につき、勅勘を受けた敦通が、かつて都に滞在したことのある宗安と九州で出会ったと見た上で、「この二人がかつて若かった折に都周辺で聞き、自らも歌った歌謡…を後の慶長の時点で編んだ」と推定されている（「【書評】井出幸男著『中世小歌の史的研究—室町小歌の時代—』」『伝承文学研究』第四十四号、平成7年9月）。一方植木朝子氏は、近刊の『中世小歌 愛の諸相 『宗安小歌集』を読む』（平成16年3月）においてこの説を引き、「小野論の指摘通り、小歌の集積する場としてまずは都を考えたい」（八七頁）としつつ、敦通が勅勘出奔の時期以外はおおむね京都にあったことや小歌の伝承経路の問題をも踏まえて、「(宗安と) 敦通の接触の可能性が高いのはやはり京都周辺であろう」「撰者宗安は都の人ではないか」(八一頁) と言われる。共に『宗安小歌集』所収の小歌を都周辺で歌われていたとする見解であるが、成立地に関しては両氏の説が異なっている。この点は植木氏の意見に同感であり、所収の小歌を都で歌われていたものと見るならば、『宗安小歌集』も都で成立したと考える方が遙かに素直である。ただし植木氏の場合、成立を敦通の出奔の前後どちらと考えられているのかは明らかでない。

(21) 日勝の二代後の本国寺住持となった日禛が、文禄五年 (慶長元年) に本国寺を退いて北陸弘通に赴き、帰洛後に (その年は不明) 隠棲したのが始まりと伝える。日勝が天正十五年歿とすると、慶長元年までとしても九年の開きがある。

(22) 『伝』は日禛が「就日勝終焉地」て常寂光寺を建立したと記すが、常寂光寺の寺地は文禄四年十月に日禛が「為寺屋敷」即ち隠居所として寺を作るために外護者の角倉栄可に所望して譲り受けたもので (田中光治氏所蔵文書)、それが日勝と関係があったとは思われず、『伝』の記述は単なる辻褄合わせであろう。江戸時代の地誌類が日禛による常寂光寺の開創を記す際も、日勝については全く触れていない。

(23) 宗麟の男子は、長子義統が永禄元年、次男親家が同四年、三男親盛が同十年の生まれで、天正三年には順に一八歳、一五歳、九歳。

(24) その折に宗麟が晴通を丁重にもてなしたことについて、『日本史』に記述がある。また同書には、永禄九年頃宗麟が晴通に宛てて、宣教師の優遇と布教活動の援助を依頼した書簡を送ったことも記されている。

(25) 因みに宗麟の前の正妻 (注 (13) 参照) の兄弟で奈多鑑基の後嗣鎮基は、宗麟の女の一人を妻としていたが実子がなく、久我晴通の末子万福丸を養子に迎えていた。ただし万福丸は、天正十五年八月の鎮基の歿後帰京している。

(26) 大友義統が文禄四年に著わした『当家年中作法日記』は、大友家の年中行事概説書と言うべき文献であるが、その正月儀礼の説明の中に、大友家において日勝 (久我殿) が高い処遇を受けていたことを窺わせる記述が見える。

(27) ここで日勝の「三休」号について補足しておく。「三休」については、還俗号とする資料 (『寛政重修諸家譜』『系図纂要』など) と、後に再出家した時の号とする資料 (『伝』) とがある (ほかに、単に号とする資料も)。『由原縁起』奥書の「桑門三休」は出家者としての号であり、還俗号とするのは誤りであろう。再出家号説は、還俗して通春を設けたとする説と一体のものであるが、日勝の豊後下向が天正二年六月～四年前半頃の間であり、天正六年生まれの通春のほかに二女がいたらしいこと (注 (18) 参照) からすると、天正七年九月の『由原縁起』奥書までの間に三子を生した上での再出家は時間的に厳しく、可能性は低い。一方、常寂光寺の墓碑銘の「雙樹院三休日勝尊儀」では、「三休」は道号として使われている。道号ならば「桑門三休」の署名も無理がないので、ここでは道号と考えておく。本国寺を退いて以後は日蓮宗法名の「日勝」を避け、道号の「三休」を用いるようにしたのであろうか。なお『大友家文書録』や『大友系図』『古今狂歌抄』(注(19)参照)など、豊後での日勝を「久我(の)三休」と記した例もある。「桑門三休」と自署しているように一応法体ではあったが、出自が高貴である故に普段「久我殿」と呼ばれ、そこから「久我三休」とも称されたらしい。この場合「三休」は俗号的な使われ方になるので、還俗号説は或いはそこからの誤解であろうか。いずれにせよ名字(家名)と道号を繋げたこの名は恐らく専ら他による呼称であって、日勝自身が「久我三休」と名乗った証跡はない。本資料奥書の「久我有庵三休」を日勝と見ることは、その点からも疑問が持たれる。

(28)『宗湛日記』慶長八年四月茶会或いは『鹿苑日録』元和七年八月所見の「有庵」が敦通であればそう称した確かな証拠となるが、『宗湛日記』の「有庵」は、「如水様」即ち黒田孝高と同席している点からも、播磨御着城主小寺政職の子で、政職が信長に叛して城を追われ天正十年に卒した後流浪していたのを黒田職隆と孝高に庇護され、後に剃髪して有庵と号し、筑前へ来たり寛永四年に歿したと『黒田家譜』に伝える小寺氏職を当てるべきであろう。また『鹿苑日録』の記事も、文章からして敦通とは別人と考えるのが妥当である(敦通は当時在江戸か)。

(29)棒庵はもと鹿苑寺の住持を務めた禅僧祖秀で、還俗して加藤清正に仕えていた(『一流系譜』ほか)。

(30)敦通が「申」年の十一月十三日付で、幕府重臣の本多上野介(正純)・酒井雅楽頭(忠世)・土井大炊助(利勝)・安藤対馬守(重信)に宛てて勅勘有免の件などにつき将軍への取りなしを依頼した文書の控えが伝存しているが(三浦周行氏所蔵文書)、これは「後陽成院」の諡号が見えることなどから元和六年のものと考えられ、その時点でも未だ勅勘が解かれていなかったことが知られる。

(31)因みに、久我家文書の「家領訴訟一件往復書状(綴)」の中に「祖父敦通、依件訴詔死期迄江戸ニ相詰候事」(久我広通書状控)、「御祖父大納言殿御牢人以後、此訴詔故死期まて、其元ニ御詰候事あまねく人の存たる事ニ而候へ者」(春日高兼書状草案)などの文字が見え、敦通は勅勘を蒙ったことで大幅に減らされた家領の回復訴訟のため、晩年は江戸に詰めていてそこで亡くなったらしい。江戸に下った年時は精査していないが、注(30)の文書が江戸で書かれていることから、京都の連歌会に参加している元和六年正月以後、同年十一月以前と推定される。

(32)「三休」は日勝の号でもあるが、生前に同じ号を用いることはやや考えにくい。とすれば、上限は天正十五年頃に引かれるであろうか。

(33)久我家文書の中に、「久我殿様之尊書拝見候、奥書御官位已下被遊候て可被下候様ニ申上度候」云々という玄仍宛紹巴書状(慶長四年以前)がある。何らかの書(或いは文書か)に付した敦通の奥書につき、その署名に官位以下を記して頂けるよう玄仍を通して敦通に願い出たもののようで、どのような書で、また何故敦通が官位等を記さなかったのかは分からないが、参考として触れておく。

（34）飯島氏（注（3）所掲稿）は伏見宮本『短冊手鑑』および『日本書蹟大鑑』所収の敦通の短冊（後者は「季通」と署名）と比較して、本資料の字をそれらと別筆とされたが、『日本書蹟大鑑』や『慶安手鑑』所載の「季通」名の短冊の字はむしろ本資料に近く、敦通の若書きの可能性が考えられる。この点も、本資料の成立年代として慶長四年以前の時期を想定したい理由の一つである。因みに無窮会平沼文庫蔵『円徳院殿御筆』は、扉に別筆で書かれた「円徳院殿御筆」を書名に採ったもので、円徳院は敦通の追号であり、扉に又別筆で「久我敦通筆」とある。内容は韻別の漢字辞書の残欠本（冒頭数丁で書写を中止した形）であるが、もし敦通の筆としても、楷書体の漢字と片仮名のみなので本資料と比較するには適当でない。

（35）なお従来知られている隆達節歌謡集の最古の年紀を持つ伝本は、文禄二年八月のものであり、以後慶長十年頃まで毎年のように書かれていることが諸本の奥書から確認される。一つの可能性として言えば、小歌師として隆達よりやや先輩であったらしい宗安が、次第に名声を高め相次いで歌本を作製伝授していた隆達への一種の対抗意識から、自分の歌い慣わした小歌を一巻に集めて貴人の序を請い、清書を依頼することは十分ありそうなことのように思われる。もっとも『宗安小歌集』の成立が隆達の歌本作製の開始より後であったかどうかは不明であり、もし後とすればそのような想像も可能、ということに止まる。

『宗安小歌集』（実践女子大学本）

写本、列帖装一冊。二四・七×一八・〇㎝。七宝文を艶出しした紺の紙表紙。外題なし。見返しは全面に金砂子を撒いた斐紙。二折から成り、第一折は料紙五枚一〇丁、第二折は三枚六丁。ほかに第二折の前に他の料紙の半截分の一葉が貼付されており、全一七丁となる。なお表紙・裏表紙は別に付けられている。料紙は布目入りの鳥の子であるが、紙質が一様でなく、厚さや色合い・布目の明瞭さなどが区々であり、また一部に彩色や装飾が施されている。具体的には、第一折の最も内側の一枚の片面（第五丁オ・第六丁ウ）は淡い緑色を帯び、第二折の外側になる第十二丁と第十七丁の一枚は淡い小豆色を呈する。また、第八丁ウの上半には薄藍色の卍繫ぎ文様が刷られている。第五丁までは概ね虫損箇所に片側から紙を当てて塞いであるが、それ以後に見られないのは、途中で止めたものらしい。「宗安小歌集」と墨書された題簽のある、布張りの帙に納める。

第一丁は遊紙。第二丁オ～第十丁ウと第十一丁ウに、各頁に一首ずつ、自由な書式で小歌を墨書する（第十一丁オは白紙）。次いで白紙の第十二丁を挟み、第十三丁オ～第十四丁ウに、「爰に柔門の戸ほそを閉て…」に始まる文章が毎半葉六行に書かれる。第十五～十七の末尾三丁は遊紙。本資料を観察すると、閉じた時に対向する頁の内、第二丁ウと第三丁オ以降、第八丁ウと第九丁オまで、一方の頁の文字の墨溜まりなどが反対側の頁に映っているのが認められるので、[1]書写の当初から現状通りの紙の配列であり、錯簡や落丁は生じていないと考えられる。書写年代は江戸初期の下半、寛永前後であろう。所収小歌の享受時期を考慮しても、江戸初期に当てるのが妥当と思われる。第十四丁ウに、「常磐松文庫印」（左側の空欄に「七四一〇二」と記入）、「実践女子大／学図書館印」の二種の朱印を捺す。実践女子大学常磐松文庫蔵。

本資料については、既に実践女子大学文芸資料研究所『年報』第一号（昭和57年3月）所載の竹本幹夫氏「常磐松文庫蔵『宗安小歌集』（異本）一冊」において、墨付部分の影印・翻刻とともに詳しい解題がなされており、以下それをも参照しつつ記述する。

本資料は外題・内題等題記を一切持たないが、第十三丁オ以下に記された文章が、前項で解説した国文学研究資料館本『宗安小歌集』（以下資料館本と呼ぶ）の序の後半部と基本的に一致すること、また第二丁以下に計一九首（その内第八丁オ・ウは同一歌を二度書いたもので、実数一八首）書かれた小歌が、一部に小異は存するもののすべて資料館本に含まれていること[2]から、『宗安小歌集』の抄出写本と認定することができる。資料館本と同じく本資料にも墨譜は見られないが、書式上節付可能な頁を含むとしても、全体的に見て節付が全く考えられていないことはほぼ明らかである。

抄出の状況は資料館本に対してかなり偏っており、一八首の小歌は資料館本全二二〇首の内の2～51の範囲に限られ、52以降からは全く採録していない。反面、半数に当たる九首は資料館本の26～34から連続して採られている。この点については、依拠した本が冒頭四分の一程のみでその後を欠いていた可能性も全く考えられなくはないけれども、むしろ『宗安小歌集』の全体から抄出する意図がなかったものと推測したい。また序も、さして長文でもないのに前半部を省き、後半部のみを写している。これは小歌一般の解説である前半部を不要視し、『宗安小歌集』特有の、編者宗安に関する記述のみを残したものかと想像される。序を後ろに回したのも、文章の省略と一体の処置であろう。これらの抄出・省略の仕方はかなり恣意的と言ってよい。

本資料の特色は、小歌がすべて散らし書きで書かれていることで、それも類型性を避け、時には奇異な印象を与えるほどに多様な形式が試みられている。この点からは、様々な散らし書きを行うこと自体が主要な作製目的であったかにも思える。書式以外にも、例えば8（歌番号は本書付載の翻刻による）で万葉仮名を用いているのは小歌としては実験的な表記法と言えるし、11の中央部分の「な」や18の「へ」のように、当時一般的でなかった仮名字体を用いているのもそれと軌を同じくしている。10の「声」、序の「其」「負」のような難読字体も、単なる筆癖というより、筆者により意図的に使われたものと見られる。これらの散らし書きや目に付く字体等は一種の装飾的効果を狙って採用されており、写本としての正確さや読みやすさより装飾性を重視した書写態度と評することができる。

とすると第八丁オ・ウの同一歌も、竹本氏の言われるように誤って重出したのではなく、同じ歌を意識的に別の形で書いてみたものと解しうるのではなかろうか。二〇〇首を超える資料館本『宗安小歌集』の場合は編集の不備による重出も理解できるが、本資料のように二〇首に満たない規模の書物において、同じ歌を誤って二度続けて書くことはいささか考え難い。

ただし、本来は第十丁ウ（＝第一折の最後）で全一八首を書写し終わるはずであったのが、重出により一首はみ出したため、便宜第二折の前に一葉（第十一丁）を貼り付けて19を書いたとする竹本氏の推測は或いは当たっているかも知れない。そうとすれば、本資料は完本から直接抄出したのではなく、既に存在した同内容の抄出本を転写したことになる。ただしその場合でも、底本が配列まで本資料と同じであったかは分からない。

資料館本と本資料との異同は竹本氏稿に一覧されているが、(3) 表記（用字）の相違は除いて実質的な異文のみを改めて掲出してみる（資料館本―本資料の形）。

2　雲のはて―雲の上／波の底―波のはて　6　かみ―神も／むつかしく―六借と　8　森の―毛利与　13 14　したふ―慕は　17　らう―らむ　序　風月の―風其／よせて―よつて

右の内、特に序の「風月の―風其」「よせて―よつて」のような例によると、資料館本やその忠実な転写本に基づいたというより、資料館本の本文に変改を加えた（また一部に誤写を含んだ）本が介在している可能性が大きいようである。小歌の歌詞における異文も、その本の段階で生じていたと見るべきであろうか。そして右の推測をここに重ねれば、その本が即ち本資料と同内容の抄出本であったことも考えられる。

ところで本資料の小歌の配列は、4・5（資料館本26・27）と18・19（同29・30）の二箇所では資料館本で連続する二首が続いており、祖本の配列が継承されたものと見られる[4]が、他は資料館本の歌順と全く対応しない。それでは本資料独自の配列意識があったのかというに、1・2は「名立つ」「立つ名」、7・8・9は「恨み」という言葉の連鎖があり、また10・11は一人寝の淋しさ、18・19は後朝の別れの悲しさという主題でそれぞれ繋がっていると考えられるので、全く無定見に並べているのではないと言える。しかし、一人寝の淋しさ・憂さという内容は15・17も同じであり、「ひとりね」やそれに准ずる「ひとりふ（す）」の語が11と共通してもいるので、同じテーマの歌謡はまとめる方針であったとすれば、何故10・11と並べなかったのかという疑問がある。[5]同様に13＝14（同一歌）も18・19と同じく後朝の別れの悲しみを歌っており、特に19とは「涙」が重なるので、両者を分けて置いた理由が明らかでない。5は叶わぬ恋の苦しさを歌っている点で6と並べられたのかも知れないが、12の「見て」が夢に見る意とすれば、「夢に思う人を見る」という内容ではむしろ12との共通性が強い。特に3と16の二首は、それぞれ本来月の下での旅寝と住み荒らした草庵の風情を詠んだ歌謡であり、前後（というより他の歌謡すべて）が恋の歌である中で内容的にやや遊離感がある。積極的に恋の歌として解することにも無理があり、強いてそう読む必要もないと思われる。

こうした配列の背景に編者[6]の意図が働いていたとすれば、編者は言葉や主題の共通する歌謡をある場合には一箇所に並べ、ある場合には故意に離して同趣の作品が続き過ぎないようにしたと考えざるを得ない。しかしそれは要するに一貫した方針がなかったということであり、部分的にはともかく、全体に亙る配列意識は認め難いと結論される。

本資料の意義としては、第一に『宗安小歌集』が孤絶して伝わって来たのではなく、一部で（抄出という形でも）転写されていたことを物語る、享受資料としての価値を指摘できる。この点は、『宗安小歌集』が都で成立したであろうとした前項での推定に対して幾分かの支えとなるかも知れない。

また第二として、本資料の書写様式から、享受者の小歌に対する意識を窺うことができる点を挙げられる。短詩型作品の散らし書き自体は和歌色紙などに一般的な形式であるが、通常の散らし書きに比べて本資料のそれは遙かに自由かつ多様であり、同じく短詩型といっても定型を持たない小歌の性格を生かしたものになっている。(7) やや奇矯に走った例もあり、そのすべてが成功しているとは言えないとしても、作品の内容を書の形に表そうとした試みとして注目されよう。(8) 本資料は内容から見れば恣意的な抄出本に過ぎないが、この書記法の工夫により、元の資料にない独自の意味を加えた点は評価されてよい。

そして第三に、資料館本との異同を通して、伝承（書承・口承）の間における小歌詞章の流動の様相を示す点を挙げることができる。小歌のように口承性の強い作品においては、写本として下位に立つ資料でも、小歌に通じた人の手を経ている場合、元の本の機械的な誤りが正されていることも十分ありうる。勿論、逆に転写の間に誤写により本文が崩れたり、古形から遠ざかる変改が加えられている可能性もあるので、他の資料と比較しつつ吟味する必要はあるが、本資料は資料館本の末流本であることがほぼ確実視されるとはいえ、『宗安小歌集』所収の小歌の本文校訂と読解に関してなお参照に価すると考えられる。

注

（1）例えば、第二丁ウの「とても」の「て」の右方にある点は、第三丁オの「草」の上部の墨溜まりが映ったもの、第四丁ウの「す」の末画の右にある点は、第五丁オの「よ」の下部の墨溜まりが映ったものである。なお影印では判りにくいが、第四丁オの「に」の上に、第三丁ウの「な」が裏向きに薄く映っているのが認められる。

（2）因みに、その内九首は現在の所『宗安小歌集』にしか見出されない小歌である。

（3）ただし、その内16の「攸」を「仮」と読み、「所」の草体の誤写と思われるとされたのは誤りで、「攸」は「ところ」であるから、資料館本の「所」とは用字が相違するだけである。

（4）本資料には序が（後半部のみではあるが）付いているので、資料館本を祖本とすることがほぼ確実と言える。それ以外には、資料館本とは別に序者久我有庵三休が作製した写本が存在したとすればそれに由来する可能性もありうるが、その本も小歌の配列は同一であったはずである。なお、宗安や後人によって配列の入れ替えられた本が作られたことは、積極的には想定し難い。

（5）15・17は、同じ一人寝でも訪れの絶えた男が意識されている点で11とは区別されたとも考えうるが、その場合でも両首を寄せることはできたはずである。

（6）ただし本資料が同内容・同配列の抄出本の転写とすれば、直接には底本の編者の問題となる。

（7）ただし小歌を散らし書きにした例は、国文学研究資料館蔵伝烏丸光広筆隆達節歌謡集（小歌集）の冒頭部分などにも見ることができ、本資料に独自の様式ではない。本資料の筆者もその種の先行例を参考にしているのであろう。

（8）11のように、散らし書きの形から、筆者の小歌の解釈が読み取れるものもある。

隆達節歌謡集（慶長八年九月彦坂平助宛三十六首本・年代不詳草歌二十九首本）

写本、巻子一軸。縹色地に白で花・雲版・輪違七宝文等を織り出した布（絹か）表紙。外題なし。見返しは布目入り金箔押し。軸は牙軸。蓋表に「小哥師隆達　巻物」、蓋裏に「初歌集」と墨書された古い桐箱に納められていたが、蓋が一部損傷していたため、当館収蔵後に新しい桐箱に入れ替えられた。箱内に、「小哥師隆達初歌集　一巻（印）」と記した極札が同置されている。初代朝倉茂入のもので、裏に「茂入／道順」の印記がある。

料紙は楮紙で、全十紙。紙高二七・〇㎝。紙幅、第一紙三九・三、第二紙四一・六、第三紙四一・八、第四紙四一・六、第五紙二三・五、第六紙四二・一、第七紙四一・二、第八紙四一・九、第九紙四二・四、第十紙三七・三㎝。途中、第六紙の終わりに後掲の奥書があるが、第一〜六紙と第七〜十紙は本来別々の写本であったと考えられる（以下、それぞれを前半部・後半部と呼ぶ）。理由は、⑴前半部・後半部とも全体に裏打がなされているが、その料紙が両者で異なっている（前半部は斐紙、後半部は斐楮交漉紙）こと、⑵裏打が、前半部では本紙の紙継ぎと無関係になされ、本紙と裏打紙の継ぎ目が一致しないのに対し、後半部では本紙の一紙ごとに裏打紙を当てる形で、本紙の継ぎ目が裏打紙の継ぎ目にもなっている（一旦本紙の継ぎ目を離し、裏打紙を当ててから再び貼り継いだと見られる）[1]こと、⑶前半部と後半部の本紙は共に楮紙で、紙質もよく似ているが、後半部の方がやや白さが勝り、また繊維も詰まっていること、⑷第六紙の上方にある紙の汚れが、その左端で途切れていて第七紙に及んでいないこと、などである。一旦奥書を書いた後に更に数十首を書き連ねるという形態の不自然さも、別種の写本を貼り継いだとすれば容易に解消しよう。

合わせて一軸に装訂された時期は不明であるが、表紙はその時に付けられたと思われるので、さほど新しい時代ではない。江戸前期頃であろうか。極札が付された時は既に現在の形であったろう。なお第一～二紙と第八～十紙にやや顕著な紫黴の跡が見られるが、これも現在の形になって以後のことと思われる。(2)

本写本（以下、前半部と後半部を合わせた全体を呼ぶ）は平成十一年三月の「世界の古書」展に出品され、当館の所蔵となった。

隆達節歌謡の伝本は断簡類を除き約三〇本（現所在不明を含む）が確認されているが、本写本も内容自体は愛知県立大学蔵大正八年石田元季氏写本（吉川弘道氏所蔵本の転写）(3)や、それを大正十五年に転写した国会図書館蔵高野辰之氏旧蔵本によって知られていたもので、(4)日本庶民文化史料集成第五巻『歌謡』の「隆達節歌謡集成」（北川忠彦氏解題校注）には国会本の翻刻が収められている。ただし従来は、途中にある慶長の奥書を全体に係るものと解して「慶長八年九月六十五首本」と呼ばれてきたが、前半部と後半部は本来無関係であり、資料としてはそれぞれを別箇に考えるべきであろう。

なお石田元季氏写本の奥書には「吉川弘道所蔵巻子影摹」とあり、薄様紙を用いることからも影写本と思われるのに、漢字の当て方や仮名字体が本写本とはかなり違っており、また書風も隆達とは距離がある。従って本写本は吉川弘道氏旧蔵本ではなく、吉川本は本写本からの転写本で、その際文字遣いなどを改変したものかと推測される。本写本と比べると石田本には誤写が散見するが、それも多くは同時に生じたものであろう。いずれにせよ二種の本を合わせたのは本写本が最初のはずであるから、本写本はこれらの転写本の祖本ということになり、同系本中最も拠るべきものと言いうる。特に石田本では、前半部の奥書に宛先の彦坂平助の名が何故か書かれていない（これも吉川本が脱したか）ので、それが知られる点も本写本の価値の一つである。

なお前半部と後半部が本来独立の写本であった点からは、両者を全く別箇に扱うべきかも知れないが、現状では両本が一軸に装訂されており、いずれか一方にのみ関わるのではない書誌事項が存在すること、また本写本からの転写本が存在し、それに拠る翻刻などを通して、従来は全体が一連のものと見なされていたことなどを考慮し、便宜一項に合わせ、その内部で個々の資料を分けて解説することとした。その際、前半部を「慶長八年九月彦坂平助宛三十六首本」、後半部を「年代不詳草歌二十九首本」(5)と称する。

㈠ 慶長八年九月彦坂平助宛三十六首本

「初歌集」の内題があり、一つ書で三六首の歌謡を連ねた末に、「以上三十六首／慶長八年九月日　自庵　隆達（花押写）／彦坂平助殿／参」の奥書がある。隆達節歌謡は草歌と小歌に大別されるが、これは小歌の集である。何点か知られる隆達の筆跡に類似しており、花押も書かれているものの、観察すると全体に文字が弱く、筆画の線に微妙な震えが見られ、時折不自然な字画が混じること、年代も慶長まで溯るとは見えないことなどから、隆達の自筆本ではなくそれを忠実に似せて写した本と判断される。ただし書写年代はさほど下がるものではなく、江戸初期頃と見てよかろう。なお透き写しとしては不自然な誤写があり、料紙の厚さからしても影写ではなく見取り写しであろう。本資料の原本である隆達自筆本は伝存が確認されていないので、それに准ずる写本として貴重である。

各歌謡とも歌詞の右に墨で節博士を加え、句切点を打つ。ただし32（歌番号は本書付載の翻刻による）は全体が節付を欠く。この一首のみ節付のない理由は不明であるが、後述するように本資料等の特有歌であることと恐らく関わるのであろう。また15の「あのはつさまに」の「は」と「あのおはつさまに」の「さ」に「上」、26の「かすならぬ」の「か」に「下」の音高指定が見られるのは、通常は節博士と句切点のみの隆達節歌謡集の節付としては珍しいものである[6]。

ここで本資料について検討する前に、本資料と極めて関連の深い隆達節小歌の伝本に言及しておきたい。丹波篠山藩主青山家伝来の青山歴史村所蔵本[7]（以下青山本と呼ぶ）で、袋綴写本一冊、全一〇丁。題簽に「隆達小哥」とあり、第一丁は遊紙、第二丁から本資料と同じ「初歌集」の内題の後、一つ書で三六首の小歌が記され、その末尾に「隆達（花押写）」の隆達の署名の模写がある。ここまでが第九丁表で、その裏に「一名こりかす〱。おしけれと。わか身なからも。わかみならねは」の小歌が書かれ、丁を改めて「此一冊以堺隆達正筆令／透写畢／天和三亥十一月　日」の奥書がある。同じく青山歴史村所蔵の『十首題』や『竹馬狂吟集』などにも「天和三亥十一月日」の書写年紀があり[8]、同時期に何点かの写本が製作された内の一つらしい。なお小歌には一部を除き[9]節博士と句切点が施されている。奥書に隆達の正筆を透写したとあるが、字様は本資料に似た所があり、やはり隆達の自筆本の写しと考えてよいかも知れない。

青山本の内追記と見られる一首を除いた三六首は、本資料の三六首とすべて重なっている。ただし配列はかなり相違しており、本資料1の「いつも見たひな…」が青山本でも巻頭に、また本資料末尾の30～36が同じく30～36に置かれているものの、他は本資料の4・5が青山本の25・26に、26～29が19～22に連続して見られる以外は、順序が全く対応しない（後掲の対照表に青山本を「年代不詳三十七首本」として掲げたので参照されたい）。また同一歌でも表記は異なっているほか、計九箇所に詞章の異同が認められる。本資料の歌番号によってそれを示せば（本資料－青山本の形）、

11　まちえてや－まちえてそ／花のおかほみる－はなのかほみる　15　あのはつさまに－あのはつさまと／あのおはつさまに－あの初様に　16　なむ（に）のゐむくわそ－なんのゐむくはて　17　いたけれと－ねたけれと／こしうてあしさすれ－こしうつあしさすする　19　このもとにゐての－このもとにいて見（み）　32　ひしほ－ひとしほ

の如くである。中には一方の単純な誤写・誤脱もあるようだが、一部は確かに意図的な改変であろう。ただし両本の先後関係の判定は難しい点もあるが、17で本資料が「おきやる」を見セ消チして「およる」と改めている部分を、青山本は最初から「およる」と書いていることからすれば、青山本を後出と考えるのが自然であろうか。

なお以下では直接には本資料を対象として記述するが、本資料の内容について指摘する事柄は、特に断らない場合も基本的には青山本にもそのまま当て嵌まるものと理解されたい。

さて本資料と他の小歌集諸本との収録歌の対照表は別掲したが、[10] 青山本以外で本資料との共通歌を比較的多く含むのは、表に採用したn年代不詳四十四首本（東京大学図書館蔵）・e年代不詳百三十五首本（天理図書館蔵）・Ⓐ慶長十年百五十首本（現所在不明）・d年代不詳二百首本（同上）の四本で、そのうちnは全体の41％に当たる一八首、eは10％に当たる一四首が本資料と共通する。またⒶは、A文禄二年八月百首本（現所在不明）と重複しない五九首のみが知られるもので、その範囲では九首（全体の6％）が共通するが、Aの内本資料と重なる二首（23・24）がⒶにも含まれていたとすれば、一一首（7.3％）共通となる。同様に、dはAおよびⒶと重複しない五六首のみが知られ、その範囲では八首（4％）が共通であるが、もしdがAの本資料との共通歌二首、Ⓐの本資料との共通歌九首をすべて含んでいたとすれば、最大値として一九首（9.5％）共通となる。

なお右以外の歌本は、本資料と一首または二首が共通するに過ぎない。その大半は、23・24の両方またはいずれか一方を含むもので

ある。
以上のように、本資料はnとの共通性が特に注目される。ただし配列はかなり異なっており、nの原本（n自体は天明四年の写本である）との間に直接の関係があったとは思われない（青山本も同様）。この点は、他のe・Ⓐ・dについても同じことが言える。
一方、本資料の内1・6・7・11・14～19・30・32・35の一三首は、従来知られている他の歌本に見えない小歌（以下、仮に特有歌と呼ぶ）である。これは本資料全体の36％に当たる量で、他本にない歌をこのように高い割合で含む例は稀であり(11)、その点で隆達の小歌集としては特異な存在であるかも知れない。

ところで、本資料には「初歌集」の内題が付いている。隆達節歌謡集でかかる特定の題記を持つものは珍しいが、この名義については従来、「初歌とは初心者の習うべきものの意であろうか」（浅野氏『日本歌謡の研究』）、「「初歌」というのも、初心者向きの意か、あるいは「唱歌」で草歌の一種とみるべきか、はっきりしない」（日本庶民文化史料集成第五巻『歌謡』）のように言及されている。
しかし本資料を一読すれば、巻頭1の「いつも見たひな。君とさかつきと。春のはつはな」を初め、「はつ（初）」或いはそれを含む言葉を用いた歌が多く収められていることに気付く。ほかに、2「はつ雪」、5「はつしや物」、12「はつ霜」、18「初雪」、19「はつかよひ」、20「おはつせのはな」、30「初秋」などがあり、7・23・24の「初夜」もそれに準じて考えてよかろう。就中、11「ねかひのまゝに。まちえてや。はつのはな見る。花のおかほみる」、14「露はつさまに。あはせてたまふれ。思ひ。こかれてきえふ。かのいのち」、15「花は吉野。もみちはたつた。あのはつさまに。あのおはつさまに。ます花はあらし」の三首には、「はつ」という名の具体的な女性（であろう）が歌われており、しかもいずれも本資料の特有歌であることが注目される（14は12の改作か(12)）。
即ち本資料は、特定の人名と解される「はつ」を詠んだ特有歌三首を持ち、「はつ」に因む言葉を含む小歌（内四首は特有歌）を意図的に集めたと見られる形になっている(13)。「初歌集」という題も、そのような性格と一体のものであろう。
ただし、「はつ」が実在の人物かどうか、また実在にせよ架空にせよ、何故このような具体的な人名を詠み込んだ歌謡を何首も作ったのかは不明である。この点は、今後の隆達節歌謡の研究において解答が示されることになろう。
本資料の宛先の彦坂平助に関しては、次のような資料が管見に入っている。室町末～江戸極初期に徳川氏（後に幕府）の代官頭を務めた彦坂元正（天文十七年〜寛永十一年）は、伊奈忠次・大久保長安とともに三目代と言われ、徳川氏の関東入国以降、検地を初めとする地方支配に手腕を発揮したことで知られる。而して『改選諸家系譜』（松下重長撰）および東京大学史料編纂所本『幕府諸家系譜』所収の彦坂氏系図によると、元正（系図では元成）の男に忠元と元綱があり、忠元に「彦坂平助」ないし「平助」と注記されている（なお同種の記事を持つ系図はほかにも存在すると思われるが未確認）。忠元の生年を確認できる資料を見出していないが、仮に元正二五歳の子とすると元亀三年の生まれで、慶長八年には三二歳となる。多少のずれはあるとしても、隆達から小歌集を贈られるのに年齢的にはほぼ問題なく、また上記二書以外も含めた管見の彦坂氏系図にはほかに「平助」の通称は見当たらないことも踏まえ、本資料奥書の彦坂平助は、恐らくこの人物と考えてよいのではなかろうか。因みに『改選諸家系譜』には忠元について「秀忠公賜御諱字」の注記があり、忠元は徳川秀忠に仕えていたかと推測される。ただし具体的な役職等については未勘である。

なお、彦坂元正は慶長十一年正月に支配地の百姓から非分を訴えられ、また年貢収納に際し不正があったことが発覚して改易された。同時に長男即ち忠元も「別事過」によって罪せられ、二男も父と兄に縁坐して押籠の処分を受けた（『当代記』ほか）。そのため元正の彦坂家は幕吏としては断絶し、その後の忠元の消息も辿れなくなってしまうが、しかしこの一件から慶長十一年には兄弟とも相応の年齢になっていたことが推測され、それは本資料の彦坂平助を彦坂忠元に当てる上で一つの支えとなるであろう。ただしこの人物比定において、彦坂忠元と隆達の接点を今の所見出せないことに問題が残るものの、その点の解明は今後の資料の探索に期したい。

一方、彦坂平助（忠元）については別の系図にもその名が現れる。即ち尾張藩士の家譜集である『士林泝洄』巻二所載の渡辺家系図によると、「鎗半蔵」の異名で知られた徳川家康麾下の名将渡辺守綱（天文十一年〜元和六年）の女子五人の内、五人目に「彦坂平助妻」と注記されている。[14] また同系図によると、渡辺景綱の子相綱の母が「彦坂平助忠元女」という。守綱は彦坂元正とほぼ同年配であり、守綱女を室とした彦坂平助は即ち元正息の平助忠元と見なして差し支えなかろう。その忠元の息女がまた渡辺家の景綱の室となったと見られるが、景綱は秀綱の子で、秀綱の父政綱（天文十三年〜慶長元年）は守綱の弟である。従って、景綱の妻となった忠元女が守綱女の所生とすれば、

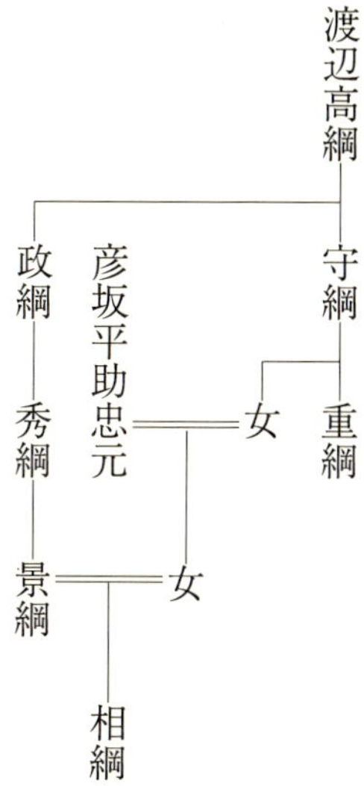

という関係になる。なお忠元と同世代となる秀綱は元亀二年の生まれで慶長八年には三三歳、守綱の嫡子重綱は天正二年の生まれで慶長八年には三〇歳である。これは右に推定した忠元の年齢ともほぼ一致している。

彦坂家と渡辺家は共に三河の出身で、元正の父光景（重忠・重輝とも）や守綱・政綱の父高綱の代から徳川家康に仕えた。恐らくそうした縁から、彦坂元正の息忠元が守綱の婿になったものかと思われる。なお渡辺家についてはその後、慶長十八年（一説十五年）に守綱と子の重綱、慶長十九年に政綱の子秀綱が尾張藩主徳川義直に付くことを命ぜられ、以後代々の子孫は尾張藩に出仕している。守綱の家系が渡辺半蔵家、政綱の家系が渡辺新左衛門家である。

ところで、本資料と㈡の草歌集から成る本写本の転写本を所持していた吉川弘道氏は名古屋の在住であった。このことは本写本が名古屋に伝わっていたことを推測させ、更には前半部・後半部それぞれの親本である隆達自筆本が共に名古屋もしくはその近傍に存在したことを示唆する。後半部の原本の来歴は不明として、前半部の原本は、或いは彦坂忠元から縁戚である渡辺新左衛門家や半蔵家に譲られたか、または忠元自身が後に渡辺家を頼って尾張に移住したなどのために名古屋に伝来したことも想像されようか。不確実ながら、本資料の原本の伝来に関する一つの臆測として記しておく。

【隆達節小歌集諸本との収録歌対照表】

	n年代不詳四十四首本	e年代不詳百三十五首本	Ⓐ慶長十年百五十首本	d年代不詳二百首本	年代不詳三十七首本
1 いつも見たひな君とさかつきと					1
2 なさけはつもれはつ雪なふりそよの		63			19
3 梅は北野花は吉野		40 134			17
4 思ひたされてやるせなや	9	119	8		16
5 なこりおしきもことはりや	6			37	12
6 わかれはいつもうけれとも					24
7 せんよちきると初夜はよし					18
8 しぬるほとほれたかまふしはたさぬ	10			56	2
9 花をちらする風よりも	19	69		42	11
10 こゝろふかきもいらぬ物	11		9		22
11 ねかひのまゝにまちえてや					10
12 露はつ霜はあさのまに消る	20	88		55	8

13 おもふあたりのかねき、て	7	60		38	3
14 露はつさまにあはせてたまふれ					9
15 花は吉野もみちはたつた					7
16 思ひこかれてきゆるわれに					6
17 おしやけさまにはいたけれと					23
18 霜かあられか初雪か					14
19 おもひ〳〵しこのもとにゐての					26
20 なるな入相つくなかね		70			27
21 なゐてもわらふてもゆく物を	12		10		28
22 あひ見てののちのわかれを	13		11		29
23 初夜かとおもふたあうやわかれの	33	61			13
24 かねさへなれはもいなふとおしやる					20
25 ねらるれはこそ夢は見れ	25	68	16		4
26 露ときゆとも人にしらせし	2	124	3		5
27 まちてこぬ夜のふる雨は	14			40	15
28 むかしの人は恋をはせぬか	1	118	2		21
29 あふ夜の月はしつかにめくれ	35	57	58		25
30 なれしその夜は初秋の					30
31 思ふまひとはおもへとも	15			41	31
32 君のおとつれもしやとて					32

33 おさな顔せてはちすとなひけ	34 なひきやすきはいやて候	35 きゆるうき身とおもへはの	36 うらむるもうらみられしも	
23	5			
89			125	40と134は同一歌の重出
	6			150首中59首のみ知られる。番号はその通し番号
43				200首中56首のみ知られる。番号はその通し番号
33	34	35	36	隆達署名までの36首と、その後の追記1首

(二) 年代不詳草歌二十九首本

内題・奥書ともなく、一つ書で二九首の歌謡を列記する。(一)と同様、歌詞の右に墨で節博士を加え、句切点を打つ。歌謡の配列および節付法から見て、隆達節歌謡の中でも古層に属するとされる草歌の集であることは疑いない。隆達節歌謡の草歌は、末尾に必ず〽の如き墨譜の付くことが特徴とされ、本資料でも一首[15]を除くすべての歌にそれが見られる。奥書を欠くものの筆跡はやはり隆達のそれに類似し、前半部と同様隆達自筆本の忠実な写しと推定される。前半部と後半部はほぼ同時期の写しであり、書写者も恐らく同一人物であろう。書写後長く同じ所に伝わっていたため、ある時期に合わせて一軸に装訂されたものと見られる。本資料の原本もやはり知られておらず、これも隆達自筆本に代わる資料として貴重である。なお21の「あはせけむ。人こそ」の部分に「上」「下」の音高指定があるのは(一)の慶長八年九月彦坂平助宛三十六首本と共通した特色であるが、これは両者の原本が近い状況で製作されたことを示唆するのであろうか。

隆達節草歌集は四季および雑・恋の部類に従って配列されているのが小歌集と異なる特色で、後述の如く若干の問題はあるものの、本資料でも春・夏・秋・恋・雑の区分が認められる。ただし雑に当たるのは末尾の29の一首のみで、他本に比して少ない感があり、或いは親本の最後が欠けていた可能性も想像されなくはないが、積極的な徴証もないので、一応この形で完結したものと考える。

さて、隆達の草歌のまとまった写本は小歌集に比べて少ないが、従来知られている草歌集はいずれも本資料との共通歌をある程度含んでいる。具体的には別掲の対照表を参照して頂きたいが、特にC文禄二年九月江川甚左衛門尉宛百首本（天理図書館蔵）は、本資料の特有歌四首（24〜27）を除く二五首をすべて含み、またa年代不詳三百首本（国会図書館蔵）も、特有歌四首およびCとのみ共通の二首（11・21）以外の二三首をすべて含んでいる。[16] 次いで共通歌の多いのがj年代不詳六十五首本（現所在不明）の一七首で、以下g年代不詳百十七首本（同上）の一一首、f年代不詳百二十九首本（同上）の八首となる。[17] この内、a・g・fは小歌集と草歌集の合写本なので、草歌集の部分（それぞれ一〇〇首・四三首・二九首）のみを問題にすると、右の各歌本の中で本資料との共通歌の占める割合は、Cが25％、aが23％、jが26・2％、gが25・6％、fが27・6％で、共通度の点ではほぼ平均した数値となり、特にいずれかの本に親近性が高いという傾向は認められない。[18]

本資料には部立は記されていないが、他の歌本との比較から、1〜3が春、4〜5が夏、6〜7が秋と考えられる。8は部立を明示したC・a・gでは夏で、部立のない本の内fでも夏と見られる位置にある。またjでは夏の歌と秋の歌の間にあるが、山郭公なので多くの本の通り夏の歌と考えるべきであろう。別掲の対照表から明らかなように他本では8はいずれも4・5と6・7の間に位置しており、本資料の配列に問題があるのかも知れない。冬の歌はなく、9〜28は恋である。29はC・a・gが雑、jも雑と見られる位置で、断簡t（年代不詳四首断簡）も雑の部立の下にこれを収めている。一方fでは恋の部と見られる部分に29が入っているが、歌の内容から見て疑問であり、本資料では恋の歌に直接しているものの、この一首は他本の部立に従って雑と解しておきたい。ただし他の草歌集では、部立の標示されないものも含めて雑・恋の順を採るものが多く、恋・雑と並ぶのはほかにCのみである。

なお原本の成立年代については、草歌集にはCの文禄二年九月江川甚左衛門尉宛百首本のほかに年代の明確なものが知られないため、ほとんど手掛りがない。節付における「上」「下」の使用が㈠と共通することから、慶長八年頃を目安に考えることは可能であるが、あくまで一案であろう。しかし少なくとも、本資料を「慶長八年九月六十五首本」の一部として来た従来の扱いが改められなければならないことは確かである。

【隆達節草歌集諸本等との収録歌対照表】

	C文禄二年九月江川甚左衛門尉宛百首本	a年代不詳三百首本	j年代不詳六十五首本	g年代不詳百十七首本	f年代不詳百二十九首本	『閑吟集』	『宗安小歌集』
1 目出度や松のした	1	201	2			6	
2 いくたひもつめ生田の若な	2	202	3		102	2	
3 春の名残はふちつゝし	9	209	9	79			216
4 五条わたりをくるまかとをる	12	212	12	82			206
5 君ははつねのほとゝきす	11	211	11	81	107		
6 中〳〵きえて露の身	16	217	16	85	111		
7 こわた山路に行暮て	25	223	19	88	110	107	32
8 ひとりぬる夜のさひしきに	14	214	13	83	108		
9 人のつらさもうらむまし	47	252	47	103			
10 おもひきりしにまた見えて	36	245	43	101		82	65
11 さなひこそいのちよ	49						
12 おもひのけふりかきえつこかれつ	57	259					
13 浦のけふりはもしほやくにたつ	58	260					
14 なをさりのほとこそはつかしの	59	261	56		128		181

	草歌のみ100首	草歌は201～300の100首	草歌のみ65首	草歌は75～117の43首	草歌は101～129の29首		
15 なさけもいやて候	63	264	51	106			
16 しなはやいやまたしなし	37	246					198
17 まくらこそしれわか恋は	45	251					
18 なくはわれ涙のぬしはそなたよ	55	266	52	107		307	177
19 まつはなくさむ物なるに	62	277	46		122		
20 なれや入相なくなにはとり	75	280	38				
21 あはせけむ人こそうけれたき物の	84						31
22 色々の草の名はをおけれと	86	287					45
23 なる瀬も候をとなし川とて	91	292	45				50
24 身は宇治の柴船							64
25 物もおしやらぬしらすや							44
26 また見て候うき人を							158
27 身は松の葉よ色にいつまし							
28 身はやりたしせんかたな	61	263				292	23
29 水草山よりいつる柴人	93	234	30	94	121		

注

（1）第七・八紙の継ぎ目に一部文字が隠れた所があるのは、その際の不備と思われる。

（2）なお第一紙右端の紙背下方に「ワ」と書かれているが、同じ文字が極札の包み紙にもあり、また元の蓋の手前と奥の側面にも朱筆で「ワ」と記されている。これは旧蔵者の整理記号と思われる。

（3）『名古屋市史　人物編』（昭和9年5月）からその伝を摘録しておく。「吉川弘道、…天保八年三月十四日生まる。世々画を以て家業とす。…得る所の資を以て書籍を購ひ、晩年に至るまで集むる所萬巻を以て数ふるに至る。初め上園町に住せしが、明治三十一年皆戸町に移居し、書庫を建て、、集書を此に蔵す。…大正七年八月三十日歿す。享年八十二」。なお吉川弘道氏所蔵本について、所蔵者名を日本画家の吉川観方氏（明治二十七年～昭和五十四年）とした文献がいくつか見られるが、単なる錯誤の疑いが濃い。

（4）浅野建二氏『日本歌謡の研究』（昭和36年2月）に「他に石田氏本の転写本（名古屋市藤園堂書店主人筆写）あり現在、名古屋市渥美かをる氏所蔵」とあるが、同本は現所在不明。

（5）従来の慣例からは「年代不詳二十九首本」と呼ぶべき所であるが、草歌集であることを端的に示すために、試みに「草歌」を加えて称することとする。

（6）この点については、小野恭靖氏も「室町小歌の音楽」（『国文学　解釈と教材の研究』平成11年11月）等において本写本に言及された際に注目されている。

（7）原本未見。国文学研究資料館のマイクロフィルムによる。

（8）『青山会文庫所蔵　和漢書分類目録』による。

（9）青山本32「君のおとつれもしやとて…」は本資料32と同様やはり節付がない。ほかに15「まちてこぬ夜の。ふる雨は。…」は句切点のみあって節博士がなく、16の一行目「おもひたされてやるせなや夢」の部分には節付が全くないが、改丁して続く「になりとも。せめておもかけ」には節博士・句切点共にあるので、これらは転写の際の誤脱か省略らしい。

（10）以下、諸本間の所収歌の比較に当たっては小野恭靖氏『「隆達節歌謡」全歌集　本文と総索引』（平成10年2月）を参照させて頂いた。隆達節歌謡集伝本の略号および名称も、同書のものを踏襲してある。次の「年代不詳草歌二十九首本」の場合も同じ。なお青山歴史村本は同書には採録されていない。

(11) 断簡や短冊の類を別とすれば、特有歌の含有率36％は既知の小歌集の諸本中最高である。これに次ぐものとしては、L慶長四年八月豊臣秀頼献上本下書同年十一月常住坊宛百首本の30％が高く、次いでe年代不詳百三十五首本が17％、N慶長五年六月百二首本・Ⓐ慶長十年百五十首本・d年代不詳二百首本・k年代不詳六十四首本がそれぞれ10％前後となる。

(12) なお、9の「はつにあふよ」も同じく人名とも取れるが、9は後掲の対照表からも知られるように他の歌本（n・e・d）にも含まれる歌で、隆達節歌謡において歴史的人物以外の特定の人名を詠み込むのは異例であり、ここは5の「あふもわかれも。はつじや物」と同様の意で、9全体が5と同じく初めて逢った夜の名残惜しさを歌った作と解したい。ただし5・9の「はつ」につき、本資料では「はつ」の名を掛詞的にかすめていると解することは可能である。

(13) この点についてもう少し説明すると、「初」「初音」「初雪」など「はつ（初）」を語素とする言葉を含む歌謡は従来知られている隆達節の小歌の中に計一二首あるが（ほかに草歌に一首）、本資料にはその九首が含まれ、内四首は本資料特有歌である。逆に本資料に含まれない小歌三首の内、「さてもそなたは霜か霰か初雪かしめてぬる夜はなふ消へ〳〵となる」（Ⓐ所収）は本資料18に一句が加わっただけでほぼ同一歌であり、「ゆふへ〳〵にうかれ候君ははつ音の郭公」（d・e・n所収）は訪れない男を「初音の郭公」に喩えた歌で、本資料の「はつ」が女性であることと合わない。要するに、「はつ（初）」を語素とする言葉を含む隆達節の小歌は、本資料にほとんど網羅されていると言える。

(14) 『寛政重修諸家譜』巻四百七十七や『系図纂要』の嵯峨源氏渡辺氏の系図などにも同様の記載が見られる。

(15) 18（歌番号は本書付載の翻刻による）の末尾にこの節博士がないのは、転写の際の不備と思われる。

(16) Cとaの草歌集の部分（共に一〇〇首）はそれ自体共通性が高く、相互に九首の出入りがあるのみである。

(17) ほかに、一首または二首が共通する草歌集の断簡数点が知られる。また、13はC・aのほか、小歌集の二本にも収載される。

(18) 因みに、本資料の内『閑吟集』との共通歌は小異も含め1・2・7・10・18・28の六首、また『宗安小歌集』との共通歌は同じく3・4・7・10・14・16・18・21～26・28の一四首である（別掲の対照表参照）。隆達節草歌集諸本における『宗安小歌集』との共通歌の比率は、Cが39％でやや高いが、他は27・6％～34％（ただしa・g・fは草歌集の中での割合）であり、本資料が48・3％であるのはかなり高い数値と言える。しかし、このことが本資料の性質等を推定する何かの手掛かりになるのかどうかはよく分からない。

国文学研究資料館影印叢書　第三巻

中世歌謡資料集

平成十七年三月三十一日　発行

編　者　人間文化研究機構 国文学研究資料館
〒142-8585 東京都品川区豊町一－一六－一〇
電　話　〇三（三七八五）七一三一
ＦＡＸ　〇三（三七八五）七〇五一

発行者　石坂叡志

整版・印刷　富士リプロ㈱

発行所　汲古書院
〒102-0072 東京都千代田区飯田橋二－五－四
電　話　〇三（三二六五）九七六四
ＦＡＸ　〇三（三二二二）一八四五

ISBN4-7629-3367-8　C3373